# TEMERAIRE
## 2

## THRONE OF JADE
*by Naomi Novik*

Copyright © 2006 by Naomi Novik
This translation published by arrangement with Ballantine Books, an imprint of
Random House Publishing Group, a division of Random House, Inc.
All rights reserved.

Korean translation copyright © 2007 by Woongjin Thinkbig Co., Ltd.
Korean translation rights arranged with Ballantine Books through EYA(Eric Yang Agency).

# TEMERAIRE
# 테메레르
### Throne of Jade 2

### 군주의 자리

나오미 노빅 장편소설 | 공보경 옮김

노블마인

등장인물과 용 · 6
1805~1806년 영국에서 중국까지
테메레르와 로렌스의 이동경로 · 8

제1부 · 11
제2부 · 189
제3부 · 361

논문 l 영국왕립협회 회원 에드워드 하우 경의
〈용 관리 기술에 관한 소견을 포함한, 동양 용에 관한 고찰〉
— 1801년 6월 영국왕립협회에 제출된 자료 · 545

지은이의 말 · 552
옮긴이의 말 · 553
연도표 · 556

## 등장인물과 용

## 영국

**공군** — **같은 편대 소속**
- 캐서린 하코트 대령 – 릴리 (롱윙 품종) * 편대의 리더
- 윌리엄 로렌스 대령 – 테메레르 (셀레스티얼 품종)
- 버클리 대령 – 막시무스 (리갈 코퍼 품종)
- 체너리 대령 – 둘시아 (그레이 코퍼 품종)
- 서튼 대령 – 메소리아 (옐로 리퍼 품종)
- 리틀 대령 – 임모르탈리스 (옐로 리퍼 품종)
- 워렌 대령 – 니티두스 (파스칼 블루 품종)

- 렌튼 대장 – 옵베르사리아 (앵글윙 품종)
- 제인 롤랜드 준장 – 엑시디움 (롱윙 품종)
- 랭포드 제임스 대령 – 볼라틸루스 (그레일링 품종)

**기타**
- **토머스 라일리** 로렌스 일행이 탄 얼리전스 호를 지휘하게 된 함장.
- **아서 해먼드** 로렌스 일행과 함께 중국으로 가는 영국 외교관.
- **조지 스턴튼 경** 마카오에 있는 동인도회사의 대표.

## 프랑스

**공군** — **용들**
파피용 누아 | 그랑 슈발리에 | 프티 슈발리에 | 플람므 드 글로와
플레르 드 뉘 | 페셰르 쿠롱 | 페셰르 라예 | 오뇌르 도르 | 포 드 시엘

- **나폴레옹 보나파르트** 프랑스의 황제.
- **루이 조셉 드 기네** 나폴레옹의 지시로 중국에 파견된 베이징 상주 프랑스 대사.

# 중국

**인물**

**용싱 왕자** 테메레르를 중국으로 데려오기 위해 영국에 온 중국 청나라의 왕자. 건륭제의 아들이며 가경제의 형.

**리우빠오** 용싱 왕자를 따라 영국으로 온 중국의 나이 지긋한 공사.

**쑨카이** 용싱 왕자를 따라 영국으로 온 중국의 젊은 공사.

**펑리** 용싱 왕자의 시종.

**미엔닝 왕자** 가경제의 맏아들이며 황태자. 훗날 도광제로 즉위.

**용들**

**테메레르(룽티엔샹)의 혈족들**

**룽티엔시엔** 생존해 있는 제일 나이 많은 셀레스티얼. 테메레르의 외조부.

**룽친까오** 테메레르의 아버지.

**룽티엔치엔** 테메레르의 어머니.

**룽티엔추** 룽티엔리엔의 아버지. 룽티엔치엔과 남매간.

**테메레르 (룽티엔샹)**

**룽티엔추안** 테메레르의 쌍둥이 형제.

**룽티엔리엔** 알비노이며 테메레르와 사촌 간. 용싱 왕자의 용.

**룽친메이** 룽티엔치엔의 시중을 드는 임페리얼.
**룽친수** 룽티엔치엔의 시중을 드는 임페리얼.
**룽유핑** 메신저 용.

✥ 1805~1806년 영국에서 중국까지 테메레르와 로렌스의 이동경로

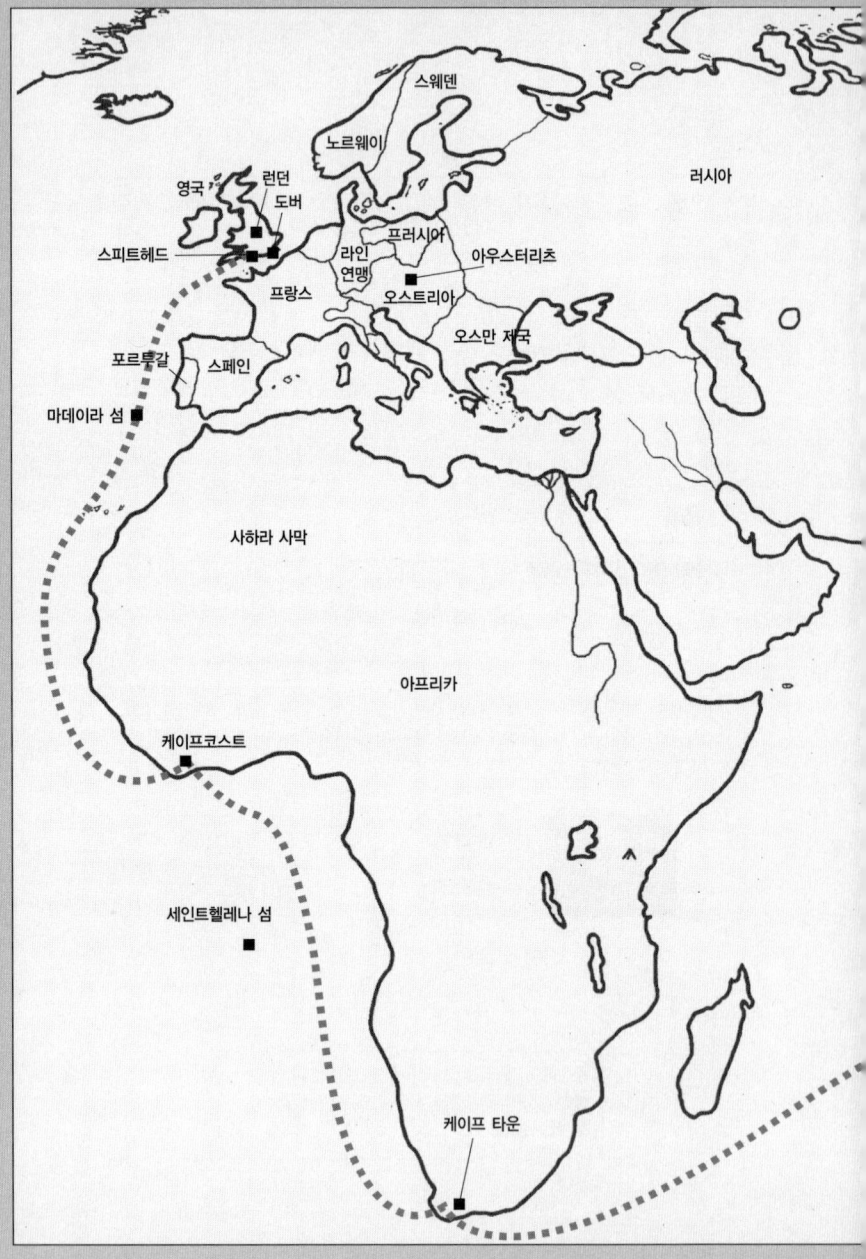

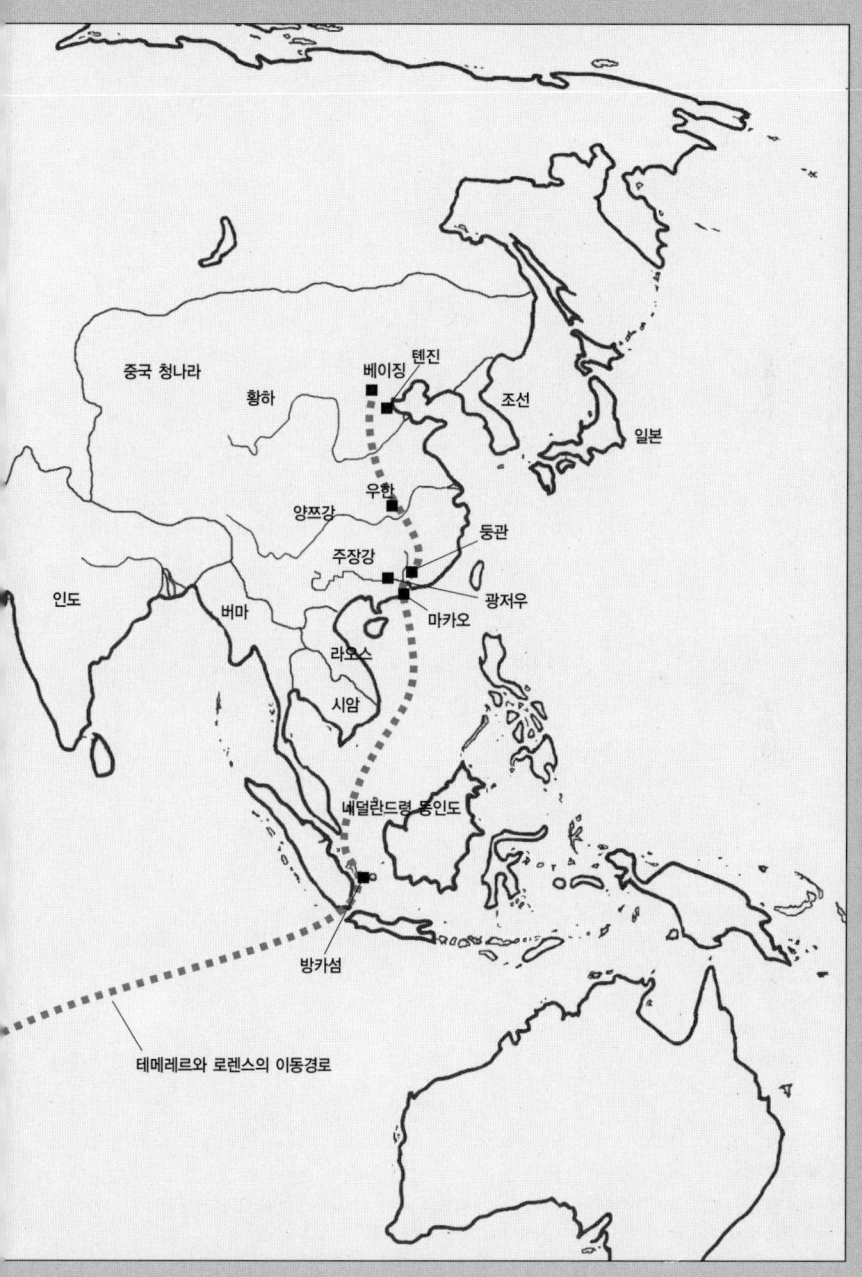

| 일러두기 |

본서의 중국 인명, 지명과 관련하여 중국어는 ㅃ와 ㅍ발음, ㅆ와 ㅅ발음의 차이로 한자가 달라지기 때문에, 외국어 표기법에 따라 ㅍ, ㅅ로 통일하는 대신 구별해서 기재하였음.

제1부

1

11월 날씨치고는 꽤 따뜻한 편인데도 해군 본부 회의실은 벽난로에 장작을 잔뜩 피워 후끈후끈했다. 중국 사절단에게 경의를 표하기 위해서였다. 가장 좋은 제복으로 차려 입은 윌 로렌스 대령은 벽난로 바로 앞에 서서 길고 지루한 면담에 응하고 있었다. 어느새 두꺼운 브로드 천으로 된 로렌스의 암녹색 외투는 안감까지 땀으로 축축이 젖어들었다.

문간 너머 바함 경 뒤로 풍향계의 바늘이 영국 해협의 바람 방향을 가리키고 있었다. 북북동풍. 프랑스 군에 유리한 바람이었다. 영국 해협을 지키는 영국 함대는 나폴레옹이 점령한 여러 항구들을 계속 감시 중이었다. 로렌스는 부동자세로 서서 원반형의 금속 풍향계에 시선을 고정한 채 잡생각에 빠져들었다. 자신에게 쏟아지는 차갑고 적대적인 시선들을 마주하고 싶지 않았던 것이다.

국방성 소속이며 해군 본부 위원회 수석 위원인 바함 경은 말하다 말고 주먹 쥔 손을 입에 가져다대며 헛기침을 했다. 거친 해군 출신이라 고급스런 표현을 써가며 말을 이어가는 게 쉽지 않은 모양이었다. 결국 바함 경은 어색하게 더듬거리다가 입을 다물며 조심스럽게 중국인들의 눈치를 보았다. 그 모습이 몹시 비굴해 보였다. 평소 같으면 로렌스도 곤란한 입장에 처한 바함 경에게 동정심을 느꼈을지도 몰랐다. 중국 황제가 테메레르 문제와 관련하여 영국으로 공식적인 서한을 보내거나 전권공사(全權公使)를 보내지 않고, 자신의 형인 용싱 왕자를 보냈으니, 바함 경으로서는 참으로 당황스러운 상황일 터였다.

용싱 왕자의 말 한마디면 중국과 영국은 전쟁 상태에 돌입할 수도 있었다. 대단한 위엄을 지닌 용싱은 바함 경의 모든 발언을 압도하고도 남을 침묵으로 일관했다. 용무늬가 호화롭게 수놓아진 겉옷을 입은 용싱은 보석으로 치장한 긴 손가락을 팔걸이의자에 올려놓고 손톱으로 끊임없이 탁탁 두드릴 뿐 바함 경에게 눈길 한번 주지 않았다. 그가 얇은 입술을 꾹 다문 채 노려보는 사람은 다름 아닌 탁자 너머에 서 있는 로렌스였다.

회의실 안은 용싱 왕자가 데려온 어마어마한 수의 수행원들로 꽉 차 있었다. 누빈 천으로 만들어진 갑옷을 입은 왕자의 호위병 열두 명은 땀을 줄줄 흘리며 멍한 표정으로 늘어서 있었고, 각 수행원에 딸린 수많은 시종들은 벽에 붙어 서서 주인에게 커다란 부채를 부쳐주고 있었다.

바함 경이 또다시 한바탕 떠들고 난 뒤 용싱이 한 손을 들어 올렸다. 그러자 통역관인 듯한 중국인 사내가 왕자 뒤에 서서 바함 경의 말을 중국어로 옮겼다.

용싱 왕자의 양옆에는 중국 측 공사 두 명이 앉아 있었다. 그들은 로렌스를 소개받은 뒤에도 전혀 입을 열지 않았다. 그중 젊어 보이는 공사는 이름이 '쑨카이'라고 했다. 그는 시종일관 무표정하게 면담 과정을 지켜보면서 통역관의 말에만 귀를 기울였다. 한편 나이가 지긋한 공사는 배가 불룩 나오고 잿빛 턱수염을 텁수룩하게 기른 자로, 방 안의 열기에 지쳤는지 고개를 앞으로 쭉 내밀고 입을 반쯤 벌린 채 연신 부채를 부쳤다. 두 공사는 용싱 왕자의 겉옷처럼 정교하게 수놓아진 진청색 비단 옷 차림이어서 제법 위풍당당해 보였다. 서방 세계에 이 정도 규모의 중국 사절단이 찾아온 것은 유례가 없는 일이었다.

바함 경보다 노련한 외교관이 이 자리에 참석했다 해도 이러한 중국 사절단의 위용 앞에서는 주눅이 들어 설설 기었을 것이다. 아무튼 로렌스는 바함 경의 명령에 복종하고 싶지 않았다. 한편으로는 이보다 나은 상황을 기대했던 자기 자신에게 화가 나기도 했다. 로렌스가 이 자리에 참석한 것은 자신과 테메레르가 처한 상황을 충분히 설명하고 양해를 구하기 위해서였다. 그런데 지금 바함 경은 마치 신병을 혼내듯이 로렌스를 마구 야단치고 있었다. 그것도 범죄 추궁을 위해 소집된 군사 법원 재판관들처럼 로렌스를 노려보는 용싱 왕자와 그 수행원들 앞에서 말이다. 마침내 바함 경은 생색을 내는 투로 말을 맺었다.

"로렌스 대령, 나중에 자네에게 다른 새끼 용을 할당해 주지."

잠자코 입을 다물고 있던 로렌스도 더 이상 참을 수가 없었다.

"아뇨, 바함 경. 죄송하지만 그러실 필요 없습니다. 저는 다른 용을 받아들일 생각이 전혀 없으니까요."

바함 경 옆에 앉아 한마디도 하지 않던 포이스 공군 대장은 그럴 줄 알았다는 듯 고개를 저으며 불룩한 배에 두 손을 포개 얹었다. 바함 경은 그런 포이스를 잠시 노려본 뒤 로렌스에게 말했다.
"내 말을 못 알아들은 모양인데, 로렌스 대령, 이건 부탁이 아니라 명령이야. 자네는 명령을 수행하면 되는 거고."
로렌스는 바함 경이 해군 본부 위원회의 수석 위원이라는 사실도 잊고 단호하게 응수했다.
"그럴 바엔 차라리 교수형을 당하고 말겠습니다."
로렌스가 해군 소속이었다면 그 말을 내뱉은 즉시 해군으로서의 생명은 끝장났을 것이다. 다행히 공군 소속이라 그 정도의 타격을 받진 않겠지만 앞으로의 경력에 좋을 리가 없었다. 그러나 바함 경이 테메레르를 중국으로 돌려보내기로 작정한 거라면, 로렌스의 비행사 경력도 끝난 것이나 다름없었다. 다른 용을 받아들일 생각 따윈 추호도 없으니까. 테메레르를 대신할 수 있는 용은 어디에도 없었다. 게다가 다른 새끼 용을 할당받는다고 해도 테메레르를 돌봤던 것처럼 잘해 줄 자신도 없었다. 새끼 용을 얻으려고 공군들이 6열로 늘어서 있는 마당에 자신에게 할당된 새끼 용을 제대로 돌보지 못한다면, 그것은 지탄받아 마땅한 일일 터였다.
용싱 왕자는 입을 굳게 다물었다. 옆에서 수행원들이 자기 나라 말로 뭐라고 수군거렸다. 그들의 말투로 미루어보아 로렌스보다 바함 경을 더 멸시하는 것 같았다. 바함 경도 그런 느낌을 받았는지 얼굴이 붉으락푸르락하면서 평정을 유지하려고 안간힘을 썼다.
"맙소사, 로렌스. 영국 정부의 뜻을 거스르고도 무사할 줄 알았다면 오산이야. 자네가 행해야 할 가장 중요한 임무는 이 나라와 국왕 폐하를 위해 봉사하는 것이지, 그 용을 돌보는 게 아냐. 자네 뭔가 단

복무하다가 얼마 전 국방성으로 소속을 옮긴 바함 경은 울화□어 오르면 정치인으로서의 냉정함을 잃고 벌컥 화를 내는 경□었다. 바함 경이 말을 이었다.

□용은 중국 용이니까 당연히 중국에서 사는 걸 더 좋아하겠지. □ 저 중국인들의 소유이니 중국에 돌려줄 이유는 충분하고, 저 □ 그 용을 도둑질했다는 소리를 듣는 것만으로도 불쾌하기 짝 □어. 영국 정부 입장에서도 결코 환영할 만한 일은 아니고."

□렌스의 얼굴이 점점 붉어졌다.

"그 문제에 관해서라면 저도 할 말이 있습니다. 우리가 도둑질했 □ 비난받을 이유 따윈 전혀 없습니다. 중국에서 오신 이 분들도 □ 알을 프랑스에 내주었다는 사실을 부정하진 못할 겁니다. 우린 □랑스의 군함에서 그 알을 포획했습니다. 바함 경께서 잘 아시다시 □ 해사 법원에서도 프랑스의 군함과 그 알 모두 영국의 합법적인 □리품이라고 판결을 내렸죠. 그러니 지금 와서 테메레르가 중국의 □소유라는 것은 말이 안 됩니다. 셀레스티얼 품종을 나라 밖으로 내 □는 게 그렇게 걱정되었으면 처음부터 그 알을 프랑스 측에 내주지 □말았어야죠."

용싱 왕자가 코웃음을 치며 불쑥 언쟁에 끼어들었다. 그의 영어는 억양이 강하고 딱딱하며 느렸지만, 절제된 리듬감이 느껴졌다.

"그건 옳은 말이다. 우리가 룽티엔치엔이 낳은 두 번째 알을 해외로 내보낸 것부터가 어리석은 짓이었지. 그것은 부정할 수 없는 사실이다."

회의실 안에 잠깐 침묵이 깔렸다. 이윽고 통역관이 용싱 왕자의 말을 나머지 중국인들에게 나지막하게 전하기 시작했다. 그때 쑨카단히 착각하고 있군."

"아뇨, 바함 경이야말로 중요한
해군으로서의 경력을 포기하면서까
으로 테메레르에게 안장을 채웠습니
범한 품종의 용이 아니라는 걸 몰랐
더더욱 몰랐고요. 그래도 저는 오직 충
힘겨운 훈련 과정을 마쳤고, 위험한 ㅈ
출전했던 전투에서 테메레르의 목숨이
요. 하지만 이 자리에서 분명히 말씀드리
가에 대한 봉사와 충성심을 강조하신다고
말을 할 수는 없습니다. 결과적으로 중국으
명령에는 절대 따를 수가 없습니다."

"시끄러워! 누가 들으면 남의 손에 자기 ㅈ
명령을 받은 줄 알겠군. 그 용을 아주 애완동물
을 작정이었나 본데……."

"테메레르는 제 애완동물도 아니고 제 개인 ㅈ
함 경. 테메레르는 저나 바함 경 못지않게 이 나라
해 충실히 복무했습니다. 그런데 테메레르가 중국
겠다고 하니까 바함 경께서는 저한테 테메레르를
겨 배에 태우라고 하시는군요. 그건 너무나도 불명
다. 바함 경께서 어떻게 제게 그런 제안을 하실 수 있
라울 따름입니다."

"아, 그 따위 소린 집어치워, 로렌스!"
바함 경은 애써 감추었던 거친 본성을 드러냈다. 해

이가 중국어로 무슨 말인가를 했고, 그 말을 들은 융싱 왕자는 고개를 홱 돌려 쑨카이를 노려보았다. 그러자 쑨카이는 얼른 고개를 숙였다. 중국 사절단 내에서 쑨카이가 처음으로 이견을 내놓은 듯했다. 융싱 왕자가 날카롭게 중국어로 꾸짖자 쑨카이는 더 이상 말을 하지 못했다. 간단히 눈빛으로 신하를 제압한 융싱 왕자가 다시 로렌스와 바함 경을 돌아보며 덧붙였다.

"그러나 악연으로 인해 룽티엔샹이 너희들 손에 넘어가고 말았다. 너희가 테메레르라고 부르는 용, 룽티엔샹은 원래 우리가 프랑스 황제에게 보낸 선물이다. 평범한 군인의 손에 넘어가 짐말처럼 취급받을 만한 짐승이 아니란 말이다."

로렌스의 표정이 굳어졌다. '평범한 군인'이라는 말이 비수처럼 가슴에 꽂혔다. 로렌스는 융싱 왕자의 차갑고 오만한 눈빛을 정면으로 마주보며 말했다.

"우리 영국은 프랑스와 전쟁 중입니다. 중국에서 우리의 적인 프랑스와 동맹을 맺기로 마음먹고 프랑스에 물질적인 지원을 한 거라면, 우리가 정당한 전투 끝에 테메레르가 들어 있던 알을 차지한 점에 관해 중국 측은 할 말이 없으리라 사료됩니다."

바함 경이 별안간 고함을 질렀다.

"말도 안 되는 소리! 중국은 프랑스와 동맹을 맺지 않았어. 절대로! 우리가 언제 중국을 프랑스의 동맹국으로 여겼나? 고귀하신 중국의 왕자님께 그 따위 소리나 지껄이라고 자넬 부른 줄 알아? 입 닥치고 있어, 로렌스!"

융싱 왕자는 바함 경의 말을 자르며 로렌스에게 거만하게 말했다.

"너희들이 저지른 해적질을 변명하겠다는 건가? 너희 야만국들의 관습 따위는 알고 싶지도 않다. 원래 우리 황제께서는 외국 상선과 해적들이 서로를 약탈하는 짓거리에 추호도 관심이 없다. 하지만 이번처럼 황제 폐하의 선물을 훔쳐 모욕한 경우엔 얘기가 달라지지.”

바함 경은 로렌스를 잡아먹을 듯 노려보며 설레발을 쳤다.

“아닙니다, 왕자 전하! 모욕이라뇨? 그런 의도는 전혀 없습니다. 영국 국왕 폐하와 영국 정부는 중국 황제께 무한한 애정을 갖고 계십니다. 고의로 모욕할 리가 없지요. 암요. 프랑스 군함에 실린 그 용알이 중국 황제께서 프랑스로 보내신 선물이라는 걸 알았다면, 우리도 그 용알을 건드리지 않았을 텐데……”

“그래, 제대로 사태 파악을 하는군. 하지만 너희는 여전히 황제 폐하를 모욕하는 짓을 하고 있다. 룽티엔샹에게 짐말처럼 안장을 채우고 짐을 나르게 하면서 끔찍한 전쟁에까지 내보내고 있잖은가. 그것도 겨우 대령 따위를 동료랍시고 등에 태우고 다니면서. 그 따위 대접을 받을 바에는 차라리 룽티엔샹이 들어 있던 알이 바다 밑으로 가라앉는 게 나을 뻔했어!”

로렌스는 기가 막혔다. 용싱 왕자의 모욕적인 말에 바함 경과 포이스 대장도 할 말을 잃은 듯 멍한 표정이었다. 용싱 왕자의 수행원들도 모두 침묵했다. 통역관은 불안하게 움찔거리기만 할 뿐 용싱의 말을 중국어로 통역하여 다른 수행원들에게 전하진 않았다.

바함 경이 정신을 차리고 입을 열었다.

“왕자님께서 얼마나 질색하시는지를 알고 난 후, 우리는 그 용에게 안장을 채우지 않고 있습니다. 우리는 테메레르, 아니 룽티엔샹이 편안하게 지내도록 최대한 노력을 기울이고 있을 뿐만 아니라 지금까지의 부적절한 대우에 관해서도 모두 시정하고 있습니다. 이제 룽티엔샹은 로렌스 대령과 함께 복무하고 있지도 않습니다. 룽티엔샹과 로렌스는 벌써 2주일 동안 얘기도 나누지 않고 있습니다."

 마지막 말에 로렌스는 억눌렀던 울화가 울컥 치밀어 올랐고, 결국 언성을 높이고 말았다. 강풍 속에서 단련된 목청이어서 그런지 고함이 되어 나왔다.

 "테메레르가 편안하게 지내기를 진심으로 바랐다면 두 분 다 자기 입장만 생각하지 말고 테메레르에게 직접 의견을 물었어야 했습니다! 용싱 왕자님도 그러시는 게 아닙니다. 테메레르에게 안장을 씌웠다고 불평하시면서 저한테는 테메레르를 속이라니요. 속여서 강제로 중국행 배에 태우라고 요구하시다니, 그런 요구에는 응할 수 없습니다. 절대로 따르지 않겠습니다. 제기랄!"

 바함 경은 당장이라도 로렌스를 사슬로 묶어 끌어내고 싶은 표정이었다. 두 손을 탁자에 대고 독이 올라 두 눈을 잔뜩 부릅뜬 것이 금방이라도 폭발할 것 같았다. 그런 바함 경을 가로막으며 포이스 대장이 처음으로 입을 열었다.

 "그만하면 됐어, 로렌스. 말조심하게. 바함 경, 로렌스가 이 방에 계속 있는 게 별로 도움이 안 될 것 같소. 이제 그만 내보내기로 하지요. 로렌스, 그만 나가봐. 어서."

 로렌스는 회의실 밖으로 나왔다. 포이스 대장이 끼어들지 않았다면 아마도 로렌스는 곧장 항명죄로 체포당했을지도 몰랐다. 하지만 로렌스는 다행이라는 생각이 들기는커녕 수천 가지 말이 목구멍까지 차올랐고 가슴이 답답했다. 등뒤에서 회의실 문이 닫히는 순간 로렌스는 뒤를 돌아보았다. 회의실 문 양옆에 보초를 서고 있던 영국 해병대원들이 진기한 물건을 바라보듯 로렌스를 빤히 쳐다보았다. 그들의 호기심 어린 시선에 로렌스는 치밀어 오르는 화를 억누르며 발길을 돌렸다.

로렌스가 복도로 걸어나오는 동안에도 두꺼운 나무로 된 회의실 안에서 바함 경이 고함치는 소리가 들려왔다. 벽으로 막혀 있어서 무슨 말인지 알아들을 수 없는 게 다행이었다. 분노에 휩싸인 로렌스는 호흡이 가빠지고 시야가 흐려졌다. 눈물은 나지 않았다. 오로지 격한 노여움이 로렌스의 온몸을 휘감았다. 해군 장교, 서기, 정부 관료들로 가득 찬 해군 본부의 대기실로 들어서자 녹색 외투를 입은 비행사가 급보를 들고 달려오는 모습이 보였다. 로렌스는 부들부들 떨리는 두 손을 사람들의 눈에 띄지 않도록 외투 주머니에 찔러 넣은 뒤 사람들을 거칠게 밀치며 본부 정문을 향해 걸어갔다.

로렌스는 늦은 오후의 시끌벅적한 소음 속으로 걸어나왔다. 화이트홀(런던의 관청 소재 지역—옮긴이주)은 저녁을 먹으러 집으로 돌아가는 노동자들로 몹시 붐볐다. 삯마차꾼과 가마꾼들이 '좀 지나갑시다!'라고 소리를 지르며 사람들 틈을 비집고 나아갔다. 로렌스는 주변 환경만큼이나 혼란스러운 기분으로 간신히 한 걸음 한 걸음 내디뎠다. 뒤에서 누군가가 자기 이름을 부르고 있었다. 그가 뒤를 돌아본 것은 자기 이름을 세 번이나 듣고 나서였다.

지금은 어느 누구하고도 얘기를 나누고 싶지 않았다. 예전에 해군에 같이 몸담았던 동료라 해도 그랬다. 다행히 로렌스를 불러 세운 사람은 해군 시절의 동료가 아니라 제인 롤랜드 준장이었다.

로렌스는 깜짝 놀랐다. 제인의 용 엑시디움이 도버 기지의 편대를 이끄는 리더였기 때문에 제인은 쉽게 휴가를 낼 수가 없었다. 게다가 여성 비행사인 그녀가 해군 본부를 드나들다니, 있을 수도 없는 일이었다. 공군에서도 롱윙이 여성 비행사만 고집하는 바람에 어쩔 수 없이 여성을 비행사로 받아들이는 것뿐이었다. 그래서 이 일이 외부에 알려지지 않도록 철저히 비밀에 부쳤다. 사실 로렌스도 처음에는 여성 비행사의 존재를 받아들이기 힘들었다. 이제는 많이 익숙해졌지만, 처음에는 그랬다. 그런데 지금 보니 제인은 공군 제복이 아니라 치마를 입고 두꺼운 망토를 걸친 모습이었다. 치마도 망토도 그녀에게는 어울리지 않았지만.

제인이 다가와 로렌스의 팔을 잡았다.

"이제야 뒤를 돌아보는군. 5분이나 부르며 따라왔어. 해군 본부 건물의 동굴처럼 컴컴한 방에서 자네가 나오기만을 기다렸지. 그런데 자네는 씩씩거리며 미친 듯이 걸어가더군. 옆으로는 눈길도 주지 않은 채 말이야. 하여간 이 성가신 옷 때문에 따라잡지도 못하고 계속 이름만 불러댔지. 내 이런 노고를 알아주면 고맙겠어, 로렌스."

제인은 온화한 목소리로 덧붙였다.

"자네 얼굴을 보니 얘기가 잘 되지 않은 모양이군. 가서 저녁이나 먹자고. 먹으면서 다 털어놔 봐."

"고마워요, 제인. 여기서 만나게 되다니 반갑네요."

로렌스는 식욕이 전혀 일지 않았지만 제인이 이끄는 대로 그녀가 묵고 있는 여관으로 향했다.

"그런데 이곳에 어떻게 왔어요? 엑시디움한테 무슨 일이 생긴 건 아니죠?"

"물론 아니지. 엑시디움이 얼마나 잘 먹는지 소화불량에 걸릴까 걱정할 정도야. 릴리랑 캐서린 덕분에 휴가를 얻었어. 렌튼 대장이 그 둘에게 엑시디움과 내 몫까지 이중으로 순찰을 맡겼거든. 엑시디움은 지금쯤 펑펑 놀면서 한 번에 소를 세 마리씩이나 먹어치우겠지. 그 욕심쟁이 녀석은 내가 저를 샌더스 대위한테 맡기고 휴가를 내겠다는데도 눈 하나 꿈쩍 안 하더라니까. 아, 샌더스 대위는 이번에 새로 들인 직속 부하야. 그 덕분에 내가 이렇게 여행복 차림으로 우편 배달 업무를 하는 용을 타고 여기까지 올 수 있었어. 아이씨! 잠깐 기다려 봐."

제인은 걸음을 멈추더니 엉킨 치맛자락을 마구 걷어차서 풀어냈다. 치마가 너무 치렁치렁해 계속 발에 밟혔던 것이다.

로렌스는 제인이 치마에 걸려 넘어지지 않도록 팔을 잡아 부축하며 런던 거리를 천천히 걸었다. 제인의 남자 같은 걸음걸이와 얼굴에 난 칼자국 때문인지 행인들이 무례하게 쳐다보았다. 정작 제인은 신경 쓰지 않았지만 로렌스는 그들을 쏘아보았다. 보다 못한 제인이 말렸다.

"아무리 화가 나도 그런 눈으로 사람들을 보지 마. 가엾은 여자들이 겁에 질렸잖은가. 그나저나 해군 본부에서는 뭐라고 하던가?"

"중국 사절단이 영국에 왔다는 얘긴 들으셨을 겁니다. 테메레르를 중국으로 데리고 가려고 온 것도요. 영국 정부도 반대할 생각은 없더군요. 어쨌거나 테메레르가 제 발로 중국인들을 따라가진 않을 테니, 테메레르 곁을 알짱거리며 실컷 설득해 보라고들 해요. 결국 테메레르한테 밟혀 죽고 말겠지요."

이 말을 하는 동안 로렌스는 협심증에라도 걸린 것처럼 흉골 아래쪽에 날카로운 통증을 느꼈다. 백 년도 넘게 사용되지 않아 낡고 지저분한 런던 기지의 공터에서 테메레르가 지난 2주일을 혼자 지냈을 생각을 하니, 가슴이 찢어질 것처럼 아팠다. 그동안 해군 본부의 명령으로 로렌스와 승무원들은 테메레르에게 접근할 수조차 없었다. 지금 테메레르 곁에는 런던 기지를 드나들며 우편 배달 업무를 하는 소형 용 몇 마리가 전부였다.

"테메레르야 물론 중국으로 가려 하지 않겠지. 테메레르를 설득해서 자네를 버리고 중국으로 가게 만들 생각을 하다니, 꿈도 야무지지. 중국인들도 곧 자신들이 잘못 판단했다는 걸 깨닫게 될 거야. 중국인들은 자기네가 세계 최고의 용 조련사라고 떠들어대고 있기는 하지만 말이야."

"중국 왕자가 아주 대놓고 나를 무시하더군요. 테메레르도 자기네랑 같은 생각일 것이고 당연히 중국으로 돌아가는 걸 원할 거라나. 그런데 테메레르를 설득해도 말을 듣지 않으니까 이번에는 악당 바함 경이 나한테 테메레르를 거짓말로 속이라고 명령을 하더군요. 지브롤터 기지로 배속받았다고 하면서 일단 수송선에 태우라는 거예요. 중국으로 가는 수송선이라는 것도 모르고 육지에서 한참 떨어진 바다까지 그 배를 타고 가면 테메레르도 영국으로 돌아오기 힘들 테니까요."

제인이 치를 떨며 로렌스의 팔을 꽉 잡았다.

"세상에, 그런 파렴치한 짓거리를 계획하다니, 포이스 대장은 뭐라고 안 해? 포이스 대장은 그들이 자네한테 그런 제안을 하는 걸 묵과할 사람이 아닌데. 바함 경이 해군 장교 출신이라 용과 비행사의 관계를 잘 모를 수도 있으니, 포이스 대장이 바함 경에게 이 상황을 상세하게 설명해 주었어야 했어."

"포이스 대장도 어쩔 수 없는 모양이에요. 포이스 대장은 공군 본부 소속일 뿐이지만 바함 경은 국방성 사람이니까요. 그래도 포이스 대장 덕분에 교수형을 면하기는 했어요. 포이스 대장이 나를 회의실에서 내보내는 바람에 살아난 거지요. 정말 통제가 되지 않을 정도로 화가 났거든요."

두 사람은 어느덧 스트랜드 가(街)로 들어서고 있었다. 사람들로 북적거리는 통에 더 이상 대화를 나누기가 어려웠다. 수레와 삯마차가 덜거덕거리고 지나가자 도랑에 쌓인 진흙이 사방으로 튀었다. 그들은 옷에 오물이 묻지 않도록 조심해야 했다. 로렌스의 분노는 어느덧 옅어지고 산란했던 마음도 차츰 가라앉았다.

테메레르와 강제로 떨어져 지내게 되면서부터 로렌스는 이런 식의 격리가 조만간 끝날 거라고 스스로를 위로하며 하루하루를 버텨왔다. 중국인들도 테메레르가 중국으로 돌아가고 싶어하지 않는다는 걸 곧 알게 될 테고, 그에 따라 해군 본부에서도 로렌스와 테메레르를 격리시킨 조치를 곧 철회할 테니까. 용과 비행사를 서로 못 만나게 하다니, 참으로 지독스런 조치가 아닐 수 없었다. 로렌스는 테메레르가 알에서 깨어난 이래로 하루 이상 떨어져 지낸 적이 없었다. 혼자가 된 지금 로렌스는 시간을 어떻게 때워야 할지 막막했다. 하긴 앞으로 영영 못 만나게 될지도 모른다는 생각을 하면 2주간의 격리는 별것 아닐 수도 있었다. 중국인들은 여간해선 포기하지 않을 것이고 국방성에서는 결국 테메레르를 중국으로 보낼 방법을 찾아낼 것이다. 목적을 위해서라면 온갖 거짓말로 테메레르를 속여넘길 테니까. 바함 경은 로렌스가 테메레르에게 마지막 작별 인사도 하지 못하도록 막을 게 분명했다.

테메레르가 없는 삶은 이제 상상할 수도 없었다. 다른 용을 받아들이고 싶지도 않았고, 바함 경에게 밉보였으니 해군으로 돌아가는 것도 불가능해졌다. 차라리 상선이나 사략선(私掠船, 전시에 적선을 나포하는 면허를 가진 민간 무장선—옮긴이주)을 탈까. 하지만 그렇게까지 하면서 항해를 하고 싶진 않았다. 그동안 모아둔 포획 상금으로 결혼도 하고 시골에서 유지로 그럭저럭 풍족하게 살아갈 수도 있었다. 그렇지만 어떻게 보면 목가적이고 아름다울 것 같은 그 시골 생활이 지금 로렌스에겐 그저 단조롭고 재미없게만 여겨졌다.

그리고 무엇보다 로렌스의 심정을 알고 함께 가슴아파해 줄 사람이 거의 없다는 게 그를 더욱 씁쓸하게 만들었다. 해군 시절의 동료들은 용에게서 벗어난 게 얼마나 다행이냐고 말할 것이고 가족들도 기뻐할 것이다. 그의 상실감을 온전히 이해해 줄 사람은 단 한 명도 없다고 해야 옳았다. 참으로 우스웠다. 그는 자신의 의지와는 상관없이 비행사가 된 후 오로지 이 나라와 국왕에 대한 충성심만으로 절망을 이겨냈다. 그렇게 해군에서 공군으로 소속이 바뀐 지 1년도 채 되지 않았는데, 이제 테메레르가 없는 삶은 상상조차 할 수 없게 되다니. 그나마 그의 입장을 어느 정도 이해해 주는 건 동료 공군들밖에 없었다. 그것도 테메레르가 중국으로 가고 나면 공군들과 교류할 일이 없게 될 것이다. 왜냐하면 공군들은 대부분 세상과 단절된 삶을 살고 있기 때문이다.

마침내 로렌스와 제인은 '크라운 앤 앵커'라는 간판이 붙은 여관으로 들어갔다. 저녁식사를 하기엔 아직 이른 시간이라 홀은 한산했다. 내부를 둘러보니 최신 유행을 따르거나 우아하게 장식된 곳은 없었고, 동네 사람들을 단골 삼아 요리와 술을 파는 집인 듯했다. 사회적 지위가 상당한 여자가 드나들 만한 곳은 결코 아니었다.

로렌스도 예전 같으면 이런 곳에 자발적으로 발을 들여놓지 않았을 것이다. 사방에서 무례하고 호기심 어린 시선들이 제인을 향해 쏟아졌다. 하지만 어깨가 떡 벌어지고 허리에 의전용 칼을 찬 로렌스가 옆에 당당히 서 있어서 감히 함부로 입을 놀리지는 못했다.

제인은 로렌스를 2층의 자기 방으로 안내했다. 그녀는 로렌스를 볼품 없는 안락의자에 앉힌 뒤 와인을 권했다. 로렌스는 자신을 안쓰럽게 쳐다보는 제인의 눈길을 피해 얼굴을 잔으로 가린 뒤 와인을 쭉 들이켰다. 제인 앞에서 남자답지 못하게 슬픔을 드러낼까봐 두려웠다.

"배가 고파서 더 기운이 없는 거야, 로렌스. 아무것도 먹은 게 없으니 무리도 아니지."

제인이 종을 울려 여관의 하녀를 불렀다. 식사를 주문하자 잠시 후 하인 둘이 평범한 정식 만찬이 담긴 쟁반을 들고 들어왔다. 채소를 곁들인 구운 닭고기와 쇠고기, 그레이비 소스, 잼을 바른 작은 치즈 케이크, 송아지 발로 만든 파이, 적채 스튜 요리, 작은 비스킷 푸딩. 제인은 순서에 따라 차례로 요리를 차려낼 것 없이 탁자에 모두 올려놓게 한 후 하인들을 내보냈다.

로렌스는 식욕이 없었지만 차려진 음식을 보니 별안간 식욕이 일었다. 런던에 온 후 그는 테메레르가 있는 런던 기지와 가깝다는 이유로 싸구려 하숙집 하나를 골라 숙소로 정했고 지금까지 그곳에서 불규칙적이고 조악한 식사를 해왔다. 이런 정찬 요리는 오랜만이었다. 로렌스가 식사를 하는 동안 제인은 공군 내에서 도는 이런저런 소문들과 자질구레한 얘기들을 늘어놓았다.

"로이드를 떠나보낸 게 정말 아쉬워……. 라간 호수 기지에 앵글윙 품종의 알 하나가 곧 부화할 예정이라 공군 본부에서 로이드한테 그 알을 내줬어."

제인이 데리고 있던 직속 부하 로이드 대위 얘기였다.

로렌스는 멍하니 음식을 씹다가 고개를 들었다.

"아, 나도 본 적이 있어요. 옵베르사리아가 낳은 알 말이죠?"

"응. 우리 모두 잘 됐다고 생각해. 로이드야 물론 좋아 죽으려고 하지. 나도 기뻐. 하지만 5년이나 데리고 있던 로이드를 내보내고 새로 직속 부하를 뽑는 일이 쉽지만은 않더라고. 동료 승무원들도 아쉬워하고, 엑시디움도 로이드는 예전에 이렇게 해줬는데 하면서 투덜거려. 하지만 새로 직속 부하로 들인 샌더스 대위도 착하고 믿을 만한 친구이긴 해. 공군 본부에서는 그랜비 대위한테 내 밑으로 들어가라고 했지. 그런데 그랜비가 거절해서 지브롤터에서 복무하던 샌더스 대위가 오게 된 거야."

그랜비 대위는 로렌스의 직속 부하였다. 로렌스는 깜짝 놀라 소리쳤다.

"뭐라고요? 그랜비가 그 자리를 거절했다고요? 설마 나 때문은 아니겠죠?"

제인도 로렌스만큼이나 당황한 눈치였다.

"아, 이런. 자네 몰랐던 거야? 그랜비가 나한테 이렇게 말하더군. '제안은 감사하지만 지금은 자리를 옮길 수 없다'고. 나는 그랜비가 자네랑 그 문제를 상의한 줄 알았는데. 자네가 그랜비한테 뭔가 희망을 주었기 때문에 그랜비가 거절한 거라고 생각했거든."

로렌스가 들릴 듯 말 듯 나지막하게 대답했다.

"상의한 적 없어요. 이대로라면 그랜비는 소속 용도 없이 지내게 될 텐데. 그 좋은 자리를 마다하다니, 정말 유감이군요."

그 자리를 거절한 것은 그랜비에게 득보다 실이 더 클 것이었다. 공군 장교의 경우 자기한테 들어온 제안을 거절하면 빠른 시일 내에 그만한 자리를 또다시 제안을 받는 게 어려웠다. 로렌스도 그 부분에서는 그랜비에게 힘이 되어 줄 수 없었다.

잠시 후 제인이 말했다.

"흠, 자네한테 걱정거리를 더 얹어주는 것 같아 미안한데, 렌튼 대장은 자네가 데리고 있던 승무원들을 해체시키지 않고 대부분 그대로 두었어. 버클리 대령이 일손이 많이 부족하다고 해서 어쩔 수 없이 몇 명을 보내긴 했지만 말이야. 막시무스의 성장이 완료된 줄 알았는데 그게 아니었나 봐. 자네가 런던으로 소환된 뒤로도 막시무스는 덩치뿐만 아니라 키도 4.5미터 정도 더 자랐어."

제인은 마지막 말을 유쾌하게 덧붙이며 분위기를 좀 더 가볍게 만들려고 했다. 그러나 로렌스의 찌푸린 인상을 풀기에는 역부족이었다. 입맛이 딱 떨어진 로렌스는 칼과 포크를 접시 위에 올려놓았다. 음식은 반 이상 남아 있었다.

제인이 창문을 가린 커튼을 열어젖혔다. 바깥은 이미 어둠이 짙게 깔리고 있었다.

"음악회나 갈까?"

"기꺼이 가 드리겠습니다."

로렌스가 무미건조하게 대답하자 제인은 고개를 저었다.

"아니, 됐어. 별로 재미없겠어. 그만 침대로 와, 사랑하는 전우. 거기 그렇게 침울하게 앉아 있지 말고."

그들은 촛불을 끄고 침대에 나란히 누웠다. 어둠 속이라 속내를 털어놓기가 수월해진 탓일까. 로렌스가 조용히 입을 열었다.

"어떻게 해야 좋을지 모르겠습니다. 나는 바함 경을 악당이라고 욕했죠. 나더러 테메레르에게 거짓말을 하라고 지시하다니, 신사답지 못한 비열한 짓 아닙니까? 물론 달리 방법이 있었으면 내게 그런 걸 요구하지도 않았겠죠. 바함 경도 사실 그 정도로 쓰레기 같은 인간은 아니니까요."

제인은 베개에 팔꿈치를 대고 옆으로 누웠다.

"바함 경이 그 중국 왕자 앞에서 머리를 조아리며 비위를 맞췄다는 얘기를 들으니까 나도 썩 기분이 좋지 않아. 중위 시절에 중국의 광둥(廣東, 중국 동남부의 항구 도시—옮긴이주)에 들른 적이 있었어. 용 수송선을 타고 인도에서 중국을 거쳐 영국으로 돌아가는 길이었지. 광둥에 정박된 중국의 평저선들을 봤는데 강풍은커녕 소나기도 제대로 피하기 힘들게 생겼더군. 그런 배에 용들을 태우고 대양을 건너 영국을 치러 오는 건 불가능에 가깝지."

"나도 처음엔 그렇게 생각했어요. 그런데 중국이 영국과 무역을 끊고 인도로 가는 영국 선박들을 파괴할 계획을 갖고 있다면, 굳이 용들을 데리고 대양을 가로질러 영국까지 날아올 필요가 없겠더라고요. 특히 중국은 러시아와 국경을 맞대고 있잖아요. 프랑스 군이 러시아를 침공할 경우, 나폴레옹에 대항하는 영·러 연합도 위기에 봉착하게 되는 겁니다. 그렇게 되면 중국도 위험한 상황에 놓이게 되겠죠."

"우리가 지금까지 나폴레옹과 전쟁을 하는 동안 러시아는 우리한테 별다른 지원을 하지 않았어. 자금 부족 때문이라는 것도 보잘것없는 핑계일 뿐이지. 러시아는 전에도 늘 자금이 부족한 상태였으니까. 지금껏 우리 영국이 나폴레옹을 상대해 주었기 때문에 러시아가 나폴레옹한테 공격당하지 않았는데 말이야. 아무튼 나도 자네한테서 테메레르를 빼앗으려는 중국인들이 용서가 안 돼. 바함 경이 아직도 자네가 테메레르를 만나지 못하게 막는 걸로 아는데, 맞나?”

“예. 못 만난 지 벌써 2주째예요. 고맙게도 런던 기지에 복무하는 한 공군이 테메레르한테 내 쪽지를 전해 주고 테메레르가 먹이를 잘 먹고 있는지 여부도 알려주더군요. 하지만 그 공군에게 테메레르가 머무는 공터로 들여보내 달라고 요청할 수는 없었습니다. 그랬다간 나는 물론이고 그 공군도 군법 회의에 회부될 테니까요. 이대로 테메레르와 떨어져 지내자니, 죽을 지경입니다.”

1년 전만 해도 로렌스는 자기가 이런 말을 하게 될 줄은 상상도 못했다. 아무리 스스로 마음을 달래려고 애써도 못 견디게 괴로웠다. 제인도 비행사이기에 로렌스의 심정을 어느 정도 헤아릴 수 있었다. 제인은 로렌스의 뺨을 부드럽게 어루만진 후 그를 가만히 안아주었다.

잠이 확 달아난 로렌스는 어두운 방 안에서 부스스 일어났다. 제인이 문 쪽으로 걸어가고 있었다. 제인이 문을 열자 촛불을 든 여관의 하녀가 하품을 하며 문간에 서 있는 모습이 보였다. 촛불의 노란 불빛이 방 안으로 흘러들어왔다. 하녀는 제인에게 봉인된 급보를 건네주고 음탕함과 호기심에 찬 눈길로 로렌스를 쳐다보았다. 로렌스는 얼굴을 붉히며 얼른 이불을 잘 덮고 있는지 확인했다.

제인은 봉투를 뜯은 뒤 하녀의 손에서 촛불을 받아들었다. 그리고 하녀의 손에 1실링짜리 은화를 쥐어주며 말했다.

“자, 여기 팁, 그만 가봐요.”

그리고 하녀의 면전에 대고 문을 쾅 닫았다.

"로렌스, 아무래도 나는 당장 가봐야겠어."

제인은 침대 옆 좌탁에 놓인 초에 불을 붙이며 나지막하게 말을 이었다.

"도버 기지에서 온 편지인데, 프랑스 상선단이 용들의 호위를 받으며 르 아브르 항구로 가고 있대. 영국 해협을 지키는 영국 함대가 뒤를 쫓고 있지만 프랑스 상선단을 호위하는 용들 중에 플람므 드 글로와가 있어서 우리 공군의 지원 없이는 전투에 승산이 없겠다는군."

"프랑스 상선단에 속한 배가 몇 척이나 된다고 씌어 있습니까?"

로렌스도 얼른 침대에서 내려와 바지를 입었다. 프랑스의 플람므 드 글로와는 불을 뿜는 용으로 군함에 가장 치명적인 해를 입힐 수 있는 존재였다. 따라서 도버 기지에 주둔한 공군의 지원을 받는다고 해도 영국 함대가 이길 승산이 있는 건 아니었다.

제인은 머리카락을 손으로 모아 쥐고 끈으로 묶었다.

"서른 척 이상. 분명 전쟁 물자를 가득 싣고 있겠지. 저기 있는 내 외투 좀 건네줘."

어느덧 창밖의 하늘이 연푸른색을 띠기 시작했다. 곧 촛불이 필요 없을 정도로 밝아올 것이다. 로렌스는 제인의 외투를 집어 들고 그녀가 편하게 입을 수 있게 도와주면서 머릿속으로는 그 상선단의 전투 능력이 어느 정도 될지, 본 진영과 떨어져 그 상선단을 쫓고 있는 영국 함대 소속 군함의 규모는 얼마나 될지, 전투 끝에 르 아브르 항구로 도망칠 수 있는 프랑스 상선은 몇 척이나 될지를 가늠해 보았다. 르 아브르 항구의 포병들은 지독하기로 유명했다. 바람의 방향과 세기가 어제와 같다면 프랑스 상선단은 큰 어려움이 없이 르 아브르로 나아갈 수 있을 것이다. 철과 구리, 수은, 화약을 가득 실은 서른 척의 프랑스 상선들. 트라팔가르 전투 이후 나폴레옹은 바다에서 더 이상 위협적인 존재가 아니었지만, 유럽 대륙에서는 여전히 지배자였다. 그 상선단에 실린 짐들은 나폴레옹이 향후 수개월간 쓸 수 있는 전쟁 물자였다.

"거기 그 망토도 좀 건네줘."

제인의 목소리가 로렌스의 상념을 깨고 들어왔다. 제인은 남성 비행사의 것과 동일한 제복을 입고 커다란 망토를 몸에 두른 후 망토 두건을 내려썼다.

"자, 그럼 난 가볼게."

로렌스가 서둘러 외투를 입으며 말했다.

"잠깐, 나도 같이 가요. 우리 편에 도움을 줄 수 있을 거예요. 버클리 대령의 승무원 수가 부족하다니까 나라도 안장끈을 잡아주든지 막시무스에게 옮겨 타는 적들을 물리치든지 해야겠어요. 짐은 그냥 두고 종을 울려서 여관 하녀를 불러요. 하녀한테 내 하숙집으로 당신 짐을 모두 옮겨놓으라고 하고요."

잠시 후 로렌스와 제인은 인적 드문 거리로 서둘러 나왔다. 이 시간에 돌아다니는 건 냄새나는 수레를 끄는 분뇨청소부, 일거리를 찾아 돌아다니는 날품팔이, 장을 보러 종종걸음치는 하녀, 공기 중에 하얀 숨을 뿜어내는 가축 떼뿐이었다. 밤사이 내린 차갑고 끈적끈적한 안개가 얼음 가시처럼 피부를 찔렀다. 그래도 행인이 별로 없으니 제인은 망토 안에 입은 제복을 신경 쓰지 않고 로렌스와 함께 뛰다시피 걸음을 재촉할 수 있었다.

템스 강 서쪽을 끼고 있는 런던 기지는 해군 본부 건물에서 그리

멀지 않은 곳에 위치해 있었다. 해군 본부와 가깝기는 했지만 런던 기지의 주변 건물들은 몹시 낡고 초라했다. 그곳에는 용들이 드나드는 런던 기지에서 멀리 떨어진 곳에 집을 얻을 여유가 없는 가난한 이들이 살고 있었다. 그 건물 중 일부는 비어 있었다.

건물 안에서 앙상하게 마른 어린애들 몇 명이 지나가는 사람들을 의심스런 눈길로 내다보았다. 길가의 도랑으로 시커먼 구정물이 흘렀다. 로렌스와 제인이 장화발로 얇은 살얼음을 깨고 지나가자 살얼음 아래서 진창의 악취가 스멀스멀 새어나왔다.

텅 비다시피한 거리를 달려가는데 안개 속에서 갑자기 커다란 마차가 튀어나왔다. 제인이 인도 쪽으로 끌어당기지 않았으면 로렌스는 꼼짝없이 그 마차에 부딪혀 바퀴 밑으로 깔려 들어갔을 것이다. 마부는 미안하다는 말도 없이 미친 듯이 마차를 몰아 다음 골목을 돌아서 사라져버렸다.

로렌스의 가장 좋은 예복 바지에 시커먼 진창이 잔뜩 튀었다. 로렌스가 기막혀하자 제인이 말했다.

"신경 쓰지 마. 일단 용을 타고 이륙하면 바람에 말라붙어 떨어질 테니까."

제인의 낙관적인 말에 로렌스도 기분이 풀렸다. 하긴 현 상황에선 어쩔 도리가 없었다. 두 사람은 다시 걸음을 재촉하기 시작했다.

거무죽죽한 길거리와 매연에 찌든 아침 하늘을 배경으로 런던 기지의 대문이 저 앞에서 반짝거렸다. 검정으로 칠한 지 얼마 되지 않은 철문에는 광택을 머금은 황동 자물쇠가 채워져 있었다. 붉은 제복 차림의 어린 해병대원 둘이 머스켓 총을 벽에 기대어놓고 어슬렁거리는 모습이 보였다. 문지기가 대문 쪽으로 걸어오는 제인을 보고 모자에 손을 갖다대며 인사를 했다. 해병대원들은 의아해하며 제인을 쳐다보았다. 제인의 망토가 어깨 뒤로 흘러내려 제복 어깨에 붙은 금색줄 세 개가 드러났던 것이다. 제인은 당당한 걸음걸이로 문지기에게 다가갔다.

로렌스는 인상을 찡그리고 얼른 옆을 막아서며 해병대원들의 시야를 가렸다. 문지기는 곧장 대문을 열어주었다. 로렌스는 제인과 함께 대문으로 들어서며 문지기에게 물었다.

"고맙네, 팻슨. 도버 기지에서 온 우편 배달 담당 용은 도착했나?"

문지기 팻슨이 대문을 잡아당겨 닫으며 엄지로 어깨 너머를 가리켰다.

"저쪽 첫 번째 공터에서 대기하고 있습니다."

팻슨은 겸연쩍어하는 해병대원들을 못마땅한 얼굴로 노려보며 덧붙였다.

"저 녀석들에 관해서는 걱정하실 것 없습니다. 제가 알아서 하겠습니다."

해병대원들은 아직 소년티를 벗지 못한 모습이었다. 팻슨은 병기공 출신으로 덩치가 컸고 한쪽 눈에 안대를 차고 있었다. 또 눈 주위에 붉은 화상 흔적이 남아 있어 꽤나 험상궂어 보였다.

"고맙네, 팻슨. 계속 수고하게."

제인이 인사한 뒤 공터 쪽으로 걸어가며 로렌스에게 말했다.

"저 바다가재 같은 해병대원 녀석들이 여기서 뭘 하는 거지? 그나마 장교급이 아니라 다행이네. 12년 전 한 육군 장교가 툴롱에서 부상당한 여성 비행사 세인트 저메인 대령을 발견한 적이 있었거든. 그때 공군 내에 여성 비행사가 존재한다는 사실이 알려졌지. 그 치사한 놈의 입이 얼마나 가벼운지 신문에 여성 비행사의 존재가 실릴 뻔했어."

기지를 둘러싼 작은 숲과 건물들 때문에 런던 시의 소음이 어느 정도 차단되고 있었다. 두 사람은 곧 첫 번째 공터에 도착했다. 그곳은 중형 용 한 마리가 겨우 양 날개를 펼칠 수 있을 정도의 크기밖에 되지 않았다. 팻슨의 말대로 우편 업무를 담당하는 용이 대기 중이었다. 윈체스터 품종의 어린 암컷 용이었는데 자줏빛 날개가 아직 다 큰 용만큼 짙어지지 않은 상태였다. 그래도 안장을 제대로 갖춘 그 용은 얼른 이륙을 하고 싶어 조바심이 나는 눈치였다.

"여어, 홀린!"

로렌스는 그 용의 비행사에게 다가가 반갑게 악수를 나눴다. 예전에 테메레르의 지상 요원 지휘관으로 복무했던 홀린이 대령으로 승진하여 장교복을 입고 새끼 용 옆에 서 있는 걸 보자 로렌스의 마음이 다 뿌듯해졌다.

"자네 용인가?"

로렌스가 묻자 홀린이 환하게 웃으며 대답했다.

"예, 그렇습니다. 이름은 '엘시'라고 합니다. 엘시, 이 분이 로렌스 대령님이셔. 전에 내가 얘기했던 그 분이야. 나를 너한테 보내주신 분."

엘시는 고개를 돌려 눈을 빛내며 로렌스를 바라보았다. 알에서 깨어난 지 3개월도 채 되지 않은 엘시는 그 나이 또래의 다른 윈체스터 품종의 용들보다 몸집이 작았다. 그래도 몸통이 반짝반짝 윤이 날 정도로 깨끗한 걸 보니 홀린에게 정성스럽게 보살핌을 받고 있는 게 확실했다.

"아, 테메레르의 비행사시죠? 홀린을 저한테 보내주셔서 감사해요. 전 홀린이 너무너무 마음에 들어요."

엘시는 명랑하고 높은 목소리로 이렇게 말하고는 애정을 듬뿍 담아 홀린을 코로 슬쩍 찔렀다. 그 바람에 홀린은 바닥으로 넘어질 뻔했다.

테메레르를 생각하니 가슴이 메었지만 로렌스는 억지로 밝은 목소리로 대답했다.

"홀린을 너한테 보낼 수 있어서 나도 기뻤단다. 만나서 반가워."

여기서 450미터도 안 되는 곳에 테메레르가 머물고 있었다. 주변을 둘러보았지만 건물들이 시야를 가리고 있어서 테메레르의 모습은 보이지 않았다.

제인이 홀린에게 물었다.

"준비 다 됐나? 곧장 출발해야 하는데."

"예, 준장님. 준비는 다 되었고요. 급보 꾸러미를 기다리는 중입니다. 5분 정도 후에 이륙할 겁니다. 그동안 다리를 펴는 체조라도 하고 계십시오."

로렌스는 테메레르를 만나고 싶어 미칠 지경이었다. 그러나 당장 달려가고 싶은 충동을 억지로 가라앉혔다. 명령을 어길 수는 없었다. 테메레르에 대한 접근 금지 명령이 아무리 비열하기 짝이 없는 것이라고 해도 대놓고 어기면 군법 회의에 회부될 수밖에 없었다. 그렇게 되면 여기 있는 홀린과 제인한테까지 불똥이 튈 수 있었다.

"저쪽 막사에 가서 저비스랑 얘기나 좀 하고 오겠습니다."

로렌스는 제인에게 이렇게 말한 뒤 막사로 걸어갔다. 런던 기지에서 테메레르를 돌봐주고 있는 공군이 바로 저비스였다.

저비스는 나이가 꽤 많았다. 한때 용의 안장 지휘관으로 복무하다가 전투 중에 적군 용의 사악한 발톱에 왼쪽 팔다리가 잘려나갔지만, 살아날 가망이 없다는 의사의 예상을 뒤엎고 기적적으로 회복하여 현재 런던 기지에서 일하고 있었다. 공군 본부에서 저비스를 런던 기지로 보낸 것은 드나드는 용이 거의 없어서 다른 기지에 비해 한산한 편이었기 때문이다. 나무로 된 의족과 어깨의 쇠갈고리에 의지하고 있는 탓에 몸이 한쪽으로 기울어지고 움직임이 굼떴지만, 저비스는 자신이 이렇게 한가로운 처지가 된 것에 불만이 많았다. 저비스는 로렌스를 보자 몹시 반가워했다. 로렌스가 자신의 불평에 진심으로 귀를 기울였기 때문이다.

저비스가 차를 대접하겠다고 부산을 떨었지만 로렌스는 사양하며 물었다.

"전투를 지원하러 도버 기지로 가게 되었다고 테메레르한테 전해주게. 내가 한동안 소식을 전하지 못할 텐데 테메레르가 불안해할까 봐 그래."

"그러죠. 편지를 써주시면 테메레르한테 가져가서 읽어주겠습니다. 그 불쌍한 녀석은 편지를 받으면 무척 기뻐할 겁니다."

저비스는 다리를 절룩거리며 걸어가 잉크병과 펜을 가져왔다. 로렌스는 갖고 있던 종이 쪼가리를 뒤집어 깨끗한 뒷면에 글을 쓰기 시작했다.

"해군 본부의 그 뚱땡이 바함 경이 30분 전에 해병대원 한 무더기랑 화려한 옷을 차려입은 중국인들을 데리고 테메레르한테 갔습니다. 아마 지금도 거기 있을 거예요. 그 놈들이 얼른 돌아가지 않으면 테메레르는 아마 오늘 아무것도 안 먹으려 할 겁니다. 못생기고 뚱뚱하고 재수 없는 그 비역쟁이 같은 뱃놈이 도대체 무슨 생각으로 해병대원들과 중국인들을 데리고 왔는지 모르겠어요. 꼴에 용들의 습성을 잘 알고 있다고 자부하고 있겠죠."

이렇게 말하던 저비스는 얼른 덧붙였다.

"아, 뱃놈이라고 욕한 건 대령님을 두고 한 소리는 아닙니다."

로렌스는 손이 떨려서 글씨가 제대로 써지지 않았다. 첫 줄을 쓰는 동안 펜촉의 잉크가 종이 옆 탁자로 튀어버렸다. 로렌스는 저비스의 말에 아무렇게나 대답을 하고는 다시 집중했다. 하지만 적당한 문구가 떠오르지 않았다. 문장 중간에서 막힌 채 멍하니 있던 로렌스가 갑자기 몸의 중심을 잃고 비틀거렸다. 탁자가 옆으로 넘어가고 잉크가 바닥으로 쏟아졌다. 한겨울 북해에서 불어닥친 강풍을 동반한 폭풍우처럼 저쪽에서 뭔가 부서지는 소리가 요란하게 들려왔다.

저비스도 몸의 중심을 못 잡고 비틀거렸다. 로렌스는 어색하게 쥐고 있던 펜을 내던지고 엘시가 있는 곳을 향해 달려갔다. 공터로 가 보니 웅웅거리는 울림이 사방으로 퍼져나가는 가운데 엘시가 날개를 반쯤 펼친 채 뒷다리를 세우고 안절부절못하고 있었다. 홀린과 제인은 엘시를 진정시키고 있었고, 런던 기지에 있던 몇 안 되는 다른 용들도 고개를 치켜들고 숲 너머를 살피며 쉿쉿 소리를 냈다.

"로렌스!"

제인이 뒤에서 부르는데도 로렌스는 대답하지 않았다. 로렌스는 무의식적으로 허리춤의 칼자루를 향해 손을 뻗으며 테메레르가 머무르는 공터로 달려가고 있었다. 하지만 곧 무너진 막사의 잔해와 쓰러진 나무들이 로렌스의 앞을 가로막았다.

로마인들이 서양 용을 길들이기 시작한 것보다 약 천 년 앞선 시기에 중국인들은 이미 탁월한 용 교배 기술을 획득했다. 중국인들은 호전성보다 아름다움과 지성을 더 귀하게 여겼고, 그래서 서양인들이 중요시하는 불과 산을 뿜는 용을 경멸했다. 중국 공군에 소속된 용들은 그 수가 워낙 많아서 굳이 불이나 산을 뿜는 용이 필요가 없었기 때문이기도 했다. 하지만 셀레스티얼 품종의 용을 최고로 여기는 걸 보면 특별한 재능을 가진 용을 무조건 경멸하는 건 아닌 것 같았다. 테메레르가 속한 셀레스티얼 품종은 아름다움과 지성 외에 '신의 바람'이라는 신비로운 능력까지 갖춘 것으로 알려져 있었다. 신의 바람이란 일종의 고함으로, 전투 시 불붙인 포탄보다 훨씬 막강한 능력을 발휘했다.

로렌스도 도버 전투에서 테메레르가 신의 바람으로 나폴레옹의 공중 수송선을 물리치는 모습을 직접 목격했다. 그런데 지금 이 공터에 쓰러진 나무들을 보니 바로 그 신의 바람을 정통으로 맞은 듯했다. 쪼개진 나무줄기가 성냥개비처럼 내동댕이쳐져 있었던 것이다. 그리고 막사 건물도 무참하게 무너져 내려 벽돌은 물론 그 벽돌을 붙인 회반죽도 산산이 부서진 상태였다. 허리케인이나 지진이 휩쓸고 지나간 것처럼 주변이 온통 초토화되어 있었다.

바함 경과 중국인들을 호위하는 해병대원들은 대부분 공터를 둘러싼 덤불 위에 쓰러져 있었다. 하나같이 공포로 질린 얼굴들이었다. 바함 경은 쓰러지지 않고 버티고 서 있었고 중국인들도 뒤로 물러나지 않았다. 단호하게 맨 앞에 서 있는 용싱 왕자를 제외하고 나머지 중국인들은 그 자리에서 테메레르를 향해 무릎을 꿇고 엎드린 채 있었다.

바함 경과 중국인들이 서 있는 곳과 테메레르 사이에는 뿌리채 뽑힌 거대한 떡갈나무가 쓰러져 있었다. 그 떡갈나무 뒤에 테메레르가 서서 줄기에 앞발 하나를 올려놓은 채 바함 경을 위협적으로 내려다보며 말했다.

"다시는 그딴 소리 지껄이지 마."

이빨을 드러내고 얼굴 주변의 막을 세운 테메레르는 분노로 몸을 부들부들 떨며 말을 이었다.

"당신 말 안 믿어. 로렌스가 나 말고 다른 용을 택하기로 했다고? 내가 그런 거짓말을 믿을 줄 알아? 로렌스를 먼 곳으로 보냈다면 난 당장 로렌스를 찾으러 갈 거야. 만일 로렌스를 다치게 했다면……."

테메레르가 또다시 고함을 지르려고 숨을 들이마시기 시작하자 세찬 바람을 맞는 돛처럼 가슴이 크게 부풀어올랐다. 이대로라면 그 앞에 있는 자들은 모두 죽게 될 것이었다.

"테메레르!"

로렌스는 무너진 막사의 잔해를 볼썽사납게 기어오르며 소리쳤다. 부서진 파편들이 옷과 피부를 스치고 상처를 냈지만 아랑곳하지 않고 잔해 너머 공터로 미끄러져 내려갔다.

"테메레르, 난 괜찮아. 나 여기 있어……."

로렌스의 목소리를 듣자마자 테메레르는 고개를 휙 돌려 두 걸음 만에 공터를 가로질러 다가왔다. 무시무시한 발톱이 달린 앞발로 로렌스를 감싸고 누가 빼앗아갈세라 온몸으로 둘러쌌다. 로렌스의 주변에 윤기 나는 검정 가죽 벽이 세워진 듯했다. 로렌스의 심장이 마구 벌렁거렸다. 하지만 두려워서가 아니었다. 기뻐서였다.

로렌스는 두 손으로 테메레르의 코를 쓰다듬었고 부드러운 주둥이에 볼을 갖다댔다. 그러자 테메레르가 구슬프게 신음소리를 내며 웅얼거렸다.

"로렌스, 로렌스. 이젠 나 혼자 두고 가지 마."

"이 녀석아."

로렌스는 가슴이 메어 겨우 한마디 말을 내뱉고는 입을 다물었다. 더 이상 어떤 말도 할 수가 없었다.

로렌스와 테메레르는 주변 상황도 잊은 채 서로 머리를 맞대고 눈물을 삼켰다. 잠시 후 로렌스를 둘러싼 테메레르의 몸 너머에서 숨이 턱에 닿은 제인이 다급하게 소리쳤다.

"로렌스! 테메레르, 옆으로 몸 좀 돌리고 비켜 봐. 착하지."

테메레르는 고개를 들고 마지못해 감았던 몸을 풀었다. 하지만 바함 경 일행과 로렌스 사이를 여전히 가로막은 채였다.

제인은 테메레르의 앞발 아래로 허리를 굽히고 들어와 로렌스 옆에 섰다.

"자네가 이리로 달려올 수밖에 없었던 건 이해해. 하지만 저들에겐 더 화가 치미는 행동일 수 있어. 바함 경을 자극해서 좋을 게 없단 소리야. 바함 경이 무슨 소릴 하더라도 일단 순순히 따르도록 해."

제인은 고개를 저으며 말을 이었다.

"로렌스, 곤란한 상황에 처한 자네를 두고 가는 게 영 마음이 편치 않지만 급보 꾸러미가 도착해서 더 이상은 지체할 수가 없어. 더 뭉그적거리다가는 도버 쪽이 위험해질 수도 있고."

"얼른 가봐요. 도버에서 공격 개시를 위해 준장님을 기다리고 있을 테니까요. 여기 일은 나랑 테메레르가 알아서 할 테니 걱정 말아요."

테메레르가 끼어들었다.

"공격이라고? 전투가 벌어지는 거야?"

테메레르는 하늘을 향해 날아오르는 도버 기지의 편대들이 보이기라도 하는 듯, 앞발톱을 구부리며 동쪽으로 고개를 돌렸다.

로렌스가 서둘러 제인에게 말했다.

"어서 출발해요. 몸조심하고요. 홀린한테 미안하다는 말도 전해주세요."

제인은 고개를 끄덕였다.

"최대한 침착하게 처신해. 출격하기 전에 테메레르의 문제를 렌튼 대장하고 얘기해 볼 생각이야. 자네와 테메레르를 강제로 떼어놓으려는 저들의 잔인한 짓거리를 알게 되면 공군에서도 가만 있지 않을 거야. 용들도 몹시 분노하겠지. 이 상황이 오래 지속되진 않을 테니 너무 걱정하지 마. 게다가 지금 명령에 불복하고 테메레르한테 달려온 자네를 아무도 비난할 순 없을 거야."

"염려 말고 어서 출발해요. 전투가 더 중요하니까요."

용기를 북돋워주는 말을 해주긴 했지만, 제인도 지금 이 상황이 절망적이라는 것만은 잘 알았다. 물론 로렌스는 테메레르에게 달려온 행동을 눈곱만치도 후회하지 않았다. 그러나 그 행동은 군법 회의에서 유죄판결을 받고도 남을 명백한 명령 위반이었다. 바람 경이 로렌스를 군법 회의에 고발할 것이고, 심문을 받으면 로렌스도 잘못을 부정할 수 없었다. 전장에서 명령을 어긴 것도 아니고 어느 정도 정상 참작의 여지가 있으므로 교수형까지는 당하지 않을지도 몰랐다. 그래도 해군에 몸담고 있었다면 당장 군에서 쫓겨났을 것이다. 로렌스가 억지로 미소를 지어 보이자 제인이 로렌스의 팔을 한번 꽉 잡아준 뒤 떠났다.

그제야 엎드려 있던 중국인들이 정신을 차리며 몸을 일으켰다. 그래서인지 덤불에 쓰러진 채 여차하면 도망치려고 눈치를 보는 해병 대원들보다는 그나마 덜 볼썽사나웠다. 중국인들은 쓰러진 떡갈나무를 넘어 테메레르 쪽으로 다가오기 시작했다. 젊은 중국인 공사 쑨카이는 민첩하게 떡갈나무를 기어올라갔고, 용싱 왕자는 미리 떡갈나무를 넘어가 있던 수행원의 손을 붙잡고 무사히 바닥으로 내려섰다. 용싱의 휘황찬란하게 수놓아진 비단 옷이 부러진 나뭇가지에 걸리며 화사한 거미줄처럼 사방으로 쫙 퍼져 나갔다. 영국 군인들과는 달리 용싱은 두려움을 겉으로 드러내지 않아서 크게 동요하지 않은 듯 보였다.

테메레르는 분노에 찬 눈으로 바함 경 일행을 내려다보았다.

"저들이 원하는 게 뭐든지 간에 도버의 동료들이 모두 전투를 하러 나가는데, 나 혼자 여기 남아 있을 수는 없어."

로렌스는 테메레르의 목을 쓰다듬었다.

"저들이 무슨 소리를 하더라도 당황하지 말고 마음을 가라앉혀, 테메레르. 화를 낸다고 문제가 해결되진 않아."

테메레르는 씩씩거리며 콧김을 내뿜었다. 눈은 분노로 이글거리고 얼굴 주변의 막은 여전히 빳빳하게 세워져 있었다. 웬만큼 달래서 진정될 기색이 아니었다.

바함 경은 창백한 얼굴을 해가지고는 꼼짝도 하지 않았다. 용싱 왕자가 바함 경에게 성난 목소리로 날카롭게 소리쳤다. 잘 들리지는 않지만 표정과 몸짓을 보건대 테메레르에 대한 바함 경의 불손한 언행에 관해 나무라는 듯했다. 쑨카이는 조금 떨어진 곳에서 로렌스와 테메레르를 사려 깊은 눈으로 지켜보고 있었다.

마침내 바함 경이 못마땅한 얼굴로 로렌스와 테메레르에게 천천히 다가왔다. 두려움을 드러내지 않으려고 짐짓 화난 얼굴을 했지만, 전투가 시작되기 전날 밤의 군인들처럼 잔뜩 긴장한 게 느껴졌다.
"결국 접근 금지 명령을 위반했군."
바함 경의 말투는 비열하고 악의에 차 있었다. 로렌스가 그 명령을 위반한 덕분에 자신이 목숨을 부지할 수 있었으므로 더욱 화가 난 것 같았다.
바함 경이 말을 이었다.
"명령을 위반하다니 있을 수 없는 일이야, 로렌스. 각오는 해뒀겠지. 중사, 로렌스를 당장 체포하……."
그 뒤의 말은 들리지 않았다. 저 밑에서 물가로 끌려나온 물고기처럼 뻐끔거리는 바함 경의 입이 조그맣게 보일 뿐이었다. 로렌스의 발밑으로 지상이 저만치 멀어지면서 바함 경이 뭐라고 소리를 지르는지 알아들을 수도 없었다. 테메레르가 앞발로 로렌스를 조심스럽게 안아 올리고 검은 날개를 퍼덕이며 런던의 잿빛 하늘로 날아오른 것이다. 하늘에 가득한 그을음이 테메레르의 몸통은 물론 로렌스의 손을 더럽혔다.
로렌스는 말없이 테메레르의 발톱 안쪽에 자리를 잡고 앉았다. 이미 엎질러진 물이었다. 지금은 테메레르에게 다시 공터로 되돌아가자고 해도 말을 듣지 않을 게 뻔했다. 통제가 불가능할 정도로 화가 난 테메레르는 광포하게 날개를 퍼덕이며 날아갔다. 속도도 굉장히 빨랐다. 테메레르의 앞발 속에 앉아 런던 시의 성벽을 넘어 날아가는 동안 로렌스는 혹시 아군의 포병들이 테메레르를 몰라보고 포탄을 쏘지 않을까 걱정했다. 테메레르가 안장도 차지 않고 신호용 깃발도 달지 않았기 때문이다. 하지만 대포 소리는 나지 않았다. 테메레르는 몸통과 날개가 모두 새까만 색이고, 날개 가장자리에 진주처럼 빛나는 진청색과 연회색 반점이 박혀 있어서 다른 용들과는 외모가 확연히 달랐다. 그래서 지상에서도 테메레르를 알아보고 포탄을 쏘지 않았을 것이다.

아니, 어쩌면 테메레르의 비행 속도가 너무 빨라서 미처 대포를 쏘아 올릴 틈도 없었을지 모른다. 테메레르는 런던 기지의 공터에서 날아오른 지 15분 만에 런던 시 외곽으로 빠져나왔고, 장거리포인 후추탄의 사정거리에서도 벗어났다. 가느다랗게 사방으로 뻗어나간 눈 덮인 시골길이 지상에 펼쳐졌다. 공기도 훨씬 맑아진 듯했다. 테메레르는 한숨을 돌리며 잠시 정지 비행을 하더니 머리를 좌우로 움직여 먼지를 털어내면서 요란하게 재채기를 했다. 그 바람에 로렌스의 몸도 크게 들썩였다. 잠시 후 테메레르는 비행 속도를 줄이며 고개를 숙이고 앞발 쪽을 향해 물었다.

"괜찮아, 로렌스? 불편한 곳은 없지?"

테메레르의 목소리에 수심이 가득 차 있어서 로렌스는 손을 뻗어 테메레르의 앞다리를 쓰다듬었다.

"그래, 괜찮아."

로렌스의 따뜻한 목소리에 긴장이 풀린 테메레르가 편안하게 대답했다.

"갑자기 데리고 도망쳐서 미안해. 화를 내지는 말아줘. 당신을 체포하도록 놔둘 수가 없었어."

"화 안 났어."

진심이었다. 지금 로렌스의 마음은 기쁨으로 충만했다. 머릿속으로는 이 기쁨이 오래 지속되지 않으리라는 걸 알았지만 그래도 다시

하늘을 날 수 있게 되어 좋았고, 테메레르의 몸을 타고 흐르는 생명력을 느낄 수 있어 행복했다.

"네 행동을 꾸짖을 생각은 없어. 전혀. 하지만 이제 돌아가야 하지 않겠니?"

테메레르가 고집을 부렸다.

"싫어. 바함 경한테 당신을 넘겨주고 싶지 않아."

테메레르의 행동이 비행사를 지키기 위한 본능에 따른 것임을 알기에 로렌스는 마음이 더욱 무거웠다.

"바함 경은 나한테 거짓말을 했고, 그동안 당신을 만나지도 못하게 했어. 그리고 조금 전에는 당신을 체포하려고 했다고. 그 자는 내 발에 밟혀 죽지 않은 걸 다행으로 알아야 할 거야."

"테메레르, 아무리 그래도 야생에서 살아갈 수는 없어. 공군을 떠나서는 살기 힘들어. 도둑질을 하지 않고서는 먹을 것을 얻지도 못할 거야. 친구들하고 만나지도 못할 거고."

"그렇지만 그들은 나를 런던 기지에 가만히 앉혀놓기만 했어. 그래서는 공군에 아무런 보탬도 될 수가 없잖아."

테메레르의 말이 사실이어서 로렌스는 아무 말도 할 수 없었다. 테메레르는 곰곰이 생각하더니 말을 이었다.

"나도 야생에서 살고 싶진 않지만 그래도 마음 내키는 대로 사는 것도 재미있을 것 같아. 양 몇 마리쯤 훔쳐먹는다고 해도 큰 문제가 되진 않을 거고. 어쨌든 난 지금 동료들이랑 같이 전투에 참여하고 싶어."

"아이구, 이 녀석아."

로렌스는 해가 떠 있는 방향으로 눈을 가늘게 떴다. 테메레르는 도버 기지가 위치한 남동쪽으로 날아가고 있었다.

"테메레르, 도버 기지에서 너를 참전시켜 줄 리가 없어. 렌튼 대장은 우리한테 런던으로 돌아가라고 명령할 거야. 바함 경과 마찬가지로 명령 불복종죄로 나를 체포할지도 모르지."

"옵베르사리아의 비행사인 렌튼 대장이 당신을 체포할 리 없어. 옵베르사리아는 굉장히 훌륭한 용이야. 나보다 훨씬 나이가 많고 도버 기지의 최고참이지만 늘 나한테 친절했어. 그리고 렌튼이 당신을 체포하려 한다고 해도 도버 기지에 있는 막시무스랑 릴리가 우릴 도와줄 거니까 걱정 안 해."

그리고 테메레르는 살기등등하게 덧붙였다.

"만일 바함 경이 도버까지 쫓아와서 당신을 잡아가려고 하면 그땐 정말로 그 자를 죽여 버리고 말겠어."

## 2

도버 기지의 용들을 비롯한 공군들은 출격 준비를 하느라 부산스러웠다. 안장 지휘관들이 지상 요원들에게 명령하는 고함 소리, 안장 죔쇠가 달가닥거리는 소리, 배 쪽 승무원들에게 전해지는 자루에 든 폭탄들이 서로 부딪치며 내는 묵직한 쇳소리, 소총병들이 소총을 장전하는 소리, 사악사악 칼날을 숫돌에 가는 소리 등이 연병장 전체에 울려 퍼졌다.

테메레르가 도버 기지로 접근하는 동안 십여 마리의 영국 용들이 관심을 보이며 다가와 인사를 건넸다. 테메레르는 몹시 반가워하며 대답을 했다. 테메레르의 기분이 확 좋아진 반면, 로렌스는 점점 마음이 무거워졌다.

테메레르는 뒤따라온 용들과 함께 옵베르사리아가 머무르는 공터로 내려갔다. 앵글윙 품종인 옵베르사리아는 다른 중형 용들보다 몸집이 약간 클 뿐이지만 우두머리 용이라는 지위에 걸맞게 도버 기지에서 제일 널찍한 공터를 차지하고 있었다. 그렇기에 테메레르가 내려설 공간은 충분했다. 암컷 용 옵베르사리아는 이미 전투용 안장과 장비를 모두 갖추었고 승무원들도 대부분 탑승을 완료한 상태였다. 렌튼 대장은 하네스를 착용하고 그 옆에 서서 나머지 장교들이 탑승하기를 기다리던 중이었다. 몇 분 후면 바로 이륙할 태세였다.

로렌스가 테메레르의 앞발 안쪽에서 지상으로 내려서기도 전에 렌튼 대장이 말했다.

"이게 어찌된 일인가, 로렌스? 제인한테 대충 듣기는 했지만, 제인이 자네더러 침착하게 처신하라고 했다던데. 이런 짓을 했으니 엄청난 대가를 치르게 될 거야."

"대장님 입장을 곤란하게 만들어서 무척 송구스럽습니다."

로렌스는 테메레르가 런던으로 돌아가기를 거부한 일에 관해 설명을 하려고 어색하게 입을 열었다. 최대한 변명처럼 들리지 않게 설명하고자 마음을 가다듬는데 갑자기 테메레르가 끼어들었다.

"아니, 내 잘못이에요. 내가 로렌스를 데리고 거기서 도망쳤어요. 거기서 바함 경이라는 자가 로렌스를 체포하려고 했거든요."

테메레르는 반성하는 척하느라 고개를 푹 숙이기까지 했다. 그러나 흡족해하는 눈빛 때문에 원하는 만큼 효과는 거두지 못했다.

못내 자랑스러워하는 테메레르의 말투가 거슬렸는지 옵베르사리아가 위로 몸을 휙 날리더니 테메레르의 머리를 세게 쥐어박았다. 옵베르사리아보다 덩치는 두 배 이상 더 컸지만 테메레르는 얻어맞은 충격에 비틀거렸다. 테메레르는 놀라고 기가 죽은 표정으로 옵베르사리아를 쳐다보았다. 옵베르사리아는 콧김을 내뿜으며 말했다.

"어쩜 그렇게 철이 없고 세상 물정을 모를까? 렌튼, 우린 이륙 준비 다 됐어."

"그래."

렌튼 대장은 눈부신 태양을 마주하고 있어 눈을 가늘게 뜨며 옵베르사리아의 안장을 세심하게 점검했다. 그리고 로렌스에게 말했다.

"지금은 자네 문제를 처리할 시간이 없어, 로렌스. 전투를 끝내고 돌아와서 다시 생각해 보기로 하지."

"알겠습니다. 대장님. 여러 가지로 죄송스럽습니다. 저희 때문에 지체하지는 마십시오. 허락해 주신다면 전에 쓰던 공터에서 테메레르와 기다리고 있겠습니다."

옵베르사리아한테 한소리 듣는 바람에 풀이 죽은 테메레르는 조그맣게 투덜거렸다.

렌튼 대장이 말했다.

"아니, 아니야. 지상 요원도 아니고 그럴 필요 없어. 부상을 당한 것도 아닌데 테메레르 같은 젊은 수컷이 기지에 남아 다른 편대원들이 참전하러 가는 모습을 넋놓고 지켜보게 할 수는 없지. 바람 경도 그렇고 해군 본부의 다른 장성들도 용의 습성을 제대로 이해하지 못해서 큰일이야. 개각으로 새로운 인물이 내각에 발을 들여놓을 때마다 용을 둘러싸고 여러 가지 문제가 발생하거든. 우리가 용이 이성을 지닌 존재라는 걸 인식시켜 준 뒤로 그들은 아예 용을 인간처럼 여기면서 일반적인 공군의 군율 아래 둘 수 있다고 여기고 있어."

로렌스는 테메레르가 군율을 어긴 게 아니라고 말하려다가 옆을 돌아보고는 그만 입을 다물었다. 테메레르가 날개를 반쯤 펼친 채 커다란 앞발톱으로 땅바닥을 박박 후벼파고 있었던 것이다. 테메레르는 로렌스의 눈빛을 애써 피했다.

로렌스의 표정을 보니 렌튼 대장이 무미건조하게 말을 이었다.

"그래, 그렇게 따지면 중국인들이 테메레르를 돌려받으려고 하는 지금 테메레르를 갑옷이나 승무원도 없이 참전시켰다가 부상이라도 입게 만들면 문제가 더 커지게 되겠지. 가서 테메레르를 준비시켜. 자세한 얘기는 나중에 하기로 하지."

로렌스는 너무 고마워서 뭐라고 할 말이 없었다. 로렌스가 입을 열려는 순간, 렌튼 대장은 이미 돌아서서 옵베르사리아의 안장을 마저 점검하고 있었다. 더 이상 시간을 지체할 수가 없었다. 로렌스는 테메레르에게 따라오라고 신호를 한 뒤 체면도 잊은 채 전에 테메레르가 쓰던 공터로 달려갔다. 이런저런 생각의 파편들이 머릿속을 가득 채웠지만 그중 가장 먼저 떠오르는 것은 참전한다는 사실이었다. 사실 테메레르도 얌전히 도버 기지나 지키며 있을 용이 아니었다.

바함 경의 명령을 어기고 도버로 날아와 좋아라 하며 전투에 뛰어드는 그 둘의 모습은 참으로 기괴해 보였다. 잠시 후면 하늘로 날아오르겠지만 상황은 크게 달라질 게 없었다. 어쩌면 이번이 마지막 참전일 수도 있었다.

테메레르의 승무원들은 대부분 막사 밖 공터에 나와 장비를 닦거나 개인 하네스에 기름을 치면서 시간을 때우고 있었다. 침울한 얼굴로 하늘은 쳐다보지 않은 채 있던 그들은 공터로 달려오는 로렌스를 보고도 실감이 안 나는지 멍한 표정들이었다. 로렌스가 소리쳤다.

"그랜비는 어디 있지? 전원 집합! 당장 전투용 안장과 장비를 준비해. 얼른!"

곧이어 테메레르가 공터로 착륙하는 모습을 본 나머지 승무원들이 환호성을 지르며 막사 밖으로 뛰어나왔다. 그리고 총과 하네스가 보관된 곳으로 우르르 달려갔다. 예전 같으면 정신 사납게만 보였을 텐데 이제 로렌스도 그런 광경에 익숙해져 있었다. 혼란스런 와중에도 승무원들은 테메레르에게 안장을 채우고 장비를 설치하는 등 복잡한 출격 준비를 엄청나게 빠른 속도로 이행해 나갔다.

호리호리한 체격에 갈색 머리카락의 젊은 장교 그랜비가 막사 밖으로 나와 부산스럽게 움직이는 승무원들 사이로 걸어왔다. 매일 이루어진 비행으로 살껍질이 일어나고 벗겨지기 일쑤였던 전과는 달리 지난 몇 주일간 지상에만 있어서 그런지 그랜비의 피부가 한결 깨끗해져 있었다. 그랜비는 어렸을 때부터 비행 훈련을 받아왔고, 로렌스가 공군으로 소속을 옮긴 지 얼마 안 됐을 무렵엔 서로 마찰을 빚기도 했다. 다른 공군들과 마찬가지로 그랜비도 테메레르처럼 귀한 용이 해군 장교 로렌스의 차지가 되었다는 사실에 몹시 분개한 것이다. 그렇지만 로렌스와 함께 비행을 하면서 그랜비의 분노는 사라졌고, 로렌스도 그랜비를 직속 부하로 삼은 일을 결코 후회하지 않았다.

사실 두 사람은 성격이나 성장 배경이 확연히 달랐다. 로렌스가 숨쉬듯 자연스럽게 예의범절을 익히며 자란 신사인 데 반해, 그랜비는 예의를 차려 말하고 행동하는 걸 상당히 어색해했다. 대부분의 비행사들처럼 그랜비는 일곱 살 때부터 공군 기지에서 살면서 사교계와 동떨어진 생활을 해왔다. 그래서 외부 사람들의 눈에 방종처럼 보일 정도로 자유롭고 격식을 차리지 않는 편이었다. 사실 공군들 대개가 그러했다.

그랜비는 반가워하며 한 손으로 로렌스의 손을 덥석 잡았다.

"로렌스 대령님, 다시 보게 돼서 기쁩니다!"

상관에게 경례도 붙이지 않고 그런 언행을 하는 것이 예의에 어긋

난다는 것도 모르는지 그랜비는 그저 싱글벙글이었다. 그리고 다른 손으로는 칼자루를 허리춤에 끼우며 말을 이었다.

"중국인들이 마음을 바꾼 거예요? 그럴 줄은 몰랐는데 뜻밖이네요. 테메레르를 중국으로 데려가는 걸 포기한 건가요?"

로렌스는 그랜비의 언행이 별로 거슬리지 않았다. 상관을 모욕하려는 의도가 없다는 것을 이미 알았기 때문이다. 무엇보다 그랜비가 자신에 대한 충성심 때문에 제인의 직속 부하라는 좋은 자리를 거절한 게 무척 안타까웠다. 그래서 더더욱 진실을 얘기할 수가 없었다.

"그건 아니지만, 지금은 자세히 설명할 시간이 없어. 당장 테메레르를 이륙시킬 준비를 해야 해. 무기는 절반만 싣고 폭탄은 싣지 마. 우리가 폭탄을 던져서 프랑스 상선을 침몰시키면 그 상선을 나포하고자 하는 영국 해군이 크게 실망할 테니까. 아마 폭탄보다 테메레르의 고함으로 적을 물리치는 편이 나을 거야."

"알겠습니다."

그랜비는 공터 맞은편으로 달려가며 승무원들에게 지시 사항을 전달했다. 승무원들은 다른 때보다 두 배는 빠르게 거대한 가죽 안장을 들고 왔다. 그러자 테메레르는 승무원들이 넓고 묵직한 안장끈을 들고 등에 오를 수 있도록 몸을 최대한 낮추었다.

승무원들은 사슬 갑옷의 가슴판과 복부판도 신속하게 설치했다.

"탑승 순서와 관계없이 올라타!"

로렌스의 말이 떨어지기 무섭게 승무원들은 현재 위치에서 가장 편한 순서대로 테메레르의 몸에 올라탔다. 그랜비가 로렌스 곁으로 다가와 섰다.

"대령님, 죄송한데요. 승무원이 열 명 부족합니다. 렌튼 대장님의 지시로 막시무스한테 여섯 명을 보냈고, 나머지 네 명은……."

"그래, 알았어."

로렌스는 더 이상 듣지 않아도 짐작할 수 있었다. 여섯 명은 테메레르가 전투에 참여하지 못하는 상태가 되자 막시무스 쪽으로 자리를 옮겼을 것이고, 네 명은 몰래 기지를 빠져나가 술집이나 창녀촌을 어슬렁거리고 있을 것이다. 지체할 시간이 없는 지금으로서는 오히려 테메레르의 승무원 수가 줄어든 것이 다행이다 싶었다. 그리고 나중에라도 그 네 명을 나무랄 생각은 전혀 없었다. 자신도 바함 경의 명령을 어겼으니, 그 네 명의 도덕성을 비판할 자격이 없다는 생각이 들어서였다.

"남은 인원으로도 충분히 해낼 수 있어. 그래도 혹시 모르니 지상 요원들 중에 총이나 칼을 다룰 줄 알고 고소공포증이 없는 자들을 골라 태우기로 하지. 물론 지원자에 한해서."

길고 두꺼운 전투용 가죽 외투로 갈아입은 로렌스는 카라비너가 달린 벨트를 몸에 착용했다. 멀지 않은 곳에서 저음으로 울려 퍼지는 함성이 들려왔다. 고개를 들어보니 소형 용들이 날아오르고 있었다. 로렌스는 그중 둘시아와 은회색 바탕에 파랑과 검정 반점이 박힌 니티두스를 한눈에 알아보았다. 릴리의 편대 제3열을 지키는 그 두 용은 먼저 원을 그리며 날아올라 나머지 편대원들을 기다리고 있었다.

테메레르가 목을 길게 빼고 둘시아와 니티두스 쪽을 쳐다보며 초조하게 말했다.

"로렌스, 아직 준비 덜 됐어? 서둘러. 다른 용들이 이륙하고 있단 말이야."

중형 용들도 그들 머리 위로 날아오르고 있었다.

그랜비는 키만 훌쩍 크고 나이는 어린 안장 담당자 둘을 데리고 서둘러 탑승했다. 그 안장 담당자들의 이름은 윌러비와 포터였다. 로렌스는 그들 셋이 안장 고리에 카라비너를 연결시키는 것을 확인한 후 테메레르에게 말했다.

"준비가 다 되었으니 몸을 흔들어 봐!"

그것은 안전 비행을 위해 빼놓을 수 없는 절차였다. 테메레르는 뒷다리를 곧추세우고 몸을 흔들어 안장이 제대로 채워져 있는지, 승무원들의 카라비너가 안장 고리에 잘 연결되어 있는지를 확인했다.

로렌스가 크게 외쳤다.

"좀 더 세게!"

얼른 이륙하고 싶어 몸을 힘껏 흔들지 않고 있던 테메레르는 콧김을 내뿜으면서 시키는 대로 했다. 다행히 안장 고리가 헐거워지거나 탑승해 있던 승무원이 떨어지는 일은 일어나지 않았다.

"장착이 완벽하게 됐어. 얼른 타."

테메레르는 이렇게 말하며 쿵하고 두 앞발을 바닥으로 내디뎠다. 그리고 로렌스를 한쪽 앞발로 잡아 목 아래쪽 자리로 휙 던져 올렸다. 로렌스 역시 들뜬 기분이었다. 카라비너가 안장 고리와 철컥 하고 걸리는 소리도 유쾌했고, 기름을 바르고 이중으로 박음질한 가죽 끈의 미끈한 감촉도 좋았다. 하늘로 박차고 오를 준비를 하며 긴장하는 테메레르의 근육을 몸 아래서 느끼며 로렌스도 덩달아 흥분이 되었다.

그 순간 막시무스가 나무 사이에서 북쪽 하늘로 날아올랐다. 제인이 전에 얘기한 대로 빨강 바탕에 금색 반점이 박힌 막시무스의 몸은 더욱 커져서 거의 태양을 가릴 정도였고, 그 때문에 주변의 다른 용들은 죄다 난쟁이처럼 보였다. 영국 해협에 주둔하는 리갈 코퍼 품종의 용은 막시무스뿐이었다. 막시무스를 보고 테메레르는 반가워하면서 날아올랐다. 흥분해서 검은 날개를 마구 퍼덕였기 때문에 속도가 너무 빨라 로렌스가 말려야 했다.

"천천히 가."

테메레르는 알았다며 고개를 끄덕였지만 속도는 별반 줄어들지 않았다. 테메레르는 공중을 빙그르르 돌아 막시무스 옆에 자리를 잡으며 소리쳤다.

"막시무스, 막시무스! 여기! 나 돌아왔어!"

두 마리는 나머지 편대원의 비행 고도에 맞춰 상승 곡선을 그리며 날았다. 그리고 테메레르는 무슨 비밀 얘기라도 하는 것처럼 막시무스에게 속삭였다.

"런던에서 로렌스를 데리고 도망쳐 왔어. 거기서 사람들이 로렌스를 체포하려고 했거든."

"로렌스가 누굴 죽인 거야?"

막시무스는 잔뜩 호기심을 드러내며 깊게 울리는 목소리로 물었다. 옵베르사리아와는 달리 전혀 나무라는 말투가 아니었다. 막시무스가 말을 이었다.

"아무튼 네가 돌아와서 엄청 반갑다. 너 없는 동안 렌튼 대장이 나를 중앙에서 날게 했어. 비행 방식도 달리 했고."

"그랬구나. 그런데 로렌스가 누굴 죽인 건 아니야. 뚱뚱한 늙은이가 로렌스더러 내 옆에 오지도 말고 말도 붙이지 말라고 명령했는데, 로렌스가 그걸 어기고 나한테 왔어. 그게 말도 안 되는 명령이었으니까."

막시무스의 등에서 버클리가 소리쳤다.

"로렌스, 테메레르가 자코뱅 당원 같은 소리 좀 못하게 해요."

로렌스는 민망해서 고개를 저었고 궁금해하는 어린 소위들의 눈빛을 애써 외면했다. 그리고 최대한 엄격한 말투로 말했다.

"우리는 지금 전투를 하러 가는 중이야, 테메레르."

하지만 끝까지 숨길 수는 없었다. 로렌스와 테메레르가 런던에서 이리로 도망쳐 왔다는 소문은 일주일 내에 도버 기지에 확 퍼질 것이고, 결국 그들은 심각한 상황에 직면하게 될 터였다. 어차피 그렇게 될 바에야 지금 이 순간만이라도 테메레르가 기분 좋게 비행할 수 있게 해주자고 로렌스는 마음먹었다.

옆에서 그랜비가 말했다.

"로렌스 대령님, 탄약을 급한 대로 테메레르의 몸 왼쪽에 전부 실어놨는데 무게 균형을 맞추려면 지금이라도 그중 절반을 오른쪽으로 옮겨야 될 것 같습니다."

"전투가 시작되기 전에 가능하겠나? 아참, 프랑스 상선단의 위치도 아직 모르고 있었군. 자네는 아나?"

그랜비는 당황하며 고개를 저었다. 로렌스는 자존심을 접고 소리쳤다.

"버클리, 지금 어느 쪽으로 가는 겁니까?"

막시무스의 승무원들이 낄낄거리며 웃는 가운데 버클리가 대답했다.

"곧장 지옥으로 가고 있지요, 하하!"

곧이어 버클리가 큰 소리로 좌표를 외치자 막시무스의 승무원들이 다시 한 번 왁자지껄하게 웃음을 터뜨렸다.

로렌스는 머릿속으로 거리를 계산하며 그랜비에게 말했다.

"15분쯤 후에 도착하겠군. 5분쯤 여유가 있으니 그동안 폭탄을 다시 싣도록!"

"알겠습니다."

그랜비는 카라비너의 고리를 익숙하게 바꿔 끼워가며 옆구리에서 배 아래 매어둔 무기저장그물까지 내려갔다. 그리고 승무원들에게 폭탄을 오른쪽으로 옮기도록 지시했다.

테메레르와 막시무스는 예전처럼 릴리의 편대 제3열에서 줄을 맞춰 날기 시작했다. 나머지 편대원들은 이미 모두 자리를 잡은 상태였다. 로렌스는 편대 리더인 릴리의 등 쪽에서 신호용 깃발이 나부끼는 걸 보았다. 로렌스와 테메레르가 없는 동안 릴리의 비행사인 캐서린 하코트 대령이 메소리아의 비행사 서튼 대령에게서 편대 지휘권을 넘겨받게 된 모양이었다. 로렌스는 그런 변화를 반겼다. 테메레르의 깃발 신호 담당인 터너 소위의 입장에서 볼 때 제1열에서 날아가는 릴리의 움직임을 살피면서 제2열에서 비행하는 메소리아의 깃발 신호를 살피는 게 쉽지 않은 일이었기 때문이다. 게다가 용들은 편대를 지휘하는 비행사가 누구든 간에 편대의 리더인 용을 따르는 본능이 있어서 릴리의 비행사 캐서린이 지휘권을 갖는 게 여러모로 편리했다.

그런데 막상 스무 살밖에 안 된 어린 여성에게 명령을 받게 되니 기분이 이상했다. 캐서린은 릴리가 예정보다 훨씬 빠르게 부화하는 바람에 어린 나이에 대령으로 초고속 진급했다. 릴리가 속한 품종인 롱윙은 독을 뿜을 수 있는 능력을 가진 데다가 그 수가 매우 적고 여성 비행사만 파트너로 받아들이는 습성이 있었다. 그래서 공군에서는 롱윙의 파트너로 삼기 위해 여성을 공군으로 받아들였다. 그리고 대개 편대는 전투 중에 핵심적인 역할을 수행하는 롱윙을 보호하는 식으로 구성되었고, 롱윙이 편대원들을 이끄는 리더 역할을 수행했다.

터너 소위가 소리쳤다.

"렌튼 대장님 쪽에서 '속도를 높이라'는 깃발이 떴습니다."

그리고 잠시 후 릴리의 등에서 '편대원들은 가까이 모여 비행하라'는 깃발이 펄럭였다. 용들은 곧 17노트(시속 약 31.5킬로미터—옮긴이주) 정도로 속도를 높였다. 테메레르라면 그 속도로 장시간 비행도 가능하지만, 옐로 리퍼들과 막시무스는 어느 정도 시간에 한해서만 비행이 가능한 속도였다.

로렌스는 칼집에서 칼을 느슨하게 빼두고 권총도 새로 장전했다. 아래쪽에서 그랜비가 큰 소리로 지시를 내리는 소리가 바람을 타고 들려왔다. 목소리만으로는 별로 흥분한 것 같지 않았다. 로렌스는 그랜비가 제때에 모든 작업을 끝마칠 수 있을 거라는 확신이 들었다. 지금 프랑스 상선단을 향해 날아가는 도버 기지 용들은 지난 11월 도버 전투에서 나폴레옹의 침공을 성공적으로 물리쳤던 용들만큼의 규모는 아니었지만, 나름대로 대단히 인상적이었다.

도버 전투 때는 전투를 담당하는 용들이 대부분 남쪽 트라팔가르 지역에 가 있어서 우편 업무를 수행하는 소형 용들까지 모조리 출격시켰다. 오늘은 총 열 마리의 강력한 용들로 구성된 엑시디움의 편대가 선두를 이끌었다. 엑시디움의 편대에 소속된 용들은 가장 작은 용이 중형 급인 옐로 리퍼일 정도로 대부분 덩치가 컸고, 오랜 세월 편대 비행을 해온 만큼 날갯짓 하나 흐트러짐 없이 완벽한 대형을 이루며 날았다.

그에 비해 릴리의 편대는 릴리를 포함해서 총 여섯 마리의 용으로 구성되었고, 모양새도 엑시디움의 편대만큼 멋지진 않았다. 아직 경험이 부족한 릴리가 실수할 경우를 대비해 노련한 장교들이 비행술이 뛰어난 작은 용들을 타고 제2열에서 릴리의 측면과 후면을 지켰고, 막시무스와 테메레르가 맨 뒤인 제3열에 위치해 있었다.

테메레르가 좀 더 가까이 날아가자 로렌스는 릴리의 편대 제2열에 속한 메소리아의 비행사 서튼 대령의 모습을 볼 수 있었다. 서튼 대령은 메소리아의 등에서 몸을 일으키고 뒤를 돌아보며 아직 어린 테메레르와 막시무스가 잘 따라오고 있는지 확인을 했다. 로렌스와 버클리는 이상이 없다는 뜻으로 손을 흔들었다.

잠시 후 영국 해협을 지키는 영국 함대와 크기는 작아도 수가 꽤 많은 프랑스 상선단이 눈에 들어왔다. 바다 위에 돛이 한 가득 펼쳐진 장엄한 광경이었다. 마치 체스판 위의 말들이 움직이듯 영국 군함들은 수많은 프랑스 상선들을 향해 힘차게 나아갔다. 영국 군함의 하얀 돛 사이로 영국기가 펄럭였다.

안장의 어깨끈을 타고 기어올라온 그랜비가 로렌스 옆으로 다가왔다.

"전투 준비가 완료됐습니다."

"알았네."

로렌스는 망원경을 눈에 대고 테메레르의 어깨 너머로 영국 함대를 내려다보느라 멍하게 대답했다. 영국 함대는 대부분 속도가 빠른 소형 구축함이었고, 소형 슬루프형 포함(윗갑판에만 함포를 장비한 작은 군함—옮긴이주)과 64문, 74문짜리 군함들이 일부 섞여 있었다.

그중 1등급 내지 2등급의 군함이 없는 것은 해군 본부에서 그런 대형 군함을 웬만하면 불을 뿜는 용의 목전에 내놓고 싶어하지 않았기 때문이다. 화약을 가득 실은 3층 갑판짜리 대형 군함을 내보냈다가 적군의 용이 그 군함에 불이라도 뿜어내면 주변에 있던 중소형 군함 대여섯 척도 함께 폭파되게 마련이었다.

로렌스는 제자리에서 몸을 일으켜 세우며 소리쳤다.

"각자 위치로! 할리, 신호를 보내!"

나이 어린 할리 소위는 서둘러 안장에 끼운 깃발 끈을 조정하여 붉은 깃발을 휘날렸다. 테메레르의 등에 탑승했던 소총병들 중 일부는 옆구리 쪽으로 내려가 사격 준비를 했고, 나머지는 총을 든 채 테메레르의 등에 바짝 엎드렸다.

엑시디움의 편대는 위쪽을 릴리의 편대에게 맡기고 영국 함대를 방어하기 위해 고도를 급격히 낮추며 내려갔다. 릴리가 속도를 높이자 테메레르가 나지막하게 우르르 울리는 소리를 냈다. 흥분한 테메레르의 몸속에서 비롯된 진동이 가죽을 타고 전해지자 로렌스는 잠시 몸을 낮추고 장갑을 벗은 맨손을 테메레르의 목 옆에 갖다댔다. 말이 필요 없었다. 로렌스가 손을 댄 것만으로도 테메레르는 긴장감을 덜고 평정을 되찾았다. 테메레르를 진정시킨 로렌스는 몸을 일으키고 비행용 가죽 장갑을 도로 꼈다.

릴리의 정면 망꾼이 높은 소리로 고함을 쳤다.

"적들이 보인다!"

망꾼의 목소리는 바람을 타고 전해져 테메레르의 날개 관절 부근에 있던 앨런 소위에게 전달되었고, 앨런이 나머지 승무원들에게 그 말을 되풀이해 전했다. 승무원들이 나지막하게 웅성거렸다. 로렌스는 얼른 망원경을 집어 들고 전방을 살핀 후 옆에 있던 그랜비에게 망원경을 넘기며 말했다.

"라 크라브 그랑드(프랑스어로 '커다란 게'라는 뜻—옮긴이주) 대형이야."

로렌스는 속으로 자신의 프랑스어 발음이 괴상하게 들리지 않기를 바랐다. 비행 경험은 부족해도 저 프랑스 공군 편대의 비행 대형은 익숙한 형태라 금방 알아볼 수 있었다. 프랑스 편대는 열네 마리의 용으로 구성되어 있었는데, 열네 마리의 용으로 만들 수 있는 편대 대형의 수는 그리 많지 않았다. '라 크라브 그랑드'는 중앙 제2열에 제일 큰 용들이 모여 있고 제1열과 제3열에 그보다 작은 용들이 자리를 잡는 방식이었다.

그런데 제2열의 플람므 드 글로와를 분간하기가 쉽지 않았다. 플람므 드 글로와 주변에 적의 눈을 교란하기 위해 파피용 누아(프랑스어로 '검은 나비'라는 뜻—옮긴이주) 두 마리가 배치되어 있었던 것이다. 파피용 누아는 원래 푸른색과 초록색 줄무늬를 가진 용인데, 플람므 드 글로와와 비슷해 보이도록 몸통에 노란 반점을 그려 넣은 상태였다. 그래서 멀리서 보면 헛갈렸다.

그랜비가 로렌스에게 망원경을 돌려주고 손가락으로 가리켰다.

"하, 저 플람므 드 글로와는 제가 아는 용입니다. '아첸다레'라는 이름을 가진 암컷 용인데 성질이 매우 지독하죠. 왼쪽 뒷발에 발톱 하나가 없고 오른쪽 눈을 실명했어요. 1794년 6월 1일 전투에서 우리 쪽에서 쏜 후추탄에 정통으로 맞았거든요."

"음, 이제야 알아볼 수 있겠군. 할리, 나머지 망꾼들한테도 방금 그랜비가 한 말을 전해."

그리고 로렌스는 확성기를 입에 갖다대며 말을 이었다.

"테메레르, 저기 있는 플람므 드 글로와 보이지? 오른쪽 아래서 날고 있고 발톱이 하나 없는 암컷 용 말이야. 그 용은 오른쪽 눈이 안 보인대."

"알았어."

그리고 테메레르는 고개를 살짝 돌리며 물었다.

"지금 그 용을 공격하러 갈까?"

"우리의 가장 중요한 의무는 저 플람므 드 글로와가 영국 해군의 군함에 불을 뿜지 못하게 막는 거야. 그러니 최대한 저 용의 움직임을 주시해."

로렌스가 말을 마치자 테메레르는 고개를 끄덕이며 똑바로 정면을 응시했다. 로렌스는 하네스에 부착된 작은 주머니 안에 망원경을 쑤셔 넣었다. 접근전이 시작될 테니 망원경은 더 이상 필요 없었다.

"배 쪽으로 내려가게, 그랜비. 작은 용을 타고 가장자리에서 날고 있는 적군 중 일부가 곧 테메레르의 등으로 옮겨 타려고 할 거야."

테메레르가 빠르게 거리를 좁혀 가는 동안 프랑스 용들은 단 한 마리도 대형을 벗어나지 않고 새처럼 우아하게 공중을 선회했다. 적군이긴 하지만 대단히 훌륭한 비행 솜씨라 로렌스의 등뒤에서 승무원 중 하나가 휘파람을 불었다. 로렌스도 심장이 두근거릴 정도로 감탄했다. 그러나 그는 뒤를 돌아보고 인상을 쓰며 경고했다.

"휘파람 불지 마!"

파피용 누아 중 한 마리가 불이라도 뿜으려는 듯이 입을 쩌억 벌리며 곧장 테메레르를 향해 날아왔다. 플람므 드 글로와인 척하는 그 용을 보고 로렌스는 용도 사기를 치나 싶어 헛웃음이 나왔다. 메소리아와 릴리가 테메레르의 앞쪽에서 날고 있기 때문에 현재 위치에서 테메레르는 '신의 바람'을 내지를 수가 없었다. 그렇다고 몸을 돌려 파피용 누아를 피할 수도 없는 상황이어서 테메레르는 일단 방어하기 위해 발가락을 활짝 폈다. 곧 프랑스 편대와 릴리의 편대가 서로에게 달려들며 뒤엉켰다. 테메레르와 파피용 누아는 속도를 늦추지 않고 서로에게 접근하다가 정면으로 충돌했고, 그 바람에 두 용에 타고 있던 공군들도 충격으로 몸이 마구 흔들렸다.

안장을 양손으로 붙잡고 버티던 로렌스는 위험에 처한 승무원을 보고 옆으로 손을 뻗었다.

"거기 있는 안장끈을 잡아, 앨런!"

앨런은 카라비너 고리가 안장 고리에 연결되어 있어 추락하진 않았지만 뒤집힌 거북이처럼 허공에 팔다리를 마구 흔들어대며 허우적거렸다. 로렌스의 말을 듣고 정신을 차린 앨런은 얼른 안장끈으로 손을 뻗었다. 겨우 끈을 잡고 매달린 앨런은 공포에 질려 낯빛이 푸르스름해졌다. 테메레르의 다른 망꾼들과 마찬가지로 앨런도 최근에 소위로 진급했다. 하지만 겨우 열두 살이라 전투 중에 용이 갑자기 날갯짓을 멈추거나 몸이 흔들렸을 때 능숙하게 균형을 잡고 버텨내지 못했다.

테메레르는 앞발과 뒷발로 번갈아가며 파피용 누아의 몸을 움켜쥐고는 마구 할퀴고 잡아뜯었다. 테메레르보다 체중이 가벼운 파피용 누아는 몹시 괴로워하면서 테메레르에게서 벗어나기 위해 버둥거렸다.

로렌스가 테메레르에게 소리쳤다.

"대열에서 벗어나지 마!"

현재로서는 릴리의 편대 내에서 정해진 위치를 고수하는 게 더 중요했다. 테메레르는 마지못해 파피용 누아를 놓아주고 편대 내의 원래 위치로 돌아왔다.

아래쪽에서 영국 군함이 프랑스 상선단의 돛대 일부를 때려부수기 위해 함수포를 쏘고 있었다. 함수포의 명중률은 낮았지만 그 덕분에 릴리의 편대가 차분히 공격 태세를 갖출 수가 있었다. 로렌스의 등뒤에서 덜커덕 철커덕 하고 소총을 재장전하는 소리가 들려왔다. 테메레르의 안장은 찢기거나 뜯어진 부분 없이 깨끗했고, 가죽에서 피가 나는 부분도 없었다. 로렌스는 테메레르에게 다친 곳은 없는지 직접 물어보고 싶었지만 그럴 시간이 없었다. 릴리가 편대를 이끌고 프랑스 용들을 향해 다시 날아가기 시작한 것이다.

그런데 이번에는 프랑스 용들이 맞대응을 하지 않고 사방으로 쫙 흩어졌다. 처음에 로렌스는 그 용들이 놀라고 당황해서 그런 행동을 한 줄 알았는데 자세히 보니 그들은 전략적으로 흩어진 것이었다. 작은 프랑스 용 네 마리가 위로 솟아오르는 동안 나머지 용들은 30미터 아래로 강하했고, 아첸다레는 파피용 누아 두 마리와 뒤섞여 영국 용들의 시야를 교란시켰다.

릴리의 편대 위쪽에 적군의 용들이 날고 있어 상당히 위험한 상황이었다. 명확하게 목표물을 설정해서 공격하기도 어려웠다. 그때 릴리의 등에서 '흩어진 적들을 한 곳으로 몰아라'는 깃발 신호가 올라왔다. 그것은 필요에 따라 각개 전투를 해도 좋다는 뜻이기도 했다. 신호 장교 못지않게 깃발 신호를 잘 읽는 테메레르는 곧장 피를 흘리는 파피용 누아를 향해 강하하기 시작했다. 열성이 지나쳐서 상대를 착각한 듯싶어 로렌스가 소리쳤다.

"아니, 테메레르! 그쪽 말고!"

파피용 누아 말고 아첸다레를 공격하라는 뜻이었지만, 너무 늦고 말았다. 덩치가 작은 페셰르 라예 품종의 용 두 마리가 순식간에 테메레르의 양옆에서 달려든 것이다.

등 쪽 승무원들을 지휘하는 페리스 중위가 로렌스의 등뒤에서 고함을 질렀다.

"적군의 탑승에 대비하라!"

곧 승무원 중에 체격이 좋고 억센 중위 두 명이 로렌스의 바로 뒤에 자리를 잡고 섰다. 고개를 돌려 그 중위들을 쳐다본 로렌스는 입을 굳게 다물었다. 적의 탑승에 대비해 중위들의 보호를 받으며 그 뒤에 숨어 있는 것은 왠지 비겁한 짓 같았다. 하지만 적군이 비행사의 목에 칼을 겨누면 용이 편하게 전투에 임할 수 없으므로 로렌스는 어쩔 수 없이 중위들의 보호를 받아들여야 했다.

테메레르는 달아나는 파피용 누아의 어깨를 발톱으로 한 번 더 찢은 뒤 몸을 뒤틀어 원래 자리로 되돌아왔다. 그 바람에 테메레르를 쫓아오던 페셰르 라예 두 마리는 그 앞으로 휙 날아갔다가 뒤로 돌아 날아와야 했다. 그동안 테메레르는 잠시 숨을 돌렸고 로렌스는 전장을 두루 살펴보았다. 프랑스 용들 중 동작이 빠른 소형 용들이 영국 용들을 막으려고 돌진하는 동안 대형 용들은 한데 모여 프랑스 상선단과 보조를 맞추며 르 아브르 항구를 향해 나아가고 있었다.

아래쪽에서 포탄이 발사되면서 불빛이 번쩍했다. 그와 동시에 가느다랗게 휘이익 하는 소리와 함께 프랑스 상선단에서 후추탄이 날아왔다. 프랑스 용을 추격하기 위해 고도를 지나치게 낮췄던 릴리 편대 소속의 임모르탈리스가 하마터면 그 후추탄에 정통으로 맞을 뻔했다. 다행히 후추탄은 임모르탈리스의 얼굴을 지나 어깨에 맞았고 터져 나온 후추는 대부분 바다로 떨어졌다. 그중 일부가 코로 날아와 임모르탈리스는 크게 재채기를 하며 순식간에 30미터 정도 뒤로 물러났다.

로렌스가 지시했다.

"딕비, 임모르탈리스의 현재 고도를 계산해서 보고해!"

용이 적군 함대의 대포 사정거리 내에 들어가지 않게 경고를 해주는 것이 전면 우측 담당 망꾼인 딕비 소위의 임무였다.

딕비는 고도 측정용 비단 끈을 매단 작고 둥근 포탄을 테메레르의 어깨 너머로 던졌다. 46미터 지점마다 매듭을 지어놓은 가느다란 비단 끈이 딕비의 손가락 사이에서 풀려나가며 밑으로 날아갔다.

잠시 후 딕비가 보고했다.

"임모르탈리스까지 여섯 마디(276미터), 수면까지 열일곱 마디(782미터)입니다. 따라서 후추탄의 발사거리는 약 506미터입니다."

딕비는 그 비단 끈을 잘라낸 후 또 다른 포탄에 새로 비단 끈을 연결시켰다. 언제 다시 발사거리를 측정해야 할지 몰랐기 때문이다.

후추탄의 사정거리가 확실히 다른 때보다 짧았다. 프랑스 상선들이 영국 용들을 유인해서 고도를 더 낮추게 만들려고 수작을 부리는 걸까, 아니면 바람 때문에 사정거리가 짧아진 걸까?

로렌스는 신중을 기하기로 결심했다.

"테메레르, 고도 550미터 이하로는 내려가지 마."

터너가 소리쳤다.

"대령님, 리더인 릴리가 '내려와서 막시무스의 왼쪽에 위치하라'고 신호를 보냈습니다."

하지만 당장 막시무스 옆으로 날아갈 수는 없었다. 페셰르 라예 두 마리가 바짝 뒤에서 따라 붙으며 테메레르의 몸에 프랑스 공군들을 올려 보낼 기회를 노리고 있었던 것이다. 그런데 그 페셰르 라예들은 곧장 테메레르 옆으로 붙지 않고 이상한 각도에서 날고 있었다.

"저 용들이 왜 저러는 거죠?"

마틴이 묻자마자 로렌스는 금방 그 이유를 알아챘다. 그래서 테메레르에게 들리도록 일부러 큰 소리로 대답했다.

"테메레르의 고함 공격에 표적이 될까봐 겁을 내는 거지."

그 말에 테메레르는 코웃음을 치더니 갑자기 정지 비행을 하면서 얼굴 주변의 막을 빳빳이 세우고 뒤로 획 돌았다. 페셰르 라예들은 기겁을 하며 뒤로 날개를 쳐서 테메레르와의 거리를 벌렸다.

"하!"

테메레르는 자신의 능력을 두려워하는 페셰르 라예들을 보고 우쭐해졌다. 로렌스는 얼른 안장끈을 당겨 테메레르가 릴리의 신호를 주목하도록 유도했다.

"아, 봤어!"

테메레르는 대답과 함께 획 날아가 막시무스 왼쪽에 자리를 잡았다. 릴리는 이미 막시무스의 오른쪽에서 날고 있었다.

캐서린의 계획은 듣지 않아도 알 수 있었다.

"모두 몸을 낮춰라!"

로렌스는 승무원들에게 이렇게 명령하며 테메레르의 목에 기대어 몸을 바짝 낮췄다. 준비가 다 되었다고 판단한 버클리가 한데 모인 대형 프랑스 용들을 향해 최고 속도로 날아가라고 막시무스에게 지시했다.

테메레르는 공기를 잔뜩 들이마시고 얼굴 주변의 막을 세웠다. 그리고 속도를 냈다. 로렌스는 바람이 매워 눈물을 찔끔찔끔 흘렸고 그 눈물은 순식간에 공중으로 흩어졌다. 릴리가 독을 뿜을 준비를 하며 고개를 뒤로 젖혔고, 막시무스는 고개를 숙이고 프랑스 용들을 향해 곧장 날아가 체중으로 밀어붙였다. 막시무스와 충돌한 프랑스 용들이 양옆으로 튕겨 나가는 순간, 테메레르가 고함을 토해냈고, 릴리는 산에 가까운 독을 뿜기 시작했다.

끔찍한 비명 소리와 함께 프랑스 공군들은 사망자를 안장에서 분리하여 밑으로 떨어뜨렸다. 그러자 시신이 봉제인형처럼 힘없이 바다로 추락했다. 프랑스 용들은 더 이상 전진하지 못하고 공중에서 맴돌았다. 공포에 질린 그 용들은 대열을 벗어나 이리저리 흩어졌다. 막시무스와 테메레르, 릴리가 지나간 후 아첸다레 곁을 지키고 있는 것은 테메레르보다 약간 큰 프티 슈발리에 한 마리와 파피용 누아 한 마리뿐이었다.

막시무스는 고도를 유지하고자 애쓰며 속도를 줄이고 숨을 돌렸다. 릴리의 등에서 깃발 신호가 올라오는 것과 동시에 캐서린이 확성기에 대고 쉰 목소리로 외쳤다.

"릴리 뒤를 따라와요!"

로렌스는 테메레르의 몸에 손을 갖다대며 앞으로 전진시켰다. 릴리가 또 한 차례 독을 뿌리자 프티 슈발리에와 파피용 누아는 옆으로 몸을 피했고, 그 틈에 테메레르는 아첸다레를 향해 재빨리 나아갔다.

테메레르의 배 쪽에서 그랜비가 고함을 질렀다.

"적군들이 탑승하고 있다!"

프랑스 공군 몇 명이 테메레르의 등으로 건너왔다. 로렌스는 뒤를 돌아볼 시간도 없었다. 9미터도 채 안 되는 거리에서 아첸다레가 몸을 비틀며 방향을 바꾸고 있었기 때문이다. 아첸다레의 오른쪽 눈은 젖빛처럼 뿌연 색이었지만, 성한 왼쪽 눈은 검은 공막 속에 연노란색 동공이 잔인하게 빛나고 있었다. 그리고 이마에서부터 아래 턱 가장자리 쪽으로 길고 가느다란 뿔이 여러 개 나 있었다. 아첸다레가 입을 벌리고 불을 뿜어내자 그 열기로 주변 공기가 뒤틀렸다. 로렌스는 일순간 아첸다레의 입 안에서 불지옥의 입구를 본 듯했다. 테메레르는 불을 피하기 위해 곧장 양 날개를 접고 돌덩이처럼 아래로 급강하했다.

갑작스런 강하에 로렌스는 위장이 목구멍으로 쏠리는 것 같았다. 등뒤에서 승무원들이 차고 있던 카라비너가 마구 덜그럭거렸고 비명 소리도 들려왔다. 테메레르에게 올라탄 프랑스 공군들과 테메레르의 승무원들 모두 균형을 잃고 몹시 비틀거렸다.

잠시 후 테메레르가 다시 날개를 펴고 날아올랐을 때는 이미 아첸다레는 해전이 벌어지는 곳을 향해 빠른 속도로 날아가고 있었다.

프랑스 상선단의 가장 뒤쪽에 있는 배들은 영국 군함의 장거리포 사정거리 내에 들어와 있었다. 대포 소리가 끊임없이 울려 퍼지는 가운데 유황 냄새가 진동하고 연기가 자욱하게 피어올랐다. 포격 속에서도 속도가 빠른 영국의 소형 구축함들은 상선단 제일 앞쪽에 위치한 값비싼 전리품을 향해 나아갔다. 하지만 그 때문에 엑시디움의 편대가 보호해 주는 범위를 벗어나고 말았다.

그때를 놓칠세라 아첸다레가 소형 구축함들을 향해 달려들었다. 아첸다레의 승무원들이 양 옆구리 쪽에 늘어서서 소형 구축함 쪽으로 주먹만한 크기의 쇠 폭탄 여러 개를 집어던지자 아첸다레가 그 폭탄에 불을 붙였다.

불붙은 폭탄들은 절반 이상 배가 아니라 바다로 떨어졌다. 뒤쫓아오는 테메레르 때문에 아첸다레의 비행 방향이 흔들렸고 고도를 충분히 낮춘 상태가 아니라서 조준이 정확하지 않았던 것이다. 하지만 그중 일부가 몇몇 소형 구축함의 갑판으로 떨어지며 기름탱크가 폭발했다. 사방으로 터진 기름에 불길이 삽시간에 번지며 갑판 전체에 불이 붙었다.

소형 구축함의 돛에 불이 붙는 걸 본 테메레르는 분노하여 나지막하게 으르렁거렸다. 그리고 곧장 속도를 높여 아첸다레를 맹렬히 추격했다. 릴리언트 호의 갑판에서 부화해 3주일 동안 바다에서 보낸 테메레르는 영국 군함에 대한 애정이 각별했다. 로렌스도 화를 억누르며 말과 손짓으로 테메레르를 격려했다.

로렌스는 아첸다레를 추격하는 한편, 다른 프랑스 용들이 아첸다레를 지원하러 접근하지 않는지 주시했다. 그때 테메레르의 등 쪽 승무원 크로인이 갑자기 로렌스의 몸에 부딪힌 뒤 가장자리로 굴러갔다. 크로인이 착용한 카라비너 벨트가 잘려 나간 것이다. 크로인은 입을 벌린 채 테메레르의 매끄러운 가죽을 손으로 쓸며 아래로 미끄러지고 있었다.

로렌스가 얼른 팔을 뻗어 그를 잡으려 했지만 소용이 없었다. 크로인은 양팔을 휘저으며 바다로 떨어졌다. 바다에 작은 물거품이 일었고 금세 잔잔해졌다. 곧이어 테메레르의 몸에 옮겨 탔던 프랑스 공군 중 하나도 격투 끝에 사망하여 힘없이 늘어진 채 바다로 추락했다.

로렌스는 하네스와 안장을 잇는 끈을 느슨하게 풀고 일어섰다. 양손에 권총을 빼들고 뒤를 돌아보니 승무원들이 프랑스 공군 일곱 명과 접전 중이었다. 그중 어깨에 대위 계급장을 단 프랑스 군이 로렌스에게서 몇 걸음 떨어진 곳에서 콰를 중위를 공격했다. 콰를은 로렌스를 가까이에서 경호하던 억센 체격의 두 중위 중 하나였다.

키가 껑충하고 아직 소년 티를 벗지 못한 그 프랑스인 대위는 콰를의 팔을 후려치더니 날카롭고 기다란 칼로 옆구리를 찔렀다. 콰를이 두 손으로 프랑스인 대위의 칼자루를 움켜쥐고는 무릎을 꿇으며 피를 토했다. 로렌스가 총을 쏘았지만 빗나갔다. 프랑스인 대위 뒤쪽에는 또 다른 프랑스 공군이 마틴 중위를 붙잡아 무릎을 꿇리고 목을 자르려 하는 중이었다.

로렌스는 다시 조준하고 권총을 발사했다. 마틴을 붙잡았던 프랑스 공군의 가슴에 정통으로 맞았다. 프랑스 공군이 피를 쏟으며 쓰러지자 마틴은 그 틈에 얼른 일어섰다. 로렌스가 또 다른 프랑스 공군을 조준하는 찰나, 프랑스인 대위가 자신의 몸과 테메레르의 안장을 임시로 연결시켰던 끈을 잘라내더니 로렌스의 팔을 붙잡고 권총을 밀어내며 달려들었다. 용감한 건지 무모한 건지 뭐라 말할 수 없었지만 대단한 기술이긴 했다. 로렌스는 자기도 모르게 감탄의 말을 내뱉었다.

"대단하군!"

그 말에 프랑스인 대위가 놀란 얼굴로 로렌스를 쳐다보았다. 피가 흘러내린 얼굴에 앳되고 천진한 웃음을 씩 날리더니 다시 칼을 치켜들었다.

지금 상황은 로렌스에게 확실히 유리했다. 프랑스인 대위는 반드시 로렌스를 생포하지 않으면 안 되었다. 만일 로렌스를 죽이기라도 하면 테메레르는 극도로 흥분해 통제 불가능한 상태가 될 것이었기 때문이다. 따라서 프랑스인 대위는 극도로 조심해서 움직여야 하는 반면, 로렌스는 프랑스인 대위를 죽여도 별 상관이 없으므로 자유롭게 공격할 수가 있었다.

하지만 지상이 아닌 테메레르의 목 아래 좁은 곳에서 싸우다 보니 사실 로렌스에게 더 유리할 것도 없었다. 프랑스인 대위는 미끄러져 떨어지지 않기 위해 한 손으로 로렌스의 몸을 잡아 쥐었다. 둘 다 칼을 3센티나 6센티 정도밖에 뻗을 수 없는 상황이라 그들은 칼을 쓰기보다는 상대를 붙잡고 밀치는 식으로 싸움을 했다. 로렌스는 둘 중 하나가 바다로 추락하지 않고서는 이 싸움이 끝나지 않을 거라는 생각이 들었다.

로렌스는 위험을 감수하고 한 발을 앞으로 내디뎠고, 두 사람은 한 바퀴 돌아 서로 위치를 바꾸었다. 이제 로렌스는 프랑스인 대위의 어깨 너머 테메레르의 등에서 벌어지는 싸움을 한눈에 볼 수 있게 되었다. 마틴과 페리스를 비롯해 소총병 몇 명이 힘껏 싸우고 있었지만 수적으로 밀리고 있었다. 프랑스 용에서 공군이 몇 명 더 이리로 건너올 경우 상황은 크게 악화될 것 같았다. 테메레르의 배 쪽에 있던 승무원들이 아군을 지원하기 위해 등 쪽으로 올라오려 했지만, 프랑스 공군 두 명이 그들을 못 올라오게 막고 있었다. 로렌스가 지켜보는 동안 존슨이 칼에 찔려 바다로 추락했다.

"Vive l'Empereur(황제 폐하 만세)!"

프랑스인 대위가 이렇게 외치며 부하들을 격려했다. 현재 자기네가 유리한 입장이라는 걸 알았는지 프랑스인 대위는 뒤로 슬쩍 물러나며 로렌스의 다리를 향해 자신만만하게 칼을 휘둘렀다. 로렌스는 쥐고 있던 칼로 공격을 막아냈다. 그런데 상대의 칼에 부딪치는 순간 로렌스의 칼에서 이상한 소리가 났다. 그제야 로렌스는 자신의 칼이 전투용이 아니라 의전용이라는 사실을 깨달았다. 해군 본부 회의실로 들어갈 때 찼던 의전용 칼을 도버 기지에서 진짜 칼로 바꿔 차지 못했던 것이다.

칼날이 툭 끊어지기라도 하면 큰일이므로 로렌스는 상대의 칼이 의전용 칼의 중간 아래쪽에 맞닿지 않도록 조심했다. 프랑스인 대위가 로렌스의 오른팔을 향해 세차게 칼을 휘둘렀다. 로렌스가 방어하는 순간 의전용 칼날이 13센티미터 가량 잘려 나가면서 로렌스의 턱에 길고 가느다란 상처를 낸 후 밑으로 굴러 떨어졌다. 잘려 나간 칼날이 허공으로 날아오르며 붉은 금빛으로 반짝 빛났다.

프랑스인 대위는 로렌스의 칼이 약하다는 걸 알고 칼을 마구 휘둘렀다. 또다시 로렌스의 칼날 일부가 툭 꺾이며 떨어져 나갔다. 이제 남은 칼날은 15센티미터밖에 안 되었고, 은도금 칼자루에 붙은 인조 보석 장식이 로렌스를 조롱하듯 반짝였다.

로렌스는 이를 악물었다. 죽는 한이 있더라도 이대로 항복할 수는 없었다. 무슨 일이 있어도 테메레르가 프랑스로 끌려가게 놔두지는 않을 것이다. 당장이라도 로렌스가 카라비너 고리를 끊고 고함을 지르며 뛰어내리면 테메레르가 앞발로 붙잡아줄 수도 있었다. 운이 나빠 그대로 추락해서 죽는다 해도 테메레르가 나폴레옹의 손아귀에 들어가는 것은 막을 수 있지 않겠는가.

아래쪽에서 고함 소리가 들렸다. 그랜비가 카라비너를 안장 고리에 제대로 끼우지도 않은 채 꼬리 쪽 안장끈을 붙잡고 기어올라오고 있었다. 등으로 올라온 그랜비는 하네스를 안장 고리에 연결시킨 후, 안장의 배 끈 왼쪽을 지키는 프랑스 공군에게 돌진했다. 그랜비가 프랑스 공군을 죽여 넘어뜨리자마자 테메레르의 배 쪽 승무원 여섯 명이 잇달아 등으로 올라왔다.

삽시간에 전세가 역전되었다. 이제 프랑스 공군들은 항복하든지 죽임을 당하든지 양단간에 선택을 해야 했다. 배 쪽에서 올라온 아군을 보고 용기를 얻은 마틴이 뒤로 돌아 쾨를의 시체를 뛰어넘어 프랑스 공군에게 칼을 겨눴다.

프랑스인 대위는 절망적인 얼굴로 탄식했다.

"Ah, voici un joli gâchis(아, 아까운 기회였는데)."

그러더니 마지막으로 자신의 긴 칼을 지렛대 삼아 로렌스의 칼자루를 세차게 내리쳤다. 그와 동시에 프랑스인 대위가 갑자기 놀란 얼굴로 비틀거리다가 코피를 쏟으며 앞으로 고꾸라졌다. 그 뒤에는 어린 딕비 소위가 주춤거리며 서 있었다. 테메레르의 어깨 쪽 망꾼 자리에 있던 딕비가 몰래 다가와 프랑스인 대위의 뒤통수를 가격한 것이다.

"잘했다."

로렌스의 칭찬에 딕비는 얼굴을 붉히며 자랑스러워했다.

로렌스는 기절한 프랑스인 대위를 마틴에게 넘겼다.

"마틴, 이 자를 배 쪽 부상자 저장소로 데려가. 적군이긴 하지만 사자처럼 용감하게 싸웠으니까."

"알겠습니다, 대령님."

마틴은 이렇게 대답한 후 무슨 말인가를 했다. 그러나 입술이 달싹이는 것만 보였을 뿐 무슨 소리인지 고함 소리에 묻혀 로렌스의 귀에는 들리지 않았다.

무의식중에도 로렌스는 머리 위에서 위협적으로 으르렁거리는 테메레르의 소리를 들었다. 안간힘을 써서 몸을 움직여 보았지만 꿈쩍도 할 수 없었다. 겨우 눈을 떴지만 강한 빛이 따갑게 쏘는 바람에 질끈 감았다. 다리는 아예 말을 듣지 않았다. 로렌스는 눈을 감은 채 허벅다리가 몸에 붙어 있는지 손으로 더듬어보았다. 허벅다리에 하네스의 가죽끈이 뒤엉켜 있고 하네스의 죔쇠가 바지를 찢고 살 속으로 파고들었는지 진득한 피가 줄줄 새어나왔다.

포로가 된 게 아닌가 싶기도 했다. 하지만 주변에서 들려오는 말소리는 프랑스어가 아닌 영어였다. 바함 경이 고함을 치고 그랜비가 사납게 응수하는 소리가 들려왔다.

"아뇨, 바함 경. 더 이상 다가오지 마세요. 한 발자국도 안 됩니다. 테메레르, 저들이 접근하면 밀쳐서라도 못 오게 해."

로렌스가 억지로 몸을 일으키려 하자 여기저기서 승무원들이 손을 내밀며 부축해 주었다.

딕비가 물주머니를 짜서 로렌스의 입에 대주며 말했다.

"괜찮으세요? 살살 움직이세요, 대령님."

로렌스는 입술 안으로 흘러드는 물을 삼켰다. 그러자 위장이 부글부글 끓어올라 더 이상 삼킬 수가 없었다. 로렌스는 간신히 눈을 뜨며 쉰 목소리로 말했다.

"나 좀 일으켜 줘."

딕비가 다급하게 만류했다.

"안 돼요, 대령님. 일어나시면 안 돼요. 뒤통수를 강타당하셨단 말이에요. 그런데도 저 자들은 당장 대령님을 체포하겠다고 벼르고 있어요. 그랜비 대위님이 우리더러 저들이 대령님을 잡아가지 못하게 지키라고, 렌튼 대장님이 오실 때까지 버티라고 했어요."

지금 로렌스는 단단한 공터 바닥에 쓰러진 채 테메레르의 몸통 안쪽에서 보호를 받고 있었다. 양옆에 웅크리고 앉은 전방 망꾼 딕비와 앨런은 로렌스를 간호하느라 여념이 없었다. 테메레르의 다리에서 땅바닥으로 시커먼 피가 흘러내려 고이는 걸 본 로렌스가 또다시 몸을 일으키려고 애쓰며 소리쳤다.

"테메레르가 부상을 입었잖아!"

딕비가 로렌스를 잡아 눕히며 대답했다.

"케인스 선생이 거즈를 가지러 갔어요. 페세르 라예한테 어깨를 긁혔는데 깊은 상처는 아니래요."

로렌스는 일어서기는커녕 다친 다리를 구부릴 수조차 없었다.

딕비가 계속해서 말했다.

"일어나지 마세요. 베일즈워스가 들것을 가지러 갔어요."

로렌스는 날카롭게 소리쳤다.

"날 일으켜 달라니까!"

렌튼 대장이 전투가 끝나자마자 이리로 달려올 리는 없었고, 온다 해도 한참 있어야 올 텐데 이대로 두었다간 상황이 악화될 게 분명했다. 로렌스는 딕비와 앨런의 부축을 받아 겨우 몸을 일으킨 후 테메레르가 막고 있는 곳을 벗어났다. 어린 두 소위는 로렌스의 체중을 감당하느라 잔뜩 힘을 주고 비틀비틀 걸었다.

테메레르의 몸통 너머에 바함 경이 십여 명의 해병대원들과 서 있었다. 그 해병대원들은 런던 기지에서 보았던 미숙한 어린애들이 아니라 나이도 먹을 만큼 먹고 경험도 많은 장교급으로 후추총도 하나씩 들고 있었다. 비록 총신이 짧고 크기도 작은 후추총이라 해도 이 정도로 근거리라면 충분히 로렌스를 명중시킬 수 있었다. 지금껏 공터 가장자리에서 그랜비와 언쟁을 하느라 잔뜩 흥분한 바함 경은 얼굴이 거의 자줏빛이었다. 바함 경은 로렌스를 보자마자 눈을 가늘게 뜨고 쏘아붙였다.

"드디어 나타나셨군, 로렌스. 언제까지 겁쟁이처럼 숨어 있을 생각이었나? 당장 저 짐승한테 물러나 있으라고 해! 중사, 로렌스를 체포하도록!"

"로렌스를 잡아갈 생각은 안 하는 게 신상에 좋을 거다."

로렌스가 대답을 하기도 전에 테메레르가 이빨을 드러내며 해병대원들을 위협했다. 테메레르는 날카로운 발톱이 붙은 앞발을 들어 후려치는 시늉을 하기까지 했다. 어깨와 목에서 시커먼 피가 흘러내리고 얼굴 주변의 막까지 곤두세우자 테메레르의 모습은 보는 것만으로도 무시무시한 느낌을 주었다.

대부분 주춤했으나 해병대 중사는 아무렇지도 않게 소리쳤다.

"발사 준비해, 하사!"

곧이어 중사는 나머지 해병대원들에게 머스켓 총으로 테메레르를 조준하도록 지시했다.

로렌스는 깜짝 놀라 쉰 목소리로 악을 썼다.

"테메레르, 그만둬! 제발 진정해!"

소용없었다. 분노로 눈까지 충혈된 테메레르는 아무 말도 들으려 하지 않았다. 머스켓 총으로는 경상밖에 입히지 못할 테지만 만일 저들이 후추탄을 쏘면 테메레르는 지금보다 훨씬 더 심하게 날뛸 것이고, 아예 통제 불가능한 상태에 이르게 될지도 몰랐다.

갑자기 서쪽 나무들이 마구 흔들리며 막시무스의 거대한 머리와 어깨가 드러났다. 막시무스는 고개를 젖히더니 커다란 입을 벌리고 톱니처럼 깔쭉깔쭉한 이빨을 드러내며 하품을 했다. 그리고 잠 기운을 쫓으려는 듯 온몸을 흔들며 입을 열었다.

"전투가 끝난 거 아니었어? 왜 이렇게 시끄러워?"

바함 경이 테메레르를 손으로 가리키며 막시무스에게 명령했다.

"거기 너! 당장 이리 와서 이 용을 꼼짝 못하게 잡아!"

리갈 코퍼 품종의 다른 용들과 마찬가지로 막시무스도 심한 원시라서 공터 쪽에서 벌어지는 일들을 살펴보려면 엉덩이를 들고 뒷다리를 세운 후 머리를 뒤로 쭉 빼야 했다. 체중도 테메레르의 두 배이고 몸길이도 6미터나 더 긴 막시무스가 균형을 잡기 위해 날개를 절반 정도 펼치자 테메레르의 머리 위로 기다란 그늘이 드리워졌다. 태양을 등진 막시무스의 날개가 햇빛을 받아 붉게 빛났고 반투명한 피부 속 핏줄이 도드라졌다. 막시무스는 공터를 살핀 후 다시 몸을 낮추고 테메레르에게 물었다.

"왜 내가 너를 꼼짝 못하게 해야 하는 건데?"

흥분한 탓인지 테메레르의 얼굴 주변 막이 부들부들 떨렸고 어깨의 상처 부위에서 피가 더 많이 흘러나왔다.

"그럴 필요 없어! 저들은 로렌스를 잡아 감옥에 가두고 처형시키려는 거야. 내가 그렇게 되도록 놔둘 줄 아나 본데, 어림도 없어!"

그런 다음 테메레르는 바함 경에게 쏘아붙였다.

"로렌스가 나더러 당신을 밟아 뭉개지 말라고 해도 난 그 말을 듣지 않을 테니까 그렇게 알아!"

로렌스는 핏기가 가신 얼굴로 중얼거렸다.

"맙소사."

이제야 로렌스는 테메레르가 정말 두려워하는 게 무엇인지 알아차렸다. 테메레르는 예전에 비행사가 체포되는 모습을 본 적이 있었다. 반역자로 밝혀진 그 비행사는 체포된 지 얼마 되지 않아 자신의 용이 보는 앞에서 교수형에 처해졌다. 그 일로 테메레르를 비롯한 도버 기지의 어린 용들은 충격을 받았고, 며칠간 몹시 우울해하며 가슴 아파했다. 그러니 지금 테메레르가 저러는 것도 어쩌면 당연한 일이었다.

그랜비는 막시무스 때문에 주의가 흐트러진 틈을 타서 테메레르의 다른 승무원들에게 다급하게 손짓을 했다. 페리스 중위와 에반스 중위가 얼른 그랜비에게 달려왔고 릭스 대위와 그 수하인 소총병들도 민첩하게 뛰어와 순식간에 테메레르 앞을 가로막으며 권총과 소총을 들고 방어막을 쳤다. 전투에서 탄피를 모두 소진했기 때문에 빈총이었지만 위협을 하는 데에는 손색이 없었다. 로렌스는 절망스러워 눈을 질끈 감았다. 이러한 상황에 그랜비를 비롯한 승무원들까지 군율을 위반하며 끼어든 것이다. 그들의 행동은 분명 반란으로 여겨질 것이다.

해병대원들은 머스켓 총으로 테메레르를 겨누는 한편, 크고 동그란 후추탄 하나를 대포에 넣고 마개를 막았다. 이윽고 해병대 중사가 외쳤다.

"발사 준비!"

로렌스는 정신이 하나도 없었다. 지금 테메레르에게 저 대포를 밟아 망가뜨리라고 하면 상관인 바함 경의 지시를 이행하는 아군을 공격하는 셈이 되었다. 절대 있을 수도, 있어서도 안 될 일이었다. 그렇다고 테메레르나 승무원들을 다치게 하도록 내버려둘 수도 없었다.

그때였다. 테메레르의 치료를 맡고 있는 의사 케인스가 공터로 걸어오며 고함을 쳤다.

"대체 뭣들 하는 짓입니까?"

깨끗한 흰 거즈와 상처 봉합에 쓰이는 가느다란 비단 실을 양손 가득 든 조수 두 명이 케인스의 뒤를 비틀거리며 따라오고 있었다. 케인스는 주춤하는 해병대원들 사이를 비집고 테메레르에게 성큼성큼 다가왔다. 머리엔 소금기가 가득하고 피투성이 제복을 입은 케인스의 모습에 주눅이 들었는지 해병대원들은 주춤했다. 케인스는 후추탄 대포 옆에 서 있는 해병대원의 손에서 소총을 낚아챘다. 그리고 그 소총을 바닥에 냅다 내던진 뒤 발로 짓밟으며 바람 경과 해병대원들, 그랜비, 승무원들을 분노에 찬 눈으로 훑어보았다.

"다들 제정신입니까? 테메레르는 방금 전투를 끝내고 돌아왔습니다. 전투 직후에 용을 자극하면 안 되는 거 몰라요?"

케인스는 막시무스를 손으로 가리키며 덧붙였다.

"이 소란에 저 덩치 큰 참견쟁이 말고도 다른 용들까지 죄다 몰려들 겁니다."

케인스의 말대로 다른 용들 몇몇이 공터에서 일어나는 소동을 구경하느라 나무 위로 고개를 내밀고 있었다. 그 바람에 주변의 나뭇가지들이 우두둑 부러지는 소리가 연이어 들려왔다. 궁금해 못 견디겠다는 표정을 지은 막시무스가 케인스의 말에 무안한지 뒷다리에 힘을 빼더니 땅바닥에 주저앉았다. 그 충격에 공터 전체가 우르르 울렸다.

바함 경은 호기심에 찬 눈으로 자기네를 내려다보는 용들을 불안한 눈으로 둘러보았다. 전투 직후에 먹이를 먹는 습성이 있는 용들은 입가에 온통 피를 묻힌 채 뼈를 오도독오도독 소리나게 씹어 먹고 있었다.

케인스는 바함 경이 정신을 차릴 틈을 주지 않고 밀어붙였다.

"전부 나가세요, 지금 당장!"

그리고 로렌스를 돌아보며 말을 이었다.

"대령님은 치료를 받아야 하니 누우세요. 아까 대령님을 의사들한테 데려가라고 지시를 내렸는데, 왜 아직 여기 계세요? 어쩌자고 그 다리로 서 있는 겁니까? 들것을 가져오라고 했는데 베일즈워스는 왜 여태 안 오는 거야?"

모욕을 당했다고 여긴 바함 경은 부들부들 떨면서 말했다.

"나는 이미 로렌스를 체포하라고 명령을 내렸다. 그리고 지금 내 앞에서 반란을 꾀한 저 개 같은 녀석들도 모조리 철창에 처넣고 말테다."

케인스는 뒤로 돌아 바함 경을 똑바로 쳐다보며 응수했다.

"저는 지금 테메레르의 상처도 꿰매야 하고 다리 부상을 입은 로렌스 대령도 치료해야 합니다. 그러니 내일 아침에 다시 와서 로렌스 대령을 체포하든지 말든지 하세요. 부상당한 승무원들과 용들 앞에서 그런 추하고 야만적인 말씀을 하시다니, 어이가 없군요."

케인스는 바함 경의 면전에 대고 주먹까지 흔들어댔다. 그러자 손가락 사이에 끼워진 25센티미터짜리 수술용 갈고리 때문에 상당히 위협적으로 보였다. 무엇보다 케인스의 주장이 도덕적으로 타당한 것이기에 바함 경은 어쩔 수 없이 한발 뒤로 물러섰다. 해병대원들은 그것을 신호로 받아들였는지 총을 내렸고, 바함 경은 불쾌한 얼굴을 한 채 그 자리를 떠났다.

치료 때문에 로렌스의 체포 시기가 잠시 연기되었다. 의사들은 로렌스의 다리를 살펴보더니 뼈가 부러지진 않았고 다리 전체에 심한 찰과상을 입은 것 외에 다른 부상은 없다고 진단을 내렸다. 그런데도 상처 부위를 치료받을 때 로렌스는 숨이 막힐 정도로 고통스러웠다. 특히 끔찍한 두통이 뒤따랐다. 의사들은 두통 완화를 위해 로더넘을 권했지만 로렌스는 거부했다. 의사들은 다친 다리로 서 있을 생각은 아예 하지도 말라고 했다. 사실 그런 지시는 할 필요도 없었다. 엄청난 통증 때문에 일어설 수조차 없었으니까.

테메레르는 경상이라 상처 부위를 약간 꿰매기만 하면 되었다. 로렌스는 화를 가라앉히지 못하는 테메레르를 수차례 달래서 간신히 먹이를 먹였다. 다음날 아침, 테메레르의 상처가 발열 없이 순조롭게 치유되기 시작하자 로렌스는 더 이상 바함 경 및 렌튼 대장과의 면담을 미룰 수가 없었다. 렌튼 대장은 로렌스에게 치료가 끝나는 대로 도버 기지의 본부로 와서 상황 보고를 하라는 공식적인 명령서를 보내 왔다. 팔걸이의자에 앉아 본부 건물로 실려가는 로렌스에게 테메레르가 초조한 음성으로 말했다.

"내일 아침까지 돌아오지 않으면 직접 당신을 찾으러 갈 거야."

말려도 듣지 않을 게 분명했다. 사실 로렌스는 테메레르를 안심시키기 위해 어떤 말을 해야 할지 몰랐다. 렌튼 대장이 기적적으로 바함 경을 설득한다면 몰라도 지금까지의 상황으로 보건대 로렌스는 체포를 면하기 어려웠다. 명령을 한두 가지 위반한 게 아니어서 어쩌면 군사 법원에서 사형을 언도할지도 몰랐다. 물론 국가에 대한 반역죄를 저지르지 않은 이상 비행사를 교수형에 처하지 않는 것이 관례였다. 그러나 바함 경이 해군 장교들로 구성된 위원회를 움직일 경우에는 교수형도 피할 수 없었다. 해군 장교들은 원래 공군에게 가혹하게 대하는 편인 데다 테메레르도 중국으로 돌려보내게 되었으니, 테메레르의 비행사인 로렌스를 배려할 필요가 없었다. 그들의 논리대로라면 테메레르는 이미 영국 공군 소속이 아니었다.

무엇보다 로렌스의 부하들이 큰일이었다. 바함 경에게 대들었던 그랜비, 에반스, 페리스, 릭스 등은 군사 법원에서 심문을 받게 될 터였다. 어릴 때부터 기지에서 살면서 공군으로 자란 그들이 공군에서 쫓겨난다면 앞으로 살아갈 길이 막막할 것이다. 아직 대위로 승진하지 못한 중위들이야 군에서 퇴출은 면한다 해도 승무원 자리를 얻지 못하고 퇴역할 때까지 용 사육장에서 복무하거나 지상 요원 노릇을 하게 될 것이다.

밤사이 다리 통증이 조금 덜해지긴 했지만 본부 건물 앞에서 팔걸이의자에서 내려와 계단을 오르자 또다시 식은땀이 줄줄 흘러내렸다. 얼굴까지 하얗게 질릴 정도로 고통스러웠다. 엄청난 통증뿐만 아니라 현기증 때문에 로렌스는 여러 번 걸음을 멈추고 숨을 고른 후에야 렌튼 대장의 사무실로 들어설 수 있었다.

"세상에! 걸을 수 있는 상태라서 의사들의 허락을 받고 오는 줄 알았는데! 쓰러지기 전에 어서 자리에 앉아, 로렌스. 이거 마시고."

렌튼 대장은 못마땅하게 쳐다보는 바함 경의 시선을 무시하고 로렌스에게 얼른 브랜디 한잔을 건넸다.

"감사합니다, 대장님. 잘못 생각하신 게 아닙니다. 의사들의 허락을 받고 왔거든요."

로렌스는 예의상 술잔을 입에 댔다가 뗐다. 정신이 혼미해서 술을 마실 수가 없었다.

바함 경이 말했다.

"적당히 해요. 응석이나 받아주려고 로렌스를 부른 게 아니잖소. 내 평생에 그런 모욕을 당해 보긴 처음이오. 나 원 참, 기가 막혀서. 로렌스, 내가 원래 교수형을 좋아하는 사람은 아니지만, 이번에는 교수형이 제일 합당한 벌인 것 같다. 하지만 렌튼 대장 말이 자네 목을 매달면 자네의 짐승이 통제 불능이 될 거라고 하니, 교수형을 시킬 수는 없겠지. 사실 지금보다 얼마나 더 미쳐 날뛰어야 통제 불능인지 알 순 없지만."

바함 경이 비꼬자 렌튼 대장이 입술을 지그시 깨물었다. 앞으로 렌튼 대장이 바함 경에게 얼마나 더 혹독한 말을 듣게 될지 로렌스는 가늠조차 할 수 없었다. 렌튼은 공군 대장이고 얼마 전 큰 전투를 승리로 이끌었지만, 정치적인 영향력이나 발언권은 크지 않았다. 그에 반해 해군 장성인 바함 경은 국방성 소속인 만큼 정치적인 영향력도 대단했고, 지지해 주는 친구들도 꽤 많아서 지금 렌튼 대장을 얼마든지 압박할 수 있는 입장이었다.

바함 경이 계속해서 말했다.

"자네를 당장 공군에서 내쫓아야 당연하지만 지금은 그 짐승을 중국으로 보내기 위해 자네의 협조가 필요하니 당분간만 보류해 주겠다. 그 용을 설득해서 중국으로 보내. 그렇게만 한다면 이번의 항명을 비롯해서 여러 가지 명령 위반 사항도 눈감아주지. 마음 같아서는 자네를 교수형에 처하고, 자네의 용을 총으로 쏴 죽인 뒤 빌어

먹을 중국인들도 모조리 해치우고 싶지만 말이야."

로렌스가 흥분하여 벌떡 일어서려 하자 렌튼 대장이 어깨를 꾹 누르며 진정시켰다. 렌튼 대장이 나섰다.

"바함 경, 말씀이 지나치시군요. 사람을 잡아먹지 않은 이상 영국에서 용을 쏴 죽인 전례는 없습니다. 그런 전례를 남겨서도 안 되는 일이고요. 그랬다간 공군 내에서 폭동이 일어날 수도 있습니다."

바함 경은 얼굴을 찡그리며 군율이 흐트러졌다고 투덜거렸다. 1797년 영국 해군 함대의 절반 이상이 들고 일어났던 해군 폭동 당시 해군에서 복무했으니 바함 경이 군율 문제에 관해 엄격한 것은 어쩌면 당연한 일이었다. 바함 경이 말했다.

"그런 일이 일어나지 않게 해야겠지. 로렌스, 스피트헤드 항구에 정박 중인 '얼리전스 호'라는 용 수송선이 일주일 내에 출항할 예정이다. 그때까지 자네는 용을 그 수송선에 태워야 해, 알겠나?"

로렌스는 곧장 대답을 할 수 없었다. 일주일은 잔인할 정도로 짧은 기간이었다. 차라리 테메레르를 데리고 도망쳐버릴까 하는 생각까지 들었다. 테메레르라면 도버에서 유럽 대륙까지 힘들이지 않고 날아갈 수 있을 것이고, 라인 연방의 숲에 사는 소수의 야생 용들과 어울려서 그럭저럭 살 수 있을지도 몰랐다.

렌튼 대장이 로렌스 대신 대답했다.

"차분하게 생각할 시간이 필요할 겁니다. 내가 보기엔 처음부터 문제처리 방식이 잘못되었어요. 용의 화를 있는 대로 돋워놓고 그 용을 설득해서 원치 않는 일을 하게 만드는 건 절대 쉽지 않은 일이죠."

"핑계라면 이미 지긋지긋하게 들었소."

그때 누군가가 문을 두드렸다. 세 사람은 동시에 문 쪽을 바라보았다. 핏기 없는 얼굴의 공군 중위 하나가 문을 열고 말했다.

"렌튼 대장님, 저어……."

그 중위가 서둘러 옆으로 물러나자 중국 호위병들이 위압적으로 다가와 문 양옆에 도열했고, 용싱 왕자가 호위병들 사이를 지나 사무실로 들어섰다.

렌튼 대장과 바함 경, 로렌스는 깜짝 놀라서 자리에서 일어날 생각도 못했다. 제일 먼저 정신이 든 로렌스가 성치 않은 다리로 바닥을 디디며 억지로 일어섰고, 연이어 렌튼 대장과 바함 경도 일어났다. 중국인 시종들이 서둘러 의자를 당겨다가 용싱 왕자 뒤에 놓았다. 그것은 바함 경이 앉았던 의자였다. 하지만 용싱 왕자는 손을 흔들어 그 의자를 치우게 했다.

결국 그때부터 사무실 안에 있는 자들은 모두 의자에 앉지 못하게 되었다. 로렌스는 렌튼 대장이 조심스럽게 팔을 잡아 부축해 주었는데도 계속 현기증이 났다. 용싱 왕자의 번쩍거리는 화려한 겉옷 때문에 눈앞이 더 아찔하고 방 안이 온통 빙글빙글 돌았다.

용싱 왕자가 바함 경을 향해 입을 열었다.

"당신은 천자(天子, 중국 왕조시대의 황제의 별칭. 천제의 아들로서 천제를 대신하여 세계를 통치하는 자—옮긴이주)에 대한 존경심을 이런 식으로 표현하는군. 중국 황제의 소유인 룽티엔샹을 몰래 전투에 내보내서 승리를 쟁취하더니, 이제 비밀 위원회까지 소집해서 그 성과를 우리한테 감추려고 하는 건가?"

방금 전까지도 중국인들에게 저주의 말을 퍼부었던 바함 경은 얼굴빛이 창백해지며 주눅이 들어 말까지 더듬거렸다.

"왕자님, 아니 왕자 전하, 저희는 추호도 그런……."

용싱은 바함 경의 말허리를 잘랐다.

"당신네들이 공군 기지라고 부르는 이 동물우리를 대충 둘러봤소. 이제야 룽티엔샹이 비행사인 로렌스에게 애착을 보이는 이유를 알겠더군. 용의 거처를 이렇게 야만적으로 해놓다니. 이런 허접한 곳에서 로렌스가 그나마 자기를 책임지고 보살펴주니까 헤어지고 싶지 않겠지."

용싱은 고개를 돌려 경멸에 찬 눈으로 로렌스를 위아래로 훑어보며 말을 이었다.

"너는 지금까지 어리고 미숙한 룽티엔샹을 이용해서 이득을 취해 왔지만 더 이상은 그럴 수 없을 것이다. 룽티엔샹을 중국으로 데려가는 일을 지연시키려고 둘러대는 핑계 따위는 이제 듣고 싶지도 않다. 룽티엔샹이 중국에 돌아가서 자신에게 합당한 지위를 부여받게 되면 너 따위와 지낸 세월이 얼마나 보잘것없는 것이었는지 깨닫게 될 것이다."

바함 경이 좀 더 고상한 말을 입에 올리려고 고심하는 동안 렌튼 대장이 끼어들었다.

"왕자 전하, 우리가 일부러 출발을 늦추는 것은 아닙니다. 우리는 왕자 전하께 최대한 협조해 드릴 생각입니다. 그렇지만 테메레르가 로렌스를 두고 가려 하지 않을 겁니다. 용의 의지에 반해 억지로 중국으로 끌고 갈 수 없다는 걸 전하께서 더 잘 아시지 않습니까?"

용싱이 냉담하게 받아쳤다.

"그럼 로렌스 대령도 중국으로 같이 데려가면 되겠군. 이젠 로렌스를 보내 주는 게 쉽지 않다고 둘러댈 참인가?"

다들 당황한 가운데 로렌스도 자신이 잘못 들은 건 아닌지 의심했다. 이윽고 바햄 경이 말했다.

"아뇨, 필요하시면 얼마든지 데려가셔도 됩니다. 암요."


렌튼 대장의 사무실에서 세부 사항에 대한 논의가 이루어지는 동안 로렌스는 점점 정신이 혼미해졌다. 혼란스럽기도 하고 안심이 되기도 하여 마음이 몹시 산란했다. 급기야 머릿속이 빙글빙글 돌기 시작했고, 자기가 무슨 말을 하고 있는지조차 모를 지경이 되었다. 눈치를 챈 렌튼 대장이 회의를 잠시 중단시키고 부하들에게 로렌스를 숙소로 데려가도록 지시했다.

숙소로 돌아온 로렌스는 간신히 정신을 추스르고 간략하게 편지를 썼다. 그리고 하녀를 시켜 테메레르에게 그 편지를 전해 주도록 지시한 다음 곧장 깊은 잠 속으로 빠져들었다.

무려 열네 시간 동안 죽은 듯이 잠을 잔 로렌스는 다음날 아침이 되어서야 깨어났다. 옆에는 언제 왔는지 제인이 의자 등받이에 기대어 입을 벌린 채 졸고 있었다. 로렌스가 팔을 잡아 흔들자 제인이 눈을 뜨고 하품을 하며 얼굴을 비볐다.

"아, 로렌스! 깼어? 자네 때문에 아주 난리가 났었다구. 에밀리 말로는 가엾은 테메레르가 걱정하면서 속을 태우고 있다나 봐. 어쩌자고 테메레르한테 그런 편지를 보낸 거야?"

로렌스는 어제 자기가 편지에 뭐라고 썼는지 기억해내려고 애썼다. 하지만 전혀 떠오르지 않았다. 어제 일은 몇 가지만 빼곤 머릿속에서 하얗게 지워진 상태였다.

"거기다 뭐라고 썼는지 하나도 기억이 안 나요. 나도 중국으로 같이 가기로 했다는 걸 테메레르도 알고 있어요?"

"그래, 지금쯤 알고 있을 거야. 자네를 간호하려고 이 방으로 오다가 렌튼 대장을 만났는데, 렌튼 대장이 테메레르한테 그 소식을 알려줬다고 하더군. 하지만 자네가 테메레르한테 보낸 편지에는 그런 내용은 씌어 있지 않았어."

그리고 제인은 종이 쪼가리를 내밀었다. 어제 하녀를 시켜 테메레르에게 전하게 했던 편지였다. 분명히 자신의 필체고 서명까지 되어 있었다. 그러나 로렌스는 자기가 정말 그 편지를 쓴 게 맞는지 알 수 없었다. 한마디로 내용이 완전히 횡설수설이었던 것이다.

테메레르에게,
걱정 마. 내가 갈 거야. 더 이상 출발을 지체하면 천자가 가만 있지 않을 거래. 바함 경이 휴가를 줬어. 얼리전스 호를 타고 가게 되었지! 뭐든 좀 먹어.

로렌스

로렌스는 어이가 없었다.

"이렇게 썼던 기억이 없는데. 아, 맞다! '얼리전스 호'는 용 수송선의 이름이고 용싱 왕자가 자기네 황제를 '천자'라고 칭했던 게 기억나네요. 내가 왜 '천자' 같은 불경스런 말을 이 편지에 썼는지는 모르겠지만요."

로렌스는 그 편지를 제인에게 도로 내주며 말을 이었다.

"내가 완전히 정신이 나갔었나 봐요. 이 편지를 벽난로에 넣고 태워주세요. 테메레르한테는 내 몸이 많이 좋아지고 있고 곧 보러 가겠다고 전해 주시고요. 그리고 지금 바로 종을 울려서 옷시중을 들어줄 사람을 들여보내 주세요. 옷을 갈아입어야겠어요."

"꼼짝 말고 그냥 누워 있어. 지금 당장 테메레르를 만날 필요는 없는 것 같으니까. 바함 경도 그렇고 렌튼 대장도 자네랑 얘기하고 싶어해. 테메레르한테는 내가 가서 자네가 죽은 것도 아니고 다른 용을 배정받은 것도 아니라고 전해 줄게. 테메레르랑 쪽지를 주고받고 싶으면 에밀리한테 심부름을 시켜."

로렌스는 제인의 말을 따르기로 했다. 솔직히 일어나 걸을 수 있는 상태도 아니었고, 바함 경이 찾아와 화를 돋우더라도 쓰러지지 않으려면 힘을 비축해야 했다. 다행히 바함 경보다 렌튼 대장이 먼저 로렌스를 만나러 왔다.

먼저 렌튼 대장이 의자를 로렌스의 침대 옆에 끌어다놓고 앉으며 입을 열었다.

"흠, 로렌스. 자네와 테메레르는 몸서리쳐질 정도로 먼 거리를 여행하게 될 걸세. 험한 일 당하지 않고 무사히 다녀오길 바랄 뿐이네. 나도 1790년대에 용 수송선을 타고 인도로 갔던 적이 있는데, 그때 3일간 강풍이 몰아쳐서 아주 고생을 했지. 얼음장처럼 차가운 비가 계속 내려서 용들이 잠시라도 하늘로 날아오를 수 없는 상황이었어. 그때 옵베르사리아는 항해 내내 멀미가 나서 골골했었지. 멀미를 하는 용을 데리고 항해를 하면 아주 진이 빠진다네."

로렌스는 해군 시절에 용 수송선을 지휘해 본 적은 없었지만, 렌튼 대장이 말한 상황이 어느 정도인지 짐작이 되었다.

"테메레르는 배 멀미를 하지 않을 겁니다. 그나마 다행인 건 테메레르가 배로 여행하는 걸 좋아한다는 거지요."

렌튼 대장은 고개를 절레절레 흔들었다.

"허리케인을 만나도 과연 그럴까? 강풍에 휩쓸리고 배가 요동을 치면 멀미가 절로 날 텐데?"

"그럴지도 모르죠."

테메레르와 함께 얼리전스 호에 승선하는 것은 달궈진 프라이팬을 피해 불구덩이로 뛰어드는 격이었다. 당장 이별을 면하게 되었다 해도 중국에 도착한 뒤에 헤어지게 될지도 모를 일이었다. 그런데도 로렌스는 얼리전스 호를 타고 가는 동안 테메레르와 함께 있을 수 있다는 사실이 그저 고마울 따름이었다. 중국에 도착하기 전까지 배에서 온갖 일들이 일어날 테니 어쩌면 좋은 수가 생길지도 몰랐다.

렌튼 대장이 고개를 끄덕였다.

"자네 안색이 송장처럼 창백하니 간단하게 얘기함세. 자네와 테메레르를 중국으로 함께 보내는 것이 현재로서는 최선의 방법이라고 바함 경을 설득했네. 테메레르의 승무원들도 같이 데려가게. 승무원들 중 일부는 항해를 달가워하지 않을 수도 있지만, 아무래도 같이 데리고 가는 게 좋을 거야."

기대하지도 않았는데 승무원들도 데려갈 수 있다니, 로렌스는 한층 마음이 놓였다.

"대장님, 뭐라고 감사의 말씀을 드려야 할지, 정말 큰 신세를 졌습니다······."

"신세는 무슨. 나한테 고마워할 거 없어."

렌튼 대장은 숱이 적은 잿빛 머리카락을 이마 위로 쓸어 올리며 덧붙였다.

"자네 처지가 참 안됐어. 파트너인 용과 억지로 헤어져야 하다니, 나 같으면 벌써 미쳐버렸을지도 몰라."

로렌스는 아무 말도 할 수가 없었다. 렌튼 대장이 그런 위로의 말을 해줄 줄은 몰랐다. 그리고 자신이 이런 말을 들을 자격이 있을까 싶었다.

"몸을 추스를 수 있도록 시간을 줘야 하는데, 그렇게 해주지 못해서 미안하네. 그래도 얼리전스 호에 승선한 뒤에는 푹 쉴 수 있을 거야. 바함 경이 중국인들한테 일주일 안에 얼리전스 호를 출항시키겠다고 약속했어. 하긴 그 기간 안에 얼리전스 호를 이끌 함장을 구해야 가능하겠지만 그것도 쉬운 일은 아니지."

"카트라이트가 얼리전스 호를 맡기로 하지 않았나요?"

로렌스는 얼마 전 해군 신문에서 군함의 함장 배치에 관한 소식을 읽었다. 그때 카트라이트라는 이름이 눈에 띄어 기억해 두었던 것이다. 로렌스는 카트라이트와 수년 전 골리앗 호에서 함께 복무한 적이 있었다.

"그래, 얼리전스 호가 원래 핼리팩스로 가기로 예정되어 있어서 카트라이트가 함장을 맡기로 했었지. 그런데 건조 중인 다른 배를 배정받기로 마음을 바꾸었나 봐. 얼리전스 호를 타고 중국까지 갔다 오려면 적어도 2년은 꼬박 걸릴 테니 마음을 바꾼 거지. 어쨌든 바함 경이 알아서 얼리전스 호의 함장을 구해 놓을 테니, 자네는 준비나 해놓게."

"알겠습니다, 대장님. 출항 전까지는 몸도 많이 회복될 겁니다."

로렌스는 낙관적으로 말했으나 금방 회복될 것 같지는 않았다. 렌튼 대장이 방을 나간 후 로렌스는 편지를 쓰려고 했지만 힘에 부쳤고 머리가 끔찍할 정도로 욱신거렸다.

한 시간쯤 후 로렌스의 방에 들른 그랜비는 승무원들도 함께 중국으로 가게 되었다는 소식을 전해 듣고는 몹시 기뻐했다. 자신의 경력이 위태로워질지도 모르는데 걱정되지도 않는 모양이었다.

그랜비가 말했다.

"빌어먹을 바함 경이 대령님을 체포하라고 지시하고 테메레르한테 대포까지 겨누게 했을 때는 정말이지 엄청 열이 나더군요. 아, 편지는 제가 써드릴 테니까 누워서 내용만 부르세요."

로렌스는 그랜비에게 말조심하라고 타이르려다가 그만두었다. 처음 만났을 당시 로렌스를 극도로 혐오했던 그랜비는 함께 전투를 치르고 마음을 터놓게 되면서부터 누구보다 충성스런 부하가 되어주었다.

로렌스가 말했다.

"그럼, 토머스 라일리 함장에게 보낼 편지를 받아 써 주게. 우선 우리가 일주일 후에 중국으로 떠날 예정인데 용 수송선이라도 괜찮다면 얼리전스 호의 함장을 맡아주었으면 좋겠다, 지원자가 없을 테니 이 편지를 받자마자 해군 본부로 가서 얼리전스 호를 맡겠다고 얘기하면 될 것이다, 이렇게 써 주게. 참, 바함 경 앞에서 내 이름은 언급하지 말라고 덧붙이게."

"알겠습니다."

그랜비는 빠른 속도로 적어나갔다. 필체가 좋은 편이 아니라 글씨가 사방으로 삐쳐나갔지만 읽는 데는 문제없어 보였다.

"잘 아는 분인가요? 뭐 어차피 우리야 해군 본부에서 정해 주는 대로 따라야 하니 누가 함장이 되든 참고 견딜 수밖에 없지만요."

"그래, 잘 아는 사람이야. 벨리즈 호를 탔을 때 내 밑에서 소위로 있었고, 릴리언트 호에서는 내 직속 부하 겸 중위로 복무했었지. 테메레르가 알에서 부화했을 때 옆에 있었어. 성격 좋고 타고난 뱃사람이라 그가 얼리전스 호를 맡아주면 더 바랄 게 없어."

"당장 가서 우편 업무 담당자한테 이 편지를 전하고 올게요. 꼭 본인한테 전해 주라고 당부도 해야겠어요. 그나마 마음이 놓이네요. 가증스럽고 거만한 뱃놈이 아니라니……."

그랜비는 당황해서 얼버무렸다. 서로 알게 된 지 얼마 되지 않았을 때 그랜비가 로렌스를 일컬어 '거만한 뱃놈'이라며 뒷담화를 했기 때문이다.

로렌스는 그랜비가 옛날 일로 마음 쓰지 않도록 서둘러 말했다.

"수고해 주게, 그랜비. 사실 라일리가 함장을 맡게 되리라는 보장은 없으니, 아직 희망을 갖기는 일러. 해군 본부에서 계급이 높은 자를 함장으로 앉힐 수도 있고."

말은 이렇게 했지만 바함 경도 다른 이를 물색할 만한 시간적 여유가 없고 지원자도 거의 없을 테니, 라일리가 지원하기만 한다면 얼리전스 호를 맡게 될 가능성이 높았다.

육지 사람들의 눈에는 용 수송선이 규모도 크고 멋있게 보일 수도 있었다. 그러나 함장으로서 지휘하기엔 그리 좋지 않았다. 용을 태우기 전까지 항구에 장기간 정박하는 경우가 잦고, 그럴 때마다 선원들은 항구에서 술을 마시고 창녀들과 어울리며 시간을 탕진하기 일쑤였다. 출항을 하더라도 대양 한가운데서 수개월간 꼼짝도 못할 뿐만 아니라 장거리 비행을 하는 용들을 위해 쉼터 노릇도 해야 했다. 그런 면에서 봉쇄 업무를 맡은 군함과 다를 바 없었으나 더욱 안 좋은 것은 사교 생활도 못하고 적막하게 지내야 한다는 점이었다. 특히 전투를 통해 적국의 군함을 나포할 일이 거의 없으므로 포상금을 받을 기회도 적었다. 그러므로 유능한 함장들은 대체로 용 수송선을 맡지 않으려는 경향이 있었다.

현재 릴리언트 호는 트라팔가르 전투 이후 심하게 불어닥친 강풍에 부서져서 장기간 건선거(乾船渠, 큰 배를 만들거나 수리할 때 해안에 배가 출입할 수 있도록 만든 구조물—옮긴이주)에서 수리를 받아야 할 상황이었다. 그래서 라일리는 항구에 들어와 있었고, 당분간 새로 군함을 배정받기에도 어정쩡한 상황이었다. 그러니 얼리전스 호를 맡아 달라는 로렌스의 제안을 받아들일 수도 있었다. 라일리가 지원하면 바함 경도 두말하지 않고 얼리전스 호를 내줄 것이다.

다음날 로렌스는 지인들에게 답장을 쓰느라 진을 뺐다. 그래도 어제보다는 상태가 나아져서 혼자 쓸 수가 있었다. 지난 수주일 동안 정신이 없어 받은 편지에 대한 답장을 미뤄두었다. 그런데 갑자기 중국으로 장거리 여행을 하게 되어 한꺼번에 답장을 써 보내자니 힘에 부쳤다.

일단 집에 계신 어머니께 답장을 써 보내야 했다. 도버 전투 이후로 앨런데일 경은 로렌스가 맡고 있는 용 비행사라는 직업에 관해 다소 관대해졌다. 물론 서신 왕래를 할 정도로 사이가 좋아진 것은 아니지만, 적어도 어머니와 몰래 편지를 주고받지 않아도 되었다. 편지 겉봉에 당당하게 자신의 이름을 적고 어머니에게 편지를 써 보낼 수 있게 된 것이다. 하지만 이번 일을 들으면 아버지는 또다시 노발대발하며 어머니와 연락도 못하게 만들 것이다. 로렌스는 아버지의 귀에 이번 사건의 자세한 내막이 들어가지 않기를 바랐다. 바함 경도 앨런데일 경을 난처하게 만들면 이득을 얻지 못하는 입장이니,

어쩌면 이번 일을 함구할 수도 있었다. 특히 바함 경의 정치적 동맹인 앨런데일 경과 윌버포스 경이 다음 회기 때 노예제도 폐지를 강력히 주장하려고 벼르는 참이라 바함 경으로서는 더더욱 입조심을 해야 할 판이었다.

평소처럼 글씨가 잘 써지지 않았지만 로렌스는 억지로 기운을 내어 어머니에게 보내는 것 외에 십여 통의 답장을 써 내려갔다. 대부분은 갑작스럽게 출항하게 된 상황을 이해해 줄 만한 해군 시절의 동료들에게 보내는 답장이었다. 몸이 따라주지 않아서 추리고 추려서 십여 명에게만 답장을 써야 했다.

제인이 방으로 들어왔다. 이미 로렌스는 기진맥진하여 등뒤의 베개에 기댄 채 눈을 감고 있었다.

제인은 로렌스가 써 놓은 편지들을 주섬주섬 챙기며 말했다.

"내가 부쳐줄게. 바보처럼 무리하지 말고 좀 쉬어. 머리뼈가 쪼개지진 않았어도 뒤통수를 가격당한 게 어디 보통 일인 줄 알아? 전에 서인도제도에서 황열병에 걸렸을 때 나는 멀쩡하다고 우기면서 돌아다니는 멍청한 짓은 안 했어. 가만히 누워서 오트밀 죽이랑 우유술(뜨거운 우유에 술과 설탕, 향료를 넣은 음료—옮긴이주)을 받아먹었지. 그렇게 푹 쉬었기 때문에 황열병에 걸린 다른 동료들보다 빨리 병상에서 일어날 수 있었어."

"고마워요, 제인."

그녀의 말이 옳았다. 푹 쉬지 않아서인지 로렌스는 여전히 몸 상태가 좋지 않았다. 제인이 커튼을 드리워 방 안을 어둡게 했다. 그러자 한결 마음이 편안해지면서 새삼 그녀에게 고마운 마음이 들었다.

그리고 깜박 잠이 들었나 보다. 그는 방문 밖에서 들려오는 시끄러운 소리 때문에 잠에서 깼다. 몇 시간은 잔 것 같았다. 문 밖에서 제인이 성을 내는 목소리가 들려왔다.

"당장 꺼져. 안 그러면 발로 차서 홀까지 굴러 떨어지게 만들 테니까. 내가 자리를 비운 틈을 타서 몰래 방 안으로 기어들어가 로렌스를 괴롭힐 생각이었나?"

곧이어 어쩔 줄 몰라 하는 낯선 남자의 목소리가 들려왔다.

"하지만 당장 로렌스 대령을 만나야 합니다. 긴급 사안이라 런던에서 곧장 날아왔단 말입니다……."

"그렇게 급한 일이면 렌튼 대장한테 가서 말하면 되겠네. 이 방엔 못 들어가. 당신이 국방성에서 왔다고 해도 안 돼. 보아하니 나이가 중위 정도 되겠군. 국방성에서 당신 같은 애송이한테 시급을 다투는 중요한 일을 맡겼을 리가 없어. 꼭 들어가고 싶으면 내일 아침까지 기다려."

그리고 제인은 살짝 열려 있던 방문을 마저 닫아버렸다. 문이 닫히자 로렌스는 제인과 그 젊은이가 주고받는 말들을 명확히 알아들을 수가 없었다. 로렌스는 또다시 현기증 나는 잠 속으로 빠져들었다.

다음날 아침 눈을 떴을 때 곁엔 아무도 없었다. 하녀가 맛없는 오트밀 죽과 뜨거운 우유술을 아침식사로 차려놓고 나갔다. 그리고 어제의 그 젊은이가 방문을 열고 들어왔다. 젊은이는 멋대로 방 안의 의자 하나를 로렌스의 침대 곁으로 끌고 왔다.

"예고도 없이 무례하게 들이닥쳐 미안합니다. 직접 설명을 드려야 했거든요. 지금 내 모습이 아주 이상하게 보이겠죠……."

그 자는 묵직한 의자를 침대 옆에 놓고 가장자리에 엉덩이를 살짝 걸치고 앉았다. 꼭 홰를 타고 앉은 듯한 모습이었다.

"내 이름은 해먼드라고 합니다. 아서 해먼드. 대령님 일행과 함께 중국 황제의 궁전으로 가라는 국방성의 지시를 받았지요."

그런 중차대한 임무를 맡기엔 해먼드는 너무 젊어 보였다. 흐트러진 고동색 머리카락에 수척하고 누르께한 얼굴, 총기로 빛나는 눈빛을 지닌 스무 살쯤 되어 보이는 청년이었다. 그는 더듬거리며 사과의 말을 하더니 곧 본론으로 들어갔다. 꽤 적극적인 성격이었다.

"그럼 상황 설명부터 드리지요. 갑자기 이 일을 맡게 돼서 사실 나도 얼떨떨합니다. 바함 경이 나를 비롯한 외교관들에게 얼리전스 호를 타고 11월 23일에 출항하라고 하더군요. 하지만 대령님이 원하시면 출항일을 연기해 달라고 바함 경에게 요청할 수도 있습니다만……."

출항을 연기했다가 또 무슨 일이 터질지 알 수 없으므로 로렌스는 서둘러 대답했다.

"아뇨, 일정대로 따르겠습니다. 용싱 왕자도 그날을 출항일로 알고 있을 텐데, 괜히 날짜를 연기할 필요는 없겠지요."

"아! 동감입니다."

해먼드는 마음이 놓인 표정이었다. 그를 쳐다보며 나이를 가늠하던 로렌스는 이렇게 젊은 외교관이 이번 업무를 맡게 된 것은 정부 쪽에서 적임자를 물색할 시간이 부족해서가 아닐까 싶기도 했다. 로렌스의 의심스런 눈초리를 의식한 듯 해먼드는 자기가 이번 일을 자원해서 맡았으며 그만한 자격을 갖추고 있다고 덧붙였다. 그는 한층 침착해진 얼굴로 외투 앞주머니에서 두꺼운 서류뭉치를 꺼내어 로렌스 앞에 펼쳐놓았다. 그러고는 그들이 수행해야 할 임무에 관해 설명하기 시작했다.

하지만 로렌스는 두통 때문에 해먼드의 설명을 제대로 이해할 수가 없었다. 해먼드가 중국어로 쓰여 있는 서류에 관해 설명할 때도 그렇고, 14년 전 영국을 대표하여 중국을 방문했던 매카트니 경의 사절단에 관해 얘기할 때에도 그렇고, 어쨌든 중국어를 섞어가며 말을 해서 그런지 알아듣기가 매우 어려웠다. 14년 전이라면 막 대위로 임관하여 해군 생활을 본격적으로 해나가던 때였다. 그러니 자세한 내용은 고사하고 당시 영국에서 중국으로 그런 사절단을 보냈는지조차 기억이 가물가물했다.

그렇지만 쉴새없이 이어지는 해먼드의 설명을 굳이 중단시키지는 않았다. 얘기를 듣고 있자니 차츰 안심이 되기도 했다. 해먼드는 나이는 젊지만 자신의 분야에 정통해 있었고 말투에서도 권위가 묻어났다. 바함 경을 비롯하여 국방성에 소속된 자들처럼 거만하지도 않았다. 로렌스가 매카트니 경의 사절단에 관해 아는 거라고는 그들이 '라이언 호'를 타고 중국으로 갔다는 것, 라이언 호는 보하이 만을 해도에 기입한 최초의 서양 배라는 것 정도였다. 그런데 해먼드의 설명을 듣고 있자니 든든한 아군을 얻은 기분이었다.

잠시 후 해먼드는 로렌스가 자신의 설명을 완전히 이해하지 못한 것을 알아채고 실망한 표정을 지으며 말했다.

"아, 흠, 한마디로 요약하자면, 매카트니 경 사절단의 중국 방문은 별다른 성과를 거두지 못했습니다. 사실 완전히 실패한 것이나 다름없었죠. 중국 황제 앞에서는 원래 '고두(叩頭)'라고 해서 머리를 조아리며 절을 해야 하는데, 매카트니 경이 그런 인사를 거부했거든요. 그러자 중국 황제는 몹시 불쾌해하면서 영국 외교관의 중국 상주를 허락하지 않았죠. 결국 매카트니 경의 사절단은 중국 용 십여 마리에게 둘러싸여 중국 밖으로 내쳐졌습니다."

"아, 그 부분은 나도 기억납니다."

로렌스는 14년 전 하급 장교실에서 동료들과 그 일을 얘기하면서 영국에 대한 모욕이라고 분개했던 기억이 났다.

로렌스가 말을 이었다.

"하지만 그 고두라는 것은 몹시 굴욕적인 인사법 아닙니까? 그리고 그때 중국인들이 매카트니 경에게 고개를 숙이는 것 외에 바닥에 배를 대고 엎드려 절을 하라고 요구했던 게 아닌가요?"

"남의 나라에 들어갔으면 그 나라의 관습을 따라야 하는 게 당연합니다. 때로는 비위를 맞출 필요도 있고요. 매카트니 경이 뻣뻣하게 군 덕분에 이번에 대령님도 용싱 왕자에게 냉랭한 대우를 받지 않았습니까? 14년 전의 그 일이 여태껏 양국 관계에 앙금으로 남아 악영향을 끼치고 있는 겁니다."

로렌스는 미간을 찌푸렸다. 일리 있는 추측이었다. 해먼드의 얘기를 듣고 보니 용싱 왕자가 왜 그토록 영국에 불쾌한 감정을 갖고 있는지 얼추 이해가 되었다.

"중국이 매카트니 경의 일로 영국에 악감정을 갖게 돼서 나폴레옹에게 셀레스티얼 품종의 용알을 보냈다는 겁니까? 그토록 오랜 시일이 지난 뒤에요?"

"솔직히 말해서 그 이유는 우리도 잘 모릅니다. 우리가 펭귄들의 삶에 관여하지 않듯이, 지난 14년 간 중국은 유럽에서 일어나는 일에 관여하지 않는 것을 외교 원칙으로 삼았습니다. 하지만 근래 들어 그런 원칙이 흔들리고 있는 것 같습니다."

## 3

얼리전스 호는 놀라울 정도로 거대한 배였다. 길이가 122미터 이상이고 폭은 괴상할 정도로 좁은데 특대형 용갑판이 배의 앞돛대에서 뱃머리까지 연결되어 있었다. 공중에서 내려다보면 마치 거대한 부채를 펼쳐놓은 듯 보였다. 용갑판은 상당히 넓은 편이고 얼리전스 호의 선체는 물밑으로 갈수록 급격히 좁아지는 형태였다. 느릅나무가 아니라 쇠로 특별히 제작된 용골에는 부식 방지용 백색 페인트가 두껍게 발라져 있었다. 선체의 양옆 중앙에는 하얀색 줄무늬가 길게 그려져 있어 상쾌한 분위기를 풍겼다.

특히 폭풍우에 대비한 안전을 확보하기 위해 흘수(물에 잠긴 선체의 깊이―옮긴이주)를 6미터 이상 되도록 제작했다. 그래서 항구 안으로 들여놓을 수 없었고, 어쩔 수 없이 깊은 바다 속에 설치된 거대한 기둥에 밧줄로 묶어 정박시켜야 했다. 출항을 앞둔 지금도 작은 배들이 항구 바깥쪽에 정박한 얼리전스 호와 부두를 오가며 공급품을 실어 날랐는데, 그 모양새가 꼭 귀부인의 시중을 들며 종종걸음을 치는 시녀들 같았다.

로렌스와 테메레르는 예전에 용 수송선을 타보긴 했지만, 얼리전스 호 같은 원양 항해선은 처음이었다. 전에 테메레르가 다른 용 두 마리와 함께 지브롤터에서 플리머스까지 타고 갔던 용 수송선은 선체에 나무판을 여러 개 덧대어 용갑판을 만든 것이었다. 그런데 얼리전스 호는 그 용 수송선과는 비교도 할 수 없을 만큼 규모가 어마어마했다.

테메레르는 얼리전스 호의 널찍하고 편안한 용갑판에 앉아 만족스러운 표정으로 입을 열었다.

"괜찮네. 도버 기지에서 내가 쓰던 공터보다 더 편해."

지금 앉아 있는 자리에서 테메레르는 다른 선원들을 방해하지 않고 편안하게 얼리전스 호 전체의 움직임을 구경했다. 바로 밑이 요리실이어서 오븐의 열기가 그대로 전해져 용갑판 전체가 따뜻했다.

테메레르는 고개를 숙이고 로렌스를 자세히 들여다보며 물었다.

"춥지 않아, 로렌스?"

그 물음만 벌써 세 번째였다. 로렌스는 살짝 짜증이 나서 짤막하게 대답했다.

"전혀 안 추워."

뒤통수에 혹이 올라오면서 현기증과 두통은 많이 가라앉았다. 그런데 부상당한 다리는 좀처럼 낫지 않고 계속 욱신거렸고, 이따금씩 힘이 쭉 빠지기도 했다. 얼리전스 호에 탑승할 때도 로렌스는 밧줄에 매단 의자에 타고 난간으로 끌어올려졌다. 해군 출신인 로렌스로서는 그것만으로도 충분히 비참한 기분인데, 갑판으로 올라오자마자 승무원들이 곧장 로렌스를 팔걸이의자에 앉히고 담요로 감싸서 용갑판으로 실어갔다. 그리고 지금은 테메레르가 몸으로 둘러싸서 바람을 막아주고 있는 것이다.

일반 갑판에서 용갑판으로 올라오는 계단이 앞돛대 양쪽에 하나씩 있었다. 관습에 따라 이 계단 발치에서 앞갑판 및 큰 돛대의 중간 부분까지가 공군들에게 할당된 구역이었고, 큰 돛대의 나머지 공간은 앞돛대 수병들의 차지였다. 그 두 공간 사이에는 보이지 않는 경계선이 존재했다.

테메레르의 승무원들 중 소위들은 할당된 구역으로 들어서자마자 고리 모양으로 말아놓은 닻줄 더미를 경계선 너머 수병들의 구역으로 확 밀친 뒤, 그 자리에 가죽 하네스 더미와 고리 및 쇠줄로 채워진 양동이를 놓았다. 그것은 자기네가 결코 만만한 상대가 아니라는 것을 해군들에게 과시하기 위한 행동이었다. 일부 승무원은 비행 장비를 정리하고, 나머지는 긴장을 풀면서 난간에서 휴식을 취하고 있었다. 소위들은 훈련생인 에밀리 롤랜드와 모건, 다이어에게 자리를 지정해 주고 거기서만 놀라고 했다. 하지만 몸집이 작은 세 아이는 어느새 얼리전스 호의 난간으로 기어올라가 그 위에서 뛰어다니며 신나게 놀고 있었다.

로렌스는 생각에 잠긴 채 훈련생들을 지켜보았다. 에밀리를 데려온 것이 계속 신경 쓰였다. 출발 전에 에밀리 문제를 상의하자 제인은 오히려 "왜 에밀리를 안 데려가려고 하는 건데? 그 애가 무슨 잘못이라도 저질렀어?"라고 되물었다. 하지만 로렌스는 제인의 면전에 대고 에밀리가 여자아이라 데려가기가 껄끄럽다는 말을 할 수가 없었다. 아직 어린 소녀지만 에밀리는 언젠가 모친인 제인의 뒤를 이어 엑시디움의 비행사가 될 것이고, 남녀 장교들을 지휘하며 복무를 해야 했다. 여자아이라고 편한 길만 가도록 하면 나중에 부하들을 지휘하며 비행사 노릇을 하기가 어려울 것이었다.

그런데도 로렌스는 여전히 마음이 편치 않았다. 여기는 공군 기지가 아니라 배 안이었고, 해군들 중에는 술주정뱅이에 싸움꾼, 전과자를 비롯한 망나니들도 섞여 있었다. 어린 소녀가 그런 자들 사이에서 지내야 할 걸 생각하니 마음이 저절로 무거워졌다. 에밀리를 책임지고 지켜주어야 했고, 공군에 여성이 복무한다는 사실을 해군들에게 들키지 않도록 조심해야 했다. 만일 들키는 날에는 나라 안이 온통 시끄러워질 테니까.

로렌스는 최대한 비밀 유지에 힘쓸 생각이지만 그렇다고 에밀리더러 남자아이 행세를 하라고 지시할 생각은 없었다. 모건과 다이어 같이 똑같은 임무를 수행하게 할 계획이었다. 그나마 다행인 것은 에밀리가 열한 살밖에 되지 않았고 남자 훈련생들처럼 바지에 짧은 상의 차림이라 얼핏 봐서는 여자아이로 보이지 않는다는 점이었다.

로렌스도 처음에는 에밀리가 남자아이인 줄 알았다. 그렇지만 배에서 장기간 항해를 하며 해군들과 허물없이 지내게 되면 그중 누군가는 에밀리가 여자아이라는 것을 알아챌 수도 있었다.

앞으로도 호칭에 계속 신경 쓰고 조심할 수밖에 달리 방법이 없었다. 얼리전스 호에 짐을 싣고 있던 앞돛대 수병들은 할 일 없이 빈둥거리는 공군들을 흘끗거리며 구시렁거렸다. 그중 몇 명은 공군들 때문에 감아놓은 닻줄이 풀어져서 다시 감아야 하게 생겼다며 큰 소리로 투덜거리기도 했다. 로렌스는 말없이 고개를 절레절레 저었다. 테메레르의 승무원들은 자신들의 권리를 지키기 위해 닻줄을 밀쳐놓은 것뿐이지만, 자기가 승무원들의 역성을 들어 라일리의 부하들을 야단치면 앞으로 좋을 게 없었다.

옆에서 수병들의 말을 듣고 있던 테메레르가 코웃음을 치고 얼굴 주변의 막을 살짝 세우며 말했다.

"닻줄이 별로 풀린 것 같지도 않은데 유난떨고 있네. 내 승무원들이 얼마나 조심스럽게 옮겼는데."

로렌스가 서둘러 나섰다.

"이해해, 테메레르. 닻줄을 도로 감으려면 번거로우니까 그러는 거야."

테메레르는 수개월째 자신을 보살펴주고 있는 승무원들에게 보호 본능과 소유욕을 갖고 있는 터라 이렇게 편을 들고 나서는 것도 이상한 일이 아니었다. 다만 타이밍이 좋지 않았다. 용과 함께 장거리 항해를 하게 되어 신경이 잔뜩 곤두서 있는 해군들 앞에서 테메레르가 공군들의 편을 들고 나서면 분위기가 험악해질 게 뻔했다.

로렌스는 테메레르의 옆구리를 쓰다듬었다.

"악의가 있어서 하는 말이 아니니까 신경 쓰지 마. 어떤 여행이든 첫 분위기가 중요한 거야. 서로 동료로 잘 지내도록 노력해야지 적대감을 갖도록 하면 안 돼."

"음, 알았어. 그래도 우리가 잘못한 것도 없는데 저 수병들이 투덜거리니까 기분이 나빠."

로렌스는 얼른 화제를 돌렸다.

"곧 출항하겠구나. 조수의 흐름도 이미 바뀌었어. 지금 끌어올리는 게 아마 중국 사절단의 마지막 짐일 거야."

얼리전스 호는 위기 시 미들급 용을 최대 열 마리까지 실을 수 있는 배였다. 그런데 지금은 테메레르 한 마리만 태우고 있으니 그 정도 무게로는 충분히 물에 잠길 수가 없었다. 다만 중국 사절단의 짐이 어찌나 많은지 엄청나게 큰 저장 창고를 거의 다 채울 정도였다. 해군 시절 선원용 사물함 하나에 소지품을 다 넣어 갖고 다니던 로렌스는 중국 사절단의 어마어마한 짐에 경악했다.

중국 사절단에는 호위병 열다섯 명과 의사 세 명이 소속되어 있었다. 의사 셋 중 한 명이 용싱 왕자를 전담하고, 다른 한 명은 두 공사를 맡고, 나머지 한 명이 수행원들을 모두 맡는 구조로 되어 있었다. 그 외에 통역관 한 명, 요리사 두 명과 그들에게 각각 딸린 조수들, 시종 열두 명, 직분이 불분명한 자 십여 명이 있었다. 직분이 불분명한 자 중에는 시인도 있었는데, 하는 일을 보아 하니 서기인 것 같았다. 아마 통역관이 그를 시인으로 잘못 소개한 듯했다.

용싱 왕자의 옷만 해도 스무 상자가 넘었다. 그 옷상자들은 모두 겉에 정교한 조각이 새겨져 있었는데, 자물쇠와 경첩은 금으로 되어 있었다. 호기심 많은 선원들이 그 상자 안을 궁금해하며 기웃거리자 갑판장이 갑판에 대고 요란하게 채찍을 휘둘러대며 일을 재촉했다. 중국에서부터 가져온 식재료가 담긴 수많은 자루도 밧줄에 달아 갑판으로 끌어올렸다. 그때 천이 많이 닳은 자루 하나가 툭 터지며 40킬로그램이나 되는 쌀이 갑판으로 확 쏟아졌다. 그 순간 갈매기들이 요란스레 끼룩거리며 갑판으로 달려들었다. 그래서 선원들은 짐 싣는 일을 하면서 구름떼처럼 몰려드는 갈매기들을 쫓느라 진을 빼야 했다.

짐을 싣기에 앞서 중국인들이 승선과 관련하여 한바탕 소란을 피웠다. 항구에서 얼리전스 호의 갑판까지 이어지는 통로를 설치하라고 용싱 왕자의 수행원들이 요구한 것이다. 그러나 그렇게 하려면

얼리전스 호를 최대한 부두 가까이 끌어와야 하는데 그게 여의치 않을 뿐만 아니라 갑판의 위치가 너무 높아 통로로 연결시키는 것은 불가능했다. 해먼드는 나무의자에 앉은 채 갑판으로 끌어올려져도 결코 체면이 손상되지 않으며, 이대로 가다가는 출발이 지연될 수밖에 없다고 중국인들을 한 시간 가까이 설득했다.

중국인들을 설득하던 해먼드가 옆에 있던 로렌스에게 물었다.

"대령님, 지금 저 파도가 위험할 정도로 높은 건가요?"

하나마나한 질문이었다. 간간이 바람이 불어 대기 중인 바지선(밑바닥이 편평한 화물 운반선—옮긴이주)이 부두와 연결된 밧줄에 철썩철썩 부딪치기는 했지만, 파도의 높이는 1.5미터도 안 되었다. 로렌스가 걱정할 것 없다고 대답했는데도 용싱 왕자의 수행원들은 안심이 안 되는지 그 자리에서 꼼짝도 하지 않았다. 마침내 기다리는 데 지친 용싱 왕자가 화려한 천을 두른 가마에서 내렸다. 그리고 호들갑을 떠는 수행원들과 바지선 선원들이 내민 손을 모두 무시한 채 홀로 바지선에 올라탔다.

그 후 두 번째 바지선을 탄 중국인들이 얼리전스 호의 우현 난간을 넘어 출입구를 지나 갑판으로 내려섰다. 우현 난간 쪽 출입구 옆에는 십여 명의 해병대원들을 비롯해 점잖게 생겼다는 이유로 선발된 선원들 몇 명이 일렬로 뻣뻣하게 늘어서 있었다. 흰색 바지에 짧은 파란색 윗옷, 밝은 빨간색 외투를 걸친 선원들은 승선하는 중국인들에게 환영 인사를 건넸다.

다른 중국인들과 마찬가지로 나무의자를 타고 올라온 젊은 공사 쑨카이는 출입구를 걸어 내려와 부산한 갑판에 내려서자마자 신중하게 사방을 둘러보았다. 갑판의 떠들썩하고 혼잡스러운 분위기가 못내 못마땅한 듯했다. 쑨카이는 조금씩 흔들리는 갑판에서 넘어지지 않기 위해 중심을 잡더니 조심스럽게 몇 걸음을 떼어보았다. 그리고 배의 움직임에 익숙해지면서 뒷짐을 지고 난간 출입구 사이를 왔다갔다했다. 잠시 후엔 미간을 찌푸려가며 배의 삭구를 살폈고, 삭구의 밧줄이 시작되는 부분부터 끝나는 부분까지 조용히 훑어보기도 했다.

갑판에 도열해 있던 선원들은 중국인들의 모습을 구경하느라 여념이 없었다. 용싱 왕자는 승선하자마자 곧장 고물 쪽에 마련된 숙소로 들어가 버려 선원들을 실망시켰지만, 쑨카이는 자신의 숙소 대신 갑판 이곳저곳을 구경하고 있어서 선원들의 눈을 즐겁게 했다. 쑨카이는 붉은색과 주황색 실로 수놓아진 화려한 청색 옷을 입었고, 키가 컸으며 얼굴은 무표정했다. 머리 앞쪽은 정수리까지 바짝 깎고 뒤쪽은 검고 긴 머리를 땋아 내린 모습이었다.

뒤이어 선원들은 시끌벅적한 구경거리를 보게 되었다. 난간 너머에서 고함과 비명 소리가 터져 나왔다. 쑨카이는 곧장 난간으로 달려갔고, 용갑판에 앉아 있던 로렌스도 몸을 엉거주춤 일으켰으며, 해먼드도 새하얗게 질린 얼굴로 난간 쪽으로 뛰어갔다. 요란스럽게 물을 튀기는 소리가 들리고 잠시 후 나이 든 중국 공사가 난간 너머로 모습을 드러냈다. 기다란 겉옷의 하단이 물에 흠뻑 젖어 물이 뚝뚝 떨어지고 있었다. 해먼드가 거듭 사죄하자 잿빛 턱수염을 기른 중국 공사는 괜찮다며 호탕하게 웃음을 터뜨렸다. 그는 배가 많이 나와서 물에 빠질 뻔했다는 뜻으로 자신의 불룩한 배를 손으로 툭툭 치고는 쑨카이와 함께 자신의 숙소로 걸어갔다.

로렌스가 도로 의자에 앉으며 말했다.

"큰일날 뻔했군. 옷자락이 길어서 물에 빠지기라도 했으면 물속 깊이 끌려 들어갔을 거야."

"저 중국인들이 죄다 물에 빠져버렸으면 좋았을 텐데."

테메레르는 제 딴에는 속삭이듯 투덜거린 것이었지만 체중이 12톤이나 나가다 보니 주변에까지 다 들렸다. 갑판에 있던 영국인들이 숨죽이며 키득거리자 해먼드는 걱정스런 표정으로 주위 사람들의 눈치를 살폈다.

나머지 중국인 수행원들은 별다른 사고 없이 승선했고 갑판에 오르자마자 재빨리 자신들의 숙소로 들어가버렸다. 짐 정리도 대충 끝나고 중국인들의 승선도 완료되자 해먼드는 드디어 안심이 되었는지 손등으로 연신 이마의 땀을 닦아냈다. 살을 에는 차가운 바람이 부는데도 잔뜩 긴장했는지 식은땀이 흐른 것 같았다. 해먼드가 난간 출입구 옆 사물함 위에 쓰러지듯 주저앉자 선원들은 몹시 짜증을 냈다. 해먼드가 그곳에 앉아 있으면 바지선을 모선 갑판으로 끌어올릴 수가 없었기 때문이다. 게다가 이 배의 승객이며 영국을 대표하는 외교 공사인 해먼드에게 감히 비키라고 말할 수도 없었다.

곤란해하는 선원들의 표정을 보고 로렌스는 훈련생들을 찾았다. 선원들에게 방해되지 않게 용갑판에 얌전히 있으라는 지시에 따라 에밀리와 모건, 다이어는 갑판 가장자리 난간에 앉아 다리를 허공에 달랑거리며 놀고 있었다.

"모건!"

자신을 부르는 소리에 진한 갈색 머리카락의 소년이 총총걸음으로 다가왔다.

"가서 해먼드 씨한테 이리 와서 내 옆에 앉으시는 게 어떻겠느냐고 여쭈거라."

 모건이 가서 얘기를 전하자 해먼드는 기뻐하며 곧장 용갑판 쪽으로 걸어왔다. 해먼드는 자기가 그 자리를 뜨자마자 등뒤에서 선원들이 바지선과 연결된 도르래를 잡아당기기 시작했다는 것을 알아채지 못한 것 같았다.
 해먼드는 모건과 에밀리가 끌어다놓은 사물함 위에 걸터앉으며 로렌스가 건네는 브랜디 잔을 고맙게 받아 들었다.
 "초대를 해주셔서 감사드립니다, 대령님. 아까 리우빠오 공사가 물에 빠질 뻔했는데, 혹시 익사라도 했으면 사태가 어떻게 되었을지, 생각할수록 눈앞이 아찔합니다."
 그 늙은 공사에 관해 로렌스가 기억하는 거라고는 해군 본부 회의실에서 만났을 때 코에서 휘파람 같은 소리를 냈다는 것뿐이었다.
 "그 공사의 이름이 리우빠오인가요? 그가 익사했으면 여행 초장부터 불길한 기운이 감돌았겠죠. 그래도 본인 실수로 발을 헛디뎌서 그리 된 것이니 용싱 왕자도 댁을 비난하지는 않았을 겁니다."
 "아뇨, 모르시는 말씀입니다. 용싱 왕자는 누구든 비난하여 책임을 물을 수 있는 신분입니다."
 로렌스는 해먼드의 침울한 표정을 보고 방금 한 말이 농담이 아니라는 걸 깨달았다. 브랜디 잔을 거의 다 비운 해먼드는 한참 동안 말이 없었다. 서로 알게 된 지는 얼마 되지 않았지만 로렌스가 보기에 해먼드답지 않은 침묵이었다.
 해먼드가 불쑥 덧붙였다.
 "말실수를 했군요……. 제가 생각 없이 한 말 한마디 때문에 용싱 왕자에 관해 편견을 갖지 말아주셨으면 좋겠습니다……."

잠시 후에야 로렌스는 그것이 '중국인들이 죄다 물에 빠져버렸으면 좋았을 텐데'라고 했던 테메레르의 말을 염두에 둔 말임을 깨달았다. 눈치 빠른 테메레르는 곧장 그 말뜻을 알아듣고 대답했다.

"중국인들이 나를 싫어한다고 해도 상관없어. 그럼 나를 중국에 붙들어두려고 하지 않을 테니까 오히려 좋지, 뭐."

그리고 테메레르는 좋은 생각이 떠올랐는지 별안간 신이 나서 떠들었다.

"지금 내가 중국인들한테 가서 무례하게 굴면 그들이 질색을 하면서 나를 두고 중국으로 돌아가지 않을까? 로렌스, 어떻게 해야 저들이 모욕감을 가질 수 있을까?"

그 말을 듣고 해먼드는 금지된 상자를 열어젖힌 판도라처럼 공포에 질린 얼굴이 되었다. 로렌스는 그 모습을 보자 왠지 안된 생각이 들어 비집고 나오는 웃음을 억지로 삼켰다. 해먼드는 대단히 똑똑했지만 아직 젊고 살아온 경험이 부족해서 매사에 지나치게 조심하는 경향이 있었다. 로렌스가 말했다.

"아니, 테메레르. 그러면 안 돼. 그랬다가는 네 버릇을 잘못 들여놨다고 우릴 비난하면서 더더욱 너를 주시할 거야."

실망한 테메레르는 두 앞발 위에 머리를 대고 엎드렸다.

"아, 그렇겠네. 도버 기지의 다른 용들은 다 전투에 나갈 텐데 나만 여기 이러고 있으니 기분이 엉망이야. 그래도 여행이라는 건 재미있는 거니까 참아야겠지. 중국에 가보고 싶기도 해. 하지만 중국인들이 나한테서 당신을 떼어놓으려고 하면 가만 있지 않을 거야."

해먼드는 그 문제에 관해서는 일절 언급하지 않고 서둘러 화제를 돌렸다.

"대령님, 보통 짐 싣는 데 이렇게 오래 걸립니까? 정오쯤엔 영국 해협을 절반 정도 지날 줄 알았는데, 아직까지도 출항을 못하고 있으니 갑갑하네요."

"거의 다 끝난 것 같습니다."

선원들은 마지막 짐이 담긴 거대한 상자를 도르래와 밧줄을 이용해서 갑판으로 끌어올렸다. 다들 피곤에 지치고 뿌루퉁한 표정이었다. 그럴 만도 한 것이 용싱 왕자와 그의 짐을 싣는 데에만 용 열 마리를 승선시키는 것 못지않게 시간이 오래 걸렸고, 그 때문에 저녁식사가 30분이나 지체되고 있었다.

선원들이 커다란 상자를 갑판 아래로 끌고 내려가자마자 라일리가 뒷갑판 쪽 계단을 밟고 용갑판으로 올라와 로렌스와 해먼드 옆에 섰다. 라일리는 모자를 벗고 이마의 땀을 닦으며 입을 열었다.

"저들이 어떻게 저 많은 짐을 싸들고 영국까지 왔는지 모르겠군요. 용 수송선을 타고 온 것 같지도 않던데요."

"그건 아닐 거야. 만약 용 수송선을 타고 왔으면 중국으로 돌아갈 때도 테메레르를 그 수송선에 태웠을 테지. 아무래도 육로로 온 게 아닐까 싶어."

로렌스는 그 부분에 관해 의문을 품어본 적이 없었는데 라일리의 말을 듣자 새삼 궁금해졌다. 해먼드도 확실히 아는 게 없는지 미간을 찌푸리며 아무 말도 하지 않았다.

테메레르가 끼어들었다.

"육로로 왔으면 굉장히 재미있는 여행을 했겠네. 여러 곳을 지나오면서 구경도 하고."

테메레르는 자신이 실례되는 말을 한 것은 아닌지 라일리의 눈치를 보더니 얼른 덧붙였다.

"아, 그렇다고 해로로 가는 게 유감이라는 뜻은 아니야. 배로 가는 게 훨씬 빠르긴 할 테니까. 그렇지, 로렌스?"

"해로가 그리 빠르지는 않을 거야. 우편 업무를 하는 용이 런던에서 봄베이까지 2개월 만에 갔다는 얘기를 들은 적이 있어. 그런데 이 배로 가면 아무리 빨라도 광둥까지 7개월은 걸려. 육로가 빠르긴 한데 문제는 안전하지 않다는 점이야. 육로의 경우 프랑스 군이 곳곳에 진을 치고 있고 산적들의 습격을 받을 수도 있는 데다가, 무수한 산맥을 넘고 타클라마칸 사막(중국의 톈산 산맥과 쿤룬 산맥 사이에 있는 사막—옮긴이주)도 건너야 해."

라일리가 말했다.

"8개월 이내에 광둥에 도착할 수 있을지도 장담 못하겠습니다. 뒤에서 불어오는 바람이 약하기 때문에 속도는 6노트밖에 안 나올 것 같은데, 이 배의 항해일지를 보더라도 그 정도 속도에 만족해야 할 듯합니다."

닻을 올리고 출항할 준비를 하느라 갑판 위와 아래에서 선원들이 부산스럽게 움직였다. 바람을 타고 밀려온 썰물이 선체에 찰싹찰싹 부딪쳤다.

라일리가 계속해서 말했다.

"어쨌든 그럭저럭 해내야죠. 로렌스 대령님, 오늘 밤에는 갑판에서 이런저런 지시를 내려야 해서 안 될 것 같고, 내일 저녁식사를 같이 하시는 게 어떻겠습니까? 해먼드 씨도 와주시면 좋겠고요."

해먼드가 대답했다.

"함장님, 제가 항해에 익숙하지 않아 잘 몰라서 그렇습니다만……, 중국 사절단도 그 식사에 초대하고 싶은데, 괜찮겠습니까?"

"그게 무슨……?"

라일리는 깜짝 놀란 눈치였다. 해먼드 자신이 주최하는 자리도 아니고 라일리의 저녁식사에 멋대로 다른 이들을 초대하는 것은 지나친 처사였다. 라일리는 당황한 속내를 드러내지 않고 정중하게 대답했다.

"아무래도 용싱 왕자가 먼저 식사 초대를 하는 게 옳은 순서가 아닐까 생각됩니다."

"지금 분위기로 봐서는 광둥에 도착할 때까지 용싱 왕자가 영국인들을 식사에 초대할 가능성은 거의 없습니다. 차라리 이참에 우리 쪽에서 그들을 먼저 초대하는 게 낫죠."

라일리가 몇 번 더 반대했지만 해먼드는 일부러 못 알아듣는 척했다. 그러면서 은근슬쩍 라일리를 설득하여 결국 자신의 뜻을 관철시켰다. 라일리는 조수의 흐름도 신경 써야 하고, 선원들도 초조하게 늘어서서 자신의 지시를 기다리고 있기 때문에 더 이상 반대할 여유가 없었다.

"감사합니다, 함장님. 너그럽게 허락해 주시는 줄로 알고 이만 물러가겠습니다. 원래 육지에 있을 때는 중국 글씨를 꽤 잘 쓰는 편이었는데, 여기서는 흔들려서 멋진 초대장을 쓰기가 어려울 것 같군요. 어쨌든 평소보다 시간이 더 걸리더라도 써야지요."

서둘러 말을 맺은 해먼드는 라일리에게 식사 초대를 취소할 틈도 주지 않고 도망치듯 자신의 숙소로 들어가버렸다.

라일리가 축 처진 목소리로 로렌스에게 말했다.

"흠흠, 해먼드 씨가 중국인들한테 초대장을 건네기 전에 최대한 배를 항구에서 멀리 끌고 가야겠군요. 건방지게 먼저 초대를 했다고 불같이 화를 낼지도 모르니 서둘러 출항해야겠어요. 항구에서 멀리까지 데려가면 항해 때문에라도 함장인 나를 육지까지 걷어찰 생각은 못할 테니까요. 마데이라를 지날 때쯤엔 그들도 화를 많이 가라앉힐 테고요."

앞갑판으로 뛰어내린 라일리는 선원들에게 출항 지시를 내렸다. 선원들은 다른 배의 것보다 네 배나 더 긴 캡스턴(닻이나 무거운 짐 등을 감아올리는 장치―옮긴이주)에 매달려, 쇠닻걸이에 걸린 닻줄을 팽팽하게 잡아당기기 시작했다. 그들이 아래갑판에서 중얼거리고 고함치는 소리가 용갑판까지 들려왔다. 얼리전스 호의 제일 작은 닻은 일반 선박의 뱃머리쪽 큰 닻과 비슷한 크기였고, 닻의 갈고리는 성인 남자의 키보다 더 넓었다.

라일리는 얼리전스 호를 항구에서 밀어내라는 명령을 내리지 않았다. 갑판에서 선원 몇 명이 철근으로 항구의 말뚝을 밀고 있기는 했지만, 우현 바로 앞쪽을 향해 북서풍이 불어오고 있고 파도의 흐름도 약하지 않으므로 굳이 철근으로 밀 필요가 없었다. 처음에는 중간 돛까지만 펼쳐놓았으나 얼리전스 호가 정박지를 벗어나자마자 라일리는 윗돛대와 큰 가로돛까지 펼치라고 명령을 내렸다. 처음의 비관적인 예상과는 달리 얼리전스 호는 그리 느리지 않은 속도로 물살을 갈랐다. 길고 깊은 용골 덕분인지 얼리전스 호는 안정적이고 위엄 있게 영국 해협을 따라 곧장 앞으로 나아갔다.

테메레르는 뒤에서 불어오는 바람을 맞으며 고개를 앞으로 향했다. 그 모습이 마치 옛날 바이킹들이 뱃머리에 달았던 용 조각상처럼 보였다. 미소를 짓는 로렌스의 얼굴을 돌아본 테메레르가 코로 그의 몸을 슬쩍 찔렀다.

"아직 해가 지려면 몇 시간 남았는데 책이나 읽을까?"

"그러자."

로렌스는 몸을 일으키고 눈앞에 보이는 훈련생 중 하나를 불렀다.

"모건, 갑판 밑으로 내려가서 내 사물함 위에 놓인 책 좀 가져와. 기번이 쓴 책인데 제2권이라고 씌어 있어."

출항 전에 해군 본부는 얼리전스 호의 고물 쪽 대제독 선실을 용싱 왕자 전용 개인실로 개조하고, 선미루 갑판 밑 함장용 선실을 두 명의 중국 공사들의 방으로, 그보다 크기가 작은 바로 옆 선실을 중국 호위병들과 수행원들의 방으로 만들라는 지시를 내렸다. 그 때문에 정작 함장인 라일리 대령과 라일리의 직속 부하인 퍼벡 대위, 의사, 항해장, 기타 해군 장교들은 다른 곳에 거처를 마련해야 했다. 다행히 뱃머리 쪽 선실들이 많이 비어 있어서 라일리와 그 부하들은 그쪽에서 지내게 되었다.

원래 뱃머리 쪽 선실은 용 수송선에 승선하는 상급 공군 장교들이 쓰는데, 지금은 얼리전스 호에 탄 용이 테메레르뿐이라 거의 비어 있다시피 했다. 그래서 공군들은 해군들과 뱃머리 쪽 선실들을 넉넉하게 나누어 쓸 수 있었다. 목수들은 칸막이벽을 무너뜨리고 선실 몇 개를 하나로 합하여 대형 만찬실도 만들었다.

그런데 그 만찬실을 본 해먼드가 너무 넓다고 반대했다.

"이 배 안에 용싱 왕자의 방보다 더 큰 방을 만들면 안 됩니다."

그래서 목수들은 만찬실 칸막이벽을 1.8미터 정도 안쪽으로 들여서 재설치해야 했다. 그렇게 해놓으니 만찬실의 식탁들이 다닥다닥

붙어 있게 되었다.

라일리도 테메레르가 들어 있던 알을 포획한데 따른 포상금을 넉넉하게 받았다. 로렌스가 받은 금액과 거의 비슷했다. 라일리는 그 돈 중 일부로 질 좋은 대형 식탁 하나를 구입하여 만찬실 안에 들여놓았고 이 배에 보관 중인 쓸 만한 가구들을 끌어 모아 만찬실 안을 꾸몄다.

얼마 후 해먼드는 중국인들 중 일부가 저녁식사 초대에 응하기로 했다는 말을 전했다. 라일리는 뒷골이 서늘해졌으나 곧 정신을 차리고 상급 해군 장교들 전원, 로렌스를 비롯한 상급 공군 장교들, 그 밖에 계급에 관계없이 교양 있는 대화가 가능한 자들을 저녁식사에 초대했다.

해먼드가 말했다.

"용싱 왕자는 안 올 겁니다. 그리고 초대받아 오는 중국인들 중에 통역관을 제외하고는 영어 단어를 열두 개 이상 아는 이가 없어요. 영어가 가능한 사람은 통역관뿐이죠."

"그럼 죽은 듯이 침묵을 지킬 필요 없이 우리끼리 마음껏 떠들어도 되겠군요."

하지만 라일리의 이 바람은 여지없이 무너지고 말았다. 중국인들이 들어서는 순간부터 만찬실 안에 무거운 침묵이 깔리기 시작했던 것이다. 통역관이 참석하기는 했지만 중국인들은 아무도 입을 열지 않았다. 나이 든 공사 리우빠오는 쑨카이를 대표로 보내고 자신은 초대에 불참했다. 쑨카이는 만찬실에 들어서면서 형식적인 인사말 몇 마디를 했을 뿐 그 뒤로는 입을 다물어버렸다. 그리고 앞돛대에 서부터 만찬실 천장을 뚫고 내려와 식탁 한가운데를 지나 그 아래층 갑판으로 이어지는 노란색 줄무늬가 그려진 나무 물통 두께의 기둥을 찬찬히 살펴보며 서 있었다.

라일리는 중국인 손님들을 식탁 오른쪽으로 안내하게 했다. 그런데 중국인들은 라일리를 비롯한 영국인들이 모두 착석한 뒤에도 식탁 의자에 앉을 생각을 하지 않았다. 당황한 영국인들은 다시 엉거주춤 몸을 일으켰다. 라일리가 수차례 앉으라고 권유를 한 뒤에야 중국인들은 비로소 의자에 앉았다. 시작부터 분위기가 심상치 않더니 요리가 나온 뒤에도 아무런 대화가 오가지 않았다.

영국인들은 처음에는 묵묵히 식사에 열중했다. 하지만 그런 예의 바르고 점잖은 태도는 오래 지속되지 않았다. 중국인들이 칼과 포크 대신 옻을 칠한 조붓하고 기다란 막대기 두 개를 꺼내어 한 손으로 모아 쥐고 묘기를 부리듯 음식을 집어 입에 넣는 순간, 영국인들 중 절반은 놀라서 입을 딱 벌린 채 넋놓고 그 모습을 쳐다보았다. 시중드는 선원이 새로운 요리가 담긴 접시를 내올 때마다 영국인들은 중국인들의 그 묘기에 시선을 빼앗겼다. 커다란 접시에 구운 양고기가 덩어리째 담겨 나오자 중국인들은 잠시 놀란 듯했다. 그러나 선원이 양고기의 다리 부위를 얇게 썰고 그것을 젊은 중국인 수행원 중 하나가 막대기 두 개로 둘둘 말아 이로 세 번 베어 무는 모습을 보고 나서 모두들 따라서 했다.

이곳에 초대받은 라일리의 부하 중 가장 나이가 어린 사람은 트립이었다. 소위인 트립은 포동포동하게 살이 쪘으나 귀염성이라곤 찾아볼 수 없는 열두 살짜리 소년이었다. 그가 이 배에 승선할 수 있었던 것은 영국 의회에서 세 표를 행사할 수 있는 가문 출신이었기 때문이었다. 그리고 비록 계급은 낮지만 교양 수준이 높아서 이 지리에까지 초대를 받은 것이었다. 트립은 중국인들의 손동작을 가만히 쳐다보더니 따라했다. 그는 막대기 두 개 대신 포크와 칼을 거꾸로 들고 음식을 집으려 하다가 결국 음식을 바지에 떨어뜨려 옷을 더럽히고 말았다. 트립의 자리가 식탁 맨 끝 쪽이라서 다행히 상관들의 눈에 띄지 않았다. 주변에 앉아 있던 장교들도 중국인들이 먹는 모습을 구경하느라 트립에겐 신경도 쓰지 않았다.

하지만 라일리의 자리에서 제일 가까운 주빈석에 앉은 쑨카이는 트립의 괴상한 손동작을 눈치채고는 애써 다른 쪽으로 시선을 돌렸다. 라일리는 주저하다가 쑨카이 쪽으로 잔을 들어 올리면서 통역해 달라는 뜻으로 해먼드에게 눈짓을 했다.

"귀하의 건강을 위하여."

해먼드가 식탁 너머 쑨카이에게 라일리의 말을 재빨리 통역해 주었다. 쑨카이는 고개를 끄덕이고 자신의 잔을 들어 올린 다음 예의에 벗어나지 않을 정도로 조금만 마셨다. 술은 거친 항해를 견뎌낼 수 있도록 마데이라 와인에 브랜디를 타서 만든 것이라서 매우 독했다. 술이 들어가자 어색한 분위기도 조금씩 부드러워졌다. 뒤늦게 신사로서의 본분을 깨달은 영국 장교들은 중국인 손님들에게 말없이 술잔을 들어 올리는 식으로 인사를 건넸다. 술잔을 들어 올리는 동작은 통역 없이도 가능했다. 그리고 그들은 미소를 지으며 서로 고개를 끄덕여 보이기도 하는 등 우호적인 분위기를 만들어나갔다. 긴장된 분위기도 한결 풀리는 듯했다.

로렌스 옆자리에 앉은 해먼드는 들릴 듯 말 듯 안도의 한숨을 내쉬며 접시에 담긴 음식을 조금씩 입에 넣었다.

로렌스는 자신의 역할을 충실히 하지 못하고 있었다. 이 만찬실에서 원만한 대화를 이끌어가야 하는데 의자와 식탁 다리 사이에 무릎이 꽉 끼어서 자세가 몹시 불편했다. 그는 부상당한 다리를 쭉 뻗지도 못한 채 예의를 차리느라 술도 조금만 마셨다. 그런데도 머리가 무겁고 몽롱했다. 로렌스는 실수를 저지르지 않으려고 조심하면서 식사 내내 잠자코 앉아 있었다. 나중에 식사를 마치고 만찬실을 나올 때 라일리에게 그 점을 따로 사과할 생각이었다.

라일리의 부하인 프랭스 소위는 세 번째 건배가 오갈 때까지도 입을 꾹 다물고 목석처럼 앉아 미소를 지으며 잔만 들어 올렸다. 그런데 와인이 꽤 들어가자 드디어 혀가 풀렸는지 입을 열기 시작했다. 프랭스는 소년 시절 영국의 동인도 회사에 소속된 무역선(16~19세기 유럽과 남아시아 사이의 무역에 사용된 큰 범선—옮긴이주)을 탔기 때문에 중국어를 몇 마디 할 줄 알았다. 그래서 건너편에 앉은 중국인들에게 중국어로 더듬거리며 말을 건넸다. 화려한 옷을 입고 앞머리를 깔끔하게 밀어올린 젊은 중국인 '예빙'이 반기며 마찬가지로 어설픈 영어로 대답을 했다.

"아주…… 훌륭한……."

하지만 예빙은 거기서 말이 막혀 완전한 문장을 만들지 못했다. 두 마디만 들어서는 무슨 칭찬의 말을 하려고 했던 것도 같았다. 잠시 후 예빙은 영어로 '바람, 밤, 저녁식사'라는 단어를 띄엄띄엄 말하다가 고개를 절레절레 흔들더니 통역관을 불렀다. 통역관이 예빙의 말을 전해 주었다.

"배가 대단히 훌륭하고 솜씨 좋게 만들어졌군요."

배에 대한 칭찬은 언제나 해군들의 기분을 흡족하게 만들어주었다. 남쪽으로 향하는 항로에 관해 해먼드와 쑨카이가 2개 국어로 나누는 지루한 대화를 듣고 있던 라일리는 통역관을 불러 말을 전하게 했다.

"친절한 말씀에 감사드리고, 이 배에서 편안히 지내시기를 바란다고 전해 주시오."

예빙은 고개를 끄덕이며 통역관을 통해 대답했다.

"감사합니다. 영국으로 올 때에 비하면 훨씬 편안합니다. 배 네 척에 나눠 타고 영국으로 왔는데, 끔찍할 정도로 속도가 느렸지요."

그런데 갑자기 해먼드가 끼어들며 화제를 돌렸다.

"라일리 함장님, 전에 아프리카의 희망봉을 돌아 항해를 하셨다고 들었습니다만, 어떠셨습니까?"

로렌스는 해먼드의 무례한 태도에 놀라 그를 쳐다보았다. 라일리도 놀란 표정이었지만 곧 점잖게 해먼드 쪽으로 고개를 돌렸다. 그때 프랜스가 끼어들었다. 짐 적재 업무를 지휘하느라 지난 이틀간 냄새나는 화물 창고에 내려가 있었던 프랜스는 스트레스를 풀기 위해 와인을 계속 들이켰고, 술에 취해서 그런지 라일리가 대답하기 전에 예빙에게 큰 소리로 말을 건넸다.

"겨우 배 네 척이라고요? 짐 때문에 배가 여섯 척은 필요했을 텐데 네 척이라니, 정말 놀랍네요. 영국으로 오는 동안 비좁은 공간에서 정어리처럼 꽉꽉 끼어 오느라 힘들었겠군요."

예빙은 고개를 끄덕이며 대답했다.

"장거리 여행을 하기엔 배의 크기가 너무 작았습니다. 그렇지만 황제 폐하를 위한 일이니, 그 정도의 불편은 기쁜 마음으로 받아들였지요. 그리고 그 배들이 당시 광둥에 있던 영국 배들 중 가장 큰 것이었습니다."

그때 해병대 소속의 매크레디 대위가 끼어들었다. 매크레디는 상처투성이 얼굴에 어울리지 않게 안경을 썼고 바짝 마른 체격이라 깐깐해 보이는 인상이었다.

"아, 동인도 무역선을 임대해서 타고 오셨나 보죠?"

악의 없는 질문이었지만, 그 안에 담긴 우월감을 감지한 해군들이 서로 미소를 주고받았다. 영국군 내에서 자주 회자되는 소문에 따르면, 프랑스 놈들은 배를 만들 줄은 알지만 좀처럼 항해를 하지 않고, 스페인 놈들은 흥분만 잘하지 항해 훈련을 제대로 받지 못했으며, 중국인들은 아예 함대를 보유하고 있지도 않다고 했다. 지금 그 사실을 확인할 수 있게 되었으니, 해군들로서는 뿌듯한 기분이었.

매크레디의 질문에 프랭스가 덧붙였다.

"광둥 항구에 있던 영국 배 네 척이라? 비단과 도자기를 싣고 거래를 하는 동인도 무역선을 빌려 그 엄청난 짐을 싣고 영국으로 왔으니, 동인도 회사는 중국 측에 이 지구를 팔아도 모자랄 정도로 어마어마한 비용을 청구했겠네요."

예빙이 대답했다.

"그 말은 잘 이해가 되지 않는군요. 우리의 영국 여행은 황제 폐하의 지시에 따라 이루어진 것이었습니다. 말씀하신 대로 배 네 척 중 한 척을 지휘하던 함장 하나가 우리에게 비용을 청구하려 했었지요. 그러나 우리한테서 비용을 받아낼 수 없다는 걸 알게 된 그 자는 멋대로 항로를 바꾸려고 했습니다. 아마 악귀가 들어 그런 미친 짓을 했던 것 같습니다. 결국 그 동인도 무역선의 다른 장교들이 그를 의사에게 보내 치료받도록 하여 나중에는 그 함장이 우리에게 죄송하다며 사과를 했습니다."

프랭스는 예빙을 빤히 쳐다보며 물었다.

"항해 비용도 내지 않았는데, 어떻게 그 배를 타고 영국으로 올 수 있었습니까?"

예빙은 뜻밖의 질문이라는 듯 살짝 어이없는 표정을 지은 뒤 대답했다.

"그 배들은 황제 폐하의 칙령에 따라 중국에 압수된 물건들이었으니까요. 그러니 우리에게 비용 청구를 하는 것은 말이 안 되지요."

예빙은 더 이상 할 얘기가 없다는 듯 시선을 접시로 돌렸다. 마지막 코스 요리로 나온 작은 잼 파이가 동인도 무역선에 대한 얘기보다 더 중요하다는 듯한 태도였다.

로렌스는 칼과 포크를 식탁에 내려놓았다. 그렇잖아도 별로였던 식욕이 완전히 떨어졌다. 영국 배와 그 재산을 압수하여 영국 선원들로 하여금 중국 황제의 명령에 억지로 복종하게 만들다니. 게다가 그 일을 아무렇지 않게 얘기하는 걸 듣고 있노라니 로렌스는 한 순간 이게 현실인가 싶어 자신의 귀를 의심했다. 중국이 영국의 동인도 무역선을 탈취한 것을 알았다면 영국 신문들은 입에 거품을 물고 떠들었을 것이고, 영국 정부도 중국 측에 공식적으로 항의했을 것이다. 하지만 여태껏 신문이나 정부가 그 일에 관해서는 일절 언급한 적이 없다. 로렌스는 외교관 해먼드를 쳐다보았다.

해먼드는 얼굴이 창백하긴 했지만 놀란 기색은 없었다. 일전에 바함 경이 용싱 왕자 앞에서 왜 그토록 비굴하게 굽실거렸는지, 해먼드가 왜 예빙의 말이 끝난 뒤 갑자기 끼어들어 화제를 바꾸려고 했는지 이제야 이해가 되었다.

영국인들은 차츰 예빙의 말뜻을 이해하고는 서로 나지막하게 수군거리기 시작했다. 해먼드는 조금 전에 했던 질문을 재차 던지며 라일리의 주의를 끌려고 했다.

"희망봉을 지날 때 고생을 많이 하셨습니까? 이번 항해 기간 동안에는 날씨가 좋아야 할 텐데 말이죠."

하지만 그 시도는 실패하고 말았다. 만찬실 안에는 침묵이 깔렸다. 어린 트립이 눈치 없이 음식을 우걱우걱 씹는 소리만이 들릴 뿐이었다.

항해장 가넷이 팔꿈치로 트립을 쿡 찔러 눈치를 주자 이내 음식 씹는 소리도 사라졌다. 쑨카이는 와인 잔을 식탁에 내려놓고 미간을 찌푸리며 식탁에 앉은 이들을 쭉 둘러보았다. 만찬실 안에 마치 폭풍의 전조처럼 급격히 먹구름이 드리워졌다. 식사가 아직 끝나지 않았는데도 영국인들은 술이 거나하게 취한 상태였고, 특히 젊은 장교들은 치욕과 분노로 얼굴이 벌겋게 달아올라 있었다. 해군들은 간헐적인 평화 시에나 군함에 타지 못하고 해변에서 빈둥거릴 때 동인도 회사의 무역선을 타는 경우가 많았다. 그래서 동인도 회사와 유대감이 특별했다. 그러한 그들이니 모욕감이야 이루 말할 수 없었다.

그런데도 대부분의 중국인 수행원들은 분위기 파악을 못했다. 다만 의자 뒤쪽에 서 있는 통역관만 걱정스런 표정을 지었다. 그때 수행원들 중 하나가 옆자리에 앉은 이와 얘기를 하다가 큰 소리로 웃었고, 그 웃음소리가 침묵이 깔린 만찬실 안에 기묘하게 울려 퍼졌다.

프랭스가 벌떡 일어서며 고함을 질렀다.

"제기랄! 도대체 말이 되는 소리……."

옆자리에 앉은 장교들이 얼른 프랭스의 팔을 붙잡아 앉히고 입을 다물게 했다. 상급 장교들은 걱정스런 표정이었고 수군거림은 점점 커졌다. 영국 장교 중 하나가 불쑥 내뱉었다.

"우리 쪽 식사 초대에 응해 놓고 그런 무례한 말을 하다니!"

금방이라도 분노가 폭발하여 중국인들에게 폭력이라도 저지를 것 같은 분위기였다. 해먼드가 무슨 말인가를 했지만 다른 장교들의 목소리에 묻히고 말았다.

로렌스가 웅성거림을 제압하고 나섰다.

"라일리 함장, 앞으로 우리가 가게 될 항로에 관해 설명 좀 해 주겠나? 저기 있는 그랜비 대위도 항로에 관해 무척 궁금해하더군."

라일리와 로렌스의 자리에서 조금 떨어진 곳에 앉아 있던 그랜비가 잠시 당황하더니 곧 라일리에게 고개를 숙이며 침착하게 말했다.

"예, 설명을 해주시면 대단히 감사드리겠습니다, 함장님."

라일리는 여전히 딱딱한 표정을 풀지 않은 채 등뒤의 사물함 위에 놓인 여러 장의 지도 중 하나를 집어 탁자 위에 펼쳐놓았다. 그리고 항로를 손으로 짚어가며 평소보다 조금 더 큰 소리로 설명을 해나갔다.

"일단 영국 해협을 벗어난 뒤 프랑스와 스페인 언저리를 빙 돌아서 최대한 아프리카 해안선에 가깝게 항해를 할 겁니다. 지금 속도라면 여름 장마철이 시작될 무렵엔 희망봉 항구에 입항할 수 있을 겁니다. 장마가 1주에서 3주 정도 지속될 테니 그동안 희망봉 항구에 머물다가 바람을 타고 남중국해로 들어갈 예정입니다."

라일리가 불길한 침묵을 깨뜨리자 옆에서 장교들도 의무적으로 한마디씩 거들었다. 하지만 장교들은 중국인 손님들에겐 한마디도 건네지 않았다. 가끔 해먼드가 쑨카이에게 말을 걸긴 했지만, 영국 장교들이 못마땅한 얼굴로 노려보자 차츰 말끝을 흐리더니 입을 다

물었다. 라일리는 선원에게 푸딩을 가져오라고 지시했고 그날 저녁 식사는 험악하고 냉담한 분위기 속에서 평소보다 일찍 끝이 났다.

해군 장교들 뒤에서 시중을 들고 서 있던 해병대 사병들과 선원들이 갑판에 올라오자마자 동인도 무역선에 관해 소문을 퍼뜨리기 시작했다. 로렌스가 순전히 팔 힘에 의지해서 사다리를 붙잡고 올라와 갑판 위에 섰을 때는 이미 해병대 사병들과 선원들이 이리저리 흩어진 뒤였고, 갑판 한쪽 끝에서 반대쪽 끝까지 소문이 쫙 퍼진 상태였다. 테메레르의 승무원들도 보이지 않는 경계선을 사이에 두고 선원들과 그 소문에 대해 쑥덕였다.

갑판으로 올라온 해먼드는 삼삼오오 모여 수군거리는 영국인들을 보고는 입술을 지그시 깨물었다. 걱정에 휩싸인 해먼드의 얼굴이 갑자기 확 늙은 것처럼 보이는데도 로렌스는 동정심은커녕 화가 치밀었다. 해먼드가 동인도 무역선과 관련된 참담한 사실을 고의적으로 숨겼다는 것이 드러났기 때문이다.

라일리는 뜨거운 커피가 담긴 컵을 손에 들고 해먼드 옆으로 다가섰다. 그리고 평소의 태평하고 유쾌한 태도가 아닌 나지막하지만 권위 있는 목소리로 입을 열었다. 로렌스의 밑에 있을 때와는 사뭇 다른 목소리였다.

"해먼드 씨, 중국인들에게 당분간 갑판 위로 올라오지 말라고 전하십시오. 무슨 핑계를 대든 상관없으니 알아서 못 올라오게 하세요. 지금 이런 분위기 속에서 그들이 갑판에 올라오면 목숨을 보전하기 어려울 겁니다."

그리고 라일리는 로렌스를 돌아보며 말을 이었다.

"로렌스 대령님, 험악한 분위기가 고조되지 않도록 대령님의 부하들을 당장 취침시켜 주십시오."

"알았네."

로렌스는 라일리가 왜 그런 지시를 내리는지 잘 알고 있었다. 해군과 공군들이 흥분해서 날뛰면 폭동으로 이어질 수도 있기 때문이었다. 그렇게 되면 그들은 애초에 분개했던 이유도 잊은 채 반란을 일으킬 수도 있었다.

로렌스는 그랜비에게 명령을 내렸다.

"그랜비, 승무원들을 갑판 아래 선실로 내려 보내게. 장교들한테 말조심하라고 이르고. 소동이 벌어지는 것은 막아야 해."

그랜비는 고개를 끄덕이면서도 눈빛은 분노에 차 있었다.

"그렇지만 대령님……."

로렌스가 조용히 고개를 젓자 그랜비는 입을 다물고 명령을 수행했다. 테메레르의 승무원들은 흩어져서 조용히 갑판 아래 선실로 내려갔다. 공군들이 본을 보이자 해군들도 더 이상 소란을 떨지 않고 지시에 따라 갑판 아래로 내려가기 시작했다. 그들의 상관이 자신들의 적이 아니라는 것을 잘 알고 있었기 때문이다. 해군들과 공군들은 중국인들을 공동의 적으로 삼아 결속을 다지는 분위기였다. 갑판에 남아 있던 선원들 몇 명이 여전히 투덜거리자 퍼벡 대위가 다가가 느릿하고 따스한 말투로 타일렀다.

"어서 내려가, 젠킨스. 하비, 너도."

잠시 후 로렌스는 용갑판으로 올라왔다. 테메레르가 고개를 쳐들고 잔뜩 기대에 찬 눈빛으로 로렌스를 기다리고 있었다. 어찌된 일인지 궁금해서 안달이 난 표정이었다. 로렌스에게서 대략적인 이야기를 전해 듣고 난 테메레르는 콧방귀를 뀌며 말했다.

"자기네 배로 영국까지 올 수 없는 형편이었으면 그냥 중국에 있을 것이지 뭐 하러 남의 나라 배까지 뺏어서 타고 오고 난리야."

영국 장교들에 비하면 훨씬 강도가 약한 반응이었고 그리 분노한 것 같지도 않았다. 다른 용들과 마찬가지로 테메레르는 자기가 가진 보석과 금붙이를 제외하고는 재산에 별 관심이 없었다. 지금도 테메레르는 예전에 로렌스한테서 선물로 받은 사파이어 펜던트를 윤나게 닦는 중이었다. 테메레르가 그 펜던트를 몸에서 떼어놓을 때는 이렇게 윤을 낼 때뿐이었다.

로렌스는 아직 다친 다리가 낫지 않아 서성일 수가 없었다. 그는 다친 다리를 주먹으로 탁탁 두드리고 문지르며 말했다.

"그들은 영국 왕실을 모욕한 거야."

해먼드가 뒷갑판의 난간에 기대서서 담배를 피우고 있었다. 담배 불빛에 창백하고 땀범벅이 된 얼굴이 드러났다. 로렌스는 홀로 서 있는 해먼드를 바라보며 쓸쓸하게 내뱉었.

"저 자가 무슨 생각을 하는지 참 궁금해. 저 자도 그렇고 바함 경도 그렇고 중국 황실에서 동인도 회사의 배를 강제로 빼앗은 걸 알면서도 어떻게 입을 다물고 있었는지 모르겠어. 우리로서는 참을 수 없는 모욕을 당했는데 말이야."

테메레르가 눈을 껌벅거리며 이성적으로 말했다.

"어떻게든 중국과의 전쟁을 피하고 싶어서 그랬겠지."

여러 주일에 걸쳐 전쟁에 관한 강의를 들었고 로렌스한테도 배운 것이 있어 하는 말이었다. 그렇지만 로렌스는 순간적으로 울컥해서 감정적으로 대꾸했다.

"악랄한 중국인들의 비위를 맞추느니 차라리 나폴레옹이랑 화해하는 게 낫지. 나폴레옹은 전쟁 선언이라도 하고 나서 영국인들을 포로로 잡으니 적어도 윤리가 뭔지는 아는 거잖아. 그런데 저 중국인들은 우리가 자기네한테 아무 말도 못할 걸 알고, 우리 면전에 대고 거만하고 모욕적인 말을 서슴없이 내뱉는 거야. 그동안 영국 정부가 똥개 새끼처럼 중국의 비위나 살살 맞췄으니 저들이 우릴 우습게 볼 만도 하지. 저기서 담배를 꼬나물고 있는 저 빌어먹을 해먼드는 나중에 나를 중국 황제 앞에 세우고 '고두'를 하게 만들 속셈인 거야."

테메레르는 분통을 터뜨리는 로렌스를 놀란 표정으로 바라보다가 코끝으로 슬쩍 찌르며 말했다.

"그렇게 화내지 마. 몸에 안 좋아."

로렌스는 그 말이 옳다는 걸 알면서도 고개를 저었다. 그리고 입을 다문 채 테메레르에게 몸을 기댔다. 이런 식으로 분노를 표출하는 것은 여러 모로 좋지 않았다. 갑판에 아직 남아 있는 선원들이 자기 얘기를 듣고 중국인들에게 폭력을 행사해도 된다는 표시로 받아들여 일을 저지를 수도 있었다. 무엇보다 그 문제 때문에 테메레르를 고민에 빠지게 만들고 싶지 않았다.

울적하게 앉아 있던 로렌스는 별안간 머릿속이 정리되면서 상황 파악이 되었다. 동인도 무역선을 빼앗기는 수모를 당한 뒤 영국 정부는 어차피 중국에 보복을 할 수도 없는 상황이니 중국 용 테메레르를 중국 측에 넘겨주고 그 수모를 잊고자 했던 것이다. 마찬가지로 국방성에서도 불쾌한 기억을 떠오르게 하는 존재인 테메레르를 영국 밖으로 내침으로써 동인도 무역선 사건이 그대로 묻혀지기를 바랐을 테고.

옆구리를 가만히 쓰다듬어주는 로렌스에게 테메레르가 위로의 말을 건넸다.

"조금만 더 나랑 갑판 위에 앉아 있자. 속 끓이지 말고 가만히 앉아서 쉬어."

로렌스도 테메레르의 곁을 떠나고 싶지 않았다. 테메레르의 몸에 손을 대고 가죽 속에서 울려나오는 차분한 심장 박동 소리를 듣고 있으면 신기하게도 분노가 가라앉았다. 바람도 아직 그리 세지 않았다. 야간 경비를 서는 선원들, 그 밖에 장교 몇 명이 갑판 위에 서 있었다.

"그래, 여기 있을 거야. 배의 분위기도 심상치 않은데 라일리 혼자 감당하게 놔둘 수가 없어."

이렇게 말한 로렌스는 절룩거리며 담요를 가지러 갔다.

## 4

북동쪽에서 선선한 바람이 불어왔다. 기온이 떨어지고 바람도 꽤 차가워졌다. 테메레르 곁에 누워 자다가 잠이 깨어 뒤척이던 로렌스는 눈을 뜨고 하늘의 별을 올려다보았다. 잠든 지 겨우 몇 시간이 지났을 뿐이었다. 로렌스는 담요 속으로 더 깊이 파고들면서 지속적으로 욱신거리는 다리 통증을 잊으려고 애를 썼다. 라일리가 굳은 얼굴로 감시하고 있어 갑판 위에서 일하는 선원들도 입을 다물었기 때문에 갑판은 아주 조용했다. 삭구 위쪽에서 몇몇 선원들이 나지막하게 중얼거리는 소리만 간간이 들려왔다. 달도 없는 밤, 갑판에는 랜턴 몇 개만 켜져 있을 뿐이었다.

테메레르가 커다란 진청색 눈으로 로렌스를 살펴보았다.

"추울 텐데 선실로 들어가서 자, 로렌스. 빨리 나으려면 잠을 푹 자야지. 아무도 라일리를 해치지 못하게 내가 지키고 있을게."

그러고는 탐탁지 않은 목소리로 덧붙였다.

"내키지는 않지만 당신이 원하면 중

국인들도 지켜줄게."

로렌스는 고개를 끄덕이고 피곤한 몸을 일으켰다. 폭동이 일어날 것 같은 험악한 분위기가 가라앉았으니 굳이 갑판에 누워 있을 필요는 없었다.

"너는 안 추워?"

"안 추워. 밑에서 열이 올라와서 따뜻해."

그러고 보니 용갑판에서 장화 바닥으로 온기가 느껴졌다. 갑판 아래 선실은 바람이 들지 않을 테니 잠을 자기가 훨씬 나을 터였다. 로렌스는 두 팔로 온몸의 체중을 지탱하며 고급 선원실 쪽으로 내려갔다. 다친 다리에서 찌르는 듯한 통증이 두어 번 느껴졌다. 그때마다 로렌스는 움직임을 멈추고 숨을 고른 뒤 다시 몸을 움직여 숙소인 선실로 들어갔다.

로렌스의 선실에는 작고 동그란 창문이 여러 개 나 있었다. 밖에 차가운 바람이 불고 있는데도 통풍이 잘 되지 않는 데다 요리실 근처라서 방 안은 따뜻했다. 훈련생 중 하나가 천장에 걸린 등에 불을 켜놓고 나갔다. 사물함 위에는 기번의 책이 펼쳐져 있었다. 로렌스는 다리 통증에도 불구하고 눕자마자 곧 잠이 들었다. 육지에서 쓰던 침대보다 조금씩 흔들리는 그물침대 안이 훨씬 더 익숙하고 아늑했다. 배 양옆으로 다가와 살랑살랑 부딪치는 파도에 그의 마음이 편안해졌다.

한참 단잠을 자고 있던 로렌스는 깜짝 놀라 자리에서 벌떡 일어났다. 밖에서 심상치 않은 소리가 들려왔다. 그와 동시에 갑판이 별안간 확 기울어졌다. 그 바람에 로렌스는 천장에 몸을 부딪히지 않도록 손을 뻗어 중심을 잡았다. 쥐 한 마리가 선실 바닥을 가로지르다

주르르 미끄러져 앞쪽 벽장에 몸을 부딪치고는 찍찍거리며 허둥지둥 어둠 속으로 달아났다.

얼리전스 호는 이내 원래 상태로 돌아왔다. 강풍이 분 것도, 큰 파도가 친 것도 아니었다. 그렇다면 테메레르가 날아올랐다는 뜻이었다. 그제야 사실을 깨달은 로렌스는 망토를 집어 들고 잠옷 차림에 맨발로 선실 문을 향해 걸어갔다. 비상사태를 알리는 고수의 북소리가 각 선실의 나무 벽을 타고 울려 퍼졌다. 선실 문을 나서자 목수와 그 조수들이 복도를 뛰어가는 모습이 보였다. 곧이어 선체에 커다란 충격이 가해졌다. 폭탄에 맞은 것이다. 선실에서 뛰쳐나온 그랜비가 로렌스 곁으로 성급하게 다가왔다. 군복 바지 차림으로 자다가 나온 덕분에 로렌스보다는 옷매무새가 단정했다. 로렌스는 주저 없이 그랜비의 부축을 받으며 혼잡한 복도를 지나 용갑판으로 올라갔다. 선원들이 미친 듯이 펌프질을 하여 물을 길어 올려 갑판과 돛에 불이 붙지 않도록 뿌려댔다. 그때 접힌 중간 돛 가장자리에 밝은 주황색 불이 붙었다. 아침에 로렌스 앞에서 장난을 치며 뛰어다녔던 열세 살짜리 여드름쟁이 해군 소위가 얼른 셔츠를 벗어 물에 흠뻑 적신 뒤 불붙은 중간 돛의 활대로 던져 올렸다. 그러자 활대에 걸린 셔츠에서 물이 뚝뚝 떨어지면서 불이 꺼졌다.

공중에서 무슨 일이 벌어지는지 알 수 없을 만큼 사방은 컴컴했다. 용의 날갯짓 소리와 비명 소리가 들리는 것을 보면 하늘에서 전투가 벌어지고 있는 모양이었다. 테메레르가 힘껏 고함을 내지르는 소리도 들려왔다. 로렌스는 뒤따라온 에밀리에게서 장화를 받아 신고 모건에게서 바지를 받아 입으며 그랜비에게 지시했다.

"즉시 조명탄 쏘아 올릴 준비를 해!"

그랜비는 부하들에게 지시를 내렸다.

"캘로웨이, 가서 조명탄 상자를 가져와. 섬광분도 가져오고."

그리고 눈을 가늘게 뜨고 하늘을 올려다보며 로렌스에게 말했다.

"플레르 드 뉘일 겁니다. 달빛도 없는 밤에 급습할 수 있는 품종은 야행성인 플레르 드 뉘밖에 없어요. 내지르는 괴성을 들어봐도 그렇고요."

주변에서 무언가 요란하게 쪼개지는 소리가 들렸다. 그랜비가 얼른 로렌스를 잡아 바닥으로 끌어당겼다. 폭탄 파편이 사방으로 튀었고 갑판 아래쪽에서 비명 소리가 들려왔다. 폭탄이 갑판의 나무판자 중 약한 부분을 뚫고 요리실로 들어간 모양이었다. 뻥 뚫린 구멍으로 뜨거운 수증기가 솟아오르며 돼지고기 냄새가 확 풍겼다. 내일저녁 요리에 쓰려고 소스에 담가둔 것이었다. 로렌스는 내일이 목요일이라는 사실을 떠올렸다. 얼리전스 호에서의 규칙적인 생활에 익숙해지다 보니 이런 상황에서도 요일을 따지고 있었다.

그랜비가 다시 로렌스의 오른팔을 부축하여 일으키며 말했다.

"갑판 아래 선실로 모셔다 드리겠습니다. 마틴, 이리 와!"

로렌스는 어이없는 표정으로 그랜비를 쳐다보았다. 양쪽에서 그의 팔을 하나씩 붙잡고 부축하는 그랜비와 마틴은 환자인 로렌스를 갑판 아래로 데려다놓는 게 당연하다고 여기는 모양이었다.

로렌스가 날카롭게 내뱉었다.

"난 갑판을 떠나지 않을 걸세!"

그때 테메레르의 포병대원 캘로웨이가 상자를 들고 숨을 헐떡이며 갑판으로 뛰어올라왔다. 잠시 후 캘로웨이가 쏘아 올린 첫 번째 조명탄이 조그맣게 휘리리릭 소리를 내며 하늘로 날아올랐고 희고 누런 빛이 순식간에 하늘을 밝혔다. 조명탄이 켜져 있는 동안, 낯선 용이 으르렁거리는 소리가 들렸다. 테메레르가 내는 소리보다 훨씬 저음이고 짧았다. 그리고 상공에서 얼리전스 호를 방어하며 정지 비행을 하는 테메레르의 모습이 보였다. 플레르 드 뉘는 눈에 조명탄의 빛이 들어오지 않도록 고개를 돌리고 테메레르를 피해 얼른 어두운 쪽으로 몸을 피한 상태였다.

테메레르는 다시 한 번 고함을 지르며 그 프랑스 용을 향해 돌진했다. 하지만 곧 조명탄의 빛이 꺼지면서 사방이 다시 칠흑 같은 어둠에 휩싸였다. 다른 이들처럼 조명탄이 꺼질 때까지 하늘만 쳐다보던 캘로웨이에게 로렌스가 소리쳤다.

"얼른 다시 쏘아 올려, 젠장! 테메레르가 시야를 확보할 수 있도록 조명탄을 계속 쏘아 올려야지!"

테메레르의 승무원 몇 명이 캘로웨이를 도우러 달려왔다. 하지만 그들까지 합세하다 보니 조명탄 세 개를 한꺼번에 쏘아 올리는 실수를 범하고 말았다. 그랜비가 즉시 그들을 지휘하며 조명탄을 낭비하지 않도록 제어해 나갔다. 곧 캘로웨이와 승무원들은 정확한 시간차를 두고 조명탄을 하나씩 쏘아 올리기 시작했다. 앞서 쏜 조명탄이 꺼질 때쯤 새로 쏘아 올리는 식이었다. 흐릿하고 누런 빛 속에 자욱하게 깔린 조명탄 연기는 플레르 드 뉘에게 고함을 지르며 달려드는 테메레르의 뒤를 이리저리 따라다녔다. 플레르 드 뉘가 테메레르의 발톱을 피해 급강하하는 순간, 플레르 드 뉘에 타고 있던 프랑스 공군들이 폭탄을 던졌다. 그 폭탄들은 목표물에서 빗나가 바다로 첨벙 첨벙 소리를 내며 빠졌다.

"조명탄은 얼마나 남았나?"

로렌스가 나지막하게 묻자 그랜비는 침울한 목소리로 대답했다.

"40개 정도 됩니다. 우리 공군들이 갖고 있던 것 외에 얼리전스 호에 비축되어 있던 것도 모두 합한 겁니다. 해군 포병대원들이 조금 전에 갖다줬거든요."

캘로웨이는 부족한 조명탄을 최대한 효율적으로 쓰기 위해 새로 쏘아 올리는 시간을 점점 늦추었다. 그만큼 중간중간에 어둠이 끼어드는 시간이 늘어났다. 자꾸만 약해져 가는 조명탄 불빛 속에서 눈에 힘을 주며 공중전을 지켜보던 이들은 조명탄의 연기 때문에 따끔거리는지 눈을 깜박였다. 테메레르는 완전 무장한 공군들을 태운 플레르 드 뉘에 맞서 소경과 다름없는 상태로 혼자 싸우고 있었다.

우현 난간 쪽에서 에밀리가 손짓을 하며 소리쳤다.

"로렌스 대령님!"

마틴이 로렌스를 부축하여 에밀리 쪽으로 데려갔다. 그들이 우현 난간에 다다랐을 땐 조명탄이 꺼져가고 있어 아무것도 보이지 않았다. 얼리전스 호의 고물 쪽에 켜둔 랜턴 불빛만이 바다를 비출 뿐이었다. 잠시 후 얼리전스 호의 고물 쪽으로 다가오는 프랑스의 호위함 두 척이 보였다. 바람은 두 호위함에 유리하게 불고 있었다. 그리고 그 호위함에서 내려 보낸, 프랑스 군인을 가득 태운 열두 척의 보트가 얼리전스 호의 양옆으로 접근 중이었다.

얼리전스 호의 망꾼도 그것을 보았는지 망대 위에서 소리쳤다.

"적의 군함이 나타났다! 우리 배에 오르려 하고 있다!"

혼란이 더욱 가중되었다. 얼리전스 호의 선원들은 뱃전 쪽 상부를 따라 설치된 쇠 그물바구니를 향해 갑판을 가로질러 뛰어갔다. 라일리는 가장 힘이 센 선원 둘을 데리고 타륜 쪽의 키잡이를 도우러 갔다. 한쪽 현측에 있는 대포로 적군에게 일제 사격을 하기 위해서는 얼리전스 호의 방향을 돌려야 했기 때문이다. 상황은 약 10노트의 속도로 접근하는 호위함들을 따돌리기가 어려웠고, 그래서 맞서 싸울 수밖에 없었다.

갑판 위로 솟아오른 요리실 굴뚝을 따라 포열 갑판 쪽에서부터 쿵쿵거리며 뛰어다니는 소리와 웅성거리는 소리가 들렸다. 라일리가 거느린 상급 장교들이 서둘러 부하들을 각 대포에 배치한 후 걱정스러운 목소리로 악을 써가며 지시 사항을 되풀이하고 있었다. 자다가 깨서 뛰어나온 부하들에게 수개월간 연습했던 내용을 일깨우기 위해서였다.

로렌스는 내키지 않는 명령을 내렸다.

"캘로웨이, 조명탄을 지금보다 더 아껴 써."

어둠이 길어질수록 테메레르가 적군의 용에게 공격당할 가능성이 높아지지만 기회가 왔을 때 플레르 드 뉘에게 제대로 상처를 입히기 위해서는 얼마 안 되는 조명탄을 효율적으로 써야 했다.

갑판장이 소리쳤다.

"난간으로 올라오는 적을 격퇴하라!"

그동안 얼리전스 호는 바람이 불어오는 쪽으로 방향을 돌렸다. 어둠 속에서 정적이 흘렀다. 보트에 탄 프랑스 군인들이 노를 젓는 소리, 프랑스어로 찬찬히 숫자를 세는 소리가 파도를 타고 들려왔다.

라일리가 외쳤다.

"대포 발사!"

갑판 아래쪽에서 얼리전스 호의 대포가 붉은빛과 연기를 내뿜으며 작렬했다. 프랑스 군의 보트 쪽에서 비명 소리와 나무 쪼개지는 소리가 들리는 걸로 봐서 포탄의 일부가 명중한 것 같았다. 그러나 얼마나 타격을 주었는지는 알 수 없었다. 얼리전스 호는 육중하게 선체를 회전하는 동안에도 적군들을 향해 포격을 계속했다. 하지만 선원들이 회전 중에 대포를 쏘는 것에 익숙지 않아서 명중률이 현저히 떨어졌다.

얼리전스 호에서는 잠시 포격을 멈췄다가 약 4분 정도 지난 뒤 다시 대포를 쏘기 시작했다. 현측 앞쪽에서부터 차례로 대포가 발사되는 식이었는데, 첫 번째 대포는 발사되었으나 두 번째와 세 번째 대포는 감감무소식이었다. 네 번째와 다섯 번째 대포는 동시에 발사되었고, 소리를 들어보니 적군에게 어느 정도 타격을 준 듯했다. 여섯 번째, 일곱 번째 대포는 발사되기는 했으나 포탄이 바다로 풍덩 빠져버렸다. 퍼벡 대위가 소리쳤다.

"잠시 포격을 중단하라!"

얼리전스 호가 너무 많이 회전을 해서 한 번 더 선체를 돌려야 했던 것이다. 그동안 열두 척의 보트에 나눠 탄 프랑스 군은 한층 더 빠르게 노를 저으며 얼리전스 호를 향해 다가왔다.

대포 소리가 잦아들고 짙은 잿빛 연기가 바다 위에 드리워졌다. 어둠에 휩싸인 얼리전스 호의 갑판을 비추는 것은 흔들거리는 작은 랜턴 몇 개뿐이었다. 그랜비가 말했다.

"로렌스 대령님, 테메레르를 타고 해변으로 날아가 주십시오. 영국 해변이 여기서 멀지 않으니 날아가다가 아군을 만나 지원 요청을 할 수도 있을 겁니다. 핼리팩스에서 영국으로 오고 있는 용 수송선이 지금쯤 부근을 지나가고 있을지도 모르고요."

로렌스는 단호하게 거부했다.

"150문짜리 대형 용 수송선을 프랑스 군에게 빼앗길지도 모르는 상황인데, 나 혼자 도망칠 수는 없어."

"대령님이 테메레르를 타고 영국으로 날아가는 동안 우리가 어떻게든 버텨보겠습니다. 저들이 이 배를 자기네 항구로 끌어가기 전에 대령님이 지원군을 데려오시면 우리가 다시 이 배를 탈환할 수도 있고요."

해군에서라면 부하가 상관에게 고집스럽게 자기 주장을 내세우는 일은 있을 수 없었다. 그러나 공군의 군율은 그보다는 훨씬 느슨하고 상하 관계에 융통성이 있었다. 비행사인 로렌스의 안전을 최우선으로 하는 것이 그랜비의 의무이기도 했다.

"저들은 봉쇄 작전을 수행 중인 영국 함대에서 최대한 멀리 떨어진 곳, 즉 서인도제도나 스페인 항구로 이 배를 끌고 가 정박시킨 뒤 자기네 병력으로 채우려 할 거다. 이 배를 저들의 손에 넘어가게 해선 절대 안 돼."

"현재로서는 대령님이 테메레르를 타고 지원 요청을 하러 가시는 게 최선책입니다. 우리가 여기서 항복하지 않고 버티는 한 저들도 대령님과 테메레르를 쫓아가진 못할 테니까요. 어떻게 해서든 테메레르를 이곳에서 벗어나게 해야 합니다."

조명탄 상자를 내려다보던 캘로웨이가 고개를 들고 말했다.

"대령님, 말씀 중에 죄송하지만 해군의 후추탄용 대포를 쏠 수 있게 해주시면 탄피 안에 후추와 섬광분을 섞어 넣고 쏘아보겠습니다. 그럼 테메레르도 잠깐 숨 돌릴 여유가 생길 겁니다."

캘로웨이는 말을 마치고 나서 다시 공중을 살폈다.

이번에는 페리스가 나섰다.

"매크레디한테 얘기해 볼게."

페리스는 해병대 소속의 매크레디 대위를 찾으러 달려갔다.

잠시 후 해병대원 두 명이 포신이 긴 후추탄용 대포를 앞뒤에서 받쳐 들고 갑판 위로 올라왔다. 캘로웨이는 후추탄 하나를 집어 조심스럽게 마개를 열고 그 안에 담긴 후추의 반을 퍼냈다. 그리고 섬광분 상자의 자물쇠를 열고 배배 꼬인 종이 하나를 꺼낸 후 상자를 잠갔다. 캘로웨이가 그 종이를 잡고 꼬인 부분을 풀어 노란색 가루를 후추탄 속에 붓는 동안 조수 두 명이 그의 몸이 흔들리지 않게 허리를 붙잡아 주었다. 캘로웨이는 예전에 섬광탄에 데어 양 볼에 시커먼 상처까지 나 있었기 때문에 조심하느라 한쪽 눈을 질끈 감고 고개를 반쯤 옆으로 돌린 채 노란색 가루를 부었다. 섬광분은 도화선이 따로 없기 때문에 부주의하게 충격을 가하면 폭발하는 성질이 있고, 발화 시 흑색화약보다 더욱 심한 열기를 뿜어내므로 매우 위험했다.

캘로웨이는 후추탄의 마개를 닫고 남은 섬광분과 종이를 물 양동이에 집어넣었다. 그리고 그가 후추탄 입구에 타르를 발라 봉하고 기름을 묻혀 대포 안에 장전하는 동안 그의 조수들은 물 양동이를 잡고 내용물을 난간 너머 바다로 쏟아 부었다. 포신의 마개를 막은 캘로웨이는 불안한 얼굴로 두 손을 천에 문질러 닦으며 말했다.

"제대로 발사될지 모르겠습니다만, 준비는 다 됐습니다."

로렌스가 말했다.

"좋아. 일단 대기하면서 마지막 남은 조명탄 세 개를 쓰지 말고 둬. 매크레디, 후추탄을 발사시킬 수 있는 부하를 데려오게. 플레르 드 뉘의 머리를 맞춰야 제대로 효과를 볼 수 있어."

"해리스!"

매크레디는 부하 한 명을 불러 후추탄용 대포 옆에 세우고는 로렌스에게 덧붙여 말했다.

"어려서 시력이 좋아 장거리를 잘 봅니다. 빗나가지 않게 쏠 수 있을 겁니다."

해리스라는 이름의 그 해병대원은 키가 크고 비쩍 마른 체격으로 나이는 열여덟 살쯤 되어 보였다.

그때 뒷갑판 쪽에서 불만 조로 웅성거리는 소리가 들렸다. 고개를 돌려보니 중국의 젊은 공사 쑨카이가 커다란 가방을 든 시종 둘을 거느리고 갑판 위로 올라오고 있었다. 선원들을 비롯하여 테메레르의 승무원들은 대부분 난간 쪽에 몰려 서서 창이나 칼, 총을 들고 적군과 맞서 싸우는 중이었다. 그 와중에 쑨카이가 갑판으로 올라오자 성질이 난 선원 하나가 창을 든 채 뒤로 돌아서서 쑨카이 쪽으로 한 발 내디뎠다. 그러자 갑판장이 끝 부분에 매듭이 진 밧줄로 그 선원을 후려치며 소리쳤다.

"대열을 벗어나지 마! 얼른 제자리로 돌아와!"

갑자기 벌어진 전투 때문에 로렌스는 재앙에 가까웠던 중국인들과의 저녁식사에 관해 거의 잊고 있었다. 바로 조금 전의 일이었건만 일주일 정도 시간이 흐른 것처럼 느껴졌다. 저녁식사 때 보았던 쑨카이의 자수 옷을 보고 나서야 로렌스는 시간이 얼마 흐르지 않았다는 걸 깨달았다. 기다란 소맷자락 안쪽에 두 손을 넣고 침착하게 걸어오는 쑨카이를 보며, 영국 해군과 공군은 머리끝까지 화가 치밀어 오르는 얼굴들이었다.

보다못한 로렌스가 갑판 쪽 통로를 가리키며 소리쳤다.

"아, 저 지옥으로나 떨어질 녀석이 왜 올라오는 거지! 여기 올라오면 어쩌자는 거야! 이봐요, 당장 갑판 밑으로 내려가요!"

하지만 쑨카이는 고갯짓으로 시종들을 계속 따라오도록 지시하며 용갑판으로 올라왔다. 큰 가방을 든 시종들은 그 뒤를 천천히 뒤따랐다.

로렌스가 주변을 둘러보며 말했다.

"젠장, 통역관은 어디 있나? 다이어, 네가 가서……."

그때 중국인 시종들이 큰 가방을 로렌스 앞에 내려놓고 자물쇠를 연 뒤 뚜껑을 열어 젖혔다. 직접 보고 나니 통역이 필요 없었다. 가방 안에는 폭죽 여러 개가 짚더미 속에 들어 있었다. 빨강, 파랑, 초록 바탕에 금색과 은색의 소용돌이 무늬가 그려진 폭죽들은 꼭 애들 장난감처럼 보였다.

캘로웨이는 얼른 그 가방 안으로 손을 뻗어 파란색 바탕에 은색과 금색 줄무늬가 그려진 폭죽 하나를 집어 들었다. 중국인 시종 하나가 도화선에 불붙이는 법을 손짓으로 설명했다. 캘로웨이는 "예, 예"라고 대답하며 서둘러 폭죽의 도화선에 불을 붙여 쏘아 올렸다. 쉬이이익 소리를 내며 하늘로 치솟은 폭죽은 곧 시야에서 사라졌다.

잠시 후 펑 소리가 울려 퍼지며 하얀 불꽃이 가장 먼저 하늘을 수놓았다. 그 소리가 어찌나 크던지 바다 표면에 부딪혔다가 다시 튀어 오르는 듯했다. 이어서 반짝이는 노란 불꽃들이 별 모양을 그리며 둥글게 퍼져 나갔다가 공중에 잠시 머물렀다. 폭죽이 빛을 뿌리는 순간 깜짝 놀란 플레르 드 뉘가 품위 없이 꺼어억 소리를 내는 바람에 위치를 드러냈다. 테메레르는 약 90미터 위쪽에서 날고 있던 플레르 드 뉘를 향해 이를 드러내고 쉿 소리를 내며 날아올랐다.

테메레르의 성난 발톱을 간신히 피한 플레르 드 뉘는 움찔 놀라 강하했고, 드디어 모습을 드러냈다. 캘로웨이가 준비해 둔 후추탄용 대포의 사정거리 내에 들어온 것이다.

매크레디가 소리쳤다.

"해리스, 지금이야, 지금!"

해리스는 눈을 가늘게 뜨고 목표물을 조준한 뒤 발사시켰다. 후추와 섬광분이 담긴 후추탄이 곧장 날아올랐다. 처음엔 각도가 약간 높은 듯했지만 결국 플레르 드 뉘의 이마에서 뻗어 나와 두 눈 바로 위쪽에서 자라는 가느다란 뿔에 명중했다. 후추가 사방으로 퍼져나가고 섬광분이 하얗게 열기를 뿜어냈다. 플레르 드 뉘는 고통스러운 듯 비명을 내지르며 배들이 있는 곳에서 멀리 떨어진 어둠 속으로 마구 날개를 치며 달아났다. 플레르 드 뉘가 얼리전스 호 아주 가까이에서 스치듯 날아가는 바람에 돛들이 요란하게 펄럭였다.

후추탄을 적중시킨 해리스가 벌어진 잇새를 드러내고 환하게 웃으며 뒤를 돌아보았다. 바로 그때 해리스의 팔과 어깨 부분이 떨어져 나갔고, 순식간에 그는 앞으로 고꾸라졌다. 해리스의 몸에 부딪혀 매크레디도 함께 넘어졌다. 로렌스는 순식간에 죽임을 당한 해리스의 어깻죽지에서 날카롭고 기다란 폭탄 파편을 뽑아내고 얼굴에 튄 피를 닦아주었다. 이미 후추탄용 대포는 완전히 망가진 상태였다. 플레르 드 뉘를 타고 있던 프랑스 공군들이 얼리전스 호 옆을 스치고 날아가는 동안 폭탄을 집어 던진 것이다.

선원 두 명이 해리스의 시체를 난간 너머 바다로 던졌다. 해리스 외에 사망자는 없었다. 기묘한 어둠 속으로 캘로웨이가 폭죽 두 개를 쏘아 올렸다. 오렌지색 줄무늬의 거대한 불꽃이 하늘의 절반을 가로지르며 퍼져 나갔다. 이어서 폭죽이 터지는 소리가 들렸다. 로렌스는 왼쪽 귀로밖에 들을 수가 없었다.

플레르 드 뉘가 놀라 도망친 틈을 타 테메레르가 얼리전스 호가 흔들리지 않게 조심하면서 용갑판으로 내려왔다. 테메레르는 안장 담당자들이 서둘러 안장을 채울 수 있도록 몸을 최대한 낮추고 고개를 숙이며 말했다.

"빨리, 빨리! 플레르 드 뉘 암컷인데 동작이 아주 빨라. 조금 전에 빛을 뿜어내는 후추탄에 맞았을 때도 지난 가을에 우리랑 싸웠던 플레르 드 뉘랑은 달라. 그렇게 큰 충격을 받은 것 같지가 않아. 눈 색깔도 좀 다르더라고."

테메레르는 가슴팍이 크게 오르내릴 정도로 가쁜 숨을 몰아쉬었고, 날개도 약간 떨고 있었다. 지금까지 이만큼 장시간 정지 비행을 한 적이 없어 힘이 들었던 모양이었다.

갑판에 서서 지켜보고 있던 쑨카이는 공군들이 테메레르에게 안장을 채우는 것을 보고도 아무 말이 없었다. 로렌스는 자기네 목숨이 경각에 달려 있으니 용에게 안장을 채우면 안 된다는 소리도 못하는군, 이라고 생각했다. 그때 갑판으로 검붉은 피가 뚝뚝 떨어지는 것을 보고 로렌스가 물었다.

"어디 다친 거야?"

"별거 아니야. 플레르 드 뉘의 발톱에 두어 번 찍혔을 뿐이야."

테메레르는 이렇게 대답하며 고개를 돌려 오른쪽 옆구리를 혀로 핥았다. 옆구리에는 얕게 베인 상처가 나 있었고, 등에도 발톱으로 찍힌 상처가 나 있었다.

그 두 개의 상처만으로도 로렌스는 속이 상했다. 의사 케인스가 어느새 다가와 상처 부위를 거즈로 덮기 시작했다.

로렌스가 케인스에게 물었다.

"꿰매지 않아도 되겠나?"

"전혀요. 부상이라고 할 것도 없을 정도니 그냥 둬도 됩니다. 괜히 안달하지 마세요."

넘어졌던 매크레디가 일어나며 손등으로 이마의 땀을 닦았다. 그는 케인스의 말에 의아한 표정을 지으며 로렌스를 쳐다보았다. 테메레르를 치료하는 동안 케인스는 어째 용이 조금만 다쳐도 비행사들은 하나같이 어미 닭처럼 안절부절못하는지 모르겠다고 투덜거렸다. 그 모습이 이상한지 매크레디는 로렌스를 계속 흘끔거렸다. 테메레르가 많이 다치지 않았다는 말에 크게 안심이 된 로렌스는 케인스가 뭐라고 하거나 말거나 내버려두었다.

로렌스는 허리춤에 찬 총과 칼을 점검하며 부하들에게 물었다.

"제군들, 준비됐나?"

지금 그가 허리춤에 찬 칼은 의전용이 아니라 묵직한 전투용 칼이었다. 장식이 별로 없는 소박한 칼자루에 스페인산 강철로 만든 칼날. 로렌스는 기분 좋게 칼의 무게를 느껴보았다.

안장 담당자 펠로우스 준위가 마지막 안장끈을 잡아당겨 채우며 말했다.

"이륙 준비 완료됐습니다, 대령님."

테메레르가 앞발로 로렌스를 잡아 어깨 위에 얹었다.

펠로우스 준위가 물었다.

"플레르 드 뉘가 저쪽에서 선회하고 있는데 별로 다치지 않은 것 같네요, 안 그렇습니까?"

로렌스는 안장에 하네스의 고리를 채우며 대답했다.

"그런 것 같군. 고맙네, 펠로우스. 준비 잘 해줬어. 그랜비, 소총병들을 해병대원들이 있는 장루 쪽으로 보내고, 나머지 승무원들은 난간으로 올라오는 적군을 상대하는 선원들 쪽에 배치하도록."

"알겠습니다. 그리고 로렌스 대령님……."

가능한 한 이곳에서 멀리 테메레르를 데려가라고 한번 더 다짐을 받으려는 것 같아 로렌스는 그랜비의 말을 적당히 끊고 테메레르를 무릎으로 슬쩍 찔러 이륙 신호를 보냈다. 테메레르가 하늘로 날아오르자 그 반동으로 얼리전스 호가 잠시 휘청거렸다. 로렌스는 테메레르와 단둘이 하늘을 날았다.

얼리전스 호 위쪽의 공기는 폭죽에서 나온 유황 연기로 가득했다. 부싯돌식 발화총에서 나는 것과 비슷한 매캐한 연기는 이내 로렌스의 혀와 피부에 배어들었다.

테메레르가 고도를 높이며 말했다.

"저 위에 플레르 드 뉘가 보여."

테메레르의 시선을 따라 고개를 들자 플레르 드 뉘가 위쪽에서 이리로 내려오고 있었다. 눈이 멀 정도로 강한 빛을 코앞에서 쏘였는데도 그 프랑스 용은 금방 회복된 듯했다. 예전에 싸웠던 플레르 드 뉘 품종의 용과는 확실히 달랐다. 아무래도 프랑스인들이 새로운 교배 방식을 통해 탄생시킨 변종인 듯했다.

"공격할까?"

테메레르의 물음에 로렌스는 잠시 망설였다. 테메레르가 프랑스군의 손아귀에 넘어가지 않게 지키려면 저 플레르 드 뉘를 격파하는 것이 급선무였다. 만일 영국 해변으로 지원 요청을 하러 가는 동안 얼리전스 호가 프랑스 군에 항복하기라도 하면, 플레르 드 뉘는 어둠 속에서 순식간에 테메레르를 쫓아와 괴롭힐 것이다. 그리고 플레르 드 뉘를 이대로 두고 영국 해안으로 날아갈 경우, 프랑스 호위함은 플레르 드 뉘를 등에 업고 얼리전스 호에 큰 타격을 줄 수도 있었다. 플레르 드 뉘가 불을 뿜어내면 얼리전스 호에 탄 사람들은 집단 학살을 면치 못할 것이다. 무엇보다 얼리전스 호를 프랑스에 빼앗기면 영국 해군과 공군은 큰 손실을 입는다. 영국에 이 정도로 큰 규모의 용 수송선은 얼리전스 호 하나밖에 없으니까.

로렌스는 생각을 거듭한 끝에 대답했다.

"아니. 우리의 첫 번째 임무는 얼리전스 호를 안전하게 지키는 거야. 그러려면 저 프랑스 호위함들부터 처리해야 해."

로렌스는 스스로를 설득하려는 듯 목소리에 힘을 주었다. 자신의 판단이 옳다고 믿고 싶었지만 두려움 때문에 확신이 서지 않았다. 평범한 사람이라면 용맹함으로 평가받을 만한 행동이 공군 비행사의 경우 무모함으로 폄하되는 경우가 많았다. 특히 로렌스는 귀하고 값진 용을 책임진 입장이기에 더욱 조심스러웠다. 그랜비가 매사에 지나칠 정도로 조심하는 것도 공군으로서 몸에 배인 태도였다. 로렌스는 그랜비와는 달리 어려서부터 공군 기지에서 자라지 않아서인지 용의 비행사에게 가해지는 수많은 제약을 갑갑해했고, 신중함도 덜했다. 그래서 지금 이 결정도 자신의 자존심을 지나치게 우선시한 끝에 내려진 게 아닌가 싶기도 했다.

하지만 언제나 전투에 적극적인 테메레르는 로렌스의 결정에 이의를 제기하지 않았다. 그리고 저 아래 프랑스 호위함들을 내려다보며 미심쩍은 말투로 물었다.

"저 프랑스 배들은 얼리전스 호보다 훨씬 작아 보이는데? 얼리전스 호가 위험에 처해 있는 거 맞아?"

"매우 큰 위험에 직면해 있지. 적군은 얼리전스 호에 올라타서 영국군에게 기총 소사를 할 테니까."

로렌스가 이 말을 하는 동안 폭죽 하나가 또 하늘로 날아올랐다. 그런데 가까운 데서 펑 터지며 불꽃을 퍼뜨리는 바람에 로렌스는 깜짝 놀라 반사적으로 손을 들어 눈을 가렸다. 눈부심이 가신 후 주변을 살펴보니 바람이 불어가는 쪽에 있던 프랑스 호위함 한 척이 갑자기 닻을 내리더니 방향을 바꾸었다. 지금 상황에서 그런 식으로 방향을 바꾸는 것은 대단히 위험한 일이었다. 그런데도 움직임만큼은 신속하고 정확했다. 결국 방향을 돌린 그 프랑스 호위함은 좌현 쪽 대포를 얼리전스 호의 고물 쪽에 정확하게 겨눌 수 있게 되었다.

로렌스는 테메레르에게 자기 손이 보이지 않는다는 것을 알면서도 손가락질을 하며 다급하게 소리쳤다.

"맙소사, 저쪽이야!"

"나도 봤어."

테메레르는 아래로 급히 내려가며 신의 바람을 쓰기 위해 있는 힘껏 공기를 들이마셨다. 옆구리와 가슴께가 부풀어오르고 윤기 나는 검은 가죽이 북가죽처럼 팽팽해졌다. 로렌스는 테메레르의 몸 안에서 강력한 파괴력을 예고하며 나지막하게 울리는 진동을 느꼈다.

플레르 드 뉘도 테메레르의 의도를 파악하고 뒤쫓아오고 있었다. 뒤에서 플레르 드 뉘가 날개를 치며 다가오는 소리가 났다. 테메레르는 그 용보다 체중이 더 많이 나가는데도 속도가 훨씬 빨랐다. 플레르 드 뉘에 탄 프랑스 소총병들이 따닥따닥 소리를 내며 테메레쪽으로 총을 쏘기 시작했다. 하지만 어둠 속에서 방향을 어림짐작하여 쏘는 것이라 명중률은 지극히 낮았다. 로렌스는 자세를 낮추고 바짝 엎드리며 테메레르가 더욱 빠르게 날아갈 수 있기만을 바랐다.

저 아래서 프랑스 호위함이 얼리전스 호의 고물 쪽으로 대포를 쏘아대고 있었다. 포문에서 광포한 연기와 불꽃이 뿜어져 나오는가 싶더니 별안간 소름끼치는 진홍색 불덩어리가 테메레르 쪽으로 날아왔다. 동시에 그 호위함의 갑판에서 테메레르를 향해 요란스럽게 소총을 쏘는 소리가 났다. 불덩어리 포탄에 맞았는지 테메레르가 크게 주춤했다. 로렌스는 걱정되어 테메레르의 이름을 소리쳐 불렀다. 그러나 테메레르는 말없이 곧장 호위함을 향해 내려갔다. 그리고 호위함을 향해 방향을 맞추고 신의 바람을 내질렀다. 어마어마한 고함소리에 묻혀 로렌스의 목소리는 들리지도 않았다.

테메레르가 정식 군함을 향해 신의 바람을 사용한 것은 이번이 처음이었다. 도버 전투에서 나폴레옹의 공중 수송선을 향해 신의 바람을 내지른 적이 있긴 하지만, 그것은 제대로 된 군함이 아니라 가벼운 목재로 만든 임시 수송선일 뿐이었다. 그래도 그때 로렌스는 신의 바람의 위력이 얼마나 대단한지를 두 눈으로 똑똑히 보았다. 공중 수송선들이 신의 바람 앞에서 맥을 못 추고 산산이 부서졌으니까. 로렌스는 이번에도 비슷한 효과가 나타나리라 기대했다. 호위함의 갑판을 이루는 나무를 쪼개고 돛대와 활대까지 망가뜨릴 수 있으리라. 하지만 프랑스 호위함은 60센티미터 두께의 떡갈나무 판으로 견고하게 만들어진 것이고, 돛대와 활대도 전투에 대비하여 쓰러지지 않게 쇠사슬로 단단히 묶어놓았기 때문에 예전의 공중 수송선만큼 망가질지는 알 수 없었다.

호위함의 돛은 테메레르의 고함을 고스란히 받아내며 격렬하게 떨다가 팽팽하게 부풀어올랐다. 스무 개의 아딧줄이 바이올린 현처럼 팽팽하게 당겨지고 돛천이 울었다. 그런데 돛대는 부러지거나 쪼개지지 않고 기울어지기만 했다. 로렌스는 가슴이 철렁했다. 지금 봐서는 큰 손상을 가하지 못한 것 같았다.

그 호위함은 부서진 곳 없이 한쪽으로 기울어진 채 빙글빙글 돌았다. 테메레르가 고함을 멈추고 옆으로 스치고 지나가는 동안에도 호위함은 계속해서 회전하더니 급기야 한쪽 현측이 서서히 기울어지기 시작했다. 신의 바람이 거대한 힘으로 호위함을 회전시켜 갑판보의 끝이 바다에 잠기게 만든 것이다. 호위함에 탔던 프랑스 군인들은 허공으로 발을 차며 삭구와 난간에 매달렸고 그중 일부는 바다로 우수수 떨어졌다.

로렌스는 테메레르를 타고 지나가면서 고개를 돌려 호위함을 계속 지켜보았다. 테메레르가 수면을 스치듯 낮게 날아가는 순간, 그 호위함의 고물 쪽에 금색으로 멋들어지게 쓰여 있는 'VALÉRIE(발레리)'라는 글자가 보였다. 선실 창문에서 새어나오는 랜턴 불빛을 받아 빛나는 그 글자는 반쯤 뒤집힌 그 호위함의 이름이었다. 발레리 호의 함장은 침착하게 대응하고 있었다. 물 위에서 고함을 지르는 소리가 들려와 내려다보니 프랑스인들이 온갖 종류의 해묘(풍랑에 의한 배의 전복을 막기 위해 사용되는 응급 기구—옮긴이주)를 붙잡고 기울어진 배를 바로 잡기 위해 밧줄을 이리저리 끌어당기며 선체 옆쪽으로 기어올라가고 있었다.

하지만 프랑스인들에겐 남은 시간이 거의 없었다. 신의 바람이 일으킨 파도가 거대한 물벽을 이루며 솟아오르고 있었던 것이다. 잠시 동안 어둠 속에서 모든 움직임이 정지된 듯하더니, 곧 하얗게 빛나는 물벽이 발레리 호 측면의 대포를 모조리 집어삼켰다. 발레리 호는 장난감 배처럼 크게 기울어지면서 물속으로 끌려 들어갔다.

발레리 호는 침몰해 버렸다. 그 자리엔 창백한 거품이 떠다녔고 큰 파도 뒤에 따라오는 잔파도들이 수면 위로 잠시 올라온 발레리 호의 선체를 쓸며 잘게 부서졌다. 잠깐 사이에 발레리 호는 미끄러지듯 바다 속 깊은 곳으로 자취를 감추었고, 금색 불꽃이 하늘을 수놓았다. 플레르 드 뉘는 갑작스럽게 그 호위함이 사라지자 목구멍 깊숙이 우는 소리를 내며 발레리 호가 침몰한 곳 바로 위에서 맴돌았다.

방금 일어난 일을 목격한 얼리전스 호의 영국인들도 크게 놀라 환호성조차 지르지 않았다. 로렌스도 머릿속이 혼란스러워서 입을 열 수가 없었다. 발레리 호와 그 배에 타고 있던 300명 이상의 프랑스 군인들을 한 입에 집어삼킨 바다는 이제 거울처럼 잔잔하기만 했다. 군함은 원래 심한 강풍이 불고 12미터 이상의 파도가 치면 침몰할 수도 있었다. 그리고 장시간 전투를 한 끝에 불에 타거나 폭발해서 물밑으로 가라앉는 경우도 가끔 있었다. 그렇지만 높이 3미터가량의 파도와 14노트 정도의 바람이 부는 날씨에 어이없이 침몰해 버리는 것은 전례가 없는 일이었다.

테메레르는 젖은 기침을 하며 끙끙 앓는 소리를 냈다. 로렌스가 목쉰 소리로 외쳤다.

"얼리전스 호로 돌아가자, 당장!"

하지만 어느새 플레르 드 뉘가 테메레르를 향해 맹렬하게 날아오고 있었다. 얼리전스 호에서 쏘아 올린 조명탄 불빛에 의해 테메레르 쪽으로 옮겨 타려고 기회를 노리는 프랑스 공군들의 윤곽이 드러났다. 플레르 드 뉘에 탄 공군들이 손에 쥐고 있는 단검과 장검, 총이 불빛을 받아 하얗게 빛났다. 테메레르는 몹시 지쳐서 비틀거리며 날았다. 플레르 드 뉘가 가까이 접근하자 테메레르는 쥐어짜다시피 힘을 내서 물러났지만 더 이상 속도를 내지는 못했다. 이제는 영국 해변 쪽으로 날아가 다른 영국 용을 데려올 시간도 없었다.

로렌스는 부상을 입고 지친 테메레르가 잠깐이라도 쉬면서 기운을 회복할 수 있도록 프랑스 공군들이 이쪽으로 옮겨 타는 걸 묵과할까 하는 생각도 했다. 테메레르는 기운에 부쳐 벌벌 떨면서 날개를 퍼덕였다. 조금 전 테메레르가 가슴께에 괴상한 포탄을 맞고 충격을 받았던 일이 로렌스의 머릿속에 떠올랐다. 그런데 별안간 플레르 드 뉘에 탄 프랑스 공군들이 비탄과 두려움이 섞인 목소리로 웅성거렸다. 로렌스는 혹시나 하는 희망을 품었다.

테메레르가 숨을 헐떡이고 고통스러워하며 가느다란 목소리로 말했다.

"날갯짓 소리가 들려."

또 다른 용이 접근하고 있다는 뜻이었다. 로렌스는 소용없는 줄 알면서도 눈에 힘을 주며 캄캄한 어둠 속을 살폈다. 영국 용인가, 프랑스 용인가? 별안간 플레르 드 뉘가 테메레르를 향해 돌진해 왔고 테메레르는 있는 힘을 다해 한 번 더 속도를 높였다. 그때 옆에서 위협적으로 쉿쉿거리는 소리가 들렸다. 어떻게 알고 왔는지 니티두스가 은회색 날개를 퍼덕이며 플레르 드 뉘의 머리를 마구 후려치고 있었다. 워렌 대령이 니티두스의 등에서 일어나 로렌스에게 모자를 벗어 세차게 흔들며 소리쳤다.

"가요, 어서 가!"

반대편에서 다가온 둘시아가 옆구리를 발톱으로 잡아 뜯자 플레르 드 뉘는 급히 방향을 돌려 둘시아에게 달려들었다. 라이트급인 니티두스와 둘시아는 헤비급에 대형 용인 플레르 드 뉘를 장시간 상대할 수는 없지만, 릴리의 편대 내에서도 동작이 제일 빠른 편이라 잠시 동안 괴롭히며 주의를 돌릴 수는 있었다. 테메레르는 천천히 호를 그리며 방향을 돌렸고 날개를 부르르 떨며 얼리전스 호를 향해 날아갔다. 그 모습을 본 테메레르의 지상요원들이 용갑판을 치우러 부리나케 뛰어갔다. 용갑판은 부서진 나무판자와 밧줄 토막, 뒤틀린 금속들로 어지럽혀져 있었다. 두 번째 프랑스 호위함은 이미 크게 망가진 얼리전스 호의 하갑판에 대고 계속 대포를 쏘아대고 있었다.

테메레르가 쓰러지다시피 착륙하자 얼리전스 호 전체가 격렬하게 흔들렸다. 착륙 전에 미리 하네스 끈을 풀어낸 로렌스는 안장끈을 붙잡지도 않고 테메레르의 양 어깨뼈 사이의 움푹 패인 곳으로 미끄러지며 용갑판으로 내려왔다. 로렌스는 부상당한 다리에 힘이 없어서 제대로 서지 못하고 고꾸라졌으나 억지로 일어나 다리를 질질 끌면서 테메레르의 머리 쪽으로 걸어갔다.

케인스가 팔꿈치까지 온통 시커먼 피로 물들여가며 테메레르를 치료하기 시작했다. 테메레르는 케인스가 편하게 접근할 수 있도록 옆으로 길게 드러누웠고, 주변을 둘러싼 안장 담당자들이 등불을 손에 들고 케인스를 따라다니며 상처 부위를 비춰주었다. 로렌스는 바닥에 주저앉아 테메레르의 부드러운 코에 볼을 맞댔다. 테메레르의 몸에서 흘러나온 따뜻한 피가 로렌스의 바지를 적셨고 이내 눈으로도 들어갔다. 로렌스는 눈이 따끔따끔해지면서 시야가 흐릿해졌지만 계속해서 테메레르에게 말을 걸었다. 그는 자기가 무슨 소리를 하는지도 몰랐다. 테메레르는 대답 대신 로렌스에게 따뜻한 숨결을 내뿜었다. 로렌스의 등뒤에서 케인스가 말했다.

"흠, 여기가 찢어졌군. 인두 준비해. 앨런, 데고 싶지 않으면 머리 치워. 좋아. 인두는 충분히 달궈진 건가? 됐군. 로렌스 대령님, 테메레르한테 꾹 참으라고 말해 주세요."

로렌스는 테메레르의 코를 쓰다듬으며 말했다.

"움직이면 안 돼, 테메레르. 꾹 참아. 버텨야 해."

테메레르는 쉿 하는 소리를 내고 숨을 헐떡이며 충혈된 콧구멍을 벌름거렸다. 테메레르의 심장이 한 번, 두 번 두근거리다가 헉 하고 숨을 토해내는 순간 빠르게 벌렁거렸다. 케인스가 테메레르의 가슴께에서 날카로운 포탄 파편을 뽑아내, 준비해 둔 쟁반 위에 쨍그랑 하고 떨어뜨렸다. 케인스가 뜨거운 인두로 상처 부위를 지지는 동안 테메레르는 조그맣게 쉿쉿거리며 비명을 질렀다. 살이 타는 냄새가 코를 찌르고 연기가 피어오르자 로렌스도 가슴이 아리고 호흡마저 가빠왔다. 케인스가 말했다.

"자, 다 됐습니다. 찢긴 게 아니라 예리하게 베였어요. 포탄이 가슴께에 부딪쳤나 보군요."

바람이 연기를 깨끗이 쓸어가자 비로소 장거리포가 쿵쿵 발사되는 소리를 비롯해서 배 안의 모든 소음이 다시 들렸다. 세상이 눈앞에 다시 제대로 펼쳐지는 기분이었다.

로렌스는 억지로 다시 몸을 일으키며 지시했다.

"롤랜드, 모건이랑 같이 뛰어가서 해군들이 여분으로 갖고 있는 돛천 끄트러기랑 솜을 좀 받아와. 테메레르의 가슴에 솜을 대고 천으로 둘러싸야겠어."

에밀리가 말했다.

"모건은 죽었어요, 대령님. 다이어랑 같이 갔다올게요."

랜턴 빛 속에서 눈물이 말라붙은 에밀리의 얼굴이 보였다. 그을음이 묻어 시커먼 얼굴에 눈물이 흘러내려 하얀 줄이 나 있었다.

로렌스가 대답하기도 전에 두 아이는 곧장 달려갔다. 억센 선원들 사이로 뛰어가는 두 아이의 몸집이 너무 작아서 로렌스는 마음이 좋지 않았다. 로렌스는 그들의 뒷모습을 한참 바라보다가 굳은 표정으로 고개를 돌렸다.

대량 학살이 일어나고 있는 뒷갑판은 피가 잔뜩 묻어 찐득거리고 검붉은 페인트를 방금 칠한 것처럼 광택이 났다. 로렌스는 갑판 곳곳에 산탄총 탄피가 굴러다니는 것을 보고 프랑스 군이 산탄총을 사용하고 있다는 것을 알아챘다. 프랑스 군은 보트에 최대 인원을 태워 얼리전스 호로 보냈고, 그 보트에 탄 200여 명의 프랑스 군인들은 발레리 호가 침몰하는 것을 보고 분노하여 전력을 다해 얼리전스 호로 기어오르고 있었다. 그들 중 일부는 얼리전스 호에 올라와 4, 5열로 줄을 서서 영국군과 드잡이를 했고, 일부는 악착같이 난간에 매달렸다. 영국 선원들은 난간으로 올라오려는 프랑스 군을 저지하느라 뒤쪽 갑판은 거의 비워둔 상태였다. 총 쏘는 소리, 칼 부딪치는 소리가 울려 퍼졌다. 영국 선원들은 난간을 넘어 갑판으로 올라오려는 프랑스 군인들을 기다란 창으로 마구 찔렀다.

용갑판에 서서 아군과 적군이 싸우는 모습을 지켜보고 있자니 로렌스는 기분이 묘하고 불안해졌다. 그는 마음을 가라앉히기 위해 총을 빼들었다. 주변을 둘러보니 테메레르의 승무원들이 대부분 보이지 않았다. 그랜비 대위도 에반스 중위도 곁에 없었다. 계단 밑 앞갑판 쪽에서 마틴의 연노란색 머리카락이 랜턴 불빛을 받아 반짝거렸다. 마틴은 뛰어오르며 프랑스 군인의 목을 베었지만 곧 또 다른 프랑스 군인이 휘두른 몽둥이에 맞아 고꾸라졌다.

"로렌스."

뒤에서 이름을 부르는 소리가 들렸다. 아니, 들린 것 같았다. 3음절로 괴상하게 끊어 발음하여 '라오렌써'처럼 들리는 그 소리에 뒤를 돌아보니 쑨카이가 손으로 북쪽을 가리켰다. 하지만 폭죽의 불꽃이 꺼져가고 있어서 로렌스는 쑨카이가 무엇을 가리키는지 알 수가 없었다.

그런데 플레르 드 뉘가 갑자기 울부짖더니 니티두스와 둘시아를 피해 몸을 틀었다. 그리고는 자신의 양 옆구리를 공격하는 두 영국 용에게서 벗어나 동쪽으로 급속히 날아가더니 곧 어둠 속으로 모습을 감췄다. 플레르 드 뉘를 쫓아가는 리갈 코퍼의 깊고 우렁찬 고함 소리와 옐로 리퍼의 날카로운 외침 소리가 들려왔다. 사방으로 조명탄을 쏘며 플레르 드 뉘를 추격하는 영국 용들 뒤로 연기가 자욱하게 퍼져나갔다.

얼리전스 호 곁에 남아 있던 프랑스 호위함은 갑자기 자기네 배에 켜두었던 랜턴을 모조리 끄고 밤의 어둠 속으로 도망치기 시작했다. 릴리가 그 뒤를 쫓아가 돛대가 흔들릴 정도로 가까이에서 두 차례 스치고 지나가자 그 호위함은 꺼져가는 진홍색 불꽃 아래서 항복의 뜻으로 깃발을 밑으로 내렸고, 얼리전스 호로 옮겨 탔던 프랑스 군인들도 일제히 무기를 버리고 갑판에 엎드렸다.

# 5

······ 그리고 아드님은 모든 면에서 영웅적이고 신사다웠습니다. 그를 알고 지내는 특권을 누렸던 모든 이들과 함께 복무하는 영광을 누렸던 전우들은 그의 죽음을 진심으로 애도하고 있습니다. 아드님은 훌륭한 인격을 갖추었고 현명하고 용맹했으며 이 나라와 국왕 폐하의 충실한 부하였습니다. 살았을 때와 마찬가지로 죽음을 맞이할 때에도 전능하신 하느님 외에는 그 누구도 두려워하지 않을 정도로 용감했으며 조국을 위해 몸바쳐 희생한, 진실로 존경받을 만한 군인이었습니다. 이 점을 아시고 부디 위안으로 삼으시기를 바라마지 않습니다.

이만 총총.

윌리엄 로렌스

로렌스는 펜을 내려놓고 그 편지를 반으로 접었다. 내용도 어색하고 양도 충분하지 않은 것 같았지만 뭐라고 더 써넣을 말도 없었다. 로렌스는 중위 및 대위 시절, 비슷한 연배의 전우들을 잃었고 열세 살밖에 안 되는 부하를 잃은 적도 있었다. 하지만 평화 시라면 학교를 다니며 장난감 양철 병정이나 갖고 놀아야 할 열 살짜리 소년 훈련생 모건을 전투 중에 잃고 그 아이의 부모에게 전사 통지서를 써야 하는 심정은 착잡하기 그지없었다.

마지막으로 작성한 그 전사 통지서는 내용도 제일 짧았다. 너무나 짧은 생이라 따로 기재할 만한 공적도 별로 없었다. 로렌스는 그 전사 통지서를 옆으로 밀어놓고 어머니에게 편지를 쓰기 시작했다. 이번 교전에 대한 소식이 실린 관보를 읽고 충격을 받으실 어머니의 걱정을 덜어드리기 위해서였다. 전투가 끝난 지 얼마 되지 않아서 아무렇지 않은 척하며 편지를 써나가기가 쉽지 않았다. 하지만 그는 자신과 테메레르 모두 약간의 부상 외엔 다친 데도 없고 건강하게 잘 지내고 있다고 적어 넣었다. 그리고 이번 전투에 관해 길고 자세하게 해군 본부용 보고서를 써나갔다. 간단히 썼다가는 해군 본부 측에서 이번 전투를 별것 아닌 것으로 간주할 테니 가급적 상세히 적었다.

보고서를 다 쓴 후 로렌스는 책상 뚜껑을 덮은 뒤 이리저리 흩어진 편지들을 모아 각각의 봉투에 넣고 봉했다. 그리고 비나 바닷물에 젖지 않게 방수포에 싼 후, 그 자리에 앉은 채 창문 너머 텅 빈 바다를 조용히 내다보았다.

잠시 후 로렌스는 선실을 나와 용갑판을 향해 천천히 발길을 옮겼다. 일단 앞갑판까지 올라온 뒤 전리품인 프랑스의 호위함 '샹퇴즈 호'를 쳐다보는 척하며 좌현 난간에 기대어 잠시 쉬었다. 돛을 활짝 펼치고 바람을 받고 있는 샹퇴즈 호에서는 그리로 건너간 영국 선원들이 돛대로 기어올라가 삭구를 정돈하고 있었다. 여기서 보니 그 모습이 꼭 먹이에 들러붙어 부산하게 움직이는 개미떼 같았다.

얼리전스 호의 용갑판에는 릴리의 편대에 소속된 용들이 빽빽이 자리를 잡고 앉아 있었다. 그래서인지 출항 때에 비해 지금은 꽤 비좁아 보였다. 부상을 당한 테메레르만 치료를 위해 용갑판 우현 쪽의 비교적 널찍한 공간을 배당받았고 나머지 용들은 이리저리 뒤엉켜 누워 있었다. 다행히 짜증을 내는 용은 없었다. 막시무스는 용갑판 아랫부분을 거의 다 차지하다시피 했고, 릴리는 평소 다른 용들과 뒤엉켜 있는 것이 자신의 권위에 걸맞지 않는다고 생각했지만 지금은 어쩔 수 없으므로 꼬리와 날개를 막시무스에게 드리운 채 누워 있었다. 다른 용들보다 덩치가 작고 나이도 많은 편인 메소리아와 임모르탈리스는 비좁은 용갑판 대신 막시무스의 커다란 등으로 올라가 앞뒷발을 쭉 뻗고 편안하게 누웠다.

용들은 행복한 표정으로 꾸벅꾸벅 졸고 있었다. 성미가 까다롭고 오랫동안 가만히 누워 있는 걸 싫어하는 니티두스만이 하늘을 날면서 샹퇴즈 호를 호기심 어린 눈으로 내려다보았다. 가끔은 너무 낮게 날아서 샹퇴즈 호에서 작업을 하던 영국 선원들이 불안해하며 하늘을 올려다볼 정도였다. 둘시아는 보이지 않았는데 이번 교전 소식을 전하러 영국으로 돌아간 모양이었다.

다친 다리를 질질 끌면서 용갑판을 가로지르는 것은 쉬운 일이 아니었다. 로렌스는 막시무스의 등에서 바닥까지 드리워진 메소리아의 꼬리를 밟지 않으려고 조심해서 지나갔다. 메소리아가 잠결에 몸을 움찔거렸기 때문에 더욱 조심스러웠다. 곤히 잠들어 있던 테메레르는 로렌스가 다가가자 한쪽 눈을 반쯤 뜨고 반갑게 쳐다보고는 곧 다시 스르르 감았다. 로렌스는 테메레르를 깨울 생각은 없었다. 그저 편안하게 자고 있는 것을 확인하니 마음이 놓였다. 아침이 되자 테메레르는 소 두 마리와 커다란 다랑어 한 마리를 먹어치웠고 케인스는 상처가 잘 아물고 있다며 만족스러워했다.

케인스는 테메레르의 가슴께에서 빼낸 파편을 로렌스에게 보여주며 흥미롭다는 투로 말했다.

"아주 지독한 무기예요. 이런 건 한 번도 본 적이 없습니다. 러시아인들이 이런 종류의 무기를 쓴다는 얘긴 들어봤지만요. 더 깊이 박혔으면 빼내기가 아주 힘들었을 겁니다."

사방이 뾰족뾰족한 그 파편을 보자 로렌스는 가슴이 저려 와서 계속 보고 있을 수가 없었다. 다행히 그 괴상한 포탄 파편은 테메레르의 가슴 안쪽으로 15센티미터 이상 파고들어가지 않았다. 하지만 그 파편을 빼내는 와중에 가슴 근육이 상당 부분 찢어졌기 때문에 케인스는 앞으로 적어도 2주일, 길게 잡으면 한 달 간 테메레르를 날게 해선 안 된다고 말했다. 로렌스는 테메레르의 넓고 따뜻한 어깨에 손을 갖다댔다. 이 정도 부상으로 끝난 것이 천만다행이다 싶었다.

다른 비행사들은 작은 접이식 탁자를 요리실 굴뚝에 기대어 놓고 둘러앉아 카드놀이를 하고 있었다. 용갑판에서 빈 공간은 거기뿐이었다. 로렌스는 그들 쪽으로 걸어가 캐서린에게 편지 다발을 건네주었다. 그리고 무겁게 한숨을 내쉬고 의자에 앉으며 말했다.

"전달 부탁해요."

비행사들은 카드놀이를 하다 말고 그 두툼한 편지 꾸러미를 쳐다보았다.

캐서린이 편지를 가방에 집어넣으며 대답했다.

"정말 유감이에요, 로렌스. 이렇게 습격당할 줄 누가 알았겠어요."
버클리가 고개를 저으며 한마디 거들었다.

"정말 비겁한 짓이죠. 정정당당히 싸우러 온 것도 아니고 몰래 숨어서 지켜보다가 급습을 하다니."

로렌스는 아무 대꾸도 하지 않았지만 위로해 주고 같이 분노해 주는 그들의 마음이 고마웠다. 그렇지만 많이 지친 상태라서 대화를 이어나갈 기운이 없었다.

그날 아침에 전사자들의 장례식이 거행되었다. 선원들은 전사자들이 생전에 쓰던 그물침대에 시신을 넣고 벌어진 틈을 잘 꿰맨 다음 해군에겐 동그란 포탄을, 공군에겐 쇠 포탄을 발목에 달아 난간 너머 바다로 내려 보냈다. 라일리가 천천히 추도사를 읽어 내려가는 동안 로렌스는 다친 다리로 한 시간 가까이 서 있어야 했으므로 몸 상태가 말이 아니었다.

남은 오전 시간 동안 로렌스는 부상당한 그랜비 대신 임시 직속 부하로 임명한 페리스 중위를 방으로 데리고 들어와 전사자 명단을 작성했다. 유감스러울 정도로 긴 명단이었다. 그랜비는 전투 중 가슴에 머스켓 총을 맞아서 현재 치료 중이었다. 총알이 갈비뼈 하나를 분지르고 등뒤로 빠져나갔지만 출혈이 심했고 지금도 열이 높았다. 에반스 중위는 다리뼈가 심하게 부러져 영국으로 후송될 예정이었다. 마틴은 기력을 회복하기는 했지만 턱이 몹시 부어올라서 웅얼거리는 것 외에는 말을 할 수가 없었고 왼쪽 시력이 돌아오지 않고 있었다.

등 쪽 승무원들 중 두 명은 그나마 가벼운 부상을 입었다. 소총병 중에는 던이 중상을 입었고 도넬이 전사했다. 배 쪽 승무원 믹시도 전사했다. 가장 큰 피해를 입은 것은 안장 담당자들이었는데, 안장 담당자 넷이 하네스 추가분을 가지러 갑판 아래로 내려갔다가 대포를 맞아 한꺼번에 사망했다. 모건도 갑판 밑에서 여분의 죔쇠가 든 상자를 들어 나르다가 그 안장 담당자들과 함께 세상을 떠났다. 비참한 죽음이 아닐 수 없었다.

로렌스의 얼굴에 깃든 상실감을 눈여겨본 버클리가 제안했다.

"포티스랑 맥도너를 다시 테메레르 쪽으로 보내 드리죠."

중국 사절단이 영국에 온 뒤 혼란스런 기간 동안 막시무스 쪽으로 소속을 옮겼던 승무원들을 말하는 것이었다.

"막시무스 쪽에 인원이 부족해지지 않겠습니까? 막시무스는 지금 전시 복무 중인데 그쪽 승무원들을 빼올 수는 없습니다."

"'오렌지 공 윌리엄 호'라는 용 수송선이 핼리팩스에서 영국으로 오고 있는데 그 수송선에 탄 공군들 중에 열두 명 정도를 막시무스 쪽으로 데려오면 됩니다. 포티스와 맥도너는 원래 테메레르의 승무원이니 도로 데려가지 못할 이유도 없지요."

"더 이상 사양하지 못하겠군요. 테메레르의 승무원 수가 절대적으로 부족한 상황이거든요. 그런데 바람의 세기가 이 정도라면 윌리엄 호가 여기까지 오는 데만 한 달 넘게 걸릴 것 같은데요."

워렌이 끼어들었다.

"아, 로렌스 대령은 오전에 갑판 밑에 있어서 우리가 라일리 함장한테 하는 말을 못 들었나 보군요. 며칠 전에 여기서 멀지 않은 곳에서 윌리엄 호의 모습이 포착되었습니다. 그래서 우린 윌리엄 호를 찾아 이쪽으로 데려오도록 둘시아와 체너리 대령을 보냈습니다. 윌리엄 호가 조만간 얼리전스 호 쪽으로 와서 우리 용들과 얼리전스 호의 부상자들을 싣고 영국으로 돌아갈 겁니다. 그런데 라일리 함장 말로는 이 쪽배를 수리하려면 자재가 필요하다고 하더군요. 무슨 대가 망가졌다고 했는데, 그게 뭐였죠, 버클리?"

한낮의 햇빛 아래 여기저기 쪼개지고 총알구멍까지 숭숭 나 있는 활대가 보였다. 로렌스는 삭구를 올려다보며 버클리 대신 대답했다.

"돛대요. 윌리엄 호에서 수리 자재를 내준다면 더 바랄 나위가 없을 겁니다. 그런데 워렌 대령, 이 용 수송선은 쪽배가 아니라 배라고 불러야 합니다."

"그게 그거 아닙니까?"

워렌이 무심하게 그런 질문을 하자 로렌스는 기분이 언짢아졌다. 워렌은 계속해서 말했다.

"둘 다 같은 사물을 지칭하는 단어라고 알고 있었는데. 아, 크기로 구분하는 건가요? 이 배가 거대하기는 하죠. 막시무스는 금방이라도 갑판에서 떨어질 것처럼 보이긴 하지만요."

"내가? 절대로 안 떨어진다니까 그러네."

막시무스는 이렇게 말한 다음 눈을 뜨고 뒷다리와 궁둥이 쪽을 살피더니 당장 바다로 떨어질 위험이 없어 보이자 다시 눈을 감고 잠을 청했다. 로렌스는 좀 더 자세히 설명을 하려다가 부질없는 것 같아 그만두었다.

"그럼 앞으로 며칠 동안은 다들 여기서 지내겠군요?"

로렌스의 질문에 캐서린이 대답했다.

"내일까지 기다려보고 시간이 더 지체될 것 같으면 다 같이 윌리엄 호 쪽으로 날아갈 생각이에요. 용들의 체력을 쓸데없이 소모시키고 싶진 않지만, 도버에 있는 렌튼 대장이 우리의 행방을 몰라 걱정하고 있을 테니 최대한 서둘러 돌아가야죠. 원래 우리는 브레스트 부근에서 영국 함대와 함께 야간 순찰을 돌던 중이었는데 이쪽에서 가이 포크스 축제(1605년 의사당을 폭파하고 제임스 1세와 그 일가족을 시해하려 한 화약 음모 사건의 주모자들 중 하나인 가이 포크스가 체포된 것을 기념하는 날. 매년 11월 5일—옮긴이주) 때처럼 밤하늘에 불꽃이 펑펑 터지는 걸 보고 무슨 일인가 싶어 왔던 거예요."

그날 저녁 라일리는 영국 공군 비행사들과 포로로 잡힌 프랑스 군 장교들을 모두 식사에 초대했다. 캐서린은 배멀미를 핑계로 불참했다. 좁은 만찬실에서 가까이 붙어 앉아 있으면 성별이 드러날 수도 있었기 때문이다. 버클리는 한번에 다섯 단어 이상 말하지 않는 과묵한 성격이라 만찬실에서도 좀처럼 말이 없었다. 워렌은 식사 내내 스스럼 없이 신나게 떠들었고 독한 와인이 한두 잔 들어가자 말이 더욱 많아졌다. 30년째 공군에 복무 중인 서튼도 아는 얘기가 많아서 수많은 일화들을 하나씩 풀어놓았다. 결국 워렌과 서튼은 둘이서 주거니 받거니 하며 대화를 이어나갔다.

하지만 패배의 충격에서 벗어나지 못한 프랑스 장교들은 입을 열지 않았고, 영국 해군들도 침묵을 지켰다. 식사가 진행되는 동안 그들의 침묵은 분위기를 점점 압박해 나갔다. 퍼벡도 굳은 얼굴로 앉아 있었고 매크레디도 어두운 표정이었다. 라일리 역시 그답지 않게 말이 없었다. 침묵이 길어지자 비행사들도 불편해하기 시작했다.

식사를 마치고 용갑판으로 올라와 커피를 마시며 워렌이 말했다.
"로렌스, 나는 당신의 해군 복무나 해군 시절 동료들을 모욕할 생각은 없습니다만, 맙소사! 그 해군들은 지나칠 정도로 딱딱하게 굴더군요. 우리 때문에 화가 난 것처럼 보이던데요. 우리가 오지 않았으면 전투가 훨씬 길어졌을 것이고, 인명 피해도 더 늘어났을 텐데 말이죠."

서튼이 파트너인 메소리아의 몸에 기대서서 담배에 불을 붙이며 말했다.

"뒤늦게 전투에 끼어든 주제에 생색낸다고 보는 것 같습니다. 프랑스 호위함이 항복의 백기를 들려는 찰나에 우리가 도착했다 이거겠죠. 우리 때문에 승리를 독차지할 수 없게 되고 포상금도 우리랑 나눠 가져야 하니 열을 받은 겁니다. 너도 한 대 피울래, 메소리아?"

서튼은 이렇게 말하며 메소리아가 연기를 들이마실 수 있게 담배를 앞으로 내밀었다.

로렌스가 말했다.

"아뇨, 확실히 말씀드리겠는데 그건 잘못 보신 겁니다. 여러분이 와주지 않았으면 저 프랑스 호위함을 전리품으로 획득할 수 없었을 겁니다. 저 호위함은 크게 망가진 상태가 아니라서 여차하면 도망쳐 버릴 수도 있는 상황이었으니까요. 얼리전스 호에 타고 있던 영국군은 여러분이 날아오는 모습을 보고 모두 기뻐했습니다."

로렌스는 시시콜콜한 부분까지 상세하게 설명하고 싶진 않았지만, 적어도 이 비행사들과 용들이 얼리전스 호의 해군에 관해 나쁜 인상을 갖고 떠나는 것은 원치 않았다.

로렌스는 짤막하게 덧붙였다.

"다만 여러분이 오기 전에 테메레르가 '발레리 호'라는 프랑스 호위함을 신의 바람으로 침몰시켰습니다. 그 호위함에 타고 있던 수많은 프랑스 군인들이 죽고 말았죠."

비행사들은 로렌스의 침울한 얼굴을 보고 더 이상 그 문제를 거론하지 않았다. 워렌이 로렌스에게 질문을 하려고 하자 서튼은 그를 팔꿈치로 쿡 찔러 입을 다물게 하고는 자신이 거느린 훈련생에게 카드 한 벌을 가져오라고 지시했다. 그들이 카드놀이를 시작한 지 얼마 지나지 않아 캐서린이 그 자리에 합류했다. 로렌스는 커피 잔을 내려놓고 조용히 물러나 테메레르 쪽으로 걸어갔다.

하루 종일 자다가 조금 전에 일어나서 엄청난 양의 먹이를 먹어치운 테메레르는 가만히 앉아서 텅 빈 바다를 바라보고 있었다. 로렌스가 다가가자 테메레르는 몸을 움직여 로렌스를 앞발 위에 앉히고 그 주변을 몸으로 둥글게 감쌌다.

로렌스가 조언했다.

"너무 가슴 깊이 담아두지 마."

자신도 발레리 호 침몰의 충격에서 벗어나지 못했지만, 로렌스는 테메레르가 발레리 호를 길게 생각하면서 우울의 늪에 빠지게 될까 봐 걱정되었다. 로렌스가 계속해서 말했다.

"우리가 발레리 호를 침몰시키지 않았으면 샹퇴즈 호가 우리 배의 좌현에 붙어 군인들을 갑판으로 잔뜩 올려 보냈을 거야. 그들은 얼리전스 호를 장악하고 랜턴을 다 꺼버린 뒤 폭죽도 쏘아 올리지 못하게 했겠지. 그랬으면 릴리를 비롯한 영국 용들이 우리 쪽으로 날아오지도 않았을 거고, 결국 이 배에 타고 있던 이들은 프랑스 군의 포로가 됐을 거야. 넌 수많은 목숨을 구했어. 얼리전스 호도 무사히 지켜냈고."

"죄책감을 느끼는 건 아니야. 일부러 그 배를 침몰시키려고 했던 것도 아니니까 내 잘못이라고 생각하지도 않아. 그들이 내 승무원들을 죄다 죽이려고 하니 나는 그걸 막을 수밖에 없었어. 내가 기분이 나쁜 건 이 배의 해군들 때문이야. 전투가 끝난 후부터 저들이 나를 기분 나쁜 눈으로 쳐다보고 있어. 이쪽으로 가까이 오려고 하지도 않고."

얼리전스 호의 해군들이 그런 행동을 하고 있는 것이 사실이니, 로렌스는 테메레르에게 잘못 본 것이라는 식으로 거짓된 위로의 말을 건넬 수가 없었다. 해군들은 대개 용을 인간의 의지대로 통제할 수 있는 전투용 기계쯤으로 여기려는 경향이 있었다. 숨쉬고 하늘을 나는 군함 정도의 개념이라고나 할까. 따라서 해군들은 테메레르가 커다란 몸집을 가진 만큼 그에 상응하는 굉장한 힘을 가졌다는 사실도 자연스럽게 받아들였다. 지금까지 그들이 테메레르에게 가졌던 두려움은 단순하게 덩치 크고 위협적인 사람을 두려워하는 것과 같은 맥락이었다.

하지만 지난밤 테메레르는 그들 앞에서 신의 바람을 내뿜어 발레리 호를 순식간에 침몰시켜 버렸다. 그것은 이 세상의 것 같지 않은 무시무시한 능력이자 불가사의한 힘이었다. 지상을 불바다로 만들었다는, 고대의 전설에 나오는 용의 이야기를 떠오르게 할 정도로.

어제의 전투는 로렌스에게도 끔찍한 악몽으로 남아 있었다. 하늘로 솟아올라 사방으로 퍼져 나가는 화려한 불꽃들, 포탄을 발사한 대포에서 뿜어져 나오는 빨간 빛, 어둠 속에서 빛나던 플레르 드 뉘의 젖빛 눈, 혀에서 느껴지던 매캐한 유황 냄새, 연극이 끝나고 무대로 내려오는 커튼처럼 발레리 호를 향해 천천히 내리 덮치던 거대한 파도……. 로렌스는 말없이 테메레르의 앞발을 쓰다듬었다.

그들은 얼리전스 호의 고물 뒤로 흘러가는 하얀 거품을 바라보며 심란한 마음을 달랬다.

아침 햇살이 바다를 물들이기 시작할 무렵, 망꾼이 외쳤다.
"배가 보인다!"

수평선 위로 '오렌지 공 윌리엄 호'의 윤곽이 뚜렷이 드러났다. 얼리전스 호의 뱃머리에서 우현 쪽으로 약 22도 지점. 라일리는 망원경을 들여다보며 지시했다.

"선원들이 제일 먼저 아침을 먹게 해. 오전 9시 전에 저 배가 이리로 가까이 다가올 테니 작업을 서둘러야 해."

포로들을 실은 전리품 샹퇴즈 호는 얼리전스 호와 윌리엄 호 사이에 놓여 있었다. 샹퇴즈 호로 옮겨가 포로들을 관리하던 영국 해군들이 윌리엄 호를 향해 손을 흔들고 환호성을 질렀다.

싸늘한 겨울 하늘은 구름 한 점 없이 맑고 푸르렀다. 샹퇴즈 호의 하얀 윗돛대와 맨 꼭대기돛이 유쾌하게 펄럭였다. 용 수송선이 적국의 군함을 전리품으로 획득하는 것은 매우 드문 일이기에 온통 자축하는 분위기였다. 잘 정비된 이 44문짜리 멋진 호위함은 윌리엄 호에게 이끌려 영국으로 가서 영국 해군의 소유가 될 것이다. 그리고 영국 정부는 샹퇴즈 호는 물론, 프랑스 포로에 관해서도 머릿수로 계산하여 이번 전투에 참여한 영국 해군과 공군에게 포상금을 지급할 것이다. 하지만 오늘도 얼리전스 호의 분위기는 여전히 뒤숭숭했고 선원들은 대부분 입을 굳게 다문 상태였다.

잠을 푹 자지 못하고 일어난 로렌스는 앞갑판에 서서 윌리엄 호가 얼리전스 호를 향해 다가오는 모습을 가만히 바라보았다. 이제 곧 또다시 망망대해에서 혼자가 되겠구나 싶었다.

해먼드가 난간 쪽으로 걸어오며 말을 걸었다.

"좋은 아침입니다, 대령님."

로렌스는 그의 출현이 달갑지 않아 노골적으로 언짢은 기분을 드러냈다. 하지만 알아채지 못했는지 해먼드는 흡족한 얼굴로 샹퇴즈 호를 바라보면서 말했다.

"이보다 더 멋지게 항해를 시작할 순 없을 겁니다."

근처에서 목수와 그 조수들이 처참하게 부서진 갑판을 수리하고 있었는데, 그 말에 '레도이스'라는 이름의 조수가 벌떡 일어서며 해먼드를 노려보았다. 스피트헤드에서 얼리전스 호에 합류한 레도이스는 어깨가 한쪽으로 약간 기울었고, 성격이 쾌활하여 사람들을 즐겁게 하는 재주가 있었다. 레도이스가 발끈하며 일어서자 스웨덴 출신의 덩치 큰 목수 에클로프가 그의 어깨를 커다란 주먹으로 탁 치며 다시 일에 집중하도록 지시했다.

로렌스가 비꼬았다.

"그렇게 생각하고 계시다니 놀랍군요. 1등급 군함을 더 좋아하시는 줄 알고 있었습니다만?"

해먼드는 로렌스의 말뜻을 못 알아들었는지 엉뚱한 대답을 했다.

"아뇨, 아닙니다. 이 정도로 충분합니다. 어제 프랑스 군이 쏜 포탄 하나가 용싱 왕자의 방을 뚫고 지나간 것 알고 계십니까? 왕자의 호위병 중 하나가 즉사했고 또 한 명은 심한 부상을 입었는데 어젯밤에 세상을 떴습니다. 용싱 왕자는 몹시 분노했죠. 어제 프랑스 군의 습격 덕분에 우리는 수개월간의 대중국 외교로 얻어낸 것보다 더 큰 이득을 보게 된 겁니다. 포로가 된 샹퇴즈 호의 함장을 용싱 왕자 앞으로 데려가는 것이 어떨까요? 제가 물론 중국인들에게 어제 우리를 공격한 자들이 프랑스 군이라고 말은 해뒀습니다만, 직접 눈으로 보게 해주면 더 효과적이지 않겠습니까?"

로렌스는 싸늘하게 대꾸했다.

"우린 로마인들처럼 패배한 적군의 수장을 행진에 끌고 다니는 짓은 안 합니다."

로렌스도 소년 시절 소위로 복무할 때 프랑스 해군에 포로로 잡힌 적이 있었다. 그때 프랑스 함장은 그를 함부로 대하지 않았고, 예의를 다해 포로 선서를 쓰도록 요청했었다.

해먼드는 안타깝다는 표정이었다.

"물론, 그렇겠죠. 모양새도 그리 좋지 않을 거고요. 아쉽기는 합니다만……."

더 이상 들어줄 수가 없어서 로렌스는 그의 말을 잘랐다.

"얘기 다 끝나신 겁니까?"

"아……, 이런 실례했습니다. 제가 무례하게 말을 걸었군요."

해먼드는 애매모호하게 말을 하더니 로렌스를 똑바로 쳐다보며 덧붙였다.

"실은 알려드릴 게 있어서 왔습니다. 용싱 왕자가 대령님을 만나고 싶다고 하셨습니다."

"알겠습니다."

로렌스는 간결하게 말을 맺었다. 해먼드는 로렌스에게 당장 가서 용싱 왕자를 만나라고 재촉하고 면담에 대비해 몇 가지 조언을 해주고 싶어 입이 근질거리는 듯했지만, 로렌스의 단호한 표정을 보고는 짧게 목례를 하고 그 자리를 떠났다.

로렌스는 용싱과 말을 섞고 그의 기분에 놀아나고 싶은 생각이 없었지만, 거절할 수가 없어 아픈 다리를 절룩거리며 고물 쪽에 있는 용싱의 거처까지 걸어갔다. 중국 수행원들은 로렌스를 곧장 용싱의 방으로 들여보내지 않고 곁방에 앉아 기다리라고 했다.

"준비가 되시면 다시 부르시라고 전해 주시오."

로렌스가 이렇게 말하고 돌아서서 나가려고 하자 수행원 중 몇몇이 부랴부랴 용싱 왕자의 방으로 들어갔고 그중 한 사람은 얼른 곁방의 문간을 가로막아 로렌스를 나가지 못하게 했다. 잠시 후 로렌스는 용싱 왕자의 커다란 방으로 안내를 받아 들어갔다.

서로 마주보고 있는 벽 두 개에 커다란 구멍이 하나씩 나 있었다. 어젯밤 대포가 뚫고 지나간 자리였다. 외풍이 들어오지 못하게 푸른 비단을 뭉쳐 그 구멍들을 막아놓기는 했지만 벽에 걸어놓은 기다란 양피지 깃발이 바람에 날려 펄럭거렸다. 그 깃발에는 알아보지 못할 이국의 문자가 적혀 있었다. 용싱은 옻을 칠한 자그마한 책상을 앞에 두고 붉은 천을 두른 팔걸이의자에 등을 꼿꼿이 펴고 앉아 글을 쓰고 있었다. 배가 연신 출렁거리는데도 불구하고 용싱은 잉크통에 담갔다 꺼낸 붓을 종이에 대고 흔들림 없이 글을 써나갔다. 세로로 깔끔하게 써나간 그 글자들이 종이 위에서 촉촉이 빛났다.

로렌스가 먼저 입을 열었다.

"저를 만나고 싶다고 하셨다고 들었습니다, 왕자 전하."

용싱은 대답도 안 하고 마지막 줄을 마저 채운 뒤 붓을 옆으로 내려놓았다. 그리고 석인(石印)을 붉은 잉크가 담긴 통에 넣었다 꺼낸 후 종이의 하단에 꾹 눌러 찍었다. 그러더니 그 종이를 반으로 접어, 마찬가지로 반으로 접혀 있는 또 다른 종이 위에 올려놓았다. 용싱은 그 두 종이를 기름 바른 방수천 봉투에 넣고 소리쳤다.

"펑리!"

방 한쪽 구석에 기척도 없이 서 있던 자 하나가 앞으로 다가오자 로렌스는 깜짝 놀랐다. 펑리라는 이름의 그 시종은 진청색 면으로 된, 별로 눈에 띄지 않는 수수한 겉옷을 입고 있었고 계속 허리를 굽히고 있어서 로렌스는 그 자의 정수리를 가로지르는 머리선밖에 볼 수가 없었다. 다른 중국인들과 마찬가지로 펑리도 앞머리를 정수리까지 반듯하게 밀어 대머리로 만들고 뒷머리를 땋아 늘어뜨린 모습이었다.

펑리는 호기심 어린 눈으로 로렌스를 흘끔 쳐다보고는 용싱 왕자의 책상을 들어 잉크 한 방울 엎지르지 않고 방 한옆으로 옮겨 놓았다. 그리고 서둘러 발판을 가져와 용싱 앞에 내려놓고는 조용히 방 한쪽 구석으로 물러났다.

용싱은 펑리를 방에서 내보낼 생각이 없는 듯했다. 양 팔걸이에 팔을 올려놓고 등을 쭉 펴고 앉은 용싱은 방 한쪽 벽에 빈 의자가 두 개 이상 놓여 있는데도 로렌스에게 앉으라는 말을 하지 않았다. 이미 지쳐 있던 로렌스는 어깨까지 뻐근해지고 있었다.

마침내 용싱이 냉랭한 목소리로 말했다.

"할 말이 있어 너를 불렀다. 너는 계속 룽티엔샹의 동료 행세를 하며 그를 너의 소유물로 취급하려 하더군. 그리고 급기야 최악의 사태가 벌어지고 말았다. 너의 부도덕하고 무모한 행동으로 인해 룽티엔샹이 큰 부상을 입지 않았느냐?"

로렌스는 입술을 지그시 깨물었다. 지금 당장은 자신의 입에서 점잖은 말이 나올 것 같지가 않았다. 어제 테메레르를 전투에 데리고 나갈 때도 그랬고, 싸움이 계속되는 동안에도 로렌스는 과연 이게 올바른 행동인지, 자기 자신의 판단에 의문을 품었다. 괴상한 포탄 파편에 맞아 부상을 입고 힘들어하면서 숨을 헐떡이던 테메레르의 모습이 아직도 뇌리에 박혀 잊혀지지 않았지만 용싱한테 비난받을 이유는 없었다.

"그래서요?"

머리를 조아리며 용서를 빌 줄 알았는데 로렌스가 짤막하게 되묻자 용싱은 더욱 분노했다.

"올바른 도리가 무엇인지도 모르는 것이냐? 말을 타고 나가듯이 아무렇지 않게 룽티엔샹을 타고 나가서 죽을 지경을 만들어놓고, 양심의 가책도 못 느끼나 보군. 앞으로 다시는 룽티엔샹을 타고 하늘을 날아서는 안 된다. 네가 데리고 있는 천박한 하인들도 멀리 치우고. 이제부터는 내 호위병들을 룽티엔샹 곁에 두겠……."

로렌스가 퉁명스럽게 말을 잘랐다.

"왕자님, 지옥으로나 꺼지시지요."

용싱은 자신의 말을 자른 것에 화가 났다기보다는 기가 막힌 표정이었다. 로렌스가 덧붙였다.

"호위병을 용갑판으로 올려 보내시면 테메레르를 시켜 그 호위병을 곧장 배 밖으로 집어던지게 하겠습니다. 이만 물러가겠습니다."

로렌스는 짧게 목례를 하고 뒤도 돌아보지 않은 채 그 방을 나왔다. 뒤에서 용싱이 무슨 말을 더 했는지 어쨌는지는 모르지만 이미 그의 귀에는 아무 소리도 들리지 않았다. 수행원들은 로렌스가 걸어 나가는 모습을 보면서도 그를 가로막지 못했다. 로렌스는 비틀거리는 다리를 잡아끌고 보란 듯이 걸음을 재촉했다. 하지만 곧 이런 허세에 대한 대가를 치러야 했다. 끝없이 긴 갑판을 가로질러 뱃머리

쪽에 위치한 자신의 방으로 들어가려는데 한 걸음 내디딜 때마다 다친 다리에 경련이 일어나고 중풍에라도 걸린 것처럼 부들부들 떨려 왔던 것이다.

로렌스는 얼른 의자에 앉아 와인을 따라 마시며 치밀어 오르는 분노를 삭였다. 막말을 하고 나왔지만 조금도 후회되지 않았다. 적어도 이제는 용싱도 영국의 모든 장교와 신사들이 멋대로 구는 그에게 머리를 조아리며 굽실거리지 않는다는 것을 알았을 테니까.

그런 면에서 만족스럽기는 했지만 그가 용싱 왕자 앞에서 그렇게 반발할 수 있었던 것은 결국 용싱이 아무리 애를 써도 테메레르와 자기를 떼어놓지 못할 것임을 알았기 때문이다. 해먼드를 비롯해서 국방성 사람들이 용싱에게 굽실거리는 것은 그만한 이득을 염두에 두기 때문이지만, 로렌스는 테메레르를 잃지 않으면 그뿐, 더 바라는 것도 없으므로 아첨을 떨 이유가 없었다. 시간이 지나도 불쾌한 기분이 가시지 않았다. 잔을 내려놓은 로렌스는 어둠 속에 조용히 앉아 아픈 다리를 사물함 위에 걸쳐놓고 문질렀다. 갑판에서 여섯 개의 종이 울리고 갑판장이 날카롭게 호각을 부는 소리가 희미하게 들렸다. 선원들이 아침식사를 하러 갑판 아래 식당을 향해 시끌벅적하게 걸어가는 소리가 들리고 요리실에서 진한 차 냄새가 풍겨왔다.

로렌스는 잔을 마저 비우고 조금 더 앉아 쉬다가 몸을 일으켰다. 그리고 절룩거리며 복도로 나와 바로 옆방인 라일리 함장의 선실 문을 두드렸다. 중국 호위병들이 용갑판에 얼씬거리지 못하게 해병대원 몇 명을 용갑판 부근에 배치해 달라고 요청할 생각이었다. 문을 열고 들어선 로렌스는 라일리의 책상 앞에 해먼드가 앉아 있는 것을 보고 깜짝 놀랐고 불쾌해졌다.

라일리는 죄책감과 우려, 피곤함이 뒤섞인 어두운 표정으로 로렌스에게 의자를 내주며 입을 열었다.

"로렌스 대령님, 지금 해먼드 씨와 중국인 손님들에 관해 얘기하고 있던 참이었습니다. 얼마 전 동인도 무역선에 관한 얘기가 나온 뒤로 중국인들이 계속 갑판 밑에서만 지내고 있는데, 해먼드 씨가 그 문제에 관해 상의할 게 있다고 해서요. 앞으로 중국에 도착하려면 7개월은 더 항해를 해야 합니다만, 중국인들을 계속 이런 식으로 갑판 밑에서만 지내게 할 수는 없습니다. 중국인들이 갑판으로 올라와 맑은 공기를 쐴 수 있게 해줘야죠. 대령님도 그 점에 관해서는 반대하지 않으시리라 생각합니다. 선원들이 일하는 곳으로는 못 가게 해야겠지만, 적어도 용갑판 주변을 걸어다닐 수 있게는 해줘야 될 것 같습니다."

하필 지금 그런 의견을 내놓다니, 정말이지 달갑지 않았다. 로렌스는 절망에 가까운 짜증 섞인 표정으로 해먼드를 쏘아보았다. 이 해먼드라는 작자는 재앙을 일으키는 악마적인 소질을 타고난 모양이었다. 앞으로 긴 항해 기간 동안 이 자의 외교적인 술책에 휘말려 고생할 생각을 하니, 로렌스는 불길한 느낌을 지울 수 없었다.

로렌스가 대답을 하지 않자 라일리가 계속해서 말했다.

"불편하게 해드려서 죄송합니다만, 달리 좋은 수가 없을 것 같아서요. 중국인들이 갑판으로 올라온다고 해서 특별히 비좁아지진 않을 겁니다."

반대할 수 없는 상황이었다. 공군의 수가 얼마 되지 않는 지금 선원들한테 공간을 양보해 달라고 하면 공군에 대한 반발감이 더욱 심화될 테니, 중국인들에게 공군이 지내는 구역을 일부 내줄 수밖에 없었다. 라일리의 말은 틀린 구석이 없었고, 손님들의 자유 출입 구역을 결정하는 것은 함장의 권리였다. 하지만 용싱의 위협적인 말이 마음에 걸렸다. 해먼드만 없으면 라일리에게 고민을 털어놓고 상의할 수 있으련만…….

해먼드가 얼른 끼어들었다.

"로렌스 대령님은 중국인들이 용을 자극할까봐 걱정하시나 본데, 용갑판의 한쪽 귀퉁이를 중국인들에게 배정해 주고 확실히 경계선을 그어놓으면 되지 않을까요? 밧줄을 달아 놓든가 바닥에 페인트를 칠해 놓든가 해서 말입니다."

"해먼드 씨가 직접 중국 손님들에게 경계선에 관해 설명을 해주시면 되겠군요."

라일리의 말에 로렌스는 뚜렷한 이유 없이 반대를 할 수가 없었고 해먼드 앞에서 자세한 얘기를 하고 싶지도 않았다. 해먼드가 중국인들 편에 서서 이러쿵저러쿵 떠드는 소리도 듣기 싫었다. 로렌스는 자신의 곤란한 입장에 관해 라일리가 이해해 주기를 바랐지만, 그가 이해하고 공감한다 해도 상황은 크게 달라지지 않을 터였다. 이제 어떻게 해야 좋을지 갈피를 잡을 수가 없었.

그렇다고 체념한 것은 아니었다. 절대로 포기하지 않을 것이다. 하지만 자기가 계속 불만을 제기하고 반대를 하면 라일리의 입장이 더 곤란해질 게 분명했다.

로렌스가 마침내 입을 열었다.

"해먼드 씨, 중국인들에게 경계선에 대한 얘기를 전하고, 아무리 작은 무기라도 갑판으로 가지고 올라오면 안 된다는 점도 확실하게 설명하세요. 머스켓 총이나 칼 같은 무기를 소지한 것이 드러나면 지체 없이 갑판 아래로 내려 보낼 거라고요. 그리고 그들이 승무원들이나 테메레르가 하는 일에 이러쿵저러쿵 관여하면 가만 있지 않겠습니다."

"그렇지만 대령님, 중국 호위병들은 가끔씩 총칼을 갖고 훈련을 하려고 할 텐데요……."

"중국에 도착한 다음에 하라고 하세요."

로렌스가 먼저 라일리의 선실을 나왔고 해먼드도 그 뒤를 따랐다. 복도를 가로질러 방으로 들어가려는데 해먼드가 로렌스의 팔을 잡았다. 지상요원 두 명이 로렌스의 방으로 의자 몇 개를 더 들여가고 있었고, 에밀리와 다이어는 식탁 위에 천을 깔고 그 위에 접시를 올려놓는 중이었다. 로렌스가 다른 비행사들이 윌리엄 호로 옮겨 타기 전에 아침식사를 대접하려고 부하들에게 식사 준비를 지시해 두었던 것이다. 해먼드가 말했다.

"대령님, 잠깐 얘기 좀 하시죠. 아까 그런 식으로 용싱 왕자를 만나러 가시게 한 점에 관해 사과드리겠습니다. 어제 일로 용싱 왕자가 화가 나 있는 상태라는 것을 알고 있었지만, 저도 어쩔 수가 없었습니다. 어쨌든 두 분이 면담 중에 서로 싫은 소리도 하셨을 텐데 그것도 다 제가 부족한 탓이지요. 부디 아량을 베풀어……."

로렌스는 더 이상 들어줄 수가 없어서 말을 가로챘다. 별안간 의심이 확 들었다.

"우리 둘이 다투게 될 것을 예상하고 있었단 말입니까? 결국 내가 중국인들이 용갑판에 접근 못하게 막을 걸 알고 선수를 쳐서 라일리 함장에게 그런 제안을 한 거로군요?"

로렌스가 언성을 높이자 해먼드는 얼른 열려 있는 선실 문 쪽으로 시선을 돌렸다. 에밀리와 다이어가 커다란 은접시를 손에 든 채 눈을 동그랗게 뜨고 그들을 쳐다보고 있었다.

해먼드가 대답했다.

"이해해 주셔야 합니다. 중국인들을 계속 그런 상태로 지내게 둘 수는 없어요. 용싱 왕자가 대령님한테 테메레르를 타지 말라고 하고 용갑판에 중국 호위병들을 배치하겠노라고 명령했을 텐데, 우리가 대놓고 그 명령을 거절하면 그것은 용싱 왕자를 모욕한 것이 되는 겁니다."

로렌스가 매섭게 쏘아붙였다.

"그럼 이제 용싱 왕자도 나한테는 자신의 명령이 통하지 않는다는 걸 알았겠군요. 가서 용싱 왕자한테 내 말 똑똑히 전하세요. 댁도 이렇게 은근슬쩍 중국인들을 위해 뒷궁리할 생각 말고. 대체 이게 말이 되는 짓거리……."

해먼드도 열을 올렸다.

"맙소사! 내가 지금 대령님과 테메레르를 떼어놓으려고 수작 부리는 걸로 보입니까? 우리는 앞으로 협상을 통해 그 용이 대령님과 추호도 헤어질 생각이 없다는 점을 중국인들에게 명확히 인식시켜야 합니다. 그러려면 우리도 저들의 뜻을 어느 정도 맞춰야 해요. 항해를 하는 동안 우리가 용싱 왕자의 명령을 무시하면 중국에 도착했을 때 우리 의견도 묵살되고 말 겁니다. 대령님의 자존심 때문에 우리가 협상으로 이득을 볼 수 있는 기회를 놓쳐야 되겠습니까? 솔직히, 그런 식으로 버티면 테메레르를 지켜낼 수도 없을 겁니다."

"나는 외교관이 아닙니다만, 이 점 하나는 분명히 하고 넘어갑시다. 저 중국 왕자한테 굽실거리면서 호의를 얻어낼 생각이라면 그것

은 참으로 어리석은 짓일 겁니다. 그리고 내가 그런 뜬구름 잡는 소리에 넘어갈 줄 알았다면 큰 오산입니다."

로렌스는 캐서린을 비롯한 비행사들에게 멋진 아침식사를 대접할 생각이었지만, 기분이 울적해서 대화를 원활히 이끌어가지 못해 식사 분위기도 많이 가라앉았다. 다행히 선실 근처에 요리실이 있어서 요리는 풍족하게 잘 나왔다.

비행사들이 자리를 잡고 앉자마자 베이컨과 햄, 계란, 커피가 김이 모락모락 나는 상태로 식탁에 올라왔고 커다란 다랑어의 일부를 도려내 비스킷 가루를 묻혀 튀긴 요리도 나왔다. 남은 다랑어는 일찌감치 테메레르의 뱃속으로 들어갔다. 큰 접시에 담긴 병조림 체리, 그보다 더 큰 접시에 담긴 마멀레이드도 식탁 위에 놓여 있었다.

로렌스가 먹는 둥 마는 둥 하자 워렌이 지난밤 전투 상황에 관해 간단히 설명해 달라며 말을 걸었다. 로렌스는 거의 손도 대지 않은 요리 접시를 옆으로 치우고 빵을 잘게 찢어 두 척의 프랑스 호위함과 플레르 드 뉘의 위치를 표시하고 소금 통으로 얼리전스 호를 대신하며 설명을 해나갔다.

아침식사를 마무리한 로렌스와 비행사들이 용갑판으로 올라왔을 때 용들도 유혈이 낭자한 그들 나름의 식사를 마쳐가고 있는 중이었다. 로렌스는 테메레르가 기력을 많이 회복한 것 같아 안도했다. 상처 부위에서 더 이상 피가 새어나오지 않았고, 어느새 가슴 부위의 붕대도 깨끗한 것으로 교체되어 있었다. 테메레르는 막시무스에게 다랑어를 먹어보라고 설득하는 중이었다.

"이거 진짜 맛있어. 오늘 아침에 잡은 거라서 아주 신선해."

막시무스는 의심스런 눈으로 그 생선을 쳐다보았다. 테메레르가 꼬리 쪽으로 절반을 먹고 남긴 것이어서 반 토막 남은 다랑어가 입을 쫙 벌리고 흐릿한 눈으로 갑판을 응시하고 있었다. 처음에 잡았을 때 675킬로그램은 족히 될 정도로 큰 다랑어여서 절반밖에 안 남았어도 그 크기가 엄청났다.

막시무스는 마침내 고개를 숙이고 그 다랑어를 입으로 물었다. 그리고 그 큰 덩어리를 한 입에 넣고는 미심쩍은 표정으로 씹기 시작했다. 테메레르는 맛있다는 소리를 기대하며 쳐다보았다. 막시무스는 다랑어를 꿀꺽 삼키고 입가를 혀로 핥으며 말했다.

"그리 나쁘지는 않네. 다른 먹이가 없는 상황이라면 먹긴 하겠지만 너무 미끈거려."

테메레르는 실망해서 얼굴 주변의 막을 축 늘어뜨렸다.

"여러 번 먹어봐야 제대로 맛을 알 수 있는데. 선원들한테 한 마리 더 잡아달라고 해야겠다."

"아니, 난 됐으니까 너나 먹어."

막시무스는 콧김을 내뿜으며 이렇게 대답하고는 가축 담당자를 내려다보며 물었다.

"양고기 더 없어요?"

그때 버클리가 계단을 밟고 용갑판으로 올라오며 물었다.

"몇 마리나 먹었어? 네 마리? 그 정도면 충분해. 덩치가 더 커지면 몸을 공중으로 띄울 수도 없어."

막시무스는 대꾸도 없이 먹이통에 담겨져 나온 양의 다리와 허리를 한 입에 먹어치웠고 다른 용들도 식사를 끝마쳤다. 가축 담당자의 조수들이 펌프로 물을 길어 용갑판에 붓고 피를 닦아내기 시작했다. 피 냄새를 맡고 얼리전스 호 앞쪽으로 몰려든 상어들이 미친 듯이 맴돌았다.

윌리엄 호가 얼리전스 호 옆으로 다가오자 라일리는 그쪽 함장과 수리용 자재에 관해 논의하기 위해 윌리엄 호로 건너갔다. 잠시 후 윌리엄 호의 선원들이 나무 활대와 돛 자재를 창고에서 꺼내기 시작했다. 라일리는 바지선을 타고 얼리전스 호로 돌아와 난간을 타고 갑판으로 올라오며 지시했다.

"퍼벡, 대형 보트를 보내서 자재를 실어와."

그 말을 듣고 용갑판에서 내려다보던 캐서린이 말했다.

"우리가 날아가서 가져오면 어떻겠습니까? 다른 용들의 이륙 준비를 위해서도 어차피 막시무스랑 릴리를 용갑판에서 띄워야 하니, 우리가 날아가서 자재를 운반해 오면 될 것 같은데요."

라일리는 캐서린을 올려다보고 목례를 하며 말했다.

"감사합니다, 대령님. 그래주시면 크게 도움이 될 겁니다."

캐서린이 여자라는 걸 전혀 알아채지 못한 눈치였다. 캐서린이 머리를 바짝 뒤로 묶고 비행복의 두건을 내려쓴 데다가 두툼한 외투를 입고 있어 몸의 곡선이 드러나지 않았기 때문이다.

막시무스와 릴리는 승무원들을 태우지 않은 채 용갑판에서 날아올랐다. 덕분에 다른 용들은 좀 더 넓직한 곳에서 수월하게 이륙 준비를 할 수가 있었다. 각 용의 승무원들은 안장과 갑옷을 끌어와 용들에게 입히기 시작했고 막시무스와 릴리는 자재를 가지러 윌리엄 호로 날아갔다. 용들이 떠날 시간이 가까워오고 있었다. 로렌스는 절룩거리며 걸어가 테메레르 곁에 섰다. 저들과 이렇게 헤어지자니 문득 섭섭한 생각에 가슴이 아려왔다.

윌리엄 호를 쳐다보고 있던 테메레르가 로렌스에게 말했다.

"저런 용은 처음 봐."

윌리엄 호의 용갑판 위에 커다란 용 한 마리가 뿌루퉁한 표정으로 몸을 쭉 뻗고 누워 있었다. 몸통에는 갈색과 초록색 줄무늬가 있었고, 날개와 목에는 페인트를 칠한 것처럼 붉은 줄이 몇 개 나 있었다. 로렌스도 처음 보는 품종의 용이었다.

로렌스가 그 낯선 용을 손으로 가리키며 묻자 서튼이 대답했다.

"캐나다에 서식하는 인디언 품종의 용인데, 품종 이름이 '다코타'라고 하더군요. 발음이 정확한지는 모르겠네요. 캐나다 인디언들은 용의 크기가 어떻든지 간에 승무원 없이 비행사 혼자서 용을 탄다는데, 이번에 저 용도 비행사를 태우고 변경 지역의 영국 식민지를 습격하러 왔다가 붙잡힌 모양입니다. 우리로서는 저런 색다른 품종의 용을 얻었으니 큰 성과를 거둔 셈이죠. 호전성이 강하고 사나운 품종이라 원래 핼리팩스의 사육장에서 번식용으로 쓸 생각이었나 봐요. 그런데 예전에 영국에서 프래쿠르소리스를 캐나다로 보냈기 때문에 이번에 교환하는 의미로 저 용을 영국으로 보낸 것이죠. 외모에서도 잔인한 성격이 엿보이는군요."

테메레르가 그 용을 쳐다보며 나지막하게 말했다.

"고향에서 너무 멀리 와서 살게 되니까 기분이 좋지 않은가봐."

메소리아는 안장 담당 승무원들이 편하게 작업할 수 있게 양 날개를 치켜 올리며 말했다.

"핼리팩스에서도 사육장 안에서 교미하느라 정신없었을걸. 거기서 하나 영국에 와서 하나 마찬가지지. 저런 녀석들은 다 똑같아. 오직 그 짓에만 관심이 있을 뿐이지."

테메레르보다 서른 살 정도 더 많은 메소리아는 충격적일 정도로 솔직하게 말했다. 테메레르가 침울하게 대꾸했다.

"교미라는 건 그다지 재미있을 것 같지도 않은데. 저 중국인들도 나를 중국에 있는 사육장에 가두고 번식을 시키려는 걸까, 로렌스?"

"그렇진 않을 거야. 원하는 게 겨우 그런 거면 이렇게까지 요란을 떨면서 너를 데리러 왔을 리가 없잖아."

중국 황제를 비롯해서 누구 앞에서든 로렌스는 테메레르가 그런 처지에 놓이게 내버려두지 않을 생각이었다.

메소리아는 콧김을 뿜으며 아무렇지도 않게 말했다.

"그래도 막상 한번 해보면 그렇게 재미없게 생각되지만은 않을 거야."

서튼이 기분 좋게 메소리아의 옆구리를 찰싹 치며 끼어들었다.

"어린 용한테 못하는 소리가 없구나. 자, 우린 준비가 다 된 것 같군요. 또다시 작별할 시간이네요, 로렌스."

서튼은 로렌스와 악수를 나누며 말을 이었다.

"시작부터 이런 큰일을 겪었으니 나머지 항해 기간 동안에는 별일 없겠지요."

작은 용 세 마리가 차례로 용갑판에서 날아올라 윌리엄 호로 날아갔다. 니티두스는 소형 용이라 이륙할 때 얼리전스 호는 거의 흔들리지도 않았다. 잠시 후 자재 운반을 마친 막시무스와 릴리가 얼리전스 호의 용갑판에 착륙하여 안장 및 비행 장비를 몸에 착용하기 시작했다. 버클리와 캐서린도 로렌스와 작별 인사를 나눴다. 마침내 릴리의 편대에 소속된 용들은 테메레르만 얼리전스 호에 남겨두고 모두 윌리엄 호의 용갑판으로 옮겨갔다.

라일리는 돛을 펼치라고 지시했다. 동남동풍이 그리 세지 않아서 보조돛까지 모두 펼치자 희고 깨끗한 꽃이 얼리전스 호에 피어난 것 같았다. 윌리엄 호는 샹퇴즈 호를 이끌고 가며 바람 불어가는 쪽으로 대포를 쏘아 얼리전스 호 쪽에 작별을 고했다. 얼리전스 호에서도 라일리의 지시에 따라 대포를 쏘아 올려 화답했다. 두 척의 용 수송선이 느릿느릿 장엄하게 서로를 스쳐 지나가는 순간, 두 배에 타고 있던 영국인들은 서로에게 환호성을 질렀다.

먹이를 먹은 지 얼마 되지 않았고 아직 어려서 기운이 넘치는 막시무스와 릴리는 윌리엄 호 위쪽에서 날아다니며 장난을 치고 놀았다. 얼리전스 호에서도 두 용이 구름을 뚫고 오르내리며 서로를 쫓아다니는 모습을 한참 동안 볼 수 있었다. 그들의 모습이 새만큼 작아질 때까지 쳐다보던 테메레르는 결국 짧은 한숨을 내쉬며 몸을 웅크리고 고개를 푹 숙이더니 말했다.

"오랜 시간이 지나야 저들을 다시 만날 수 있겠네."

로렌스는 테메레르의 매끄러운 목에 가만히 손을 얹었다. 부산스러운 움직임이나 소음도 없고 앞으로 펼쳐지게 될 새로운 모험에 대한 두근거림도 없는 지금, 비로소 동료들과의 이별이 실감났다. 테메레르의 승무원들은 말없이 제 할 일들을 하고 있었다. 얼리전스 호의 난간 너머로 보이는 것은 기다랗게 뻗은 푸른 영국 해협뿐이었다. 그들은 불확실한 미래의 목적지를 향해 나아가고 있었다.

로렌스가 말했다.

"시간은 생각보다 훨씬 빨리 지나갈 거야. 자, 다시 책이나 읽자."

제2부

# 6

 겨울이라 쌀쌀하면서도 맑은 날씨가 지속되었다. 짙푸른 바다, 구름 한 점 없는 청명한 하늘, 남쪽으로 갈수록 점점 따뜻해지는 공기. 선원들이 손상된 활대를 교체하고 돛을 새로 다는 등 배를 수리해 나가면서 얼리전스 호는 조금씩 속도가 붙기 시작했다. 그동안 먼 발치로 소형 상선 두 척을 보기는 했지만 그 상선들 쪽에서 용갑판에 앉은 테메레르를 보고는 얼리전스 호와 최대한 먼 거리를 유지하며 피해갔다. 그리고 한번은 우편 배달 업무를 하는 소형 용 한 마리가 머리 위로 하늘을 가로질러 날아갔다. 장거리 비행이 가능한 품종에 속하는 그레일링인 것 같았는데, 고도가 너무 높아 테메레르가 아는 용인지는 알 수 없었다.

 중국 호위병들은 용싱 왕자의 명령이 있은 바로 다음날 새벽부터 용갑판으로 올라와 3교대로 보초를 서기 시작했다. 무기를 들고 있지는 않았지만 행진하는 해병대원들처럼 절도 있는 모습이었다. 그들에게는 용갑판 좌현 쪽에 페인트로 칠을 하여 구분해 놓은 널찍한 구역이 배당되었다.

테메레르의 승무원들은 얼마 전 용싱 왕자와 로렌스 사이에 있었던 언쟁에 관해 다들 알고 있었다. 고물 쪽 갑판에 있던 누군가가 용싱 왕자의 선실 창문에서 흘러나오는 소리를 듣고 소문을 퍼뜨린 것이었다. 승무원들은 용갑판으로 올라온 중국 호위병들에게 달갑지 않은 시선을 보냈고, 중국 사절단의 고위 신분인 자들에 관해서는 더욱 큰 반감을 가졌다. 그들은 하나같이 눈 색깔이 검은색이라 누가 누구인지 잘 구분이 되지는 않았지만.

시간이 지나면서 로렌스는 중국인들의 얼굴을 하나 둘 익히면서 어느 정도 구분할 수 있게 되었다. 적어도 용갑판에 올라와 돌아다니는 자들에 한해서는 그랬다. 그들 중 비교적 젊은 축들은 바다를 바라보는 것을 좋아했고 용갑판의 좌현 쪽 난간에 붙어 서서 배 앞쪽에서부터 날아오는 물방울을 맞으며 즐거워했다. 그중 '리홍린'이라는 젊은 중국인은 모험심이 강해서 해군 소위들의 동작을 흉내내며 활대를 오르기까지 했다. 원래 선원들은 활대를 오를 때 맨발이거나 바닥이 얇은 선원용 덧신을 신는데 리홍린이 신은 목 짧은 검은 장화는 바닥이 두꺼워서 활대를 오르기에 적합하지 않았고 겉옷의 밑단이 치맛자락처럼 치렁치렁하여 밧줄에 휘감길 우려까지 있었다. 리홍린이 활대로 기어올라갈 때마다 그의 동료들은 기겁을 하여 얼른 내려오라고 요란하게 손을 휘저었다.

그 밖에 나머지 중국인들은 점잖게 행동하면서 난간 가까이로는 다가가지 않았다. 그들은 종종 낮은 의자를 갖고 나와 앉아서, 높낮이가 요란하고 괴상한 소리로밖에 들리지 않는 자기네 언어로 이야기를 나누었다. 한 문장이 어디서 시작되고 끝나는 것인지조차 알 수 없어서 로렌스는 그들이 무슨 말을 하는지 짐작도 안 되었다. 직접 대화를 나누는 것은 불가능했지만 중국인 수행원 대부분이 영국인들에게 심한 적대감을 갖고 있지는 않다는 것을 느낌으로 알 수 있었다. 중국인 수행원들은 용갑판을 왔다갔다하면서 로렌스를 비롯하여 테메레르의 승무원들에게 인사를 했고, 얼굴 표정이나 몸짓에도 예의가 배어 있었다. 다만 용싱 왕자가 시종들을 거느리고 올라오면 그들도 영국인들을 본체만체하면서 고개를 끄덕여 인사를 하거나 손을 들어 보이지도 않고, 마치 이 용갑판에 자기네들 말고는 아무도 없는 것처럼 행동했다.

용싱 왕자는 어쩌다 한 번씩만 용갑판에 올라왔다. 그도 그럴 것이 용싱의 거처에는 커다란 창문이 여러 개 나 있었고 방도 널찍해서 굳이 바람을 쐬러 갑판으로 올라올 필요가 없었다. 용싱이 용갑판으로 올라와서 하는 일이라고는 오만상을 찌푸리면서 테메레르를 이리저리 살펴보는 것뿐이었다. 하지만 용싱의 그런 행동은 전혀 테메레르의 흥미를 끌지 못했다. 테메레르는 부상에서 회복되는 중이라 거의 온종일 잠을 잤고, 주변을 돌아다니는 이들에게는 신경도 쓰지 않았다. 낮에도 꾸벅꾸벅 졸거나 멍하니 누워 입을 쫙 벌리고 하품을 하면서 나직하게 그르렁거릴 뿐이었다.

나이 든 중국 공사 리우빠오는 출항 이후 갑판 위로 한 번도 올라오지 않은 채 선미루 갑판 쪽의 선실에 틀어박혀 살았다. 외출이라고는 선실 문을 열고 복도로 한두 발짝 걸어나오는 게 전부였다. 식사를 하러 아래층 식당으로 내려오는 일도 없었고, 용싱 왕자와 면담을 하러 가지도 않았다. 그저 시종 몇 명이 하루에 한두 차례 리우빠오의 방과 요리실을 오갈 뿐이었다.

반면 젊은 공사 쑨카이는 낮에는 거의 선실 밖에 나와 있었다. 식사를 마치면 늘 용갑판으로 올라와 장시간 머물렀다. 용싱 왕자가 올라오면 깍듯이 절을 하고 시종들이 서 있는 곳에서 조금 떨어진 곳으로 물러났는데, 용싱과도 별로 대화를 나누지 않았다. 쑨카이의 관심사는 오로지 이 배에서의 생활과 배의 구조였다. 특히 포병대의 포격 훈련에 큰 흥미를 보였다.

하지만 해먼드가 대포를 쏘아가며 훈련을 하면 용싱 왕자의 생활에 방해가 된다고 막고 나서서 라일리는 제대로 된 포격 훈련을 실시할 수가 없었다. 결국 해군 포병대는 아주 가끔씩만 진짜 대포를 쏘고, 대부분은 무언극을 하듯 쏘는 흉내만 내면서 훈련을 해야 했다. 쑨카이는 포격 훈련을 알리는 북소리가 나기만 하면 곧장 갑판 위로 올라와 자리를 잡고 서서 그 과정을 처음부터 끝까지 주의 깊게 관찰했다. 가끔 진짜 대포를 쏘아 거대한 폭발음이 들려도 그는 움찔하거나 뒤로 물러서지 않았다. 대포 쏠 준비를 하러 포병대원들이 용갑판으로 달려올 때마다 그들에게 방해가 되지 않게 조심했기 때문에 곧 포병대원들도 쑨카이에게 신경을 쓰지 않게 되었다.

포격 훈련이 없을 때면 쑨카이는 용갑판 쪽에 놓인 대포들을 유심히 관찰했다. 그 대포들은 '분쇄기'라는 별명이 붙은 20킬로그램 캐로네이드 포(포신이 짧은 함포의 일종—옮긴이주)인데 포신이 긴 대포보다 정확도는 떨어져도 앞뒤로 반동하는 폭이 훨씬 짧고 넓은 공간을 차지하지 않는 장점이 있었다. 쑨카이는 쇠로 만들어진 포신이 뒤로 물러났다가 앞으로 이동할 때 대포가 흔들리지 않게 잡아주는 밑받침 부분에 매료된 듯했다. 포병대원들이나 공군 승무원들, 선원들이 임무를 수행할 때마다 쑨카이는 그들이 하는 말을 알아듣지도 못하면서 무례하다 싶을 정도로 빤히 쳐다보곤 했다. 얼리전스 호 자체에 대한 관심도 대단해서 돛대와 돛의 배열 상태, 선체의 구조 등을 살피며 돌아다녔다. 로렌스는 쑨카이가 용갑판 너머로 몸을 바짝 내밀어 얼리전스 호의 하얀 용골 선을 관찰한 뒤 갑판에 서서 이 배의 구조를 대략적으로 그리는 모습을 본 적도 있었다.

쑨카이는 왕성한 호기심을 갖고 있었지만, 엄격하게 생긴 외모에 걸맞게 매우 신중하고 조심스러운 성격이었다. 이 배에 대한 그의 연구는 단순히 학자적인 호기심이라기보다는 워낙에 성실하고 근면한 성격에서 비롯된 열정적인 탐구심인 듯했다. 성격도 그리 사교적인 편이 아니어서 언젠가 해먼드가 다가와 말을 걸었을 때에도 예의를 갖추긴 했지만 냉정한 태도로 일관하여 결코 그의 접근을 환영하지 않는다는 뜻을 명백하게 드러냈다. 해먼드가 왔다가 물러갈 때에도 쑨카이는 미소를 짓거나 찡그리는 일 없이 무표정한 얼굴로 침착하게 바라볼 뿐이었다.

민망해하며 물러나는 해먼드의 모습을 보니, 로렌스는 대화가 가능한 상황이라 해도 쑨카이에게 말을 걸고 싶은 생각이 들지 않았다. 로렌스라면 이 배에 대한 쑨카이의 연구에 도움을 줄 수도 있고 공통의 화젯거리가 있으니 통역관을 통해 대화도 많이 나눌 수 있겠지만, 쑨카이의 냉정한 태도는 언어의 장벽만큼이나 상대의 접근을 차단하는 면이 있었다. 그래서 로렌스는 그냥 이렇게 그를 지켜보는 것으로 만족하기로 했다.

얼리전스 호는 마데이라 섬의 푼샬 항구에 들러 식수를 보충하고 가축들을 추가로 구입하여 들여놓았다. 항해 초기에 릴리의 편대가 잠시 용갑판에 머물면서 상당량의 가축들을 먹어치웠기 때문에 그만큼을 보충해야 했다. 그렇지만 얼리전스 호는 항구에 오래 머물지는 않았다.

라일리가 로렌스에게 말했다.

"이 배에 적합한 돛이 어떤 것인지 어느 정도 파악이 되어서 기존의 돛을 모두 교체하도록 지시했습니다. 크리스마스를 바다 위에서 보내야 할 텐데 괜찮으시겠습니까? 새 돛을 어서 시험해 보고 싶어 여기서 길게 머물지 않고 곧장 출발하기로 했습니다. 아마 7노트까지는 속도를 낼 수 있지 않을까 싶네요."

얼리전스 호는 푼샬 항구를 뒤로 한 채 새로 단 돛을 활짝 펴고 장엄하게 바다로 나아갔다. 라일리는 기대했던 대로 배의 속도가 한층 빨라졌다며 기뻐했다.

"8노트 가까이 될 것 같은데, 대령님이 보시기엔 어떻습니까?"

"축하하네. 이 정도 속도를 낼 수 있으리라고는 생각도 못했는데, 아주 빠르군."

하지만 사실 로렌스는 이 배의 속도가 빨라져서 유감이었다. 배의 속도가 느리기를 바라다니 기분이 이상했다. 해군에서 함장으로 복무할 때 로렌스는 국왕 폐하의 재산인 군함을 함부로 다루는 것은 옳지 않다고 생각했다. 그래서 배의 속도를 심하게 높이지 않았다. 그래도 여느 뱃사람과 마찬가지로 배가 앞으로 쑥쑥 잘 나가면 기분이 나쁘진 않았다. 지금 같은 상황만 아니라면 그도 라일리와 함께 빨라진 배의 속도에 기뻐하면서 멀어져가는 마데이라 섬의 흐릿한 윤곽은 돌아보지도 않았을 것이다.

그날 저녁 라일리는 배의 속도가 빨라진 것을 축하하고자 로렌스를 비롯한 장교 몇 명을 저녁식사에 초대했다. 하지만 경솔한 축하를 나무라기라도 하는 것처럼 식사 중에 갑자기 돌풍이 불어닥쳤다. 그때 갑판 위에서 보초를 서고 있던 것은 베켓 대위뿐이었다. 수학 공식으로 항해의 제반 요소를 제어한다고 해도 날씨가 불규칙하기 때문에 항해는 계획대로 이루어지지 않는 법이었다. 얼리전스 호가 큰 파도를 타고 높이 솟아올랐다가 내려왔다. 이에 놀란 테메레르가 조그맣게 으르렁거리는 소리를 냈고, 이 소리를 만찬실에서 저녁식사를 하던 이들이 듣고 서둘러 갑판 위로 뛰어 올라갔다. 라일리와 퍼벡이 부하들에게 지시를 내리기도 전에 강한 바람이 윗돛대의 돛 하나를 휘감으며 마구 잡아당겼다.

하지만 그 돌풍은 왔을 때와 마찬가지로 갑자기 사라졌다. 먹구름도 순식간에 물러가 연분홍색 노을로 살짝 물든 푸른 하늘이 다시 드러났다. 높게 솟아올랐던 파도도 30센티미터 정도로 고요히 잦아들었다. 책을 읽기에 충분한 만큼의 저녁 햇살이 용갑판 위를 비추었다.

그때 한 무리의 중국인들이 용갑판 위로 모습을 드러냈다. 시종 몇 명이 리우빠오를 부축하여 뒷갑판과 앞갑판을 가로질러 용갑판으로 모시고 올라온 것이다. 그에게는 스피트헤드에서 출항한 후 처음으로 하는 바깥출입이었다. 리우빠오의 모습은 스피트헤드에서 봤을 때와는 확연히 달라져 있었다. 체중이 크게 줄어든 것 같았고 피부가 어찌나 창백하던지 턱수염 아래 살색이 초록빛을 띨 지경이었으며 볼 살도 확 빠져서, 로렌스는 동정심마저 들었다. 시종들이 의자를 가져오자 리우빠오는 그 의자에 앉아 시원하고 축축한 바람이 불어오는 쪽으로 얼굴을 돌렸다. 하지만 안색은 그다지 좋아지지 않았다. 수행원 하나가 다가가 음식이 담긴 접시를 내밀었지만 리우빠오는 손을 흔들어 물리쳤다.

걱정이 되기보다는 호기심이 생긴 테메레르가 물었다.

"저 사람 굶어 죽으려고 저러는 거야?"

생각에 잠겨 있던 로렌스가 멍하니 대답했다.

"그럼 안 되겠지. 생전 처음 바다 여행을 하는 모양인데 나이가 너무 많아서 걱정이네. 다이어, 갑판 아래로 내려가서 군의관 폴릿 씨더러 잠깐 올라오시란다고 전해."

잠시 후 다이어가 이 배의 군의관으로 복무 중인 폴릿을 데리고 왔다. 다이어를 따라 숨을 헐떡이며 용갑판을 가로질러 걸어온 폴릿은 예전에 로렌스가 이끄는 군함 두 척에서 군의관으로 복무했던 적이 있어 정식 인사를 생략하고 옆에 놓인 의자에 털썩 앉으며 입을 열었다.

"저 왔습니다, 대령님. 다리 때문에 그러세요?"

"아니야. 걱정해 줘서 고맙네, 폴릿. 다리는 많이 좋아지고 있어. 실은 저 중국 신사분의 건강이 염려돼서 자넬 부른 거야."

로렌스가 리우빠오를 손으로 가리키자 폴릿은 고개를 절레절레 저으며 저런 식으로 계속 살이 빠지다가는 이 배가 적도를 지나기도 전에 죽게 될 거라고 말했다.

로렌스가 말했다.

"중국인 의사들도 장거리 항해에 익숙지 않다 보니 저렇게 지독한 배 멀미는 치료를 못하는가 봐. 저 사람한테 처방해 줄 만한 약이 없나?"

"흠, 저 분이 제 환자도 아니고, 괜히 참견했다가 꼬투리를 잡히고 싶지 않습니다. 중국인 의사들이 알아서 신경을 써주겠죠."

폴릿은 미안해하는 말투로 덧붙였다.

"그래도 이 배에 있는 비스킷을 먹게 하면 낫지 않을까 싶기도 합니다. 배 멀미 때문에 아무것도 못 먹던 사람도 비스킷은 좀 먹더라고요. 뜻밖에도 그 비스킷이 저 분 입맛에 맞을 수도 있고요. 비스킷이랑 가벼운 와인 정도면 어느 정도 기력을 회복할 수 있을 겁니다."

리우빠오의 입맛에 맞을까 걱정되기는 했지만 달리 방법이 없으니 로렌스는 고민하지 않고 결정을 내렸다. 그날 저녁 늦게 로렌스는 에밀리와 다이어를 시켜 식품 저장실에 보관 중인 비스킷 일부를 가져와 바구미를 골라내도록 했다. 그리고 깨끗한 비스킷이 담긴 커다란 꾸러미 하나와 도수가 매우 낮고 가벼운 맛을 내는 리즐링 백포도주 세 병을 두 아이에게 주고 리우빠오에게 전하도록 지시했다. 포츠머스의 와인 상인에게서 한 병에 6실링 3페니씩 주고 산 리즐링이라 조금 아깝기도 했다.

로렌스는 리우빠오에게 비스킷과 와인을 보낸 자신의 행동이 유별나게 보이지 않기를 바랐다. 인정하고 싶진 않지만 그 행동은 순수하게 리우빠오의 건강을 염려한 데서 비롯된 것이라기보다, 어느 정도 비위를 맞추려는 뜻이 담겨 있었다. 중국 황실에서 영국의 동인도 무역선을 압수하여 멋대로 사용했다는 점 때문에 이 배의 선원들은 여전히 중국인들을 못마땅하게 여기고 있으니, 이러한 로렌스의 행동이 선원들 사이에서 반발을 불러일으킬 수도 있었다.

그날 밤 로렌스는 테메레르에게 리우빠오의 선실로 비스킷과 와인을 보냈다는 얘기를 털어놓았다.

"저들은 개인적으로 잘못한 게 없어. 입장을 바꿔놓고 생각해 보면, 우리 영국 국왕이 중국 배를 압수했다고 해서 그것이 내 잘못은 아니잖아. 영국 정부가 동인도 무역선에 관해 함구한 게 잘못이지, 저들이 우리와 식사를 하며 그 일을 무심결에 말한 게 비난받을 일은 아니지. 중국인들은 적어도 우리한테 동인도 무역선에 관해 숨기려 들지도 않았고 거짓말을 하지도 않았어."

이렇게 말을 하면서도 로렌스는 여전히 마음이 편치 않았다. 하지만 어쩔 수 없었다. 해먼드만 믿고 멍하니 앉아 있을 수는 없으니까. 해먼드가 외교관으로서의 능력과 수완은 갖추고 있을지 모르지만 테메레르를 영국 소속으로 지키기 위해 힘껏 노력을 기울일 것 같지는 않았다. 해먼드의 입장에서는 테메레르도 협상에서 유리하게 써먹을 수 있는 카드 중 하나에 불과할 뿐이었다. 용싱 왕자를 설득할 수 있을 것 같진 않으므로, 자존심이 좀 상하지만 리우빠오에게라도 잘 보여 놓으면 나중에 중국에서 테메레르 문제를 논의할 때 조금이라도 도움이 될 듯했다.

로렌스가 보낸 비스킷이 효과가 있었던지 다음날 리우빠오는 조금 나은 몰골로 갑판에 다시 모습을 드러냈다. 그리고 그 다음날 아침에는 로렌스에게 통역관을 보내 자기 방으로 와달라고 청했다. 로렌스가 가서 보니 리우빠오의 얼굴엔 혈색이 좀 돌아와 있었다. 리우빠오는 그 비스킷을 자기네 의사가 권한 날생강과 함께 먹었더니 놀라울 정도로 효과가 있었다면서 그 비스킷을 만드는 법을 알려 달라고 했다. 그리고 자기네 요리사를 불러 그 비스킷의 제조법을 배우도록 했다.

로렌스가 말했다.

"흠, 재료는 밀가루와 물이 다인데, 제조법은 저도 자세히 모릅니다. 이 배에서 직접 그 비스킷을 굽고 있지 않거든요. 하지만 식품 저장실에 많이 있으니 원하시는 만큼 드실 수 있을 겁니다. 이 배를 타고 지구를 두 바퀴 더 돌면서 계속 드셔도 남을 만큼 많습니다."

"이런 항해는 한 번이면 족하오. 나 같은 늙은이가 출렁거리는 배를 타고 고향에서 멀리 떨어진 곳까지 돌아다니는 것은 쉬운 일이 아니죠. 이 배에 올라탄 후부터 아무것도 먹지 못했소. 떡도 목구멍으로 못 넘기겠고. 그런데 그 비스킷을 먹고 난 뒤로는 뒤집혔던 속이 많이 가라앉았소! 오늘 아침엔 죽과 생선 요리를 먹었고 멀미도 안 났소. 정말 고맙게 생각하오."

"도움이 되었다니 기쁩니다. 혈색도 많이 좋아지신 것 같군요."

리우빠오는 무슨 소리냐는 듯 힘없이 손을 저으며 말했다.

"빈말이라도 고맙구려. 예전 모습으로 돌아가려면 잘 먹고 어서 살을 찌워야지."

살이 확 빠져서인지 소맷자락이 헐렁했다. 로렌스는 분위기도 좋고 하니 이 정도 제안은 해도 되겠지 싶어 말을 꺼냈다.

"그러시면 내일 저녁에 저랑 같이 식사를 하시겠습니까? 내일이 크리스마스인데 저희한테는 축제일이라서 부하들과 같이 식사를 하려고 하거든요. 와주시면 대환영입니다. 동료 분들을 같이 데리고 오셔도 좋고요."

로렌스가 마련한 크리스마스 저녁식사는 지난번 만찬실에서의 식사보다 훨씬 분위기가 좋았다. 병실에 누워 있는 그랜비 대위를 대신하여 로렌스의 임시 직속 부하가 된 페리스 중위는 이번 기회에 유능한 인재라는 인상을 남기고자 애쓰며 대화를 원활히 이끌어나갔다. 페리스는 의욕이 넘치는 젊은 장교로서 최근 트라팔가르 전투에서 큰 활약을 해 테메레르의 등 쪽 지휘관으로 승진했다. 그리고 이번에 승무원 부감독관 직책도 맡게 되었다. 원래 승무원 부감독관이 되려면 앞으로 최소한 1년, 아니 2, 3년은 더 있어야 했는데, 그 일을 맡고 있던 에반스 중위가 얼마 전의 전투로 다리 부상을 당해 영국으로 후송되는 바람에 그 자리를 차지하게 된 것이다. 페리스는 일단 확보된 그 위치를 고수하고자 여러 가지로 신경을 썼다.

그날 아침에도 로렌스는 페리스가 다른 중위들을 불러 모아놓고 저녁식사 중에 멍청하게 앉아 있지 말고 편안하게 대화를 이끌며 교양 있게 처신해야 한다고 설교하는 소리를 들었다. 그 모습을 보며 로렌스는 흡족해하며 돌아섰는데, 아마 그 뒤로 페리스는 중위들한테 대화에서 유용하게 쓸 수 있는 일화 몇 개를 들려주고 외우게 했던 모양이었다. 리우빠오 등을 초청한 크리스마스 만찬 자리에서 간간이 페리스가 의미심장하게 눈빛을 보내면 그와 눈을 마주친 중위는 서둘러 와인을 한 모금 삼키고 나서 그 나이에 걸맞지 않는 일화를 이야기하곤 했다.

리우빠오와 함께 온 쑨카이는 여전히 손님이라기보다는 관찰자 같은 분위기를 풍겼다. 반면에 리우빠오는 편안하고 즐겁게 식사를 하고 대화를 했다. 쇠꼬챙이에 꿰어 버터와 크림을 발라 반들반들 윤기가 나게 구운 새끼돼지 요리를 보고 기분이 좋아지지 않을 사람이 어디 있을까. 다들 그 새끼돼지 요리를 두 접시 이상 먹었고, 특히 리우빠오는 갈색으로 구운 거위 요리가 살이 쫄깃하게 씹히는 것이 일품이라며 큰 소리로 칭찬했다. 그 거위는 얼리전스 호가 마데이라 섬에 들렀을 때 사두었던 것이었다. 가금류를 바다에서 키우다 보면 모양도 망가지고 살이 빠지게 마련인데 그 거위는 오늘 아침에 요리로 쓰려고 잡을 때에도 모양새가 반듯하고 살도 많았다.

일부 어린 중위들이 말을 더듬으며 어색해하기는 했지만 장교들은 대부분 예의바르게 대화를 잘 끌어나갔다. 리우빠오는 별것 아닌 우스갯소리에도 사람 좋게 큰 소리로 웃었고 자기가 알고 있는 재미있는 이야기들도 풀어놓았다. 대부분은 사냥 중에 있었던 실수담이었다. 불쌍한 통역관은 요리를 마음껏 먹지도 못하고 식탁을 이리저리 오가며 영어를 중국어로, 중국어를 영어로 옮기느라 바빴다. 지난번과는 달리 이날 만찬은 분위기가 시종 화기애애했다.

쑨카이는 주로 듣기만 하고 있어서 로렌스는 그가 이 식사를 즐기고 있는지 알 수가 없었다. 식욕을 회복한 리우빠오가 끝도 없이 먹고 있는 반면에 쑨카이는 요리를 조금만 먹고 술은 거의 마시지 않았다. 리우빠오가 한 번씩 쑨카이에게 왜 이렇게 못 먹느냐면서 술잔을 가득 채워주곤 했다. 축제 분위기를 내기 위해 브랜디를 뿌리고 불을 붙여 푸른 불꽃을 피운 거대한 크리스마스 푸딩이 방 안으로 들어오자 다들 박수를 치며 그 푸딩을 접시에 담아 양껏 먹었다. 리우빠오가 쑨카이를 돌아보며 말했다.

"자네 오늘따라 더 말이 없군. 자, 이 여행에 딱 적합한 '험난한 길'이라는 시를 낭송해 보는 게 어떻겠나!"

삼가는 태도를 유지하던 쑨카이는 기꺼이 목청을 가다듬고 그 시를 읊었다.

한 병에 일만 냥짜리 순수한 포도주가 담긴 금 술잔
백만 냥짜리 진귀한 음식이 담긴 옥 접시

하지만 그 술잔과 접시를 물리치련다, 먹을 수도 마실 수도 없으니…….
하늘을 향해 발톱을 들어 올리고 사방을 둘러본다.
황하를 건너고자 하나 얼음이 내 발을 붙들고
태행산을 넘어 날고자 하나 눈 내리는 하늘이 나를 가로막으니
그저 연못에서 한가롭게 노니는 금빛 잉어를 바라볼 수밖에.
갑작스레 파도를 건너 태양을 향해 항해하는 꿈을 꾸어 본다…….
여행은 어렵다.
어려운 일이다.
굽이굽이 갈라지는 수만 갈래의 길……
어떤 길을 따라 가야 하나?
언젠가 긴 바람을 타고 짙은 구름을 뚫고 날아오르리.
날개를 활짝 펴고 넓고 넓은 바다를 건너리.

쑨카이가 중국어로 낭송한 시를 통역관이 영어로 옮겨 들려준 것이라 그 시에 원래 각운이나 운율이 있는지 알 수 없었지만 내용만큼은 마음에 와 닿았다. 그래서 그런지 시 낭송이 끝나자마자 공군 장교들이 일제히 박수를 쳤다.

로렌스도 관심을 나타내며 쑨카이에게 물었다.

"직접 지으신 겁니까? 용의 관점에서 쓴 시는 처음 들어봅니다."

"아뇨, 당나라 때 살았던 고귀한 용 '룽리포'의 작품 중 하납니다. 저는 미천한 학자일 뿐이라 제 시는 여러 사람 앞에서 낭송할 가치도 없는 것이지요."

쑨카이는 주변의 반응에 흡족해하며 고전 시인들의 시를 몇 편 더

읊어주었다. 그가 전부 암송하는 걸 보고 로렌스는 그 놀라운 기억력에 감탄했다.

중국인 손님들은 배나 용에 관한 영국과 중국의 소유권 문제는 조심스럽게 피하면서 식사가 끝날 때까지 공군들과 유쾌하게 대화를 해나갔다. 식사를 마치고 용갑판으로 올라온 로렌스는 커피를 홀짝거리며 말했다.

"오늘은 다들 뻣뻣하게 굴지도 않았고 편안한 분위기였어. 리우빠오 씨하고도 즐겁게 얘기를 나눴지. 지금까지 배를 수없이 타보았지만 이렇게 유쾌하게 만찬을 즐긴 적은 별로 없었어."

테메레르는 먹고 있던 양고기의 다리뼈를 오도독 씹으며 생각에 잠긴 표정으로 대답했다.

"흠, 저녁식사가 즐거웠다니 다행이네. 그 시를 나한테도 들려줄 수 있어?"

로렌스는 시 내용이 정확히 기억나지 않아 저녁식사를 같이 했던 장교들을 불러 각자 기억하고 있는 부분을 끄집어내어 짜맞춰 나갔다. 다음날 아침에도 그들은 그 시를 붙잡고 씨름을 했다. 그때 마침 바람을 쐬러 올라온 용싱 왕자가 그들이 토막을 내서 엉망으로 만들어버린 시를 듣고는 인상을 찡그리며 직접 테메레르에게 그 시를 암송해 주었다.

용싱은 그 시를 영어로 옮기지 않고 중국어로 읊었는데 테메레르는 딱 한 번 듣고 전부 외워서 용싱에게 중국어로 암송해 보였다.

로렌스는 테메레르가 언어에 뛰어난 재능이 있다는 걸 알았지만, 솔직히 이 정도인 줄은 몰랐다. 다른 용들과 마찬가지로 테메레르는 알에 들어 있을 때부터 언어를 습득했는데, 알 속에서 세 가지 언어에 차례로 노출된 것은 그리 흔한 경우가 아니었다. 더군다나 어미 용의 몸에서 알로 나오자마자 접한 중국어를 아직까지 기억하고 있다니.

테메레르는 용싱과 더듬거리며 중국어로 몇 마디 더 얘기를 나누더니 로렌스를 향해 눈을 빛내며 말했다.

"로렌스, 용싱 왕자가 그러는데 그 시는 용이 쓴 거래. 사람이 쓴 게 아니고."

테메레르가 중국어를 할 줄 안다는 사실에 크게 놀란 로렌스는 눈을 껌벅이며 대답했다.

"용이 시를 쓴다는 게 좀 특이하긴 하지만, 다른 중국 용들도 너처럼 독서를 좋아한다면 그들 중 하나가 시를 썼다고 해도 이상할 건 없을 것 같아."

"어떤 식으로 쓴 걸까 궁금해. 나도 시도해 보고 싶긴 한데 펜을 잡을 수도 없으니 어떻게 글씨를 써야 할지 모르겠어."

테메레르는 앞발을 들어 올리고는 다섯 개의 발톱을 유심히 들여다보았다.

로렌스는 좋은 생각이 났다.

"네 시를 내가 받아 적으면 되지. 그 시를 쓴 용도 아마 그렇게 했을 거야."

그 뒤로 이틀 동안 로렌스는 그 문제에 관해 신경 쓸 겨를이 없었다. 병실에 누운 그랜비의 몸이 또다시 불덩어리가 되어 로렌스는 꼬박 그의 곁에서 보내야 했다. 그랜비는 창백하고 넋나간 얼굴로 푸른 두 눈을 부릅뜬 채 천장의 우묵한 구석을 멍하니 응시하곤 했다. 입술이 바짝 말라 갈라져서 물을 먹여도 거의 삼키지 못했고, 입을 열어서 하는 말도 온통 횡설수설이었다. 폴릿은 아무런 소견도 내놓지 못하고 고개만 저었다.

이틀 뒤에 병실을 나온 로렌스가 침울한 표정으로 용갑판을 향해 걸어가는데 용갑판 계단 밑에 페리스가 걱정스런 얼굴로 서 있었다. 심상치 않은 그 표정을 보고 로렌스는 절룩거리는 걸음을 재촉하여 다가갔다.

페리스가 말했다.

"대령님, 어떻게 해야 좋을지 모르겠습니다. 아침 내내 용싱 왕자가 테메레르랑 얘기를 나누고 있는데, 중국어라서 무슨 말들을 하는지 알 수가 없어요."

로렌스는 서둘러 계단을 올라갔다. 팔걸이의자에 앉은 용싱 왕자가 테메레르와 중국어로 얘기 중이었다. 용싱은 테메레르가 쉽게 알아들을 수 있도록 발음을 명확하게 하여 큰 소리로 천천히 얘기를 했고, 간혹 테메레르가 하는 말을 고쳐주기도 했다. 용싱은 가지고 온 일곱 장의 종이 위에 괴상한 글자들을 커다랗게 적어나갔다. 테메레르는 관심을 보이며 완전히 집중했고 흥미진진한 일을 할 때면 늘 그렇듯 꼬리를 허공에 대고 가볍게 흔들고 있었다.

로렌스의 발소리를 들은 테메레르가 고개를 돌리며 말했다.

"로렌스, 이것 좀 봐. 이게 중국어로 '용'을 뜻하는 글자래."

로렌스는 우두커니 그 글자를 들여다보았다. 테메레르가 앞발로 '龍'이라고 적힌 그 글자의 각 부분을 짚어가며 이 부분은 용의 날개를 뜻하는 것이고 이 부분은 몸통이라고 설명해 주었지만 로렌스의 눈엔 그저 파도가 지나간 뒤 모래사장에 남은 괴상한 문양처럼 보였다.

로렌스가 물었다.

"이런 그림 같은 글자로 용을 표현한단 말이야? 발음은 어떻게 하는데?"

" '룽'이래. 내 중국어 이름인 룽티엔샹할 때 그 룽이야."

테메레르는 '天'이라는 또 다른 중국 글자를 가리키며 자랑스럽게 덧붙였다.

"그리고 이 티엔은 하늘을 뜻하는 거래."

용싱은 별다른 표정 없이 그들을 쳐다보고 있었지만, 왠지 의기양양해하는 눈빛인 것 같았다.

"네가 재미있어하니 나도 기분 좋아."

로렌스는 이렇게 말한 후 용싱을 향해 일부러 천천히 허리를 숙여 인사를 했다. 그리고 대화에 초대받은 것도 아니면서 말을 걸었다.

"이런 수고를 해주시다니 정말 친절하시군요, 왕자님."

용싱은 딱딱한 어투로 대답했다.

"룽티엔샹을 가르치는 것도 내 의무니까. 중국을 이해하려면 고전 작품만한 것이 없지."

용싱은 로렌스가 말을 걸자 달갑지 않은 눈치였다. 그렇지만 로렌스는 용싱이 먼저 페인트로 칠해진 경계선을 무시하고 넘어와 테메레르와 이야기를 나누었으니, 그것은 스스로 장벽을 허문 것이었고, 따라서 자신이 먼저 말을 걸어도 무방한 것이라고 생각했다. 용싱은 로렌스를 마땅찮게 여기면서도 매일 아침 용갑판으로 올라와 테메레르에게 중국어를 가르쳤고 지적인 욕구를 자극하기 위해 중국 문학 일부를 들려주기도 했다.

처음에 로렌스는 용싱의 그런 행동이 테메레르를 꾀려는 수작인 것 같아서 거슬리고 짜증이 났다. 하지만 막시무스, 릴리 등과 헤어진 뒤로 침울해하던 테메레르가 중국어를 익히면서 많이 밝아진 것 같아 로렌스도 무작정 반대할 수가 없었다. 부상 때문에 날지도 못하고 용갑판에만 머물러야 하는 테메레르에게서 새로운 지적 활동을 할 기회마저 빼앗고 싶지 않았다. 용싱이 동양적인 여러 가지 흥미로운 요소로 테메레르의 환심을 사서 로렌스에 대한 신의를 흔들어 놓으려 하겠지만, 로렌스는 테메레르가 그 정도로 쉽게 흔들리지 않는다는 것을 알았다.

그래도 테메레르가 몇날 며칠을 중국어와 중국 문학에 심취해서 지내자 로렌스는 점점 마음이 무거워졌다. 요즘 테메레르는 중국 시를 암송하느라 로렌스와 읽던 책들을 나중으로 미뤄 놓기 일쑤였다. 테메레르는 혼자서 글을 쓰거나 읽을 수 없기 때문에 되도록 용싱이 가르쳐주는 중국 시들을 머릿속에 기억해 두려고 했다. 반면, 원래 독서를 좋아하지 않는 로렌스는 한가로운 오후 시간이면 책을 읽기보다는 부하들과 대화를 나누거나 편지를 쓰거나 그리 오래되지 않은 신문을 골라 읽으며 시간을 보냈다. 테메레르와 함께 지내면서 그전보다는 확실히 독서를 좋아하게 되기는 했지만, 요즘 들어서는 테메레르와 함께 책을 읽는 것마저 드물어졌다. 테메레르가 읽는 책들이 중국어로 되어 있어서 같이 읽으면서 재미를 공유할 수가 없었기 때문이다.

그래도 로렌스는 속상해하는 얼굴을 보여 용싱을 흡족하게 만들고 싶지 않았다. 테메레르는 새로운 중국 시를 완벽히 터득해서 암송한 뒤 칭찬에 인색한 용싱한테서 잘했다는 소리를 들으면 몹시 기뻐했다. 그럴 때면 로렌스는 소외된 느낌이 들었지만 용싱이 의기양

양해할까봐 속내를 드러내지 않았다. 용싱이 테메레르의 빠른 지식 습득 능력에 경탄하면서 만족감을 드러낼 때마다 로렌스는 조금씩 불안해졌다. 평소 테메레르가 다른 용들보다 뛰어나다고 생각해 온 것처럼 용싱도 그 점을 확실히 알게 되면 테메레르를 더욱 욕심내게 될 테니까.

그나마 테메레르가 자신이 배운 것을 영어로 옮겨 말해 주고 있어서 로렌스는 대화에서 완전히 소외되지 않을 수 있었다. 용싱도 요즘 획득한 유리한 위치를 잃지 않기 위해 어쩔 수 없이 로렌스와 점잖게 대화를 했다. 로렌스는 대화에 낄 수 있어 다행이라 생각하면서도 즐거움을 느끼지는 못했다. 용싱과 테메레르가 공통 관심사를 놓고 즐거이 이야기를 나누는 동안 옆에서 장단만 맞추고 있자니 영 재미가 없었던 것이다.

어느 이른 아침, 용싱은 테메레르가 아직 잠에서 깨어나지도 않은 시간인데 용갑판으로 올라왔다. 수행원들이 의자를 들고 와 그 위에 천을 두르고 그날 테메레르에게 읽어줄 책들을 옆에 놓아두는 동안 용싱은 용갑판 가장자리로 걸어가 바다를 바라보았다. 얼리전스 호는 주변에 육지라곤 눈 씻고 봐도 없는 탁 트인 푸른 바다를 지나고 있었고 시원한 바닷바람까지 불고 있었다. 그때 마침 로렌스도 뱃머리 쪽에 서서 경치를 즐기고 있었다. 수평선까지 뻗어나간 짙푸른 바닷물 위에서 잔파도들이 종종 하얀 거품을 일으키며 부딪치곤 했다. 얼리전스 호는 지금 반구형의 하늘 아래서 홀로 떠가고 있었다.

아름다운 경치에 관해 로렌스가 우아하게 한마디 하려는 순간, 용싱이 먼저 말을 걸었다.

"이곳 풍경은 사막만큼이나 황량하고 재미없군."

로렌스가 어이가 없어 말을 못하고 있는데 용싱이 덧붙였다.

"너희 영국인들은 늘 새로운 곳을 찾아 항해를 떠나지. 자신들의 나라에 대해 그렇게 불만이 많은 건가?"

용싱은 대답을 기다리지도 않고 고개를 가로저으며 돌아서서 가 버렸다. 난간에 혼자 남은 로렌스는 앞으로도 저 인간하고는 도저히 상종하지 못할 거라는 확신이 들었다.

로렌스와 라일리는 애초에 이 항해를 계획할 때, 테메레르에게 직접 물고기를 사냥하게 하여 주식으로 삼게 하고 악천후 등으로 물고기 사냥이 불가능할 경우에만 별식 차원에서 소와 양을 먹일 생각이었다. 하지만 테메레르가 전투 중에 입은 부상으로 물고기 사냥을 할 수 없는 상황이 되었으니 배에 비축해 둔 소와 양을 계속 먹이로 공급할 수밖에 없었다. 그 결과 가축의 수는 처음 계산했을 때보다 훨씬 빠른 속도로 줄어들고 있었다.

라일리가 로렌스에게 말했다.

"사하라 사막 해안선에 최대한 가까이 붙어서 나아갈 겁니다. 안 그랬다간 무역풍에 밀려 리오로 흘러가게 될 테니까요. 그리고 케이프코스트 항구에 잠시 들러서 가축을 보충하도록 하겠습니다."

테메레르의 먹이에 대한 걱정을 덜어주려고 한 말이었으나 로렌스는 오히려 마음이 무거워졌다. 라일리는 고개를 끄덕이며 말없이 그 자리를 떠났다.

라일리의 아버지는 서인도제도의 영국 식민지에 대규모 농장을 보유하고 수백 명의 노예들을 부리고 있었다. 반면에 로렌스의 아버지 앨런데일 경은 노예무역제도에 반대하는 입장으로 노예제도 폐지론자인 윌리엄 윌버포스와 토머스 클락슨을 지지하고 있었다. 앨런데일 경은 상원에서 노예무역을 신랄하게 비판하는 연설을 수차례 했으며, 한번은 노예무역을 찬성하는 자들의 명단을 열거하면서 라일리의 아버지 이름도 거론한 적이 있었다. 그때 앨런데일 경은 노예무역 찬성론자들을 일컬어 "기독교인의 이름을 더럽히고 이 나라의 품격과 명성에 먹칠하는 자들"이라고 힐난했다.

그 사건은 라일리와 로렌스의 관계에도 영향을 미쳐 두 사람은 그 일로 서먹서먹하게 지냈다. 앨런데일 경과는 달리 라일리의 아버지는 자식들에게 자상한 편이라 라일리는 부친과의 관계가 돈독했고 자신의 아버지가 공개적으로 모욕당했다는 것을 알았을 때, 몹시 분노했다. 로렌스는 앨런데일 경에 대한 애정이 그다지 깊은 편이 아니어서 아버지 때문에 자신의 입장이 곤란해진 것이 불편하긴 했지만, 아버지의 행동에 관해 라일리에게 사과하고 싶지는 않았다.

로렌스는 토머스 클락슨의 단체에서 발행한 광고지와 책을 자연스럽게 접하며 자랐고, 아홉 살 때 폐선 처리되기 직전인 초기 노예무역선을 구경하러 갔던 적도 있었다. 그 노예무역선의 내부가 얼마나 끔찍하고 참담했던지 어린 로렌스는 마음에 상처를 받아 그 후 수개월간 악몽에 시달려야 했다. 요즘도 로렌스와 라일리는 노예무역 및 부친들에 관한 일만큼은 웬만하면 입에 올리지 않았다. 그런 상황인지라 조금 전 라일리가 노예무역항인 케이프코스트에 들를 것이라는 말을 했을 때 로렌스는 마음이 편치가 않았다. 그렇다고 그 항구에 대한 반감을 솔직하게 드러낼 수도 없었다.

가급적 케이프코스트 항구에 들르지 않았으면 하는 바람에서 로렌스는 케인스에게 테메레르의 부상이 잘 낫고 있는지, 잠깐씩 물고기 사냥을 해도 괜찮을지 물어보았다.

케인스가 말했다.

"안 하는 게 좋습니다."

로렌스가 날카로운 눈빛으로 쳐다보자 케인스는 그제야 테메레르의 상처가 생각처럼 빨리 낫지 않고 있어 걱정이라고 털어놓았다.

"근육에 열이 나고, 가죽 밑의 살도 만져보니까 아직 뻣뻣한 느낌이 들더군요. 미리 앞당겨서 걱정할 필요는 없지만 가급적 위험 요소를 피해야죠. 앞으로 최소한 2주일간은 비행을 해선 안 됩니다."

결국 케인스와의 대화로 로렌스는 걱정거리가 하나 더 늘게 되었다. 가뜩이나 신경 쓸 일도 많은데, 테메레르가 물고기 사냥을 할 수 없게 되었으니 부족한 가축을 채우기 위해 어쩔 수 없이 케이프코스트 항구에 들러야 하는 것이다. 승무원들과 선원들 사이의 관계도 걱정이었다. 테메레르를 타고 하늘을 날아다니는 것을 융싱이 극구 반대하고 있는 데다가 테메레르가 부상을 입어서 자연히 할 일이 없어진 승무원들은 온종일 빈둥거렸고, 선원들은 얼리전스 호의 손상된 부분을 수리하고 낚시로 생선저장고를 채우느라 쉴새없이 바쁘게 움직여야 했다. 그러니 선원들의 눈에 테메레르의 승무원들이 곱게 보일 리가 없었고, 양측이 언제 충돌할지 모르는 상황이었다.

머리도 식힐 겸 로렌스는 케이프코스트에 도착하기 직전에 에밀리와 다이어를 불러 그동안의 공부를 점검해 보았다. 결국 로렌스 밑에 들어온 뒤로 공부를 등한시해 왔다는 것이 드러나자 두 아이는 죄스러운 표정으로 그를 쳐다보았다.

두 아이는 중급 정도의 수학은 고사하고 간단한 산수에 대한 개념도 잡혀 있지 않았다. 프랑스어는 말할 것도 없는 수준이었다. 로렌스가 나중에 테메레르에게 한 번 더 읽어주려고 용갑판으로 들고 나왔던 기번의 책을 건네주며 읽어보라고 하자, 에밀리는 몹시 더듬거리며 힘들게 읽어 내려갔다. 그 책을 거의 다 외우고 있던 테메레르는 옆에서 듣고 있다가 얼굴 주변의 막을 목 뒤로 젖히며 에밀리에게 잘못 읽은 부분을 지적하고 바로잡아 주었다. 그래도 다이어는 조금 나은 수준이어서 구구단은 온전히 외우고 있었고, 프랑스어 문법도 약간은 기억했다. 에밀리는 구구단에서 8단 이상 올라가면 헤맸고, 로렌스가 프랑스어 문법에 대한 기초적인 내용을 일깨워주자 프랑스어에 그런 부분도 있었느냐며 놀라는 표정이었다.

로렌스는 앞으로 중국에 도착할 때까지 무엇을 하며 시간을 보내야 할지 감이 잡혔다. 지금까지 훈련생들의 학업에 신경을 쓰지 못했으니 이제부터라도 두 아이의 선생 노릇을 할 작정이었다.

모건이 죽은 뒤로 공군들은 훈련생 에밀리와 다이어의 마음을 달래주기 위해 오냐오냐 하며 응석을 다 받아주었다. 그래서 두 아이가 로렌스의 감독 아래 프랑스어 문법의 각 분사와 산수의 나눗셈을 붙들고 씨름하고 있으면 지나가던 공군들은 즐거이 구경하곤 했다. 그런데 얼리전스 호의 해군 소위들이 그런 두 아이를 두고 비웃으며 빈정거리자 몇몇 공군 소위들은 그것을 공군 전체에 대한 모욕으로 해석하며 배의 어두운 구석에서 해군들과 몇 번 드잡이를 했다.

처음에 공군 및 해군 소속의 소위들은 눈가에 시커멓게 멍이 들고 입술에 피를 흘리면서도 싸워서 다친 게 아니라 다른 일 때문에 이렇게 된 거라고 어색하게 변명을 늘어놓았다. 로렌스와 라일리는 그들이 늘어놓는 궁색한 변명을 비교해가며 재미있어했다. 하지만 좀 더 나이가 있고 계급이 높은 장교들까지 싸움에 가세하면서 사소한

다툼은 점점 험악한 양상을 띠기 시작했다.

해군들은 자기네들이 바삐 일을 하는 동안 공군들이 하는 일 없이 놀고 있다는 데에 큰 불만을 갖고 있었고, 테메레르에 대한 두려움까지 겹쳐 공군들에게 깊은 반감을 품고 있었다. 결국 해군들은 에밀리와 다이어의 공부에 대해 빈정거리는 수준을 넘어서, 공군들에게 모욕적인 말을 서슴지 않고 내뱉는 정도에까지 이르렀다. 반면, 공군들은 지난번 플레르 드 뉘의 습격을 받았을 때 테메레르와 공군들이 용맹하게 싸워준 덕분에 승리했는데 해군들이 그 점을 전혀 고마워하지 않는다며 기분 나빠했다.

얼리전스 호가 케이프팔마스를 지나 케이프코스트를 향해 가고 있는 동안 결국 첫 번째 충돌이 일어나고 말았다. 직사광선을 피해 테메레르의 몸에서 드리워진 그늘 밑에서 꾸벅꾸벅 졸고 있던 로렌스는 툭탁거리는 소리, 갑작스런 고함과 비명 소리에 잠이 깼다. 벌떡 일어나 보니 난간 쪽에 해군과 공군들이 둥글게 둘러 서 있었다. 라일리의 부하인 소위 하나가 갑판 바닥에 쓰러져 있었고 마틴이 병기공 조수인 블라이스의 팔을 잡고 싸움을 말리는 중이었다. 선미루 갑판에 서 있던 퍼벡이 고함을 질렀다.

"저 공군 녀석을 감방에 집어넣어. 코넬, 당장!"

그 소리를 듣자 테메레르가 고개를 들며 크게 고함을 질렀다. 신의 바람을 일으킬 정도의 고함은 아니었으나 천둥이 치는 것처럼 주변이 우르르 울렸다. 둥글게 모여 서 있던 자들이 핏기가 가신 얼굴로 얼른 그 자리에서 흩어졌다. 테메레르는 꼬리를 공중에 대고 휘저으며 성난 목소리로 말했다.

"내 승무원을 감방에 가둘 생각 따윈 하지도 마!"

테메레르가 몸을 일으키고 날개를 펼치는 순간 배 전체가 부르르 떨렸다. 북서쪽인 사하라 해변에서 불어오고 있는 바람이 갑판보 뒤쪽으로 불어가고 있는 지금, 배는 남동쪽을 향해 돛을 활짝 펴고 나아가고 있는 중이었다. 그런데 테메레르가 날개를 활짝 펼쳤으니 이는 배의 진행 방향과 반대쪽으로 돛을 펼친 것과 마찬가지였다.

"테메레르! 당장 그만두지 못해! 날개 접어! 어서!"

로렌스가 이렇게 신경질을 내듯 날카롭게 소리를 지른 것은 테메레르가 알에서 깨어난 지 얼마 되지 않았을 때 이후로 처음이었다. 깜짝 놀란 테메레르가 얼른 뒷다리를 낮추고 날개를 접었다.

로렌스가 소리쳤다.

"퍼벡, 내 부하들은 내가 알아서 하겠네. 모두 해산! 승무원 부감독관은 어디 있지?"

로렌스가 이렇게 끼어든 것은 이 상황이 악화되어 큰 싸움으로 번지는 것을 막기 위해서였다. 주변을 둘러싸고 있던 성난 얼굴의 공군과 해군들을 밀치고 들어오는 페리스의 모습을 보고 로렌스가 말을 이었다.

"페리스, 블라이스를 갑판 아래로 데리고 가서 방 밖으로 못 나오게 해!"

"예, 알겠습니다."

페리스는 곧장 블라이스를 데리고 갔다. 그 모습을 엄격한 눈빛으로 지켜보고 있던 로렌스가 큰 소리로 덧붙였다.

"마틴, 자네는 당장 내 선실로 오도록. 나머지는 각자 하던 일로 돌아가. 케인스, 잠깐 이리 좀 와 봐."

위험한 순간은 넘긴 것 같아 로렌스는 마음이 놓였다. 해산 명령을 받은 이들은 이리저리 흩어졌다. 난간에서 용갑판 쪽으로 돌아서 보니, 호되게 혼이 나고 놀란 테메레르가 불안한 표정으로 로렌스를 쳐다보며 몸을 잔뜩 움츠린 채 엎드려 있었다. 로렌스가 다가가 쓰다듬어주려고 하자 테메레르는 움찔하며 피했다. 충격이 컸던 모양이었다.

손을 내려뜨린 로렌스는 목이 멨다.

"미안하다, 테메레르."

로렌스는 어떻게 말해야 좋을지 몰라서 그만 입을 다물었다. 조금 전 테메레르의 행동은 이 배에 큰 손해를 끼칠 수도 있는 위험한 짓이었다. 그래서 앞으로 이런 상황이 벌어질 때 그런 행동을 하지 못하도록 엄하게 꾸짖은 것이다. 게다가 테메레르가 무시무시한 고함까지 질렀으니 해군들은 두려움 때문에 갑판에서 항해 업무를 제대로 수행하기 어려울 수도 있었다.

케인스가 진찰을 하는 동안 로렌스가 물었다.

"어디 다친 데는 없어?"

"없어. 멀쩡해."

테메레르는 짧게 대답하고는 입을 꾹 다물었다. 케인스는 상처가 덜 아문 상태에서 날개를 펼치긴 했지만 별 이상은 없다고 진단했다. 머릿속이 혼란스러워진 로렌스가 테메레르에게 말했다.

"마틴이랑 얘기를 해야 해서 이만 가볼게."

테메레르는 대답도 안 하고 몸을 바짝 웅크리며 날개를 살짝 앞으로 뻗어 제 얼굴을 가렸다. 로렌스는 한참 그 자리에 서 있다가 용갑판을 떠나 선실로 내려갔다.

창문을 모두 열어놓았지만 선실 안은 덥고 갑갑했다. 그래서 선실 안으로 들어서자 로렌스는 한층 신경이 날카로워졌다. 마틴은 초조하게 선실 안을 서성대고 있었다. 마틴은 반바지 차림이었고 옷매무새가 정돈되어 있지 않았으며 지난 이틀간 면도도 하지 않아 수염이 까칠까칠하게 자라나 있었다. 머리카락도 너무 길어서 눈까지 덮은 상태였다. 로렌스가 얼마나 심하게 화가 났는지 깨닫지 못한 마틴은 로렌스가 선실로 들어서자마자 말을 쏟아냈다.

"제가 잘못한 겁니다. 제 잘못이에요. 해군들이 무슨 소리를 해도 대꾸를 하지 말았어야 했는데. 블라이스를 벌주지 마세요, 로렌스."

로렌스는 절룩거리며 들어와 의자에 무겁게 걸터앉았다. 이젠 로렌스도 예의나 격식을 크게 따지지 않는 공군들의 분위기에 많이 익숙해졌지만 이런 상황에서 마틴이 친근하게 이름을 부르니 몹시 거슬렸다. 로렌스가 화난 얼굴로 잠시 쏘아보자 마틴은 주근깨투성이 얼굴이 창백해지며 침을 꿀꺽 삼키고는 서둘러 덧붙였다.

"그러니까 저, 로렌스 대령님."

로렌스는 화를 참고 언성을 높이지 않으려 애를 썼다.

"승무원들의 군율을 바로잡기 위해 필요한 조치를 취할 거다, 마틴 중위. 내 생각보다 더 심하게 군기가 빠져 있는 것 같더군. 무슨 일이 일어났는지 털어놔 봐."

마틴은 기가 팍 죽은 목소리로 대답했다.

"일주일 내내 레이놀즈라는 해군 녀석이 계속 우릴 욕하고 비웃었어요. 페리스 중위가 우리더러 신경 쓰지 말라고 했는데, 내가 지나갈 때 그 녀석이 또 욕을……."

"그놈이 무슨 말을 했는지는 관심 없어. 네가 어떻게 대응했는지만 말해 봐."

마틴의 얼굴이 확 붉어졌다.

"아……, 그게 저…… 저도 같이 욕을 했어요. 여기서 말하기는 좀 곤란한 거친 욕이요. 그리고 레이놀즈는……."

마틴은 어떻게 얘길 해야 자기가 레이놀즈의 수작에 놀아난 게 아닌 것처럼 들릴지 고민하면서 어색하게 말을 맺었다.

"어쨌든 레이놀즈는 저한테 결투를 신청할 태세였어요. 그런 분위기를 감지한 블라이스가 레이놀즈를 때려눕힌 것이고요. 제가 공군의 군율에 따라 결투 신청을 받아들일 수 없는 처지니까 블라이스가 그렇게 한 겁니다. 제가 결투를 거절하면 해군들은 공군을 모두 싸잡아 겁쟁이로 몰 테니까요. 그러니까 제 잘못이에요. 블라이스는 잘못 없어요."

"그 말이 맞아. 네 잘못이지. 그러니 블라이스가 해군 장교를 때린 벌로 일요일에 채찍질을 당하는 동안 너는 네 자제력 부족 때문에 동료가 어떤 대가를 치르는지를 똑똑히 보게 될 것이다. 이만 가 봐. 일주일 동안 갑판 아래 숙소에서 꼼짝 말고 있어. 일요일에 부를 테니 그때나 올라와."

로렌스가 냉정하게 말하자 마틴이 어깨를 축 늘어뜨리며 힘없이 대답했다.

"예, 알겠습니다."

마틴은 선실을 나가다가 발을 헛디디며 비틀거렸다. 선실 안의 공기가 몹시 갑갑하게 느껴져 로렌스는 거칠게 숨을 들이마셨다. 참고 또 참았건만 분노가 터져 나왔고 곧 마음이 무거워지며 우울해졌다. 블라이스는 마틴의 명예뿐만 아니라 공군 전체의 명예를 지킨 것이었다. 마틴이 해군들 앞에서 레이놀즈의 결투를 거절했다면 결투를 금지하는 공군의 규정에도 불구하고 공군들은 모두 비웃음거리가 되었을 것이다.

하지만 블라이스는 지금 관대한 처분을 받을 입장이 아니었다. 수두룩한 증인들 앞에서 해군 장교를 때렸으니 해군들을 만족시킬 수 있을 만큼의 벌을 받게 해야 했다. 그와 비슷한 싸움이 또다시 일어나지 않도록 방지하기 위해서이기도 했다. 갑판장의 조수가 채찍질을 집행하게 될 텐데, 그 조수도 해군이므로 공군을 가혹하게 때릴 수 있는 기회를 최대한 이용하려 할 것이다.

로렌스가 블라이스를 만나러 가려는데 선실 문을 두드리는 소리가 났다. 문을 여니 제복 외투에 목도리까지 두르고 겨드랑이에 모자를 낀 라일리가 굳은 표정으로 서 있었다.

# 7

 그 뒤로 일주일이 지났다. 케이프코스트 항구를 향해 가는 동안 해군과 공군의 감정은 극도로 악화되어 서로에 대한 증오가 끝간 데 없이 달아올랐다. 참혹하게 채찍질을 당한 블라이스는 의식을 잃은 채 쓰러져 병실로 실려갔고, 지상 요원들은 번갈아가며 피투성이가 된 블라이스의 상처 부위에 부채를 부쳐주고 가끔 그가 정신을 차리고 눈을 뜨면 억지로 달래서 물을 먹이기도 했다. 로렌스가 엄격히 주의를 주었기 때문에 공군들은 말이나 직접적인 행동으로 해군들에게 반감을 드러내진 않았지만, 증오와 적개심에 찬 눈빛으로 해군들을 노려보며 나지막하게 욕설을 내뱉었다. 그러다가 목소리가 들릴 만한 범위 내에 해군이 들어오면 입을 다물어버리곤 했다.

 블라이스 사건 이후로 로렌스는 라일리와 한 번도 저녁식사를 함께 하지 않았다. 라일리는 로렌스가 갑판에서 퍼벡에게 소리를 지르며 나무란 것에 대해 감정이 상해 있는 상태였고, 로렌스도 처음에 자신이 블라이스에 대한 형량을 채찍질 열두 대로 정했을 때 라일리가 그 정도로는 너무 약하다며 계속 반대했기 때문에 기분이 언짢았다. 그 문제를 놓고 열을 올리다가 로렌스는 자기도 모르게 노예무역항에 들르는 것에 대한 혐오감을 드러냈고, 라일리는 그 부분에 관해서도 몹시 불쾌해했다. 서로에게 고함을 지르고 싸운 것은 아니지만 두 사람은 냉랭한 분위기에서 이야기를 끝마치고 돌아섰다.

로렌스는 무엇보다 테메레르가 계속 침울한 얼굴을 하고 있어 걱정이었다. 테메레르는 로렌스가 소리를 지르고 야단을 친 것에 대해서는 얼마 후 마음을 풀었지만 블라이스가 채찍질을 당하게 되었다는 말을 듣고 크게 반발했다. 마침내 채찍질이 시작되고 블라이스의 비명 소리가 갑판 끝까지 울려 퍼지자 테메레르는 사납게 으르렁거렸다. 그것은 나름대로 효과를 발휘했는데, 평소보다 훨씬 세게 채찍을 휘두르던 갑판장 조수 힝리가 테메레르의 으르렁거리는 소리에 주춤하면서 그 뒤로는 좀 더 약하게 채찍질을 했던 것이다. 그래도 블라이스는 이미 온몸에 큰 상처를 입은 뒤였다.

그 후 테메레르는 말수가 줄고 우울해했으며 잘 먹지도 않았다. 공군들이 채찍질의 잔인함에 치를 떤 반면, 해군들은 너무 가벼운 형벌이었다며 불만을 터뜨렸다. 로렌스는 마틴에게도 벌을 주기 위해 안장 담당자를 도와 무두질을 하도록 지시를 내렸다. 마틴은 블라이스에 대한 죄책감 때문에 몹시 괴로워하면서 시간이 날 때마다 블라이스의 병상으로 달려가 그 곁을 지켰다.

그 상황에서 이득을 보고 있는 사람은 용싱 왕자뿐이었다. 테메레르가 당분간 로렌스를 대화에 끼워 넣으려 하지 않았기 때문에 용싱은 테메레르를 독차지하고 단둘이 오랫동안 중국어로 대화를 나눌 수가 있었다.

그런데 테메레르가 용싱과 얘기를 하다 말고 갑자기 쉿쉿 소리를 내며 얼굴 주변의 막을 바짝 세우고 부근에 서 있던 로렌스를 끌어당겨 온몸으로 빙 둘러 감싸안았다. 그러자 용싱은 기분이 확 상한 표정이었다.

로렌스는 사방을 둘러싼 테메레르의 검은 가죽 너머를 살피며 물었다.

"용싱 왕자가 무슨 말을 했는데 그래?"

안 그래도 로렌스는 용싱이 계속 테메레르 곁에 붙어 있어 짜증이 치솟고 인내심이 바닥 나던 참이었다.

"중국에 대한 얘기를 해줬어. 중국에서 용들이 어떤 대접을 받으면서 사는지에 관해서."

테메레르는 이렇게 둘러댔지만, 로렌스가 의심의 눈초리를 보내자 간략히 말했다.

"중국에 도착하면 나한테 더 잘 어울리는 파트너를 구해 주고 당신을 영국으로 돌려 보낼 거라고 했어."

로렌스가 도저히 참을 수가 없어 테메레르에게 비켜 서라고 했을 때 용싱 왕자는 이미 그 자리를 떠나고 없었다.

옆에 있던 페리스가 상급 장교로서의 품위에 걸맞지 않게 히죽거리며 말했다.

"엄청 열받은 표정이던걸요."

로렌스는 속상한 마음이 풀리지 않아 해먼드를 찾아가서 잔뜩 화가 난 어조로 항의했다.

"테메레르가 벌써부터 그 문제로 고민하게 만들고 싶지 않단 말입니다!"

하지만 해먼드에게 그런 비외교적인 말을 용싱 왕자에게 전하도록 하는 것은 처음부터 무리였다.

해먼드도 화를 내며 대꾸했다.

"상황을 너무 근시안적으로 보고 계시는군요. 이 배를 타고 가는 동안 대령님한테서 테메레르를 절대로 떼어놓을 수 없다는 점을 용싱 왕자한테 확실히 인식시키면, 결국 우리가 이득을 보게 되어 있습니다. 중국에 도착할 때쯤엔 용싱 왕자가 우리한테 훨씬 좋은 조건을 내놓으며 협상을 하자고 할 테니까요."

잠시 후 해먼드는 한층 격앙된 목소리로 물었다.

"그런데 테메레르가 끝까지 대령님 곁을 떠나지 않겠다고 할지 확신하실 수 있습니까?"

그날 저녁, 로렌스는 그랜비에게 낮에 있었던 일들을 털어놓았다.

그랜비가 말했다.

"캄캄한 밤에 해먼드와 용싱을 둘 다 바다로 집어던져버리면 딱 좋겠군요. 귀찮은 것들을 치워버리게요."

로렌스의 생각을 환히 들여다보는 듯한 말이었다. 그랜비는 수프와 구운 치즈, 돼지기름에 양파를 넣고 튀긴 감자, 구운 닭고기, 민스파이(밀가루와 버터를 개어 만든 반죽에 잘게 다진 고기를 넣고 구워 만드는 서양식 과자—옮긴이주)로 이루어진 가벼운 식사를 하는 중이었다. 길고 긴 병실 생활을 끝내고 숙소로 돌아온 그랜비의 얼굴색이 너무 안 좋고 살도 많이 빠져 있어서 로렌스가 저녁식사에 초대한 것이었다.

그랜비는 음식을 입에 넣고 질근질근 씹으며 물었다.

"새 파트너를 구해 준다는 것 말고 그 왕자가 테메레르한테 또 뭐라고 했는데요?"

"모르겠어. 지난주에 테메레르는 영어로 세 마디 이상 한 적이 없으니까. 테메레르한테 억지로 얘기를 털어놓게 하고 싶지도 않았고, 안달복달하면서 꼬치꼬치 캐묻는 것 같잖아."

그랜비가 근심에 찬 목소리로 말했다.

"중국에서는 용이 거느린 자들에게 채찍질을 가하는 일은 없다고 말했겠죠. 매일 책도 열 권 넘게 읽을 수 있고 보석도 원하는 대로 주겠다고 했을걸요. 영국엔 공군 중 누구라도 결투에 응하면 용이 그 공군이 없으면 안 된다고 고집을 부리지 않는 이상 군에서 추방시킨다는 규정이 있으니 테메레르의 입장에선 갑갑하기도 하겠죠."

로렌스는 와인 잔을 손가락 사이에 끼우고 곰곰이 생각을 하며 말했다.

"테메레르는 블라이스 일로 울적해하면서 용성의 얘기에 더 귀를 기울이는 것 같더군."

"아, 제기랄. 제가 병실에 너무 오래 있었어요. 페리스는 훌륭한 장교이긴 하지만 용 수송선에 타본 적이 없어서 부하들에게 해군들을 대하는 법이나 해군들의 말을 대충 흘려듣는 법을 가르치지 못한 거예요."

그랜비는 시무룩한 얼굴로 말을 이었다.

"테메레르의 기분을 북돋워주는 방법이 있을지 모르겠네요. 제가 제일 오랫동안 돌보던 용은 라에티피캇인데 그 암컷 용은 리갈 코퍼답게 느긋한 성격이라 기분 변화가 거의 없고 웬만해선 입맛이 떨어지는 일도 없었거든요. 테메레르가 부상 때문에 하늘을 날 수가 없어서 더 힘들어하는 게 아닐까 싶기도 해요."

다음날 아침, 얼리전스 호는 케이프코스트 항구로 들어갔다. 거대한 반원을 그리는 금빛 해변, 해변에 드문드문 서 있는 멋진 야자수들, 해변을 내려다보는 성곽과 그 주변을 둘러싼 야트막한 흰 벽.

나뭇가지가 그대로 붙어 있는 거친 통나무배들이 항구 주변의 바다를 돌아다니고 있었고, 쌍돛 범선과 스쿠너선(보통 두 개, 때로는 세 개 이상의 돛대를 가진 종범식 범선—옮긴이주)도 여러 척 보였다. 서쪽 끝에는 중간 크기 정도의 스노선(쌍돛 범선의 변종으로 큰 돛대 뒤에 활대나 작은 세로돛이 달린 소형 범선—옮긴이주) 한 척이 떠 있었는데 그 스노선에 딸린 작은 보트들이 해변을 오가면서 해변의 지하실에서 무리지어 끌려나온 흑인들을 잔뜩 실어 모선으로 옮기고 있었다.

얼리전스 호는 규모가 너무 커서 입항이 불가능했기 때문에 항구 근처에 닻을 내렸다. 잔잔한 바람을 타고 요란한 채찍질 소리와 비명 소리, 흐느껴 우는 소리가 끊임없이 들려왔다. 로렌스가 인상을 찌푸리며 갑판으로 올라와 보니, 에밀리와 다이어가 눈을 휘둥그렇게 뜨고 스노선과 해변을 번갈아가며 쳐다보고 있었다. 로렌스는 두 아이에게 자신의 선실을 청소해 놓으라고 지시하여 갑판 아래로 내려 보냈다. 마음 같아서는 테메레르도 갑판 아래로 내려 보내고 싶었지만 덩치가 너무 커서 불가능했다. 해변의 그 참상을 바라보느라 테메레르의 세로로 길게 찢어진 동공이 커졌다가 좁아지고 있었다.

혼란스러워하던 테메레르가 화가 치민 목소리로 물었다.

"로렌스, 저 사람들 발목이 죄다 사슬로 묶여 있어. 저렇게 묶여

놓은 이유가 대체 뭐야? 한꺼번에 무슨 큰 죄라도 지은 거야? 애들도 섞여 있는 걸 보니 그런 것 같지도 않은데."

"죄를 지어서가 아니야. 노예 상인들한테 붙잡혀서 끌려가는 거야. 보지 마."

로렌스가 두려워했던 순간이 오고 만 것이다. 테메레르에게 대충 설명했지만 노예 상인들에 대한 혐오감 때문에 제대로 말을 하기가 어려웠고, 테메레르도 재산에 대한 개념이 없어 잘 이해하지 못했다. 로렌스가 보지 말라고 말렸지만 테메레르는 흑인들과 노예 상인들에게서 시선을 떼지 못하고 안타까워하며 꼬리를 계속 휘저었다. 오전 내내 스노선에 흑인들을 싣는 작업이 계속되었다. 오랫동안 씻지 못해 땀과 고통에 찌든 흑인들의 몸에서 풍기는 고약한 냄새가 뜨거운 바람을 타고 얼리전스 호로 흘러왔다.

인간 화물을 싣는 기나긴 작업이 드디어 끝나고 흑인들을 잔뜩 실은 스노선은 케이프코스트 항구를 빠져나가 돛을 펼쳤다. 스노선은 바다에 깊은 고랑을 남기고 천천히 얼리전스 호 곁을 지나갔다. 그 배의 선원들 중 절반은 삭구를 타고 활대로 기어오르거나 갑판을 돌아다니며 일을 하고 있었고, 나머지 절반은 머스켓 총과 권총으로 무장한 채 그로그 주가 담긴 컵을 손에 들고 갑판에 한가롭게 앉아 있었다. 땀과 때에 절어 지저분한 얼굴의 무장 선원들은 웃지도 않고 테메레르를 빤히 쳐다보았다. 그러다가 갑자기 그중 한 명이 총을 들어 사냥을 하듯 테메레르를 조준했다.

로렌스가 명령을 하기도 전에 릭스 대위가 소리쳤다.

"소총 대기하라!"

갑판에 있던 소총병 세 명이 즉시 소총을 들어 올렸다. 그러자 스노선의 그 선원은 총을 내려놓고 싯누런 이를 드러내며 씨익 웃었다. 그리고 제 동료들을 돌아보며 킬킬거리는 것이었다.

테메레르는 얼굴 주변의 막을 세우지도 않았고 두려워하지도 않았다. 저쪽에서 머스켓 총을 쏴봤자 사람이 모기한테 뜯기는 것만큼의 상처도 입지 않기 때문이었다. 그러나 노예 상인들에 대한 깊은 혐오감이 치솟아 올라 테메레르는 나지막하게 우르르 소리를 내며 깊은 숨을 들이마셨다. 신의 바람으로 휩쓸어버리려는 것이었다. 로렌스는 테메레르의 옆구리에 가만히 손을 대며 조용히 달랬다.

"그러지 마. 그래봤자 소용없어."

로렌스는 그 스노선이 수평선 너머 그들의 시야에서 사라질 때까지 테메레르 곁을 지켰다.

그 배가 사라진 뒤에도 테메레르는 찌푸린 얼굴로 계속 꼬리를 앞뒤로 흔들어댔다. 로렌스가 먹이를 먹으라고 해도 "아니, 배 안 고파"라고 하고는 입을 다물었다. 가끔 무의식적으로 갑판 바닥을 앞발톱으로 박박 긁어 삐거억삐거억 하는 날카로운 소음을 내곤 했다.

라일리는 용갑판 반대쪽의 선미루 갑판을 돌아다니며 작업이 진행되는 상황을 지켜보고 있었다. 선원들이 퍼벡의 감독 아래 항구에서 물품을 받아오기 위해 장교들의 바지선을 난간 너머로 내리고 있는 중이었다. 주변에 사람들이 많아서 갑판에서 무슨 말을 하면 그 말이 삽시간에 배 전체로 퍼질 정도였다. 이런 상황에서 라일리의 입장을 곤란하게 할 만한 말을 했다가는 언쟁을 피할 수 없다는 것을 잘 알았지만, 로렌스는 테메레르가 계속 고민을 하고 있으니 두고 볼 수가 없었다. 그래서 노예무역에 대해 지나치게 반감을 드러내지 않으려 애쓰며 설명해 주었다.

"너무 스트레스 받지 마. 노예무역이 곧 중단될 수도 있어. 이번 회기에 노예무역에 반대하는 법안이 의회에 상정될 예정이니까."

그제야 테메레르는 표정이 좀 밝아졌다. 그렇지만 그 정도로 만족하지 못하고 노예제도의 폐지 가능성에 관해 계속 질문을 했다. 로렌스는 어쩔 수 없이 의회의 기능, 상원과 하원의 차이, 논쟁에 참여하는 여러 정치 파벌들에 관해 지금까지 주워들은 정치적 지식들을 최대한 동원하여 설명해 나갔다.

오전 내내 갑판에 올라와 있던 쑨카이는 스노선의 흑인 노예들이 테메레르의 기분에 어떤 영향을 미쳤는지 짐작하고 있는 듯했다. 로렌스의 말을 알아듣진 못하겠지만 짐작이라도 해보려는 것인지 쑨카이는 생각에 잠긴 표정으로 로렌스를 바라보았다. 그는 로렌스가 설명하다가 잠시 말을 멈춘 사이에 중국인 구역과 영국 공군 구역을 나누는 경계선 가까이까지 다가와 테메레르에게 방금 나눈 이야기를 중국어로 들려 달라고 했다. 테메레르는 간단히 설명을 해주었고 쑨카이는 고개를 끄덕이더니 로렌스에게 물었다.

"당신의 아버지는 영국 정부의 관리인데도 이러한 노예무역을 불명예스러운 짓이라 여긴다는 겁니까?"

노골적으로 그런 질문을 받으니 로렌스는 어떻게 대답해야 좋을지 갈피를 잡을 수가 없었다. 이 상황에서 침묵은 거짓말을 하는 것과 같았다.

마침내 로렌스가 대답했다.

"예, 그렇습니다."

쑨카이가 또다시 질문을 하며 그 대화를 이어나가려는 찰나, 용갑판으로 올라오는 케인스의 모습이 보였다. 로렌스는 얼른 손을 흔들어 케인스를 불렀고 테메레르를 데리고 잠깐 비행을 하고 와도 되는지 물었다. 이 곤란한 대화에서 벗어나려고 수를 쓴 것이었다. 노예제도에 관해 아주 간단히 얘기를 했을 뿐인데도 로렌스의 얘기는 이미 배 전체에 확 퍼졌다. 선원들은 대부분 노예 문제에 관해 뚜렷한 정치적 견해를 갖고 있지 않았지만 함장인 라일리의 편을 들어 로렌스에게 반감을 나타냈다. 라일리도 자신의 가문이 노예무역에 관여하고 있다는 사실이 공공연히 알려진 상황에서 로렌스가 그 문제를 거론하자 불쾌해하는 눈치였다.

해변으로 우편물을 받으러 갔던 보트가 선원들의 저녁식사 시간 전에 얼리전스 호로 돌아왔다. 퍼벡은 최근의 싸움을 촉발했던 레이놀즈 해군 소위에게 편지를 주어 공군들에게 전하게 했다. 명백히 공군들의 화를 돋우려는 처사였다. 블라이스의 주먹에 맞아 눈가가 시커멓게 멍든 레이놀즈는 능글맞게 웃으며 공군들이 있는 곳으로 거들먹거리며 걸어와 편지 꾸러미를 넘겨주었다. 그 꼴을 보고 로렌스는 원래 계획했던 것보다 마틴의 자숙 기간을 일주일 앞당겨 끝내주기로 결심했다.

"테메레르, 여기 좀 봐. 제인 롤랜드 준장한테서 편지가 왔어. 도버 기지에 대한 소식이 적혀 있을 거야."

로렌스가 말하자 테메레르는 그 편지를 보기 위해 앞으로 고개를 숙였다. 얼굴 주변의 막이 용갑판에 그림자를 드리우고 깔쭉깔쭉한 이빨이 가까이에서 번쩍거리자 레이놀즈는 겁에 질려 웃음을 거두고는 서둘러 용갑판을 빠져나갔다.

로렌스는 갑판에서 테메레르에게 편지를 읽어주었다. 한 장도 채 안 되는 제인의 편지는 로렌스와 테메레르가 영국을 떠나고 며칠 후에 보낸 것이라 새로운 소식은 거의 담겨 있지 않았다. 그저 도버 기지에서 일어난 일들이 재미있게 적혀 있을 뿐이었다. 읽는 동안에는 마음이 따뜻해져서 좋았지만 다 읽고 난 뒤 테메레르는 도버를 그리워하며 한숨을 내쉬었다. 로렌스도 마찬가지였다. 한편으로는 동료 비행사들한테서 편지가 한 통도 오지 않아 당황스러웠다. 원래 사람들한테 편지를 자주 쓰는 편인 캐서린이라면 편지를 보냈을 법도 한데 캐서린은 물론 아무도 편지를 보내지 않았으니 어찌된 노릇인지 이해할 수가 없었다.

　어머니한테서 온 편지도 있었다. 원래 도버 기지로 보낸 것인데 도버에서 이리로 전달해 준 것이었다. 우편 배달 업무를 하는 용들이 각 기지를 돌며 근무를 하고, 각 기지에서는 그 용들에게 편지를 받아 우편 담당 마부에게 배달하게 하므로 공군은 해군이나 육군에 비해 소식을 빠르게 주고받을 수 있는 편이었다. 날짜를 보니 어머니는 로렌스가 영국을 떠날 때 보낸 편지를 받지 못한 상태에서 이 편지를 쓴 게 분명했다.

　로렌스는 어머니의 편지 내용을 테메레르에게 큰 소리로 읽어주었다. 세 아들을 두고 있는 큰형 조지가 이번에 득녀했다는 소식이 주로 적혀 있었고, 아버지 앨런데일 경의 정치적 활동에 대한 내용도 쓰여 있었다. 정치 활동은 로렌스와 앨런데일 경이 공감대를 형성하고 있는 몇 안 되는 분야 중 하나인데, 얼마 전부터 테메레르도 그 분야에 관심을 갖기 시작했다. 중간까지 읽던 로렌스는 낭독을 멈추고 어머니가 지나가는 말로 언급한 몇 줄을 혼자 눈으로 읽었다. 도버의 동료들이 그와 테메레르에게 편지를 보내지 않은 이유가 적혀 있었던 것이다.

오스트리아에서 일어난 그 끔찍한 사건 소식을 전해 듣고 우린 모두 충격에 휩싸였단다. 사람들 말로는 피트 수상이 그 일로 몸져누웠다고 하는데, 그 일로 네 아버지도 걱정이 많으셔. 피트 수상이 늘 네 아버지의 정치적 대의를 지지해 주었잖니. 사람들은 하느님이 나폴레옹의 편인 것 같다는 말들을 수군거린단다. 연합군의 수가 더 많았다고 하는데 나폴레옹의 군대가 대승을 거두다니, 이해할 수가 없구나. 넬슨 경이 트라팔가르 전투를 승리로 이끌고 네 편대가 도버 해안을 훌륭하게 방어해낸 것이 엊그제 같은데, 사람들은 벌써 그 승리의 영광을 잊었나 봐. 나폴레옹과 화친 조약을 맺어야 한다는 둥 나약한 소리들을 하고 있는 걸 보면 말이야. 참으로 부끄러운 일이 아닐 수 없단다.

어머니는 로렌스가 도버 기지에 있는 줄 알고 이 편지를 쓴 것이어서 자세한 내용은 생략되어 있었다. 유럽 대륙에서 오는 소식이 제일 먼저 도착하는 곳이 바로 도버이기 때문에 어머니는 로렌스가 벌써 오래전에 그 일에 관해 들었을 거라 여겼던 것이다. 그 편지에 자세한 내용이 적혀 있지 않아 로렌스는 오히려 더 큰 충격을 받았다. 얼리전스 호가 마데이라 섬에 들렀을 때에도 로렌스는 오스트리아에서 전투가 몇 번 치러졌다는 이야기는 들었지만 이렇게 결정적인 소식은 듣지 못했다.

로렌스는 즉시 테메레르에게 미안하다고 말하고 라일리의 선실로 내려갔다. 혹시 더 자세한 소식이 담긴 편지가 라일리에게 전해지지 않았을까 싶어서였다. 아니나 다를까 라일리는 해먼드에게서 국방성의 급보를 건네받고 망연자실한 표정으로 읽는 중이었다.

해먼드가 말했다.

"나폴레옹이 아우스터리츠 부근에서 러시아 군과 오스트리아 군을 박살냈다는군요."

라일리와 로렌스는 선실 안에 있는 지도를 펼쳐놓고 아우스터리츠의 위치를 찾아냈다. 오스트리아의 빈 북동쪽에 위치한 작은 마을이었다.

해먼드가 말을 이었다.

"급보에 자세히 적혀 있지 않아 저도 아주 상세하게는 모릅니다만, 나폴레옹의 군대와 맞붙은 러시아·오스트리아 연합군 중에 죽거나 부상을 당하거나 포로로 잡힌 자의 수가 3만 명이 넘는다고 하는군요. 러시아 군은 폴란드로 달아났고 오스트리아는 휴전 협정에 서명했다고 합니다."

이 정도의 정보만으로도 사태의 심각성을 짐작할 수 있었다. 그들은 아무리 더 읽어보아도 새로운 정보가 나올 리 없는 그 급보를 몇차례 더 눈으로 읽었다.

마침내 해먼드가 다시 입을 열었다.

"흠, 나폴레옹이 유럽 대륙 안에서만 머물도록 막는 수밖에 다른 도리가 없겠어요. 넬슨 제독이 트라팔가르 전투에서 대승을 거둔 덕분에 나폴레옹은 앞으로 당분간은 바다로든 공중으로든 영국으로 침공해 들어올 생각을 하진 못할 겁니다. 현재 영국 해협에는 롱윙 세 마리가 주둔해 있으니 더더욱 쳐들어오기 어렵겠죠."

로렌스가 물었다.

"우리도 영국으로 돌아가야 하는 거 아닙니까?"

막상 내뱉고 보니 어색하고 이기적으로 들리긴 했지만, 그래도 로렌스는 지금이야말로 자신과 테메레르가 영국으로 돌아가 힘을 보태야 할 때가 아닌가 싶었다. 엑시디움과 모르페티루스, 릴리가 각자의 편대를 이끌고 영국 해협을 지키고 있기는 하지만 그 세 편대가 영국 해안 전 지역을 방어할 수도 없는 노릇이었다. 나폴레옹이 예전처럼 그중 한두 편대를 다른 쪽으로 유인하는 방법을 쓸 경우, 영국은 대책 없이 당할 수도 있었다.

라일리가 말했다.

"영국으로 돌아오라는 명령을 받지는 못했습니다. 이런 소식을 듣고 태평스럽게 중국으로 가고 있자니 갑갑하군요. 얼리전스 호만 해도 150문짜리 대형 군함이고 테메레르도 대형 용인데 말입니다."

해먼드가 냉철하게 말했다.

"두 분 다 잘못 생각하고 계십니다. 영국과 더불어 제3차 대프랑스동맹을 맺은 러시아와 오스트리아가 아우스터리츠 전투에서 나폴레옹에게 패배한 지금, 우리는 더더욱 빨리 중국으로 가야 합니다. 나폴레옹이 지배하는 유럽으로부터 영국을 지키고 장차 나폴레옹을 패배시키려면, 우리로서는 중국과의 무역을 확대시키는 방법밖에 없습니다. 지금 당장은 오스트리아 군과 러시아 군이 나폴레옹에게 패배를 당했지만, 우리가 지속적으로 오스트리아와 러시아에 자금과 전쟁 물자를 공급해 준다면 그들은 나폴레옹에 대한 저항을 계속할 수 있을 겁니다. 그러니 우리는 이 항해를 계속해야 합니다. 이득을 얻어내지는 못하더라도 최소한 중국이 유럽의 전쟁에 관해 중립을 유지하도록 만들어야 합니다. 그리고 동인도 무역도 지켜내야 합니다. 현재로서는 그것이 어떤 군사적 목표보다도 훨씬 중요합니다."

해먼드의 타당하고 권위 있는 말에 라일리는 고개를 끄덕였다. 해먼드와 라일리가 항해 속도를 더 빠르게 할 수 있는 방법을 논의하는 동안 로렌스는 침묵을 지켰다. 그러다가 그는 그만 나가보겠다고 말하며 용갑판으로 돌아왔다. 그들을 설득해서 영국으로 돌아가게 만드는 것은 불가능했다. 해먼드의 주장도 일리가 있었지만 로렌스는 이대로 중국으로 계속 가는 것이 과연 옳은지 확신이 들지 않아 불안했다.

로렌스는 상급 장교들과 테메레르를 앞에 놓고 아우스터리츠에 관한 소식을 전했다.

테메레르가 말했다.

"나폴레옹한테 패배를 당했다니 이해가 안 돼. 트라팔가르와 도버에서 우린 나폴레옹의 군대보다 군함 수와 용의 수가 훨씬 적었는데도 결국 이겼잖아. 그런데 이번에는 프랑스 군보다 러시아·오스트리아 연합군의 수가 더 많았다며?"

로렌스가 대답했다.

"트라팔가르 전투는 공중전보다 해전의 비중이 높았어. 나폴레옹은 육군 포병 장교 출신이라 해전에는 약한 편이거든. 도버 전투에서 우리가 이긴 건 순전히 네 덕분이었고, 우리가 도버에서 패배했으면 나폴레옹은 아마 영국으로 쳐들어와 웨스트민스터에서 대관식을 올렸겠지. 전에도 나폴레옹은 우릴 속여서 영국 해협의 군함 대부분을 남쪽으로 이동하게 만들고, 프랑스 용들을 몰래 데려와 영국을 습격했잖아. 나폴레옹이 신의 바람에 기겁해서 도망치지 않았다면 상황은 크게 달라졌을 거야."

테메레르는 여전히 불만스런 표정이었다.

"러시아·오스트리아 연합군이 현명하게 싸우지 못해서 진 것 같아. 우리가 도버 기지의 동료들이랑 같이 가서 그들에게 합세했으면 아우스터리츠 전투에서 지지 않았을지도 몰라. 다들 전투를 치르느라 정신이 없는데 왜 우리만 중국으로 계속 가야 하는지 모르겠어."

그랜비도 옆에서 거들었다.

"내 생각도 그렇습니다. 안 그래도 용의 수가 모자라는 판에 최고급 용을 빼서 중국으로 보내다니요. 로렌스, 우리 영국으로 돌아가면 안 됩니까?"

로렌스는 고개를 저었다. 그도 돌아가고 싶은 마음이 굴뚝같았다. 그러나 그에게는 결정권이 없었다. 도버 전투에서 프랑스 군에 밀리고 있던 중에 영국군을 승리로 이끈 것은 바로 테메레르의 신의 바람이었다. 국방성도 그 점은 인정을 했다. 도버에서 전투가 치러졌던 날, 테메레르가 잠재되어 있던 그 무시무시한 능력을 발휘하기 전까지 영국군은 절망적인 상황에서 싸우고 있었다. 그걸 잘 알고 있는 영국 정부가 이렇게 순순히 테메레르를 중국으로 돌려보내는 것이 로렌스는 도저히 납득되지 않았다. 중국에 도착한 뒤에 해먼드가 테메레르를 영국이 계속 보유하게 해달라고 요청한다고 해도 중국 황제가 그 요청을 들어줄 가능성은 거의 없을 듯했다.

로렌스가 말했다.

"우린 명령에 따라야 해."

라일리와 해먼드의 동의를 얻어 얼리전스 호를 다시 영국으로 되돌린다고 해도, 국방성에서는 그것을 중국에 테메레르를 돌려주기 싫어 저지른 명령 위반으로 간주할 것이다.

테메레르의 실망한 얼굴을 보고 로렌스가 덧붙였다.

"미안하다. 자, 케인스 선생한테 허락받고 해변을 좀 돌아다니면 기분이 풀릴 거야. 진찰받을 준비해."

케인스가 가슴께를 검사하고 뒤로 물러나자 테메레르는 고개를 숙이고 자신의 상처 부위를 내려다보며 초조하게 말했다.

"정말 하나도 안 아프다니까. 언제든지 이륙할 수 있어. 단거리 정도는 충분히 날 수 있다고."

케인스는 고개를 가로저으며 단호하게 말했다.

"앞으로 일주일만 더 기다려. 지금은 안 돼. 징징거려도 소용없어. 비행 거리가 문제가 아니라 이륙하는 것 자체도 무리야."

케인스는 로렌스를 돌아보며 설명해 주었다.

"이륙하면서 가슴 근육이 긴장하면 아주 위험할 수 있습니다. 지금으로선 가슴 근육이 날갯짓을 버텨낼 수 있을지 확신이 서지 않네요."

테메레르가 서글픈 목소리로 말했다.

"갑판에만 있으려니까 지겨워 죽겠어. 여기서는 마음대로 돌아누울 수도 없단 말이야."

로렌스가 억지로 달랬다.

"딱 일주일만 기다려. 어쩌면 그보다 시간이 덜 걸릴 수도 있어. 괜히 기대하게 해서 미안하다. 하지만 우리들의 말 백 마디보다 케인스의 소견이 더 중요하니까, 따르도록 하자."

로렌스는 해변을 돌아다니자는 제안을 한 것이 후회가 되었다. 테메레르한테 기대를 심어주었다가 실망만 시킨 꼴이었다.

하지만 테메레르는 쉽게 수긍할 태세가 아니었다.

"왜 내 의견보다 케인스 선생의 의견을 더 중요시해야 하는데? 이건 내 근육이잖아."

케인스는 팔짱을 끼고 서서 냉정하게 말했다.

"중세를 놓고 환자랑 논쟁할 생각 따윈 없어. 더 다치고 싶으면 마음대로 해. 지금 멋대로 이륙을 했다가는 상처 부위가 덧나서 아예 두 달은 더 갑판에 누워 지내게 될 테니."

테메레르는 화가 나서 콧김을 픽 내뿜었다. 로렌스는 케인스가 테메레르의 성질을 더 돋우기 전에 얼른 그를 돌아 세우며 그만 가보라고 했다. 케인스는 의술이 뛰어났지만 환자를 대할 때 융통성이라곤 없었고 테메레르 못지않게 고집이 셌다.

로렌스는 실망한 테메레르를 위로해 주려고 다른 얘기를 꺼냈다.

"좋은 소식이 있어. 폴릿이 해변에 나갔다가 새 책을 몇 권 사다줬거든. 한 권 가져와서 같이 읽을까?"

테메레르는 용갑판 가장자리에 머리를 기대고 해변을 쳐다보며 투덜거리듯 그러자고 대답했다. 로렌스는 책을 가지러 선실로 내려갔다. 그 책의 내용이 테메레르의 흥미를 잡아끌면 좋으련만. 로렌스가 선실로 들어간 사이 얼리전스 호가 갑자기 크게 흔들리면서 거대한 물보라가 사방으로 튀었다. 열려 있던 선실 창문으로 쏟아져 들어온 물이 바닥까지 흥건히 적셨다. 로렌스는 젖어버린 편지에서 물을 털어내며 제일 가까운 곳에 있는 포문으로 달려가 배 바깥쪽을 내다보았다. 테메레르가 미안함과 만족감이 뒤섞인 표정으로 바다 위에 둥실둥실 떠 있었다.

로렌스는 서둘러 갑판 위로 올라왔다. 그랜비와 페리스가 놀란 얼굴로 난간 너머를 내다보고 있었다. 얼리전스 호 양옆에 모여 있던 창녀를 실은 작은 배들과 어선들이 항구 안쪽으로 미친 듯이 달아났다. 창녀들과 어부들의 경악에 찬 비명소리가 사방으로 울려 퍼졌다. 당황한 테메레르는 그 배들을 쳐다보며 말했다.

"겁 주려고 한 거 아닌데. 도망갈 필요 없어요!"

하지만 그 배들은 쉴새없이 노를 저어 멀찌감치 도망쳐버렸다. 유흥거리를 빼앗긴 얼리전스 호의 선원들은 못마땅한 눈으로 테메레르를 쏘아보았다.

로렌스는 테메레르의 몸 상태가 괜찮을지 걱정되어 케인스를 불렀다.

갑판으로 돌아온 케인스가 말했다.

"내 평생 이렇게 웃기는 광경은 처음 봅니다. 그래도 테메레르의 몸에는 지장이 없을 거예요. 기낭이 있어 물 위에 계속 떠 있을 수 있고, 소금물에 닿아도 상처가 덧나지는 않을 테니까요. 하지만 테메레르를 다시 용갑판에 태우는 게 문제겠네요."

테메레르는 물 밑으로 쑥 들어갔다가 기낭의 부력에 의해 곧 위로 올라왔다.

"정말 재밌다. 로렌스, 물이 하나도 안 차가워. 들어와!"

로렌스는 수영을 잘하는 편이 아닌 데다가 대양에 뛰어들자니 불안했다. 이곳에서 해변까지는 1.6킬로미터는 족히 되는 거리였다. 결국 로렌스는 얼리전스 호의 작은 보트 하나를 밑으로 내리고 직접 노를 저어 테메레르 쪽으로 갔다. 용갑판에서 무력하게 누워 있다가 바닷물에 뛰어들었으니 해방감에 신이 나서 지칠 때까지 놀 것이다. 이를 막기 위해 로렌스가 곁에서 지켜볼 생각이었다. 테메레르가 물장난을 치며 놀고 있어서 그 주변으로 파도가 퍼져나가 로렌스가 탄 작은 보트는 물에 잠길 듯 아슬아슬하게 흔들거렸다. 이렇게 될 줄 알았던 로렌스는 미리 낡은 반바지와 닳아빠진 셔츠로 갈아입고 나왔다. 그래서 온몸이 젖는데도 별로 신경이 쓰이지 않았다.

로렌스는 머릿속이 복잡했다. 아우스터리츠 전투에서의 패배는 영국 피트 수상이 계획하고 추진한 제3차 대프랑스동맹의 붕괴를 가져올 만큼 여파가 컸다. 그런데 문제는 영국 육군의 규모가 나폴레옹의 육군 '그랑 다르메'의 절반 수준밖에 되지 않는다는 점이었다. 그래서 오스트리아군과 러시아군이 전장에서 물러난 지금, 유럽 대륙에서 프랑스군을 상대로 홀로 싸울 수도 없었다. 현재 영국은 말 그대로 위기 상황이었다. 머릿속은 걱정으로 가득했지만 테메레르가 신나게 노는 모습을 보자 저절로 미소가 피어났다. 잠시 후 로렌스는 테메레르의 설득에 넘어가 보트에서 내려 물로 뛰어들었다. 하지만 잠시 후 테메레르의 등으로 기어 올라갔다. 그러자 테메레르는 더욱 세게 물장구를 치면서 작은 보트를 장난감처럼 이리저리 치면서 놀았다.

로렌스는 눈을 감고 테메레르와 둘이서 도버나 라간 호수에 와 있는 상상을 해보았다. 전쟁에 대한 일반적인 수준의 압박감만 느끼면 되던 시절, 동료들과 우정을 나누며 국가를 위해 정해진 임무를 수행하면 되던 그 시절이 그리웠다. 그땐 지금처럼 감당하기 힘든 시련이라곤 없었다. 로렌스는 저 앞에 있는 얼리전스 호가 항구 부근에 정박해 있는 모르는 배일 뿐이고, 조금만 휙 날아가면 도버 기지의 익숙한 공터가 있고, 정치가나 중국의 왕자 따위 신경 쓸 필요도 없는 상태라는 식으로 백일몽을 꾸어보았다. 뒤로 벌렁 누운 채 테메레르의 등에 손바닥을 대자 햇볕을 받아 따뜻해진 검은 가죽의 촉감이 전해졌다. 로렌스는 그렇게 누워서 즐거운 상상을 하다가 깜박 졸았다.

잠시 후 눈을 뜬 로렌스가 물었다.

"용갑판으로 다시 올라갈 수 있겠어?"

테메레르는 고개를 돌려 로렌스를 쳐다보았다.

"해변으로 올라가서 쉬다가 몸이 다 나은 다음에 용갑판 위로 날아 올라가면 되지 않을까? 아니면……."

테메레르는 좋은 생각이 떠올랐는지 흥분해서 얼굴 주변의 막까지 부르르 떨며 말을 이었다.

"우리 둘이 날아서 아프리카 대륙을 횡단한 다음에 대륙 반대편에서 얼리전스 호와 만나면 되겠다. 전에 당신 지도를 보니까 아프리카 내륙에 사람이 살지 않는 걸로 나와 있던데, 그럼 우릴 보고 대포나 총을 쏠 프랑스 군도 없다는 얘기잖아."

"그게 그렇지가 않아. 내륙에 야생 용들이 많이 살고 있다는 보고가 있어. 야생 용 말고도 온갖 위험한 동물들이 있고 풍토병에 걸릴 위험도 있지. 아직 자세한 지도가 만들어지지 않은 상태라 아프리카 대륙을 횡단하는 건 위험하기 짝이 없는 일이야, 테메레르. 지금처럼 중요한 시기에 그런 모험을 할 순 없어."

야심찬 계획이 좌절되자 테메레르는 짧은 한숨을 내쉬었다. 하지만 로렌스의 말을 따르기로 했다. 테메레르는 조금 더 물을 휘저으며 놀다가 얼리전스 호 곁으로 다가갔고, 로렌스가 타고 왔던 작은 보트를 앞발로 집어서 갑판 위에 얹었다. 그래서 보트를 밧줄로 끌어당기려고 기다리고 있던 선원들은 얼떨떨한 표정으로 물러났다. 로렌스는 테메레르의 어깨에서 옆구리를 타고 갑판으로 미끄러져 내려왔다. 그런 다음 테메레르를 도로 용갑판에 태우는 문제에 관해 라일리와 상의했다.

"테메레르가 좌현 쪽으로 배에 오르는 동안 우현 쪽의 예비용 큰 닻을 내려서 무게 균형을 맞추면 될 것 같은데, 고물 쪽에 짐이 많이 실려 있기 때문에 그렇게만 하면 얼리전스 호가 크게 기울어지지 않을 걸세."

로렌스의 제안에 라일리는 난색을 표했다.

"이 화창한 날에 항구 부근에서 용 수송선을 전복시켰다간 해군 본부에서 저한테 어떤 벌을 내릴지 생각만 해도 오싹합니다. 교수형을 당하게 되겠죠."

"얼리전스 호가 전복될 것 같으면 테메레르한테 얼른 다시 바다로 내려가라고 하면 돼. 그게 여의치 않으면 얼리전스 호를 일주일간 이 항구에 정박해 두고 테메레르를 해변에서 쉬게 하다가 케인스의 허락을 얻어 다시 용갑판으로 날아오르게 해도 되고."

"이 배를 가라앉히지 않을 거야. 아주 조심할게."

테메레르가 뒷갑판 난간 위로 머리를 쑥 들이밀고 대화에 끼어들자 라일리는 기겁을 했다.

결국 라일리는 미심쩍어하면서도 그 계획에 따르기로 했다. 테메레르는 뒷다리를 뻗으며 물 위로 몸을 일으킨 후 얼리전스 호의 선체 옆쪽을 앞발톱으로 움켜잡았다. 얼리전스 호는 테메레르 쪽으로 당겨오긴 했지만 반대쪽에 큰 닻 두 개를 내린 상태라 심하게 기울어지진 않았다. 테메레르는 두 날개를 펼쳐 두어 번 퍼덕인 다음 반쯤 뛰다시피 용갑판으로 기어 올라왔다.

용갑판 위로 철퍼덕 넘어진 테메레르는 허공에 뒷다리를 뻗고 품위 없이 허우적거렸다. 얼리전스 호는 살짝 흔들렸을 뿐 별 이상이 없었다. 테메레르는 꼴사납게 보이지 않으려고 얼른 뒷다리를 그러모으고 얼굴 주변의 막과 덩굴손 모양의 기다란 수염에서 물기를 털어냈다. 그리고 만족스런 얼굴로 로렌스에게 말했다.

"용갑판으로 다시 올라오는 것도 하나도 안 어렵네. 다시 비행을 할 수 있을 때까지 날마다 이렇게 헤엄이라도 쳐야겠어."

로렌스는 이 말을 라일리와 선원들이 어떻게 받아들일지 알 수 없었지만 그리 걱정이 되진 않았다. 테메레르가 저렇게 좋아하는데 선원들의 성난 얼굴을 대하는 게 무슨 대수겠는가. 로렌스가 먹이를 먹으라고 타이르자 테메레르는 한층 밝아진 목소리로 알았다고 대답했다. 그리고 소 두 마리와 양 한 마리를 발굽까지 싹 먹어치웠다.

다음날 아침, 용싱 왕자는 다시 용갑판으로 올라왔다. 테메레르는 또다시 바다로 내려가 물놀이를 하고 먹이를 실컷 먹은 후라 기분이 무척 좋은 상태였다. 그날 아침에 테메레르는 어제와는 달리 훨씬 우아하게 용갑판으로 올라왔는데, 퍼벡은 꼬투리를 잡아내며 선체의 페인트가 벗겨진다고 투덜거렸고 선원들은 식료품과 잡화를 팔러 다니는 작은 배들이 테메레르 때문에 무서워서 얼리전스 호 가까이로 오지 못한다며 불만스러운 얼굴들이었다. 그래도 용싱 왕자로서는 테메레르의 마음을 풀어주고 다시 대화를 나눌 수 있는 좋은 기회였다. 그런데 용싱은 로렌스가 폴릿한테 받은 새 책을 테메레르에게 읽어주는 동안 그냥 조용히 지켜보기만 하다가 그 자리를 떠났다.

잠시 후, 용싱의 시종 펑리가 갑판으로 올라와 로렌스에게 손짓발

짓을 하며 용싱 왕자의 방으로 와달라는 뜻을 전했다. 테메레르는 한낮의 열기 속에서 낮잠에 빠져들고 있었다. 로렌스는 내키지 않지만 예의를 차리기 위해 옷을 갈아입으러 선실로 내려갔다. 테메레르와 바닷물에 들어갔다 나오느라 제일 낡은 옷을 입고 있어서 이런 꼴로 용싱 앞에 서고 싶진 않았다. 로렌스는 깨끗한 예복과 제일 좋은 바지로 갈아입고 다림질한 목도리까지 착용한 후 용싱의 거처로 향했다.

이번에는 곁방에서 기다리지 않고 곧장 용싱의 방으로 안내를 받아 들어갔다. 용싱은 펑리를 내보내고 로렌스와 단둘이 방 안에 남았다. 뒷짐을 지고 미간을 찌푸린 채 고물 쪽 창문을 한참 내다보고 서 있던 용싱은 한참 후 뒤로 돌아 로렌스를 마주보며 입을 열었다.

"너와 룽티엔샹은 서로에게 깊은 애정을 갖고 있지. 내가 너를 부른 것도 그 때문이다. 네 나라에서 계속 살면 룽티엔샹은 계속 하찮은 동물 취급을 당하면서 위험한 전쟁에 나가야 한다. 넌 룽티엔샹이 계속 그렇게 살기를 바라는 건가?"

용싱이 갑자기 감정에 호소하는 말을 하자 로렌스는 놀라면서도 해먼드의 예상이 맞았구나 하는 생각이 들었다. 용싱이 이렇게 부드럽게 태도를 바꾼 이유는 그동안 테메레르를 꾀어 로렌스와 떨어뜨리려 계획했으나 그게 불가능하다는 것을 알았기 때문일 것이다. 더 이상 테메레르를 꾀어내려 하지 않을 것 같아 안심이 되긴 했지만, 한편으론 용싱이 도대체 무슨 소리를 하려고 자기를 불렀는지 짐작이 되지 않아 불안하기도 했다.

잠시 후 로렌스가 대답했다.

"용싱 왕자님, 영국에서 용을 함부로 대한다며 비난하고 계시는

데 제 생각은 다릅니다. 요즘 같은 전시(戰時)엔 용이든 사람이든 나라를 지키기 위해 싸워야 합니다. 테메레르와 제가 공군에 복무하는 것은 자발적인 선택에 따라 이루어진 것이고, 우린 전투에 나가는 것을 영광이라고 생각하며 위험을 감수하고 있습니다."

"그렇지만 넌 공군 장성급도 아니고, 신분이 미천한 자다. 너 같은 장교는 영국에 만 명도 넘지. 넌 셀레스티얼에게 어울리지 않는다. 룽티엔샹의 행복을 생각해서라도 내 요구에 귀를 기울이는 것이 좋을 거다. 거짓말을 해서라도 룽티엔샹이 원래의 신분에 합당한 지위를 회복하게 도와주고 유쾌한 얼굴로 헤어져라. 네가 슬퍼하지 않는 얼굴로 돌아서야 룽티엔샹도 너를 쉽게 잊고 신분에 걸맞는 파트너를 기쁜 마음으로 받아들일 것 아니냐? 네가 할 일은 룽티엔샹을 너 같은 미천한 지위로 끌어내리는 것이 아니라 그의 권리에 어울리는 혜택을 누리도록 도와주는 것이다."

용싱은 모욕적인 어투가 아니라 사실 그대로를 전하듯 담담하고 진중하게 말했다. 로렌스는 화를 내야 할지 말아야 할지 갈피를 잡을 수가 없었고, 용싱이 진정 테메레르의 미래를 염려하여 이런 말을 하는 것인지도 알 수가 없었다.

"아무리 좋은 의도라고 해도, 사랑하는 제 용에게 거짓말을 할 수는 없습니다."

"내 말대로 따르면 큰 손해가 따르기 때문인 게냐? 룽티엔샹을 영국에 갖다바치고 넌 정부로부터 두둑하게 대가를 받았겠지. 이제 와서 룽티엔샹을 우리한테 돌려주고 그 돈을 다시 토해내면 네 가족들이 무척 실망하겠지. 하지만 내 말대로 하면 손해를 보지 않게 해주겠다. 은화 일만 냥과 중국 황제 폐하의 감사장을 받게 해주지. 그 정도면 충분한 보상이 되고도 남을 거다."

이 말을 듣는 순간 혼란스러웠던 로렌스의 머릿속은 단번에 정리되었다. 치욕감에 낯빛이 어두워졌던 로렌스는 치밀어 오르는 분노를 간신히 누르며 입을 열었다.

"꽤 두둑한 값을 쳐주시는군요. 하지만 왕자님, 중국에 있는 은을 다 주신다 해도 소용없습니다."

로렌스가 돌아서서 방을 나가려는 순간 용싱이 인내심의 바닥을 드러내며 소리쳤다.

"이 어리석은 놈! 네가 룽티엔샹의 파트너 자리를 계속 지킬 수 있을 것 같은가? 결국 넌 혼자서 영국으로 돌아가게 되어 있다. 도대체 왜 내 제안을 받아들이지 않는 거지?"

"중국에 도착한 뒤에 왕자님이 우리를 강제로 떼어놓을 수는 있겠죠. 하지만 그렇게 헤어지는 것은 왕자님 탓이지 제 탓이 아닌 겁니다. 그럼 테메레르는 제가 끝까지 자기를 버리지 않았다는 걸 알 거고요."

로렌스는 어서 이 방을 나가고 싶었다. 용싱 왕자에게 결투를 신청할 수도 없고 주먹으로 칠 수도 없으니 이대로라면 모욕감에 치를 떨며 서 있을 수밖에 없었기 때문이다. 로렌스는 분노를 억누르며 경멸에 찬 목소리로 내뱉었다.

"더 이상 감언이설로 저를 어르실 필요 없습니다. 어떤 뇌물이나 술책을 쓰더라도 저는 절대 왕자님의 제안을 받아들이지 않을 겁니다. 테메레르를 누구보다도 잘 알기에 드리는 말씀인데, 이렇게 뇌물을 주고 음모를 꾸미는 짓을 교양 있는 행동이라고 여기는 중국이라는 나라를 테메레르가 결코 좋아할 리 없습니다."

용싱은 더욱 화가 치민 얼굴이었다.

"세계 최고의 국가인 중국을 업신여기는 발언을 하다니, 무식하기 짝이 없구나. 너희 영국인들은 자기네 나라보다 훨씬 우월한 우리나라를 존경하기는커녕 우리의 관습을 모욕할 생각만 하지."

"왕자님이 저와 우리나라를 수시로 모욕하는 대신, 우리나라의 관습을 조금이라도 존중해 주셨다면 저도 이런 말을 하진 않았을 겁니다."

"우린 네 나라의 물건을 탐한 적도 없고 우리의 방식을 너희에게 강요한 적도 없다. 조그마한 섬나라 출신의 너희 영국인들은 우리나라로 와서 우리의 차와 비단, 도자기를 구입했지. 그것은 모두 황제 폐하의 친절하신 배려 덕분이다. 그런데도 너희는 만족할 줄을 모르고 계속 더 많은 것을 바라고 있다. 영국 선교사들은 네 나라의 종교를 우리나라에 퍼뜨렸고, 영국 상인들은 우리나라의 법을 무시하고 아편을 밀수입해서 팔았다. 우린 너희가 들여오는 하찮은 장신구나 시계, 램프, 대포 따위가 없어도 얼마든지 자급자족해서 살 수 있어. 네 나라와의 무역이 굳이 필요하지 않은 입장이란 말이다. 그러니 너희는 지금보다 세 배는 더 우리 황제 폐하께 감사하고 복종해야 하는 거다. 그런데 오히려 너는 우리를 모욕하고 있으니, 더 이상은 참을 수가 없다."

용싱 왕자의 입에서 터져 나온 말들은 지금까지 로렌스가 들었던 그 어떤 말보다 진실하게 들렸다. 로렌스의 놀란 표정을 보고 용싱은 흥분을 가라앉히며 입을 다물었다. 잠시 동안 그들은 말없이 서 있었다. 로렌스는 화가 나면서도 당황스러워 곧장 대답할 수가 없었다. 용싱은 양국 관계에 관해 논하면서 기독교 선교사들을 아편 밀

수업자들과 동급으로 싸잡아 비난하고 중국과 영국 모두에게 이득이 되는 자유 무역을 고집스럽게 부정했다.

마침내 로렌스가 입을 열었다.

"저는 정치가가 아니라서 외교 정책에 관해 왕자님과 논쟁할 만한 입장은 아닙니다만, 우리나라와 우리나라 국민들의 명예와 존엄성을 죽는 날까지 지킬 생각입니다. 그러니 거짓말을 해서라도 테메레르를 설득하라는 왕자님의 요청은 들어드릴 수가 없습니다."

용싱은 점차 평정을 되찾기는 했지만 못마땅한 눈빛으로 인상을 찡그리며 고개를 가로저었다.

"룽티엔샹과 너에게 모두 도움이 되는 제안을 거부하는 게 너희 나라를 위한 일이라고 생각하는 건가?"

용싱은 한참 뜸을 들인 후 내키지 않는 말투로 덧붙였다.

"광둥 외에 다른 항구를 개방해 줄 수는 없지만, 너희가 그토록 간절히 원하니 너희 나라의 대사가 베이징(北京)에 머물 수 있도록 해주겠다. 그리고 너희가 우리 황제 폐하께 경의를 표하며 복종한다면 영국 및 영국의 동맹국들을 상대로 전쟁을 하지 않기로 약속해 줄 수도 있다. 단, 네가 룽티엔샹을 설득해서 마음 편히 중국으로 돌아오게 할 때 가능한 얘기다."

용싱은 이 정도 조건이면 넘어오겠지 싶은 표정이었다. 로렌스는 숨이 턱 막히고 얼굴에 핏기가 가신 채 가만히 서 있다가 나지막하게 대답했다.

"싫습니다."

로렌스는 더 이상 아무 말도 듣고 싶지 않아 곧장 문간의 커튼을 옆으로 밀치며 그 방을 나왔다. 그리고 멍하니 용갑판으로 올라갔다. 테메레르는 꼬리를 몸에 빙 두른 채 평화롭게 잠들어 있었다. 로렌스는 테메레르를 쓰다듬는 대신 갑판 가장자리에 놓인 사물함 위에 주저앉아 고개를 푹 숙였다. 어느 누구와도 얼굴을 마주치고 싶지 않았다. 손이 계속 부들부들 떨려서 마주 잡아 깍지를 끼우고 있어야 했다.

로렌스의 얘기를 듣고 난 해먼드는 뜻밖에도 반색을 했다. 화를 내고 비난할 줄 알았는데 잘 됐다는 표정이어서 로렌스는 어리둥절했다.

"거절하셨다고요, 잘 하셨습니다. 천만 다행입니다. 용싱 왕자가 이렇게 빨리 로렌스 대령과 직접 담판을 지으려고 할 줄은 몰랐습니다. 앞으로도 저하고 상의하기 전에는 용싱 왕자의 어떤 제안도 받아들이지 말아주십시오. 아무리 매력적인 제안을 하더라도 꼭 그렇게 해주셔야 합니다. 이 배를 타고 가는 동안이나 중국에 도착한 뒤에도 마찬가집니다."

해먼드는 잠시 생각한 끝에 덧붙였다.

"처음부터 자세히 얘기해 주십시오. 유럽에 관해 중립을 지키고 영국 대사의 베이징 상주를 허락하겠다는 조건을 내세웠다고요?"

해먼드의 눈이 먹이를 노리는 동물처럼 순간적으로 빛났다. 로렌스는 최대한 기억을 되살려 용싱과의 면담 내용을 상세하게 털어놓았고 해먼드의 온갖 질문에 대답을 해주었다. 그러자 해먼드는 중국 지도를 들여다보면서 어떤 항구를 골라야 영국에 최대한 이익이 될까, 라고 중얼거리며 짐을 싣고 내리기에 제일 적합한 항구는 어디일 것 같냐고 로렌스에게 묻기까지 했다. 로렌스는 듣다못해 면담 내용을 재차 확인시켜주었다.

"용싱 왕자가 광둥 외에 다른 항구는 개방하지 않겠다고 했다니까요."

해먼드는 아무렇지 않게 말했다.

"예, 예. 그렇지만 이번에 용싱 왕자가 영국 대사의 상주를 조건으로 내놓았으니 앞으로 좀 더 뜸을 들이면 더 유리한 조건을 제시할 수도 있지 않겠습니까? 면담해 보셔서 아시겠지만, 용싱 왕자는 서방 세계와의 무역을 확고부동하게 반대하는 입장입니다."

"그렇더군요."

해먼드가 외교관으로서 중국과 우호 관계를 구축하고자 애를 쓴다는 것은 알았지만 이 정도로 통찰력이 있는 줄은 몰랐던 터라 로렌스는 적잖게 놀랐다.

"그러니 용싱 왕자한테서 어느 정도의 양보를 얻어낼 수는 있겠지만 그를 완전히 설득해서 우리 뜻대로 하게 만들기는 쉽지 않을 겁니다. 그래도 로렌스 대령님을 불러 그런 조건까지 제시하는 것을 보면 상당히 애를 태우고 있는 듯하니 우리한텐 잘된 일이지요. 중국에 도착한 뒤에 우리가 중국 황제를 만나 무역 개방의 폭을 확대하는 쪽으로 설득할까봐 용싱 왕자는 아예 이 배에서 담판을 짓고 확실히 선을 그어놓으려는 겁니다. 하지만 어차피 용싱 왕자는 황태자도 아니니 꼭 그와 협상을 할 필요는 없죠."

로렌스가 얼떨떨한 표정으로 쳐다보자 해먼드가 덧붙였다.

"중국 황제는 아들이 셋 있는데 맏아들인 미엔닝 왕자가 다 자랐기 때문에 곧 황태자 지위를 얻게 될 겁니다. 그렇다고 용싱 왕자가 중국 황실에 영향력이 아주 없는 것은 아닙니다. 황제의 형으로서 권한을 위임받아 공사들을 거느리고 영국으로 왔을 정도니까요. 이번에 용싱 왕자가 로렌스 대령님에게 직접 그런 제안을 한 것을 보면, 어쩌면 앞으로 우리한테 좀 더 유리한 쪽으로 상황을 전개시킬 수 있을지도 모르겠습니다. 다만……."

해먼드는 별안간 표정이 어두워지며 지도에서 시선을 뗐다. 그리고 의자에 힘없이 주저앉으며 말을 이었다.

"프랑스에서 중국 황실 내부의 진보적인 생각을 가진 자들과 미리 교분을 쌓아놓았다면 우리한테 크게 불리할 겁니다. 중국이 프랑스에 셀레스티얼의 알까지 선물로 준 걸 보면 이미 꽤 돈독한 사이가 되었는지도 모르는 일이죠. 그것만 생각하면 머리를 쥐어뜯고 싶은 심정입니다. 매카트니 경의 사절단이 중국에서 쫓겨난 뒤에도 영국 정부는 중국과의 관계를 회복하려는 시도를 하지 않고 그동안 이룩한 업적에 고양되어 자축하고 있었죠. 그동안 프랑스인들은 교묘하게 중국인들의 환심을 사놓은 것이고요."

로렌스는 용싱과의 면담에서 자신이 크게 잘못한 게 아니라는 것을 알자 마음이 놓이고 우울했던 기분도 조금 풀렸다. 국제 관계에 대한 고려라든가 정치적 계산 따위는 염두에 두지 않고 그저 반발심에 용싱의 제안을 거절한 것뿐이었다. 용싱이 훨씬 더 유리한 조건을 제시했다고 해도 테메레르에게 거짓말을 해서 중국에 남겨두고 올 생각은 추호도 없었다. 그렇게 되면 테메레르는 비참하게 버려졌다는 기분이 들 것이다. 그러나 만약 해먼드가 중국 황실과의 협상을 통해 영국에 아주 유리한 조약을 맺기로 합의할 경우, 로렌스도 어쩔 수 없이 테메레르를 설득하여 중국에 남도록 하고 혼자 영국으로 돌아올 수밖에 없을 것이다. 아무리 내키지 않고 가슴이 아파도 영국을 위한 일이므로 참아야 할 터였다. 지금까지 로렌스는 중국이 계속 고집을 부리면서 영국에 유리한 조건 따윈 내놓지 않을 것이라 믿었기에 어느 정도 안심하고 있었다. 하지만 이제 중국에 가까워질수록 테메레르와 헤어질 가능성도 점점 높아지고 있었다.

이틀 후, 얼리전스 호는 케이프코스트 항구를 벗어나 남쪽으로 내려가기 시작했다. 로렌스는 드디어 이 항구를 떠나게 되어 기뻤다. 출항하는 날 아침, 육지에서 해변으로 끌려온 한 무리의 흑인들이 얼리전스 호의 목전에서 해변의 지하실로 차례로 들어갔다. 무덤 입구처럼 시커먼 지하실 문이 열리는 순간, 끔찍한 광경이 벌어졌다. 오랫동안 사슬에 묶여 끌려왔는데도 운명에 체념하지 않고 있던 젊은 흑인 몇 명이 발목의 사슬을 풀려고 안간힘을 썼던 것이다.
여기까지 잡혀오는 동안 사슬고리를 푸는 법을 터득한 모양이었다. 감시인 두 명이 곧바로 달려와 사슬을 확 잡아당기자 그 사슬에 발목이 묶여 있던 흑인들은 발부리가 걸려 이리저리 뒤엉키며 넘어졌다. 감시인들은 마구잡이로 총을 쏘아댔고, 한 부대의 감시인들이 초소에서 뛰어와 합류했다.
탈출 시도는 용감하긴 했지만 부질없는 짓이었다. 발목의 사슬을 풀고 자유가 된 흑인들은 다른 흑인들의 사슬도 풀어주려 했지만 상황이 급박해지자 일단 그 자리에서 도망쳤다. 일부는 해변을 따라 내달렸고, 일부는 부두 안쪽으로 달아났다. 감시인들은 사슬에 묶여 있는 자들을 위협하여 제압한 뒤, 달아나는 흑인들을 향해 총을 쏘기 시작했다. 도망쳤던 자들은 대부분 사살되었고 나머지는 가까스로 몸을 피했다. 나머지 도망자들을 잡기 위해 즉시 추격대가 구성되었다. 노예로 끌려온 흑인들은 벌거벗겨진 상태이고 발목의 피부가 사슬에 쓸려 벗겨져 있으므로 한눈에 식별이 가능했다. 지하실로 이어지는 길은 피로 얼룩지고, 살아 있는 흑인들 사이사이에 끔찍한 몰골의 시신들이 이리저리 쓰러져 있었다. 그 와중에 여자들과 어린애들도 상당수 죽임을 당했다.

노예 상인들은 남아 있는 흑인 남자들과 여자들을 강제로 지하실에 처넣고 부하 몇 명을 시켜 시체들을 치우도록 지시했다. 15분 만에 벌어진 일들이었다.

그날 얼리전스 호의 선원들은 닻을 끌어올리는 동안에도 노래를 부르거나 고함을 치지 않았다. 끔찍한 장면을 목격한 뒤라 선원들의 동작이 많이 느렸지만, 평소 농땡이를 치는 꼴을 못 보는 부지런한 갑판장도 그날만큼은 몽둥이를 휘두르며 작업을 채근하지 않았다. 습도가 높아 끈적끈적하고 후텁지근한 날씨였다. 돛대에서 삭구를 타고 녹아내린 시커먼 타르가 테메레르의 등가죽으로 떨어지기도 했다. 그때마다 테메레르는 진저리를 쳤.

로렌스는 훈련생들과 소위들에게 물 양동이와 천을 들고 있다가 타르가 테메레르의 몸으로 떨어지면 닦아주도록 지시했다. 그런데 그날 해가 질 때까지 계속 타르가 떨어지는 바람에 훈련생들과 소위들은 결국 완전히 녹초가 되었다.

그 뒤로 나흘간 끔찍한 더위가 계속되었다. 얼리전스 호가 해변을 따라 남쪽으로 나아가는 동안 좌현 쪽으로는 계속해서 흑인 노예들의 참혹한 모습이 내다보였고, 간혹 절벽이나 무너져 내린 암석덩어리들이 보이기도 했다.

변덕스러운 바람 속에서 해안선을 타고 남하하는 중이라서 라일리는 배가 지나치게 얕은 물 쪽으로 가지 않도록 계속 신경을 써야 했다. 쨍쨍 내리쬐는 햇볕을 받으며 선원들은 웃음기 하나 없이 굳은 표정으로 일을 해나갔다. 그 무렵 선원들도 아우스터리츠 전투의 패배 소식을 전해 들었던 것이다.

8

오랫동안 누워 있던 블라이스가 마침내 병상에서 일어났다. 볼이 움푹 들어갈 정도로 살이 많이 빠지고 쇠약해진 그는 하루 중 대부분을 용갑판에 놓인 의자에 앉아 꾸벅꾸벅 졸며 보냈다. 마틴은 블라이스가 편하게 쉴 수 있도록 각별히 신경을 썼고 부하들과 함께 의자 위에 임시 천막을 설치하여 햇볕을 가려주었다. 블라이스의 손에 그로그 주가 담긴 잔을 쥐어주기도 했다. 무더운 날씨인데도 몸이 약해진 블라이스가 오한을 느끼자 마틴은 깔개와 방수복을 비롯해 몸을 덮을 천까지 구해 주었다.

결국 부담을 느낀 블라이스가 로렌스에게 말했다.

"마틴이 저 때문에 너무 신경을 써서 제 마음이 편치가 않습니다. 레이놀즈가 욕을 하고 비웃는데 그 앞에서 꾹 참고 대꾸조차 안 할 사람은 아마 없을 거예요. 마틴이 레이놀즈에게 대응해서 욕을 한 건 어떻게 보면 당연한 거죠. 그러니 마틴이 그 일로 저한테 너무 신경 쓰지 않았으면 좋겠습니다."

해군들은 공군들이 블라이스를 지극

정성으로 챙겨주는 모습을 배알이 꼴린다는 듯이 쳐다보았다. 그리고 그에 대한 반발로 레이놀즈를 영웅이나 되는 듯이 떠받들기 시작했다. 레이놀즈는 동료들이 자기를 존중해 주고 부하들이 자신의 말에 꼼짝 못하고 굽실거리자 물새 수컷처럼 거만하게 갑판을 돌아다니며 온갖 쓸데없는 지시를 내리곤 했다. 퍼벡과 라일리도 그런 레이놀즈를 제지하지 않고 내버려두었다.

로렌스는 아우스터리츠 전투의 패배가 이 배의 공군과 해군 사이의 적대감을 해소시키고 일치 단결하게 하는 계기가 되길 바랐지만 양측의 증오는 가라앉을 줄 몰랐다. 이제 얼리전스 호는 적도에 가까워지고 있었다. 적도를 지날 때면 배에서는 늘 적도제(赤道祭)를 올렸다. 적도제에서는 가면극과 함께 적도를 지난 경험이 있는 자들이 처음 지나는 자들을 대상으로 혼을 내는 수난식이 진행되게 마련이어서 로렌스는 미리 그에 대한 대비를 해두었다. 이 배에 탄 공군들 중 절반 정도가 적도를 처음 지나는 자들이다 보니 해군들은 그런 공군들을 붙잡아 축제라는 명목 아래 수염과 머리카락을 엉망으로 자르고 바닷물에 빠뜨리려 할 것이다. 지금같이 살벌한 분위기에서 수난식을 하도록 허락했다간 더 큰 싸움이 날 수도 있었다.

로렌스는 그 문제에 관해 라일리와 상의한 끝에 수난식을 생략하는 대신 케이프코스트에서 미리 사둔 럼주 세 통을 해군들에게 내주기로 합의했다.

라일리가 이번엔 수난식을 빼고 가면극만 한다고 발표하자 해군들은 전통을 함부로 변경시켰다가 배에 악운이 깃들기라도 하면 어쩔 거냐고 투덜거렸다. 예상대로 공군들을 끌어다가 괴롭히려고 작정을 했던 모양이었다.

어느덧 배는 적도를 지나갔고 가면극이 시작되었다. 수난식이 생략되어서인지 막상 가면극이 시작된 후에도 해군들은 별로 열성을 보이지 않았다. 가면극을 보고 신이 난 테메레르는 로렌스가 조용히 하라고 주의를 주었는데도 옆에 다 들리도록 떠들었다.

"그런데 로렌스, 저건 넵튠이 아니라 그릭스고, 암피트리테로 변장한 건 보인이잖아."

사실, 선원들은 변장이 너무 엉성해서 누가 누구인지 금방 티가 났다. 테메레르의 말에 해군과 공군은 압박감을 떨치고 유쾌하게 웃음을 터뜨렸다. 넵튠의 부하 뱃저백으로 변장한 목수의 조수 레도이스는 꾀죄죄하고 더부룩한 털을 법관의 가발처럼 뒤집어쓰고 있어 그나마 정체가 단번에 탄로나지는 않았다. 레도이스는 분위기를 고무시키며 누구든 웃음소리를 내는 자는 넵튠의 희생자가 될 것이라고 소리쳤다. 레도이스가 해군과 공군들 사이를 돌아다니며 붙잡는 놀이를 시작하자 다들 흥겹게 박수를 쳤다. 로렌스가 라일리에게 고개를 짧게 끄덕이며 신호를 보냈다.

"수난식을 생략한 대신, 로렌스 대령님이 럼주 세 통을 주시기로 했다!"

라일리가 이렇게 큰 소리로 외치자 해군들은 신나게 환호성을 질렀다. 선원 몇 명이 음악을 연주하고 몇 명은 춤을 추기 시작했다. 다같이 럼주를 마시고 취하자 분위기도 한층 좋아져서 공군들도 손뼉을 치며 가사도 모르는 뱃노래를 따라 흥얼거렸다. 일반적인 적도제만큼 신나는 분위기는 아니었지만 우려했던 사태가 발생하지 않은 것만으로도 로렌스는 다행으로 여겼다.

중국인들도 갑판으로 올라와 적도제를 구경했다. 그들은 당연히 그 축제에 참여하지는 않았지만 자기네끼리 이런저런 말을 주고받으며 쳐다보았다. 아무래도 다소 상스러운 종류의 의식이다 보니 로렌스는 용싱 왕자가 적도제를 구경하고 있다는 사실이 계속 신경 쓰였다. 무표정한 용싱과는 달리 리우빠오는 영국인 몇 명이 뱃저배으로 변장한 레도이스에게 붙잡히자 허벅지를 손으로 탁탁 치며 호탕하게 웃음을 터뜨렸다. 그리고 경계선 너머 테메레르에게 무언가를 물어보았다.

질문을 받은 테메레르가 로렌스에게 고개를 돌렸다.

"로렌스, 리우빠오 씨가 이 축제를 하는 목적이 무엇이고 어떤 영혼을 기념하는 것인지 알고 싶다는데, 나도 그걸 모르겠어. 도대체 무엇을 축하하는 거야? 이유는 뭐고?"

로렌스는 이 우스꽝스런 의식을 어떻게 설명하면 좋을지 망설이다가 대답했다.

"아, 그게……. 우리가 방금 적도를 지난 거잖아. 적도를 지날 때면 이런 축제를 열어서 적도를 처음 지나는 사람으로 하여금 넵튠에게 경의를 표하도록 하는 거야. 넵튠은 바다를 지배하는 로마 신인데, 요즘은 넵튠을 신으로 모시는 사람은 없어."

테메레르를 통해 설명을 전해들은 리우빠오는 만족스러운 미소를 지으며 말했다.

"아! 그것 참 재미있구려. 자신들이 모시는 신이 아니더라도 고대의 신에게 경의를 표하는 것은 좋은 일이지요. 배에 행운이 깃들 테니까. 정월 초하루인 2월 18일까지 19일 남았는데, 우리도 그날 이 배에 행운이 깃들도록 잔치를 열려고 하오. 우리 조상의 영혼들이 이 배를 중국까지 안전하게 데려다 줄 거요."

선원들은 테메레르가 통역해 준 말을 옆에서 듣고 대부분 긍정적인 반응을 보였다. 선원들은 원래 미신을 잘 믿는 편이라서 적도제와 중국인들의 신년 잔치 모두 이 배에 행운이 깃들도록 하는 행사인 만큼 문제될 게 없다고 여기는 듯했다. 하지만 '조상의 영혼'이라는 부분이 아무래도 걸린다며 적도제가 끝난 뒤 선원들은 갑판 밑에 내려가서 그 문제를 심각하게 논의했다. 하지만 결국 말 그대로 조상의 영혼이므로 그 후손인 중국인들이 타고 있는 이 배를 안전하게 지켜줄 테니 두려워할 필요가 없다는 쪽으로 결론을 내렸다.

며칠 후 라일리가 중국인들을 미심쩍은 눈으로 쳐다보며 로렌스에게 말했다.

"저들이 소 한 마리와 양 네 마리, 남은 닭 여덟 마리를 모두 달라고 해서 내줬습니다. 그런데 앞으로 테메레르에게 먹일 가축이 좀 부족할 것 같아서 세인트헬레나 섬에 들르기로 결정했습니다. 무역풍에 맞서서 가면 고생을 많이 하게 될 테니 서쪽으로 방향을 돌릴 생각입니다."

라일리는 상어 낚시를 하느라 부산을 떠는 중국인 시종들을 쳐다보며 말을 이었다.

"저들이 신년 잔치 때 돌리는 술이 너무 독하지 않아야 할 텐데 걱정입니다. 선원들도 평소에 배급받는 그로그 주 외에 중국인들의 술까지 받아 마시게 될 텐데, 너무 취하면 일에 지장이 생기니까요. 그렇다고 그날 선원들에게 그로그 주를 생략하고 중국 술만 마시라고 할 수도 없고요. 잔치의 흥이 나질 않을 테니까."

"자네 걱정을 덜어주지 못해서 미안하네만, 리우빠오 씨는 혼자서 내가 마시는 술의 두 배 이상 마신다네. 같이 마시는 사람한테도 계속 따라주지. 앉은자리에서 와인 세 병을 다 비우더군."

그 말을 하는 순간 로렌스는 리우빠오와 같이 술을 마시느라 고생을 했던 기억이 났다. 크리스마스 이후로 리우빠오는 로렌스와 몇 번 더 저녁식사를 함께 했다. 그는 아직 배 멀미가 완전히 가시지 않았으면서도 식욕이 왕성해서 음식도 술도 굉장히 많이 먹고 마셨다.

로렌스가 계속해서 말했다.

"하지만 쑨카이는 술을 거의 입에 대지 않지. 브랜디든 와인이든 조금밖에 마시지 않더군."

"아, 여러 가지로 성가시게 됐네요. 그날 너무 취하면 안 되니까 그로그 주를 생략하자고 하면 상급 선원들 수십 명이 반발할 테고, 중국 술과 그로그 주를 다 마시게 두자니 뒷감당이 안 될 것 같고. 그런데 저들은 대체 상어를 잡아서 어떻게 요리를 하려는 걸까요? 아까 돌고래 두 마리를 잡았는데 그냥 놔주더군요. 상어보다는 돌고래가 먹기에 훨씬 나을 텐데."

로렌스가 어설프게 추측해 보려는데, 망꾼이 소리쳤다.

"뱃머리에서 좌현 쪽으로 약 33도 지점에 용이 나타났다!"

로렌스와 라일리는 좌현 쪽으로 달려가 망원경을 꺼내 하늘을 살폈다. 해군들은 적군의 용이 나타난 줄 알고 포격 준비를 하기 위해 대포로 뛰어갔다.

낮잠을 자다가 시끌벅적한 소리에 깬 테메레르는 고개를 들어 하늘을 쳐다보더니 말했다.

"로렌스, 저건 볼리(볼라틸루스의 애칭—옮긴이주)야. 우릴 보고 지금 내려오는 중이야."

테메레르가 우렁찬 소리로 볼라틸루스에게 인사를 하자 얼리전스 호에 탄 사람들은 전부 놀라 펄쩍 뛰었고 돛대가 덜덜 떨렸다. 해군들은 감히 불만을 입 밖으로 쏟아내지 못하고 험악한 눈으로 테메레르를 쏘아보았다. 테메레르는 한옆으로 비켜 용갑판 위에 자리를 만들었다. 약 15분 뒤에 그레일링 품종의 소형 용이 갑판에 발을 내디디며 연회색 바탕에 하얀 줄무늬가 있는 날개를 접었다.

"템레르!"

볼라틸루스는 부정확한 발음으로 이름을 부르더니 테메레르의 몸을 머리로 툭 치며 물었다.

"소 있어?"

테메레르가 너그럽게 대답했다.

"아니 없어, 볼리. 소 대신 양을 갖다줄게. 그런데 제임스, 볼리 어디 아파요?"

볼라틸루스가 코맹맹이 소리를 냈던 것이다. 볼라틸루스의 비행사 랭포드 제임스 대령은 등에서 갑판으로 미끄러져 내려온 뒤 먼저 로렌스에게 인사를 하고 악수를 나눴다.

"여어, 로렌스, 드디어 만났네요. 이 배를 찾으려고 해변을 따라 위 아래로 계속 날아다녔습니다. 그리고 테메레르, 볼리는 걱정할 거 없어. 도버에서 유행하는 지독한 감기에 걸린 것뿐이야. 도버의 용들 중 절반이 감기 때문에 끙끙거리고 코를 훌쩍거리지. 죄다 덩치만 크지 애들 같다니까. 아마 1, 2주일 지나면 나을 거야."

제임스가 금방 낫는 감기라고 했지만 테메레르는 볼라틸루스와 살짝 거리를 두었다. 지금까지 한 번도 걸리지 않은 감기라는 병이 옮을까봐 겁이 난 것이다. 로렌스는 전에 제인에게서 받았던 편지에 지나가는 말로 용들이 감기에 걸렸다는 내용이 적혀 있던 게 기억나서 고개를 끄덕이며 말했다.

"우리 때문에 이렇게 멀리까지 날아오느라 볼리가 무리한 것 같군요. 의사를 부를까요?"

"아뇨, 괜찮습니다. 진찰은 실컷 받았어요. 영국에 있을 때 저녁식사로 나오는 먹이에 몰래 약을 집어넣어서 먹였는데, 아마 일주일은 더 지나야 그 일을 잊고 나를 용서해 줄 겁니다. 어쨌든 우리도 이렇게 멀리 와본 건 처음입니다. 2주일 동안 계속 남쪽 항로를 따라 내려왔죠. 그런데 여기는 영국보다 훨씬 덥네요. 이 녀석이 여간해선 날기 싫다는 말을 하지 않아서 거의 쉬지도 않고 쭉 날아왔어요."

제임스가 쓰다듬어주자 볼라틸루스는 제임스의 손에 대고 코를 비비고는 고개를 숙이며 어느새 배고픈 것도 잊고 꾸벅꾸벅 졸았다.

로렌스는 제임스에게서 편지 더미를 건네받았다. 공군 소속의 우편 담당 용이 가져온 우편물이므로 라일리가 아니라 로렌스가 수령한 것이다.

로렌스가 편지들을 이리저리 살피며 물었다.

"새로운 소식 있습니까? 유럽 대륙엔 무슨 일 없었어요? 케이프코스트에 있을 때 아우스터리츠 전투 소식은 들었습니다만. 우리더러 다시 돌아오라고 하진 않던가요? 페리스, 이 편지들은 해군들한테 온 것이니 퍼벡 대위한테 갖다주고, 나머지는 우리 승무원들한테 나눠줘."

로렌스는 편지 더미를 분리해서 페리스에게 넘겨주고 자기 앞으로 온 급보와 편지 몇 통을 재킷 안쪽에 찔러 넣었다. 잠시 후에 찬찬히 읽어볼 생각이었다.

"아뇨, 유감스럽게도 방금 하신 질문들에 대한 대답은 모두 '아니요'예요. 하지만 앞으로 항해를 좀 더 편안하게 하실 수는 있을 겁니다. 지난달에 영국이 네덜란드 군을 몰아내고 케이프타운의 식민지를 접수했거든요. 그러니 케이프타운에 들러 쉬었다 가시면 됩니다."

케이프타운 식민지 획득에 대한 소식은 곧 갑판 전체로 퍼져나갔다. 아우스터리츠 전투의 패배로 우울해 있던 해군과 공군들은 애국심에 고취되어 환호성을 질렀다. 박수를 치고 흥에 겨워 소리들을 지르는 통에 더 이상 대화가 불가능할 정도였다.

잠시 후 퍼벡과 페리스가 각각 해군과 공군들에게 편지를 나눠주자 그제야 다들 편지를 읽느라 입을 다물어 조용해졌다.

로렌스는 부하를 시켜 탁자와 의자 여러 개를 용갑판으로 가져오게 한 뒤 라일리와 해먼드를 불러 제임스의 얘기를 듣게 했다. 제임스는 짤막한 급보에 적힌 것보다 케이프타운 식민지 획득에 관해 상세하게 말해 주었다. 열네 살 때부터 우편 업무를 해오면서 재미있게 이야기를 하는 법을 터득한 제임스는 이번엔 얘깃거리가 많지 않은데도 신이 나서 떠들었다.

"유감스럽게도 케이프타운 식민지 획득 과정은 그리 흥미진진하질 않았습니다. 전투가 벌어진 것도 아니었고요. 우리 영국군은 스코틀랜드 고지인들로 구성된 반면 네덜란드 군은 머릿수도 적고 그나마 외국에서 들여온 용병들이라 애국심이라곤 없었죠. 아니나 다를까 영국군이 케이프타운의 마을로 들어가기도 전에 용병들은 전부 달아나고 말았습니다. 식민지 총독도 곧 우리에게 항복을 했고요. 그곳 주민들은 처음엔 좀 불안해하다가 임시 총독을 맡은 베어드 장군이 기존 방식대로 계속 살게 해주겠다고 하자 곧 안정이 되었습니다."

라일리가 말했다.

"흠, 그렇다면 우리도 식량을 좀 더 쉽게 공급받을 수 있겠군요. 세인트헬레나 섬에 들를 필요가 없어졌으니 항해 기간도 2주일 정도 단축시킬 수 있겠어요. 정말 반가운 소식이네요."

로렌스가 제임스에게 물었다.

"저녁식사를 하고 가실 겁니까? 아니면 곧장 출발하실 건가요?"

그때 뒤에서 요란한 재채기 소리가 들렸다. 재채기를 하느라 잠이 깬 볼라틸루스는 얼른 앞발로 코를 문질러 콧물을 쓱 닦아냈다.

제임스가 벌떡 일어났다.

"아, 그러지 마, 볼리. 앞발에 코가 묻잖아."

그리고 그는 안장에 달린 가방에서 크고 네모난 흰 수건을 한 장 꺼내 볼라틸루스의 코를 익숙하게 닦아냈다. 그리고 볼라틸루스의 상태를 살핀 후 말했다.

"오늘 밤은 여기서 자고 가야겠습니다. 제 시간에 이 배를 찾아왔으니 당장 무리해서 출발할 필요는 없겠죠. 내일 영국으로 출발할 테니 그동안 다들 답장을 써서 주시면 되겠네요."

…… 그래서 결국 가엾은 릴리는 엑시디움과 모르티페루스와 마찬가지로 도버 기지의 편안한 공터에서 쫓겨나 모래 채취장에서 지내게 되었어요. (의사들 말로는) 감기 때문에 독의 분비를 조절하는 근육이 말을 안 듣는대요. 그래서 재채기를 할 때마다 입에서 독이 같이 뿜어져 나오기 때문에 공터 안에 둘 수가 없다고 하더군요. 롱윙 품종인 릴리, 엑시디움, 모르티페루스는 모래 채취장에서 지내는 걸

너무너무 싫어해요. 자꾸 몸에 모래가 들러붙어서 아무리 목욕을 해도 가렵다면서 벼룩을 털어내는 개처럼 몸을 박박 긁는답니다.

그리고 도버 기지에서 제일 먼저 재채기를 한 막시무스는 감기를 옮긴 원흉으로 찍혀서 다른 용들의 원망을 받고 있죠. 버클리 대령이 옆에서 이렇게 적으라는군요. '목구멍으로 먹이를 집어넣을 때를 제외하고는 둑이라도 무너진 것처럼 엄청난 콧물을 흘리고 온종일 낑낑거린다'고요. 아프다면서도 식욕은 전혀 줄지 않았다네요.

우린 모두 잘 지내요. 비행사들과 승무원들, 용들이 안부를 전해 달래요. 테메레르한테도 보고 싶다고 전해 주세요. 다들 테메레르를 많이 그리워해요. 그런데 유감스런 얘길 하나 해야겠네요. 최근에 축사의 가축 수가 너무 빨리 줄어들어서 다들 이상하게 생각했는데, 드디어 그 원인이 밝혀졌어요. 우리 편대의 용들이 욕심을 부리고 임의대로 꺼내서 먹었던 거예요. 그런데 용들한테 축사의 빗장을 열고 닫는 법을 가르친 게 테메레르였다는군요. 테메레르 덕분에 용들은 아무 때나 가축을 꺼내서 마음껏 먹고 있었던 거예요. 가축 수가 하도 빨리 줄어들고 용들의 모양새가 아무래도 과식을 하는 것 같아서 따져 물었더니, 결국 그동안 몰래 가축을 꺼내 먹으며 잔치를 벌였다고 실토했어요.

순찰을 나가야 해서 이만 줄여야겠네요. 오늘 아침에 볼라틸루스가 남쪽으로 출발하기로 했어요. 안전한 여행 하시고 조속히 귀환하시길 바라요.

이만 총총.

캐서린 하코트

저녁을 먹기 전에 테메레르 옆에 앉아 느긋하게 편지를 읽던 로렌스가 고개를 들며 물었다.

"캐서린의 편지에 네가 다른 용들한테 축사에서 가축을 훔치는 법을 가르쳤다고 써 있던데, 사실이야?"

테메레르는 찔리는 구석이 있는지 화들짝 놀랐다.

"아냐, 훔치는 법을 가르친 건 아니야. 도버 기지의 가축 담당자들이 게을러서 아침마다 너무 늦게 나와. 축사 앞에서 가축 담당자가 올 때까지 기다리는 데 지쳐서 우리끼리 알아서 꺼내먹은 것뿐이야. 어차피 우리 먹으라고 축사에 넣어둔 거잖아. 그러니 훔쳤다고 할 순 없지."

"어느 날인가부터 네가 가축 담당자들이 늦게 나온다고 볼멘소리를 안 하더니 그때부터 몰래 꺼내먹은 거로군. 도대체 빗장은 어떻게 열었어?"

"별로 안 어렵던데. 축사 문에 가로놓인 빗장을 살짝 들어 올리니까 문이 홱 열리더라고. 니티두스가 제일 잘 열어. 우리들 중에서 앞발이 제일 작거든. 하지만 문이 열리면 가축들이 축사 밖으로 뛰쳐나오기 때문에 아주 힘들었어. 처음 축사 문을 열었던 날엔 가축들이 사방으로 달아나서 막시무스랑 몇 시간 동안이나 그 뒤를 쫓아다니면서 도로 잡아다가 넣어야 했거든. 아주 힘들었지."

테메레르는 초조한 빛을 감추지 못하고 엉덩이를 바닥에 붙인 채 로렌스의 표정을 살폈다. 로렌스는 잔뜩 화가 났다.

"기가 막히는구나. 어처구니가 없는 일이야. 너랑 막시무스가 달아난 양들을 쫓아다니는 모습이라니. 맙소사!"

부하들이 놀란 얼굴로 쳐다보고 있었기 때문에 로렌스는 화를 가라앉히고 평정심을 되찾으려고 애를 썼다.

로렌스의 표정이 풀리는 것을 보고 테메레르가 얼른 화제를 돌렸다.

"편지에 다른 소식은 없어?"

로렌스는 가라앉은 목소리로 말했다.

"없어. 다른 용들이 너한테 보고 싶다면서 안부 전해 달래. 그 용들이 대부분 감기에 걸렸다니 너도 거기 있었으면 틀림없이 옮았을 거야. 이 배를 타고 가는 덕분에 안 걸린 것이니 다행이라고 생각해야 해."

테메레르는 친구들을 생각하느라 고개를 푹 숙이며 말했다.

"고향에서 친구들이랑 같이 있을 수 있으면 감기쯤은 옮아도 상관없는데. 어쩌면 벌써 볼리한테서 옮았을지도 몰라."

이 말을 하며 테메레르는 약간 불안한 눈초리로 볼라틸루스 쪽을 흘끗 쳐다보았다. 볼라틸루스는 코를 씰룩거리며 자고 있었다. 코끝에 맺힌 콧물 방울이 보글거리며 숨결을 따라 커졌다 작아졌다 했고 반쯤 벌린 입 아래엔 침이 잔뜩 고여 있었다. 그걸 보니 로렌스도 테메레르에게 감기가 옮았을 수도 있겠다는 생각이 들었다.

로렌스가 물었다.

"도버의 용들한테 할 말 있어? 선실로 내려가서 답장을 쓸 거니까 할 말 있으면 받아 적게 불러. 내일 제임스랑 볼라틸루스가 영국으로 떠난다고 했으니까 그 전까지 답장을 써야 해. 앞으로 한참 동안은 우리 소식을 영국으로 전하기 힘들 거야. 웬만큼 긴급한 일이 아니면 극동 지역까지 우편 배달 용이 날아올 일은 없으니까."

"모두에게 사랑한다고 전해 주고, 캐서린 하코트 대령과 렌튼 대장한테는 우리가 한 일이 도둑질이 아니었다고 전해 줘. 아, 또 뭐더라. 음, 막시무스랑 릴리한테 중국 용이 썼다는 그 시에 관해서 알려 주고. 아주 멋진 시니까 다들 좋아할 거야. 그리고 내가 용갑판으로 기어올라가는 법을 배웠다는 거랑 우리가 적도를 지났다는 것, 넵튠이랑 뱃저백이 나오는 가면극에 대해서도 써줘."

로렌스가 일어서며 말했다.

"됐어, 그 정도면 충분해. 더 두면 아예 장편소설을 써서 보내라고 하겠구나."

다쳤던 다리가 많이 나아서 거의 정상으로 돌아왔기 때문에 로렌스는 이제 늙은이처럼 절룩거리며 갑판을 걸어다니지 않아도 되었다. 로렌스는 테메레르의 옆구리를 쓰다듬으며 물었다.

"좀 이따가 제임스를 데리고 올라와 네 옆에서 같이 포트와인을 마시자고 할까?"

"그럼 나야 좋지. 당신 편지에 써 있는 것 말고 도버의 친구들에 대한 다른 소식도 듣고 싶어."

선실로 내려간 로렌스는 일필휘지로 답장을 쓴 다음, 손님들을 초대하여 오랜만에 오붓한 분위기 속에서 저녁식사를 했다. 로렌스는 예의를 차리기 위해 공군 제복을 갖춰 입었고 그랜비를 비롯한 공군 장교들도 로렌스가 하는 대로 따랐다. 라일리와 그 부하들도 해군의 관습에 따라 옷을 제대로 갖춰 입고 선실로 들어왔다. 그들은 모두 두꺼운 브로드 천으로 된 외투를 입고 목도리까지 두르고 있어 선실로 들어와 앉자마자 땀을 줄줄 흘리기 시작했다. 반면 제임스는 전형적인 공군답게 일찌감치 예의 따위는 집어치우고 주저 없이 외투를 벗었다. 다른 승무원 없이 혼자서 우편 배달 용을 타고 다니는 비행사이긴 하지만 계급이 대령이다 보니 별로 남의 눈치를 볼 필요가 없다는 점도 작용했다. 제임스는 선실로 들어오며 말했다.

"이런, 안이 꽤 좁네요. 그렇게 입고 앉아 있으면 더워서 질식할 겁니다, 로렌스."

오늘 만찬의 주요 손님인 제임스가 외투를 벗고 앉았으므로 로렌스도 망설이지 않고 외투와 목도리를 벗을 수 있었다. 그랜비와 다른 장교들도 얼른 그들이 하는 대로 따랐고, 라일리와 해먼드도 마찬가지였다. 오직 퍼벡 대위만 외투에 목도리까지 그대로 착용한 채 굳은 표정으로 앉아 있었다. 즐거운 분위기 속에서 저녁식사를 마친 뒤, 로렌스는 제임스와 라일리, 해먼드에게 용갑판으로 올라가자고 제안했다. 그들은 용갑판에 자리를 잡고 앉아 담배를 피우고 포트와인을 마시며 못 다한 얘기를 나눴다. 테메레르의 거대한 몸이 그들의 얘기가 새어나가지 않도록 막아주었다. 로렌스가 부하들에게 앞갑판 쪽으로 가서 쉬라고 지시를 해두었기 때문에 지금 용갑판에서 그들의 얘기를 들을 만한 사람은 쑨카이뿐이었다. 평소처럼 용갑판 한쪽 구석에 앉아 바람을 쐬고 있는 쑨카이에겐 영어로 떠드는 그들의 대화가 의미 없는 소음에 불과할 테니 그의 존재가 그리 신경 쓰이지는 않았다.

제임스는 주로 편대의 움직임에 관해 얘기했다. 아우스터리츠 전투의 승리감에 도취되어 있는 나폴레옹이 또다시 공중으로 침입할 경우에 대비해 지중해에 주둔하고 있던 영국 용들을 거의 모두 영국해협 쪽으로 재배치하고, 라에티피캇과 엑스쿠르시우스의 편대로 하여금 주변을 철저하게 경계하도록 했다는 것이었다.

라일리가 말했다.

"그런 식으로 배치해 놓으면 지브롤터 쪽을 감시할 용의 수가 부족할 텐데요. 툴롱을 주시해야 하는데 말입니다. 트라팔가르 전투에서 우리가 프랑스와 스페인의 군함을 스무 척 정도 빼앗기는 했지만, 이제 나폴레옹이 유럽의 주요 숲을 손아귀에 넣었으니 군함을 더 많이 만들겠지요. 국방성에서 그 점에 관해 신경을 써야 할 텐데 걱정입니다."

의자 등받이를 뒤로 밀고 난간에 두 발을 올려놓고 앉아 있던 제임스가 쿵 하고 의자를 바로 놓고 앉으며 말했다.

"아, 이런. 중요한 얘길 빠뜨렸네요. 피트 수상에 대한 소식 못 들으셨죠?"

해먼드가 걱정스런 표정으로 제임스에게 물었다.

"편찮으시다고 들었는데 좀 어떠신가요?"

"편찮으신 정도가 아니라 돌아가셨습니다. 벌써 2주일 전에요. 사람들 말로는 아우스터리츠 전투의 패배 때문에 충격을 받아 돌아가신 거라고 하더군요. 오스트리아가 휴전 협정에 서명했다는 소식을 듣고 자리보전하고 누워 계시다가 세상을 뜨셨답니다."

라일리와 로렌스가 각각 조용히 말했다.

"고인의 명복을 빕니다."

"아멘."

나이가 많지도 않고 앨런데일 경보다도 젊은 피트 수상이 벌써 세상을 떠났다니, 충격이 아닐 수 없었다.

듣고 있던 테메레르가 물었다.

"피트 수상이 누군데?"

로렌스는 피트 수상에 관해 알려주고 수상이라는 직위에 대해 간단히 설명해 주었다. 그리고 제임스에게 질문을 던졌다.
 "제임스, 누가 새 수상으로 선출될지에 대한 얘기는 못 들었습니까?"
 로렌스로서는 새 영국 수상이 중국에 대한 외교 정책을 지금보다 온건한 쪽으로 혹은 강경한 쪽으로 바꿀 경우 자신과 테메레르에게 어떤 영향을 미칠지 생각하지 않을 수 없었다.
 "다른 소식을 더 접하기 전에 이리로 출발하게 돼서 못 들었네요. 영국으로 돌아가서 중요한 변화가 포착되면 최선을 다해 케이프타운으로 그 소식이 전해지도록 하겠습니다. 그렇지만 공군 본부에서 우편 배달 용을 아프리카 남단으로 보내는 횟수가 6개월에 한 번 될까말까라서 소식을 확실히 전할 수 있을지는 장담을 못하겠네요. 아프리카 쪽은 아직 상륙 지점도 불확실하거든요. 예전에 이쪽으로 날아왔던 우편 배달 용 몇 마리가 길을 잃고 육로로 들어가거나 해변에서 밤을 보내다가 흔적도 없이 사라진 적도 있고요."

 다음날 아침, 제임스는 볼라틸루스를 타고 손을 흔들며 용갑판 위로 날아올랐다. 연회색 바탕에 하얀 줄무늬가 그려진 작은 용은 낮게 깔린 얇은 구름층을 뚫고 올라가 곧 모습을 감췄다. 로렌스가 어머니와 제인, 캐서린에게 쓴 답장들은 볼라틸루스의 우편 행낭에 담겨 있었다. 앞으로 수개월간은 영국에서 편지를 받아볼 수 없을 터였다.
 그렇지만 우울해할 시간도 없었다. 리우빠오가 로렌스를 갑판 아래로 불러내려서 원숭이 내장 대신 어떤 재료를 써서 요리하는 게 좋겠는지를 물어왔기 때문이다. 로렌스는 양의 콩팥을 쓰면 어떻겠

냐고 제안했고, 리우빠오는 로렌스에게 신년 잔치와 관련해서 여러 가지로 도움을 달라고 요청했다. 결국 로렌스는 주말까지 중국인들의 신년 잔치 준비를 도우며 정신없이 보내야 했다. 중국인 요리사들이 요리실을 차지하고 밤낮으로 김을 뿜어내며 음식을 만드는 통에 용갑판이 점점 뜨거워져서 결국 테메레르가 너무 덥다고 투덜거릴 지경에 이르렀다. 중국인 시종들은 새해맞이 해충 구제라면서 갑판 밑에 사는 쥐들을 잡으러 다니기 시작했다. 쥐가 굉장히 많아서 일일이 잡기 힘들 텐데 시종들은 끝까지 쫓아다니며 잡아냈다. 그리고 하루에 대여섯 번 정도 갑판 위로 올라와 통에 담긴 죽은 쥐들을 바다로 내던졌다. 항해 막바지에 이르러 식량이 떨어지면 비상식량으로 쥐를 먹기도 하기 때문에 해군 소위들은 못마땅한 눈빛으로 그 광경을 지켜보았다.

　신년 잔치에 초대받은 로렌스는 무슨 옷을 입고 가야 좋을지 망설이다 최대한 격식을 갖춰 입기로 결정했다. 식사 시중을 위해 라일리의 급사인 젯슨도 빌리기로 했다. 로렌스는 풀을 먹이고 다림질을 한 가장 좋은 셔츠를 입고 비단 양말을 신은 다음, 평소에 입던 바지가 아닌 무릎 밑에서 훌친 깨끗한 반바지를 입었다. 그리고 앞에 술이 달린 군용 장화를 광나게 닦아서 신었다. 암녹색 공군 제복의 양 어깨에는 금색 막대로 된 견장을 붙이고, 크고 푸른 리본 위에 해군 장교 시절 나일 강 전투에서 받은 금메달을 달고, 도버 전투에 참전한 비행사 자격으로 받은 은핀도 꽂았다.

　중국인들이 마련한 식당으로 들어서는 순간, 로렌스는 그렇게 공을 들여 치장을 하고 오기 잘했다 싶었다. 문간에 멋들어지게 걸려 있는 붉은 천을 피해 고개를 숙이며 안으로 들어간 순간, 호화로운 내부 장식이 단번에 그를 압도했다. 아름다운 천을 늘어뜨려 화려하게 장식된 식당은 발밑이 파도에 조금씩 움직이는 것을 제외하면 육지의 거대한 궁전 내부와 다를 게 없었다. 식탁 위에는 금과 은으로 가장자리를 장식한 다양한 색깔의 섬세한 도자기 그릇들과 일주일 내내 로렌스를 불안하게 했던 옻을 칠한 젓가락들이 가지런히 놓여 있었다.

용싱 왕자는 지금까지 보았던 것 중에서 가장 화려한 옷을 입고 식탁 머리에 위엄 있게 앉아 있었다. 누런 황금색 비단에 푸른색과 검은색 실로 용 여러 마리가 수놓아진 옷이었다. 식탁 머리에서 가까운 곳에 앉은 로렌스는 그 용들의 눈과 발톱에 작은 준보석들이 박혀 있는 것을 보았다. 특히 가슴 쪽에 있는 용은 나머지 용들보다 훨씬 컸고 몸통이 순백색 비단실로 수놓아져 있었으며, 다섯 개의 발톱이 붙어 있는 각 발과 두 눈에는 루비가 박혀 있었다.

식당 안은 곧 사람들로 가득 찼다. 한옆에 따로 차려진 식탁에 다닥다닥 붙어 앉은 어린 장교들과 훈련생 에밀리와 다이어는 방 안의 열기로 얼굴이 분홍빛으로 상기되어 있었다. 영국인 상급 장교들이 모두 착석하자 중국인 시종들이 차례로 잔에 술을 따랐고, 곧이어 요리실에서 나온 시종들이 얇게 썰어 차갑게 식힌 다음 진노란 땅콩가루를 뿌린 고기, 병조림한 체리, 머리와 앞다리가 그대로 붙어 있는 참새우가 담긴 커다란 접시들을 식탁 한가운데에 차려놓았다.

용싱 왕자가 건배의 뜻으로 술잔을 들어 올리자 나머지들도 서둘러 잔을 들었다. 잔에 담긴 따뜻한 술은 위험하다 싶을 정도로 부드럽게 목구멍을 타고 넘어갔다. 쌀로 만든 곡주였다. 그것이 식사 시작을 알리는 신호였는지 중국인들은 큰 접시에 담긴 요리를 먹기 시작했다. 로렌스가 고개를 돌리고 슬쩍 보니, 어린 장교들과 에밀리, 다이어는 전혀 어려워하는 기색 없이 중국인들이 하는 대로 젓가락으로 음식을 집어먹고 있었다. 음식을 입 안 가득 넣고 씹느라 양 볼이 빵빵하게 부풀었다.

로렌스는 젓가락질을 할 수가 없어 앞에 놓인 젓가락 하나만 들어 쇠고기 한 점을 쿡 찍어서 입으로 가져갔다. 훈제 쇠고기였는데 향긋한 맛이 났다. 로렌스가 그 고기를 씹어 넘기자마자 용싱 왕자가 또다시 잔을 들어 올렸고 로렌스도 다른 이들처럼 술잔을 비워야 했다. 그런 식의 건배가 몇 번 더 이어지고 나자 로렌스는 취기가 올라 몸에 열이 나고 머릿속이 빙글빙글 돌았다.

젓가락 사용에 대한 두려움이 점차 사라지자 로렌스는 참새우 하나를 집어 들었다. 소스가 발라져 있어 미끄럽고 잡기가 힘들었다. 다른 영국 장교들은 참새우에 손도 대지 않고 있었다. 로렌스의 젓가락에 잡힌 참새우가 머리를 끄덕끄덕하며 반들거리는 까만 눈을 부릅뜨고 인사를 하는 듯했다. 로렌스는 중국인들이 하는 대로 참새우의 목을 잡아 머리를 떼어낸 후 입에 넣었다. 한 입 씹자마자 엄청나게 매운 맛이 입 안 가득 뿜어져 나왔다. 로렌스는 코로 숨을 확 들이켜며 물을 벌컥벌컥 마셨다. 이마에서 확 땀이 솟아 관자놀이를 타고 턱 아래 옷깃을 적셨다. 리우빠오는 로렌스의 표정을 보고 웃음을 터뜨리며 곡주를 잔에 더 채워주었다. 그리고 흡족한 얼굴로 몸을 앞으로 기울이며 그의 어깨를 툭 쳤다.

잠시 후 시종들이 식탁 위에 놓인 큰 접시를 치우고 만두가 가득 담긴 나무 접시를 그 자리에 차려놓았다. 밀가루를 얇게 반죽해서 만든 만두와 빵처럼 두껍게 부풀려서 만든 만두가 섞여 있었는데,

그나마 젓가락으로 집기가 쉬웠고 한 입에 씹어 넘길 수 있는 크기였다. 요리사들이 어떤 식으로 요리를 했는지는 몰라도 맛은 핵심 재료가 빠져 있는 것 같았다. 이어서 해초 요리와 양의 신장으로 만든 게 분명한 요리가 나오고, 작은 접시에 담긴 요리들이 세 코스로 나뉘어 줄줄이 나왔다. 그리고 시종들은 차가운 국수와 오랫동안 소금에 절여 갈색으로 변한 야채, 괴상하게 바삭거리는 재료, 생선회가 섞인 작은 그릇을 사람들 앞에 각각 하나씩 놓아주었다. 생선회는 흐릿한 분홍빛 살이 탱탱했다. 해먼드가 그중 바삭거리는 것을 가리키며 무엇인지 묻자 질문을 받은 중국인은 말린 해파리라고 대답했다. 해먼드를 통해 그 얘기를 전해들은 영국인들은 자신들의 접시에 담긴 그 해파리를 집어 몰래 바닥에 버렸다.

리우빠오는 그 작은 그릇에 담긴 재료들을 공중으로 휙 띄워 고루 섞으면서 로렌스에게 따라 해보라고 했다. 리우빠오는 재료를 공중에 띄워 섞는 것은 행운을 기원하기 위해서이며 높이 띄울수록 좋은 것이라고 했다. 해먼드의 통역을 들은 영국인들은 행운이 따른다는 말에 주저 없이 그릇을 들고 재료를 위로 휙 던져 올렸지만 제대로 받질 못해서 그릇에 담긴 생선회 조각과 야채 등이 옷과 식탁 위로 튀었다. 대부분 자기 앞에 놓인 주전자의 곡주를 거의 비운 상태라 용싱 왕자가 지켜보고 있는데도 대담하게 그 재료들을 휙휙 던져 올리며 즐거워했다. 덕분에 영국인들의 제복엔 온통 생선 조각과 국수 등이 묻게 되었다.

라일리가 큰 소리로 말했다.

"우리가 노르망디 호의 소형 범선을 타고 경험했던 것보다 더 지독한 광경이군요, 로렌스 대령님."

생선회를 보고 하는 말이었다. 주변에 앉은 해먼드와 리우빠오가 관심을 보이자 라일리가 자세하게 얘기하기 시작했다.

"우리 둘은 야로 함장이 지휘하는 노르망디 호에 탔다가 암초에 부딪쳐 좌초를 당했습니다. 결국 리오에서 1,100킬로미터 떨어진 곳에 있는 어떤 무인도에 고립되었죠. 야로 함장은 구조 요청을 하라며 저와 로렌스를 포함한 해군 열두 명을 노르망디 호에 딸린 소형 범선에 태워 바다로 다시 보냈습니다. 그때 로렌스는 겨우 중위 신분이었지만 함장보다도 바다에 관해 훨씬 잘 알았죠. 함장이나 일등항해사는 훈련받은 원숭이만큼도 바다를 모르는 자들이라 노르망디 호를 좌초시킬 정도였으니 자기네가 직접 구조 요청을 하러 나갈 수가 없었던 겁니다. 하지만 그들은 우리가 탄 소형 범선에 비상식량조차 충분히 실어주지 않았습니다."

라일리는 그때 일이 떠오르자 아직도 분이 치미는 모양이었다. 로렌스가 라일리를 대신해 얘기를 이어갔다.

"우리 열두 명이 가진 거라고는 딱딱한 빵 약간과 코코넛 한 자루뿐이라 곧 굶주리게 되었습니다. 그래서 결국 물고기를 잡아서 굽지도 않고 그 자리에서 뜯어먹었죠. 하지만 저는 큰 불만은 없습니다. 결국 우린 성공적으로 구조 요청을 했고 그 사건을 주목하신 골리앗 호의 폴리 함장님이 저를 부하로 뽑으시고 대위로 승진시켜 주셨으니까요. 그때 날생선을 아주 실컷 먹었습니다."

로렌스는 날생선을 비상시에 어쩔 수 없을 때에만 먹는 음식이라 여겼지만, 그런 생각을 여기서 드러낼 경우 잔치 분위기에 찬물을 끼얹게 될 테니 서둘러 덧붙였다.

"물론 지금 식탁에 있는 이 생선회의 뛰어난 맛에 비할 수는 없지만요."

그때부터 과음으로 혀가 풀린 영국 해군 장교들은 점차 꼿꼿했던 등을 구부리고 편하게 앉아 이런저런 일화들을 풀어놓았다. 통역관은 큰 관심을 보이는 중국인들을 위해 영국 장교들이 하는 말을 부지런히 중국어로 옮겼다. 용싱 왕자까지도 귀를 기울여 경청했다. 용싱은 가끔 건배를 위해 잔을 들어 올릴 뿐 아무 말도 하지 않았지만 눈빛은 많이 느긋해져 있었다.

리우빠오가 호기심을 드러내며 말했다.

"로렌스 대령은 수많은 곳을 다녀봤을 테니 희한한 모험도 많이 해봤겠군요. 중국의 '정화' 장군도 아프리카까지 항해를 했었는데 일곱 번째 항해를 나갔다가 세상을 하직했소. 바다에 수장을 했기 때문에 중국에 있는 정화 장군의 무덤은 비어 있다오. 혹시 바다에서 목숨이 끊어져 제사 지낼 무덤조차 없게 될까봐 걱정되지는 않소?"

"그리 걱정할 만한 문제는 아니라고 생각합니다."

이렇게 대답했지만 로렌스는 솔직히 그런 부분을 심각하게 생각해 본 적이 단 한 번도 없었다.

로렌스가 계속해서 말했다.

"프랜시스 드레이크 제독과 제임스 쿡 선장을 비롯해 무수히 많은 위대한 뱃사람들이 바다에 몸을 묻었고 리우빠오 공사께서 말씀하신 정화 장군도 바다에 수장되었으니, 그 분들과 무덤을 나눠 쓸 수 있다면 오히려 영광일 겁니다."

리우빠오가 고개를 절레절레 저으며 말했다.

"흠, 그런 말을 하는 것을 보니 대령은 고향에 아들들을 많이 낳아

됐나 보구려."

사적인 영역에 관해 아무렇지도 않게 그런 말을 하자 로렌스는 놀라고 당황해서 생각할 겨를도 없이 대답했다.

"아뇨, 공사님. 그게 아니라, 저는 아직 결혼을 안 했습니다."

통역관이 로렌스의 말을 옮기자 리우빠오는 가엾어했고 나머지 중국인들도 크게 놀랐다. 용싱과 쑨카이도 로렌스를 빤히 쳐다보았다.

분위기에 떠밀려 로렌스는 어쩔 수 없이 설명을 해야 했다.

"저는 셋째아들이라서 결혼을 급하게 할 필요가 없습니다. 큰형은 결혼해서 아들 셋을 두고 있죠."

해먼드가 끼어들었다.

"실례하겠습니다, 로렌스 대령님. 제가 대신 중국분들께 설명하죠. 영국에서는 맏아들만 가문의 재산을 물려받고 나머지 자식들은 스스로 살길을 개척해야 합니다. 중국 문화와는 다르지요."

용싱 왕자가 불쑥 로렌스에게 물었다.

"너의 아버지도 너와 같은 군인인가? 가진 땅이 너무 적어서 자식들에게 나눠줄 수가 없는 건가?"

로렌스는 무시를 당하는 것 같아 발끈했다.

"아뇨, 왕자님. 제 아버지는 앨런데일 경이며 영국의 귀족입니다. 우리 가문의 영지는 노팅엄셔에 위치해 있는데, 와서 보시면 알겠지만 그 크기가 상당한 편입니다."

그 말에 용싱은 놀라면서 불쾌한 표정을 지었다. 어쩌면 불쾌해한 것이 아니라 때마침 시종들이 내온 수프를 먹느라 인상을 찡그린 것일 수도 있었다. 그 수프는 아주 맑고 금빛이 감도는 색깔이었으며 흐릿한 연기내가 섞인 특이한 맛이었다. 그 수프와 함께 나온 주전자에는 톡 쏘는 향이 나는 빨간 식초가 담겨 있었고, 그 옆에 놓인 그릇에는 짧게 잘라 바삭하게 말린 국수가 담겨 있었다.

시종들이 음식을 들여오는 동안 쑨카이가 통역관을 통해 로렌스에게 물었다.

"로렌스 대령, 당신 아버지는 왕의 친척입니까?"

로렌스는 그 질문을 받고 놀랐지만 덕분에 수저를 내려놓을 핑계가 생겨 다행이라는 생각도 들었다. 여섯 코스로 나온 음식들을 다 먹은 것도 아닌데, 배가 몹시 불러서 그 수프를 입에 떠 넣기가 괴로웠던 것이다.

"아뇨. 감히 국왕 폐하를 친척이라고 부르는 일은 있을 수도 없습니다. 우리 가문은 플랜태저넷 왕가의 후손으로 지금의 영국 왕실과는 아주 약간 관계가 있을 뿐이니까요."

쑨카이는 통역관의 말을 듣고 또다시 질문을 던졌다.

"그럼 매카트니 경보다는 당신이 영국 국왕과 더 가까운 관계인 겁니까?"

통역관이 이름을 이상하게 발음해서 로렌스는 누구와 비교해서 말하는지 곧장 알아듣지 못했다. 그러자 옆에 있던 해먼드가 예전에 중국을 방문했던 영국 대사를 말하는 거라고 소곤거리며 알려주었다.

로렌스가 대답했다.

"아, 물론입니다. 매카트니 경은 대대로 영국 왕실에 봉사해온 귀족 출신이고, 그 분의 가문이 우리 가문에 비해 결코 처진다고는 할 수 없습니다. 그러나 제 아버지 역시 1529년에 백작 작위를 받은 분의 11대 후손으로, 현재 앨런데일 경으로 불리며 백작 작위를 보유하고 계십니다."

로렌스는 자기가 왜 지구를 반 바퀴나 돌아 자신의 가문과 별 관계도 없는 사람들 앞에서 조상에 관해 열을 올리며 구구절절 떠들어야 하는지 그 이유를 몰랐다. 고향에 있는 친구들 앞에서도 입에 올린 적 없는 얘기인데 말이다. 앨런데일 경은 로렌스가 어렸을 때부터 수시로 불러 앉혀 놓고 집안의 뿌리와 역사에 관해 귀에 딱지가 앉을 때까지 설명을 하곤 했다. 특히 로렌스가 해군이 되겠다며 처음 가출을 시도하고 난 뒤로 가문에 대한 아버지의 강연은 더욱 잦아졌다. 그래서 당시 로렌스는 4주간 동안 하루도 빠짐없이 아버지의 서재로 불려가 그 지긋지긋한 얘기를 경청해야 했다. 그 덕분에 훌륭한 귀족인 매카트니 경과 비교당하고 있는 지금도 로렌스는 크게 당황하지 않고 가문의 역사에 관해 차분히 대답할 수가 있었다.

앨런데일 경이 가문에 대한 얘기를 할 때 열정적으로 귀를 기울였던 이는 완고한 친척들 몇 명뿐이었는데, 지금은 쑨카이뿐만 아니라 영국인 장교들도 로렌스의 얘기에 큰 관심을 보이고 있었다. 로렌스는 흐릿한 기억으로밖에 남아 있지 않은 가문의 역사에 관해 상세하게 털어놓아야 할 것 같은 불길한 예감이 들었다. 그래서 얼른 여기서 마무리를 해야겠다 싶었다.

"이 정도로 마치겠습니다. 종이에 써가면서 하면 몰라도 이렇게 말로 하자니 기억이 잘 나지 않는군요. 죄송합니다."

하지만 흥미롭게 경청하던 리우빠오가 돌연 나섰다.

"아, 그거 좋은 방법이군."

그리고 리우빠오는 붓과 먹을 가져오라고 지시했다. 시종들이 수프 그릇들을 치우고 식탁 위에 종이와 붓, 먹물이 담긴 그릇을 내려놓았다. 근처에 앉아 있던 이들이 자세히 보려고 모여들었다. 중국인들은 호기심에서, 영국인들은 계속 나오는 요리를 피하고 싶은 마음에서 얼른 로렌스 쪽으로 다가왔다. 아직 나올 요리들이 남아 있었는데, 그 요리를 늦지 않게 내오려고 신경 쓰고 있는 것은 요리사들뿐이었다.

쓸데없이 가문을 자랑하다가 벌을 받는구나, 하는 생각을 하며 로렌스는 여러 사람들이 지켜보는 가운데 기다란 한지에 붓으로 가계도를 그려나갔다. 붓으로 알파벳을 쓰는 것도 쉽지 않은 데다 수많은 조상들의 이름을 전부 기억해내려니 머리에 쥐가 날 지경이었다. 결국 로렌스는 몇 부분은 이름을 빼고 성만 적어 넣었고 이름이 들어갈 자리에 물음표를 써 넣었다. 몇 번 인상을 찡그린 끝에 에드워드 3세와 살릭 족 조상들의 이름까지 적어 넣고는 가계도 작성을 끝마쳤다. 로렌스는 생각보다 필체가 엉망이 아니라는 데 안도했다. 로렌스가 중국 글자를 보고 무슨 뜻인지 모르는 것처럼 중국인들도 알파벳으로 작성된 그 가계도의 내용을 알아볼 리 없었다. 그런데도 중국인들은 그 종이를 여러 차례 서로 돌려보며 자기네들끼리 한참 논의를 했다. 융싱 왕자는 무표정한 얼굴로 그 종이를 한참 내려다보았고, 쑨카이는 아주 만족스런 표정으로 그 종이를 둘둘 말아 시종에게 따로 보관하도록 일렀다.

다행히 로렌스의 가문에 대한 얘기는 더 이상 이어지지 않았다. 하지만 잠시 중단됐던 요리들의 행렬이 다시 이어졌다. 톡 쏘는 맛이 나는 소스를 바른 닭 여덟 마리가 커다란 접시에 담겨 나왔다. 시종들은 김이 모락모락 나는 그 닭고기를 커다란 칼로 익숙하게 잘랐다. 로렌스는 배가 불러 더 이상 먹을 수가 없었다. 그러나 사양할 수도 없는 분위기라서 시종들이 그의 접시에 닭고기를 담도록 내버려두었다. 닭고기는 부드럽고 즙이 풍부해서 맛이 좋았지만 이미 가득 차버린 뱃속에 밀어 넣자니 여간 고역이 아니었다. 하지만 그게 끝이 아니었다. 남은 닭고기를 치운 뒤 시종들은 소금에 절인 돼지고기의 비계로 튀긴 생선 요리를 식탁 위에 올려놓았다. 영국의 상급 장교들이 예의상 그 생선을 조금씩 뜯어먹고 있는데 곧이어 달달한 중국식 디저트가 나왔다. 디저트는 붉은색 속을 잔뜩 넣고 시럽을 바른 달짝지근한 떡과 씨앗이 든 과자였다. 시종들은 특별히 신경 써서 그 디저트를 어린 장교들과 훈련생들의 접시에 듬뿍 담아주었다.

결국 에밀리가 질린 표정으로 말했다.

"내일 먹으면 안 될까요?"

마침내 신년 잔치가 끝났다. 영국인들 중 십여 명은 부른 배를 주체할 수가 없어 옆에 앉은 이들의 부축을 받아 간신히 몸을 일으킨 다음 그 방을 나섰다. 그리고 혼자 걸을 수 있는 영국인들은 서둘러 갑판으로 올라가 경치를 즐기는 척하며 난간에 줄줄이 기대어 섰는데 실은 대소변으로나마 속을 좀 비워보려고 화장실 앞에 줄을 지어서 있는 것이었다. 로렌스는 자신의 선실에 딸린 개인 화장실로 가서 먼저 볼일을 보았다. 그리고 다시 용갑판으로 올라와 테메레르 곁에 앉았다. 그들먹한 뱃속만큼이나 머리가 무거웠다.

테메레르는 아직도 잔치 음식을 즐기는 중이었다. 중국인 시종들이 중국 용들이 좋아하는 갖가지 맛있는 요리를 차례로 갖다 바치고 있었다. 지금 테메레르가 먹고 있는 것은 소의 간과 폐를 곱게 다지고 갖은 양념을 해서 소 창자에 채워 넣은 요리였는데, 모양은 대형 소시지와 비슷해 보였다. 그 뒤로 매운 양념을 잔뜩 뿌린 뒤 겉을 살짝 구운 소 엉덩이살 요리가 나왔다. 그 양념은 아까 로렌스가 먹고 기겁을 했던 것과 똑같이 매캐한 냄새가 났다. 그리고 커다란 다랑어의 고동색 살을 두껍게 발라내어 노란 국수 위에 층층이 쌓은 요리가 나왔다. 그리고 시종들은 잔치의 대단원을 장식하는 멋들어진 요리를 가지고 나왔다. 다진 양고기를 그 껍질에 다시 채워 넣고 꿰맨 뒤 진홍색으로 물들이고 아래쪽에 나무 조각으로 만든 다리 네 개를 끼워 넣어 마치 살아 있는 양처럼 보이게 만든 요리였다.

"우와, 엄청 맛있다!"

테메레르는 맛을 보고 깜짝 놀라며 탄성을 내질렀다. 그리고 중국어로 시종들에게 질문을 했다. 시종들은 수없이 고개를 조아리며 대답을 했고, 테메레르는 고개를 끄덕였다. 껍질과 나무다리만 남기고 그 안에 든 고기를 다 먹어치운 테메레르가 만족스런 한숨을 내쉬고 용갑판에 주저앉으며 로렌스에게 말했다.

"껍질이랑 나무다리는 장식용이래. 시종들이 그러는데 중국 용들은 사람들과 마찬가지로 껍질은 먹지 않는대."

오늘 신년 잔치에서 음식 대접을 받은 손님들 중 제대로 맛있게 먹은 이는 테메레르뿐인 것 같았다. 뒷갑판 아래쪽에서 과식으로 속이 거북해진 해군 소위들이 헛구역질을 하는 소리가 희미하게 들려왔다.

"흠, 매운 양념이 엄청 많이 발라져 있던데 나중에 체하지나 마."

로렌스는 이 말을 내뱉자마자 후회했다. 테메레르가 중국 요리를 맛있게 먹는 걸 보자 기분이 언짢았고 중국에 관해 묘한 질투심이 일었던 것이다. 지금껏 그는 테메레르에게 물고기나 양고기 따위만 먹였을 뿐, 특별한 날만이라도 이렇게 정성들여 만든 요리를 먹일 생각을 하지 못했다.

"안 체해. 엄청 맛있는데, 뭐."

테메레르는 아무렇지 않게 대답하고는 입을 벌리고 하품을 했다. 그리고 몸을 쭉 폈다가 발톱을 구부리고 몸을 오므리면서 말을 이었다.

"내일은 장거리 비행하러 가면 안 될까? 지난 일주일 동안 조금씩 날아봤는데 전혀 피곤하지 않았어. 장거리도 충분히 날 수 있을 것 같아."

"그래, 한번 해보자."

테메레르의 몸 상태가 크게 호전되어 로렌스도 기뻤다. 케이프코스트 항구를 출발한 직후에 케인스는 테메레르의 상처가 다 나았다면서 잠깐씩 비행을 해도 좋다고 허락했다. 테메레르를 타고 날면 안 된다는 용싱 왕자의 금지 명령이 철회된 것도 아니었지만, 로렌스는 처음부터 용싱의 명령에 따를 생각도, 금지령을 취소해 달라고 애원할 생각도 없었다. 그런데 로렌스가 용싱의 명령을 대놓고 어기기 전에 해먼드가 발 빠르게 나서서 그 문제를 교묘하게 외교적으로 해결해 주었다. 케인스의 최종 진찰이 있은 뒤 용싱이 갑판으로 올라와 로렌스에게 비행을 해도 좋다고 허락을 했던 것이다.

"룽티엔샹의 건강을 위해 운동을 하는 것이 좋다고 하니 데리고 날아도 좋다."

그래서 로렌스와 테메레르는 용싱과 충돌을 빚을 필요 없이 편안하게 하늘로 날아오를 수 있었다. 그동안 테메레르는 짧은 거리를 비행하면서도 상처 부위가 쑤신다며 좀처럼 빠른 속도를 내지 못했는데, 이제 스스로 장거리 비행을 해보겠다고 하니 몸이 완전히 나은 게 확실한 모양이었다.

테메레르가 황혼 무렵부터 잔치 음식을 받기 시작했던 터라 마지막으로 나온 양 모양 요리를 먹은 뒤엔 하늘이 캄캄해져 있었다. 로렌스는 테메레르 곁에 누워 아직 익숙해지지 않은 남반구의 하늘을 올려다보았다. 항해장이 별자리를 보고 경도를 확실히 파악할 수 있을 정도로 하늘이 맑았다. 용성 왕자와의 식사에 초대받지는 못했지만 따로 곡주를 넉넉하게 받아 마신 선원들은 신이 나서 거칠고 음탕한 노래를 부르며 여흥을 즐기고 있었다. 로렌스는 에밀리와 다이어가 갑판에서 그 노래를 듣고 있을까봐 얼른 주변을 살펴보았다. 갑판에 보이지 않는 걸 보니 두 아이는 저녁식사 후 곧장 잠자리에 든 모양이었다.

잠시 후 선원들도 잔치 기분을 뒤로 하고 그물 침대에 눕기 위해 한 명씩 갑판 아래로 내려가기 시작했다. 그때 뒷갑판 쪽에서 용갑판을 향해 걸어오는 라일리의 모습이 보였다. 라일리는 지치고 괴로운 표정으로 계단을 한 발짝씩 느릿하게 올라오고 있었다. 로렌스는 라일리를 불러 옆에 앉게 했으나 그의 부른 배를 생각해 와인을 권하지는 않았다.

로렌스가 말했다.

"대단한 잔치였어. 배가 터질 지경으로 먹었으니까. 하지만 사실, 그 많은 요리를 다 내오지 말고 딱 절반만 내왔으면 좋았을 뻔했어. 중국인 시종들이 내 배를 채우려고 안달들을 하지 않았으면 더욱 좋았을 것이고."

"아…… 예, 맞는 말씀입니다."

다른 생각을 하고 있는 것 같은 말투라 자세히 쳐다보니 라일리는 언짢은 일이 있었는지 인상을 찡그리고 있었다.

"무슨 일 있나? 뭐가 잘못됐어?"

삭구와 돛대를 살펴봤지만 모두 멀쩡했다. 로렌스의 본능도 얼리전스 호가 아무런 이상 없이 순조롭게 앞으로 나아가고 있다고 말해주고 있었다. 앞으로도 항해에는 별 문제 없을 듯했다.

라일리가 말했다.

"로렌스 대령님, 제가 입이 싼 사람은 아니지만 이 일은 그냥 덮어 두기 어려우니 얘기를 해야겠습니다. 대령님이 데리고 있는 그 훈련생 말입니다. 롤랜드라는 성을 가진 애요. 그 애가 식당에서 그대로 잠이 들었었나 봅니다. 중국인 시종이 통역관을 통해 저더러 그녀가 잠이 들었으니 데리고 나가 달라고 말을 전하더군요."

로렌스는 라일리가 무슨 말을 하려는지 짐작되었다.

라일리가 계속해서 말했다.

"통역관이 '그녀'라고 말을 하길래 '그녀'가 아니라 '그'라고 해야 한다고 고쳐주려고 했는데 그 애를 자세히 살펴본 순간 그럴 필요가 없겠더라고요. 그 애는…… 여자애가 맞으니까요. 어떻게 그렇게 오랫동안 숨겨왔는지 짐작도 안 되지만요."

과식한 데다 과음까지 하여 말이 잘 나오지 않자 로렌스는 지치고 짜증이 났다.

"아, 이런 젠장! 그 얘길 아직 아무한테도 하지 않았겠지, 라일리?"

라일리가 조심스럽게 고개를 끄덕이자 로렌스가 말했다.

"부탁하는데, 비밀로 해주게. 사실 롱윙은 남성 비행사를 파트너로 받아들이지 않는 습성이 있어. 롱윙 말고도 그런 용들이 몇 종류 더 있다더군. 그런 용들 때문에 공군 본부에서는 어쩔 수 없이 여성을 공군으로 받아들인 거야. 롱윙은 도저히 포기할 수 없을 정도로 영국 공군에 중요한 용이니까. 그래서 어린 소녀들을 기지에서 훈련시키고 있는 거라네."

로렌스의 표정을 보고 농담이 아니라는 걸 알면서도 라일리는 못 믿겠다는 듯 웃으며 말했다.

"설마…… 말도 안 됩니다. 얼마 전 대령님이 소속된 편대의 리더인 롱윙이 이 배에 탔었고, 저도 그 비행사를 봤는데요."

테메레르가 고개를 들고 끼어들었다.

"릴리 얘기야? 릴리의 비행사는 여자 맞아. 이름은 캐서린 하코트고."

라일리가 로렌스와 테메레르를 번갈아가며 쳐다보았다.

로렌스가 한 번 더 확실하게 말했다.

"사실일세. 틀림없는 사실이야."

겨우 믿음이 가는지 라일리는 황당함과 경악스러움이 뒤섞인 표정으로 말했다.

"그렇지만 로렌스 대령님, 그건 여성에 대한 학대잖습니까? 정부에서 여자들을 전쟁에 내보내기로 한 거라면 언젠가 해군에도 들여놓을 가능성이 있다는 소린데, 그렇게 되면 병력을 두 배로 늘릴 수는 있겠지만 군함이 아예 매음굴로 변할 가능성도 배제할 수 없습니다. 그 와중에 태어난 아이들은 엄마 없이 해변에 남겨져 울어대겠죠."

로렌스는 라일리의 괴상망측한 주장에 열을 올리며 반박하고 싶지 않았다.

"이봐, 그렇게까지 과장해서 말할 필요는 없어. 여군은 공군에 한정된 것이니 일반적인 경우로 확대해석해선 곤란하네. 공군에 들어온 여성들의 자발적인 희생이 없었다면 이 나라의 안전과 행복도 보장하기 힘들 걸세. 내가 지금까지 만나본 여군들은 억지로 공군에 들어온 것도 아니고, 남성들이 해도 무방한 업무에 배치된 것도 아니야. 남성들이 할 수 없는 분야에 특별히 배치되어 이 나라를 위해 충성하고 있는 거지. 그러니 그런 여성들을 놓고 모욕적인 상상을 해서는 안 되는 거라네."

라일리는 이 정도의 설명으로는 납득하지 못하는 눈치였다. 그러나 라일리는 더 이상 자세히 캐묻지 않았다. 그저 안타까운 목소리로 물었다.

"그럼 저 여자아이를 계속 부하로 데리고 계실 작정인 겁니까? 남자 옷을 입고 생활하게 두실 거예요?"

"복무 중인 여군에 관해서는 복장 규제에 관한 윤리규제법령이 적용되지 않아. 국왕 폐하께서 직접 허락하신 일이야. 그 문제로 신경 쓰게 해서 미안하네. 아예 몰랐으면 좋았을 텐데. 앞으로도 힘들겠지만 비밀로 해주게. 부탁하네. 나도 처음 공군 내에 여군이 있다는 사실을 알고는 자네만큼이나 충격을 받았어. 하지만 같이 복무해보니 그녀들은 평범한 여성들과는 달리 어렸을 때부터 공군 기지 내에서 훈련을 받으며 자랐다네. 환경이 그렇다 보니 성별만 여성이지 생활하는 건 남자들과 똑같아."

두 남자의 대화를 듣고 있던 테메레르가 혼란스러운 표정으로 라일리에게 물었다.

"뭐가 어때서 그래? 무슨 차이가 있는데? 릴리는 암컷이지만 나만큼, 아니 거의 나 못지않게 잘 싸우잖아."

테메레르의 마지막 말에서 살짝 우월감이 묻어났다. 로렌스의 설명을 들은 후에도 탐탁지 않은 표정으로 생각에 잠겨 있던 라일리는 파도의 흐름이나 달의 모양 변화에 대한 질문이라도 받은 것처럼 황당해했다. 로렌스는 테메레르가 가끔 표출하는 급진적인 생각에 익숙해져 있던 터라 라일리 대신 대답해 주었다.

"일반적으로 여자들은 남자들보다 덩치도 작고 체력도 약해서 군 복무를 견디기 어려우니까 그런 거야."

"캐서린 하코트 대령은 남자 비행사들보다 작지 않잖아? 그리고 나는 막시무스보다 작고 메소리아는 나보다 작지만, 그런 건 전투 능력과 별로 관계가 없는 것 같던데?"

사실 캐서린은 로렌스를 비롯한 남자 비행사들보다 키도 작고 몸도 날씬했다. 하지만 키가 9미터에 체중이 18톤에 육박하는 테메레르의 관점에서는 키 차이가 별로 없어 보일 수도 있었다.

"사람은 용하고는 달라. 암컷 용은 알을 낳아 따뜻한 곳에 넣어두면 그 알이 알아서 부화를 하니까 자유롭게 돌아다니며 활동할 수가 있어. 하지만 인간의 여성은 아기를 낳으면 어느 정도 클 때까지 계속 돌보며 키워야 해."

테메레르는 눈을 껌벅이며 물었다.

"사람은 알을 안 낳는 거야? 그럼 도대체 어떻게……?"

그때 라일리가 별안간 자리에서 일어나 뛰다시피 걸어가며 말했다.

"실례하겠습니다. 지금쯤 퍼벡이 저를 찾고 있을 거라서요."

로렌스는 라일리가 갑자기 왜 그러는지 짐작이 되었다. 자기 몸무게의 4분의 1도 넘는 음식을 먹었으니 또다시 화장실이 급해질 만도 했다.

로렌스는 테메레르에게 대충 둘러댔다.

"인간의 아기가 어떻게 태어나는지에 관해서는 자세히 설명할 수가 없어. 나도 아직 자식이 없으니까. 자, 시간이 너무 늦었구나. 내일 장거리 비행을 하고 싶으면 오늘 밤에 잠을 푹 자둬야지."

"그래, 이만 자야겠어. 졸려."

테메레르는 하품을 하면서 끝이 두 갈래로 갈라진 기다란 혀를 내밀어 공기 맛을 보았다.

"내일은 맑겠는데. 비행하기에 딱 좋은 날씨가 될 거야. 잘 자, 로렌스. 아침에 일찍 올 거지?"

"아침 먹자마자 바로 올게."

로렌스는 테메레르가 잠들 때까지 옆에 앉아 가만히 쓰다듬어주었다. 테메레르의 몸은 따뜻했다. 며칠 간 쉴새없이 음식을 만들어 내던 요리실의 오븐이 마침내 쉬게 되었지만, 아직 열기가 남아 있어 용갑판이 뜨끈한 탓일 것이다. 테메레르의 눈이 스르르 감기자 로렌스는 몸을 일으키고 뒷갑판을 향해 걸어갔다.

사람들은 대부분 숙소로 돌아가고 몇 명은 갑판에서 졸고 있었다. 야간 담당 망꾼들과 제비뽑기로 뽑혀 삭구를 지키게 된 자들은 졸지도 못하고 뿌루퉁한 얼굴로 투덜거리며 앉아 있었다. 밤 공기가 선선했다. 로렌스는 갑판 아래로 내려가기 전에 다리를 펴며 체조라도 하려고 고물 쪽으로 걸어갔다. 그때 불침번을 선 트립 소위가 테메레르처럼 입을 쫙 벌리고 하품을 했다. 로렌스가 그 앞으로 지나가자 트립은 깜짝 놀라며 얼른 입을 다물었다.
 로렌스는 웃음이 나오려는 걸 감추며 말했다.
 "즐거운 저녁 시간 보냈나, 트립?"
 트립은 하루가 다르게 무럭무럭 자라고 있어, 집안 어른들의 성화에 억지로 라일리에게 떠맡겨진 게으르고 버르장머리 없는 소년의 모습을 점차 벗어나고 있었다. 어느새 소매가 위로 겅충하게 올라가 손목의 맨살이 드러났고, 등 쪽 가운데 이음새를 뜯어 파란색으로 염색한 돛천을 기워 넣고 늘린 제복을 입고 있었다. 그 돛천이 원래 제복 색과 똑같지가 않아서 등판 중앙을 타고 괴상한 줄무늬 하나가 그려진 듯 보였다. 고수머리도 햇볕에 바래 허옇게 탈색되어 항해가 끝난 뒤에는 그의 어머니도 아들을 알아보지 못할 듯했다.
 트립이 씩씩하게 대답했다.
 "아, 예, 로렌스 대령님. 음식도 맛있었고, 마지막에 디저트도 열두 개나 줘서 실컷 먹었습니다. 매일 그렇게 먹으면 정말 좋을 텐데요."
 한참 성장기라 소화도 빠르구나 싶어 로렌스는 아직도 더부룩한 자신의 뱃속을 생각하며 한숨을 내쉬었다. 저녁을 그렇게 많이 먹었으니 어려서 소화가 잘 되더라도 잠이 쏟아질 게 분명했다. 로렌스는 이 해군 소위가 불침번을 서다가 졸았다고 나중에 크게 혼이 나는 것은 보고 싶지 않았다.
 "졸지 않도록 조심해."
 "예, 알겠습니다……, 로렌스 대령님."
 트립은 말하던 중간에 하품이 또 나오려는 걸 억지로 참고 말을 맺었다. 그리고 가던 길을 계속 가려는 로렌스를 조심스럽게 불렀다.
 "저……, 중국인 조상들의 영혼은 자기네 자손이 아닌 사람 앞에는 나타나지 않는 거 맞죠?"

"불침번을 서면서 유령 따윌 보는 일은 없을 걸세. 자네가 아까 잔치 자리에서 외투 주머니에 몰래 하나 숨겨서 가지고 나오지 않았다면 말이지."

잠시 어리둥절해하던 트립은 말귀를 알아듣고는 웃음을 터뜨렸다. 하지만 여전히 초조해하는 기색이었다. 영혼이니 유령이니 하는 소문이 돌기 시작하면 미신을 잘 믿는 선원들이 불안해할 것이므로 로렌스가 확인차 물었다.

"누가 유령을 봤다고 얘기하던가?"

"아뇨, 그러니까……, 그게, 모래시계를 뒤집어놓으러 저 앞으로 갔을 때 뭔가를 봤는데요. 내가 누구냐고 하니까 금방 사라졌어요. 중국인 같았는데 얼굴이 새하얗더라고요!"

"중국인 시종을 봤던 것일 게다. 화장실에 들어갔다 나오다가 너랑 마주쳤는데 네가 뭐라고 소리치니까 영어를 못 알아들으니 혼이라도 내는 줄 알고 얼른 내뺐나 보지. 미신에 정신이 팔리면 안 돼, 트립 소위. 일반인들과는 달리 미신에 휘둘리는 행동은 장교에게 약점으로 작용할 수도 있어."

로렌스는 트립이 괴상한 얘기를 퍼뜨리지 않도록 일부러 단호하게 주의를 주었다. 물론 유령에 대한 두려움 때문에 트립이 불침번을 서면서 졸지 않는다면, 나름대로 도움이 될 수도 있겠지만.

트립은 기운 빠진 목소리로 대답했다.

"예, 알겠습니다. 안녕히 주무십시오, 대령님."

로렌스는 느긋하게 갑판 한 바퀴를 마저 돌고 다리를 쭉쭉 펴면서 체조를 했다. 그러자 뒤집힐 것 같던 뱃속도 많이 안정되었다. 한 바퀴 더 돌까 하다가 모래시계가 거의 비어가는 걸 보고 이만 잠자리에 들어야겠다고 마음먹었다. 내일 늦잠을 자서 테메레르를 실망시키고 싶지 않았다. 그가 선실로 들어가려고 갑판 아래 승강구 계단으로 발을 내딛는 순간, 갑자기 누군가가 등을 세게 떠밀었다. 로렌스는 비틀거리다가 승강구 계단 아래로 곤두박질칠 뻔했다. 다행히 본능적으로 계단 옆 밧줄을 붙잡고 매달리는 바람에 몸을 계단에 부딪치기는 했지만 굴러 떨어지지는 않았다. 겨우 중심을 잡으며 계단 중간에 선 로렌스는 화가 나서 고개를 들어 위를 쳐다보았다가 기겁을 하며 주저앉았다. 어둠 속에서 무섭도록 하얀 얼굴이 표정을 일그러뜨린 채 그를 쏘아보고 있었던 것이다.

몹시 놀란 로렌스가 소리쳤다.

"맙소사!"

하지만 곧 로렌스는 그 자가 용성의 시종인 펑리임을 알아보았다. 펑리 역시 로렌스와 거의 동시에 밑으로 떨어질 뻔한 듯 계단 옆 밧줄을 붙잡고 거꾸로 매달려 있었다. 거꾸로 뒤집어진 얼굴에 하얀 분칠까지 되어 있어 더욱 기괴해 보였다. 로렌스는 허우적거리는 펑리의 손을 붙잡아 계단에 앉혀주었다.

"이런, 잘 보고 다녀야지 내 등을 밀치고 내려오면 어떻게 해? 출항한 지도 한참 됐는데 지금쯤은 갑판 위에서 중심을 잘 잡고 걸을 수 있어야지."

펑리는 말없이 로렌스를 쳐다보다가 불쑥 몸을 일으키고 계단 밑으로 허둥지둥 내려갔다. 그리고 중국인 시종들의 숙소가 있는 곳으로 달려갔다. 바람처럼 빠른 속도였다. 진청색 옷에 검은 머리카락이라서 뒤로 돌아 얼굴이 보이지 않게 되니 어둠 속에서 흔적조차 찾기 힘들었다.

로렌스가 큰 소리로 내뱉었다.

"트립이 잘못 본 게 아니었군."

그제야 로렌스는 트립이 바보 같은 소리를 늘어놓은 것이 아니라는 걸 알게 되었다. 그가 선실로 들어가는 동안에도 주책없이 심장은 계속 쿵쾅거렸다.

다음날 아침, 로렌스는 고함 소리와 머리 위 갑판을 달려가는 요란스런 발소리에 잠이 깼다. 벌떡 일어나 갑판 위로 올라가 보니 큰 돛대의 활대가 두 조각이 나서 갑판 위에 쓰러져 있고 그 활대에 걸려 있던 거대한 돛이 앞갑판 위에 축 늘어져 있었다. 테메레르가 어쩔 줄 모르는 표정으로 그것을 바라보다가 갈라지고 쉰 목소리로 말했다.

"일부러 그런 게 아니야."

그리고 나서 최대한 공중을 향해 얼굴을 돌리고 또다시 재채기를 했다. 그 재채기 때문에 잔잔하던 바다가 들썩이며 좌현 쪽에 파도가 철썩철썩 부딪혔다.

진료가방을 들고 갑판 위로 올라온 케인스가 테메레르의 가슴에 귀를 갖다댔다.

"흠."

케인스가 더 이상 아무 말도 안 하고 테메레르의 몸 이곳저곳에 귀를 대보기만 하고 있자 초조해진 로렌스가 무슨 일이냐고 물었다.

"아, 감기네요. 증상이 어느 정도 진행되면 나을 겁니다. 일단은 감기약을 지어 먹이겠습니다. 신의 바람을 일으키는 기관으로 콧물이 흘러들어가고 있는 것인지 확인하려고 귀를 대본 겁니다. 해부해 볼 표본도 없고, 용의 몸 내부에 대한 해부학 자료도 없어서 상세히 알 수가 없으니 갑갑할 뿐이죠."

테메레르는 얼굴 주변의 막을 축 늘어뜨린 채 재채기를 참으려고 숨을 씩씩거렸다. 그러다가 재채기 대신 콧물이 확 튀어나와 케인스의 머리를 온통 뒤덮고 말았다. 얼른 뒤로 물러서서 피한 로렌스는 케인스에게 너무 미안해서 사과의 말조차 할 수가 없었다.

"난 괜찮아. 비행하러 갈 수 있어."

테메레르가 꽉 쉰 목소리로 이렇게 말하며 동조를 구하는 눈빛으로 로렌스를 바라보았다. 로렌스는 얼굴에서 끈적끈적한 콧물을 떼어내고 있는 케인스를 쳐다보며 테메레르를 달랬다.

"잠깐만 날고 와서 이따가 오후에 몸이 좀 나으면 또 나가자."

케인스가 눈만이라도 뜨려고 애쓰며 말했다.

"아뇨, 날씨가 따뜻해서 원하는 대로 실컷 날고 와도 괜찮을 겁니다. 어린애 다루듯 할 필요 없어요. 다만 대령님은 안장 고리에 몸을 단단히 묶으셔야 할 겁니다. 테메레르의 재채기에 안장에서 떨어질 수도 있으니까요. 저는 이만 가보겠습니다."

결국 테메레르는 장거리 비행을 할 수 있게 되었다. 로렌스와 테메레르는 갑판을 이륙하여 하늘로 날아올랐다. 깊고 푸른 물 위에 떠 있는 얼리전스 호가 점점 멀어지고 해안 가까이 날아갈수록 바다가 보석처럼 빛났다. 오랜 세월 풍화되어 경사가 완만해진 절벽엔 초록빛 식물이 빽빽하게 자라고 있었고 파도가 치는 절벽 아래쪽엔 커다란 회색 바위들이 들쭉날쭉하게 서 있었다. 하얀 모래사장이 몇 군데 있기는 했지만 테메레르가 편안히 내려서기엔 좁았다. 그곳을 넘어 해변 안쪽으로 들어가자 끝없는 밀림이 펼쳐져 있었다. 내륙으로 한 시간 가량 날아 들어갔지만 아래로 보이는 것은 푸른 나뭇잎 뿐이었다.

풍경이 출렁이는 파도에서 밀림의 나뭇잎으로 바뀌었을 뿐, 텅 빈 대양 위를 날아가는 것만큼이나 고요하고 외롭고 단조로운 비행이었다. 테메레르는 가끔 정적을 뚫고 올라오는 동물들의 울음소리에 귀를 기울였으나 빽빽하게 뒤덮인 나무 잎사귀에 가려 그 아래는 전혀 보이지 않았다.

"여기는 사람이 살지 않는 거야?"

테메레르는 감기 때문에 조그맣게 말했고 로렌스도 이 정적을 깨뜨리면 안 될 것 같은 느낌이 들어 나지막하게 대답했다.

"그런가 봐. 우리가 너무 깊숙이 들어왔어. 아프리카에서 제일 강한 부족도 해안 쪽에서 살지 내륙 깊숙이 들어오는 일은 거의 없거든. 내륙엔 야생 용을 비롯해서 위험하고 사나운 짐승들이 많으니까."

그들은 한참을 말없이 날아갔다. 햇볕이 뜨거워 졸음이 쏟아지자 로렌스는 고개를 푹 숙인 채 꾸벅꾸벅 졸았다. 테메레르는 몸에 무리가 되지 않도록 느린 속도를 유지하며 날고 있었다. 그러다가 테메레르가 재채기를 하는 바람에 로렌스는 퍼뜩 잠이 깼다. 태양이 이미 하늘의 천장을 지나서 지기 시작하고 있었다. 아무래도 저녁식사 시간에 늦을 것 같았다.

로렌스가 그만 돌아가자고 말하자 테메레르도 순순히 그러자고 했다. 테메레르는 속도를 약간 높여서 얼리전스 호 쪽으로 날았지만 가도 가도 해안선이 보이지 않았다. 사방을 가득 채운 밀림 위로 눈에 띄는 구조물도 없어서 테메레르는 로렌스의 나침반에 의지할 수밖에 없었다. 한참 만에 부드러운 곡선을 그리는 바다가 보이자 몹시 반가웠다. 파도 위를 날아가면서 테메레르도 기분이 한결 좋아졌다.

"감기에 걸리기는 했지만 별로 피곤하지도 않네."

테메레르는 이렇게 말한 뒤 대포처럼 요란하게 재채기를 했고 몸이 순식간에 9미터 정도 위로 휙 치솟았다.

그들은 해가 지고 어둠이 깔린 뒤에야 얼리전스 호로 돌아올 수 있었다. 로렌스가 놓친 것은 저녁 시간뿐만이 아니었다.

어젯밤 갑판에서 펑리를 목격한 자가 트립 말고도 또 있었던 것이다. 로렌스가 테메레르와 비행을 하러 나간 동안 해군 장교 하나가 갑판에서 중국 유령을 보았다는 얘기를 퍼뜨렸다. 그 얘기에 점점 살이 붙어서 결국 열 배는 더 부풀려지고 유령의 존재가 기정사실처럼 굳어지고 있었다.

로렌스가 아무리 그것이 유령이 아니라고 설명을 해도 소용없었다. 다들 유령의 존재를 확신했고, 그중 세 명은 어젯밤 그 유령이 앞 돛대 위에 올라가 저주의 말을 내뱉으면서 위아래로 펄쩍펄쩍 뛰는 지그 춤을 추는 것을 목격했다고 했다. 갑판 중간에서 불침번을 서던 자들은 어젯밤 내내 그 유령이 삭구 주변을 둥실둥실 떠돌아다녔다고 말했다.

그리고 리우빠오가 불붙은 두려움에 기름을 끼얹었다. 다음날 아침 갑판에 올라와 유령에 대한 얘기를 전해들은 리우빠오는 고개를 가로저으며 유령이 나타난 것은 이 배에 탄 누군가가 여성을 부도덕하게 희롱한 죄를 범했기 때문이라고 말한 것이다. 그 죄는 사실 이 배에 타고 있는 거의 모든 영국 장교들과 선원들에게 해당되는 것이어서 그들은 그 중국 유령이 터무니없이 높은 도덕 기준을 지녔다며 투덜거렸고 매끼 식사를 할 때마다 그 문제를 놓고 걱정스런 얼굴로 수군거렸다.

그러면서 자기는 그렇게 파렴치한 놈이 아니며 여성과 관계를 하긴 했지만 심각한 죄를 저지른 것도 아니고 고향에 돌아가는 즉시 그 여성과 결혼을 할 생각이라고 말하는 것이었다. 그리고 그 유령을 분노하게 한 죄를 저지른 범인은 조만간 저주를 받아 죽게 될 거라는 등 온갖 말들을 지어냈다.

흉흉한 소문이 돌고 있어 해군과 공군을 막론하고 야간에 불침번을 서는 것을 꺼려했고, 갑판에 혼자 서 있도록 명령을 받으면 즉시 거부할 태세였다. 라일리는 부하들에게 본을 보이기 위해 혼자 돌아다니며 불침번을 섰으나 소용이 없었다. 로렌스는 군기를 잡기 위해 그가 듣는 데서 유령 얘기를 꺼낸 앨런을 야단쳤다. 그 뒤로 공군들은 로렌스 앞에서 입조심을 했지만 불침번을 설 때마다 가급적 테메레르 곁에 가까이 서 있으려고 했고 혼자 돌아다니지 않고 여럿이 뭉쳐 다녔다.

테메레르는 감기로 골골하면서도 유령 문제에 큰 관심을 나타냈다. 겁을 냈다기보다는 유령을 목격한 사람이 한둘이 아니라는데 왜 자기 눈에는 안 보이는 거냐며 실망한 기색이었다. 하지만 가끔 고개를 공중으로 돌리고 재채기를 할 때를 제외하곤 밤에는 줄곧 곯아떨어져 잤다. 그래서 유령을 목격할 새도 없었다.

처음에 테메레르는 약 먹기가 싫어서 기침이 나는 걸 꾹 참고 숨기려고 했다. 테메레르에게 감기 진단을 내린 직후부터 케인스가 요리실에서 커다란 냄비에 감기약을 넣고 끓이기 시작하여 지독하게 쓴 약 냄새가 갑판 위로 솔솔 올라왔던 것이다. 하지만 재채기가 시작된 지 3일째 되던 날에는 늦은 오후부터 기침이 터져 나와 더 이상 숨길 수가 없게 되었다. 케인스는 조수들과 함께 약이 담긴 냄비를 수레에 담아 끌고 용갑판으로 올라왔다. 냄비 안에는 끈적끈적하고 걸쭉한 갈색 액체가 담겨 있었고, 흐릿한 주황색 물질이 그 위에 둥둥 떠다녔다.

테메레르는 인상을 찌푸리며 냄비 안을 들여다보았다.

"꼭 먹어야 돼?"

케인스는 전혀 봐주지 않았다.

"뜨거울 때 마셔야 효과가 있어."

테메레르는 마지못해 앞발로 그 냄비를 잡고 두 눈을 질끈 감으며 내용물을 한 입 마셨다.

"윽, 우웩! 맛없어."

테메레르는 곧장 옆에 놓인 물통을 입으로 가져가 벌컥벌컥 마셨다. 입 밖으로 새어나온 물이 턱과 목을 타고 갑판 위에 고였다. 테메레르는 물통을 내려놓으며 말했다.

"이 약, 더 못 먹겠어."

로렌스는 걱정이 되어 테메레르를 계속 쓰다듬어주었다. 케인스에게 좀 쉬었다가 먹이자고 말해 보았지만 곧장 거부당했다. 그래서 로렌스로서는 할 말이 없었다. 케인스가 약을 안 먹으면 몸이 더 아플 거라고 경고하자 테메레르는 어쩔 수 없이 남은 약을 다 먹었다. 그리고는 속이 울렁거린다며 헛구역질을 했다.

약 냄비를 비운 테메레르는 갑판에 쓰러지다시피 누우며 말했다.
"다시는 감기 같은 거 걸리고 싶지 않아."
 약을 먹은 덕분인지 기침 횟수가 많이 줄어들었고 숨쉬기도 편해졌다. 그날 밤 테메레르는 편안하게 깊은 잠에 빠져들었다.
 테메레르가 감기를 앓는 동안 로렌스는 밤에도 줄곧 테메레르 곁을 지키며 용갑판 위에서 잠을 잤다. 덕분에 로렌스는 사람들이 갑판 위에서 유령과 마주치지 않으려고 꼴사나운 짓을 하는 것을 목격할 수 있었다. 해가 진 뒤엔 화장실에 갈 때도 혼자 못 가고 꼭 둘씩 짝을 지어 갔고, 잠자러 가기 전에는 죄다 갑판 위에 놓인 두 개의 랜턴 주변에 모여 있곤 했다. 불침번을 서는 장교들도 여럿이 모여 서 있기 일쑤였고, 모래시계를 뒤집고 시간을 알리는 종을 울리러 갑판을 가로질러 갈 때면 얼굴에 핏기가 싹 가시곤 했다.
 유령에 대한 두려움을 떨치기 위해선 뭔가 다른 데로 관심을 돌릴 만한 일이 일어나야 했다. 그러나 날씨가 맑아 폭풍이 칠 기미도 안 보였고, 적의 군함을 만날 가능성도 거의 없었다. 그러니 케이프타운 항구에 도착할 때까지 이런 상황을 견딜 수밖에 다른 도리가 없었다. 항구에 내려 쉬다 보면 유령에 대한 괴소문도 잦아들 터였다.
 테메레르는 자고 있는 동안에도 그렇고 반쯤 깨어 있을 때에도 계속 코를 씰룩거리며 기침을 했고 힘들어하며 한숨을 내쉬었다. 로렌스는 한 손을 테메레르의 몸에 얹고 다른 손으로 무릎 위에 올려놓은 책을 펼쳤다. 랜턴이 흔들려 글씨가 잘 보이지 않았다. 하지만 로렌스는 테메레르의 눈꺼풀이 다시 무겁게 내려올 때까지 천천히 큰 소리로 책을 읽어주었다.

9

 베어드 장군은 조금도 주저하지 않고 말했다.
 "이래라 저래라 하고 싶진 않지만 해마다 겨울 몬순이 끝나가는 이맘때면 인도 쪽으로 부는 바람이 아주 변덕스러워서 예측할 수가 없습니다. 이럴 때 인도 쪽으로 가다 보면 결국 바람에 휩쓸려 도로 케이프타운으로 돌아오게 되어 있죠. 피트 수상의 사망 소식이 각국으로 퍼져나가고 있어 자칫 위험해질 수도 있으니, 캘러던 경이 부임해 올 때까지 여기 머물다가 출항하시는 게 좋을 겁니다."
 나이는 젊지만 근엄한 표정에 다부진 입매를 가진 베어드 장군은 제복의 목깃을 턱에 닿을 정도로 바짝 세워 목이 더욱 꼿꼿하고 길쭉해 보였다. 새 총독으로 임명받은 캘러던 경이 아직 케이프타운 식민지에 도착하지 않고 있어서 베어드 장군이 임시 총독을 맡고 있는 중이었다. 정상이 탁자처럼 편평한 '테이블 산' 밑자락의 마을 한가운데에 위치한 거대한 성이 바로 총독 관저였다. 해먼드를 비롯하여 로렌스와 라일리 등은 지금 이 성에 들어와 베어드 장군과 얘기를 나누는 중이었다. 성 안마당으로 쏟아져 들어오는 눈부신 햇살이 연병장에서 활기차게 훈련 중인 영국 군인들의 총검에 비쳐 반짝거렸다.

해먼드가 말했다.

"6월까지 이곳 항구에 머물 수는 없습니다. 용싱 왕자에게 여기서 게으름을 부리는 모습을 보이느니 차라리 바다로 나가 떠다니면서 최대한 서두르는 척이라도 하는 것이 나으니까요. 용싱 왕자는 벌써부터 얼마나 더 시간을 지체한 뒤에야 여길 떠날 수 있는지, 가다가 또 어떤 항구에 들르게 될 것인지 물으며 저를 채근하고 있단 말입니다."

라일리는 빈 찻잔을 탁자 위에 내려놓고 하인에게 고개를 끄덕여 그 잔을 다시 채우게 하면서 말했다.

"저 역시 식량과 가축을 채우자마자 출항할 수 있으면 좋겠습니다. 얼리전스 호는 속도가 빠른 배는 아닙니다만, 450킬로그램 정도 무게를 더 얹으면 어떤 바람을 맞더라도 항로를 벗어나지 않을 겁니다."

베어드 장군과의 면담을 마치고 얼리전스 호로 걸어 돌아오면서 라일리는 근심 어린 목소리로 로렌스에게 말했다.

"저 역시 얼리전스 호를 끌고 태풍이 치는 바다로 나갈 생각은 없습니다. 절대 안 되는 일이죠. 아마도 평범한 수준의 폭풍이나 비를 좀 맞는 수준일 테니까 크게 걱정 안 하셔도 될 겁니다."

남은 항해를 위한 준비가 착착 진행되었다. 케이프타운 항구에서는 해군들이 쓰는 물품을 구하기 어려웠지만, 가축과 소금에 절인 고기는 부족함 없이 사들여놓을 수가 있었다. 식민지 주민들도 기꺼이 키우던 가축을 팔았다. 감기 때문에 식욕이 뚝 떨어진 테메레르가 먹이를 줘도 맛이 없다며 끼적거리는 수준이라, 로렌스는 가축을 얼마나 들여놓아야 할지 가늠하는 데 신경을 썼다.

이곳에는 제대로 된 공군 기지는 없지만 볼라틸루스를 통해 얼리전스 호가 케이프타운으로 오고 있다는 소식을 전해들은 베어드 장군이 테메레르가 편안히 쉴 수 있도록 착륙장 근처 넓은 초원의 공터를 내주었다. 테메레르는 그 공터로 날아가 누웠고 케인스가 꼼꼼히 진찰을 했다. 테메레르가 엎드린 자세로 턱을 바닥에 대고 입을 크게 벌리자 케인스는 랜턴을 들고 그 안으로 들어갔다. 손바닥만한 이빨을 넘어 혀 안쪽까지 들어간 케인스는 랜턴을 목구멍 안쪽에 대고 비춰보았다.

그랜비와 로렌스는 밖에 서서 테메레르가 내민 기다란 혀를 내려다보았는데, 원래 연한 분홍색을 띠던 혀에 두껍게 백태가 끼어 있고 빨간 점들이 두둘두둘 돋아 있었다.

이윽고 케인스가 테메레르의 입 밖으로 걸어 나오자 공터를 둘러싼 담장 밖에서 서커스 구경이라도 나온 것처럼 신기한 눈빛으로 쳐다보고 있던 식민지 주민들과 원주민의 자녀들이 요란스레 박수를 쳤다.

케인스가 진단을 내렸다.

"혓바늘이 돋아서 그런 겁니다. 목구멍 안쪽은 아무 이상 없어요. 용은 혀를 이용해서 냄새를 맡는데 이렇게 혓바늘이 났으니 먹이의 냄새를 맡지 못하게 되니까 입맛이 떨어진 겁니다."

로렌스가 물었다.

"평범한 감기 증상이 아니라는 뜻인가?"

그랜비가 걱정하며 끼어들었다.

"용이 감기 때문에 식욕을 잃는 경우는 본 적이 없어요. 감기에 걸렸을 땐 더 많이 먹던데."

"이 녀석 입맛이 까다로워서 그런 거지."

케인스는 이렇게 대꾸하고는 테메레르에게 엄격하게 말했다.

"앞으로 감기가 계속 진행되어 떨어져나갈 때까지 억지로라도 잘 먹어야 해. 자, 여기 신선한 쇠고기가 있으니 전부 다 먹어."

테메레르는 막힌 코 때문에 위윙 하고 한숨을 내쉬며 말했다.

"먹어볼게. 하지만 아무 맛도 안 나는 고기를 씹는 건 너무 괴로워."

테메레르는 고개를 숙이고 고깃덩어리 몇 개를 앞발로 붙잡고 잘게 찢어서 입에 넣고 씹었다. 하지만 삼키지 못하고 줄곧 씹기만 했다. 그러다가 옆에 파놓은 작은 구덩이로 가서 코를 확 풀고는 커다란 야자나무 잎사귀 더미에 코 주변을 문질러 닦았다.

조용히 지켜보던 로렌스는 공터를 나와 구불구불한 좁은 길을 걸어서 성으로 돌아갔다. 손님용 숙소로 들어가니 용싱과 쑨카이, 리우빠오가 의자에 앉아 쉬고 있었다. 방 안에는 얼리전스 호에서 보았던 두꺼운 벨벳 천이 아니라 얇은 커튼이 드리워져 직사광선이 들어오는 것을 막고 있었다. 시종 두 명이 활짝 열어놓은 창문 옆에 서서 종이를 접어 만든 커다란 부채를 부쳐주는 동안 또 다른 시종 하나가 두 공사의 찻잔에 조심스럽게 차를 따랐다. 그들 앞에 선 로렌스는 자신의 지저분한 옷차림에 새삼 신경이 쓰였다. 뜨거운 햇볕을 받으며 걸어왔더니 목깃은 땀에 젖어 축 늘어졌고 흙투성이 장화에는 테메레르의 저녁 먹이로 나온 쇠고기에서 튄 피가 묻어 있었다.

통역관이 오고 중국인들과 인사를 나눈 뒤 로렌스는 솔직하게 상황을 설명하며 도움을 청했다.

"테메레르가 중국식 요리를 먹을 수 있게 데리고 계신 요리사들을 빌려주시면 감사드리겠습니다. 입맛이 떨어진 상태라 날고기보다는 양념을 한 요리를 먹이는 게 나을 것 같아서 그렇습……."

로렌스가 말을 끝맺기도 전에 융싱 왕자가 중국어로 명령을 내렸고, 요리사들이 곧장 이 성의 주방으로 들어갔다. 융싱은 뜻밖에도 친절을 베풀며 길고 폭이 좁은 비단이 덮인 의자까지 로렌스에게 내주었다.

"여기 앉아서 기다려라."

로렌스는 연한 주황색 바탕에 꽃무늬가 들어가 있는 아름다운 비단을 보자 앉을 엄두가 나지 않았다.

"아뇨. 괜찮습니다, 왕자님. 제 몸이 지금 흙투성이라서요."

하지만 융싱은 또다시 앉으라고 권했고 로렌스는 어쩔 수 없이 그 의자의 가장자리에 엉덩이를 대며 조심스럽게 앉았다. 그리고 시종이 갖다 주는 찻잔을 받았다. 쑨카이도 예전과는 달리 로렌스에게 호의적으로 고개를 끄덕이며 통역관을 통해 물었다.

"가족들한테서 소식이 왔습니까, 로렌스 대령? 다들 편안히 잘 지내고 있기를 바랍니다."

"새로운 소식은 듣지 못했습니다. 염려해 주셔서 감사합니다."

로렌스는 그들과 15분 동안 날씨를 비롯해서 언제쯤 여길 출발하게 될지 등 소소한 얘기를 나눴다. 속으로는 왜 융싱과 쑨카이가 갑자기 태도를 바꿔 자기한테 친절을 베푸는지 의아해하면서.

잠시 후 중국인 요리사들은 밀가루 빵 위에 양 두 마리를 잡아 다진 고기를 얹고 진한 주황색이 도는 말랑말랑한 양념을 발라 만든 요리를 거대한 나무 쟁반에 담아 들고 나왔다. 그리고 준비해 둔 수레에 얹어 테메레르가 있는 공터로 끌고 갔다. 그 요리를 보자마자 테메레르는 표정이 확 밝아졌다. 강렬한 양념이 둔해진 입맛을 깨우며 식욕을 부추기는 모양이었다. 나무 쟁반에 담긴 요리를 깨끗이 먹어치운 테메레르는 입가에 묻은 양념과 쟁반에 남은 부스러기까지 혀로 싹싹 핥아먹으며 말했다.

"배는 고팠는데 지금까지 맛이 없어서 못 먹었던 거야."

로렌스는 테메레르가 그 요리로 인해 몸에 이상이 생길까봐 걱정이 되었다. 테메레르의 입가를 천으로 닦아줄 때 양념 일부가 로렌스의 손에 튀었는데 마치 불에 덴 것처럼 따가웠고 벌건 자국까지 남았던 것이다. 하지만 테메레르는 그 매운 요리를 먹고도 평소보다 물을 더 들이켜지도 않고 편안한 얼굴이었다. 케인스는 로렌스에게 테메레르가 뭐든 먹게 해서 체력을 유지하도록 하는 것이 중요하다고 했다.

로렌스는 중국인 요리사들을 좀 더 쓰게 해달라고 간청할 필요도 없었다. 용싱 왕자는 로렌스가 말을 꺼내자마자 알았다고 대답하며, 요리사들에게 더욱 신경 써서 맛있는 요리를 만들어주라고 지시했다. 그리고 용싱의 부름을 받고 온 중국인 의사들이 테메레르의 몸을 보할 여러 가지 약초를 추천했다. 할 줄 아는 영어라고는 '은'밖에 없는 중국인 시종들이 그 약초들을 요리에 넣기 위해서 그 지역 시장으로 가서 상인들에게 은을 주고 최대한 이국적이고 비싼 재료들을 사들였다.

케인스는 중국인들이 말하는 약초의 효능에 대해 회의적이었지만 크게 걱정하지도 않았다. 로렌스도 그저 신경을 써주는 게 고마워서 중국인 요리사들이 만드는 요리에 대해 최대한 간섭하지 않으려고 애를 썼다. 시종들은 매일같이 그 지역 시장으로 몰려가 온갖 이상야릇한 식재료들을 사왔다. 그들이 사오는 재료를 일부 열거하자면 이러했다.

내장을 빼고 곡물과 딸기를 채워 넣은 펭귄 고기, 펭귄의 알, 사냥꾼들이 위험을 감수하고 내륙까지 들어가 잡아온 코끼리를 훈제 처리한 고기, 털이 아주 길고 꼬리가 뭉툭한 양, 정체불명의 향료와 푸성귀들. 중국인들은 이런 게 다 용의 몸에 좋다며 계속해서 사들여 테메레르에게 먹였다. 용들에게 고기만 먹이는 영국의 관습과는 매우 달랐다. 식후에 트림에서 고약한 냄새가 나긴 했지만 테메레르는 이런 복잡한 요리들을 잘 먹었고 아무런 이상도 없었다.

다이어와 에밀리가 수시로 테메레르의 몸 위에 올라가고 그 주변에서 노는 모습을 보고 용기를 낸 그 지역 원주민 아이들이 정기적으로 공터를 찾아왔다. 그 아이들은 테메레르에게 먹일 식재료를 찾아오는 게임을 하며 놀았는데, 새로운 재료를 찾으면 환호성을 질렀고 별로 색다르지 않다고 생각되는 것들은 그냥 버리기도 했다. 그 부근에는 여러 부족들이 거주하고 있었다. 대부분은 공터 근방에 무리지어 거주했고 일부는 초원 너머 산이나 숲에 살기도 했다. 처음에 특이한 재료 찾기 놀이를 시작한 것은 공터 부근에 사는 부족의 아이들이었는데 점차 산이나 숲에 사는 아이들도 그 놀이에 합류했다. 그리고 총 다섯 아이로 이루어진 식재료 탐색대는 부족 어른들이 너무 괴상해서 먹을 수 없다고 한 식물들까지 뜯어서 가져왔다.

그 아이들이 가져온 재료 중에서 제일 압권인 것은 기형적으로 커다란 버섯이었다. 그 버섯 뿌리에는 축축한 검은 흙이 그대로 묻어

있었고 갈색 점이 난 갓이 층층이 세 개나 붙어 있었는데, 제일 큰 갓은 직경이 60센티미터나 되었다. 아이들은 그 버섯에서 풍기는 심한 악취 때문에 고개를 옆으로 돌리고 의기양양하게 공터로 돌아와 서로에게 그 버섯을 집어던지며 깔깔거리고 웃었다.

중국인 시종들은 아이들에게 수고했다며 알록달록한 리본과 조개껍질 한 줌을 선물로 주고 그 버섯을 받아 성의 주방으로 가지고 들어갔다. 요리사들은 그 버섯을 재료로 무언가를 만들기 시작했고 얼마 지나지 않아 베어드 장군이 로렌스에게 불만을 호소하러 공터로 찾아왔다. 그를 따라 성으로 돌아간 로렌스는 성문을 들어서자마자 베어드 장군이 왜 그토록 불만을 토로했는지 알 수 있었다. 연기는 나지 않았지만 괴상한 냄새가 주변 공기를 가득 채우고 있었다. 끓인 양배추 냄새, 습한 날씨에 갑판보에 자라는 축축한 푸른곰팡이 냄새, 시큼하고 비릿하면서 속을 훌렁 뒤집어놓는 냄새가 뒤섞인 엄청난 악취였다. 성의 주방 벽 맞은편 거리는 평소 그 지역 상인들로 붐볐는데 지금은 다니는 이가 거의 없었고 성 안의 홀도 텅 비어 있었다. 용싱 왕자와 두 공사가 지내는 곳은 그 주방에서 꽤 멀리 떨어진 다른 건물이라 그 끔찍한 냄새가 전해지지 않았지만, 중국 호위병들이 머무는 곳은 그 주방 근처라서 호위병들은 악취 때문에 식사도 못할 정도였다.

몇날 며칠을 코를 찌르는 자극적인 양념으로 요리를 하느라 후각이 둔해진 요리사들은 그 버섯을 솥에 넣고 끓이면서도 불쾌하다고 여기지 않는 듯했다. 로렌스와 베어드 장군이 그 솥에 든 내용물을 그만 끓이라고 말하자 요리사들은 통역관을 통해 양념이 아직 다 되지 않았으니 조금 더 끓여야 한다고 대답했다. 로렌스와 베어드 장군은 요리사들을 간신히 설득하여 그 솥을 내놓게 했고 베어드 장군은 자신의 병사들을 시켜 그 솥을 테메레르가 머무는 공터로 가져가도록 지시했다. 운 나쁘게 걸린 그 병사들은 그 솥의 고리를 커다란 나뭇가지에 끼워 어깨에 메고 코를 쥐며 공터로 옮겼다. 그 뒤를 따라가는 동안 로렌스는 냄새를 맡지 않기 위해 입으로 얕은 숨을 쉬어야 했다.

하지만 테메레르는 솥에서 풍기는 냄새를 맡자마자 싫은 내색을 하기는커녕 눈을 빛내며 입맛까지 다셨다. 옆에는 그 지역에서 나는 곱사등이 황소 고기가 준비되어 있었다.

"엄청 맛있는 냄새가 나네!"

테메레르는 이렇게 말하며 얼른 고개를 끄덕여 시종들에게 그 솥에 든 양념을 준비된 고기 위에 붓도록 했다. 그리고 그 고기를 한 입에 넣고 씹어 삼킨 다음 솥 안쪽까지 핥아먹었다. 그동안 로렌스는 솥에서 최대한 먼 곳으로 가서 테메레르가 그 양념을 먹는 모습을 지켜보았다.

식사를 마친 테메레르는 행복한 표정으로 네 다리를 쭉 뻗고 누웠다. 그러더니 잘 먹었다고 중얼거리며 술에 취하기라도 한 것처럼 딸꾹질을 했다. 가까이 다가간 로렌스는 테메레르가 금방 잠이 든 걸 보고 놀랐다. 하지만 테메레르는 곧 다시 눈을 뜨고 로렌스에게 코를 문지르며 앞발로 가까이 끌어당겼다. 버섯 양념에서 풍겼던 고약한 냄새가 테메레르의 입에서 풀풀 새어나와 로렌스는 고개를 돌리고 구역질이 나오려는 걸 억지로 참았다. 다행히 테메레르가 금방 다시 잠이 들어 로렌스는 앞발에서 벗어날 수 있었다.

얼리전스 호의 선실로 돌아온 로렌스는 씻고 옷을 갈아입은 뒤에야 지독한 양념 냄새에서 어느 정도 벗어날 수 있었다. 하지만 그 냄새는 머리카락에 배어 머리를 감아도 없어지지 않았다. 로렌스는 할 수 없이 이의를 제기하러 용싱과 두 공사가 머무는 건물로 갔다. 로렌스가 이번의 버섯 양념은 냄새가 너무 심해 견딜 수가 없었다고 하는데도 용싱과 두 공사는 별다른 반응을 보이지 않았다. 로렌스가 그 버섯의 고약한 냄새에 관해 상세히 설명했을 때 리우빠오는 껄껄거리며 웃기까지 했다. 로렌스는 정체를 알 수 없는 이상한 재료를 제외하고 몇 가지 괜찮은 재료를 골라 테메레르에게 지속적으로 먹게 하자고 제안했다. 하지만 용싱은 그럴 수는 없다고 했다.

"날이면 날마다 똑같은 요리를 먹게 하는 것은 '티엔룽(天龍, 셀레스티얼 품종의 용을 뜻하는 중국어—옮긴이주)'인 룽티엔샹에 대한 모독이다. 이번 일도 있고 하니 앞으로는 요리사들이 냄새가 많이 퍼지지 않도록 조심해서 요리를 할 것이다."

자신의 뜻을 관철시키지 못한 채 돌아 나오며 로렌스는 테메레르의 식단에 대한 감독권을 용싱에게 빼앗긴 것 같다는 느낌이 들었다. 그리고 그 느낌은 결코 착각이 아니었다. 유달리 오랫동안 자고 일어난 테메레르는 몸 상태가 확연히 좋아져서 더 이상 콧물을 흘리지 않았다. 그리고 며칠 뒤엔 감기 기운이 완전히 사라졌다. 로렌스는 이제 그만 가져와도 된다고 여러 차례 암시를 주었지만 요리사들은 계속 괴상한 재료로 만든 요리를 공터로 가져왔다. 테메레르는 감기가 다 낫고 후각이 회복된 뒤에도 중국인 요리사들이 만든 음식들을 맛있게 먹었다. 근래에 와서는 먹이통에 머리를 박지 않고 앞발로 먹이를 집어 먹는 습관까지 생겼다. 테메레르는 쟁반에 담긴 음식을 앞발로 집어 들고 로렌스에게 말했다.

"이제 양념 재료를 어느 정도 구분할 수 있어. 이 빨간 건 '화지야오'라고 하는 건데 맛이 정말 끝내줘."

"그래, 맛있게 먹으니 어쨌든 다행이구나."

그날 저녁 늦게 로렌스는 자신의 선실로 그랜비를 불러 같이 식사를 하며 불편한 속내를 털어놓았다.

"중국인들의 요리를 먹고 난 뒤 테메레르가 건강을 회복했고, 지금도 즐겨 먹고 있으니 이제 와서 그 문제를 놓고 그들에게 따지는 것은 야비한 짓이지. 하지만 중국인들의 호의가 고마우면서도 뭔가 찝찝한 느낌이 들어."

그랜비는 로렌스의 속마음을 이해하고 툴툴거렸다.

"지금 저들의 행동은 명백한 간섭이에요. 그런데 테메레르가 계속 중국식 요리를 먹게 두실 건가요? 나중에 테메레르를 영국으로 데려왔을 땐 어떻게 하실 건데요?"

로렌스는 고개를 가로저었다. 물론 그도 테메레르에게 계속 중국식 요리를 먹게 하고 싶진 않았다. 게다가 테메레르를 영국으로 데리고 갈 수 있을지도 알 수 없는 상황이라 더욱 골치가 지끈거렸다. 만일 영국으로 데려갈 수만 있다면 중국식 요리든 무엇이든 테메레르에게 다 먹게 해줄 생각이었다.

드디어 얼리전스 호는 아프리카 케이프타운 항구를 떠나 해류를 타고 동쪽을 향해 나아가기 시작했다. 라일리는 변덕스러운 바람이 지금은 남쪽을 향해 불고 있으므로 억지로 해안선을 따라 가며 인도양의 주된 흐름을 거스르기보다는 동쪽으로 가는 것이 낫다고 판단했다. 로렌스는 뒤로 멀어져가는 케이프타운을 바라보았다. 갈고리처럼 구부러져 보이는 아프리카 땅이 점점 작아지다가 수평선 너머로 사라졌다. 스피트헤드에서 출항한 지 4개월째에 접어들고 있었고, 중국까지 여로가 반도 더 남아 있었다.

편안하게 휴식을 취하며 나름대로 즐겁게 지냈던 케이프타운을 떠나게 되자 다들 우울한 기색이 완연해졌다. 얼리전스 호에 들렀던 볼라틸루스가 케이프타운을 거쳐 영국으로 돌아갔기 때문에 그들은 케이프타운에 있는 동안 영국에서 보내 온 편지를 받아보지 못했다. 속도가 빠른 소형 범선이나 상선이 얼리전스 호의 항로를 가로질러 지나가지 않는 이상, 영국으로부터 새 소식을 전해들을 가능성도 거의 없었다. 하지만 아직 본격적인 무역철이 아니기 때문에 그들의 항로를 가로질러갈 만한 영국 배는 없다고 봐야 옳았다. 항해 중에 새로운 즐거움을 기대할 게 없는 상황이 되자 또다시 유령에 대한 공포와 암울함이 뒤섞인 잡념이 이 배에 탄 이들의 마음을 짓누르며 우울하게 만들었다.

미신의 두려움에 사로잡힌 해군들은 작업을 할 때에도 집중력이 현저히 떨어지고 있었다. 케이프타운 항구를 떠난 지 3일째 되던 날, 가까스로 잠이 들었던 로렌스는 새벽도 되기 전에 칸막이벽 너머에서 들려오는 호통 소리에 눈을 떴다. 로렌스의 선실과 칸막이벽 하나를 사이에 둔 라일리의 선실에서 들려오는 소리였는데, 라일리가 불침번을 서고 있던 베켓 대위를 불러내려 호되게 야단치고 있었다. 밤사이 바람의 방향이 바뀌고 바람의 세기도 강해졌는데 베켓이 뱃머리의 방향을 잘못 잡고 큰돛대의 돛과 뒷돛대의 돛을 줄이지 않은 모양이었다. 다른 때 같으면 좀 더 노련한 해군들이 헛기침으로라도 방향이 잘못되었음을 일러주었을 텐데, 그날은 다들 유령과 마주칠까봐 갑판으로 안 내려오고 삭구에만 머물러 있었다. 그래서 베켓에게 경고를 해주지 못했던 것이다. 결국 얼리전스 호는 계획했던 항로보다 훨씬 북쪽으로 올라가 버리고 말았다.

하늘엔 번개가 번쩍이고 유리처럼 투명한 초록색 파도가 4.5미터 정도의 높이까지 치솟아 올랐다가 떨어지면서 하얀 거품을 사방으로 뿌려댔다. 용갑판으로 올라간 로렌스는 폭풍우용 모자를 좀 더 앞으로 당겨썼다. 바짝 마른 입술에서 소금기가 느껴졌다. 테메레르는 몸을 바짝 웅크리고 용갑판 한가운데 누워 있었다. 랜턴 빛을 받은 테메레르의 가죽이 비에 젖어 반짝거렸다.

날개 바깥으로 머리를 쏙 내밀고 물보라를 피해 눈을 가늘게 뜬 테메레르가 애처로운 목소리로 물었다.

"요리실 오븐에 불을 좀 피우라고 하면 안 될까?"

그리고 춥다는 것을 강조하기 위해 일부러 콜록콜록 기침을 했다. 케이프타운을 떠나기 전에 이미 감기가 다 나은 상태였기 때문에 로렌스도 그 기침이 가짜라는 걸 알았지만 테메레르의 감기가 재발할까 싶어 신경이 쓰이긴 했다. 바닷물이 목욕물처럼 따뜻하긴 해도 방금 전부터 남쪽에서 불어오기 시작한 바람에 한기가 실려 있었다. 로렌스는 승무원들을 깨워 방수포를 잔뜩 모아오도록 했고 안장 담당자들에게 그 방수포들을 실로 꿰매어 이불처럼 만들도록 지시했다.

임시로 만든 그 방수포 이불을 덮고 코만 바깥으로 내민 테메레르는 마치 산더미처럼 쌓아놓은 빨래처럼 보였고 그 아래서 몸을 살짝 움직이면 빨래더미가 움직이는 것 같아서 우스꽝스러웠다. 그 모습을 보고 숨죽여 웃는 축들도 있었지만 케인스는 너무 응석을 받아주는 것은 나약하게 기르는 것이나 다름없다며 투덜거렸다. 그래도 테메레르가 비를 피하여 따뜻하게 지낼 수만 있으면 로렌스는 대만족이었다. 날씨가 험악해서 책을 읽어줄 수도 없었다. 로렌스는 그 방수포 이불 아래로 같이 들어가 테메레르 곁에 앉았다. 그 안에 있으면 갑판 아래서 올라오는 요리실 오븐의 열기와 테메레르의 체온 때문에 따뜻했다. 로렌스는 겉옷을 벗고 테메레르의 옆구리에 기대어 꾸벅꾸벅 졸았다. 간혹 테메레르의 말에 어렴풋이 대꾸를 하긴 했지만 잠에 취해 무슨 말을 주고받는지도 알 수가 없었다.

"자는 거야, 로렌스?"

테메레르의 물음에 로렌스는 눈을 떴다. 오랫동안 잠이 들었던 건지 잠깐 졸고 깨어난 것인지도 모르겠고, 방수포 이불에 덮여 있어 안쪽이 캄캄했기 때문에 밤인지 낮인지도 구분이 안 되었다. 방수포를 살짝 젖히고 내다보니 어느덧 해가 뜨기 시작하고 있었다.

로렌스는 방수포 밖으로 나왔다. 고요해진 바다 표면이 반짝거렸고 동쪽 수평선이 검은색에 가까운 진보라색 뭉게구름으로 뒤덮여 있었다. 뭉게구름 가장자리의 옅은 구름이 뜨는 해의 햇살을 받아 진한 붉은색을 띠고 있었다. 구름 안쪽으로 갈수록 붉은색이 더욱 진해졌다. 그리고 별안간 번개가 치며 탑처럼 치솟아 있는 뭉게구름이 윤곽을 뚜렷하게 드러냈다. 북쪽 끄트머리에 있던 누더기처럼 불규칙하게 찢어진 구름들은 얼리전스 호 위쪽을 가로질러 그 진보라색 뭉게구름을 향해 곡선을 그리며 나아가고 있었다. 얼리전스 호 바로 위의 하늘은 아직 맑았으나 곧 구름으로 뒤덮일 것이 분명했다.

난간에 서서 구름층을 바라보던 로렌스가 망원경을 내리고 지시했다.

"폭풍우용 사슬을 가져와, 펠로우스!"

선원들은 이미 태풍에 대비해 삭구를 정비하는 중이었다.

그랜비가 난간 옆으로 다가오며 말했다.

"대령님, 테메레르를 타고 날아가셨다가 폭풍이 지나간 뒤에 돌아오시는 게 어떻겠습니까?"

그것은 잘 모르고 하는 소리였다. 그랜비는 용 수송선에 타보기는 했지만 지브롤터와 영국 해협에서 주로 복무했기 때문에 대양의 날씨를 경험해 본 적이 없었다. 용들은 먹이와 물을 충분히 먹고 난 후 바람만 잘 타면 하루 종일이라도 공중에 머물 수 있었다. 그래서 용 수송선이 강풍을 동반한 뇌우나 돌풍에 휘말리는 경우에 용들은 하늘로 날아올라 구름 위로 피신함으로써 태풍이나 돌풍의 직접적인 피해에서 벗어나곤 했다. 하지만 곧 몰려올 태풍은 그 정도 수준이 아니었다.

로렌스는 대답 대신 고개를 가로저으며 말했다.

"방수포 위에 사슬을 얹고 밧줄로 묶게."

그랜비는 말뜻을 알아듣고 그의 지시를 이행했다.

승무원들은 갑판 아래서 폭풍우에 대비해 준비해 둔 사슬을 꺼내왔다. 그것은 소년의 손목과 비슷한 굵기의 쇠고리로 만들어진 사슬이었다. 승무원들은 방수포를 덮은 테메레르의 몸 위에 사슬을 십자로 얹은 다음, 사슬고리 사이사이로 끼워 넣은 굵은 밧줄을 용갑판 가장자리의 네 곳에 위치한 이중 쇠기둥에 단단히 묶었다. 로렌스는 밧줄의 매듭을 일일이 확인하고 헐겁다고 여겨지는 부분을 다시 묶으라고 지시했다.

다시 한 번 매듭 상태를 확인한 후 로렌스가 테메레르에게 물었다.

"사슬 때문에 불편하진 않니? 밧줄을 너무 당겨 묶어서 갑갑한 건 아니지?"

"몸을 옴짝달싹 할 수가 없어. 안장이랑은 완전히 다른데. 도대체 이 사슬들은 뭐야? 왜 나한테 이런 걸 덮은 건데?"

테메레르는 사슬 밑에서 몸을 움직여보려 애쓰며 꼬리 끝을 앞뒤로 흔들었다.

"밧줄을 잡아당기면 안 돼!"

로렌스는 이렇게 말하며 다시 달려가서 쇠기둥의 밧줄 매듭을 살펴보았다. 다행히 별 이상은 없었다. 로렌스는 다시 테메레르 곁으로 돌아와 말을 이었다.

"이렇게 해놓아야 큰 파도를 만났을 때 네가 용갑판에 붙어 있을 수 있어. 안 그랬다간 네 몸이 파도에 휩쓸려 바다에 빠지거나 네 움직임 때문에 배가 항로를 벗어날 수도 있거든. 많이 불편하니?"

테메레르는 침울하게 대답했다.

"아니, 별로. 그런데 얼마 동안이나 이렇게 묶여 있어야 하는 건데?"

"폭풍우가 지나갈 때까지."

로렌스는 뱃머리 너머 하늘을 바라보았다. 칙칙한 하늘에 퍼져나가는 짙은 뭉게구름이 이미 해를 집어삼킨 뒤였다.

"가서 온도계를 좀 보고 올게."

로렌스는 이렇게 말하고 라일리의 선실로 내려갔다. 온도계의 눈금이 많이 낮아져 있었다. 선실 안은 텅 비어 있고 커피 끓이는 냄새만 났다. 라일리도 아침 식사를 건너뛴 모양이었다. 로렌스는 라일리의 급사가 건네주는 컵을 건네받아 선 채로 뜨거운 커피를 마신 후 다시 갑판으로 올라왔다. 잠깐 내려갔다 온 사이에 바다는 좀 더 사나워진 파도로 출렁이고 있었다. 파도의 높이가 3미터에 달했지만 얼리전스 호는 대형 군함답게 크게 요동치지 않았고 엄청난 무게로 파도를 누르며 쇠를 씌운 뱃머리로 물살을 깔끔하게 헤치고 나아가고 있었다.

선원들은 갑판 승강구 위에 폭풍우용 덮개를 덮고 있었다. 로렌스는 테메레르의 몸에 씌운 사슬과 밧줄을 마지막으로 한 번 더 점검하고 그랜비에게 말했다.

"승무원들을 갑판 아래로 내려 보내. 내가 첫 번째 갑판 당번을 설 테니까."

그리고 방수포 이불 밑으로 들어가 서서 테메레르의 부드러운 코를 쓰다듬으며 말했다.

"이 태풍은 꽤 오랫동안 지속될 것 같아. 먹이를 가져다줄까?"

"어젯밤 늦게 먹었더니 배가 안 고파."

방수포 안쪽이 어두워서 테메레르의 동공은 가장자리만 푸르게 보이고 안쪽은 까맣게 빛나고 있었다. 테메레르가 몸을 약간 움직이자 쇠사슬이 부드럽게 삐거억 소리를 냈다. 배의 갑판보에서 묵직하게 울리는 삐거덕 소리보다는 훨씬 높은 소리였다.

테메레르가 말했다.

"전에 렐리언트 호에서도 폭풍우를 만난 적이 있었잖아. 그땐 나한테 이런 사슬을 씌워놓지 않더니."

"그때 넌 지금보다 훨씬 덩치가 작았고 폭풍우도 그리 심한 편이 아니었으니까."

테메레르는 더 이상 불만을 터뜨리진 않았지만 여전히 나직하게 툴툴거렸다. 그리고 잠자코 엎드린 채 가끔 사슬 가장자리에 대고 발톱을 박박 문질렀다. 파도가 심하게 치고 있어 물보라가 갑판 안쪽으로 밀려들어 테메레르는 머리를 고물 쪽으로 돌리고 있어야 했다. 로렌스는 테메레르의 주둥이 너머 방수포 바깥쪽을 내다보았다. 선원들이 태풍에 대비해 삭구를 점검하고 중간돛을 말아 올리고 있었다. 아래쪽에서 올라오는 금속성의 삐걱거리는 소음은 두꺼운 돛베에 묻혀 조그맣게 들려왔다.

로렌스가 갑판 당번을 서는 동안 시간을 알리는 종이 오후 두 시를 알렸다. 거대한 물살이 얼리전스 호에 부딪치며 갑판 위로 넘실거렸고 용갑판 가장자리를 타고 흘러들어온 바닷물이 앞갑판까지 홍수처럼 흘러갔다. 요리실에서는 더 이상 열기가 올라오지 않았다. 태풍이 지나갈 때까지 배 안에 불을 지필 수 없기 때문이었다. 테메레르는 몸을 갑판에 붙이고 방수포를 바짝 끌어당겨 덮었다. 가죽 아래 근육이 씰룩거리자 방수포 위에 고였던 빗물이 작은 개울을 이루며 갑판 위로 흘러내렸다.

멀리서 고함치는 라일리의 목소리가 들렸다.

"선원들은 전원 집합하라! 전원 집합!"

곧 이어 갑판장이 두 손을 입가에 모으고 우렁찬 목소리로 라일리의 명령을 반복해서 전했다. 선원들은 쿵쿵거리며 서둘러 갑판 위를 뛰어다녔고 라일리의 지시에 따라 바람이 더 거세지기 전에 남은 돛을 마저 접어 올렸다.

시계 담당자가 삼십 분짜리 모래시계를 뒤집어놓을 때마다 어김없이 시간을 알리는 종소리가 들려왔다. 짙은 구름 때문에 햇빛은 오전부터 자취를 감추었고 오후를 지나 밤이 되자 어둠이 더욱 짙어졌다. 차가운 푸른 파도가 갑판 위를 쓸고 지나가고 나면 밧줄과 갑판의 나무판자 가장자리가 더욱 반짝거렸다. 푸른빛을 머금은 파도의 물마루는 자꾸 높아져만 갔다.

이제는 대형군함인 얼리전스 호도 파도를 가르고 안정적으로 나아가기 힘들어졌다. 얼리전스 호는 거대한 파도에 떠밀려 뱃머리를 위로 향하고 솟아오르기 시작했다. 그 경사가 어찌나 가파른지 로렌스는 한 눈에 배의 고물까지 훤히 내려다 볼 수 있을 정도였다. 그러다 뱃머리부터 물마루를 넘기 무섭게 까마득한 아래쪽 고랑을 향해 급하게 내리꽂혔다. 얼리전스 호가 고랑까지 내려가자 엄청난 거품이 일어나면서 갑판 전체가 그 거품으로 뒤덮였다. 그리고 넓은 부채 모양의 용갑판이 그 다음 파도를 타고 위로 솟아오르기 시작했다. 이처럼 얼리전스 호가 파도를 타고 정신 없이 오르내리는 동안 선원들에게 배의 기울기를 알 수 있게 해주는 것은 모래시계의 유사(流砂)뿐이었다.

그렇게 밤이 지나고 아침이 되었다. 바람은 여전히 거셌지만 파도는 어제보다는 덜 높았다. 불안하게 선잠을 자다가 깬 로렌스가 배고프지 않냐고 묻자 테메레르가 말했다.

"지금은 아무것도 못 먹겠어. 누가 갖다준다고 해도 못 먹을 거 같아."

테메레르는 다시 눈을 감았다. 자는 것도 아니고 기진맥진해서 눈을 감은 것이었다. 테메레르의 코에는 소금이 하얗게 묻어 있었다.

로렌스 다음으로 갑판 당번이 된 그랜비가 승무원 두 명과 함께 갑판으로 올라왔다. 그들은 로렌스가 있는 곳 반대편에 자리를 잡고 테메레르의 방수포를 같이 썼다. 로렌스가 마틴에게 깨끗한 물을 적신 천을 가져오라고 지시했다. 빗물엔 파도에서부터 올라온 물보라가 섞여 쓸 수가 없으므로 폭풍우가 치기 전에 미리 채워놓은 앞쪽 물통의 물을 써야 했다. 마틴은 갑판의 고물과 뱃머리까지 연결해 놓은 비상용 밧줄을 두 손으로 잡고 엉금엉금 기다시피 물통으로 다가가 그 통에 담긴 물에 천을 적셔 가지고 돌아왔다. 로렌스가 그 천으로 콧잔등의 소금을 부드럽게 닦아주는 동안 테메레르는 얌전히 누워 있었다.

구름에 가려 해도 보이지 않고 괴이하게 거무죽죽한 기운이 하늘을 가득 채운 가운데, 강풍이 불면서 비가 억수같이 쏟아졌다. 파도의 물마루 너머로 보이는 수평선 전체가 격렬하게 끓어오르는 것처럼 보였다. 로렌스는 그랜비를 갑판 아래로 내려 보내는 대신 페리스를 불러 올렸고 페리스가 가져온 비스킷과 딱딱한 치즈로 배를 채웠다. 테메레르만 여기 두고 갑판을 떠날 수가 없었다. 비는 점점 더 많이 내렸고 시간이 갈수록 한층 더 차가워지고 있었다. 얼리전스 호의 양옆에서 거대한 역풍랑이 치면서 까마득한 성벽을 연상케 하는 물벽이 앞돛대만큼 높이 솟아올랐다가 이윽고 파도의 물마루가 깨어지면서 테메레르의 몸 위를 덮쳤다. 깜박 졸고 있던 테메레르는 물벼락을 맞고 화들짝 놀라며 잠에서 깼다.

거대한 물살이 갑판을 휩쓰는 순간, 갑판 위에 올라와 있던 공군 몇 명이 미끄러지면서 배에 고정된 부분을 잡고 아등바등 매달렸다. 덕분에 그들은 바다로 휩쓸려 들어가지 않을 수 있었다. 로렌스는 용갑판 가장자리에서 미끄러져 계단 아래로 굴러 떨어지려는 포티스 중위를 간발의 차이로 붙잡아 비상용 밧줄을 잡을 수 있게 도와주었다. 그것을 본 테메레르는 로렌스가 물살에 휩쓸려 가는 줄 알고 놀라서 사슬 밖으로 나오려고 발버둥을 쳤고 그 바람에 사슬의 밧줄을 묶어 매듭 지어놓은 쇠기둥 아래쪽이 들썩이며 갑판의 나무 판까지 뒤틀렸다.

로렌스는 젖은 갑판을 기다시피 가로질러가 테메레르의 옆구리에 손을 대며 안심시켰다.

"파도가 지나간 것뿐이야. 나 여기 있어."

테메레르는 버둥거림을 멈추고 몸을 낮춘 채 놀란 속을 진정시키느라 숨을 몰아쉬었다. 하지만 쇠기둥에 묶어놓았던 밧줄은 이미 잔뜩 잡아당겨진 상태였고 사슬 고리도 헐거워져 있었다. 태풍이 한참 몰아치는 지금은 승무원들은 물론 선원들도 그 매듭을 다시 묶으러 가기가 어려웠다.

얼리전스 호는 또다시 거대한 파도를 넘느라 크게 기울어졌다. 테메레르의 무게가 사슬에 실리면서 사슬과 밧줄이 위험할 정도로 팽팽하게 당겨지고 있었다. 테메레르는 본능적으로 용갑판을 발톱으로 찍고 매달렸다. 그 바람에 떡갈나무로 된 판자가 쪼개지고 움푹 패었다.

"페리스, 이리 와서 테메레르 옆에 붙어 있어!"

로렌스는 이렇게 소리치고는 갑판을 가로질러 비틀거리며 나아갔다. 파도는 계속해서 갑판 위를 쓸고 지나갔다. 로렌스는 비상용 밧줄을 붙잡고, 얼굴을 때리는 물보라와 빗물 때문에 눈도 제대로 뜨지도 못한 채 테메레르의 몸을 지탱하는 밧줄을 다시 단단히 묶으러 쇠기둥 쪽으로 다가갔다.

가까이 가서 보니 밧줄의 매듭에 물이 스며들어 있어 풀어서 다시 묶기가 여의치 않았다. 로렌스는 얼리전스 호의 기울어지는 방향이 바뀌며 밧줄이 좀 느슨해질 때까지 기다렸다가 다시 그 밧줄에 매달렸다. 몇 센티미터를 풀어내는 것도 몹시 힘들었다. 테메레르는 갑판에 몸을 납작하게 붙이고 있는 게 로렌스를 도와주는 것임을 알고 발톱으로 최대한 버티며 그 자리에 바짝 붙어 있었다.

물보라에 시야가 가려 갑판 위에 누가 있는지조차 알 수가 없었다. 지금 눈에 보이는 거라곤 그의 손바닥을 따갑게 쓸어대는 밧줄과 뭉툭한 쇠기둥, 주변 하늘보다 좀 더 검게 보이는 테메레르의 몸뚱이뿐이었다. 시간을 알리는 종소리가 구름 뒤쪽 어딘가에서 아득하게 들려왔다. 어느덧 해가 질 시간이 된 것이다. 로렌스는 용갑판의 구석진 곳에서 사람의 그림자 두 개가 움직이는 것을 보았다. 그중 하나가 로렌스 옆으로 다가와 무릎을 꿇고 앉더니 밧줄을 다시 묶는 작업을 도와주었다. 목수의 조수 레도이스였다. 레도이스는 밧줄을 쭉 당겨 로렌스가 단단히 매듭을 지을 수 있게 해주었다. 그들은 파도가 휩쓸고 지나갈 때 서로 의지하며 한 손으로 쇠기둥을 붙들고 나머지 한 손으로는 쇠사슬을 잡고 버텼다. 양손바닥 모두 껍질이 벗겨졌는지 화끈거리고 얼얼했다.

바람이 울부짖는 소리가 너무 강해서 아무리 목소리를 높여도 말을 전할 수가 없었다. 그래서 로렌스는 좌현 쪽 두 번째 쇠기둥을 손으로 가리켰다. 레도이스는 알았다는 뜻으로 고개를 끄덕였고 두 사람은 그 쇠기둥을 향해 나아갔다. 로렌스가 먼저 앞서 나가 난간을 붙잡고 대기했다. 대포들이 늘어서 있는 곳을 넘어갈 작정이었다. 그렇게 하는 것이 갑판 중간을 가로질러 가는 것보다 안전했다. 파도가 한바탕 몰아친 후에 잠시 잠잠해진 틈을 타 로렌스가 난간에서 손을 놓고 첫 번째 캐로네이드 포를 넘으려는 순간, 뒤에서 레도이스가 소리를 질렀다.

  뒤를 돌아본 로렌스의 눈앞에 시커먼 물체가 날아들었다. 로렌스는 본능적으로 팔을 들어 자신의 머리로 날아드는 그것을 막았는데 부지깽이로 팔을 얻어맞은 것처럼 심한 충격이 느껴졌다. 로렌스는 넘어지면서 캐로네이드 포의 포삭(포를 고정시키는 줄—옮긴이주)으로 한 손을 뻗었다. 혼란스런 와중에도 로렌스는 자신을 공격한 그림자가 지렛대를 들고 천천히 다가오는 모습을 보았다. 저 뒤쪽에서 그걸 보며 소리를 지르던 레도이스는 옆에서 밀어닥친 파도에 휩쓸려 두 손을 하늘로 뻗은 채 난간 너머 바다로 쓸려가고 말았다.

  캐로네이드 포를 붙잡고 있던 로렌스도 그 파도를 뒤집어쓰고 소금물을 들이켜 질식할 지경이었다. 발을 갑판 바닥에 붙이고 일어서려 했지만 장화 안에 바닷물이 잔뜩 들어와 있어 돌덩이처럼 무거웠다. 젖은 머리카락이 앞으로 쏠려 눈을 뜰 수가 없어서 그는 한 손으로 머리카락을 뒤로 쓸어 넘겼다. 그리고 다른 손으로는 또다시 머리를 향해 내려오는 지렛대를 움켜잡았다. 지렛대 너머로 공격한 자의 얼굴이 흐릿하게 보였다. 놀랍게도 그것은 펑리였다. 펑리는 로렌스의 손에 잡힌 지렛대를 도로 빼내려고 안간힘을 썼다. 펑리와 지렛대를 놓고 씨름을 하던 로렌스는 장화 뒤꿈치가 젖은 갑판에 미끄러지는 바람에 갑판 위로 반쯤 넘어지고 말았.

  그 순간, 그 두 사람의 싸움을 구경하고 있던 바람이 별안간 끼어들어 그들을 갈라놓았다. 밧줄을 당겨 묶느라 감각이 마비되다시피 한 로렌스의 손가락에서 지렛대가 미끄러져 빠져나갔고 그 지렛대를 같이 잡고 있던 펑리는 뒤로 확 밀려나면서 불어오는 강풍에 날아가고 말았다. 펑리는 지렛대를 쥔 채 난간 너머 소용돌이치는 바다로 빠졌다.

조심스럽게 몸을 일으킨 로렌스는 난간 쪽으로 다가가 바다를 살폈다. 펑리도 레도이스도 보이지 않았다. 파도에서 물거품과 함께 거대한 안개가 가득 피어오르고 있어 수면이 보이지도 않았다. 파도 위로 손이라도 흔들면 알아볼 수도 있을 텐데 그런 기미도 전혀 없었다. 등뒤에서 30분이 지났음을 알리는 종소리가 또다시 들려왔다.

로렌스는 극심한 피로 때문에 펑리가 정말로 자기를 죽이려고 달려들었던 것인지 확신이 서지 않았다. 그래서 라일리에게도 펑리와 레도이스가 바다에 빠졌다고만 알려주고 다른 얘기는 하지 않았다. 태풍에 맞서는 데 온 정신을 쏟고 있어서 다른 데 신경 쓸 겨를도 없었다. 다음날 아침이 되자 바람이 한결 약해졌고, 오후쯤엔 어느 정도 안심할 수 있는 수준이 되었다. 라일리는 부하들을 교대로 갑판 아래로 내려 보내 저녁 식사를 하게 했다. 그리고 저녁 여섯 시를 알리는 종소리가 들릴 무렵, 시커멓고 두꺼운 구름층이 갈라지며 저녁 햇살이 새어나왔다. 선원들은 몹시 지쳐 있었지만 태풍이 지나간 것에 대해 안도하며 기뻐했다.

다들 레도이스의 죽음을 안타깝게 여겼다. 레도이스는 사람들에게 호감을 사고 있었고 인기도 많았기 때문이었다. 하지만 한편으로는 그것이 사고가 아니라 오래전부터 예상되었던 일이라는 반응들도 있었다. 동료들은 레도이스가 중국 유령한테 잡혀간 게 틀림없으며 지금 와서 하는 얘기지만 실은 그가 대단한 호색가였다고 목소리를 낮춰 수군거렸다. 반면에 펑리의 죽음에 대해서는 별 말들이 없었다. 그저 우연한 사고일 뿐이라고 여기는 듯했다. 배에 익숙하지 않은 외국인이 태풍이 칠 때 갑판을 돌아다녔으니 파도에 휩쓸려갈 만도 하다는 것이었다. 무엇보다 선원들은 펑리를 잘 알지 못하므로 그에 대해 할 말도 별로 없었다.

　태풍이 지나간 바다는 물결이 아직 거칠기는 했지만 특별히 긴장해야 할 정도는 아니었다. 테메레르가 계속 사슬 아래 갇혀 있는 것을 견디기 힘들어하자 로렌스는 저녁식사를 마치고 돌아오는 부하들에게 사슬을 걷어내라고 지시했다. 쇠기둥에 매어놓은 밧줄의 매듭이 물에 젖어 많이 불어 있어서 풀어지지 않자 승무원들은 도끼로 찍어 끊어냈다. 결박에서 풀려난 테메레르는 벌떡 몸을 일으켰고 사슬이 요란한 소리를 내며 갑판으로 떨어졌다. 테메레르는 고개를 돌려 방수포 이불을 이빨로 물어 끌어내렸고 물기를 털어내려고 몸을 한바탕 부르르 떨었다. 고여 있던 물이 테메레르의 가죽을 타고 바닥으로 줄줄 흘러내렸다. 테메레르는 선언하듯 외쳤다.

　"나 좀 날고 올게!"

　그리고 안장도 없이 곧장 하늘로 날아올랐다. 갑판에 있던 사람들은 모두 입을 딱 벌린 채 쳐다보고만 있었다. 깜짝 놀란 로렌스가 손을 휘저으며 내려오라고 했지만 소용없었다. 문득 그런 손짓이 체면을 손상시키는 행동임을 깨달은 로렌스는 서둘러 팔을 내렸다. 테메레르는 날개를 쫙 펴며 하늘을 날았다. 사슬 아래서 꼼짝 못하고 엎드린 채 태풍을 견뎌내며 기진맥진해 있던 터라 풀려나자마자 감정 조절을 못하고 용갑판을 박차고 날아오른 것이다. 태풍 때문에 많이 놀라고 충격을 받아서 그런 것인지 비행 감각이 많이 둔해진 듯 보였다.

　"대령님, 갑판에서 3일이나 계셨어요."

그랜비가 이렇게 말하며 로렌스를 부축하여 갑판 아래로 향하는 승강구로 데려갔다. 승강구 계단을 내려가던 로렌스는 손가락이 마비된 것처럼 말을 듣지 않아서 승강구 계단의 난간을 붙잡을 수가 없었다. 로렌스가 발을 헛디뎌 넘어지려는 찰나 그랜비가 얼른 그의 팔을 붙잡았고 로렌스는 자기도 모르게 고통스런 비명을 내질렀다. 폭풍우 속에서 펑리에게 지렛대로 맞은 팔 위쪽 부위가 부어오르고 시퍼렇게 멍이 들어 있었다.

그 상처를 본 그랜비가 즉시 의사에게 데려가려 했지만 로렌스는 그러고 싶지 않았다.

"찰과상일 뿐인데, 유난 떨고 싶지 않아."

하지만 그랜비는 어쩌다가 상처가 난 것인지 캐물었고 로렌스는 사실대로 털어놓을 수밖에 없었다.

"로렌스 대령님, 이런 포악한 범죄를 묵과할 순 없습니다. 그 펑리라는 자는 대령님을 죽이려고 한 거예요. 당장 조치를 취해야 합니다."

"그래."

몽롱해지는 의식 속에서 로렌스는 건성으로 대답하고는 선실의 그물 침대로 기어올라갔다. 눈이 벌써 감기고 있었다. 그는 자신의 몸에 담요가 덮이고 선실에 불이 꺼지는 것을 어렴풋이 느꼈다. 그리고 곧장 잠이 들었다.

잠에서 깼을 때 몸은 여전히 욱신거렸지만 머리는 한결 맑았다. 로렌스는 즉시 그물 침대에서 빠져나왔다. 창밖을 보니 얼리전스 호의 흘수선이 낮아진 것이 테메레르가 돌아온 모양이었다. 눈꺼풀을 짓누르던 피로가 사라진 뒤라 로렌스는 바깥 상황이 어떨지 염려되었다. 생각에 잠긴 채 선실 문을 열고 나오던 로렌스는 문간을 가로

막고 앉아 졸고 있던 안장담당자 윌러비를 못 보고 하마터면 밟을 뻔했다.

"자네 여기서 뭐하고 있는 건가?"

윌러비가 하품을 하고 손으로 얼굴을 비비며 대답했다.

"그랜비 대위님이 우리한테 번갈아가며 여기서 보초를 서라고 하셔서요. 지금 갑판으로 올라가실 건가요?"

로렌스는 그만 됐으니 가보라고 했지만 윌러비는 열성이 지나친 양치기 개처럼 용갑판까지 부득부득 따라왔다. 그들을 보자마자 테메레르가 몸을 일으키더니 얼른 로렌스를 앞발 안쪽으로 끌어당겼다. 그리고 나머지 공군들이 주변에 빙 둘러서며 경계 태세를 취했다. 그랜비가 그들에게 펑리의 암살 시도에 대해 얘기한 게 틀림없었다.

테메레르는 코를 로렌스의 몸에 대고 비비며 물었다.

"많이 다쳤어?"

"아니야. 난 멀쩡해. 그냥 팔에 혹이 하나 생긴 것뿐이야."

로렌스는 테메레르가 성질이 나서 난동을 부릴까봐 걱정이 되어 아무렇지 않게 말했다. 그랜비를 통해 미리 얘기를 전해들은 테메레르가 그때쯤 분을 많이 가라앉힌 상태라 그나마 다행이었다.

테메레르의 앞발 사이를 지나 안쪽으로 들어온 그랜비는 로렌스의 나무라는 시선에도 아랑곳하지 않고 말했다.

"대령님, 앞으로 우리가 돌아가면서 보초를 서기로 했습니다. 그 일이 우연한 사고였다거나 펑리가 대령님을 다른 사람으로 착각했다고 보시는 건 아니겠죠?"

"착각했을지도 모르지."

로렌스는 머뭇거리며 말을 돌리려다가 마지못해 인정했다.

"사실, 이번이 처음은 아니었어. 그땐 나를 죽이려고 한 것인지 확실히 몰랐는데 지금 생각해 보니 알겠더군. 신년 잔치가 끝나고 뱃머리 쪽 승강구 계단을 내려가려는데 펑리가 뒤에서 날 밀었지."

그 말에 테메레르는 목 안쪽에서 깊숙이 으르렁거리는 소리를 냈고 분에 못 이겨 용갑판을 발톱으로 박박 긁었다. 태풍 때 테메레르가 발톱으로 찍어 매달리고 있었던 탓에 이미 판자가 쪼개지고 파여 있는 상태라 로렌스는 그러지 말라고 말려야 했다.

테메레르가 씩씩거리며 말했다.

"그 놈이 바다로 떨어져서 정말 고소하다. 상어한테 먹혔으면 좋겠어."

그러자 그랜비가 말했다.

"바다로 떨어지지 않았으면 좋았을 뻔했어. 죽어버렸으니 왜 그런 짓을 했는지 이유를 밝혀낼 수가 없게 됐잖아."

로렌스가 말했다.

"개인적인 악감정이 있어서 그랬던 건 아니지 싶어. 난 펑리한테 별로 말을 한 적도 없고, 내가 무슨 말을 했다고 해도 펑리는 영어를 모르니 알아들었을 리가 없으니까. 혹시 미쳐서 그랬던 건 아닐까 싶기도 해."

그랜비는 못 믿겠다는 얼굴이었다.

"두 번이나 죽이려고 했다면서요. 그중 한 번은 태풍이 치는 갑판에서였고요. 절대 미쳐서 그런 짓을 한 게 아닙니다. 누군가의 명령을 받고 한 짓이 틀림없어요. 그런 명령을 내릴 가능성이 제일 높은 사람은 용싱 왕자죠. 아무튼 중국인들 중 누군가가 시킨 걸 거예요.

또다시 그런 시도를 하기 전에 최대한 빨리 암살 명령을 내린 자가 누구인지 알아내야 합니다."

테메레르가 또다시 분통을 터뜨리자 로렌스는 깊은 한숨을 내쉬며 말했다.

"해먼드를 내 선실로 따로 불러서 그 문제를 얘기해보기로 하지. 그라면 저들이 왜 나를 죽이려 하는 것인지 짐작하는 바가 있을 테니까. 중국인들을 상대로 조사를 하려면 해먼드의 도움이 필요해."

로렌스의 선실로 불려와 자초지종을 들은 해먼드는 크게 놀란 얼굴이었다. 하지만 그 문제를 조사해 보자는 의견에 대해서는 부정적인 반응을 보였다.

"중국 황제의 형인 용싱 왕자와 그의 사절단들을 무슨 범죄 집단 다루듯이 하면서 심문을 하자는 겁니까? 그들에게 어째서 살인 음모를 꾸몄냐고 물으며 알리바이와 증거를 내놓으라고 요구한다고요? 차라리 탄약고에 불을 질러 이 배를 가라앉혀 버리십시오. 그렇게 하는 편이 훨씬 나을 겁니다. 이 배가 바다 밑바닥으로 가라앉아 버리면 어차피 다 죽게 될 테니까 더 이상 뭘 따지며 싸울 필요도 없겠죠."

그랜비는 화를 가라앉히지 못하고 말했다.

"아, 그럼 우리더러 가만히 앉아 미소를 지으면서 저들이 로렌스 대령님을 죽이는 걸 지켜보고만 있으라는 겁니까? 원하는 게 그런 건가 보군요. 해먼드 씨도 실은 저들한테 테메레르를 넘겨주고 싶은데 로렌스가 걸림돌이 되니 죽어 사라져줬으면 좋겠다 그런 뜻입니까? 영국 공군이 얼마나 큰 손실을 보든지 간에 상관없다는 소리군요."

해먼드는 고개를 돌려 그랜비를 똑바로 쳐다보며 말했다.

"나의 제일 큰 관심사는 우리나라의 안녕과 번영이지 개인이나 용 한 마리를 지키는 게 아닙니다. 그랜비 대위도 제대로 된 충성심을 갖고 있다면 응당 그래야 할 것이고요."

로렌스가 끼어들었다.

"그만 됐습니다. 우리의 첫 번째 임무는 중국과의 평화 관계를 공고히 하는 겁니다. 가급적 테메레르를 잃지 않고 그 임무를 달성하면 좋을 것이고요. 어떻게든 저 중국인들과 다투지 않고 문제를 해결해야겠지요."

"이런 식으로 흥분하면 될 일도 안 됩니다. 지금으로선 암살 시도 증거를 찾는 것도 거의 불가능한 일이고요. 설마 용싱 왕자한테 족쇄를 채우고 심문이라도 할 작정인 건 아니겠죠?"

해먼드는 잠시 말을 멈추고 마음을 가라앉힌 뒤 계속해서 말했다.

"내가 보기엔 펑리가 누군가의 명령으로 그런 짓을 했을 리도 없고, 뚜렷한 증거도 없습니다. 로렌스 대령님은 신년 잔칫날 밤에 처음으로 공격을 당했다고 하셨는데 잔치 중에 대령님이 자기도 모르게 펑리의 속을 뒤집어놓는 말을 하셨을지도 모릅니다. 대령님이 테메레르를 소유하고 있다는 점 때문에 일시적으로 화가 나서 저지른 짓일 수도 있고, 어쩌면 단순히 순간적으로 정신이 나가서 그랬을 수도 있습니다. 대령님이 처음부터 오해한 것일 수도 있고요. 사실, 두 사건 모두 어둡고 혼란스런 와중에 일어난 것이니 충분히 오해할 만합니다. 첫 번째 사건은 과음한 탓에 발을 헛디딘 것이고, 두 번째 사건은 폭풍에 휘말려서……."

그랜비가 해먼드를 노려보며 끼어들었다.

"이런 제기랄! 승강구 입구에서 그 아래쪽으로 세게 밀고 태풍이 칠 때 머리를 향해 지렛대를 휘둘러 죽이려 했는데 그게 다 오해한 거라니, 참으로 훌륭하신 추론입니다. 대단해요."

로렌스는 그 무례한 발언에 놀라 할 말을 잃었다가 정신을 수습하고 해먼드에게 말했다.

"만일 해먼드 씨의 추측이 옳다면 조사를 해서 확실히 밝히는 게 좋지 않겠습니까? 펑리가 평소에 정신병을 앓고 있었다거나 가끔 미친 짓을 하는 자라면 그의 동료들도 알고 있을 테니까요. 잔치 중에 내가 펑리를 화나게 한 일이 있었다면 펑리가 자기 동료들한테 그 문제를 털어놓았을 수도 있고요."

"다시 한 번 확실히 말씀드리겠는데, 그런 식의 조사는 베이징에서 우리 외교의 성패를 좌우지할 용성 왕자를 크게 모욕하는 짓입니다. 그러니 절대로 그런 짓을 해서는 안 됩니다. 만일 여러분이 경솔하고 무모하게 그들을 조사한다고 나선다면 저는 이 배의 함장을 최선을 다해 설득하여 영국의 국왕 폐하께 충성하는 뜻으로 여러분을 감방에 구금하도록 만들겠습니다."

이것으로 해먼드와의 논의는 끝이 났다. 해먼드가 선실을 나서자마자 그랜비는 분을 이기지 못하고 그 뒤에 대고 문을 부서져라 세게 닫았다. 그리고 로렌스에게 말했다.

"저 놈의 면상에 주먹을 날리고 싶은데 억지로 참았습니다. 중국인들을 용갑판으로 데리고 와 테메레르한테 통역을 하라고 하면서 조사하면 되지 않을까요?"

로렌스는 고개를 가로저었다. 해먼드의 말을 듣고 난 후 어쩌면 자신이 오해한 걸 수도 있다는 생각이 들었던 것이다. 로렌스는 선실 한옆으로 걸어가 사물함 위에 놓인 디캔터(와인을 옮겨 담는 유리

병—옮긴이주)를 가지고 왔다. 그랜비에게 와인을 한 잔 따라주고 그도 의자에 앉아 와인을 마시며 창밖의 바다를 내다보았다. 시커먼 파도는 약 1.5미터 높이로 출렁이면서 왼쪽 뱃전에 부딪치고 있었다.

마침내 로렌스는 잔을 옆으로 치우며 말했다.

"아니. 그러지 않는 게 좋겠어. 해먼드의 말투는 나도 마음에 안 들지만 틀린 소리를 한 건 아니야. 생각해보게. 조사를 한 뒤에 암살 증거라든지 타당한 이유를 발견하지 못하면, 용싱 왕자는 물론 중국 황제도 크게 화를 낼 것이고……."

그제야 체념한 그랜비는 로렌스 대신 말을 맺었다.

"……그럼 테메레르를 우리가 계속 데리고 있을 가능성도 사라지게 되겠네요. 흠, 대령님 말씀이 맞는 것 같습니다. 엄청 열불이 나지만 참아야겠죠."

테메레르는 해먼드와의 논의 결과에 대해 듣고 난 후에도 흥분을 가라앉히지 못했다.

"증거 따윈 없어도 돼. 여기 가만히 앉아서 암살자가 당신을 죽이는 꼴은 못 봐. 용싱 왕자가 갑판으로 올라오면 죽여 버릴 거야. 끝장을 내주겠어."

로렌스는 기겁을 해서 말렸다.

"안 돼, 테메레르! 그러지 마!"

"아니, 하고 말 거야."

테메레르는 잠시 생각한 끝에 덧붙였다.

"만약 용싱 왕자가 갑판 위로 안 올라오면 고물 쪽 창문으로 날아가서 창문을 확 뚫어버리고 용싱을 공격하면 돼. 아니면 그의 방에 폭탄을 던져 넣어도 되고."

"절대 안 돼! 증거가 있다고 해도 우린 용싱 왕자를 범죄자로 몰아붙일 수가 없어. 그것은 곧 중국과의 전쟁을 선포하는 행위니까."

테메레르가 따졌다.

"내가 용싱을 죽이는 건 안 되고, 용싱이 당신을 죽이는 건 된다는 거야? 당신이 죽으면 영국도 중국에 전쟁을 선포할 지도 모르는데, 용싱은 왜 그걸 두려워하지 않는 거지?"

"확실한 증거가 없으면 영국 정부는 어떤 조치도 취하려 하지 않을 거야."

지금으로서는 이렇게밖에 설명을 해줄 수가 없었다. 사실, 용싱이 자기를 죽이려 했다는 증거가 나오더라도 영국 정부는 중국에 전쟁을 선포할 수 없는 입장이었다.

테메레르가 말했다.

"해먼드가 증거를 찾지도 못하게 금지시켰잖아. 난 영국 정부 때문에 용싱을 죽이지도 못하고 계속 예의바르게 대해줘야 하는 것이고. 정부는 정말이지 진절머리가 나. 한 번도 본 적 없는 그 정부라는 것 때문에 나도 억지로 용싱 얼굴을 봐야 하는 거잖아. 정부는 도대체가 아무한테도 도움이 안 되는 거 같아."

로렌스가 말했다.

"정치 상황까지 고려하지 않더라도 용싱 왕자가 정말 이번 일에 연루된 것인지는 확실히 알 수가 없어. 사실 의문점이 한두 가지가 아니야. 왜 굳이 나를 죽여야 하는지, 왜 호위병이 아니라 자기 시종을 시켜 나를 공격하게 했는지도 알 수가 없어. 어쩌면 펑리는 우리가 모르는 나름의 이유 때문에 그런 짓을 한 것일 수도 있어. 증거도 없이 의심스럽다는 이유로 사람을 죽여선 안 돼. 그럼 우리도 살인죄를 저지르는 거니까. 그 문제는 그만 떨쳐버리고 마음 편히 지내. 알았지?"

"어떻게 이런 상태에서 마음 편히 지내라는 거야."

테메레르는 이렇게 투덜거리며 인상을 찌푸렸다.

다행히 용싱은 그 후 며칠 동안 갑판 위로 올라오지 않았다. 그것은 테메레르의 분노를 가라앉히는 데도 도움이 되었다. 그리고 한참 만에 갑판 위로 올라온 용싱은 아무 일도 없었다는 듯한 얼굴이었다. 그는 늘 그렇듯 적당한 거리를 두고 점잖게 로렌스와 인사를 나누고 테메레르에게 가서 새로운 중국 시를 낭송해주었다. 그 시에 흥미를 느낀 테메레르는 용싱을 노려보는 것도 잊고 시에 빠져들었다. 원래 테메레르는 누군가를 오래 미워하는 성격이 아니었던 것이다. 용싱의 얼굴이 워낙 태연자약하고 일말의 죄책감도 드러나 있질 않아서 로렌스는 펑리에 대해 자신이 오해한 것이라는 생각을 더욱 굳히게 되었다.

용싱 왕자가 숙소로 돌아간 후 로렌스는 우울한 얼굴로 그랜비와 테메레르에게 말했다.

"아무래도 내가 착각했던 건가봐. 당시 상황도 자세히 기억이 안 나. 태풍 때문에 너무 지쳐서 정신이 거의 마비된 상태라, 어쩌면 펑리가 나를 도와주려고 왔던 것일 수도 있는데 내가 잘못 알았을 수도 있어. 처음부터 다 내 망상이었을 수도 있고. 잘 모르겠어. 중국 황제의 형이나 되는 사람이 나 같은 걸 암살하려 했다는 것 자체가 말이 안 되지. 내가 용싱한테 무슨 위협적인 존재가 되겠어. 해먼드 말이 맞아. 첫 번째 사건 때도 내가 술이 취해서 잘못 본 걸 거야."

그랜비가 말했다.

"전 그렇게 생각 안 합니다. 절대로요. 펑리가 대령님의 머리를 노리고 지렛대를 휘두른 것만 봐도 확실히 그는 대령님을 살해할 의도가 있었던 겁니다. 앞으로 계속 부하들한테 대령님을 경호하도록 해야겠어요. 용싱 왕자의 암살자가 대령님을 죽여 해먼드의 추측이 틀렸다는 것을 직접 증명하도록 내버려두지 않겠습니다."

# 10

 그 뒤로 3주 동안 이렇다 할 만한 사건이 일어나지 않았다. 그리고 얼마 후 뉴암스테르담 섬이 모습을 드러냈다. 테메레르는 섬의 해변가에서 일광욕을 하고 있는 바다표범들을 보고는 눈빛을 반짝이면서 즐거워했다. 바다표범들은 대부분 해변에 머물렀지만, 일부 팔팔한 놈들은 얼리전스 호의 고물 뒤쪽으로 다가와 배가 지나간 자리에서 올라오는 거품들을 갖고 놀기도 했다. 그것들은 선원들을 보고도 겁을 내지 않았고, 자기네를 대상으로 사격 연습을 할지도 모르는 해병대원들도 별로 두려워하는 기색이 없었다. 하지만 테메레르가 바다로 내려가자 일시에 흩어지며 도망쳐버렸다. 해변에 누워 있던 바다표범들도 무거운 몸을 끌고 섬 안쪽으로 부리나케 몸을 피했다.
 혼자가 된 테메레르는 기분이 상해서 얼리전스 호를 맴돌며 놀다가 다시 용갑판으로 올라왔다. 요즘은 이렇게 바다에서 헤엄을 치는 것에 익숙해져서 오르내릴 때에도 얼리전스 호가 거의 흔들리지 않게 했다. 도망쳤던 바다표범들은 테메레르가 위협적인 대상이 아니라는 것을 알고는 다시 다가왔고 테메레르가 자기네를 관찰하느라 빤히 바라봐도 가만히 있었다. 다만 테메레르가 머리를 너무 가까이 들이대면 잽싸게 잠수해 버리곤 했다.

얼리전스 호는 태풍 때문에 예정된 항로보다 훨씬 남쪽으로 밀려 간 상태였다. 다시 동쪽으로 방향을 돌려 간다고 해도 이미 일주일 정도 지체된 셈이었다.

로렌스와 함께 해도를 들여다보며 라일리가 말했다.

"현재 위치에서부터 네덜란드령 동인도까지 곧장 갈 예정입니다. 한 달 반 정도 후엔 육지가 보일 겁니다. 그리고 선원들을 보트에 태워 뉴암스테르담 섬으로 보냈습니다. 며칠 간 바다표범을 사냥해서 식량에 보태면 좋을 것 같아서요."

선원들은 바다표범들을 잡아다가 소금에 절여 통에 담아두었는데 고약한 냄새가 코를 찔렀다. 그들은 스물네 마리를 더 잡아다가 시원하게 보관해야 한다며 뱃머리 닻걸이 쪽에 있는 고기 저장고에 걸어두었다. 그리고 다음날에도 또다시 바다로 나가 바다표범을 잡아왔는데, 중국인 요리사들이 그중 절반을 갑판에 늘어놓고 머리와 꼬리, 내장을 칼로 잘라 바다에 버린 뒤 두껍게 썬 고기들을 불에 살짝 구워 테메레르에게 가져왔다. 머리, 꼬리, 내장을 다 버리다니 그런 낭비가 없었다.

테메레르는 고기 맛을 보더니 까다롭게 굴며 말했다.

"나쁘진 않군. 후추를 듬뿍 넣고 구운 양파를 좀 더 얹으면 맛이 더 좋을 것 같네."

중국인 요리사들은 즉시 조리법을 바꾸어 테메레르의 입맛에 맞취 다시 요리를 내왔다. 테메레르는 흡족한 표정으로 고기를 통째로 입에 넣어 씹어 먹고는 용갑판에 누워 길게 낮잠을 잤다. 하지만 얼리전스 호의 전속 요리사와 보급 장교들, 해군들은 잔뜩 성질이 났다. 중국인 요리사들이 바다표범 고기를 자른 후에 피투성이가 된 상갑판을 치우지도 않고 자기네 숙소로 들어갔기 때문이다. 라일리가 중국인 요리사들을 찾아가 청소를 하도록 만들었지만, 그들은 오후에도 또다시 상갑판을 어질러놓은 채로 가버렸다. 라일리는 어떻게 말해야 그들이 제대로 청소를 할지 고민이었다. 게다가 고기 저장고에 걸린 바다표범 고기에서도 지독한 냄새가 풍겨서 도저히 견딜 수가 없었다. 라일리는 로렌스와 상급 장교들을 저녁식사에 초대한 후에도 구역질이 날 듯한 악취 때문에 선실 안의 창문을 모조리 닫아야 했다.

라일리의 요리사는 중국인 요리사들을 흉내내어 재료를 아끼지 않고 솜씨를 발휘했다. 저녁 식탁 위에 놓인 주 요리는 금처럼 노란 파이였는데, 일주일치 버터를 몽땅 넣은 파이 껍질에 케이프타운에서 사온 신선한 완두콩 남은 것을 모조리 넣어 만든 것이었다. 그리고 거품이 부글부글 끓는 뜨거운 고깃국을 곁들였다. 하지만 파이를 자른 순간 바다표범 고기 냄새가 선실 안으로 스며들어와 다들 입맛을 잃고 말았다.

라일리는 한숨을 쉬고 개인접시에 담았던 파이를 도로 큰 접시에 옮겨 담으며 말했다.

"도저히 못 먹겠군. 젯슨, 남은 파이를 소위들한테 갖다 주고 먹으라고 해."

다른 이들도 라일리가 하는 대로 따랐고 젯슨이 파이 접시를 내가

자 식탁이 허전해졌다. 젯슨은 파이 접시를 들고 나가면서 들으라는 듯이 큰 소리로 투덜거렸다.

"교양 없는 외국 놈들이 상갑판을 어질러 놓는 바람에 남의 입맛까지 떨어뜨리고 있구먼!"

식탁에 둘러앉은 이들은 술이나 한잔씩 하기로 했다. 그런데 갑자기 얼리전스 호가 무언가에 걸리기라도 한 것처럼 덜컹 하면서 위로 들썩였다. 해군 생활을 할 때에도 로렌스는 이런 괴상한 움직임을 느껴본 적이 없었다.

라일리가 선실 문밖으로 뛰어나가려는데 퍼벡이 창밖을 가리키며 소리쳤다.

"저기 좀 보십시오!"

고기 저장고의 고리만 덜렁거리고 있고 그 안은 텅 비어 있었다. 그들이 그쪽을 쳐다보고 있는 사이에 갑판에서 고함과 비명소리가 터져 나왔다. 배가 갑자기 우현 쪽으로 기울고 갑판의 판자가 쪼개지면서 총소리가 났다. 선실을 박차고 뛰쳐나간 라일리를 따라 나머지들도 달려나갔다. 로렌스가 갑판으로 이어지는 승강구 계단을 올라가려는데 배에 또다시 거대한 충격이 가해졌다. 비틀거리던 로렌스는 바로 밑에서 올라오던 그랜비와 부딪칠 뻔했다.

라일리와 로렌스를 비롯한 장교들은 마치 깜짝상자에서 튀어나오는 인형들처럼 거의 동시에 갑판 위로 뛰어올라갔다. 비단 양말과 쫌쇠가 부착된 신발이 신겨진 피 묻은 다리 하나가 좌현 난간 출입구에 걸려 있었다. 갑판 당번을 서고 있던 레이놀즈 소위의 것이었다. 그 외에도 처참하게 찢겨진 시체 두 구가 반월형으로 쪼개진 난간에 끼워져 있었다. 테메레르는 용갑판에서 엉덩이를 든 채 엉거주춤하게 서서 주변을 살피고 있었다. 갑판에 있던 자들은 삭구로 뛰어올라가거나 앞쪽 승강구 계단으로 달려 내려가면서 갑판 위로 올라오려는 해군 소위들과 부딪치기도 했다.

혼란스런 와중에 라일리가 고함을 질렀다.

"깃발을 올려라!"

그러고는 곧장 달려가 타륜을 잡고 돌리며 해군 몇 명을 불러 힘을 보태게 했다. 키잡이 뱃슨은 어디로 간 것인지 보이지 않았고 얼리전스 호는 이미 항로를 벗어나고 있었다. 계속 움직이고 있는 걸 보면 암초에 걸린 것도 아니고, 사방이 텅 비었으니 다른 배와 충돌한 것도 아니었다. 수평선도 잔잔하고 악천후의 징후 따위는 전혀 보이지 않았다.

라일리가 다시 소리쳤다.

"전원 집합!"

북소리가 울려 퍼지기 시작하자 시끌벅적한 말소리도 묻혀 로렌스는 무슨 일이 일어나고 있는 것인지 더욱 더 알 수가 없었다. 하지만 불안해하며 허둥대는 자들을 진정시키는 데에는 북소리만한 것이 없었다. 지금은 혼란에 빠진 배 안의 질서를 바로잡는 것이 제일 급선무였다.

해군과 선원들이 모이자 퍼벡이 모자를 쓰고 난간 한가운데로 걸어가며 라일리를 대신해 큰 소리로 지시를 내리기 시작했다.

"가넷, 난간 너머로 보트를 내려라!"

퍼벡은 워낙 키가 큰데다가 저녁식사 때문에 제일 좋은 외투를 입고 있어 권위가 절로 살아났다. 그는 겁에 질려 장루에서 벌벌 떨고 있는 두 사람을 가리키며 말했다.

"그릭스, 매스터슨. 대체 거기서 뭐하고 있는 거지? 너희에겐 앞으로 일주일간 그로그 주 배급을 중지하겠다. 당장 내려와서 대포로 달려가!"

자신의 위치를 향해 뛰어가는 이들을 이리저리 피하며 로렌스는 용갑판으로 향했다. 해병대원 중 하나가 검은 약칠을 해서 광을 낸 가죽 장화를 한쪽 발에 끼운 채 껑충거리며 지나갔는데, 광내는 데 쓰는 기름이 손에 묻어 미끄러운지 자꾸만 장화를 놓치고 있었다. 해군 포병대원들은 고물 쪽에 설치되어 있는 캐로네이드 포를 향해 엎치락뒤치락하며 달려갔다.

테메레르가 로렌스를 보고 말했다.

"로렌스, 로렌스! 도대체 무슨 일이야? 자고 있었는데 갑자기 배가 막 흔들렸어. 무슨 일 난 거야?"

얼리전스 호가 또다시 한옆으로 크게 기울었고, 로렌스는 난간에 부딪치며 넘어졌다. 바닷물이 밀려들어와 갑판을 적시는 순간, 난간 위로 거대한 괴물의 머리가 올라왔다. 용의 머리와도 비슷해 보였는데, 둥근 코 뒤쪽에 위치한 주황색 눈이 소름끼칠 정도로 컸고 머리 위의 지느러미에는 길고 시커먼 해초들이 감겨 있었다. 그리고 미처 덜 삼킨 인간의 팔 하나가 입 밖으로 튀어나와 덜렁거리고 있었다. 다음 순간 괴물은 입을 벌리고 고개를 뒤로 젖히며 입 밖에 매달려 있던 팔을 마저 삼켰다. 이빨에 선홍색 피가 잔뜩 묻어 있었다.

라일리가 우현 쪽 대포를 쏘라고 지시하자, 퍼벡이 포병대원 세 명을 불러 캐로네이드 포에 배치하고 그 괴물을 조준하도록 했다. 포병대원들이 대포의 도르래를 푸는 동안 이 배에서 제일 힘이 센 자들이 대포 바퀴를 움직여 방향 조절을 했다. 그들은 모두 얼굴이 창백하다 못해 초록빛이 돌 때까지 땀을 흘리며 빠르게 작업을 해나갔다. 하지만 19킬로그램짜리 대포로 포격 준비를 하는 것은 결코 쉬운 일이 아니었다.

매크레디가 장루 위에서 소총을 재장전하며 부하들에게 목 쉰 소리로 외쳤다.

"발사, 발사해! 이 빌어먹을 멍청이들아!"

매크레디의 부하들이 정신을 차리고 괴물의 목을 향해 총을 쏘았지만 두꺼운 비늘이 목에 겹겹이 붙어 있어 전혀 타격을 주지 못했다. 은색 바탕에 푸른빛이 도는 그 괴물은 큰바다뱀의 일종인 듯했는데 무시무시할 정도로 컸다. 놈은 나지막하게 끄어어억 소리를 내며 갑판으로 앞발을 뻗어 두 명을 쳐서 넘어뜨리고 한 명을 붙잡아 입으로 가져갔다. 그 큰바다뱀의 입 안쪽에서 공포에 질린 도일의 비명소리가 새어나왔다. 입 밖으로 튀어나온 도일의 두 다리가 미친 듯이 허우적거리고 있었다.

테메레르가 놈에게 소리쳤다.

"안 돼! 그만둬! arrêtez!(그만두라니까!)"

그 뒤에 중국어로도 말을 했지만 놈은 전혀 알아듣지 못하는 얼굴로 테메레르를 무심히 쳐다보았다. 그리고 도일의 몸뚱이를 꾹 씹었고, 이빨에 잘린 도일의 두 다리가 공중에서 피를 뿌리며 갑판으로 떨어졌다.

테메레르는 놀라서 꼼짝도 않고 큰바다뱀을 쳐다보았다. 오도독 소리를 내며 도일의 뼈를 씹고 있는 그 큰바다뱀의 입에 시선을 고정한 채, 얼굴 주변의 막도 세우지 않았다. 로렌스가 이름을 부르자 테메레르는 비로소 정신을 차리고 움직이기 시작했다. 테메레르와 놈의 머리 사이엔 앞돛대와 큰돛대가 놓여 있어 곧장 공격할 수가 없었다. 테메레르는 뱃머리를 박차고 좁은 원을 그리며 빙 돌아 큰 바다뱀을 향해 날아갔다.

큰바다뱀은 테메레르의 움직임을 주시하면서 고개를 돌리고는 바다에서 몸을 일으켰다. 놈은 기다란 앞다리를 얼리전스 호의 난간에 척 걸치고 엄청나게 긴 발톱을 뻗으며 몸을 위로 세웠다. 커다란 머리에 비해 몸통 두께는 테메레르보다 훨씬 얇았다. 그리고 저녁식사 때 쓰는 큰 접시보다도 더 커다랗게 부릅뜬 두 눈은 우둔하고 포악한 성질을 무시무시하게 드러내고 있었다.

테메레르는 곧장 놈을 향해 앞발톱을 내리꽂은 뒤에 은색 가죽을 훑다가 확 움켜잡았다. 큰바다뱀의 몸통은 굉장히 길었지만 두께가 얇아서 충분히 발톱으로 잡을 수 있었다. 놈은 끄어어억 하는 비명을 내지르면서 얼리전스 호를 더욱 세게 붙잡았다. 놈의 아래턱 살이 부르르 떨리는 게 보였다. 테메레르는 놈을 움켜잡은 채 날개를 퍼덕이며 뒤로 확 잡아당겼다. 하지만 놈은 얼리전스 호를 놓지 않았고 그 바람에 선체가 옆으로 더욱 크게 기울어졌다. 갑판 승강구 안쪽에서 비명이 터져 나왔다. 제일 낮은 곳에 위치한 포문 쪽으로 바닷물이 쏟아져 들어오고 있는 모양이었다.

로렌스가 소리쳤다.

"테메레르, 그 괴물이 이 배를 놓게 만들어야 해. 이대로라면 배가 뒤집히고 말아!"

테메레르는 어쩔 수 없이 큰바다뱀을 놓아주었다. 놈은 테메레르에게서 벗어나자마자 곧장 배의 갑판 위쪽으로 기어올라가 고개를 좌우로 흔들며 큰돛대의 활대를 쳐서 넘어뜨리고 삭구를 잡아 뜯었다. 순간적으로 놈의 검은 동공에 길쭉하게 늘어난 듯한 로렌스의 모습이 비쳤다. 놈이 머리 양옆에 위치한 눈을 껌벅이자 투명하고 두꺼운 눈꺼풀이 눈알을 덮었다가 올라갔다. 그러고는 머리를 옆으로 돌려 놈이 로렌스를 공격하려는 순간, 그랜비가 로렌스를 승강구 쪽으로 확 잡아당겼다.

  놈은 엄청나게 길었다. 머리와 앞발을 비롯한 몸 앞부분이 얼리전스 호의 갑판을 가로질러 바다로 들어간 뒤에도 한참 동안 몸뚱이가 갑판을 계속 넘어갔다. 비늘 색깔은 몸 위쪽에서 아래쪽으로 갈수록 은색에서 짙은 푸른색과 보라색, 무지개 색으로 변했다. 몸의 뒷부분까지 갑판을 다 지나가자 로렌스는 놈의 몸길이가 대충 짐작이 되었는데, 이 정도로 기다란 큰바다뱀을 본 건 처음이었다. 이 길이의 10분의 1 정도 되는 바다뱀도 본 적이 없었다. 브라질 해변에서 가까운 따뜻한 바다에도 대서양 바다뱀이 살고 있지만, 길이가 3.6미터를 넘지 않았다. 태평양 바다뱀의 경우 배가 가까이 다가가면 물속 깊이 숨어버려 지느러미 외엔 몸 전체를 좀처럼 볼 수 없었다.

  항해사 새클러가 고래를 잘 때 쓰는 커다란 끌을 가지고 숨을 헐떡이며 승강구 계단을 뛰어 올라왔다. 급한 대로 몽둥이에 묶어놓은 그 끌은 폭이 18센티미터 정도 되었다. 새클러는 이 배에 타기 전 남태평양 포경선에서 1등 항해사로 일한 적이 있었다.

  "대령님, 저쪽에 있는 자들한테 조심하라고 알려주세요. 저 괴물은 우리 배를 제 몸으로 둘둘 감으려고 할 겁니다!"

  새클러는 로렌스에게 이렇게 소리치며 끌을 먼저 갑판에 던져 놓고 위로 뛰어올라왔다. 그 말을 듣자 로렌스는 언젠가 바다뱀이 황새치인지 다랑어인지 모를 거대한 물고기를 몸으로 둘둘 감아 질식

시킨 다음 끌고 가던 모습이 기억났다. 바다뱀이 먹이를 붙잡는 방법이 바로 제 몸으로 둘둘 감는 것이었다. 라일리도 새클러의 말을 듣고 부하들에게 도끼와 칼을 가지고 오라고 소리쳤다. 로렌스도 승강구 위로 올라온 무기통에서 도끼 하나를 꺼내 쥐고 십여 명의 영국인들과 함께 큰바다뱀의 몸통을 찍어대기 시작했다. 하지만 놈이 계속 몸을 움직였기 때문에 한 곳을 집중적으로 찍을 수가 없었고, 몇 번 찍어도 연회색의 기름 같은 것만 나올 뿐 비늘을 찢고 그 안의 살에 상처를 입힐 수가 없었다.

돛대 옆에서 끝을 쥐고 적절한 기회를 노리고 있던 새클러가 테메레르에게 외쳤다.

"머리! 놈의 머리를 조심해!"

로렌스는 도끼를 팽개치고 난간 쪽으로 달려갔다. 테메레르에게 지시를 해주기 위해서였다. 큰바다뱀이 얼리전스 호의 돛대와 삭구를 칭칭 감고 있어 테메레르는 놈을 발톱으로 잡아 올리지도 못하고 위에서 정지비행만 하고 있었다. 놈은 얼리전스 호를 더욱 바짝 조이기 위해 머리를 바다 속으로 넣고 몸을 한 바퀴 더 돌렸다. 그 압력 때문에 난간은 물론 얼리전스 호의 곳곳이 부서지기 시작했다.

퍼벡은 대포의 위치를 잡고 조준시키며 부하들에게 말했다.

"대기해! 놈의 머리가 다시 바다 위로 올라오면 발사해!"

그러자 테메레르가 소리쳤다.

"잠깐, 쏘지 말고 기다려!"

로렌스는 테메레르가 왜 그런 말을 하는지 알 수가 없었다. 퍼벡은 테메레르의 말을 무시하고 잠시 후 명령을 내렸다.

"발사!"

캐로네이드 포가 작렬하면서 날아간 포탄이 큰바다뱀의 목을 맞춘 후 바다로 떨어졌다. 놈은 그 충격에 머리가 옆으로 잠시 돌아갔다. 놈의 몸에서 고기 타는 냄새가 진동했다. 하지만 치명상을 입은 것은 아니었다. 목구멍 깊숙이에서부터 고통스런 비명을 뽑아내면서 놈은 선체를 한층 더 바짝 조이기 시작했다.

거대한 놈의 몸뚱이가 바로 앞에 있는데도 퍼벡은 움찔하지 않았다. 그리고 포탄의 연기가 사라지자마자 다음 발사 준비를 하도록 지시했다.

"대포 내부를 닦아!"

하지만 대포의 방향이 맞지 않았고 포병대원들 중 세 명이 바다로 나가떨어졌기 때문에 다음 포탄을 장전하려면 3분 정도는 소요될 터였다.

그 순간, 캐로네이드 포 바로 옆의 우현 쪽 난간이 큰바다뱀의 압력을 이기지 못하고 부서졌다. 난간은 마치 포탄을 맞아 부서지는 것처럼 들쭉날쭉하게 쪼개졌고 그 파편이 사방으로 튀었다. 그리고 파편 중 하나가 퍼벡의 팔로 날아들어 그의 외투 소매가 곧 검붉은 피로 물들었다. 목에 파편이 박힌 처빈스는 두 팔을 들고 대포 위로 쓰러졌고, 디피드는 자기 턱에 박힌 나무 파편은 아랑곳하지 않고 처빈스의 시체를 바닥으로 끌어내린 후 계속 포격 준비를 했다. 디피드의 턱을 관통한 나무 파편을 타고 핏방울이 뚝뚝 떨어졌.

테메레르는 큰바다뱀의 머리 주변에서 정지비행을 하며 으르렁거렸다. 하지만 놈이 얼리전스 호를 휘감고 있기 때문에 신의 바람을 쓸 수도 없었다. 잘못했다가는 지난번 발레리 호 때처럼 소용돌이를 일으켜 큰바다뱀과 선체를 함께 침몰시킬 수도 있었다. 하지만 로렌스는 침몰의 위험을 무릅쓰고라도 신의 바람을 쓰라고 지시해야겠다고 마음먹었다. 갑판에서 영국인들이 미친 듯이 도끼질을 하는데도 놈의 단단한 비늘은 찢어지지 않았다. 이대로라면 얼리전스 호는 수리가 불가능할 정도로 망가져 버릴 것이었다. 돛대를 지지하는 중간 늑재가 쪼개지고 용골마저 구부러지면 아예 항구까지 몰고 갈 수도 없었다.

로렌스가 지시를 내리려는 찰나, 테메레르가 체념한 듯 나지막하게 울부짖으며 하늘을 향해 날아올랐다. 그리고 날개를 접고 급강하하여 큰바다뱀의 머리를 발톱으로 움켜쥐고 바다 밑으로 끌고 내려갔다. 그 충격으로 놈은 얼리전스 호를 감았던 몸을 풀었고, 곧 수면 위로 자줏빛 피가 구름처럼 퍼져 올라왔다.

"테메레르!"

로렌스는 큰바다뱀의 몸통을 뛰어넘어 테메레르가 사라진 쪽으로 달려가면서 악을 썼다. 영국인들의 피로 낭자한 갑판에 가로놓인 큰바다뱀의 몸통은 경련을 일으키며 부들부들 떨고 있었다. 로렌스가 난간 너머 큰돛대의 사슬 위로 기어 올라가자 그랜비가 손을 뻗어 말렸다. 하지만 로렌스는 이미 장화를 벗어 내던지며 물로 뛰어들 준비를 하고 있었다. 손에 칼이나 총도 쥐어져 있지 않았고, 뚜렷한 계획도 없었고, 수영도 잘하지 못했지만, 테메레르가 바다 속으로 들어간 지금 눈에 뵈는 게 없었다. 그랜비도 같이 뛰어들려고 로렌스 쪽으로 올라왔다. 그런데 그 순간, 얼리전스 호가 흔들목마처럼 앞뒤로 크게 흔들렸다. 그리고 갑판 위에 걸쳐져 있던 큰바다뱀의 은회색 몸통이 부르르 떨리면서 몸의 아래쪽과 꼬리가 물 위로 휙 올라왔다가 다시 바다 표면으로 떨어지며 엄청난 물거품을 일으켰다. 그러고는 잠잠해졌다.

그와 동시에 테메레르가 코르크처럼 바다 표면으로 떠올라 물을 첨벙첨벙 튀기며 헤엄을 쳤다. 그리고 기침을 하고 푸푸 소리를 내더니 침을 카악 뱉었다. 테메레르의 턱 주변은 온통 피투성이였다.

"이제 죽은 거 같아."

테메레르는 씨근거리며 천천히 물장구를 쳐 얼리전스 호 옆으로 다가왔다. 하지만 곧장 용갑판으로 올라오지 않고 선체에 기대어 가쁜 숨을 골랐다. 기낭 덕분에 가라앉지 않고 줄곧 떠 있을 수 있었다. 로렌스는 얼른 테메레르의 등으로 올라타서 쓰다듬어 주었다. 테메레르를 진정시키기 위해서이기도 했지만, 자신의 놀란 가슴을 달래기 위해서이기도 했다.

테메레르는 갑판 위로 기어올라오지도 못할 만큼 몹시 지쳐 있었다. 로렌스는 선원들에게 작은 보트 하나를 내리게 하고, 케인스를 불러 테메레르의 몸 상태를 진찰하게 했다. 몇 군데 긁힌 상처가 있기는 했지만 심각한 상태는 아니었다. 큰바다뱀의 이빨에 물린 상처도 그리 깊지 않았다. 케인스는 외상에는 별로 신경 쓰지 않고 테메레르의 가슴에 귀를 대고 소리를 들어보았다. 그러더니 근심스런 얼굴로 폐에 바닷물이 들어갔다고 진단했다.

로렌스는 테메레르에게 용기를 불어넣어 용갑판으로 올라오게 했다. 이곳저곳 부서지고 망가진 상태라서 그런지, 녹초가 된 테메레르가 갑판을 붙잡고 기어오를 때 선체가 평소보다 더 깊이 물 밑에 잠겼다. 테메레르는 난간에 큰 손상을 입히지 않고 무사히 용갑판으로 올라왔다. 배의 외관에 신경을 많이 쓰는 퍼벡 대위도 이번에는 배를 망가뜨리지 말라는 둥의 잔소리를 하지 않았다. 테메레르가 용갑판 위에 쓰러지듯 눕자 갑판 위에 있던 자들은 피곤에 지친 얼굴이면서도 진심으로 기뻐하며 환호해 주었다.
 케인스가 지시했다.
 "머리를 바닥에 두고 옆으로 누워봐."
 테메레르는 잠을 자고 싶다고 조그맣게 끙끙거리면서도 시키는 대로 했다. 옆으로 누운 테메레르는 꽉 잠긴 목소리로 점점 더 현기증이 난다고 말했다. 그리고 억지로 기침을 해서 바닷물을 뱉어냈는데, 케인스가 됐다고 할 때까지 기침을 계속했다. 그런 뒤에 천천히 몸을 끌고 용갑판 뒤쪽으로 가서 누웠다. 그쪽에 누워야 얼리전스 호가 좀 더 안정적으로 떠 있을 수 있어서였다. 테메레르가 몸을 웅크리며 자려고 하자 로렌스가 물었다.

 "먹을 것 좀 갖다 줄까? 신선한 고기 말이야. 양고기는 어때? 네가 좋아하는 방식대로 요리해서 가져오라고 할게."
 "아냐, 로렌스. 지금은 아무것도 못 먹겠어."
 여전히 잠긴 목소리로 테메레르가 대꾸했다. 그러고는 눈에 띄게 몸서리를 치면서 머리를 날개 밑으로 집어넣더니 말했다.
 "사람들한테 저것 좀 얼른 치우라고 해줘."
 얼리전스 호의 갑판을 가로지른 채 늘어져 있는 큰바다뱀의 시체를 말하는 것이었다. 좌현 난간 너머 바다 위에 놈의 머리가 떠 있고, 우현 쪽 바다엔 나머지 몸통과 꼬리가 떠 있어 이제야 비로소 몸길이를 확실히 측정할 수 있었다. 라일리는 부하들을 보트에 태워 내려 보내 주둥이부터 꼬리까지의 길이를 재도록 했다. 측정 결과 길이는 76미터가 넘었다. 로렌스가 들어 알고 있는 제일 덩치 큰 리갈 코퍼의 몸길이보다 2배 이상 길었다. 몸통 두께는 그에 비하면 아주 얇은 편이어서 직경이 6미터도 채 안 되었다. 몸통이 얇은 대신 길이가 엄청나게 길기 때문에 선체를 칭칭 감을 수 있었던 것이다.

갑판 위로 올라온 쑨카이가 탄성을 질렀다.

"와, 큰바다뱀이군요!"

쑨카이는 이만큼 길지는 않지만 중국해에도 이와 비슷한 큰바다뱀이 있다고 했다.

놈의 고기를 식량으로 쓰자고 말하는 이는 아무도 없었다. 길이 측정이 끝나고 화가를 겸하고 있는 중국 시인이 그 큰바다뱀의 모습을 그림으로 남겼다. 그리고 도끼질이 시작되었다. 새클러가 들고 있던 끌로 익숙하게 큰바다뱀의 몸통을 찍은 후, 테메레르의 병기공 프랫 준위가 그 자리를 도끼로 세 번 세게 내리쳤다. 그러자 갑옷처럼 단단하고 두꺼운 놈의 비늘을 지나 척추에 쩍 금이 갔다. 얼리전스 호가 천천히 앞으로 나아가기 시작하면서 놈의 몸통은 그 자체의 무게로 인해 갑판 양옆으로 찢겨져나가기 시작했다. 천을 찢는 것 같은 소리가 나면서 반 토막 난 몸뚱이가 배 양옆으로 미끄러져 떨어졌다.

큰바다뱀의 시체 주변으로 상어 떼가 신나게 몰려들었다. 상어를 비롯한 이름 모를 어류들은 머리 부분에 달려들었다가 곧 이어 두 동강나 피가 흘러나오는 부분을 둘러싸고 각축전을 벌였다.

라일리가 퍼벡에게 말했다.

"최대한 속도를 내야겠어."

큰돛대와 뒷돛대를 비롯하여 그쪽의 삭구 대부분이 크게 손상되었지만, 앞돛대와 그 주변의 삭구는 밧줄이 엉킨 것 외엔 무사했다.

선원들은 급한 대로 앞돛대의 돛을 펼쳐 바람을 받게 했다.

얼리전스 호 고물 뒤로 둥실둥실 떠 있는 큰바다뱀의 시체가 점점 멀어져갔다. 그것은 한 시간쯤 지나자 물 위에 떠 있는 가느다란 은색 줄로만 보였다. 영국인들은 갑판에 물을 붓고 솔로 북북 문지른 뒤, 닦음돌로 닦고 한 번 더 물을 부어 씻어냈다. 선원들은 계속해서 물을 길어 올렸다. 목수 에클로프와 그의 조수들은 큰돛대와 뒷돛대의 망가진 활대를 교체하기 위해 커다란 나무기둥 두 개를 자르고 있었다.

돛들이 대부분 찢어졌기 때문에 선원들이 창고에서 여분의 돛천을 가지고 올라왔다. 그런데 그 돛천에 쥐가 물어뜯은 흔적이 있어서 라일리는 몹시 언짢아했다. 선원 몇 명이 얼른 달려들어 구멍 난 곳을 깁고 있는데 어느덧 해가 지기 시작했다. 이대로라면 내일 아침까지도 삭구를 새로 설치하지 못할 것이었다. 갑판 당번 장교들은 선원들을 식당으로 내려 보내 저녁을 먹게 하고, 늘 하던 인원 점검도 생략한 채 잠자리에 들도록 했다.

로렌스는 여전히 맨발인 채로 용갑판에 서서 에밀리가 가져다 준 커피와 비스킷으로 배를 채웠다. 아무것도 먹지 못하고 누워 있는 테메레르를 두고 선실로 내려갈 수가 없었다. 로렌스는 기운을 북돋워 주려고 옆에서 계속 위로를 했다. 그러면서 겉으로 드러나지 않은 깊은 상처를 입은 건 아닌지 걱정스러운 목소리로 묻자, 테메레르는 멍한 표정으로 대답했다.

"아니, 다친 덴 없어. 아픈 데도 없고. 멀쩡해."

이에 로렌스가 다시 물었다.

"그런데 왜 그렇게 괴로운 표정이니? 오늘은 정말 잘 싸워줬어.

네가 이 배를 구한 거야."

"내가 한 거라곤 그 큰바다뱀을 죽인 것뿐이야. 그게 그렇게 자랑스러운 일은 아닌 것 같아. 그 큰바다뱀 암컷은 적군도 아니고 무슨 정치적인 이유가 있어서 우리랑 싸운 것도 아니잖아. 그저 배가 고파서 우리 쪽으로 왔는데 총을 쏘니까 겁이 났던 거야. 그래서 공격한 거고. 그 바다뱀한테 상황을 이해시키고 물러가게 했으면 좋았을 텐데."

그 말을 듣자 로렌스는 테메레르가 그 큰바다뱀을 단순히 바다괴물로만 여기지 않는다는 사실을 깨달았다.

"테메레르, 그 짐승을 무슨 용이나 되는 것처럼 생각할 필요는 없어. 그 놈은 말도 할 줄 모르고 지능도 없어. 네 말대로 그냥 먹을 걸 찾으러 왔던 거고, 짐승이니까 우리가 사냥을 해서 죽여도 괜찮은 거야."

"왜 그런 식으로 생각하는데? 물론 그 큰바다뱀은 영어나 프랑스어, 중국어를 할 줄은 몰라. 대양에 사는 생물일 뿐이니까. 용들처럼 알 속에서부터 사람들의 보살핌을 받으며 산 것도 아닌데, 어떻게 인간의 언어를 익힐 수 있었겠어? 나라도 그 큰바다뱀과 같은 처지였다면 인간의 언어를 익히지 못했을 거야. 하지만 그렇다고 해서 내가 지능이 없는 생물이 되는 건 아니잖아?"

로렌스는 단어 선택에 유의하느라 말까지 더듬거렸다.

"그게 있지, 너도 봐서 알잖아. 그 괴물은 이성이 없는 짐승이었어. 영국군 네 명을 잡아먹고 여섯 명을 죽였어. 말 못 하는 동물인 바다표범을 먹은 게 아니라 사람을 먹은 거라고. 그 괴물이 지능을 갖고 있다면 그 지능은 인간화되지 않은 것, 아니 문명화되지 않은 것이겠지. 지금까지 큰바다뱀을 길들였다는 이는 아무도 없어. 중국인들도 마찬가지야."

흥분한 테메레르는 고개를 들고 얼굴 주변의 막까지 부르르 떨었다.

"인간을 위해 봉사하지 않고 인간의 습관을 배우지도 못한 생물은 지능이 없는 것이니 죽여도 괜찮다는 말이구나?"

그 큰바다뱀의 눈과 마주쳤던 순간 로렌스는 그 눈 속에서 어떤 식의 지능도 발견하지 못했었다. 그 점을 어떻게 이해시켜야 할지, 어떻게 해야 테메레르의 마음을 달랠 수 있을지 고민스러웠다.

"그런 뜻이 아니야, 테메레르. 적어도 지능이 있는 생물이라면 우리랑 소통할 수 있는 법을 배웠을 것이고, 그럼 우리도 그런 생물에 대한 소문을 들어 알 수 있었겠지. 용들 중에도 비행사를 태우는 것을 거부하고 인간들이랑 대화조차 하지 않으려는 용들이 있어. 그게 그리 자주 있는 일은 아니지만 가끔 있지. 그래도 우린 그런 용들이 지능을 갖지 못한 생물이라고 생각하진 않아."

말하다보니 어쩌다가 제대로 된 예를 든 것 같아 로렌스는 마음이 살짝 놓였다.

"비행사를 거부하고 인간들이랑 교류하지 않으려는 용들은 어떻게 되는 건데? 만약 내가 인간의 명령을 거부하면 나한테는 어떤 일이 일어나는 거야? 명령 하나를 거부하는 게 아니라 공군 소속으로 전투에 나가는 것 자체를 거부한다면?"

일반적인 경우를 두고 얘기를 해나가다가 테메레르가 갑자기 범위를 줄이며 불길한 질문을 던지자 로렌스는 당황했다. 다행히 지금 얼리전스 호에는 작은 돛 하나밖에 달려 있지 않아 할 일이 그리 많지 않았다.

해군들은 앞갑판 쪽에 모여 배급받은 그로그 주를 판돈 대신 놓고 주사위 게임을 하고 있었고, 갑판 당번을 맡은 공군 몇 명은 난간 쪽에 서서 나지막하게 얘기를 나누고 있었다. 테메레르의 목소리가 들릴 만한 범위 내에는 아무도 없는 것을 확인하자, 로렌스는 비로소 마음이 놓였다. 모르는 사람이 들으면 방금 한 말을 곡해하여 테메레르가 지금까지 마지못해 영국을 위해 싸웠을 뿐 영국에 충성심을 갖고 있진 않다고 여길 수도 있었다. 로렌스는 테메레르가 영국 공군과 동료들을 저버리는 짓을 하지 않으리라는 걸 잘 알고 있었지만, 남들은 다르게 해석할 수도 있었다.

로렌스는 조용히 대답했다.

"인간을 거부하는 야생 용들은 사육장 안에서 아주 편안하게 살고 있어. 네가 원한다면 거기서 살 수 있게 해줄게. 웨일즈 북쪽 카디건 만 부근에 큰 사육장 하나가 있는데 경치도 아주 아름다워."

"내가 거기서 사는 것도 싫고 다른데 가서 자유롭게 살고 싶다고 한다면?"

"그럼 먹이는 어떻게 구할 건데? 용들이 먹이로 삼는 가축들은 모두 인간이 기르고 있고, 인간에게 속한 재산인데."

"사람들이 모든 동물을 우리 안에 넣어 기르면서 야생 동물을 하나도 남겨놓지 않았다면, 내가 가끔 한두 마리를 훔쳐 먹어도 그 점에 대해 불평을 하지 않는 게 타당한 태도겠지. 가축을 먹는 게 문제가 된다면 물고기를 잡아먹어도 상관없어. 도버 근처에서 살면서 내가 원할 때 하늘을 날아다니고 물고기를 잡아먹으며 살면 어떨까? 사람들이 기르는 가축에는 손대지 않고 말이야. 그렇게 살아도 될까?"

로렌스는 대화가 위험한 수준까지 이르렀다는 느낌이 들었지만 중단하기엔 너무 늦어버렸다. 이런 방향으로 대화를 진행시킨 것이 후회가 되었다.

테메레르가 방금 말한 것 같은 삶은 영국에선 결코 용납되지 않을 터였다. 용이 멋대로 돌아다니며 사는 것을 알면 사람들은 공포에 떨 테니까. 그 용이 아무리 인간을 해치지 않고 혼자 평화롭게 살아간다고 해도 믿지 않을 것이다. 지금 이 자리에서 용이 외따로 살면 안 되는 무수한 이유를 들어가며 설명한다고 해도 테메레르는 그것을 자신의 삶에 관련된 자유를 부당하게 제한하는 것으로 여길 게 분명했다. 로렌스는 테메레르의 속상한 마음을 달래 줄 만한 대답을 하기 위해 고민을 거듭했다.

테메레르는 로렌스의 침묵을 부정의 의미로 해석하고는 고개를 끄덕이면서 말했다.

"혼자 자유롭게 살고 싶다고 한다면 사람들은 내게 사슬을 채워서 강제로 사육장에 집어넣겠지. 난 그곳을 탈출하지도 못할 테고. 어떤 용이라도 마찬가지일 거야."

테메레르의 우울한 목소리에 어느새 분노가 스며들고 있었다.

"우리 용들은 노예나 다름없어. 다만, 인간들보다 개체 수가 적고 덩치가 훨씬 큰데다가 전투 능력을 갖췄기 때문에 너그러운 대접을 받고 있는 거야. 그런 능력을 갖추지 못한 큰바다뱀 같은 생물들은 잔인하게 죽임을 당하고 있지만. 어쨌든 우리 용들은 자유의 몸이 아닌 것이지."

"맙소사. 그런 게 아니야."

로렌스는 당황해서 벌떡 일어섰다. 테메레르의 논리에 적절하게 반박하지 못하는 자신이 좌절스럽고 원망스러웠다. 태풍이 쳤을 때도 테메레르는 사슬 안에서 결박당하는 것에 대해 불만을 터뜨렸었다. 그러니 지금 이런 말을 하는 것도 큰바다뱀과의 싸움 뒤에 찾아오는 허탈함 때문만은 아닌 것이다.

로렌스는 되풀이해 말했다.

"아니야. 그런 게 아니야. 말도 안 돼."

로렌스는 자신이 철학적인 문제에 대해 테메레르와 논쟁을 할 만한 수준이 아니라는 것을 잘 알고 있었지만, 테메레르의 논리는 비약이 너무 심한 것 같아서 어떻게 해서든 진실을 말해 주고 싶었다.

"그렇게 따지자면 공군 본부의 명령에 복종해야 하는 나도 노예인 거잖아. 나도 명령을 거부하면 공군에서 쫓겨나거나 교수형을 당할 수도 있으니까. 하지만 난 절대로 노예가 아니야."

"당신은 스스로 선택해서 해군에 들어갔고 공군으로 옮긴 것도 마찬가지였어. 원하면 언제든 그만두고 다른 곳으로 갈 수도 있지."

"그래, 공군을 나왔을 때 모아둔 재산이 별로 없으면 먹고살기 위해 다른 직업을 찾아야 하겠지. 만약 네가 공군에서 복무하기 싫다고 하면, 내가 그동안 모아둔 돈으로 북쪽 어딘가, 아일랜드 같은 곳에 땅을 살 테니까 나랑 같이 거기서 살자. 거기서 직접 가축을 길러서 네 먹이로 삼으면 되니까. 거기서 너 하고 싶은 대로 하면서 살면 돼. 내 소유지니까 아무도 뭐랄 사람 없을 거야."

테메레르는 곰곰이 생각에 잠겼다. 따지고 들던 기색이 점차 사그라졌다. 공중에서 불안하게 씰룩거리던 꼬리도 내려 몸에 감았고, 얼굴 주변의 막 사이사이에 난 뿔들도 다시 편안하게 내려와 목에 닿았다.

저녁 여덟 시를 알리는 종소리가 갑판에 부드럽게 울려 퍼졌다.

주사위 게임을 하던 해군들은 갑판 아래로 내려가고 새로운 해군 갑판 당번이 올라와 탁자 위에 남아 있던 촛불을 껐다. 공군 쪽 새 갑판 당번인 페리스도 하품을 하며 계단을 밟고 용갑판으로 올라왔다. 그 뒤에 승무원 몇 명도 졸린 눈을 비비며 따라 왔다. 방금 갑판 당번 임무를 마친 베일즈워스 대위가 같이 당번 일을 했던 부하들을 이끌고 다가왔다.

"안녕히 주무십시오, 로렌스 대령님. 잘 자, 테메레르."

그리고 그들은 테메레르의 옆구리를 쓰다듬으며 용갑판을 내려갔다.

"잘 자게, 제군들."

로렌스는 이렇게 대답했고, 테메레르는 온화하게 우르르 울리는 소리를 내며 대답을 대신했다.

고물 쪽에서 퍼벡 대위의 목소리가 조그맣게 들려왔다.

"원하는 사람은 갑판에서 자도 된다고 전해, 트립."

밤이 되자 지친 해군들은 감아놓은 밧줄과 둘둘 만 셔츠를 베개 삼아 앞갑판에 누워 잠이 들었다. 고물 쪽에 켜둔 랜턴이 캄캄한 밤하늘을 향해 깜박거리며 윙크를 했다. 달도 없는 하늘에 별들이 반짝거렸다. 마젤란 성운은 그중에서도 단연 밝았고 기다랗게 뿌려진 은하수도 빛을 뿜었다. 사방이 고요했다. 공군들도 좌현 쪽 난간에 기대어 자고 있었다. 로렌스와 테메레르는 마치 둘만 있는 기분이었다. 로렌스는 조용히 테메레르의 옆구리에 기대 앉아 대답을 기다리고 있었다.

마침내 긴 침묵을 깨고 테메레르가 입을 열었다. 조금 전의 대화가 중단되지도 않았던 것처럼 자연스럽게 말을 이어갔다. 흥분한 기색은 전혀 없었다.

"만약 당신이 나를 위해 땅을 산다고 해도 그건 당신 거지 내 것이 아니야. 당신은 나를 사랑하니까 나를 행복하게 하려고 뭐든 해 주겠지. 하지만 랜킨같이 무심한 자를 파트너로 둔 레비타스 같은 용은 어떻게 살아야 해? 재산이라는 개념에 대해 잘은 모르지만, 나한테 재산이 없다는 점만은 확실해. 재산을 모을 방법도 없고."

테메레르는 아까처럼 열을 올리지는 않았지만 지치고 슬픈 목소리였다.

로렌스가 말했다.

"너한테는 보석 펜던트가 있잖아. 그 펜던트는 1만 파운드짜리야. 내가 너한테 선물로 준 거니까 합법적인 네 재산이지."

테메레르는 고개를 숙여 목에 걸린 그 펜던트를 내려다보았다. 로렌스가 프랑스의 아미티에 호를 포획하여 받은 포상금으로 사 준 플래티넘 펜던트였다. 항해를 하는 동안 플래티넘 부분이 일부 옴폭 들어가고 긁히긴 했지만, 테메레르가 그 펜던트를 목에서 빼놓기 싫어하여 긁힌 부분의 수리를 맡기지도 못하고 있었다. 펜던트에 박힌 진주와 사파이어는 긁힌 자국 없이 깨끗했다.

"재산이라는 게 그런 거야? 보석 같은 거? 이게 물론 굉장히 멋진 보석이긴 하지만, 그래도 달라지는 건 없어. 이건 당신이 준 선물이지 내가 벌어서 산 게 아니니까."

"용한테 월급이나 포상금을 지급하는 사람은 아무도 없어. 용을 존중하지 않아서가 아니라 용한테는 돈이 쓸모가 없으니까 그런 거야."

"마음대로 돌아다닐 수도 없고, 하고 싶은 대로 살지도 못하는 신세니까 돈을 쓸 일이 없는 거잖아. 만약 나한테 돈이 있다고 해도 그걸로 마음껏 쇼핑을 즐기거나 보석을 사거나 책을 살 수 없을 거야. 그나마 우리 것이라고 할 수 있는 축사의 가축마저도 마음대로 꺼내 먹었다고 야단을 맞아야 할 정도니까."

"네가 마음대로 돌아다닐 수 없는 것은 네가 노예이기 때문이 아니라, 사람들이 돌아다니는 너를 보고 불안해 할 것이기 때문이야. 공공질서를 흐트러뜨리게 되니까. 네가 돈을 갖고 물건을 사러 마을로 들어가면 상점 주인이 도망을 치지 않겠니?"

"우린 아무 잘못도 저지른 게 없는데 인간들의 두려움 때문에 행동에 제약을 받아야 한다는 뜻이네? 이건 너무 부당해. 그 점은 부정할 수 없을 거야, 로렌스."

로렌스는 마지못해 시인했다.

"그래, 그럴 지도 모르지. 아무리 자기네를 해치지 않는다고 말해도 사람들은 용을 두려워해. 그게 인간의 속성이야. 어리석은 속성이긴 하지만 그렇게 타고났으니 어쩔 수가 없어."

로렌스는 테메레르의 옆구리에 손을 대며 말을 이었다.

"네 불만에 대해 좀 더 나은 답변을 해줄 수 있으면 좋았을 텐데 이 정도밖에 답을 못 해줘서 미안해, 테메레르. 그래도 한 가지 덧붙이자면, 이 사회가 아무리 너를 부자유스럽게 만든다고 해도 너는 나와 마찬가지로 절대 노예가 아니야. 네가 그런 고민을 극복할 수 있도록 옆에서 계속 도와줄게."

테메레르는 한숨을 폭 내쉬며 로렌스에게 코를 대고 문질렀다. 그리고 날개를 끌어와 로렌스의 머리 위를 따뜻하게 덮어주었다. 테메레르는 더 이상 그 문제를 거론하지 않고, 최근에 읽은 책에 대한 질문을 했다. 그들은 케이프타운에서 구입한 프랑스어판《아라비안나이트》에 관해 얘기를 해나갔다. 로렌스는 테메레르가 화제를 돌리자 다행이다 싶으면서도 마음 한구석은 여전히 불안했다. 지금까지 테메레르가 만족스럽게 살고 있는 줄 알았는데 속내는 그게 아니었다는 사실을 깨닫게 되었기 때문이다.

제3부

마카오, 얼리전스 호에서

11

제인, 오랫동안 편지를 보내지도 못했는데 이번 편지도 길게 쓰지 못하고 급하게 몇 줄 써서 보내게 되어 미안합니다. 실은, 지난 3주 동안 여유 있게 편지를 쓸 만한 틈이 전혀 없었습니다. 얼리전스 호를 타고 방카 해협(방카 섬과 수마트라 섬 사이에 위치한 해협―옮긴이주)을 지나는 동안 우리들 대부분이 말라리아 열병에 걸리고 말았거든요. 나를 비롯한 테메레르의 승무원들은 가까스로 그 병을 떨치고 일어났는데 케인스가 그게 다 테메레르 덕분이라고, 테메레르의 몸에서 나오는 열기가 오한을 일으키는 독한 기운을 쫓아줘서 증세가 악화되지 않고 수월하게 나은 거라고 하더군요.

그 대신 우리 공군들은 이 배에서 갑자기 많은 일을 떠맡게 되었습니다. 방카 해협을 지나던 첫날 라일리 함장이 말라리아 열병으로 병상에 드러눕고 퍼벡 대위도 발병해서 나와 라일리의 부하인 프랭스 소위, 베켓 대위가 번갈아가며 불침번을 서고 있습니다. 프랜스와 베켓은 둘 다 의욕이 넘치는 젊은이들이고 특히 프랜스는 일을 꽤 잘하는 편입니다. 하지만 프랜스는 아직 얼리전스 호 같은 대형 군함을 감독할 만한 역량은 갖추지 못하고 있는 듯합니다. 부하들의 훈련 상황을 관리하는 것도 그렇고 무엇보다 말을 더듬는 버릇이 있어 식사 중에 거의 입을 다물고 있는지라 상급 장교로서 대화를 부드럽게 끌어가는 모습을 보이지 못하고 있습니다.

이제 완연한 여름입니다. 우리는 내일 아침 마카오(澳門) 항구로 들어갈 예정입니다. 요즘은 광둥 항구로 서양인들이 드나들 수가 없다고 해서요. 마카오에서라면 예수회 소속 범선을 통해 말라리아 열병 치료약을 더 구할 수 있을 것 같다고 이 배의 의사가 말하더군요. 이 부근을 다니는 영국 상선들을 통해 이 편지를 당신에게 전하도록 부탁할 생각입니다. 용싱 왕자의 특별 허락을 받아 우리는 쩐하이 만 북쪽으로 올라가 톈싱(天星) 항구를 통해 베이징으로 갈 수 있게 되었습니다. 덕분에 베이징까지 가는 시간을 많이 줄일 수 있게 되었죠. 하지만 통상적으로 서양 선박들은 광둥 북쪽으로 올라갈 수 없게 되어 있어서 북쪽으로 가는 동안 우리 배를 제외한 다른 영국 배들을 만날 기회가 없을 듯합니다.

광둥을 지나가면서 프랑스 상선을 세 척 보았습니다. 7년 만에 광둥 쪽으로 온 것이라 그 상선들이 낯설게 느껴지지 않았습니다. 그런데 7년 전보다 외국 배들이 훨씬 많아졌더군요. 지금도 망원경을 통해 광둥 항구를 뒤덮은 흐릿한 안개 너머로 군함 한 척이 보입니다. 영국이나 프랑스 것은 아니고 네덜란드 군함 같습니다. 얼리전스 호는 크기 면에서 다른 군함을 압도하고 용싱 왕자 일행을 태우고 있기 때문에 프랑스 군함이 이 근처에 있다고 해도 큰 위협은 느끼지 않고 있습니다. 다만 프랑스가 중국에 대사를 상주시키고 있으니 앞으로 그 대사가 우리의 임무 수행을 방해할까봐 걱정이 됩니다.

그리고 전에 의심스럽다고 얘기했던 부분에 관해서는 더 이상 할 얘기가 없습니다. 말라리아 열병 때문에 얼리전스 호의 영국인들의 사기가 떨어지고 방어력도 약해져 있는 상황이니 지금이야말로 암살 시도에 적기임에도 불구하고 나를 죽이려 한 자는 없었으니까요. 지난번에 펑리가 나를 죽이려고 했던 것도 암살 명령을 받아서가 아니라 내가 알지 못하는 다른 이유 때문이 아니었나 싶습니다.

종이 울리네요. 갑판에 올라가봐야겠습니다. 애정과 존경을 담아 이 편지를 띄웁니다. 늘 나에 대한 믿음을 간직해 주길 바라며.

1806년 6월 16일
당신의 충실한 종, 윌리엄 로렌스

얼리전스 호는 밤사이 자욱하게 깔린 안개 사이로 마카오 항구를 향해 다가갔다. 포르투갈 식의 단정한 사각형 건물들과 깔끔하게 줄을 맞춰 세워진 작은 나무들이 둥글게 에워싼 기다란 모래사장을 보니 익숙한 느낌마저 들었다. 대부분 돛을 접은 중국의 평저선들은 푼샬이나 포츠머스 항구에 정박해 있는 소형 배들을 떠올리게 했다. 잿빛 안개가 물러나면서 드러난, 완만한 경사의 초록색 산을 보니 지중해의 어느 항구에 와 있는 듯한 착각마저 들었다.

용갑판에서 몸을 일으킨 채 기대에 찬 눈으로 마카오 항구를 쳐다보던 테메레르는 실망한 표정으로 주저앉으며 말했다.

"뭐야, 지금까지 봐온 항구랑 다르지도 않잖아. 용도 한 마리도 없고."

얼리전스 호는 두꺼운 안개를 뚫고 들어오고 있어 아직 부두 쪽에 모습을 확연히 드러낸 건 아니었다. 잠시 후 느릿느릿 떠오르는 해가 안개를 태워 없애고 바람이 한차례 불어 뱃머리 쪽에 머물던 안개까지 날려버리자, 부두 쪽에서 갑자기 시끌벅적한 고함소리가 들려오기 시작했다. 로렌스는 예전에 케이프타운 항구에서처럼 부두에 있던 사람들이 좀처럼 보기 드문 큰 배를 보고 소란을 피우는가 보다, 라고만 여겼다. 그런데 그들이 "티엔룽, 티엔룽!" 하고 외쳐대는 고함 소리가 예사롭지 않아 당황했다.

곧이어 수많은 평저선들이 사람들을 잔뜩 태우고 급하게 노를 저으며 얼리전스 호 쪽으로 다가오기 시작했다. 그 배들은 뱃머리 쪽으로 빽빽하게 모여들어 서로 부딪치며 소란을 떨었다. 얼리전스 호의 선원들이 물러나라고 고함을 질렀지만 소용이 없었다.

선원들이 주변을 에워싼 배들 때문에 극도로 조심해서 닻을 내리고 있는 동안에도 점점 더 많은 배들이 다가왔다. 로렌스는 섬세하고 우아한 옷을 입은 중국 여자들이 어린아이들을 데리고 기묘하게 점잔을 빼는 걸음걸이로 해변으로 내려오는 모습을 보고 놀랐다. 그녀들은 옷이 구겨지는 것도 아랑곳하지 않고 평저선에 잔뜩 올라탔다. 다행히 바람이 세지 않고 파도도 잔잔해서 여자들을 가득 태운 배들이 뒤집어지지 않고 흔들거리며 다가올 수 있었다. 얼리전스 호에 접근하자 평저선에 탄 여자들은 데리고 온 어린아이들을 머리 위로 들어 올리며 이리저리 흔들어댔다.

로렌스가 테메레르에게 물었다.

"저게 대체 무슨 의미지?"

이런 광경은 처음이었다. 그의 경험에 따르면 중국 여자들은 서양인들의 시선을 극도로 꺼리는 편이었다. 그래서 전에 마카오에 왔을 때에도 중국 여자를 실제로 본 적이 없었다. 그래서인지 지금 마카오 해변에 서 있거나 다른 배에 타고 있던 서양인들도 갑자기 달라진 그녀들의 태도를 흥미롭게 지켜보고 있었다.

주변을 둘러보던 로렌스는 가슴이 철렁했다. 어젯밤에 예상했던 대로 이 항구에도 프랑스 군함이 두 척이나 들어와 있었던 것이다. 2중갑판으로 된 64문짜리 범선과 그보다 좀 작은 48문짜리 범선이었는데 정비도 잘 되어 있고 깔끔한 상태였다.

테메레르는 중국 여자들이 들어 올린 아기들을 흥미로운 시선으로 내려다보았다. 화려한 자수가 놓인 옷을 입은 아기들은 비단에 싸고 금실로 끝을 묶은 소시지처럼 보였고, 공중에 들어 올려지자 겁에 질려 눈을 감고 큰 소리로 울어댔다.

"내가 물어볼게."

테메레르는 이렇게 말하고는 난간 너머로 고개를 내밀었다. 그리고 그중 제일 시끌벅적하게 소리치는 여자에게 말을 걸었다. 제 자식과 함께 이 배에 올라타기 위해 해변에서 경쟁자를 세게 밀쳤던 여자였다. 그녀는 두 살쯤 되어 보이는 뚱뚱한 남자아기를 머리 위로 들어 올리고 있었는데 볼이 동그란 그 아기는 아예 체념을 했는지 테메레르의 이빨에 닿을 정도가 되었는데도 울지도 않고 무표정했다.

그녀의 대답을 듣고 테메레르는 눈을 깜박거리며 다시 뒤로 물러나 앉았다.

"발음이 듣던 거랑 달라서 확실히는 모르겠어. 대충 듣기로는 다들 나를 보러 이리로 온 거라고 말하는 것 같아."

그리고 테메레르는 몰려든 이들을 위해 그럴듯하다고 여겨지는 동작을 취하기 시작했다. 우선 더러움을 문질러 없앤다는 뜻으로 머리를 뒤로 돌려 코로 등가죽을 문질렀다. 그리고 분위기에 취해 최대한 멋지게 보이도록 머리를 꼿꼿이 세우고 두 날개를 펼쳤다가 접으며 얼굴 주변의 막을 쫙 폈다.

잠시 후, 테메레르가 이 상황을 설명해 달라고 요청하자 용싱이 말했다.

"셀레스티얼 품종의 용을 보면 행운이 온다고 믿기 때문이지. 저들은 상인에 불과해서 좀처럼 셀레스티얼을 볼 기회가 없으니까 지금 너를 보고 저렇게 난리를 치는 거다."

용싱은 고개를 돌리고 로렌스에게 말했다.

"나는 리우빠오, 쑨카이와 함께 광저우(廣州)로 가서 감독관과 태수를 만나고 황제 폐하께 우리의 도착을 알리고 올 것이다."

광둥성의 광저우 시로 가겠다는 뜻이었다. 로렌스는 그 말이 이 배의 바지선을 써야 하니 내놓으라는 뜻임을 잠시 후에야 알아챘다.

로렌스가 말했다.

"왕자님, 톈싱 항구를 통해 내륙으로 들어가더라도 베이징과 서신을 주고받으려면 적어도 3주는 걸릴 겁니다."

여기서 베이징까지는 1,600킬로미터가 넘기 때문에 중국 황제에게 도착을 알리는 편지를 띄우고 답신을 받으려면 굉장히 오랫동안 기다려야 할 터였다. 로렌스가 그 점을 상기시켜 준 것뿐인데, 용싱은 중국 황실에 대한 존경심이 부족해서 그런 말을 하는 거라며 불쾌한 표정을 지었다. 로렌스는 어쩔 수 없이 이곳 관습을 몰라서 실수했다며 사과를 했다. 그래도 용싱이 여전히 노여움을 풀지 않은 얼굴이라 로렌스는 서둘러 얼리전스 호의 바지선을 바다로 내리고 용싱 왕자와 두 공사를 차례로 내려 보냈다. 선원들이 대형 보트를 타고 나가 신선한 물과 가축을 모선으로 들여오는 중이라서, 바지선을 빼앗긴 로렌스와 해먼드는 잠시 후 해변으로 나갈 때 작은 보트를 타고 갈 수밖에 없었다.

로렌스는 해변으로 가기 전에 라일리의 선실 안으로 머리를 들이밀고 물었다.

"기분 전환할 거리라도 사다줄 테니 필요한 거 있으면 말하게."

창문 바로 아래쪽에 머리를 두고 누워 있던 라일리가 고개를 들고 노래진 손을 힘없이 저으며 말했다.

"그다지 필요한 건 없지만, 맛좋은 포트와인이나 한 병 사다주시면 사양하지 않겠습니다. 독한 키니네(말라리아 치료제—옮긴이주) 때문에 입안이 바싹 말라버릴 지경이거든요."

로렌스는 테메레르에게 가서 잠시 해변으로 나가 볼일을 보고 오겠다고 말한 뒤 준비를 하러 선실로 내려왔다. 소위들과 훈련생들은 테메레르의 요청을 받고 젖은 천으로 테메레르의 몸 구석구석을 닦아주고 있는 중이었다. 뱃머리 쪽에 모여든 중국인 방문자들은 점점 대담해져서 꽃을 비롯해 배에 별로 해를 끼치지 않는 여러 가지 선물들을 용갑판으로 던지고 있었다. 그런데 잠시 후 프랭스 소위가 놀라 핏기가 가신 얼굴로 로렌스에게 달려와 말 더듬는 것도 잊고 말했다.

"대령님, 저들이 불붙은 향을 배로 던지고 있습니다! 그만두게 해

주십시오!"

로렌스는 용갑판으로 올라가 말했다.

"테메레르, 저들한테 불이 붙은 물건을 배로 던지면 안 된다고 말해. 롤랜드, 다이어! 너희는 저들이 던지는 물건들을 주시하고 있다가 불붙은 게 올라오면 곧장 배 바깥으로 던지도록 해. 저들이 폭죽을 터뜨리지나 말았으면 좋겠군."

로렌스가 불안해하자 테메레르가 말했다.

"폭죽을 터뜨리면 내가 못하게 말릴게. 해변에 가면 내가 내려설 만한 곳이 있는지 좀 알아봐 줘."

"알았어. 그런데 아무래도 좁아서 그곳에 착륙하기는 힘들 거야. 여긴 면적이 6,500제곱미터도 안 되고 건물이 촘촘하게 세워져 있으니까. 그 대신 날아서 구경할 순 있을 거야. 중국 관리들이 반대하지만 않으면 광둥까지 날아갈 수 있을지도 모르겠다."

영국상관(英國商館)은 해변에 접해 있어서 쉽게 찾을 수 있었다. 영국상관의 동인도 회사 이사(理事)들은 해변으로 구름처럼 몰려드는 사람들 때문에 얼리전스 호의 도착을 알게 되었고, 해변으로 조촐한 환영단을 내보내 로렌스와 해먼드를 맞이했다.

동인도 회사의 군대 제복을 입은 키 큰 젊은 남자가 그 환영단을 이끌었다. 공격적으로 보이는 짧은 구레나룻과 독수리 부리 같은 코, 기민한 눈빛 때문에 마치 육식동물 같은 날카로운 인상을 풍겼다. 그 남자는 군인다운 솔직담백한 말투로 인사를 건넸다.

"저는 헤렛포드 소령이라고 합니다. 대령님, 만나서 정말 반갑습니다!"

헤렛포드는 영국상관 안으로 안내하며 말을 이었다.

"그 일이 있은 지 16개월 만이라서, 영국 정부에서 이쪽 일에 신경도 쓰지 않고 있는 줄 알았습니다."

그 말을 듣자 로렌스는 불현듯 중국 황실에서 동인도 회사 소속의 배를 압수했던 사건이 떠올랐다. 까마득히 오래전의 일처럼 느껴졌다. 그동안 테메레르의 부상과 항해 중에 일어났던 여러 가지 일들에 신경을 쓰느라 그 사건을 잊고 있었다. 하지만 여기 주둔하고 있는 영국인들에게는 결코 잊을 수 없는 일일 터였다. 동인도 회사 사람들은 그동안 중국 측으로부터 당한 모욕을 견디느라 속이 시커멓게 타들어갔을 것이다.

해먼드가 헤렛포드에게 물었다.

"그동안 그 일에 관해 무슨 조치를 취한 건 아니죠? 그랬다면 중국 측에 우리에 대한 나쁜 인상을 심어주었을 수도 있거든요."

그 말을 듣는 순간 로렌스는 새삼 해먼드에 대한 혐오감이 솟구쳐 올랐다.

헤렛포드가 해먼드를 흘끗 쳐다보며 잘라 말했다.

"아무런 조치도 취하지 않았습니다. 이사님들은 현재 상황에서는 중국인들을 회유하면서 영국 정부의 공식적인 지침을 기다리는 것이 최선책이라고 생각하고 계시니까요."

로렌스는 평소 동인도 회사에 소속된 군인들을 대단찮게 여기는 편이었지만, 이 헤렛포드라는 자는 지적이고 유능한 것 같아 마음에 들었다. 헤렛포드가 거느린 부하들은 훈련이 잘 되어 있고 무기 손질도 제대로 되어 있었으며, 더운 날씨인데도 제복이 깔끔했다.

밖에서 들어오는 뜨거운 햇살을 막기 위해 회의실에는 덧문이 내려져 있었고 탁자 위에는 부채가 놓여 있었다. 그 부채를 들어 부치자 축축하고 숨막힐 듯한 공기가 방 안에서 출렁거렸다. 로렌스와 해먼드가 이사들과 인사를 나누자마자 하인이 지하실의 얼음을 담은 시원한 클라레 펀치를 내왔다. 이사들은 로렌스가 가져온 우편물을 받아들며 영국으로 잘 전해지도록 하겠다고 약속했다. 잠시 기분 좋게 농담을 주고받은 끝에 이사들은 로렌스와 해먼드가 어떤 임무를 수행하러 중국에 왔는지 묻기 시작했다.

조지 스턴튼 경이 나지막하지만 설득력 있는 말투로 입을 열었다.

"지난번 중국인들에게 강제로 배를 빼앗기고 영국까지 그들을 태우고 가야 했던 메스티스 함장, 홀트 함장, 그렉슨 함장에 대한 보상, 우리 회사가 입은 손해에 대한 보상을 영국 정부에서라도 해주었으면 좋겠습니다. 그 사건이 우리 회사에 끼친 손해가 얼마인지에 관해서는 말하지 않아도 짐작하실 수 있을 겁니다."

스턴튼은 젊은 나이지만 중국에 오랫동안 체류한 경험을 갖고 있어 동인도 회사의 이사장 겸 대표를 맡고 있었다. 열두 살 때 매카트니 경의 사절단 소속이었던 아버지를 따라 중국에 온 그는 중국어를 완벽하게 구사할 수 있는 몇 안 되는 영국인 중 하나였다. 스턴튼은 배를 몰수당한 일 외에도 그동안 중국 측으로 받은 부당한 대우들을 열거했다.

"유감스럽게도 영국인들은 여기서 좋은 대접을 받지 못하고 있습니다. 중국 관리들은 유독 우리한테만 몹시 거만하게 대하면서 탐욕스럽게 굴고 있습니다. 네덜란드나 프랑스인들은 우리처럼 비참한 대우를 받지 않고 있어요. 예전에는 무역과 관련해서 불만을 제기하면 어느 정도 존중해 주고 문제를 해결해 주려고 노력하더니 요즘에는 아예 들은 척도 안 합니다. 불만을 제기했다가는 오히려 더 큰 불이익을 당하게 되죠."

이사진 중 한 명인 그로싱 파일도 말했다.

"아예 우릴 전부 추방시켜 버릴까봐 매일 두려움에 떨 정돕니다."

그로싱 파일은 뚱뚱한 편이었고 부채를 세게 부치고 있어 하얗게 센 머리카락이 많이 흐트러져 있었다. 그는 헤렛포드 쪽을 쳐다보고 고개를 끄덕이며 말을 이었다.

"여기 있는 헤렛포드 소령과 그의 부하들을 모욕하고 싶진 않지만, 우리는 지금 중국인들로부터 괴롭힘을 당하면서도 추방당하지 않으려고 참고 있어야 하는 실정입니다. 프랑스인들이 중국 황실 쪽에 손을 써서 우릴 계속 괴롭히라고 조종하고 있는 게 분명합니다."

그러자 스턴튼이 말했다.

"우리가 이곳에서 쫓겨나면 우리가 지어놓은 시설들을 차지할 속셈이지요."

그 말에 다른 이사들이 모두 고개를 끄덕였다.

스턴튼이 계속해서 말했다.

"얼리전스 호가 도착했으니 이제 사정이 달라졌습니다. 중국인들에게 본때를 보여줄 때가 온……."

해먼드가 그의 말을 잘랐다.

"스턴튼 경, 말씀 도중에 죄송하지만 미리 한 말씀 드려야겠습니다. 행여 얼리전스 호를 끌어들여 중국 황실에 반기를 드는 행동을 할 생각은 마십시오. 절대 안 됩니다. 분명히 말씀드리지만 그런 생각은 머릿속에서 지워버려야 합니다."

헤렛포드를 제외하고 이 회의실 안에서 나이가 가장 어렸지만 해먼드는 아주 단호하게 말했다. 이사들은 냉담한 반응을 보였지만 해먼드는 계속 말을 이어갔다.

"우린 중국 황실과의 관계를 호의적으로 구축해서 중국이 프랑스와 동맹 관계를 맺지 못하게 막으려고 여기 온 겁니다. 그것이 우리의 가장 중요한 임무입니다."

스턴튼이 말했다.

"해먼드 씨, 과연 중국 황실과 호의적인 관계를 맺을 수 있을지 모르겠군요. 그리고 중국이 프랑스와 동맹을 맺는다고 해도 영국에 큰 위협이 되지도 않을 겁니다. 중국은 원체 땅덩어리가 크고 용들의 수가 많다 보니 이쪽 분야에 미숙한 사람의 눈에는 대단한 나라처럼 보일지 모르지만, 이들은 우리 서양과 같은 근대적인 군사력을 갖추지 못했습니다."

스턴튼이 은연중에 해먼드를 미숙한 사람으로 지칭하며 무시하는 듯한 발언을 하자 해먼드는 얼굴이 상기되었다. 스턴튼이 계속해서 말했다.

"게다가 중국 황실은 유럽에서 진행 중인 전쟁에는 별로 관심이 없어요. 역사적으로 봐도 자기네 국경선 밖에서 일어나는 일에 관해서는 직접 관여하지 않고 정치적으로 영향력을 미치는 식으로만 처신을 하고 있다 이겁니다."

해먼드가 차갑게 받아쳤다.

"용싱 왕자가 바다를 건너 영국까지 찾아왔다는 것은 그런 정책에 변화가 일어나고 있다는 뜻 아니겠습니까?"

동인도 회사 측 사람들은 해먼드의 말에 이의를 제기했고, 그들은 그 뒤로 몇 시간에 걸쳐 토론을 벌였다. 로렌스는 그가 알지 못하는 온갖 사람들의 이름과 사건들, 별의별 사항을 언급하며 복잡하게 진행되는 그들의 대화에 집중하기가 힘들었다. 그들의 대화는 이 지역 소작농들의 불안한 상태, 중국에 반기를 드는 폭동이 진행 중인 티베트의 정세, 무역 적자, 중국 시장을 더 개방해야 할 필요성, 남아메리카 루트를 통한 잉카 무역의 문제점으로까지 이어졌다.

로렌스는 아는 바가 없어 자신의 의견을 내놓을 수는 없었지만 그들이 나누는 얘기를 듣고 있노라니, 해먼드가 해박한 지식을 바탕으로 국제 정세를 꿰뚫고 있다는 것, 각 상황에 대한 해먼드의 관점이 동인도 회사 이사들의 관점과 대치되는 입장임을 어림할 수 있었다. 그중 한 예를 들자면, 고두 의식에 대한 문제가 제기되었을 때에도 해먼드는 그리 중요한 일이 아니라는 듯한 말투로, 중국 황제 앞에 무릎을 꿇고 절을 하는 것은 당연한 일이며 이번에 그런 식으로 인사를 할 경우 예전에 매카트니 경이 중국인들에게 심어 주었던 영국에 대한 부정적인 이미지를 쇄신시킬 수 있을 거라고 말했다.

그러자 스턴튼은 강력히 항의했다.

"아무런 이권도 얻어내지 못하는 상태에서 굴복하는 모습을 보이면 앞으로 우리를 더욱 우습게 볼 겁니다. 매카트니 경이 고두를 거부한 것은 다 이유가 있어서였어요. 고두는 중국의 속국에서 찾아온 사절들이 중국 황제에게 신하의 위치에서 예를 올린다는 의미였기 때문에 매카트니 경은 고두를 하지 않은 겁니다. 저들에게 부당한 대우를 받고 있는 지금 여러분이 중국 황제 앞에서 고두를 하면 그들로 하여금 계속 우리를 모욕하고 무시해도 좋다는 의미를 전달하는 것밖에 되지 않습니다."

해먼드가 반박했다.

"역사가 오래된 강력한 국가의 영토 안에 들어와 그들의 관습을 거부한다면 우리 영국의 입지는 더욱 불리해질 수밖에 없습니다. 그들이 영국식 인사를 받지 않겠다고 하니 우리가 그들의 방식을 따라야지요. 잃는 게 있어야 얻는 것도 있는 겁니다. 매카트니 경의 외교 실패 사례를 교훈 삼아서 이제부터라도 외교 방식을 달리해야 합니다."

스턴튼이 응수했다.

"상기시켜 드리자면, 포르투갈 대사들은 중국인들의 요구에 따라 중국 황제 앞에서는 물론이고 황제의 초상화와 편지를 앞에 놓고도 고두를 했습니다만, 결국 베이징에 대사를 상주시키지 못했습니다."

로렌스 역시 중국 황제 앞에서든 누구 앞에서든 간에 엎드려서 절을 하고 싶진 않았다. 그런 의미에서 그는 스턴튼의 의견에 찬성하는 쪽이었다. 그 정도로 비굴하게 구는 모습을 보인다면 아마도 고두를 하라고 요구한 중국인들도 그들에게 욕지기를 느낄지도 모를 일이었다. 그렇게 되면 스턴튼의 말마따나 중국 황실은 영국인들을 더욱 경멸하고 부당하게 대우할 게 분명했다. 로렌스는 저녁식사를 하는 동안 스턴튼의 왼쪽에 앉아 그와 사소한 얘기들을 나눴다. 그리고 점점 스턴튼의 생각에 동조하면서 해먼드의 외교적인 판단에 의심을 품게 되었다.

그리고 한참 만에야 로렌스와 해먼드는 영국상관을 나와 해변으로 향했다. 해변에서 대형 보트가 오길 기다리며 해먼드가 혼잣말처럼 말했다.

"프랑스 대사에 대한 얘기가 제일 걱정스럽네요. 하필 위험하기 짝이 없는 드 기네가 대사로 오다니. 나폴레옹이 다른 자를 보냈으면 좋았을 텐데!"

 로렌스는 대꾸를 하지 않았다. 해먼드에 대한 의구심이 커지면서, 그 드 기네라는 자와 해먼드를 맞바꾸고 싶은 심정이었다.


 용싱 왕자와 두 공사는 다음날 늦게야 용건을 마치고 얼리전스 호로 돌아왔다. 하지만 이곳을 출항하여 베이징을 향해 가도 괜찮겠냐는 물음에 대해, 용싱은 추가로 지시가 올 때까지 얼리전스 호는 여기를 떠날 수 없다고 딱 잘라 말했다. 언제 어디로부터 그 지시가 오는 것인지에 대해서는 알려주지 않았다. 그동안 이 지역의 배들은 밤에도 뱃머리에 커다란 등롱을 걸고 테메레르를 보러 얼리전스 호로 순례를 왔다.

 새벽녘에야 겨우 잠이 든 로렌스는 다음날 아침 일찍 문 밖에서 실랑이를 벌이는 소리에 잠이 깼다. 에밀리는 영어에다 얼마 전부터 테메레르한테서 배우기 시작한 중국어를 섞어가며 맑고 높은 목소리로 쏘아붙이고 있었다.

 로렌스가 소리쳤다.

 "왜 이렇게 시끄러워?"

 에밀리는 눈과 입만 보일 정도로 문을 살짝 열고 방 안을 들여다보았다. 에밀리의 어깨 너머로 중국인 시종들이 요란하게 손짓을 하며 문고리를 잡아당기려 하고 있었다.

 에밀리가 말했다.

 "대령님이 불침번을 서고 늦게 잠자리에 드셨다고 말했는데도 여기 있는 '황'이라는 자가 호들갑을 떨면서 선실 문을 열려고 해서요. 용싱 왕자가 대령님더러 당장 갑판으로 올라오라고 했대요."

로렌스는 한숨을 쉬며 손으로 얼굴을 문질렀다.

"알았어, 롤랜드. 내가 곧 올라갈 거라고 말해."

로렌스는 도저히 일어나 돌아다닐 수 있는 상태가 아니었다. 어젯밤 늦게 그가 불침번을 서고 있는데 젊은 중국인이 사람들을 잔뜩 태운 작은 배를 몰고 얼리전스 호로 다가왔다. 그 젊은이는 마음만 앞서지 노 젓는데 익숙하지가 않아서 결국 배가 파도에 휩쓸려 얼리전스 호의 현측에 부딪쳤고, 그 작은 배의 닻이 위로 날아올라 얼리전스 호 아래쪽을 강타했다. 그로 인해 창고 쪽에 작은 구멍이 뚫렸고 그 구멍으로 새어 들어온 물이 이번에 새로 구입해서 들여놓은 곡물 대부분을 적셔버렸다. 그 작은 배는 홀랑 뒤집어져서 두꺼운 비단 옷을 입은 중국인들이 모두 물에 빠졌다. 멀리 떨어진 해변까지 헤엄쳐 갈 수도 없는 상황이라 할 수 없이 얼리전스 호에서 랜턴을 비추며 한 사람씩 건져 올려야 했다. 로렌스는 밤새 그 난리를 수습하고 불침번을 서다가 아침에야 겨우 잠자리에 들었던 것이다. 억지로 몸을 일으킨 로렌스는 대야에 미지근한 물을 받아 세수를 하고 외투를 입고는 마지못해 갑판 위로 올라갔다.

테메레르가 누군가와 얘기를 나누고 있었다. 로렌스는 몇 번 눈을 껌벅이며 자세히 보고 나서야 그게 사람이 아니라 용이라는 것을 알아보았다. 그렇게 생긴 용은 처음 보았다.

로렌스가 용갑판으로 올라오는 것을 보고 테메레르가 말했다.

"로렌스, 이쪽은 '룽유핑'이라는 이름의 암컷 용이야. 여기로 우편물을 갖고 왔어."

그 용은 로렌스와 거의 같은 키라서 자연스럽게 눈을 마주볼 수가 있었다. 몸집은 말보다 약간 작고 넓은 이마는 부드러운 곡선을 그렸으며 기다란 주둥이는 화살촉과 비슷한 모양이었다. 가슴팍이 깊게 들어가 있어서 앉아 있는 모양이 그레이하운드 개와 비슷했다. 어린아이 하나만 겨우 태울 수 있을 것 같은 작은 몸에는 안장 대신 노란 비단과 금으로 된 정교한 목걸이가 걸려 있었다. 그 목걸이에는 사슬갑옷처럼 생긴 가느다랗고 섬세한 그물이 연결되어 있었고, 그 그물은 가슴팍을 덮은 채 룽유핑의 앞발과 발톱에 황금 고리로 고정되어 있었다.

　황금실로 만든 그 그물은 룽유핑의 연한 초록색 가죽과 대비를 이루며 아름답게 빛났다. 룽유핑의 날개는 좀 더 진한 초록색이었고 가느다란 금색 줄무늬가 들어가 있었다. 날개의 모양도 특이해서 길이가 굉장히 길고 끝으로 갈수록 점점 가늘어졌다. 등 위에서 접힌 기다란 날개의 끝부분이 마치 옷자락처럼 땅에 끌리고 있었다.

　테메레르가 로렌스를 중국어로 소개하자 그 작은 용은 엉덩이를 들어 올리고 일어서며 고개를 숙여 절을 했다. 로렌스도 고개를 숙여 인사를 했는데, 용과 같은 눈높이인 것이 신기하고 기분이 좋았다. 예의바르게 인사를 한 뒤 룽유핑은 고개를 앞으로 내밀고 로렌스를 위아래로 훑으며 자세히 살펴보았다. 커다랗고 촉촉한 두 눈은 호박색이었고 눈꺼풀은 꽤 두꺼운 편이었다.

　쑨카이와 리우빠오는 검은색 잉크로 쓴 글씨 옆에 주홍색 도장이 가득 찍힌 편지를 읽으며 해먼드와 얘기를 나누고 있었고, 용성은 약간 떨어진 곳에 서서 기다란 두루마리 종이에 커다란 글씨가 적혀 있는 두 번째 편지를 읽고 있었다. 용성은 그 편지를 다른 이에게 보여주지 않고 둘둘 말아 치운 뒤 쑨카이와 리우빠오, 해먼드가 서 있는 곳으로 걸어왔다.

해먼드는 그들에게 고개 숙여 절을 하고 물러나 로렌스에게 소식을 전해 주었다.

"얼리전스 호가 톈싱으로 오는 동안 우리더러 하늘을 날아서 베이징으로 오라는 지시가 내려왔답니다. 당장 출발해야 한다고 하는군요."

로렌스가 당혹스러워하며 물었다.

"지시라고요? 이해가 안 되네요. 어디서 그런 지시가 왔다는 겁니까? 용싱 왕자가 베이징으로 편지를 보낸 게 겨우 3일 전인데, 벌써 베이징에서 무슨 소식이 왔을 리는 없을 테고요."

테메레르가 룽유핑에게 그 질문을 하자, 그 작은 용은 고개를 살짝 기울이며 암컷답지 않게 가슴 안에서 깊게 울리는 목소리로 대답했다. 테메레르가 그 용의 말을 통역해 주었다.

"룽유핑은 허위안에 있는 우편 중계국에서 편지를 받아서 이리로 가져온 거래. 그 우편 중계국은 여기서 400리 떨어진 곳에 있다는데, 비행 거리로 두 시간이 조금 더 되나봐. 그런데 그 '리'라는 단위가 얼마만큼의 거리를 말하는 건지는 모르겠어."

해먼드는 계산을 하느라 미간을 찌푸리며 대답해주었다.

"이곳의 1리는 대략 500미터 정도를 말하는 거야."

로렌스는 서둘러 계산해 보고는 놀라서 룽유핑을 쳐다보았다. 계산대로라면 룽유핑의 비행 속도는 시속 100킬로미터에 달했다. 저런 용들 여럿이서 이곳에서 베이징까지 교대로 왕복 3,000킬로미터를 날아 사흘도 안 되는 기간 내에 용싱의 편지를 베이징에 전하고 답신을 받아왔다는 것이었다. 정말 대단한 속도가 아닐 수 없었.

옆에서 용싱이 급한 어조로 말했다.

"긴급한 편지라서 특별히 '비취' 품종의 용들이 배달을 해준 것이다. 황제 폐하의 지시가 떨어졌으니 우린 한시도 지체할 수 없다. 서둘러 떠날 준비를 해라."

정신을 수습한 로렌스는 얼리전스 호를 이 상태로 두고 베이징으로 갈 수는 없으며, 라일리가 병상에서 일어날 때까지 기다려야 한다고 말했다. 용싱이 대꾸를 하기도 전에 해먼드가 나서며 큰 소리로 말했다.

"꾸물거렸다가는 중국 황제의 기분을 상하게 할 겁니다. 라일리 함장이 기력을 회복할 때까지 얼리전스 호는 이 항구에 머물게 하다가 나중에 베이징 쪽으로 오게 하면 돼요."

로렌스는 즉시 반발했다.

"맙소사, 그랬다간 상황이 더 악화될 겁니다. 해군 절반이 말라리아 열병으로 죽었는데, 여기 그냥 두고 갔다가는 남은 이들도 모두 죽게 될 거예요."

하지만 로렌스, 해먼드와의 조찬 약속 때문에 얼리전스 호에 승선해 있던 스턴튼이 다가와 해먼드의 주장에 힘을 실어주었다.

"헤렛포드 소령과 그 부하들에게 라일리 함장을 최대한 지원하도록 지시하겠습니다. 해먼드 씨 말이 맞습니다. 중국인들은 격식을 아주 중요시하기 때문에 자신의 뜻을 즉각 이행하지 않는 것을 알면 모욕을 당했다고 여길 겁니다. 지체하지 말고 곧장 출발하시는 게 좋습니다."

스턴튼에게서 헤렛포드 소령 부대의 지원을 약속받고 프랭스 및 베켓과 논의한 후에야 로렌스는 비로소 뜻을 굽히고 바로 출발하기로 했다. 프랭스와 베켓은 실제 능력보다 자신들의 역량을 과신하며 잘할 수 있다고 큰소리를 쳤다. 로렌스는 먼저 베이징으로 떠난다는 사실을 알리기 위해 라일리의 선실로 내려갔다.

라일리가 말했다.

"얼리전스 호의 흘수가 깊어서 부두로 들어갈 수 있는 것도 아니고, 프랭스가 보트로 신선한 식재료를 들여오고 있으니 큰 문제는 없을 겁니다. 로렌스 대령님 일행과는 당분간 서로 연락이 안 되겠지만, 나도 그렇고 퍼벡도 점점 몸 상태가 좋아지고 있으니 곧 우리도 북쪽으로 올라가겠습니다. 베이징 가까이에서 만나도록 하죠."

하지만 그 밖에도 해결해야 할 문제가 남아 있었다. 해먼드는 이번에 중국 황실로부터 초대를 받은 것은 얼리전스 호의 영국인 전체가 아니라 일부에 한정되어 있다고 했다. 로렌스는 테메레르에 딸린 비행사이므로 당연히 초대를 받았고, 해먼드 자신은 영국 왕을 대신해서 온 외교 사절이니 마지못해 베이징에 와도 좋다는 승낙을 받았다는 것이다. 그러나 승무원 전체가 테메레르에게 안장을 채우고 타고 오는 것은 절대 안 된다고 했다.

해먼드가 그 말을 전하자 테메레르가 용싱을 의심스런 눈으로 쳐다보며 말했다.

"로렌스를 지켜줄 승무원들을 데려갈 수 없다면 나도 여기서 움직이지 않겠어."

그러고는 갑판에 주저앉아 꼬리로 몸을 감고 꼼짝도 안 하겠다는 뜻을 온몸으로 나타냈다. 곧 해먼드는 중국인들과 타협을 했고 로렌스가 승무원 열 명을 데리고 가게 하는 대신 다른 중국 용에게 승무원들을 별도로 태우고 가는 쪽으로 타협을 보았다.

해먼드가 선실로 돌아와 그 타협안을 전하자 옆에 있던 그랜비가 신랄하게 말했다.

"베이징 한가운데서 겨우 열 명이 무슨 수로 로렌스 대령님을 보호한단 말입니까."

그랜비는 지난번 해먼드가 펑리의 암살 시도 사건을 조사하지 못하도록 한 뒤로 여전히 해먼드에게 좋지 않은 감정을 갖고 있었다.

해먼드도 그랜비 못지않게 날카로운 말투로 대답했다.

"중국 황제의 군대가 공격을 해오면 승무원 백 명이 따라와 지킨다고 해도 소용없습니다. 그나마 열 명을 데려갈 수 있게 된 것도 저들이 최대한 양보한 겁니다."

"그렇다면 어쩔 수 없지요."

로렌스는 고개도 들지 않고 대답하고는 선원용 사물함을 꺼내어 그 안에 짐을 넣기 시작했다. 너무 심하게 닳아 보기 흉한 옷들은 빼고 입을 만한 것들로만 챙겨 넣었다. 그러고는 식사 초대를 받고 선실 안에 들어와 앉아 있던 스턴튼을 돌아보며 말했다.

"무엇보다 중요한 것은 얼리전스 호가 베이징에서 최대한 가까운 곳에 정박해 있도록 해야 한다는 겁니다. 테메레르가 단번에 날아서 힘들이지 않고 도망쳐 올 수 있는 범위에 있어야 해요. 그래서 말인데 부탁 좀 드리겠습니다, 스턴튼 씨. 라일리 함장 곁에 있어 주십시오. 우리가 베이징으로 출발하고 나면 라일리 곁에는 중국어를 통역해 줄 사람이 아무도 없습니다. 융싱 왕자와 두 공사도 우리와 함께 떠나게 되니 얼리전스 호의 안전도 보장할 수가 없게 되고요. 북쪽으로 올라오는 동안 라일리에게 무슨 일이 생길까봐 걱정입니다."

스턴튼은 고개를 숙이며 대답했다.

"알겠습니다. 곁에서 최대한 도움을 드리도록 하겠습니다."

해먼드는 못마땅한 표정이었지만 대놓고 반대할 수도 없는 상황이라 입을 다물고 있었다. 로렌스는 라일리 함장을 비롯한 해군들의 건강 문제로 얼리전스 호의 출발이 늦어지는 것은 우려되었지만 그나마 스턴튼을 라일리 곁에 두고 갈 수 있어 마음이 놓였다.

직속 부하인 그랜비를 데려가기 때문에, 남은 승무원들을 감독할 수 있도록 페리스를 얼리전스 호에 남겨둬야 했다. 나머지 아홉 명을 어떻게 뽑아야 할지 고민이 되었다. 누구를 특별히 편애하는 것처럼 보이고 싶지도 않았고 제일 훌륭한 승무원들로만 뽑아 가면 얼리전스 호에 남은 페리스가 나머지 부하들을 통솔하기가 쉽지 않을 터였다. 로렌스는 그랜비와 논의한 끝에, 케인스와 지상 요원 윌러비를 데려가기로 결정했다. 테메레르의 건강 문제 때문에 의사인 케인스는 당연히 데려가야 하고, 얼리전스 호에 안장을 두고 가기는 하지만 만의 하나 다 같이 베이징을 탈출해야 할 경우에 대비해 임시로라도 안장을 만들어 달 수 있도록 안장 담당자인 윌러비도 꼭 필요했다.

그런데 릭스가 끼어들어 자기랑 사격 솜씨가 좋은 소총병 네 명도 데려가 달라고 했다.

"얼리전스 호에는 해병대원들도 있으니 굳이 우리가 남아 있을 필요가 없습니다. 그리고 베이징에서 무슨 일이 생기면 소총병들이 아주 유용할 겁니다."

전략적인 면에서 보면 맞는 말이지만, 소총병들은 테메레르의 승무원들 중에 성격이 제일 난폭해서 그런 자들을 네 명이나 데려가면 문제가 생길 게 분명했다. 7개월이나 항해를 한 끝에 뭍에 올라온 그 소총병들이 중국 숙녀를 모욕하기라도 하면 황실의 분노를 사게 될 것이다. 따라서 그들이 허튼짓을 못하게 감독하는 것도 보통 일이 아니었다.

로렌스가 말했다.

"릭스 자네랑 던, 해클리만 데려가겠네. 아니, 더 이상은 안 돼. 베이징에 가서도 함부로 행동하지 않을 사람만 데려가야 내 주의가 흐트러지지 않아. 내 말뜻 알겠지, 릭스? 좋아, 그랜비. 블라이스도 데려가고, 등 쪽 승무원으로는 마틴을 뽑기로 하지."

그랜비는 명단을 작성하며 말했다.

"두 명 남았습니다."

로렌스는 잠시 생각에 잠겼다가 말했다.

"페리스한테 믿을 만한 부하를 남겨두고 가야 하니 베일즈워스는 안 되겠군. 배 쪽 승무원으로 세로우스를 뽑고, 딕비도 데려가야겠네. 딕비는 계급은 낮지만 업무 처리를 잘하는 편이지. 이번 베이징 행이 딕비에게도 도움이 될 거야."

그랜비가 일어서며 말했다.

"15분 내에 그 열 명을 갑판에 집합시키겠습니다, 대령님."

"그래. 페리스한테 이리로 내려오라고 해."

잠시 후, 페리스가 선실로 내려오자 로렌스는 종이에 각종 지시 사항을 적어 넣으며 말했다.

"페리스, 자네의 훌륭한 판단력만 믿고 나머지 승무원들을 맡기고 갈 테니 잘 감독해 주게. 앞으로 닥칠지도 모르는 상황에 관해 전부 대응 방안을 적어두고 갈 수가 없어 여기 대략 몇 가지를 적어두었네. 나랑 그랜비가 돌아오지 못할 경우 여기 적힌 대로 이행하게. 어떤 사태가 발생하든 자네가 최우선으로 처리해야 할 일은 테메레르의 안전이고, 두 번째는 승무원들을 무사히 영국으로 귀환시키는 것일세."

페리스는 침울한 목소리로 대답했다.

"예, 대령님."

로렌스는 지시 사항을 적은 문서를 봉인하여 페리스에게 내주었다. 페리스는 자기도 데려가 달라고 요청하진 않았지만 어깨가 축 처진 채 기운 빠진 모습으로 선실에서 나갔다.

로렌스는 선원용 사물함에 마저 옷을 싸 넣었다. 항해를 시작할 무렵 따로 보관해 두었던 제일 좋은 외투와 모자를 꺼내 종이와 방수포에 싸서 사물함 바닥에 넣었다. 중국 궁전에 들어가게 되면 꺼내 입을 생각이었다. 그리고 베이징까지의 비행에 대비해 가죽 외투를 걸치고 두꺼운 브로드 천으로 된 바지를 입었다. 장기간 여행을 했는데도 다행히 많이 손상되거나 닳지 않아 입을 만했다. 깨끗한 셔츠 두 개와 목도리 몇 개도 챙겨 넣은 후, 나머지 옷가지들은 한데 뭉쳐 선실 보관함에 넣어두었다.

그리고 선실 문밖으로 고개를 내밀고, 할 일 없이 밧줄 토막을 자르고 앉아 있는 선원을 불렀다.

"보인, 이 사물함을 갑판 위에 갖다놔 주겠나?"

사물함을 옮기도록 지시한 후에 로렌스는 어머니와 제인 앞으로 간단히 편지를 써서 라일리에게 갖다주었다. 이렇게 급하게 떠나려니까 마치 전투 전야 때처럼 바짝 긴장되었다.

갑판 위로 올라가자 같이 출발하기로 한 승무원 열 명이 모여 서서 짐이 담긴 상자와 가방들을 대형 보트에 싣고 있었다. 로렌스가 창고의 짐들을 모두 꺼내 실으려면 온종일 해도 시간이 모자랄 거라고 하자, 용싱 왕자와 두 공사는 자기네 짐을 대부분 이 배에 남겨두기로 했다. 하지만 그들이 간단히 꾸린 짐이 로렌스 일행의 짐을 모두 합한 것보다 많았다. 용싱은 용갑판에서 밀봉한 편지를 룽유핑에게 건네주고 있었다. 그런데 편지를 용에게 직접 건네는 것을 전혀 어색해하지 않는 분위기였다. 비행사가 따로 없는 룽유핑은 기다란 발톱이 붙은 앞발로 익숙하게 편지를 받아 쥐고는 착용하고 있는 황금 그물 안에 조심스럽게 집어넣었다. 편지는 그물 안쪽으로 미끄러져 들어가 배 부위에 놓였다.

그리고 룽유핑은 용싱 왕자에게 몸을 굽혀 절을 하고 테메레르에게 인사를 한 뒤 뒤뚱거리며 앞으로 걸어 나갔다. 그리고 갑판 가장자리에 서서 양 날개를 쫙 펼치고 살짝 턴 다음 제 몸 길이만큼의 높이로 풀쩍 뛰어올라 빠르게 날갯짓을 했다. 어울리지 않게 기다란 날개는 걸어갈 때 뒤에 질질 끌려 볼품이 없었지만 막상 펼치자 아주 멋이 있었다. 룽유핑은 순식간에 상공으로 날아올라 작은 점으로밖에 보이지 않게 되었다.

테메레르는 룽유핑이 날아가는 뒷모습을 바라보며 말했다.

"우와, 엄청나게 높은 고도로 날아가네. 나도 아직 저렇게 높이 날아보지 못했는데."

로렌스도 깊은 인상을 받고 망원경을 꺼내 룽유핑이 날아가는 모습을 한참 쳐다보았다. 맑은 날씨인데도 룽유핑은 어느새 시야에서 사라졌다.

스턴튼이 로렌스를 한옆으로 잡아당기며 말했다.

"베이징으로 갈 때 어린애들을 같이 데려가세요. 소년 시절부터 여기 있어봐서 아는데 어린애들을 데려가면 아주 유용할 겁니다. 평화적인 의도로 왔다는 인상을 주는데 애들을 동반하는 것만큼 효과적인 게 없고, 중국인들도 양자든 친자든·자식을 키우는 자를 특별히 존중하는 경향이 있거든요. 로렌스 대령님이 저 훈련생 아이들의 후견인이라고 하면서 승무원 열 명 외에 추가로 애들도 데려가고 싶다고 하면 중국인들도 아마 승낙할 겁니다."

지나가다가 그 말을 들은 에밀리는 다이어에게 가서 얘기를 전했고 두 아이는 눈을 빛내며 제발 데려가 달라는 표정으로 로렌스를 쳐다보았다.

로렌스는 머뭇거리다가 대답했다.

"흠…… 중국인들이 인원을 두 명 추가하는 것을 특별히 반대하지 않는다면 데려갈 수도 있습니다만……."

두 아이는 여기까지 듣고는 짐을 챙기러 부리나케 갑판 밑으로 내려갔고 그 문제에 대한 논의가 끝나기도 전에 짐 보따리를 싸들고 뛰어올라왔다.

테메레르는 나름대로 목소리를 죽여가며 말했다.

"정말 바보 같은 짓거리야. 내 몸에 당신이랑 승무원들뿐만 아니라 저 보트에 실어놓은 짐까지 다 싣고 가도 되는데, 왜 나더러 아무것도 안 싣고 그냥 날아가라고 하고 사람들한테는 저 보트를 타고 가라는 거지? 그럼 시간이 훨씬 오래 걸릴 텐데."

중국인들과의 실랑이에 지친 로렌스는 테메레르의 몸에 기대어 코를 쓰다듬어주며 말했다.

"네 말이 맞지만, 그 문제를 또 거론했다가는 출발이 지긋지긋하게 지연될 거야."

테메레르는 코를 갖다 대며 위로해 주었고 로렌스는 잠시 눈을 감았다. 세 시간 동안 서둘러 짐을 싼 후 출발과 관련하여 온갖 논의를 다 끝내고 나자 어젯밤 잠을 못 잔 것까지 겹쳐 피로가 한꺼번에 밀려왔다.

그랜비가 다가오자 로렌스는 몸을 일으키며 말했다.

"나는 준비 다 끝냈네."

모자를 고쳐 쓴 로렌스는 얼리전스 호에 남게 될 승무원들 곁을 차례로 지나갔다. 남은 승무원들은 이마에 손을 대고 경례를 붙였다. 그중 몇 명은 나지막하게 "행운을 빕니다, 대령님", "안전한 여행되시기를 빌겠습니다, 대령님" 같은 말들을 하기도 했다.

로렌스는 프랭스와 악수를 하고 갑판장의 호각과 북소리가 울려 퍼지는 가운데 난간 너머 대형 보트로 내려갔다. 동행하기로 한 승무원들은 이미 대형 보트에 탑승한 상태였고, 용싱 왕자와 두 공사도 밧줄에 매단 나무의자를 타고 내려가 차양이 설치된 대형 보트의 고물 쪽에 편안하게 자리를 잡고 앉아 있었다.

로렌스는 대형 보트를 몰게 된 트립 소위에게 말했다.

"좋아, 트립. 이제 출발하지."

얼리전스 호의 경사진 선체 옆면이 빠르게 멀어지기 시작했다. 사각형의 세로로 된 돛을 올린 대형 보트는 남풍을 타고 마카오를 지나 주장강의 거대한 삼각주를 향해 미끄러지듯 나아갔다.

## 12

 그들은 왐포아와 광둥 쪽 지류가 아니라 주장강의 동쪽 지류를 타고 둥관(東莞) 시를 향해 나아갔다. 느릿느릿한 강의 흐름을 거슬러 바람을 타고 노를 저으며 나아가는 동안 양옆으로 거대한 바둑판 모양으로 펼쳐진 논들이 보였다. 푸릇푸릇한 벼의 새싹들이 물에 잠긴 논 위로 가지런히 튀어나와 있고 거름 냄새가 진동을 했다.

 둥관으로 가는 내내 로렌스는 대형 보트에 앉아 꾸벅꾸벅 졸았다. 옆에서 승무원들이 저희끼리 와글와글 떠들다가 서로 조용히 하라며 주의를 주는 소리에 몇 번 깨긴 했지만 곧 다시 졸음에 빠져들었다. 가끔 밧줄이 툭 떨어지듯 고개를 푹 숙이거나 비틀거리다가 보트의 노를 젓는 자들과 부딪치기도 했는데, 그럴 때면 승무원들은 그동안 떠들던 것보다 더 큰 소리로 서로에게 조용히 하라고 윽박질렀다. 그는 정신없이 졸면서도 가끔 눈을 뜨고 고개를 들어 테메레르가 그들 위로 잘 따라오고 있는지 확인했다.

 로렌스는 날이 어두워진 후에야 정

신을 차리고 깨어났다. 돛을 접고 흘러가던 대형 보트는 잠시 후 어느 강가에 덜커덕 하고 부딪치며 멈췄다. 노를 젓던 해군들은 나지막하게 욕설을 내뱉으며 보트를 말뚝에 묶어 고정시켰다. 사방이 캄캄했지만 강둑에서부터 강물 밑으로까지 이어지는 넓은 계단이 보트에 달린 랜턴 불빛에 의해 보였다. 양옆에는 강변으로 끌어다 놓은 평저선들의 그림자가 흐릿하게 보였다.

강가에서 중국식 등롱들이 줄을 지어 보트 쪽으로 다가왔다. 미리 소식을 받고 온 그 지역 관리들이었다. 대나무로 만든 틀에 주홍색 비단을 대고 빳빳하게 붙여 만든 크고 동그란 등롱들이 강물에 비치자 불덩어리들이 물 위에 내려앉은 듯했다. 등롱을 든 자들이 양옆으로 늘어서자 한 떼의 중국인들이 다가와 보트에 올라타더니 흥겨운 몸짓으로 짐을 하나씩 끌어내어 강가로 옮겼다.

로렌스는 놀라서 한마디하려다가 그만두었다. 그 중국인들이 짐을 들고 옆으로 지나갈 때마다 아래쪽 계단 한옆에 책상을 놓고 선 서기가 두루마리 종이에 적힌 목록과 각 짐을 대조하며 분실된 것은 없는지 확인했다. 로렌스는 보트에서 일어나 목을 양옆으로 조금씩 움직이며 티가 나지 않게 뻣뻣해진 목을 풀었다. 품위가 없어 보일까봐 팔을 들어 올리고 몸을 쭉 펴지는 못했다. 용싱은 어느새 보트에서 내려 강가에 위치한 작은 누각으로 가 있었고 그 누각 안쪽에서 리우빠오의 커다란 목소리가 흘러나왔다. 이제는 로렌스도 자주 들어 알고 있는 '술'이라는 뜻의 중국어였다. 쑨카이는 강둑에서 그 지역을 관할하는 관리와 얘기를 나누는 중이었다.

로렌스가 해먼드에게 요청했다.

"테메레르가 어디로 착륙했는지 좀 물어봐주시겠습니까?"

해먼드는 강둑에 서 있는 중국인들에게 질문을 하고 미간을 찌푸리더니 로렌스에게 나지막하게 말해 주었다.

"테메레르는 '고요한 물'이라는 이름의 누각으로 가서 쉬고 있다고 하는군요. 그리고 우리는 다른 곳으로 가서 밤을 보내야 한다고 하네요. 내가 저들과 그 문제를 놓고 타협하려면 구실이 필요하니까 대령님이 지금 큰 소리로 항의를 하세요. 우리를 테메레르와 떨어뜨려 놓아도 된다는 선례를 만들지 말아야지요."

안 그래도 그 문제를 따지려는 참이었는데 해먼드가 큰 소리로 항의하는 척을 하라고 하자 로렌스는 당황했다. 그래서 처음엔 주저하며 몇 마디 중얼거리다가 이내 목청을 높이며 소리쳤다.

"테메레르를 당장 봐야겠습니다! 편안히 잘 쉬고 있는지 확인해야겠어요!"

해먼드는 얼른 뒤로 돌아 용싱의 수행원들에게 걸어갔다. 그리고 미안하다는 뜻으로 양손을 벌리고는 다급한 어조로 무슨 말인가를 했다. 수행원들이 못마땅한 표정으로 흘끗 쳐다보자 로렌스는 더욱 단호한 표정으로 한 치도 양보할 뜻이 없음을 내비쳤다. 이 상황이 우습기도 하고 화가 나기도 했다. 마침내 해먼드가 만족스런 얼굴로 돌아와 말했다.

"잘 하셨어요. 저들이 우리를 테메레르한테 데려다주겠답니다."

마음이 놓인 로렌스는 고개를 끄덕이고 몸을 돌리며 말했다.

"트립 소위, 해군들과 함께 이 중국인들을 따라가서 잠을 자고, 내일 아침 얼리전스 호로 돌아가기 전에 보세."

트립은 모자에 손을 대며 경례를 하고는 해군들과 함께 계단을 밟고 강둑으로 올라갔다. 그랜비와 승무원들은 중국인 안내자의 흔들거리는 등롱을 따라 넓게 포장된 직선로를 걸어가면서도 로렌스의 주변을 느슨하게 둘러싸고 경호를 했다. 로렌스는 길 양쪽에 늘어선 작은 집들, 오랜 세월 풍화되어 모서리가 부드러운 포석들, 그리고 그 포석 위에 움푹움푹 패여 있는 수레바퀴 자국들을 바라보았다. 온종일 졸면서 왔더니 머리가 맑았다. 포석을 밟고 걸어가는 안내자의 나지막한 장화 소리, 부근의 집들이 요리를 하느라 피운 불에서 비롯된 연기, 한지를 바른 창문에서 흘러나오는 흐릿한 빛, 그리고 어떤 중국 여자의 낯선 노랫가락. 그런 분위기 속에서 이국의 밤길을 걸어가고 있자니 마치 꿈이라도 꾸고 있는 것 같았다.

그들은 마침내 그 길의 끝에 다다랐다. 안내자는 로렌스 일행을 커다란 계단 너머 누각으로 데려갔다. 화려하게 칠해진 둥글고 거대한 나무 기둥이 인상 깊은 누각이었는데 지붕이 까마득하게 높아서 어둠에 묻혀 보이지도 않았다. 반만 벽으로 막혀 있고 반은 개방되어 있는 그 누각 안에서 용 여러 마리가 나지막하게 그르렁거리며 자고 있는 소리가 흘러나왔다. 안내자가 황갈색 등롱을 들고 누각 한가운데로 난 좁은 복도를 따라 걸어가자 양옆에서 자고 있는 용들의 비늘이 불빛에 반짝거려 마치 보물을 한 무더기씩 쌓아놓은 듯 보였다. 그중 한 마리가 커다란 눈을 반쯤 뜨자 그 눈이 등롱에 비쳐 금색으로 빛났고 해먼드는 무의식적으로 일행에게 바짝 붙으며 놀란 숨을 몰아쉬었다.

그들은 기둥들이 줄줄이 세워져 있는 곳을 지나 탁 트인 정원으로 들어갔다. 어둠 속 어딘가에서 물이 똑똑 떨어지는 소리, 커다란 나뭇잎들이 서로 부딪치며 사각거리는 소리가 들려왔다. 그곳에도 용 여러 마리가 누워 자고 있었다. 그중 하나는 길을 가로막고 누워 자다가 안내자가 등롱의 막대 부분으로 쿡 찌르자 마지못해 눈도 뜨지 않고 옆으로 물러났다. 계단을 올라가자 또 다른 누각이 나왔다. 그것은 처음에 본 누각보다는 좀 작은 편이었다. 그곳에서 테메레르가 휑하니 혼자 누워 있었다.

발소리를 듣고 테메레르가 고개를 들었다.

"로렌스?"

그리고 확 밝아진 표정으로 로렌스를 코끝으로 쿡 찌른 뒤 말했다.

"여기서 잘 거지? 육지에서 자려니까 기분이 이상해. 땅이 계속 움직이는 것 같아."

"얼리전스 호에서 내린 지 아직 얼마 안 지나서 그래."

승무원들은 말없이 누각 위로 올라가 누웠다. 밤공기가 기분 좋을 정도로 따뜻했다. 무늬를 새겨 넣은 사각형의 나무판으로 만들어진 누각의 바닥은 세월의 흐름이 느껴질 정도로 오래된 것이라 부드럽고 편안했다. 로렌스는 늘 하던 대로 테메레르의 앞발 위에 올라가 앉았다. 이리로 오는 동안 계속 졸아서 그런지 잠이 오질 않아서 로렌스는 자기가 첫 번째 불침번을 서겠다고 말하며 그랜비와 승무원들을 재웠다. 그리고 테메레르에게 물었다.

"뭐 좀 먹었니?"

테메레르는 잠에 취한 목소리로 대답했다.

"응. 아주 커다란 구운 돼지 한 마리랑 물에 끓인 버섯을 먹었어. 배 하나도 안 고파. 비행도 그리 힘들지 않았고. 해가 지고 나니까 물이 채워진 들판만 보이고 다른 건 안 보여서 재미가 없었어."

"아, 그건 벼를 심어 놓은 논이야."

테메레르는 어느새 잠이 들어 코를 골기 시작했다. 벽이 없는 누각 안이지만 그 소리가 제법 컸다. 밤은 쥐 죽은 듯 고요하고 모기들도 심하게 뜯지 않았다. 용의 몸에서 뿜어져 나오는 건조한 열기가 모기를 쫓아주는 모양이었다. 천장에 가려 하늘이 보이지 않으니 몇 시인지도 알 수가 없었다. 별안간 밤의 정적을 깨는 소리가 들려 로렌스는 고개를 들었다. 용 한 마리가 안뜰로 내려서고 있었다. 그 용은 진주처럼 빛나는 젖빛 눈동자로 테메레르 쪽을 바라보았다. 달빛을 반사하여 마치 고양이의 눈처럼 보였다. 그 용은 누각 근처로 오지 않고 어둠 속으로 터벅터벅 걸어갔다.

한참 후에 그랜비가 다음 불침번을 서기 위해 일어났고 로렌스는 테메레르의 앞발 위에 누워 잠을 청했다. 단단한 육지 위로 올라왔지만 대양의 파도와 흐름에 익숙해져서 바닥이 계속 일렁거리는 느낌이었다.

눈을 뜨자마자 화려한 문양이 보여 로렌스는 깜짝 놀랐다. 정신을 차리자 지금 자신이 보고 있는 것이 이 누각의 천장이라는 것을 깨달았다. 천장의 나무판마다 형형색색의 도료와 금으로 문양이 그려 넣어져 있고 광택 처리가 되어 있었다. 로렌스는 일어나 앉아서 주변을 둘러보았다. 붉은 칠이 되어 있는 둥근 기둥과 하얀 대리석을 깎아 만든 기둥 받침이 눈에 띄었다. 천장의 높이가 9미터는 족히 넘어서 테메레르도 편안하게 이 누각을 드나들 수 있을 터였다.

누각 앞쪽은 안뜰을 향하고 있었는데, 안뜰의 모습은 아름답다기보다 흥미로웠다. 구불구불하게 뻗어 있는 붉은 길 주변은 기묘한 모양의 암석과 나무들로 채워져 있었고, 길 옆에는 용들이 다양한 자세로 누워 자고 있었는데 한 마리는 북동쪽 구석에 있는 거대한 연못에서 물로 몸을 씻고 매무새를 가다듬고 있었다. 그 용의 몸통은 청회색으로 지금의 하늘 색깔과 비슷했고 발마다 붙은 네 개의 발톱들은 끝이 밝은 빨간색이었다. 로렌스가 쳐다보는 동안 그 용은 아침 목욕을 마치고 하늘로 날아올랐다.

크기, 몸통 색깔의 농도, 뿔의 수와 위치 등이 조금씩 다르고, 등이 매끈한 용과 울퉁불퉁하게 돌기가 튀어나온 용이 뒤섞여 있었지만 안뜰에 있는 용들은 대부분 비슷한 품종인 듯했다. 그런데 얼마 후 완전히 다른 품종으로 보이는 용 한 마리가 거대한 누각을 나와 남쪽으로 걸어갔다. 심홍색 몸통의 거대한 용이었는데 발톱은 금색이고 여러 개의 뿔이 난 정수리에서부터 등줄기까지 연노랑 돌기가 나 있었다. 그 용은 연못에서 물을 마시고 입을 크게 벌린 채 하품을 했다. 두 줄로 나 있는 작고 날카로운 이빨들과 그보다 좀 더 크고 살짝 구부러져 있는 네 개의 송곳니가 눈에 띄었다. 테메레르가 머물고 있는 누각과 다른 용들이 머무는 커다란 누각 사이에는 폭이 좁은 건물 두 개가 위치해 있었고 그 건물 벽에는 작은 아치형 문이 여러 개 나 있었다. 심홍색 용은 그 아치형 문으로 다가가 안에 대고 뭐라고 소리를 질렀다.

그러자 몇 분 후에 중국 여자 하나가 그 아치형 문 밖으로 비틀거리며 걸어나왔다. 그 여자는 얼굴을 비비며 뭐라고 투덜거렸는데, 로렌스는 그 여자를 보고 당황해서 얼른 고개를 옆으로 돌렸다. 그 여자는 허리 위로 아무것도 입고 있지 않았던 것이다. 그 심홍색 용은 그 여자를 코끝으로 툭 쳐서 연못으로 빠뜨렸다. 그제야 확실히 잠이 깬 여자는 벌떡 일어나 입에서 물을 뱉었고, 히죽거리며 웃는 용에게 눈을 부릅뜨고 큰 소리로 야단을 쳤다. 그러고는 도로 건물 안으로 들어갔다. 잠시 후 그 여자는 밑단에 붉은 천을 댄 진청색 면 소재의 옷을 입고 나왔다. 그 옷은 소매가 넓었고 누벼져 있었다. 그 여자는 비단으로 만들어진 안장처럼 보이는 물건을 심홍색 용의 몸에 얹으면서도 계속 시끄럽게 투덜거렸다. 로렌스는 그 모습을 보고 버클리와 막시무스가 떠올랐다. 과묵한 버클리에 비해 저 여자는 말이 굉장히 많았지만 용과 허물없이 막 대하며 지내는 모습은 꼭 닮아 있었다.

비단 안장을 채운 후, 그 여자 비행사는 그 위로 기어올라가 자리를 잡았고 안장이 제대로 채워져 있는지 확인하는 절차도 없이 곧장 이륙하여 멀리 사라져버렸다. 다른 용들도 몸을 움찔거리며 잠에서 깨기 시작했다. 주홍색의 커다란 용 세 마리가 큰 누각에서 걸어나왔고 사람들도 건물 밖으로 나오기 시작했다. 남자들은 동쪽 건물에서 나왔고 그보다 더 많은 여자들이 서쪽 건물에서 나왔다. 로렌스의 엉덩이 아래서 앞발을 씰룩거리던 테메레르도 눈을 떴다.

"좋은 아침이야."

테메레르는 하품을 하며 이렇게 말하더니 휘둥그레진 눈으로 화려한 누각을 둘러보고는 곧 용들과 사람들이 부산스럽게 움직이는 안뜰로 시선을 돌렸다. 그리고 약간 불안해하는 목소리로 말했다.

"여기 이렇게 많은 용들이 있는 줄은 미처 몰랐네. 이곳이 생각보다 훨씬 넓구나. 저 용들이 나한테 친절하게 대해 주면 좋을 텐데."

로렌스는 테메레르의 앞발에서 내려오며 말했다.

"네가 아주 먼 나라에서 온 걸 알면 당연히 친절하게 대할 거야."

테메레르는 몸을 일으키고 앉았다. 공기엔 습기가 가득 차 있고 하늘이 흐린 것이 금방이라도 비가 쏟아질 것 같았다. 오후가 되면 날씨가 꽤 후텁지근할 것이다."

로렌스가 말했다.

"물을 많이 마셔둬야 해. 오늘부터 다 같이 날아가기 시작할 텐데 언제 또 착륙해서 휴식을 취할지 알 수 없으니까."

"알았어."

테메레르는 이렇게 대답하고는 누각 아래 안뜰로 내려갔다. 그 순간 왁자지껄하게 떠들던 중국인들과 용들이 일시에 입을 다물고 움직임을 멈추더니 테메레르를 쳐다보았다. 그리고 모두 뒤로 물러났다. 로렌스는 처음엔 충격을 받고 화가 났지만 그들이 테메레르를 향해 머리가 땅에 닿을 정도로 몸을 굽혀 공손히 절을 하는 모습을 보고는 마음이 진정되었다. 그들은 테메레르가 편하게 연못까지 갈 수 있게 길을 터준 것이었다.

안뜰엔 정적이 흘렀다. 테메레르는 그 길로 약간 쭈뼛거리며 걸어가 연못에서 서둘러 물을 마시고는 다시 누각으로 돌아왔다. 그리고 잠시 후 테메레르가 다시 일어나 연못 쪽으로 향하자 이번에도 중국인들과 용들은 떠들던 입을 다물고 옆으로 일제히 물러났다. 그 후로도 그들은 연신 테메레르가 있는 누각 쪽을 흘끔거렸다.

테메레르가 로렌스에게 속삭였다.

"내가 물을 편하게 마실 수 있게 해줘서 고맙기는 한데, 자꾸 빤히 쳐다보지 않았으면 좋겠어."

그 용들은 안뜰을 이리저리 돌아다니다가 차례로 어딘가를 향해 날아갔다. 안뜰에 남은 것은 비늘 색깔이 끝으로 갈수록 흐릿해지는, 아주 늙은 용 한 마리뿐이었다. 그 용은 안뜰의 돌바닥 위에 누워 햇볕을 쪼이고 있었다. 어느새 잠에서 깨어난 해먼드와 그랜비, 승무원들도 안뜰에 있던 중국인들과 용들이 테메레르에게 경의를 표하는 모습을 보고는 신기해하고 있었다. 잠이 완전히 깬 후 그들은 일어나서 옷매무새를 정돈하기 시작했다.

비행복을 입은 승무원들과는 달리 정장을 입은 채 얼리전스 호를 출발했던 해먼드는 잠을 자는 동안 구깃구깃해진 바지의 주름을 잡으며 말했다.

"곧 용싱 왕자 쪽에서 우리한테 누군가를 보낼 겁니다."

잠시 후 용싱의 젊은 수행원 예빙이 안뜰로 들어와 로렌스 일행에게 손을 흔들었다.

로렌스 일행은 용들이 먹이를 먹고 있는 곳에서 그리 멀리 떨어지지 않은 영빈관으로 안내를 받아 들어갔다. 그리고 기다리고 있던 해군들과 함께 아침식사가 차려진 식탁에 둘러앉았다.

아침식사로 나온 것은 말린 생선과 무시무시한 색깔의 계란을 얇게 잘라 얹은 쌀죽, 기름으로 바삭하게 튀긴 얇고 기다란 빵이었다. 로렌스는 계란을 옆으로 밀어놓고 쌀죽과 생선을 억지로 입에 떠 넣었다. 테메레르에게도 잘 먹어두라고 말해 놓고 왔기 때문에 안 먹을 수도 없었다. 하지만 아침식사로 나온 것이 평범한 계란과 베이컨이었다면 더 잘 먹을 수 있었을 것이다. 리우빠오는 젓가락으로 로렌스의 팔을 쿡 찌르고 그 괴상한 색깔의 계란을 가리키며 무슨 말인가를 했다. 그러고는 그 계란을 입에 넣고 아주 맛있게 먹었.

그랜비는 자기 그릇 안에 담긴 계란을 젓가락으로 꾹꾹 눌러보며 나지막하게 물었다.

"이건 도대체 어떻게 요리한 걸까요?"

해먼드가 리우빠오에게 그 계란에 관해 물어본 뒤 믿기 힘들다는 표정을 지으며 로렌스와 그랜비에게 말했다.

"천 년 된 계란으로 만든 요리라고 하네요."

그러고 나서 해먼드는 용감하게 그 계란 한쪽을 집어 입에 넣고 씹은 뒤 꿀꺽 삼켰다. 그리고 그의 평을 기다리는 영국인들을 돌아보며 말했다.

"소금에 절인 맛이 나는군요. 어쨌든 썩혀서 만든 요리는 아니에요."

해먼드는 또 하나를 집어 먹었고 결국 그릇을 깨끗이 비웠다. 하지만 로렌스는 그 푸르누런 계란을 도저히 먹을 수가 없어서 남기고 말았다.

식사를 마치고 나오면서 해군 몇몇은 심술궂은 표정으로 웃음 지었다. 얼리전스 호에 남겨진 공군들과 마찬가지로 이 해군들도 베이징까지 곧장 모험을 하러 갈 수 없다는 점 때문에 기분이 상해 있는 상태였다. 하지만 앞으로 남은 기간 동안 먹게 될 음식이 계속 이런 식일 거라는 생각이 들자 로렌스 일행에 대해 고소하다는 생각을 하게 된 모양이었다.

이곳까지 함께 온 해군들과 작별 인사를 나누며 로렌스가 말했다.

"트립, 라일리 함장에게 모든 것이 순조롭다고 전해 주게."

아무리 사소한 말이라도 순조롭다는 것 외에 다른 내용이 담겨 있으면 이쪽에 나쁜 일이 생긴 것으로 해석하라는 식으로 전언에 대해 라일리와 미리 말을 맞춰두었던 것이다.

밖으로 나오니 노새가 끄는 마차 두 대가 준비되어 있었다. 별다른 장식 없이 나무를 대충 깎아 만든 것이었다. 중국인들은 로렌스 일행의 짐을 먼저 보냈다고 했다. 로렌스를 비롯한 영국인들이 마차에 올라 자리를 잡고 앉자 마차는 덜거덕거리며 길을 내달리기 시작했다. 낮에 보니 길거리는 밤에 보았던 것만큼 신비롭지는 않았다. 길은 아주 넓고 둥근 자갈이 빽빽이 채워져 있었는데 그 사이사이를 메운 회반죽이 대부분 닳아 없어져서 마차 바퀴는 심하게 덜거덕거리며 굴러갔다.

마차를 타고 가는 그들 주변으로 중국인들이 호기심을 보이며 몰려들었다. 하던 일을 제쳐두고 그들 뒤를 한참 따라오는 자들도 있었다.

그랜비는 호기심에 찬 눈으로 주변을 둘러보았다. 그리고 몰려드는 사람들의 수를 헤아려보며 물었다.

"이렇게 사람들이 많은데 여기가 도시가 아니라 작은 마을이라는 건가요?"

일기장에 무언가를 기록하고 있던 해먼드가 멍하니 대답했.

"최근에 파악된 바에 따르면 중국 인구는 2억 명이 넘는다고 하니 이 정도면 작은 마을이죠."

로렌스는 영국 총 인구의 열 배가 넘는 엄청난 인구수에 놀라 고개를 절레절레 저었다. 그런데 그를 더욱 크게 놀라게 한 것은 맞은편에서 길을 따라 걸어오고 있는 용이었다. 몸통이 청회색인 그 용은 가슴판이 달린 특이한 비단 안장을 차고 있었다. 그리고 그 용이 옆으로 지나갈 때 보니 새끼 용 세 마리가 그 안장에 달린 줄을 하나씩 잡고 따라가고 있었다. 두 마리는 청회색이고 한 마리는 빨간 색이었는데, 그 모양새가 마치 줄을 잡고 걸음마를 익히는 어린애들 같았다.

하지만 길거리를 돌아다니는 용은 그 외에도 또 있었다. 잠시 후

로렌스 일행이 탄 마차는 중국군 기지를 지나갔는데, 푸른색 군복을 입은 소수의 보병대원들은 안마당에서 훈련 중이었고 장교로 보이는 자들은 한옆에서 주사위 게임을 하고 있었다. 그런데 커다란 붉은 용 두 마리가 기지 밖에 앉아 담장 너머로 그 주사위 게임 판을 들여다보면서 얘기를 나누고 탄성을 질러대는 것이었다. 그런데 그 용들을 주시하는 있는 중국인들은 아무도 없었다. 짐을 지고 서둘러 걸어가는 농부들은 그 용에겐 눈길도 돌리지 않았고 어떤 이들은 길을 가로막고 있는 그 용들의 다리를 타넘기도 했다.

마차는 한참 달린 끝에 텅 빈 들판에서 멈춰 섰다. 먼저 온 테메레르가 청회색 용 두 마리와 나란히 앉아 로렌스 일행을 기다리고 있었다. 용성 왕자의 수행원들은 그 청회색 용들이 차고 있는 그물 안에 짐을 싣는 중이었다. 청회색 용들은 테메레르를 곁눈질해가며 저희끼리 소곤거렸다. 불편한 표정으로 앉아 있던 테메레르는 로렌스를 보자 얼굴이 확 밝아졌다.

몸에 짐을 실은 청회색 용들이 네 다리를 땅바닥에 대고 바짝 엎드리자 수행원들은 등으로 기어올라가 그 위에 작은 누각을 설치했다. 영국 공군들이 장거리 비행을 할 때 쓰는 텐트와 비슷한 용도인 것 같았다. 수행원 한 명이 해먼드에게 말을 하면서 청회색 용 중 하나를 가리켰다.

"우리더러 저 용을 타라고 하네요."

해먼드는 로렌스에게 이렇게 알려주고는 그 수행원에게 질문을 했다. 수행원은 고개를 가로저으며 방금 말한 그 용 옆에 있는 또 다른 청회색 용을 손으로 가리켰다.

해먼드가 그 수행원의 말을 통역해서 로렌스에게 전해 주기도 전에 테메레르가 발끈하며 소리쳤다.

"로렌스를 다른 용에 태우진 않을 거야!"

그리고 테메레르는 앞발을 뻗어 휘청하는 로렌스를 잡아 가까이 끌어당겼다. 방금 그 말을 해먼드가 중국인들에게 통역해 줄 필요도 없을 정도로 테메레르는 성난 표정이었다.

로렌스는 중국인들이 자기를 다른 용에 태우려 하리라고는 생각도 하지 못했다. 다만, 테메레르를 먼저 출발하게 하면 장거리를 가는 것인데 외로워할 것 같고 챙겨주지 못할까 봐 걱정이 되었을 뿐이었다. 그런데 지금 상황을 보아하니 용싱 왕자를 비롯해서 다 함께 비행을 할 분위기였다. 바로 옆에서 날면 크게 문제가 될 것 같지도 않았다. 그래서 로렌스는 테메레르를 달랬다.

"딱 한 번만 그렇게 날아가는 거니까 괜찮아."

하지만 테메레르보다도 해먼드가 먼저 펄쩍 뛰며 안 된다고 했다.

"지금 저들의 말을 받아들이면 안 됩니다. 절대 안 돼요."

"당연히 안 되고말고!"

테메레르는 이렇게 맞장구를 치고는 조금 전의 그 중국인 수행원이 또 반대하려고 하자 위협적으로 으르렁거렸다.

로렌스가 말했다.

"해먼드 씨, 안장을 채우는 게 문제가 된다면 테메레르의 펜던트 고리에 내 하네스의 고리를 걸고 비행을 해도 되니 괜찮지 않겠느냐고 물어봐주세요. 등 위에서 이리저리 돌아다닐 것도 아니니까 안장 없이도 충분히 타고 갈 수 있습니다."

"그러면 저들도 반대할 이유가 없겠네."

테메레르는 기뻐하면서 이렇게 말한 뒤 직접 그 수행원에게 그 방법을 얘기했다. 그러자 그 수행원은 마지못해 그 제안을 받아들였다.
 해먼드는 로렌스를 옆으로 잡아당기며 나지막하게 말했다.
 "대령님, 저랑 잠깐 얘기 좀 하시죠. 지금 제가 항의하고 나선 것은 어젯밤에 얘기했던 것처럼, 우리를 서로에게서 떨어뜨려 놓으려는 저들의 시도를 용납하지 않기 위해섭니다. 앞으로 또 저들이 그런 시도를 하더라도 절대 응하시면 안 됩니다. 끝까지 고집을 부리도록 하세요."
 "알겠습니다, 해먼드 씨. 충고 고맙게 받아들이죠."
 로렌스는 이렇게 대답하며 용싱을 주의 깊게 바라보았다. 용싱이 직접 나선 것은 아니지만 배후에서 다른 중국인들을 조종하고 있을 거라는 의심이 들었다. 얼리전스 호에서 용싱이 로렌스를 따로 불러 직접 담판을 지으려고 했던 것도 중국에 도착했을 때 이런 시비가 생길까봐 미리 손을 쓰려 했던 게 아니었을까 싶었다.

 여정의 초기에는 다소 긴장감이 감돌았지만 해가 지기 전까지 비행하는 동안엔 별 사건이 없었다. 가끔 테메레르가 지상의 풍경을 자세히 보기 위해 휙 내려갈 때마다 로렌스는 배가 위로 쏠리곤 했다. 플래티넘 펜던트의 목줄은 안장처럼 고정되어 있는 것이 아니라 조금씩 움직였기 때문에 로렌스는 테메레르가 고도를 낮추거나 올릴 때마다 자세를 다시 잡아야 했다. 테메레르는 동행하는 두 청회색 용보다 속도가 훨씬 빠르고 지구력이 높아서 가다 말고 30분 정도 주변을 구경하다가 다시 휙 날아가 일행을 따라잡곤 했다. 로렌스는 중국 영토의 엄청난 규모에 다시 한 번 놀랐다. 밑으로 보이는 풍경은 주로 농작물을 재배하는 논이나 밭이었고 강물이 흐르는 곳은 어디나 작은 배들로 가득했다. 아침부터 밤까지 매일 정오에 한 시간씩 착륙해서 식사를 할 뿐 계속해서 날았는데도 목적지는 보이지도 않았다.

끝도 없이 펼쳐진 바둑판무늬의 넓고 평평한 논들 사이사이로 수많은 강의 지류가 흘렀다. 이틀간 계속 날아가자 언덕이 나왔고 그 뒤로는 경사가 완만한 산맥들이 보였다. 다양한 크기의 시골 마을들이 점점이 박혀 있는 곳을 지날 때 테메레르는 구경을 하느라 고도를 많이 낮추고 날았는데, 들판에서 일하던 사람들은 그들을 내려다보는 용이 셀레스티얼임을 알아보고는 하던 일을 멈추고 한참 동안 바라보곤 했다. 양쯔강이 나타났을 때 로렌스는 처음엔 그것이 강이 아니라 호수인 줄 알았다. 거대하기는 하지만 특별할 것 없는, 폭 1.6킬로미터도 채 안 되는 호수라고 생각했다. 그런데 테메레르가 고도를 높이자 로렌스는 비로소 그것이 호수가 아니라 끝없이 뻗어나간 거대한 강이라는 것을 알았다. 동쪽과 서쪽의 강둑 위로 가느다란 회색 가랑비가 내리는 가운데, 그 강물을 따라 천천히 흘러다니는 평저선들이 보였다가 안개 속으로 사라졌다.

작은 마을에서 이틀 밤을 지낸 후 셋째 날 밤에 그들은 우한(武漢)시에 착륙했다. 그곳에 마련된 숙소로 들어가는 순간 로렌스는 대형 보트에서 내려 머물렀던 누각과 뜰이 그리 대단한 구조물이 아니며 우한 시의 숙소에 비하면 장난감 수준이라는 것을 알았다.

이 숙소에는 좌우 대칭을 이루는 팔각형의 거대한 누각들이 여덟 개나 있고, 그 옆에 사람들이 거주할 수 있도록 만들어진 좁은 건물들이 딸려 있었다. 정원은 공원이라고 불러야 마땅할 정도로 대단히 컸다. 에밀리와 다이어는 이곳에 살고 있는 용들이 총 몇 마리나 되는지 세는 놀이를 하다가 서른 마리까지 세고는 포기했다. 작은 보라색 용들이 떼로 내려와 누각 사이사이를 빠른 걸음으로 돌아다녔기 때문에 더 이상 셀 수가 없었던 것이다.

테메레르는 먹이를 먹자마자 꾸벅꾸벅 졸았다. 로렌스는 밥그릇을 옆으로 밀어놓았다. 이번에도 밥과 야채로 만든 요리라 입맛이 당기질 않았다. 승무원들은 망토를 걸친 채 잠들었고 주변은 고요했다. 누각의 벽 너머에서 비가 계속 내렸다. 끄트머리가 위로 살짝 올라간 지붕에서 빗물이 쪼르르 소리를 내며 넘쳐흐르고 있었다. 비 때문에 흐릿하게 보이는 계곡 위쪽에 벽 없이 기둥과 지붕으로만 지어진 오두막들이 보였고 오두막 바로 밑에 작은 봉홧불들이 노란빛을 뿜어내고 있었다. 밤 비행을 하는 용들에게 길을 알려주기 위한 용도인 듯했다. 부근에 있는 다른 누각에서 부드럽게 으르렁거리는 소리가 들리고 아주 멀리서 비 내리는 소리를 뚫고 날카로운 울음소리가 들리기도 했다.

별도로 마련된 숙소에서 휴식을 취하던 용싱이 웬일로 숙소에서 나와 옆의 누각 가장자리에 서서 계곡 쪽을 쳐다보고 있었다. 잠시 후 날카로운 울음소리가 좀 더 가까이에서 들려왔다. 테메레르도 잠이 깨어 고개를 들고 귀를 기울였고 얼굴 주변의 막을 세웠다. 로렌스의 귀에 익숙한 날갯짓 소리가 들리는가 싶더니 정원에 깔려 있던 안개와 수증기가 옆으로 확 밀려나고 암컷 용 한 마리가 착륙했다. 은색 비를 맞아 그 용의 윤곽이 유령처럼 하얗게 빛났다. 그 용은 하얗고 거대한 날개를 접고 자갈을 밟으며 자박자박 걸어왔다. 누각 사이를 걸어가던 용싱 왕자의 수행원들이 얼른 고개를 옆으로 돌리며 물러났다. 용싱은 누각의 계단 아래 빗속으로 걸어 내려갔고 그 하얀 용은 얼굴 주변의 커다란 막을 늘어뜨리며 맑고 예쁜 목소리로 용싱의 이름을 불렀다.

그 모습을 지켜보던 테메레르가 로렌스에게 소곤거리며 물었다.

"저 용도 셀레스티얼이야?"

로렌스는 고개를 가로저을 뿐 대답을 할 수가 없었다. 그 용은 점이나 줄무늬도 하나 없는 순백색이었다. 로렌스는 일찍이 그런 용을 본 적이 없었다. 비늘은 깨끗한 고급 송아지 피지처럼 투명했고 충혈된 눈가는 옅은 분홍색이었다. 붉은 눈동자 주변으로 이리저리 뻗어나간 혈관이 두드러지게 보였다. 몸통 색깔만 부자연스러울 정도로 하얗지 얼굴 주변의 막이나 턱 아래 길고 가느다랗게 늘어진 수염은 테메레르의 것과 똑같았다. 그 용의 목에는 루비가 박힌 굵직한 황금 목걸이가 걸려 있고, 앞발에는 황금으로 된 발톱 씌우개가 끼워져 있었다. 그 발톱 씌우개에도 그 용의 눈 색깔과 똑같은 붉은 루비가 박혀 있었다.

그 용은 용싱을 조심스럽게 밀어 누각 안쪽으로 들여보낸 후 정원에서 날개를 털었다. 몸에 고인 빗물이 작은 폭포처럼 흘러내렸다. 그리고 누각 안으로 들어가 용싱의 주변을 몸으로 감고 웅크리더니 나지막하게 무슨 말인가를 중얼거리며 다른 누각에 앉아 있는 로렌스와 테메레르 쪽을 흘끗 쳐다보았다. 하인들이 불안하게 발을 질질 끌면서 저녁식사를 차려 그 용에게 가져왔다. 테메레르 앞에서는 눈에 띄게 밝고 흡족한 표정을 지었던 그 하인들이 저 하얀 용 앞에서는 겁을 내고 있었다. 하지만 하얀 용은 그들의 두려움은 아랑곳하지 않고 빠르고 우아하게 국물 한 방울 흘리지 않고 음식을 먹었다.

다음날 아침, 용싱은 로렌스와 테메레르에게 그 하얀 용의 이름이

'룽티엔리엔'이라고 간단하게 소개시켜 주고는 아침을 먹여야 한다며 데리고 가버렸다. 해먼드는 주변의 중국인들에게 이것저것 물었고 나중에 아침 식사를 하면서 로렌스에게 말해 주었다.

"그 하얀 암컷 용도 셀레스티얼이라고 하더군요. 알비노(선천적으로 피부, 눈 등의 멜라닌 색소가 결핍된 개체로서 피부색은 백색, 눈동자는 적색을 띰—옮긴이주)의 일종인 것 같습니다. 그런데 다른 중국인들이 왜 그 용을 두려워하는 것인지는 모르겠습니다."

잠시 후 해먼드가 궁금해하며 묻자 리우빠오가 당연하다는 말투로 대답했다.

"그 용의 몸통이 상복(喪服)과 같은 색이라 불운을 상징하기 때문입니다. 치엔룽 황제(건륭제)께서는 저 용이 태어났을 때 자손들에게 불운이 미치지 않게 하려고 저 용을 몽골의 어느 왕자에게 보내려고 하셨는데, 아드님이신 용싱 왕자께서 셀레스티얼을 황실 밖으로 내보낼 수 없다면서 본인이 갖겠노라고 하셨습니다. 용싱 왕자는 황제가 되실 수도 있었지만 저주받은 용을 가진 왕자를 황제로 앉힐 경우 이 나라에 재앙이 닥친다는 중론에 의해 황제가 되지 못하시고, 결국 용싱 왕자의 동생 분이 황제의 자리에 오르셨지요. 그 분이 바로 현재 중국의 황제이신 쟈칭 황제(가경제)이십니다. 모든 것이 다 하늘의 뜻이지요!"

리우빠오는 마지막으로 철학적인 말 한마디를 덧붙이고는 기름에 튀긴 빵 조각을 집어 먹었다. 해먼드는 당황스런 표정으로 리우빠오의 말을 로렌스에게 전해 주었고 로렌스는 마음이 심란해졌다. 알비노인 용을 가졌다는 이유로 황위를 물려받지 못하게 하다니. 너무나도 무자비한 일 아닌가.

식사를 마치고 나오는데 이곳까지 함께 왔던 용 두 마리 대신 다른 청회색 용 한 마리와 진초록 바탕에 푸른 줄무늬가 있고 뿔 하나 없이 매끄러운 머리를 가진 좀 더 큰 용 한 마리가 안뜰에서 대기하고 있었다. 그 용들은 테메레르를 경외의 눈초리로 바라보았으나 리엔을 볼 때에는 존경심과 두려움이 뒤섞인 표정을 지었다. 그때쯤 테메레르는 위엄 있게 혼자 앉아 있는 것에 익숙해져 있었지만 호기심을 누르지 못하고 리엔을 곁눈질로 쳐다보았다. 그러다가 리엔이 쳐다보자 테메레르는 당황하면서 얼른 고개를 숙였다.

그날 아침 리엔의 머리엔 특이한 장식물이 얹혀 있었다. 금으로 된 여러 개의 막대에 얇은 비단 천을 덮어 만든 것이었는데 두 눈에 햇빛이 닿지 않게 가려주고 있었다. 로렌스는 하늘에 구름이 잔뜩 끼었는데 왜 저런 걸 썼나 싶었지만 곧 그 이유를 알 수 있게 되었다. 이륙한 지 몇 시간이 지나자 구름 사이로 햇빛이 새어나오기 시작한 것이다. 오래된 산맥 위를 날아가면서 내려다보니 산의 남쪽 경사에는 풀이 잔뜩 우거져 있는 반면 북쪽은 불모지였다. 언덕을 지날 때는 시원한 바람이 불어오더니 곧 눈이 부실 정도로 밝은 햇살이 쏟아졌다. 이곳에는 논이 아니라 잘 익은 밀밭이 길게 펼쳐져 있었다. 푸른 초원을 가로질러 풀을 씹어 먹으며 느릿느릿 걸어가는 황소 떼도 보였다.

언덕 위에 지어진 작은 오두막에서 그 황소 떼를 감독하고 있는 것 같았다. 그리고 그 오두막 옆에는 불을 피워놓고 거대한 쇠꼬챙이에 소들을 통째로 꿰어 굽고 있었다. 맛있는 냄새가 연기를 타고 하늘로 올라오자 테메레르가 입맛을 다시며 말했다.

"맛있겠다."

그런 생각을 한 것은 테메레르뿐만이 아니었다. 그 오두막을 향해 날아가는 동안 동행하던 용 하나가 갑자기 속도를 내더니 밑으로 휙 내려갔다. 어떤 남자가 오두막 밖으로 나와 그 용과 얘기를 하고는 오두막에 들어가 커다란 나무판을 가지고 나왔다. 그 용은 남자가 바닥에 내려놓은 그 나무판에 발톱으로 중국 글자 몇 개를 새겼다.

남자는 그 나무판을 받아들었고 용은 소 한 마리를 얻었다. 그것은 분명 구매 행위였다. 그 용은 다시 하늘로 날아올라 일행에 합류한 후 비행을 하면서 그 소를 맛있게 씹어 먹었다. 등에 태운 사람들을 지상에 내려놓지도 않고 후루룩 소리를 내며 내장까지 훑어먹었기 때문에 그 용에 타고 있던 해먼드는 기절할 것처럼 얼굴이 창백해졌다.

로렌스가 주저하며 테메레르에게 말했다.

"저들이 영국의 금화를 받을지 모르겠지만 우리도 내려가서 사 먹을까?"

로렌스는 이번 여행을 위해 지폐 대신 금화를 가져오긴 했는데 저 아래 목동이 그것을 받을지는 알 수가 없었다. 하지만 테메레르는 이미 다른 생각에 빠져 있었다.

"아니, 배 안 고파, 로렌스. 그런데 말이야, 방금 저 용이 나무판에 발톱으로 글씨 쓴 거 맞지? 그런 거지?"

"중국 글자는 잘 모르지만 그런 것 같더라. 나보다는 네가 더 잘 알겠지."

테메레르는 다소 울적한 목소리로 말했다.

"중국 용들은 전부다 글씨를 쓸 수 있으려나? 만약 그렇다면 글씨를 쓸 줄 모르는 나를 아주 멍청하다고 생각할 거야. 어떻게든 배워야겠어. 지금까지는 펜이 있어야 글씨를 쓸 수 있는 줄 알았는데 저렇게 나무판에 새기는 방법이 있었구나!"

밝은 햇빛을 싫어하는 리엔을 위해 그들 일행은 뜨거운 한낮에는 길가의 누각에 내려 일찌감치 저녁을 먹으며 쉬다가 해가 질 무렵 다시 비행을 계속했다. 그들이 가고 있는 길에는 띄엄띄엄 봉홧불이 켜 있어서 헤매지 않고 날아갈 수 있었다. 로렌스는 하늘의 별을 보며 방향을 짐작했다. 그들은 빠른 속도로 동북쪽을 향해 가는 중이었다. 그 뒤로 며칠간 날씨는 더웠지만 습도가 높지 않았고 밤에는 선선해서 좋았다. 북쪽 지역은 추운 겨울의 영향 때문인지 용들의 누각도 삼면이 벽으로 막혀 있고 바닥에는 돌이 깔려 있었다. 그 돌 아래 불을 지피면 바닥 전체가 따뜻하게 데워지는 식이었다.

그리고 마침내 그들은 베이징에 도착했다. 도시를 둘러싼 벽 너머로 보이는 베이징 시내는 굉장히 넓었고 곳곳에 사각형의 탑이 세워져 있었다. 총안이 있는 홍벽은 유럽 성의 홍벽과 비슷한 양식으로 지어진 것 같았다. 회색 돌이 깔린 넓은 거리가 직선으로 각 성문을 향해 뻗어 있고 성벽 안에는 수많은 사람들이 말과 수레를 끌고 돌아다녔다. 그 거대한 인파의 흐름은 마치 강물을 보는 듯했다. 그리고 많은 용들이 길거리를 걸어 다니거나 하늘을 날아다녔다. 도시 내의 한 지역에서 또 다른 지역으로 단거리를 날아다니는 모습들도 보이고 가끔은 사람들을 잔뜩 싣고 다니기도 했다. 중국인들은 그렇게 용을 타고 여행을 다니는 모양이었다. 베이징 시는 구부러진 모양의 작은 호수 네 개를 제외하고는 도시 전체가 사각형으로 구획이 나뉘어져 있었고 정비도 깔끔하게 되어 있었다. 동쪽에는 황제가 살고 있는 황궁이 있었는데, 건물 하나만 달랑 있는 것이 아니라 작은 누각들이 그 주변에 수없이 많이 붙어 있었다. 황궁 전체를 에워싼 벽을 따라 해자가 파여 있고 그 안에 탁한 물이 흘렀다. 석양의 햇살이 비치자 신선한 초록색과 노란색 잎사귀가 붙어 있는 숲 사이사이에 위치한 황궁의 각 지붕들이 마치 금박을 입힌 것처럼 빛을 냈고, 회색 돌이 깔린 광장으로 기다란 그림자를 드리웠다.

잠시 후 작은 용 한 마리가 그들을 마중 나왔다. 검정 바탕에 선황색 줄무늬가 들어간 용이었는데 진녹색 비단으로 된 목걸이를 하고 있었다. 등에 사람을 태우고 있었지만 그 용은 테메레르와 그 옆에 동행한 두 용에게 직접 인사를 하고 따라오라고 했다. 테메레르는 다른 용들을 따라 고도를 낮추며 베이징 시의 남쪽 끝, 즉 황궁이 위치한 곳에서 8킬로미터도 채 안 되는 곳에 있는 커다란 호수로 향했다. 그리고 그 호수 안에 있는 자그맣고 동그란 섬의 착륙장으로 내려갔다. 섬 바로 옆의 물 위로 튀어나온 거대하고 하얀 대리석이 바로 착륙장이었는데 오직 용들만을 위한 시설인 듯 주변엔 작은 배 하나도 보이지 않았다.

그 착륙장 끝은 거대한 통로를 통해 섬으로 이어지고 있었다. 그 통로 끝에는 붉은 벽이 하나 있고 그 벽에 아치형 문 세 개가 뚫려 있었다. 양옆에 있는 문 두 개는 작고 가운데 문은 아주 컸다. 그 작은 문 두 개는 천장이 테메레르의 머리에 닿지 않을 정도로 굉장히 높았고 테메레르 같은 용 네 마리가 나란히 지나갈 수 있을 정도로 폭이 넓었다. 그리고 가운데 있는 문은 그보다 훨씬 컸다. 가운데 문의 양옆에는 거대한 임페리얼 두 마리가 차려 자세로 서 있었다. 각각 검정과 진청색 몸통을 가진 그 임페리얼들은 생김이 테메레르와 흡사했지만 얼굴 주변의 막이 없는 점이 달랐다. 그리고 그 임페리얼들 옆에는 빛나는 쇠모자에 푸른 군복을 입고 기다란 창을 든 중국 보병대가 길게 줄을 지어 서 있었다.

테메레르와 동행한 두 용은 작은 문을 통해 섬 안으로 들어갔고 리엔은 곧장 가운데 문으로 들어갔다. 테메레르가 그 뒤를 따라 가운데 문으로 들어가려 하자 그들을 마중 나왔던 선황색 줄무늬의 용이 테메레르의 길을 막고 고개를 살짝 숙이고는 가운데 문을 앞발로 가리키며 사과하는 듯한 말을 했다. 테메레르는 짧게 대답하고는 그 자리에 주저앉아 꼼짝하지 않았다. 얼굴 주변의 막까지 빳빳하게 세우며 불쾌한 기색을 역력히 드러냈다. 문 너머에 있는 안뜰에는 수많은 사람들과 용들이 모여 무슨 의식을 준비하고 있는 듯했다.

로렌스가 조용히 테메레르에게 물었다.

"뭐가 잘못된 거니?"

"저들이 나만 가운데 큰 문으로 지나갈 수 있다면서 당신은 내 몸에서 내려서 작은 문으로 지나가야 한대. 하지만 난 당신이랑 같이 들어갈 거야. 같은 장소로 들어가는데 문을 세 개나 만들어 놓고 따로따로 들어가라니, 말도 안 되잖아."

로렌스는 해먼드든 누구에게서든 이 일에 대한 조언을 구하고 싶었다. 선황색 줄무늬의 용에 타고 있는 중국인도 테메레르의 반발에 어쩔 줄 모르는 기색이었다. 문을 지키는 임페리얼들과 군인들은 조각상처럼 움직이지도 않았다. 시간이 지나도 테메레르가 들어오지 않자 문 안에 있던 이들이 무언가 잘못되었다는 것을 깨달은 듯했다. 화려한 수가 놓인 푸른 겉옷을 입은 중국인 하나가 작은 문을 지나 선황색 용과 그 용에 탄 남자에게 다가가 논의를 했다. 그는 로렌스와 테메레르를 곁눈질하며 잠시 얘기를 하고는 다시 작은 문을 지나 안뜰로 돌아갔다.

　문 안쪽에 있는 이들이 웅성거리기 시작하다가 갑자기 사방이 조용해지며 별안간 양옆으로 물러나 길을 텄다. 그리고 암컷 용 한 마리가 그 길을 지나 테메레르 쪽으로 다가왔다. 테메레르와 아주 흡사한 광택이 나는 검은 용이었다. 진청색 눈, 날개의 독특한 무늬, 거무스레하고 반투명한 얼굴 주변의 막, 막 사이사이의 주홍색 뿔들을 보니 셀레스티얼 품종이 분명했다. 그 용은 테메레르 앞에 서서 깊게 울리는 목소리로 입을 열었다. 그 순간, 로렌스는 테메레르의 몸이 긴장하면서 떨리는 것을 느꼈다. 얼굴 주변의 막을 천천히 세우며 테메레르가 나지막하게 말했다.

　"로렌스, 이 분이 내 어머니야."

## 13

 나중에 해먼드는 로렌스에게 착륙장과 섬을 잇는 문 세 개 중 가운데 큰 문은 황실 가족들과 임페리얼 및 셀레스티얼 품종의 용들만이 지나갈 수 있기 때문에 로렌스를 지나가지 못하게 했던 것이라고 알려주었다. 테메레르가 그 문 앞에서 혼자서는 안 들어간다고 고집을 피우자 테메레르의 어머니인 룽티엔치엔은 그 문이 있는 벽을 훌쩍 날아서 중앙의 뜰로 들어오도록 하는 방식으로 문제를 간단히 해결해 주었다.

 문 통과에 대한 문제가 해결되자 테메레르 일행은 만찬이 준비된 연회장으로 안내를 받아 들어갔다. 섬 안에 있는 용들의 누각 중 제일 큰 곳에 두 개의 거대한 식탁이 마련되어 있었다. 룽티엔치엔은 첫 번째 식탁 머리에 자리를 잡고 앉았다. 테메레르는 그녀의 왼쪽에 용싱과 리엔은 오른쪽에 자리를 잡았고, 로렌스는 그곳에서 약간 떨어진 곳에 앉았으며, 해먼드는 로렌스 맞은편의 좀 더 아래쪽 자리에 가 앉았다. 나머지 영국 승무원들은 두 번째 식탁에 둘러앉았다. 승무원들을 아예 다른 방으로 보낸 건 아니었으므로 로렌스는 그 정도로 떼어놓은 것에 관해서는 이의를 제기하지 않았다.

지금 테메레르의 관심은 오직 룽티엔치엔에게 쏠려 있었다. 어머니의 위엄에 압도당한 듯 평소답지 않게 주저하며 치엔에게 말을 건넸다. 치엔은 테메레르보다 훨씬 몸집이 컸고 희미한 반투명색 비늘을 보니 나이가 아주 많은 듯했다. 룽티엔치엔은 안장을 차고 있지 않았으며 얼굴 주변의 막을 이루는 돌기에 거대한 황옥들이 박혀 있었다. 그리고 금을 선조세공(線彫細工)해서 만든 섬세한 목 덮개를 하고 있었는데, 그 목 덮개도 수많은 황옥과 거대한 진주들로 장식이 되어 있었다.

용들 앞에 놓인 엄청나게 큰 놋쇠 접시에는 뿔도 쳐내지 않고 통째로 구운 사슴들이 담겨 있었다. 정향나무에 끼운 귤을 고기의 겉에 찔러 두고 뱃속엔 온갖 견과류와 빨간 딸기들을 채워 넣었기 때문에 옆에 앉은 사람들도 그 향긋한 냄새를 맡을 수 있었다. 사람들에겐 여덟 개의 요리가 차례로 나왔다. 용들의 것에 비해 크기만 작을 뿐 정성들여 만든 요리임에는 다름이 없었다. 이리로 오는 동안 입맛에 안 맞는 음식만 먹다가 이런 산해진미를 앞에 두자 로렌스는 반갑기 그지없었다.

자리에 앉으면서 주변을 둘러보니 맞은편에 앉은 해먼드에게 큰 소리로 고함을 쳐야 겨우 대화가 가능한 상황이었다. 옆에 중국어를 통역해 줄 사람이 없기 때문에 마땅히 대화를 나눌 만한 이들도 없었다. 로렌스의 왼쪽에 앉은 중국 관리는 진주처럼 하얀 보석이 박히고 뒤쪽으로 공작새의 깃털 하나가 꽂힌 모자를 쓰고 있었다. 얼굴에는 주름살이 자글자글했지만 뒤로 땋아 내린 변발은 새까만 색이라 나이를 짐작하기 어려웠다. 그 관리는 로렌스한테는 말을 걸어 볼 생각도 않고 오직 먹는 데에만 열중했다. 그 옆에 앉은 중국인 하나가 몸을 기울이더니 그 관리의 귀에 대고 악을 쓰듯 큰 소리로 말을 걸었다. 그제야 로렌스는 그 관리가 영어로 대화가 가능하기는커녕 귀가 어두워 중국어로도 얘기를 나누기가 수월하지 않다는 것을 알았다.

대화를 포기하고 요리나 먹어야겠다고 생각하는데, 갑자기 오른쪽에 있던 자가 프랑스 억양이 강하게 섞인 영어로 말을 걸어왔다.

"여기까지 오시는 동안 편안한 여행을 하셨기 바랍니다."

그 유쾌한 목소리의 주인공은 바로 프랑스 대사 드 기네였다. 중국식의 기다란 옷을 입은 데다가 머리색도 검어서 눈에 띄질 않아 로렌스는 그가 서양인이라는 것을 첫눈에 알아보지 못했다.

드 기네가 계속해서 말했다.

"비록 조국이 서로 편치 않은 관계에 있기는 하지만, 우리끼리는 친하게 지내면 좋겠네요. 대령님에 관해서는 조카한테 들어 알고 있었습니다. 대령님의 관대함 덕분에 제 조카가 목숨을 건졌으니까요."

"죄송합니다만, 누구를 말씀하시는 건지 잘 모르겠군요. 조카라니요?"

"장 클로드 드 기네라고, 아르메 드 레르(프랑스 공군을 일컫는 말로 '위대한 공군'이라는 뜻임—옮긴이주) 소속의 대위입니다."

드 기네는 감사의 뜻으로 살짝 고개를 숙여 절하며 웃음을 띤 채 말을 이었다.

"작년 11월 영국 해협에서 대령님의 용 위에 올라탔었다고 하던데요."

"아, 기억납니다."

로렌스는 공중 수송선들이 영국으로 날아오던 도버 전투에서 격돌했던 용맹한 프랑스인 대위가 어렴풋이 기억났다. 로렌스는 반가워하며 드 기네와 악수를 나누었다.

"그 대위가 대사님의 조카였군요. 아주 용감한 청년이었죠. 부상에서 많이 회복되었는지요?"

"아, 예. 곧 병상에서 일어날 것 같다고 편지에 썼더군요. 몸이 회복되는 대로 감옥에 가겠지만, 무덤으로 들어가는 것에 비할 바가 아니지요."

드 기네는 어깨를 으쓱하더니 말을 이었다.

"지난달에 조카가 편지를 보냈는데, 제가 부임해 있는 베이징으로 대령님 일행이 오고 계시다고 썼더라고요. 그래서 제 조카에게 베풀어주신 관대함에 감사의 뜻을 표하고자 한 달 전부터 대령님이 오시기만을 기다리고 있었습니다."

기분 좋게 시작된 그들의 대화는 중국의 날씨와 음식, 어마어마한 숫자의 용들과 같은 정치와 관계없는 것들을 화제로 하여 이어졌다. 로렌스는 동양인들에게 둘러싸인 이곳에서 같은 서양인인 드 기네를 만나자 무척 반가웠고, 드 기네 역시 군인 출신이라 프랑스 공군에 관해서도 잘 알고 있어서 익숙한 대화를 나눌 수 있어 좋았다.

식사를 마친 후 그 두 사람은 나란히 안뜰로 내려왔다. 오늘 잔치에 초대받은 다른 중국인들은 각 용의 몸에 여럿이 올라타고 어딘가로 날아갔다. 그 모습은 베이징 시내로 들어오면서 봤던 중국인 여행자들의 모습과 흡사했다.

드 기네가 말했다.

"참, 편리한 교통수단이에요."

로렌스도 그 말에 전적으로 동의했다.

사람들을 실어 나르는 그 용들은 대부분 평범한 푸른색을 띠고 있었고, 등에는 비단 끈 여러 개로 이루어진 가벼운 안장이 채워져 있었다. 그리고 커다란 비단리본으로 만들어진 고리들이 그 끈 이곳저곳에 붙어 있어 승객들은 고리를 밟고 등의 빈자리에 앉았다. 그리고 등에 설치된 비단 고리를 머리 위에서부터 허리로 내려 쓰고 주요 안장끈을 손으로 잡은 채 편안히 날아가는 것이었다.

연회장에서 나오던 해먼드가 그들 두 사람이 같이 있는 것을 보고는 눈이 휘둥그레지며 서둘러 다가와 드 기네와 웃으며 친근하게 대화를 나눴다. 드 기네는 잠시 후 이만 실례하겠다는 인사를 남기고 중국인 관리 두 명과 함께 용을 타고 그곳을 떠났다. 그러자 해먼드는 곧장 로렌스를 향해 돌아서서 지금까지 둘이서 나눴던 대화에 대해 토씨 하나 빼지 말고 상세히 얘기해 달라는 무례한 요구를 했다.

로렌스의 얘기를 듣고 해먼드는 기겁을 했다. 입으로 말하지는 않았지만 로렌스를 드 기네의 겉만 보고 믿어버린 얼간이쯤으로 여기는 듯한 표정이었다.

"우리가 올 것을 한 달 전부터 알고 있었다니! 그동안 저 자가 우리를 방해하려고 얼마나 사악한 음모를 꾸며놓았을지 짐작도 되지 않는군요. 앞으로는 대령님이 저 자와 단둘이서 얘기하는 일은 없었으면 합니다."

로렌스는 대꾸도 하지 않고 테메레르 쪽으로 걸어갔다. 제일 늦게까지 식탁에 남아 있던 룽티엔치엔은 테메레르를 코로 쓰다듬고 달랜 후 그 섬을 떠났다. 룽티엔치엔의 매끈한 검은색 몸통은 곧 밤하늘에 가려 보이지 않게 되었지만 테메레르는 사뭇 아쉬움이 담긴 눈으로 어머니가 날아간 방향을 바라보며 서 있었다.

　황제의 재산인 그 섬에는 여러 개의 크고 우아한 용 누각 외에 사람들이 거처할 수 있는 저택들도 지어져 있었다. 로렌스 일행은 중국인들과의 협의 끝에 베이징에 있는 동안 그 섬에서 테메레르와 함께 지낼 수 있게 되었다. 로렌스 일행은 그 중 제일 큰 누각에 딸린 저택에서 지내게 되었는데 문을 나서면 커다란 안뜰이 내다보였다. 크고 멋진 그 저택 위층에는 로렌스 일행의 시중을 들고도 남을 정도로 많은 하인들이 살고 있었다. 그 수가 너무 많아서 가는 곳마다 하인들이 따라붙자 로렌스는 그들이 하인으로 위장한 첩자나 감시인은 아닐까 하는 의심마저 들었다.

　잠자리에 들어 단잠을 자던 로렌스는 새벽녘에 하인들이 10분에 한 번꼴로 네 번이나 문 안으로 머리를 들이밀고 그가 깼는지 확인을 하는 바람에 눈을 떴다. 흐트러진 모양새로 일어난 로렌스는 전날 마신 술 때문에 목 뒤가 뻐근했다. 세숫대야를 가져다 달라는 뜻을 그들에게 전할 수가 없어서 결국은 안뜰로 걸어나와 연못으로 향했다. 방에 있는 크고 동그란 창문 밖으로 미리 위치를 봐두었기 때문에 연못을 찾는 것은 어렵지 않았다. 창문은 직경이 그의 키만 했는데 바닥에서 살짝 올라가 있어 창턱도 아주 낮았다.

　안뜰을 가로지르는 길 끝에 테메레르가 배를 땅에 대고 꼬리까지 쭉 편 채 엎드려 자고 있었다. 꿈을 꾸는 것인지 간간이 기분 좋게 웅얼거리기도 했다. 돌길 밑에 설치된 대나무 파이프로 뜨거운 물이 흘러 돌바닥을 뜨끈하게 데우고 그 물은 연못으로 흘러들어가는 구조였다. 덕분에 로렌스는 기대했던 것보다 더 편안하게 연못에서 목욕을 할 수가 있었다. 초조한 표정으로 주변을 맴돌던 하인들은 로렌스가 상의를 벗고 연못으로 들어가자 당황하는 분위기였다. 로렌스가 연못 밖으로 나오자마자 하인들은 그에게 중국 옷을 내밀었다. 부드러운 소재의 바지와 목깃이 위로 올라온 가운으로 구성된 보통 중국인들이 입는 옷이었다. 로렌스는 처음엔 좀 망설이다가 여행 중에 입고 오느라 심하게 구겨진 자신의 옷을 보고는 곧 그 중국 옷으로 갈아입었다. 익숙하진 않았지만 입으니 깔끔해 보였고 크게 불편하지도 않았다. 한편으론 제복과 목도리가 없으니 어딘가 허전하고 제대로 차려입지 않은 것 같은 기분도 들었다.

식당으로 가니 중국 관리인 듯한 자가 미리 와서 기다리고 있었다. 그 사람 때문에 하인들이 새벽부터 안달이 나서 로렌스의 방문을 여러 차례 여닫는 식으로 부산을 떨었던 것이다. 그 낯선 중국인의 이름은 '자오웨이'라 했다. 로렌스는 그에게 목례를 하고 식탁 앞에 앉아 강한 향기가 풍기는 차를 마셨다. 자오웨이와의 대화를 주로 이끌어간 것은 해먼드였다. 로렌스는 혹시 우유가 있으면 달라고 물었는데 하인들은 해먼드를 통해 그 요청을 전해 듣고도 우유가 뭔지 모르는 듯 당혹스런 표정을 지었다. 그리고 꼼꼼하고 깔끔한 인상의 자오웨이는 로렌스가 서툰 젓가락질로 요리를 집어 입으로 가져가는 모습을 경멸 섞인 눈빛으로 쳐다보았다.

자오웨이가 유창하진 않지만 알아들을 만한 영어로 말했다.

"황제 폐하의 자비심 덕분에 여러분이 방문 기간 동안 이곳에 머물게 된 것임을 잘 알고 계실 겁니다. 안뜰을 마음껏 산책할 수는 있지만 숙소 밖으로 나가려면 정식 요청을 통해 허락을 받아야 합니다."

해먼드가 말했다.

"호의에 깊이 감사드립니다. 그런데 지금 우리더러 낮에 숙소 밖을 마음대로 돌아다니면 안 된다고 하셨는데 그러기엔 이 집의 규모가 턱없이 작다고 느껴지는군요. 어젯밤 로렌스 대령과 저는 개인실을 사용하긴 했지만 그 방은 우리가 가진 지위에 비해 심히 작고 불편하더군요. 게다가 우리와 함께 온 동료들은 다 같이 한 방을 쓰면서 비좁게 자야만 했습니다."

로렌스는 그 정도로 불편하다는 생각을 하지 않고 있었다. 그래서 영국인들의 거동을 제한하려는 자오웨이의 시도나 더 넓은 공간을 얻기 위한 해먼드의 협상이 모두 괴상하게 여겨졌고, 테메레르에 대한 존경의 뜻으로 이 섬 전체를 비우고 다른 용들을 모두 내보낸 것이라는 얘기까지 나오자 어이가 없었다.

이 섬은 용 열두 마리가 편안하게 생활할 만한 크기였고, 사람들을 위해 지어놓은 저택들의 수도 상당히 많아서 로렌스의 승무원들이 한 명당 한 채씩 차지하고도 남을 정도였다. 게다가 지금 쓰고 있는 이 저택도 지난 7개월간 썼던 얼리전스 호의 숙소에 비하면 수리가 아주 잘 되어 있고 편안하며 널찍했다. 로렌스는 자오웨이가 그들에게 이 섬 안에서 마음대로 돌아다니면 안 된다고 하는 것도, 해먼드가 이 집이 좁다며 더 큰 집을 요구하는 것도 이해가 되지 않았다. 그런데도 해먼드와 자오웨이는 계속 그 문제를 놓고 엄숙하고 점잖게 협상을 계속해 나갔다.

마침내 자오웨이는 하인들을 동반하는 조건으로 로렌스 일행이 이 섬을 산책해도 좋다고 했다. 그리고 이렇게 덧붙였다.

"섬 가장자리나 착륙장으로 가면 안 되고 순찰을 도는 경비병들을 방해하는 행위를 해서도 안 됩니다."

해먼드는 그 정도면 만족한다고 했다. 자오웨이는 차를 조금 마시고는 말했다.

"황제 폐하께서 룽티엔샹에게 베이징 시를 구경시켜 주라고 하셨습니다. 룽티엔샹이 아침을 먹고 난 후에 제가 직접 안내를 하려고 합니다."

해먼드가 즉각 나섰다.

"테메레르와 로렌스 대령님께 많이 보고 느낄 수 있는 기회가 되겠군요. 게다가 로렌스 대령님이 관광 중에 지나친 호기심의 대상이 되지 않도록 이렇게 중국 옷까지 마련해 주시니 그 배려와 친절에 다시 한 번 감사드립니다."

자오웨이는 그제야 로렌스의 옷을 눈여겨보았다. 그는 허를 찔렸다는 느낌을 받은 모양이었지만 별다른 반발 없이 고개를 살짝 숙이며 말했다.

"출발할 준비를 하시지요, 대령님."

테메레르는 아침을 먹은 후 목욕을 하고 있었다. 하인들은 테메레르의 몸에 물을 끼얹고 천으로 북북 문질렀다. 그리고 테메레르의 앞발톱 하나하나를 거품이 나는 물과 솔로 문질렀다. 테메레르가 입을 벌리고 있는 동안 젊은 하녀가 그 안으로 들어가 뒤쪽 끝에 나 있는 이빨까지 솔로 박박 문질러 닦았다.

자오웨이가 베이징 시내를 안내해 주겠다고 말하자 테메레르가 신이 나서 물었다.

"그럼 우리가 이 도시를 걸어 다녀도 된다는 건가요?"

자오웨이는 당혹스런 표정으로 대답했다.

"그야 물론이지요."

해먼드가 테메레르에게 말했다.

"이곳 용들의 훈련장도 구경할 수 있을걸. 도시 내에 그런 훈련장이 있는지는 모르겠지만. 아무튼 재미있을 거야, 테메레르."

테메레르는 흥분해서 얼굴 주변의 막을 세우고 살짝 떨며 말했다.

"아, 정말 재밌겠다!"

해먼드는 로렌스에게 의미심장한 눈빛을 보냈다. 로렌스는 그의 눈빛이 말하는 바를 짐작할 수 있었지만 애써 무시했다. 해먼드를 대신해 남의 나라 도시를 염탐하고 싶은 생각 따윈 없으므로 아무리 관광이 재미있더라도 해먼드가 원하는 대로 관광 시간을 연장하려는 등의 시도를 하고 싶진 않았다.

로렌스가 물었다.

"준비 다 됐니, 테메레르?"

로렌스와 테메레르는 정교하지만 어딘지 모르게 부실하다 싶은 바지선을 타고 호수 가장자리로 향했다. 평온한 호수에 떠 있던 그 바지선은 테메레르가 올라타자 불안하게 흔들거렸다. 키 손잡이 바로 옆에 앉은 로렌스는 키잡이를 날카로운 시선으로 쳐다보았다. 이 어설픈 키잡이 대신 차라리 직접 이 바지선을 모는 게 낫겠다 싶었다. 호수 가장자리로 나아가는 시간이 어찌나 느린지 영국 바지선에 비해 거의 두 배 이상 걸렸다. 섬에 머물던 경비병들 중 일부도 그들의 관광에 동행했다. 거리로 나서자 그 경비병들은 사방으로 흩어져 길을 터주는 역할을 했는데, 적어도 열 명 정도는 특정한 대열을 유지하며 로렌스의 뒤를 바짝 따라왔다. 그리고 로렌스가 몰래 다른 곳으로 도망쳐나가지 못하도록 조심스럽게 양옆과 뒤를 차단하는 역할을 하고 있었다.
 로렌스와 테메레르는 자오웨이를 따라 요새화된 장벽에 설치된 붉은색과 금색이 칠해진 정교한 문을 지나갔다. 문 너머에는 굉장히 넓은 길이 뻗어 있었다. 문 옆에는 황실 근위병들 몇 명과 무장을 한 용 두 마리가 자리를 잡고 서 있었다. 그중 한 마리는 많이 봐서 익숙해진 붉은 용이고, 다른 한 마리는 밝은 초록색 바탕에 붉은 점이 박혀 있는 용이었다. 그리고 그 두 용의 담당 비행사인 듯한 자들은 한낮의 더위에 지쳤는지 누빈 겉옷을 벗어놓은 채 천막 아래 앉아 차를 마시고 있었다. 그 비행사들은 둘 다 여자였다.
 로렌스가 자오웨이에게 물었다.
 "여성들도 비행사로 일하나 보군요? 특정한 품종의 용들의 파트너가 되는 건가요?"
 "공군에 소속된 용의 파트너가 되는 거지요. 물론 군복무 같은 것은 저급한 품종의 용들이나 하는 것이지만요. 저기 있는 초록색 용은 '취옥 유리' 품종의 용인데, 저것들은 아주 게으르고 굼떠서 과거 시험에 합격률이 아주 낮습니다. 그리고 저기 있는 붉은 용은 '주홍 꽃'이라는 품종으로 성격이 너무 호전적이라 공군 일 외에는 별로 쓸모도 없습니다."
 "여자들만 공군에 복무할 수 있는 건가요?"
 자오웨이가 고개를 끄덕이자 로렌스가 재차 물었다
 "왜 하필 공군에만 여자들이 복무할 수 있게 한 겁니까? 보병대나 해군에는 없어요?"
 로렌스의 놀란 얼굴을 보고 자오웨이는 자기네 나라의 특이한 관습을 변호하기 위해 그 관습의 기원이 되는 전설을 이야기해 주었다. 그 전설은 무척 낭만적이었다. 옛날 연로한 아버지 대신 남장을 하고 전쟁터에 나가게 된 소녀가 공군에 소속된 용의 파트너가 되어 전장에 나갔고 큰 승리를 거둬 나라를 구했다는 줄거리였다. 그 업적을 기리며 당시 중국 황제는 소녀들도 용들과 함께 공군에서 복무할 수 있게 해주었다는 것이다.

　그 전설에는 다소 과장된 부분이 있기는 했지만 당시의 군사 제도에 관한 일면을 정확히 드러내고 있었다. 징병제가 실시되던 그 시절 한 집안의 가장은 너나없이 일정 기간 직접 군대에 복무해야 했다. 가장이 군대를 갈 수 없는 경우에는 대신 아들을 보내기도 했다. 원래 아들을 보내야 하지만 그마저도 여의치 않은 집안에서는 몰래 딸을 보내기도 했는데, 그런 일들이 거듭되면서 딸들이 공군에서 세력을 넓혀 나갔고 마침내 여성이 공군을 독점적으로 장악하게 된 것이었다.

　자오웨이가 중국 전통 시에 기록된 그 전설의 내용을 영어로 통역하며 암송해 준 것이라, 통역되는 과정에서 본래의 운율은 흐트러졌지만 줄거리를 이해하는 데는 무리가 없었다. 그들은 문을 지나 대로를 한참 걷다가 길에서 약간 떨어진 곳에 있는 거대한 광장으로 향했다. 회색 깃발이 한쪽에서 나부끼고 있는 그 광장에는 어린아이들과 새끼 용들로 가득 차 있었다. 앞쪽에는 소년들이 바닥에 책상다리를 하고 앉아 있었고, 그 뒤엔 새끼 용들이 몸을 깔끔하게 모으고 앉아 있었는데, 선생인 듯한 사람이 연단에 서서 앞에 펼쳐놓은 큰 책을 보고 한 줄 읽은 다음 고갯짓을 했다. 그러면 소년들은 어린애 특유의 날카로운 고음으로 새끼 용들은 그보다 약간 더 깊이 울리는 목소리로 앵무새처럼 선생을 따라 읽었다.

자오웨이가 그 모습을 가리키며 설명해주었다.

"우리 중국의 학교입니다. 저건 새로 만들어진 반인데 《논어(論語)》를 공부하기 시작했지요."

로렌스는 용에게 공부를 시키고 필기시험까지 치르게 한다는 말에 깜짝 놀랐다. 그리고 그 학교라는 곳을 쳐다보며 말했다.

"그런데 저 소년들과 용들은 아직 파트너 관계는 아닌 것 같군요."

자오웨이가 못 알아들은 표정이자 로렌스가 좀 더 명확하게 설명했다.

"저 소년들이 새끼 용들과 짝을 이뤄 나란히 앉아 있지 않아서 하는 말입니다. 용을 맡기엔 소년들의 나이가 너무 어려 보여서요."

"아, 저 새끼 용들은 태어난 지 몇 주밖에 안 돼서 아직 파트너를 정하지 않았습니다. 15개월 정도는 되어야 용들이 파트너를 고를 준비가 되거든요. 그때쯤엔 저 소년들도 지금처럼 어리지 않고요."

로렌스는 놀라서 다시 한 번 그 새끼 용들을 바라보았다. 지금까지 로렌스는 용이 알에서 부화하자마자 길을 들이지 않으면 인간을 거부하고 야생으로 날아가 버린다고 들어왔고, 그렇게 믿어왔다. 하지만 여기서 보니 그것은 사실이 아니었던 것이다.

테메레르가 말했다.

"내가 알에서 깨어났을 때 로렌스가 옆에 없었으면 너무너무 외로웠을 텐데."

그러고는 로렌스에게 코를 갖다 대며 말을 이었다.

"처음 알에서 나오면 계속 배가 고픈데 혼자 사냥을 해서 먹이를 찾아먹어야 했다면 너무 힘들었을 것 같아."

자오웨이가 말했다.

"물론 새끼 용들이 혼자 먹이 사냥을 다니게 하고 있진 않습니다. 새끼 용들은 공부를 하는 것이 우선이니까요. 알을 돌보고 새끼 용에게 먹이를 먹이는 일을 하는 보모 용들이 따로 있습니다. 사람보다는 보모 용에게 보살피게 하는 편이 훨씬 낫죠. 앞으로 파트너로 삼을 자의 성격이나 도덕성을 제대로 판단할 수 있을 만한 지혜를 갖추지 못한 상태에서 무턱대고 아무 인간에게나 애정을 갖고 파트너로 삼겠다고 하는 것은 바람직하지 않으니까요."

그것은 다분히 서양의 경우를 빗대어 하는 말이었다. 로렌스는 곧바로 받아쳤다.

"용의 파트너가 될 만한 자격을 갖춘 자를 양성하는 것과 관련하여 규정이 확실하게 정해져 있지 않다면, 아마도 고민이 될 만한 사안일 겁니다. 영국 공군에서는 기지 내에서 수년간 복무하면서 비행 훈련을 받은 자들 중에 고르고 골라서 새끼 용의 비행사가 될 수 있게 하고 있습니다. 새끼 용은 알에서 깨어나자마자 자격을 갖춘 비행사를 맞이하게 되니 용과 비행사의 관계가 훨씬 돈독해지고 오래 지속되는 겁니다. 용과 비행사 모두에게 도움이 되지요. 용이 어릴 때부터 사람에게 애정을 갖는 것이 무조건 나쁜 것만은 아니라는 소립니다."

어느덧 그들은 베이징 시 안으로 들어가고 있었다. 직접 거리를 걸으면서 보니 공중에서 내려다 볼 때와는 그 풍경이 또 달랐다. 용들의 통행을 염두에 두고 만들었으므로 대로의 폭이 굉장히 넓었다. 런던만큼 돌아다니는 이들이 많았지만 런던보다 훨씬 탁 트인 느낌이었다. 이곳에서 테메레르는 사람들의 구경거리가 아니라, 오히려 사람들을 구경하며 돌아다닐 수 있었다. 베이징 사람들은 고귀한 품종의 용들을 보는데 익숙해 있어서 테메레르에게도 크게 관심을 기울이지 않았다. 도시 안을 돌아다니는 것이 처음인 테메레르는 앞과 좌우를 두루 살피며 걷느라 고개를 연신 좌우로 휙휙 돌렸다.

공무를 보러 가는 중국 관리들을 태운 녹색 가마들이 지나갈 때마다 그 가마를 호위하는 자들이 일반 여행자들을 길 밖으로 내몰곤 했다. 대로를 따라 붉은색과 금색으로 화려하게 치장한 혼례 행렬도 지나갔다. 그 행렬은 음악을 연주하고 큰소리로 무슨 뜻인지 모를 구호를 외치며 박수를 치거나 폭죽을 터뜨리기도 했다. 신랑의 모습은 보였지만 신부는 천을 두른 가마에 타고 있어 보이지 않았다. 행렬의 규모도 대단한 것을 보니 부유한 집안 출신의 신랑, 신부인 모양이었다. 그리고 가끔 노새가 짐마차를 끌고 주인을 따라 따그닥거리는 발굽소리를 내며 지나갔다. 이곳의 노새들은 용의 존재에 익숙해져 있는 듯 테메레르를 보고도 무심했다. 그런데 대로에서 말이나 사륜마차를 전혀 볼 수가 없었다. 노새와는 달리 말은 용의 존재를 편하게 받아들이지 못하는 모양이었다.

베이징 시내는 런던 시내와는 냄새도 사뭇 달랐다. 런던에서는 풀내가 섞인 시큼한 비료 냄새, 말 오줌 냄새가 물씬거리는 반면, 이곳 베이징 시내는 유황이 살짝 섞인 용의 배설물 특유의 냄새가 났다. 북동풍이 불어오자 그 냄새는 더욱 진해졌다. 모르긴 해도 이 도시의 북동쪽 어딘가에 용들의 배설물을 모아놓는 대형 분뇨 구덩이가 있는 것 같았다.

그리고 가는 곳마다 용들이 있었다. 제일 흔한 푸른색 용들은 이 도시에서 여러 가지 일에 종사하고 있었다. 그 용들은 수송용 안장을 차고 사람들을 실어 나르거나 화물을 나르는 일 외에도, 상당수가 보다 중요한 업무를 수행하는 듯 혼자서 이동했다. 중국 관리들이 모자에 다양한 색깔의 보석을 붙이고 다니듯이, 그렇게 혼자 날아다니는 용들은 여러 가지 색깔의 목걸이를 걸고 다녔다. 자오웨이는 목걸이의 색깔이 용의 신분을 나타내는 것이며, 저런 목걸이를 한 용들은 공무(公務)에 종사하는 용들이라 했다. 그리고 로렌스가 큰 관심을 보이자 이렇게 덧붙였다.

"공무에 종사하는 용을 일컬어 '선룽'이라고 하는데, 선룽들은 사람들과 마찬가지로 똑똑한 용도 있고 게으른 용도 있습니다. 선룽들 중에서도 제일 뛰어난 용들 사이에서 대부분의 우수한 품종들이 탄생하고 있지요. 가장 현명한 선룽은 임페리얼과 짝짓기를 하는 영광을 얻기도 합니다."

걸어가는 동안 로렌스는 그 밖에 다른 품종의 용 십여 마리를 더 보았다. 비행사를 태우고 다니는 경우도 있고 혼자서 일을 보러 다니는 경우도 있었다. 길을 걸어가다가 마주친 임페리얼 품종의 용 두 마리는 테메레르에게 공손하게 고개를 숙이며 인사를 하고 지나갔다. 그 임페리얼들은 붉은 비단으로 매듭을 지은 스카프를 두르고 작은 진주들이 잔뜩 박힌 금사슬을 몸에 걸쳤다. 테메레르는 곁눈질로 그 우아한 진주들을 쳐다보았다.

잠시 후 그들은 시장으로 들어섰다. 내부를 조각과 금박으로 사치스럽게 장식한 가게 안에는 상품들이 산처럼 쌓여 있었다.

아름다운 비단들이 눈에 띄었는데, 로렌스가 런던에서 보았던 비단들과는 비교가 되지 않을 정도로 색깔과 결이 고왔다. 평범한 푸른색 면사를 둘둘 말아 놓은 실타래를 비롯하여 두께와 염색 농도에 따라 등급이 각각 다른 실과 천들도 진열되어 있었다. 특히 로렌스의 시선을 사로잡은 것은 바로 도자기였다. 아버지 앨런데일 경과는 달리 로렌스는 도자기 전문가는 아니었지만 지금 눈앞에 있는 푸른 색과 흰색이 섞인 섬세한 도자기는 영국으로 수입된 중국 도자기들보다 훨씬 품질이 좋은 것이었다. 다채로운 색깔의 접시들도 매우 아름다웠다.

로렌스가 말했다.

"테메레르, 저 상인한테 금화도 받는지 물어봐줄래?"

테메레르도 호기심을 보이며 그 가게 안을 들여다보는 중이었다. 문간에 앉아 있던 상인은 테메레르의 머리가 도자기 위로 왔다갔다 하자 불안해하는 기색이 역력했다. 중국에서 용을 환영하지 않는 곳은 이 도자기 가게뿐일 듯했다. 상인은 자오웨이에게 질문을 했고, 곧 로렌스한테서 반 기니짜리 영국 금화를 받아들었다. 진짜 금이 맞는지 확인해 보기 위해 탁자에 대고 탁탁 두드려보고는 뒷방에 있는 아들을 불렀다. 이빨이 거의 다 빠져버린 그 상인은 자기 아들에게 그 금화를 주며 이로 깨물어보라고 했다.

뒷방에 앉아 있던 여자가 가게 안이 소란하자 무슨 일인가 싶어 주춤거리며 나왔다가 상점 주인에게 큰 소리로 야단을 맞았다. 그 여자는 로렌스를 빤히 쳐다보다가 다시 뒷방으로 들어갔고 곧 귀에 거슬리는 그 여자의 목소리가 뒷방에서 흘러나왔다. 로렌스의 금화에 관해 나름대로 의견을 개진하는 듯했다.

마침내 상인은 금화를 받기로 결정했고 로렌스는 처음에 눈여겨 봐 두었던 꽃병을 집어 들었다. 그러자 상인은 펄쩍 뛰면서 그 꽃병을 도로 빼앗아 제자리에 내려놓더니 한바탕 말을 쏟아냈다. 그리고 손짓으로 로렌스에게 기다리라고 하고는 뒷방으로 들어갔다.

테메레르가 로렌스에게 말했다.

"저 사람 말이 그 꽃병은 금화를 받아야 할 만큼 비싼 물건이 아니래."

"하지만 내가 준 것은 겨우 반 파운드에 해당하는 금화였어."

곧 상인은 훨씬 커다란 꽃병을 들고 나왔다. 불타는 듯한 빨간색이 위로 갈수록 흐릿해지면서 순백색이 되는 섬세한 색깔의 꽃병이었다. 광택도 대단해서 거울처럼 얼굴이 비칠 정도였다. 다들 상인이 탁자 위에 내려놓은 그 꽃병을 바라보며 탄복했다. 무뚝뚝하던 자오웨이까지도 감탄의 말을 아끼지 않았다.

테메레르도 감탄했다.

"아, 정말 예쁘다!"

로렌스는 그 상인에게 금화 몇 개를 억지로 더 쥐어준 뒤에도 이렇게 좋은 물건을 헐값에 사는 것 같아 마음이 편치가 않았다. 상인은 그 꽃병이 운반 중에 깨지지 않도록 면으로 겹겹이 싸서 내주었다. 로렌스는 이토록 아름다운 꽃병을 본 것은 처음이었다. 과연 이것을 영국까지 깨뜨리지 않고 가져갈 수 있을까 싶어 벌써부터 걱정이 되었다. 꽃병 구매를 한 뒤 대담해진 로렌스는 비단과 다른 도자기 하나를 더 사고, 비취가 박힌 작은 펜던트도 샀다. 경멸하는 듯 차가운 표정이던 자오웨이도 점점 로렌스의 물건 구매에 관심을 보이며 열을 올렸다. 자오웨이는 그 작은 펜던트의 비취에 새겨진 글자들이 공군이 된 전설 속의 여자에 관한 시의 앞 구절이라고 설명해주었다. 그 펜던트가 행운의 상징이기 때문에 군인으로 경력을 쌓기 시작하는 소녀에게 사주는 것이라고 했다. 로렌스는 제인에게 선물하면 좋겠다는 생각을 했다. 구매한 물건들이 점점 늘어나자 자오웨이는 뒤따라오는 경비병들 몇 명을 불러 그 물건들을 받아들게 했다. 이제 경비병들은 로렌스가 몰래 도망쳐 다른 데로 샐까봐 우려하기보다는 물건들을 더 사서 자기네들한테 얹어 놓을까봐 걱정하게 되었다.

꽤 많은 물건들을 샀는데도 지출한 금화는 많지가 않았다. 영국에서라면 엄청나게 비싼 값에 샀어야 했을 텐데. 하지만 그리 놀랄 일도 아니었다. 마카오에서 만났던 동인도 회사 이사들의 말처럼 탐욕스런 중국 관리들이 동인도 회사와 지방 상인들에게 뇌물을 요구하고 계속 받아먹고 있기 때문에, 지방 상인들은 관리들한테 들어간 뇌물만큼의 금액을 물건 값에 덧붙일 수밖에 없었다. 동인도 회사에서도 그 상인들에게서 비싼 값에 물건을 사야 하는 데다가 관리들에게 뇌물까지 바쳐야 하니 그 물건에 더욱 높은 가격표를 붙여 영국으로 팔 수밖에 없었다. 로렌스는 중국 관리들의 직무상 부당 취득이 심각한 수준이라는 것을 새삼 깨달았다.

대로의 끝으로 걸어가며 로렌스가 테메레르에게 말했다.

"참 유감스런 일이야. 중국 측이 무역을 개방하면 이곳 상인들과 장인들도 제값에 물건을 팔아 훨씬 나은 삶을 살 수 있을 텐데. 중국 내의 모든 상품을 광둥을 통해서만 외국으로 팔 수 있게 하는 것은 너무나도 불합리해. 여기서 직접 외국 회사에 물건을 팔 수 있으면 광둥까지 가져오느라 고생할 필요도 없잖아. 광둥을 통해서만 팔게 하니까 결국 영국에서는 이런 최상품을 사기도 어렵고."

"최상품은 외국으로 팔고 싶지 않아서 그런가 보지. 아, 저기서 맛있는 냄새난다."

그들은 작은 다리를 건너 좁은 해자와 야트막한 돌벽으로 둘러싸인 또 다른 시장 구역으로 들어갔다. 그 구역에서는 남자들이 얕게 판 구덩이에 석탄불을 피워놓고 그 위에 쇠꼬챙이에 꿴 여러 가지 동물들을 올려놓고 굽고 있었다. 황소, 돼지, 양, 사슴, 말, 그리고 자세히 보지 않으면 정체를 알 수 없는 작은 동물들이었다. 그 남자들은 웃통을 벗은 채 땀을 줄줄 흘리면서 커다란 붓으로 계속 양념을 찍어 바르며 쇠꼬챙이를 돌렸다. 양념이 석탄 위로 뚝뚝 떨어져 치이익 소리를 내며 진한 향기를 피워냈다. 그 고기들을 사는 사람은 몇 명 없고 대부분의 손님은 용들이었다.

테메레르는 아침을 배불리 먹고 나온 상태였다. 아침에 어린 사슴 고기 두 마리와 속에 무언가를 채워 넣은 오리 고기를 입가심으로 먹은 터라 웃통 벗은 남자들이 파는 고기를 먹고 싶다고는 하지 않았다. 하지만 쇠꼬챙이에서 구운 새끼돼지를 빼내 씹어 먹는 작은 보라색 용을 생각에 잠긴 눈으로 바라보았다. 그런데 그 옆의 좀 더 작은 길로 들어섰을 때 로렌스는 피곤에 지친 표정을 한 푸른색 용을 보았다. 몸통에 찬 여행자 수송용 안장 때문에 가죽이 이리저리 벗겨지면서 생긴 오래된 상처들이 나 있었다. 그 푸른색 용은 맛있게 구워지고 있는 황소에게서 애써 눈을 돌리고 너무 바싹 구워져 타버린 조그마한 양고기 하나를 앞발로 가리켰다. 웃통 벗은 남자가 그 시커먼 양고기를 내주자 푸른색 용은 그것을 받아 한쪽 구석으로 가서 쭉 잡아 늘인 뒤 천천히 조금씩 뜯어먹었다. 그 용은 신분이 높은 용들이 경멸하며 먹지 않고 버리는 내장이나 뼈도 남기지 않고 다 먹었다.

용들이 자기 밥벌이를 하며 자유롭게 사는 이곳에서는 이처럼 가난한 용들도 있는 것이 어쩌면 당연했다. 하지만 로렌스는 이렇게 돈이 없어 배를 주리는 용도 있는데, 현재 그들이 머무는 숙소를 비롯하여 다른 곳에서는 다 못 먹고 버리는 음식들이 많다는 생각에 왠지 죄를 짓고 있는 기분이 들었다.

테메레르는 그 푸른 용에는 관심이 없고 남자들이 구워 파는 고기들을 유심히 쳐다보고 있었다. 그곳을 둘러본 그들은 작은 다리를 건너, 오던 길로 되돌아갔다. 다시 대로로 나온 테메레르는 만족스러운 표정으로 깊은 숨을 내쉬었다. 테메레르의 콧구멍에서 천천히 향긋한 고기 냄새가 뿜어져 나왔다.

대로를 걸어가는 동안 로렌스는 말이 없었다. 이국의 수도를 구경하면서 느꼈던 호기심과 관심은 점차 잦아들고 마음도 차분히 가라앉았다. 베이징 시내를 돌아다니면서 그는 영국과 중국이 자국의 용들을 대하는 방식이 얼마나 큰 차이가 나는지 확실하게 깨닫게 되었다. 베이징이 크다고는 하지만 런던도 그리 작은 도시는 아니었다. 하지만 베이징은 처음부터 용들이 사람들과 한데 어울려 살면서 서로 도움을 주고받을 수 있게 설계되어 있었다. 조금 전에 목격한 가난한 푸른 용 같은 경우는 자유로운 삶에 수반되는 어쩔 수 없는 부작용일 것이다.

저녁식사 시간이 가까워지고 있었다. 자오웨이는 섬으로 그들을 데려갔다. 시장 구역을 나올 때부터 붉은색과 금색이 칠해진 문을 지나갈 때까지 테메레르는 말이 없었다. 테메레르는 그 문 아래 서서 뒤를 돌아보았다. 시내는 여전히 활기가 넘치고 있었다. 자오웨이는 그런 테메레르를 보고 다가가 중국어로 말을 걸었다

테메레르가 대답했다.

"여긴 굉장히 멋진 곳이에요. 하지만 런던이나 도버 시내를 걸어

본 적이 없어서 비교를 못하겠어요."

섬으로 돌아온 로렌스와 테메레르는 누각 앞에서 자오웨이와 간단히 인사를 나누고 헤어졌다. 로렌스는 안뜰에 있는 나무의자에 털썩 주저앉았고, 테메레르는 꼬리를 계속 앞뒤로 흔들어가며 생각에 잠긴 얼굴로 뜰을 서성거렸다.

마침내 테메레르가 내뱉듯이 말했다.

"용이 사람들이랑 같이 살 수 없다는 말은 사실이 아니었어! 로렌스, 오늘 우린 가고 싶은 곳은 어디든 갈 수가 있었어. 내가 길거리를 돌아다니고 상점 구경을 하는데도 아무도 날 보고 도망가거나 겁에 질리지 않았잖아. 중국 남부에서도 그렇고 이 베이징 시내에서도 그렇고. 사람들은 용을 전혀 두려워하지 않고 있어."

"미안하다, 테메레르. 내가 잘못 알고 있었어. 여기 와서 보니, 사람들이 용에게 적응해서 살 수 있다는 것을 알았어. 여기서는 오래 전부터 용들과 한데 어울려 살다 보니 사람들도 용을 두려워하지 않게 된 모양이야. 하지만 내가 일부러 너한테 거짓말을 한 것이 아니라는 건 믿어줘. 영국에서는 상상할 수도 없는 일이었으니까. 지금 생각해 보니 역시 적응의 문제였구나 싶어."

"적응을 하면 우리를 두려워할 필요도 없게 되는데, 영국에서는 왜 우리 용들을 계속 따로 거주하게 해서 사람들에게 용에 대한 두려움을 심어주는지 모르겠어."

로렌스는 더 이상 무슨 말을 할 수가 없었다. 그래서 결국 저녁을 먹으러 가야겠다며 일어나 방으로 돌아왔다. 생각에 잠긴 테메레르는 늘 하던 대로 저녁을 먹기 전에 눈을 좀 붙인다며 몸을 웅크리고 누웠다. 로렌스는 방 안에 혼자 앉아 접시에 담긴 중국 음식을 입에 조금씩 떠 넣었다. 그때 해먼드가 들어와 시내에서 무엇을 보았느냐고 물어, 로렌스는 간단하게만 얘기해 주었다. 로렌스가 짜증나는 기색을 숨기지 않자 해먼드는 얼굴이 상기되더니 입을 꾹 다물고 방을 나가버렸다.

문 앞을 지나던 그랜비가 방 안을 들여다보며 물었다.

"저 친구가 대령님을 못살게 굴고 있는 건가요?"

"아니."

로렌스는 지친 목소리로 대답하고는 의자에서 일어나 연못에서 퍼온 물이 담긴 대야에 손을 넣고 씻었다. 그리고 말을 이었다.

"실은 내가 좀 무례하게 대했어. 그럴 필요는 전혀 없었는데. 해먼드 씨는 중국인들이 여기서 용들을 어떤 식으로 키우고 있는지 궁금해했던 것뿐이야. 나중에 중국인들과 논쟁을 할 때 영국에서 테메레르가 받은 대우가 그렇게 형편없진 않았다고 반박하려면 정보가 필요할 테니까."

"흠, 하지만 해먼드 씨는 혼이 좀 나야 해요. 오늘 아침에도 해먼드 씨가 부제(副祭)처럼 잘난 척을 하면서 대령님이랑 테메레르가 중국인들 몇 명이랑 시내 구경을 나갔다고 하더라고요. 자고 일어나자마자 그 얘기를 들었을 땐 너무 화가 나서 제 머리를 다 뽑아버리고 싶을 정도였어요. 테메레르가 물론 대령님에게 위해가 가해지지 않게 잘 지켰겠지만, 시내엔 사람들도 많은데 무슨 일이 일어날지 알 수 없잖아요."

로렌스는 방 한쪽 구석에 쌓여 있는 물건들로 시선을 돌렸다. 저것도 다 자오웨이가 경비병들을 시켜 이곳까지 들어다주게 한 것이었다. 그리고 생각 끝에 말했다.

"불상사는 일어나지 않았어. 우리를 안내한 자는 처음엔 나한테 좀 차갑게 굴더니 관광을 끝마칠 때쯤에는 정중하게 대했으니까. 그리고 해먼드 씨의 추측이 옳았던 것 같아. 펑리가 나를 죽이려고 했다는 것은 내 착각일 뿐이었어."

온종일 베이징 시내를 구경하고 돌아다니는 동안 로렌스는 용싱 왕자가 굳이 자기를 암살할 필요가 없었다는 것을 명확하게 깨닫게 되었다. 이 나라가 용들이 살기에 얼마나 좋은 곳인지를 보여주는 것이야말로 테메레르를 설득하는데 가장 효과적일 방법일 테니까.

그랜비가 비관적으로 말했다.

"용싱 왕자는 얼리전스 호에서 대령님을 죽이려고 시도했다가 포기한 뒤, 여기에서 대령님을 눈이 닿는 범위 내에 두고 감시하기로 한 것 같아요. 이 숙소는 멋진 건물이긴 하지만 수많은 경비병들이 살금살금 돌아다니며 우릴 감시하고 있거든요."

"경비병들에 대해서는 특별히 걱정할 필요 없어. 그들이 나를 죽이려고만 했으면 기회는 열 번도 넘게 있었는데 그럴 생각도 없어 보이니까."

"중국 황제의 경비병들이 대령님을 죽이면 테메레르는 여기 머물려고 하지 않을 걸요. 아마 그동안 의심스럽게 굴던 경비병들을 죄다 밟아 죽일 거예요. 그럼 저와 승무원들은 얼리전스 호를 찾아 타고 대령님을 잃은 슬픔을 견뎌가며 고향으로 돌아가게 되겠죠. 그리고 테메레르는 야생용이 되고 말 거예요."

"이런 식으로 얘길 하다가는 한도 끝도 없겠군."

로렌스는 불안한 마음에 두 손을 들어 올렸다가 내려놓으며 말을 이었다.

"적어도 내가 오늘 본 바로는 오늘 중국인들의 목표는 테메레르에게 이곳에 대한 좋은 인상을 심어주려는 것이었어."

로렌스는 중국인들의 그 목표가 완벽하게 성공했다는 것을 알고 있었지만 입 밖으로 내어 말할 수가 없었다. 지금 이 자리에서 용을 대하는 서양의 방식에 문제가 있다는 비판을 제기할 경우 영국 공군 체계에 불평불만이 많은 자, 나아가 불충한 자로 보일 수도 있기 때문이었다. 그는 공군 기지에서 자라난 사람이 아니라서 공군에 대한 불평을 할 때에도 한층 더 말조심을 해야 했다. 그리고 그랜비의 기분을 상하게 하고 싶지도 않았다.

한참 만에 그랜비가 불쑥 말했다.

"계속 말이 없으시네요. 하긴, 테메레르가 이 도시를 마음에 들어 하는 것도 당연한 일이겠죠. 언제나 새로운 거라면 미친 듯이 빠져들곤 하잖아요. 새로운 걸 좋아하는 게 그리 나쁜 것도 아니고요."

자리에 앉아 입을 다물고 생각에 잠겨 있던 로렌스는 움찔하며 대답했다.

"테메레르가 마음에 들어한 건 이 도시뿐만이 아니라, 자기 자신을 포함해서 용들이 사람들한테 존중받으며 살고 있다는 점이었어. 여기서 용들은 아주 자유롭게 살고 있지. 오늘 구경을 나가서 본 용만 백 마리가 넘는데, 사람들은 용들한테 별로 신경도 안 쓰더군."

그랜비는 로렌스의 말에 동의했다.

"만일 우리가 영국에서 용을 타고 리전트 공원 위를 휙 지나갔다간 사람들이 살인이나 화재, 홍수라도 난 것처럼 비명을 질러대겠죠. 그럼 정부에서는 우리한테 다시는 그런 행동을 하지 말라고 강력히 경고하면서 각서를 열 장도 넘게 받아갈 테고요. 윈체스터 품종보다 큰 용은 좁은 런던 시내를 걸어 다니지도 못할 거예요. 공중에서 내려다보았을 때에도 솔직히 이곳이 영국보다 용들이 살기에 좋아 보이더라고요. 그러니 영국에 비해 중국이 보유한 용의 수가 열 배가 넘는 것도 당연하죠."

그랜비가 자기와 같은 생각임을 알자 로렌스는 그나마 불편했던 마음이 덜했다. 그 문제에 관해 속 시원히 터놓고 얘기해 봐야겠다는 생각도 들었다.

"그랜비, 중국에서는 용이 부화한 지 15개월이 넘은 뒤에야 파트너를 고를 수 있게 한다더군. 그때까지는 보모 용들이 돌보고."

"용들한테 보모 일을 시키다니, 우리 입장에선 엄청난 시간 낭비죠. 하지만 중국에서는 용이 많으니까 용에게 보모 일을 맡길 여력이 있나 보네요. 여기서 아무렇게나 퍼질러져 놀고먹으며 살이나 찌는 주홍색 용들을 열두 마리만 영국으로 데려갈 수 있어도 그야말로 눈물이 날 정도로 감격스러울 텐데요."

"그렇겠지. 그리고 이곳 중국에는 야생용이 없는 것 같더군. 우리 같은 경우는 용 열 마리 중 한 마리꼴로 길들여지는 것을 거부하고 야생용이 되어 버리지 않나?"

"아, 근래에 와서는 그렇게 많지는 않아요. 예전에 롱윙 열두 마리가 야생용이 되어버린 후 엘리자베스 여왕께서 데리고 있던 시녀들을 롱윙에게 보내셨죠. 롱윙은 그 시녀들을 받아들여 양처럼 순해졌습니다. 제니카 품종의 용들도 여자들을 비행사로 받아들이며 인간의 손길을 받아들였고요. 윈체스터들 역시 안장을 채울라치면 번개처럼 달아나곤 했는데 요즘은 기지 내에서 알을 부화시켜 먹이를 내주기 전에 파트너를 붙여주는 방법으로 길들여서 쓰고 있지요. 그러니 요즘은 야생용이 되는 경우가 삼십 마리에 한 마리꼴 정도밖에 안 돼요. 물론 사육장 안에 사는 야생용이 종종 숨겨버리는 알의 수는 제외하고 말입니다."

하인이 들어오는 바람에 대화가 중단되었다. 로렌스가 손을 저어 나가라고 했지만 그 하인은 죄송하다는 뜻으로 연신 고개를 숙이며 로렌스의 소맷자락을 붙잡고 끌었다. 그 하인에게 이끌려 숙소 안의 만찬실로 들어가자 뜻밖에도 쑨카이가 와 있었다. 그는 같이 차를 마시러 왔다고 했다.

로렌스는 더 이상 다른 사람과 말하고 싶은 기분이 아니었지만 어쩔 수 없었다. 그랜비는 뒤에 서 있었고, 통역을 위해 동석한 해먼드는 여전히 굳은 표정이었다. 그들은 말없이 어색하게 앉아 있었다. 쑨카이는 이곳에서 지내기가 어떠냐고 정중하게 물었고, 시내 구경을 해보니 재미있었냐고도 물었다. 로렌스는 간단하게만 대답했다. 쑨카이가 갑자기 이곳을 방문한 것이 테메레르의 마음 상태를 떠보려는 의도인 것 같다는 의심이 들었기 때문이었다. 그리고 마침내 쑨카이가 이 숙소를 찾아온 용건을 밝혔을 때 로렌스의 의심은 더욱 커졌다.

"룽티엔치엔 님이 대령님을 초대하셨습니다. 내일 아침 연꽃이 피기 전에 테메레르와 함께 만연궁(萬蓮宮)으로 와 함께 차를 마시자고 하셨습니다."

로렌스는 정중하면서도 별 감흥 없는 말투로 대답했다.

"말씀을 전해 주셔서 감사합니다, 쑨카이 공사. 테메레르는 어머니와 무척 얘기를 나누고 싶어하니 잘 된 일이군요."

그 초대가 테메레르를 중국에 머물도록 유인하려는 저들의 미끼라는 느낌이 들어 기분은 좋지 않았지만 거절할 수도 없는 상황이었다. 쑨카이는 차분히 고개를 끄덕이며 말했다.

"룽티엔치엔 님도 아드님인 룽티엔샹이 그동안 어떻게 살아왔는지 더 자세히 알고 싶어 하십니다. 그분의 판단은 천자이신 황제 폐하의 판단과 같은 수준의 영향력을 미친다는 것만 알아두십시오."

쑨카이는 차를 한 모금 더 마시고 덧붙였다.

"대령님도 영국에 대해, 그리고 룽티엔샹이 영국에서 얼마나 존경받으며 살고 있는지에 대해 룽티엔치엔 님께 얘기하고 싶으실 테니 이번이 좋은 기회가 될 겁니다."

해먼드는 이 말을 로렌스에게 통역해주면서 쑨카이가 눈치채지 못하게 얼른 자기 말을 덧붙였다.

"대령님, 방금 그 말은 분명 조언을 해준 거였습니다. 그녀의 환심을 사도록 노력하라는 뜻입니다."

쑨카이가 돌아간 뒤 로렌스가 말했다.

"왜 쑨카이가 나한테 그런 조언을 해주는지 모르겠군. 늘 점잖은 사람이긴 하지만 그다지 친절한 사람도 아닌 것 같던데."

그랜비가 말했다.

"뭐, 그게 대단한 조언도 아니었잖습니까? 그저 룽티엔치엔한테 테메레르가 잘 살고 있다는 얘기를 해주라는 게 다였는데요. 그것은 대령님 혼자서도 충분히 생각해낼 수 있는 거였는데, 쓸데없는 소리를 늘어놓은 거죠."

해먼드가 말했다.

"그렇게 생각할 수도 있지만, 사실 우리는 룽티엔치엔의 의견이 황실에서 그 정도로 대단한 영향력을 갖고 있다는 것도 몰랐고, 내일 아침의 그 차 모임이 대단히 중요한 자리라는 것도 모르고 있었죠. 외교관인 쑨카이가 속내를 완전히 드러낸 것은 아니지만 그 정도까지 말해 준 것만 해도 우리한테 많은 힌트를 준 겁니다. 대단히 고무적인 일이에요."

하지만 로렌스는 해먼드가 너무 좌절해 있던 나머지 이번 룽티엔치엔의 초대와 쑨카이의 조언에 대해 지나치게 큰 기대를 하는 것은 아닌가 싶기도 했다.

그동안 해먼드는 중국 황제를 모시는 고관들에게 신임장을 보이고자 그들과의 만남을 요청하는 편지를 다섯 번이나 써 보냈다. 하지만 그때마다 고관들은 그의 편지를 열어보지도 않은 채 돌려보냈다. 이 섬을 나가 베이징에 있는 몇 안 되는 서양인들을 만나고자 하는 해먼드의 의도를 그들은 일찌감치 간파하고 있었던 것이다.

다음날 새벽에서 아침으로 바뀔 무렵, 로렌스는 만연궁으로 갈 준비를 하고 있었다. 그는 밤새 통풍을 위해 꺼내두었다가 이른 아침 햇살을 쏘여 습기까지 제거한 제일 좋은 외투와 바지를 살펴보았다. 목도리도 다림질을 해야 할 것 같았다. 제일 좋은 셔츠를 꺼냈으나 실밥이 터진 부분이 눈에 띄었다.

로렌스가 준비를 도와주러 들어온 그랜비에게 말했다.

"애초에 자기 알을 머나먼 외국 땅으로 보내는 것에 동의한 걸 보면 룽티엔치엔은 모성애가 지극한 편은 아닌 것 같아."

"아시다시피 용은 원래 모성애가 별로 강하지 않아요. 알을 낳으면 부화할 때까지만 정성스레 품어주고 그 뒤에는 새끼를 챙기려 들지 않더라고요. 그렇다고 아예 신경을 안 쓰는 것은 아니지만, 새끼 용은 알을 깨고 나오자마자 염소를 잡아 머리를 떼어 먹을 수 있을 정도니 어미의 보살핌이 크게 필요하지 않거든요. 아, 그거 제가 할게요. 다림질은 툭하면 옷을 태워먹을 정도로 못하지만 바느질은 할 수 있어요."

그랜비는 로렌스에게서 셔츠와 바늘을 받아들고 실밥이 터진 솔기를 꿰매기 시작했다.

로렌스가 말했다.

"하지만 테메레르가 영국에서 평범한 용들처럼 사는 걸 보고 싶지도 않겠지. 룽티엔치엔이 중국 황제에게 얼마나 대단한 영향력을 미치고 있는지 지금으로선 짐작도 못하겠어. 테메레르가 아무리 셀레스티얼이라도 그 알을 외국으로 내보낸 걸 보면 최고급 혈통은 아닐지도 모른다고 생각했거든. 고마워, 다이어. 거기다 둬."

다이어가 난로에 넣어 두었던 뜨거운 다리미를 가지고 들어왔던 것이다. 목도리까지 다리미로 다려 두르고 나자 로렌스의 모습은 그런대로 말끔하게 보였다. 로렌스는 테메레르가 있는 안뜰로 나갔다. 그들이 베이징에 도착했을 때 마중 나왔던 검정 바탕에 선황색 무늬가 들어간 용이 그들을 만연궁으로 안내하기 위해 와 있었다. 만연궁까지는 그리 멀지 않았다. 그들은 고도를 높이지 않고 날았기 때문에 황궁 건물들의 금색 지붕까지 기어 올라간 담쟁이덩굴도 보고, 고관들의 모자에 달린 보석들의 색깔까지 또렷이 볼 수 있었다. 고관들은 이른 아침인데도 불구하고 거대한 안마당과 산책로를 서둘러 걸어가고 있었다.

거대한 자금성(紫禁城) 안에 위치한 만연궁은 공중에서도 쉽게 눈에 띄었다. 두 개의 거대한 용 누각이 연꽃으로 뒤덮이다시피 한 기다란 연못의 양옆에 위치해 있었다. 연꽃들은 봉오리를 닫고 있는 상태였다. 연못을 가로지르는 널찍하고 튼튼한 다리는 높은 호를 그리는 식으로 만들어져 장식 효과가 뛰어났고, 검은색 대리석이 깔린 남향의 안마당에는 새벽을 걷어내는 아침 첫 햇살이 드리워지고 있었다.

 선황색 줄무늬 용은 그 안마당에 착륙하여 고개를 숙이며 따라오라고 했다. 테메레르가 그 뒤를 따라 터벅터벅 걸어가는 동안 로렌스는 거대한 용 누각의 처마 밑으로 비춰드는 아침 햇살에 다른 용들이 잠에서 깨어나는 모습을 볼 수 있었다. 그리고 굉장히 나이가 많아 보이는 셀레스티얼 품종의 용 한 마리가 용 누각 끝에서 남동쪽으로 기다시피 걸어가고 있었다. 그 늙은 용의 턱에는 덩굴손 모양의 수염이 길게 늘어져 있어 마치 인간의 수염처럼 보였다. 그 용의 얼굴 주변의 막은 색이 많이 빠졌고 원래 검은색이었을 가죽도 반투명이 되다시피 하여 그 안의 살과 혈관이 비쳐 붉은색을 띠었다. 또 다른 선황색 줄무늬 용이 그 늙은 용을 보좌하면서 가끔 코로 툭툭 쳐가며 햇볕이 많이 내리쪼이는 쪽으로 데려가고 있었다. 늙은 용의 두 눈은 흐릿한 푸른색이었고 백내장에 걸렸는지 안구가 혼탁해서 동공은 거의 보이지도 않았다.

 다른 용 몇 마리가 안마당에 모습을 드러냈다. 얼굴 주변의 막과 덩굴손 같은 수염이 없는 임페리얼들이었다. 그들은 몸통의 농도가 다양해서 테메레르처럼 새까만 용도 있고 짙은 남색을 띠는 용도 있었다. 그런 짙은 색깔이 용들 사이로 리엔이 나타나자 갑자기 눈에 확 들어왔다. 리엔은 두 개의 용 누각 외에 따로 떨어져 있는 누각에서 나와 혼자 나무 사이를 걸어 연못으로 갔다. 물을 마시고 있는 리엔은 새하얀 가죽 때문에 지상의 생물이 아닌 것처럼 보여서, 로렌스는 그 용이 불운을 가져올 거라 믿고 두려워하는 자들의 심정이 어느 정도 이해가 되었다. 다른 용들도 의식적으로 리엔과 멀찌감치 거리를 두고 있었다. 리엔은 다른 용들을 무시하고 새빨간 입 안을 드러내며 커다랗게 하품을 했다. 그리고 고개를 세차게 흔들어 몸에서 이슬을 털어내고는 고독하면서도 위엄 있는 걸음걸이로 정원 안쪽으로 들어가 버렸다.

룽티엔치엔은 대형 용 누각 중 한 곳에 앉아 테메레르와 로렌스를 기다리고 있었다. 치엔의 양옆에는 정교한 보석으로 몸을 치장하여 한결 우아해 보이는 임페리얼 두 마리가 서 있었다. 치엔은 로렌스를 보고 정중하게 목례를 하고는 발톱으로 옆에 세워져 있는 종을 울려 하인들을 불렀다. 양옆에 서 있던 임페리얼들은 한쪽으로 물러나 로렌스와 테메레르가 치엔의 오른쪽에 앉을 수 있게 해주었다. 로렌스는 중국인 하인들이 갖다준 편안한 의자에 앉았다. 치엔은 곧장 대화를 시작하지 않고 앞발로 연못 쪽을 가리켰다. 아침 해가 뜨면서 드리우는 햇살이 연못의 북쪽으로 빠르게 뻗어가자 연꽃들이 닫았던 봉오리를 벌리며 발레리나들처럼 아름답게 피어났다. 진초록 잎과 대조를 이루는 수천 송이의 분홍색 연꽃이 연못 위에 가득 피어나자 한마디로 장관이었다.

마지막 연꽃까지 모두 피자 용들은 바닥의 포석에 대고 발톱을 두드리며 따닥따닥 소리를 냈다. 일종의 박수인 듯했다. 곧이어 하인들은 로렌스 앞에 작은 식탁과 찻잔을 가져다놓았고 용들 앞에는 푸른색과 흰색으로 칠해진 거대한 도자기 찻잔을 놓았다. 그리고 각 찻잔에 톡 쏘는 향이 나는 검은색 차를 따랐다.

로렌스는 용들이 그 차를 맛있게 마시고 찻잔 바닥에 깔린 찻잎을 혀로 핥기도 하는 모습을 보고는 놀랐다. 하인들이 따라준 그 검은 차에서는 야릇하고 심하게 강한 향기가 났다. 마치 연기에 그을린 고기 같은 향이었다. 로렌스는 예의상 찻잔을 깨끗이 비웠다. 테메레르는 자기 잔에 담긴 차를 후딱 마시고는 맛이 있는지 없는지 잘 모르겠다는 표정을 지었다.

치엔이 비로소 입을 열어 로렌스에게 말했고 옆에 선 하인 하나가 조심스런 태도로 앞으로 나와 그녀의 말을 영어로 통역해서 전했다.

"아주 먼 길을 왔더군요. 여기서 즐거운 시간을 보내길 바랍니다. 집이 그립지는 않나요?"

로렌스는 그 질문의 의도가 무엇인지를 추측해 보며 대답했다.

"영국 국왕을 모시는 장교는 명령을 받으면 어디든 갈 준비가 되어 있습니다, 부인. 게다가 처음 배를 탔던 열두 살 때 이래로 집에는 1년에 6개월 이상 있어본 적이 없어서 괜찮습니다."

"아주 어린 나이에 집을 떠나 생활했군요. 어머니가 근심이 많으셨겠어요."

"어머니는 제가 탔던 배의 마운트조이 함장과 아는 사이셨고, 가문끼리도 잘 아는 사이여서 큰 문제는 없었습니다."

로렌스는 내친 김에 덧붙였다.

"테메레르를 알에 든 상태로 떠나보내실 때 아는 이에게 보내신 게 아니라서 걱정이 많으셨을 줄로 압니다. 그동안 테메레르가 어떻게 지냈는지 궁금하실 테니 물어보시면 최대한 자세히 대답을 해드리겠습니다."

치엔은 시중을 드는 임페리얼들에게 고개를 돌리며 말했다.

"샹, 여기 있는 룽친메이와 룽친수를 따라가 안마당의 꽃을 보고 오너라."

샹은 테메레르의 중국 이름인 룽티엔샹을 줄여 부른 것이었다. 임페리얼 두 마리는 고개를 숙이고 일어서며 테메레르가 따라오기를 기다렸다. 테메레르는 걱정스런 시선으로 로렌스를 쳐다보며 치엔에게 말했다.

"여기서도 잘 보이는데요?"

로렌스는 어떤 말을 해야 치엔을 흡족하게 할 수 있는지도 알 수 없는 상태라 치엔과 독대를 하자니 불안했지만 미소를 지으며 테메레르에게 말했다.

"여기서 네 어머니와 기다릴 테니까 가서 보고 와."

치엔이 임페리얼들에게 말했다.

"할아버지나 리엔을 귀찮게 하지 않도록 해라."

임페리얼들은 고개를 숙여 절을 한 후 테메레르를 데리고 나갔다. 하인들이 새 주전자를 들고 들어와 로렌스의 찻잔과 치엔의 찻잔에 다시 차를 채웠다. 치엔은 그 차를 핥아 마시며 말했다.

"듣기로는 샹이 영국군에 복무하고 있다더군요."

분명 비난하는 듯한 어조였다.

로렌스가 대답했다.

"영국에서는 가능한 모든 용들이 국가를 지키는 일을 하고 있으며 군복무는 의무를 다하는 것일 뿐 절대 부끄러운 일이 아닙니다. 게다가 우리는 테메레르를 대단히 높게 평가하고 있습니다. 우리 영국에는 용의 수가 많지 않기 때문에 용들을 애지중지하고 있는데, 테메레르는 그중에서도 가장 귀한 용으로 대접을 받고 있습니다."

치엔은 나지막하게 우르르 울리는 소리를 내고는 생각에 잠긴 표정으로 물었다.

"제일 귀중한 용을 전투에 내보내야 할 만큼 영국에 용의 수가 적은 이유는 무엇인가요?"

"우리나라는 중국과는 달리 영토가 작은 데다가 영국 토박이 용은 덩치가 작고 사나운 몇몇 품종뿐입니다. 로마인들이 영국을 침입했을 때 비로소 그 용들을 길들이기 시작했죠. 그때 이후로 이종교배도 실시하고 용들의 먹이가 되는 가축을 잘 관리한 결과 용의 수를 그나마 좀 늘릴 수 있었습니다. 하지만 중국에서처럼 많은 용들을 살게 하기엔 땅덩어리가 좁고 가축 수도 부족합니다."

치엔은 고개를 낮추고 로렌스를 예리하게 쳐다보며 물었다.

"그럼 프랑스에서는 용들을 어떻게 취급하고 있지요?"

로렌스는 그동안 영국의 용 관리 방식이 서구의 어떤 나라보다도 뛰어나며 관대하다는 것을 확신하고 있었다. 하지만 막상 여기 와보니 중국에 비하면 한참 뒤떨어지는 수준이었다. 한 달 전 같으면 누구 앞에서든 영국 용들이 보살핌을 잘 받고 있다고 자랑스럽게 말했을 것이다. 다른 용들과 마찬가지로 테메레르도 생고기를 양껏 먹고 공터에서 잠을 자면서 여가는 거의 없이 계속 훈련을 받는 생활을 하고 있다고. 하지만 지금 연꽃으로 둘러싸인 궁전에 사는 이 우아한 용에게 그렇게 얘기한다면 여왕 앞에서 그녀의 자식을 돼지우리에서 잘 키우고 있다고 자랑하는 것과 다를 바 없었다. 물론 프랑스도 영국에 비해 나을 것이 없는 상황이지만, 자신의 잘못을 덮고자 남의 잘못을 들추는 비겁한 짓은 하고 싶지 않았.

마침내 로렌스가 입을 열었다.

"용에 관한 한 프랑스의 관행은 우리와 거의 같다고 볼 수 있습니다. 프랑스인들이 테메레르의 알을 받아가면서 어떤 약속을 했는지는 모르겠지만 프랑스의 황제 나폴레옹은 군인 출신이고 지금도 계속 정복 전쟁을 하고 있습니다. 우리가 영국을 출발할 때에도 나폴레옹은 전장에 있었습니다. 그의 전쟁에는 프랑스의 용들이 모두 참전하고 있고요."

"로렌스 대령이 영국 왕실 혈통이라는 말을 들었습니다."

치엔은 갑자기 이런 말을 하며 고개를 돌리고 하인 중 한 명에게 무슨 말인가를 했다. 하인은 기다란 두루마리 한지를 들고 앞으로 나와 그것을 로렌스 앞에 있는 탁자 위에 펼쳐놓았다. 그것은 얼리전스 호에서 신년 잔칫날 그가 그렸던 가계도를 더 크고 깨끗하게 베껴 쓴 사본이었다.

놀란 얼굴을 한 로렌스를 쳐다보며 치엔이 물었다.

"여기 적힌 내용이 정확한 건가요?"

어떻게 해서 이 가계도에 관한 얘기가 치엔의 귀에까지 들어간 것인지는 모르겠지만 흥미를 갖고 있는 것은 분명해 보였다. 로렌스는 치엔을 만족시키려면 오늘 밤까지 가계도를 더 확대해서 그려줘야 하지 않을까 싶어 걱정이 되었지만 각오를 하고 대답했다.

"저는 아주 역사가 깊고 훌륭한 가문 출신입니다. 저는 공군에 복무하는 것도 대단히 명예롭게 여기고 있습니다."

실제로 그의 집안에서는 로렌스의 공군 복무를 탐탁지 않게 여기고 있기에 이 말을 하면서 마음 한 켠이 불편하기는 했다.

치엔은 만족스런 표정으로 고개를 끄덕이고는 차를 좀 더 마셨다. 하인이 다가와 가계도가 적힌 한지를 가져갔다. 로렌스는 머뭇거리다가 입을 열었다.

"영국 정부를 대신해서 감히 한 말씀 올리자면, 테메레르의 알을 프랑스로 보내실 때 프랑스 측이 제시했던 조건들을 우리 영국도 기쁜 마음으로 받아들일 것입니다."

"천천히 생각해 보기로 하지요."

테메레르는 임페리얼 두 마리와 함께 벌써 산책을 끝마치고 돌아오고 있었다. 로렌스가 걱정돼서 걸음을 서둘렀던 게 분명했다. 바로 그때 하얀 용 리엔이 테메레르의 곁을 지나갔다. 리엔은 용싱과 나란히 걸으며 거처로 돌아가고 있는 중이었다. 용싱은 목소리를 낮추고 한 손은 다정하게 리엔의 몸에 댄 채 리엔과 얘기를 나누고 있었다. 리엔은 용싱의 보조에 맞춰 천천히 걸었고, 수행원들 여러 명이 두려움이 깃든 표정으로 커다란 두루마리 한지와 책 여러 권을 들고 그 뒤를 따르고 있었다. 테메레르 뒤를 따라오던 임페리얼들이 뒤로 물러났다가 리엔과 용싱이 지나간 후에 치엔이 있는 누각으로 들어왔다.

테메레르는 지나가는 리엔의 모습을 흘끗 보며 물었다.

"어머니, 리엔은 왜 몸 색깔이 저래요? 좀 이상해 보여요."

치엔이 엄숙하게 말했다.

"하늘이 하는 일을 누가 알겠느냐? 리엔에게 무례를 범하는 짓을 해서는 안 된다. 리엔은 아주 학식이 깊어. 셀레스티얼이기 때문에 굳이 과거 시험을 볼 필요가 없는데도 수년 전에 기꺼이 도전해서 장원 급제를 했을 정도지. 리엔은 너보다 나이도 많고 네 사촌이기도 해. 리엔의 아버지 룽티엔추는 나와 남매지간이니까. 룽티엔추와 나의 아버지는 바로 룽티엔시엔이지."

당황한 테메레르는 주저하며 물었다.

"아, 그럼 제 아버지는 누구예요?"

"룽친까오."

치엔은 이 말을 하면서 꼬리를 움찔하고는 과거의 추억을 회상하며 행복해하는 얼굴로 말을 이었다.

"그는 임페리얼 용인데 지금 남쪽의 항저우(杭州)에 가 있단다. 황위 계승서열 3위인 왕자의 용이고 지금 그 왕자와 함께 서호(西湖)를 방문 중이야."

로렌스는 셀레스티얼이 임페리얼과 교미해서 새끼를 낳는다는 사실에 놀랐다. 로렌스가 궁금해하며 묻자 치엔은 확실하게 대답해 주었다.

"우리는 혈족을 계승하기 위해서 그런 방법을 쓰는 겁니다. 같은 혈족끼리 교미할 수는 없으니까요. 셀레스티얼 암컷은 나랑 리엔뿐이고, 수컷은 룽티엔시엔, 룽티엔추, 룽티엔추안, 룽티엔샹, 룽티엔밍, 룽티엔즈밖에 없어요. 우리 여덟은 전부 혈연으로 묶여 있지요."

해먼드는 기가 막힌다는 표정으로 의자에 앉으며 내뱉었다.

"셀레스티얼이 여덟 마리밖에 없다고요?"

그랜비가 말했다.

"어떻게 그런 식으로 혈통을 계속 이어왔는지 이해가 안 되네요. 오직 황제만 그 용을 가질 수 있게 하려고 개체 수를 한정시키려다가 잘못하면 아예 셀레스티얼 혈통을 끊기게 만들겠군요."

로렌스는 요리를 먹어가며 대답했다.

"가끔 임페리얼 암컷과 수컷이 셀레스티얼을 낳기도 하는가 보더라고. 테메레르의 할아버지라는 셀레스티얼 용도 그렇게 해서 태어났다고 하더군. 그 용이 현재 남아 있는 셀레스티얼들의 산 조상인 셈이지."

로렌스는 지금 침실에서 늦은 저녁을 먹고 있는 중이었다. 저녁 일곱 시라 바깥은 캄캄했다. 치엔을 방문하여 오랫동안 얘기를 나누면서 잔뜩 긴장한 상태로 오줌보가 터질 정도로 차만 마셨더니 허기가 졌다. 그래서 숙소로 돌아와서 늦은 시간이지만 저녁을 먹고 있는 것이었다.

해먼드가 말했다.

"잘 이해가 안 되네요. 셀레스티얼이 여덟 마리뿐이라니. 그렇게 귀한 셀레스티얼 알을 왜 국외로 내보낸 걸까요? 분명 번식을 위해서라도 꼭 필요했을 텐데. 직접 중국을 방문한 것도 아닌데 나폴레옹이 중국 황실에 그 정도로 대단한 영향력을 발휘했을 리는 없습니다. 뭔가 다른 이유가 있어요. 내가 아직 파악하지 못한 다른 이유가……. 이만 먼저 실례하겠습니다."

해먼드는 서둘러 일어나 방을 나갔다. 로렌스도 더 이상 입맛이 당기지 않아 젓가락을 내려놓았다.

"그래도 치엔이 테메레르를 영국으로 돌려보낼 수 없다고 말하지는 않았으니 다행입니다."

그랜비의 말에 로렌스는 잠시 생각에 잠겨 있다가 목소리를 낮추며 말했다.

"테메레르가 가족들과 더 가까이 지내고 자신이 태어난 나라에 관해 많은 것을 배우고 싶어할 텐데, 내 이기적인 욕심 때문에 그런 기쁨을 못 누리게 막고 싶지는 않아."

그랜비가 위로했다.

"너무 걱정하실 것 없어요, 대령님. 아라비아의 모든 보석과 기독교 국가들의 모든 송아지들을 갖다줘도 용은 자신의 비행사와 헤어지려 하지 않는 법이니까요."

로렌스는 자리에서 일어나 창가 쪽으로 걸어갔다. 테메레르가 뜨끈하게 열기가 올라오는 안뜰에 엎드려 잠을 청하고 있었다. 꽃이 만개한 나무 사이에서 은색 달빛을 받으며 평화롭게 누워 있는 테메레르의 모습은 무척 아름다웠다. 연못에 비친 테메레르의 비늘이 보석처럼 반짝거렸다.

"그래. 비행사와 헤어지지 않기 위해 용은 너무나도 많은 것을 포기해야만 해. 신사라면 자신의 용에게 그토록 잔인한 짓을 해서는 안 되지."

로렌스는 혼잣말처럼 이렇게 말하고는 창문의 커튼을 닫았다.

## 14

 어머니 룽티엔치엔을 만나고 온 다음 날, 테메레르는 말이 없었다. 로렌스는 안뜰로 나가 테메레르 곁에 앉아서 걱정스런 눈으로 쳐다보았다. 그를 괴롭히는 이 사안을 어떻게 피력해야 할지, 어떤 식으로 설명해야 좋을지 혼란스럽기만 했다. 테메레르가 영국에서 지냈던 생활에 불만을 품고 중국에 남겠다면 어쩔 수 없이 두고 갈 수밖에 없었다. 해먼드도 중국과의 협상에서 필요한 이득만 챙길 수 있다면 테메레르를 중국에 두고 가는 것을 크게 반대하지는 않을 터였다. 해먼드는 테메레르를 영국으로 데리고 가는 것보다는 베이징에 상주 대사를 머물게 할 권리를 얻어내고 중국과의 무역 협정을 맺는 데 더 무게를 두는 편이었으니까.

 어제 로렌스와 숙소를 향해 출발하려는 테메레르에게 치엔은 아무 때나 놀러오라고 했다. 그러나 로렌스에게는 그런 초대를 하지 않았다. 그래서 지금 테메레르는 우두커니 먼 곳을 바라보며 안뜰을 서성일 뿐, 어머니한테 다녀와도 되겠냐고 로렌스에게 허락을 구하기가 난감한 모양이었다. 로렌스가 책을 읽자고 해도 싫다고 했다.
 로렌스는 그 모습을 두고 볼 수가 없어서 테메레르에게 먼저 말했다.
 "가서 어머니를 만나는 게 어때? 네가 가면 좋아하실 텐데."
 "당신한테는 같이 오라고 하지 않아서······."
 테메레르는 이렇게 우물쭈물하면서도 이미 날개를 반쯤 펴고 있었다.
 "어머니라면 누구나 자식이랑 둘이서만 있고 싶을 때도 있는 거야."
 이 정도 말이면 충분했는지 테메레르는 얼굴이 확 밝아지면서 부리나케 하늘로 날아올랐다. 그리고 그날 저녁 늦게야 숙소로 돌아왔다.
 기쁨에 넘치는 얼굴로 테메레르가 로렌스에게 말했다.
 "그곳 용들이 나한테 글씨 쓰는 법을 가르쳐주었어. 오늘 스물다섯 글자를 배웠어. 한번 보여줄까?"
 "그래."
 로렌스는 단순히 글씨 쓰는 것을 구경만 하는 것이 아니라 테메레르가 써 내려가는 그림 같은 기호들을 보고 붓 대신 깃펜으로 최대한 비슷하게 베껴보기도 했다. 테메레르는 그 글자들의 발음도 가르쳐주었지만 로렌스는 아무리 해도 정확하게 발음을 하기가 어려웠다. 그래도 테메레르는 무척 행복한 모양이었다. 반면에 로렌스는 점점 중국 문화에 매료되어가는 테메레르의 태도가 안타까웠지만 그렇다고 그런 속내를 드러낼 수도 없었다. 고작 옆에서 맞장구를 쳐주며 자신의 고통스런 속내를 깊이 감추는 것이 전부였다.

이처럼 괴로운 마음을 달래기도 버거운 로렌스에게 해먼드까지 나서서 더욱 힘들게 했다.

"지난번 대령님이 테메레르와 함께 치엔을 방문한 것은 치엔과 친분을 쌓을 수 있는 좋은 기회였어요. 그런데 이렇게 테메레르 혼자서만 치엔을 찾아가게 두면 우리한테 불리해질 수도 있습니다. 그렇게 혼자 방문하는 것은 막아야 돼요. 이러다 테메레르가 중국이 더 좋다며 여기 머물겠다고 해버리면 우리는 협상에서 완전히 불리해질 것이고, 중국인들은 우리더러 당장 짐 싸서 여길 나가라고 할지도 모릅니다."

"그만 하세요, 해먼드 씨. 오랫동안 떨어져 있던 혈족과 자주 교류하는 것이 영국에 대한 충성심이 없어서가 아니냐는 식으로 테메레르에게 따지고 싶지 않습니다. 그건 테메레르를 모욕하는 발언이 될 수도 있으니까요."

하지만 해먼드는 끝까지 테메레르가 치엔을 혼자서 방문하지 못하게 해야 한다는 식으로 점점 열을 올리며 주장했다. 결국 로렌스는 이렇게 말하며 대화를 끝냈다.

"솔직히 말해, 나는 당신의 명령을 따라야 할 이유가 없습니다. 상부로부터 따로 그런 지시를 받은 적도 없고요. 그러니 해먼드 씨가 공식적인 근거가 없는 상태에서 내게 이래라저래라 명령을 하는 것부터가 부당한 행동입니다."

그 무렵 로렌스와 해먼드의 사이는 별로 좋지 못했는데 그 대화를 기점으로 더욱 냉기가 감돌았다. 그날 밤 해먼드는 저녁식사를 하러 오지 않았고, 로렌스는 승무원들하고만 저녁을 먹었다. 그런데 다음 날 테메레르가 치엔을 만나러 가기 전, 해먼드는 용성 왕자를 대동하고 누각으로 와서 로렌스에게 말했다.

"용싱 왕자께서 친절하게도 우리가 잘 지내는지 보러 오셨습니다. 대령님도 저와 마찬가지로 용싱 왕자를 환영하시리라 생각합니다."

해먼드는 나중에 한 말을 애써 강조하며 로렌스를 쳐다보았다.

로렌스는 마지못해 누각에서 일어나 딱딱하고 정중하게 인사말을 건넸다.

"대단히 친절하시군요, 왕자 전하. 보시다시피 우리는 아주 편안하게 잘 지내고 있습니다."

하지만 로렌스는 용싱 왕자가 누각을 방문한 속내가 다른 데 있다는 것을 믿어 의심치 않았다.

용싱은 여전히 뻣뻣하고 무표정한 얼굴로 고개만 살짝 끄덕였다. 그리고 뒤따라온 남자아이에게 가까이 오라고 손짓을 했다. 열세 살이 채 안 되어 보이는 그 소년은 평범한 남색 면으로 된 밋밋한 옷차림이었다. 소년은 로렌스를 올려다보며 고개를 끄덕하더니 곧장 테메레르에게 다가가 예의바르게 인사를 했다. 그 인사법이 특이했다. 테메레르 앞에서 두 손을 들어 올리고 깍지를 낀 다음 고개를 숙이는 식의 인사였다. 그 소년이 인사를 하면서 중국어로 무슨 말인가를 하자 테메레르가 당황스러워했다. 해먼드가 재빨리 끼어들었다.

"괜찮다고 해, 얼른."

"흠."

테메레르는 확신이 서지 않는 표정으로 소년에게 말했다. 분위기로 보아 긍정적인 답변을 해준 것 같았다. 로렌스는 그 소년이 테메레르의 앞다리로 기어올라가 그곳에 자리를 잡고 앉자 깜짝 놀랐다.

용싱은 여전히 무표정했지만 입가에 만족스러워하는 기색이 역력했다. 그리고 별안간 말했다.

"우리는 안에 들어가서 차나 한잔씩 하지."

용싱이 돌아서서 로렌스 일행이 머무는 저택으로 향하자 해먼드는 그 뒤를 따라가면서 걱정스런 얼굴로 테메레르에게 말했다.

"떨어뜨리지 않게 조심해."

책상다리를 하고 앉은 소년의 모습은 마치 바위 위에 위태위태하게 놓인 부처상 같았다.

로렌스가 소리쳤다.

"롤랜드! 이 소년한테 다과라도 먹겠느냐고 물어봐."

다이어와 함께 안뜰 뒤쪽 구석진 곳에서 삼각법을 공부하고 있던 에밀리 롤랜드는 고개를 끄덕하고는 그 소년에게 서툰 중국어로 말을 걸었다. 로렌스는 용싱 왕자를 따라 안뜰을 가로질러 저택으로 들어갔다.

하인들이 벌써 의자를 준비해 놓은 상태였다. 용싱 왕자를 위해 비단을 두른 의자와 발판을 갖다두고, 오른쪽에는 로렌스와 해먼드가 앉을 수 있도록 팔걸이가 없는 의자 두 개를 놓아두었다. 그러고는 조심스럽게 차를 내왔다. 그동안 용싱 왕자는 자리에 앉은 채 아무 말이 없었다. 하인들이 물러간 뒤에도 차만 한 모금씩 천천히 마실 뿐이었다.

마침내 해먼드가 침묵을 깨고 이곳 저택이 지내기에 매우 편하며 하인들도 일을 잘해 주고 있다고 감사의 말을 했다. 그리고 덧붙였다.

"테메레르와 로렌스 대령님께 베이징 시내 구경을 시켜주신 것은 참으로 관대하신 일이었습니다. 그것이 직접 지시하신 일이었는지요?"

용싱이 대답했다.

"그것은 황제 폐하의 뜻이었다. 그나저나 로렌스 대령, 베이징을 관광해 보니 인상이 깊던가?"

그것은 질문이 아니라 확인 차원에서 하는 말이었다. 로렌스는 간단하게 대답했다.

"그랬습니다, 왕자님. 도시가 아주 멋지더군요."

용싱은 입꼬리를 살짝 비틀어 올리며 미소를 지었다. 그리고 또다시 말이 없었다. 별로 말을 해야 할 필요성을 못 느끼는 듯했다. 로렌스는 용싱의 얼굴에서 시선을 돌려버렸다. 이곳과 너무나도 비교되는 영국 공군 기지의 초라한 모습이 새삼 머릿속에 떠올랐다.

한참을 침묵하던 해먼드가 또다시 입을 열었다.

"황제 폐하께서는 건강히 잘 지내고 계시는지요? 왕자님도 아시겠지만 영국 국왕께서는 황제 폐하께 안부를 전하고 싶어하십니다. 그리고 제게 편지를 주시면서 중국 황제께 전하라고 하셨지요."

"황제께선 청더(承德)에 가 계시는데 조만간은 베이징에 돌아오시지 않을 것이다. 그러니 인사를 하려면 인내심을 갖고 기다려야 될 거다."

로렌스는 점점 화가 났다. 조금 전의 그 소년을 테메레르한테 맡겨 둔 용싱의 행동은 로렌스와 테메레르를 어떻게 해서든 떨어뜨려 놓으려는 뻔뻔스러운 수작에 지나지 않았다. 그것을 충분히 눈치챘을 텐데도 해먼드는 용싱의 시도를 차단할 생각은 안 하고, 자기를 노골적으로 무시하는 용싱 앞에서 대화를 이어나가려고 안간힘을 쓰고 있었다.

보다못한 로렌스가 말했다.

"왕자님의 동행은 나이가 아주 어린 것 같던데, 혹시 아드님인가요?"

용싱은 그 질문에 낯을 찌푸리더니 차갑게 대답했다.

"아니다."

로렌스가 초조해하며 더 자세히 캐물으려 하자 해먼드는 얼른 끼어들었다.

"황제 폐하의 시간에 맞춰 편리하실 때 찾아뵈면 저희도 더할 나위 없이 좋지요. 다만 이곳에서 기다리는 시간이 길어질 수밖에 없다면 우리가 조금 더 자유롭게 바깥을 돌아다닐 수 있게 해주시면 좋겠습니다. 적어도 현재 프랑스 대사가 누리는 것만큼의 자유는 주셨으면 합니다. 왕자님께서도 여행 초기에 프랑스 군이 얼리전스 호를 공격했던 것을 기억하고 계실 겁니다. 중국과 프랑스의 이해 관계보다 영국과 프랑스의 이해 관계가 훨씬 첨예한 입장이라, 이곳에서도 프랑스 대사가 누리는 정도의 자유를 주시면 대단히 감사하겠습니다."

용싱이 코대답도 안 하는데도 해먼드는 계속 주저리주저리 떠들었다. 나폴레옹의 유럽 지배는 대단히 위협적이며, 현재의 갑갑한 무역 구조를 개선할 경우, 중국은 엄청난 부를 누리게 될 거라는 식으로 열을 올리며 설명했다. 그리고 자신의 제국을 계속 확장시키려는 정복자 나폴레옹의 야욕이 얼마나 무시무시한 것인지를 다시 한 번 강조했다.

"나폴레옹은 전에도 한번 인도에 들어가 있는 영국인들을 공격한 적이 있었습니다. 알렉산더 대왕을 능가하겠다는 야망을 숨기지 않았죠. 나폴레옹은 인도를 정복한 뒤에도 그 정도 선에서 만족하지 않을 겁니다."

나폴레옹이 유럽을 정복하고 러시아와 오토만 제국을 접수하고 히말라야 산맥을 넘어 인도를 집어삼킨 뒤에도 중국과 전쟁을 벌일 여력이 남아 있을 거라는 해먼드의 주장은 로렌스가 듣기에도 너무 과장되어 있어서 별로 설득력이 없어 보였다. 게다가 자유 무역을 하면 훨씬 큰 이득을 볼 거라는 주장도 중국의 자급자족을 추구하는 용싱에게 먹힐 리가 없었다. 하지만 용싱은 인상만 좀 찡그린 채 해먼드의 말을 끊지 않고 참을성 있게 끝까지 다 듣고 있었다. 해먼드는 말을 맺으며 드 기네와 버금가는 행동의 자유를 달라고 한 번 더 간청했다. 오랫동안 침묵으로 일관하던 용싱은 그제야 입을 열고 짧게 대답했다.

"드 기네도 너희가 지금 누리는 정도의 자유만큼만 누리고 있을 뿐이다. 그 이상을 요구하는 것은 타당하지 않다."

해먼드가 말했다.

"왕자님, 우리가 자유롭게 이 섬을 나가 돌아다니지 못할뿐더러 중국 관료들과의 편지 왕래도 못하고 있다는 것을 모르고 계시는가 보군요."

"그 점은 드 기네도 마찬가지다. 외국인들이 베이징을 멋대로 돌아다니는 것이나 할 일이 많고 바쁜 장관 및 고관들을 방해하는 행위는 용납될 수 없다."

해먼드는 이 대답에 실망하고 혼란스러운 표정이었다. 로렌스는 더 이상 참을 수가 없었다. 용싱은 차를 마신다는 구실로 해먼드와 로렌스를 붙잡고 시간을 끌고 있었고, 그동안 그가 데려온 소년은 테메레르에게 알랑거리며 비위를 맞추고 있을 터였다. 친척 중에 그런 성격을 지닌 아이를 뽑아 테메레르의 환심을 사도록 따로 지시를 한 것이 분명했다. 그런다고 테메레르가 로렌스 대신 그 아이를 파트너로 택할 리는 없을 테지만, 로렌스는 이 자리에 붙들려 앉아 용싱의 계략에 놀아나고 싶지도 않았다.

"훈련생들을 너무 오래 저희들끼리 두고 왔네요. 이만 실례하겠습니다."

로렌스는 이렇게 말하고 일어나며 고개를 숙여 인사했다.

의심했던 대로 용싱은 그 소년에게 시간을 벌어주기 위해 해먼드의 얘기를 죽 듣고 앉아 있었던 것이다. 로렌스가 일어나자 용싱도 곧장 자리에서 일어났다. 그들 셋은 다 같이 안뜰로 걸어 나왔는데, 다행히 그 소년은 일찌감치 테메레르의 앞발에서 내려와 에밀리, 다이어와 함께 공깃돌 놀이를 하며 얼리전스 호에서 가져온 비스킷을 먹고 있었다. 테메레르는 착륙장에 앉아 호수에서 불어오는 산들바람을 쐬고 있었다.

용싱이 날카롭게 뭐라 질책을 하자 소년은 죄스러운 표정으로 벌떡 일어났다. 에밀리와 다이어도 덩달아 당황하면서 공깃돌 놀이를 하느라 옆에 버려둔 삼각법 책들을 흘끔 쳐다보았다.

에밀리가 로렌스의 눈치를 보며 얼른 말했다.

"손님한테 친절하게 대해 주려고 같이 논 것뿐이에요."

로렌스는 훈련생들이 마음을 놓을 수 있게 온화하게 말했다.

"그래, 저 소년도 재미있게 놀았을 거야. 자, 이제 가서 공부들 해."

에밀리와 다이어는 얼른 다시 책을 펴들었고 그 소년은 용싱에게 다가왔다. 용싱은 불쾌한 표정으로 돌아서서 해먼드와 중국어로 몇 마디 말을 나눴다. 용싱이 소년을 데리고 떠나자 로렌스는 그제야 마음이 놓였다.

잠시 후, 해먼드가 말했다.

"드 기네에 대한 용싱 왕자의 말이 거짓은 아닌 것 같습니다. 그렇지만 도대체 왜 그렇게까지 자유를 제한하는 건지는 이해가……."

그는 말하다말고 혼란스런 표정으로 고개를 가로젓더니 이렇게 말했다.

"아, 내일이 되면 좀 더 자세히 알아낼 수도 있겠네요."

로렌스가 물었다.

"뭘 말입니까?"

"용싱 왕자가 내일도 같은 시간에 여길 오겠다고 했습니다. 앞으로 정기적으로 방문할 생각이라고 했어요."

로렌스는 자기와 아무런 상의도 없고, 이곳을 드나들겠다는 용싱의 말을 순순히 받아들인 해먼드에게 화가 났다.

"하고 싶은 대로 하라지요. 그렇지만 용싱 왕자가 왔을 때 그 옆에 죽치고 앉아 있을 생각은 없습니다. 해먼드 씨가 우리를 싫어하는 용싱과 친분을 쌓으려고 왜 그렇게까지 시간을 낭비하는지 모르겠습니다만, 하긴 그것도 내가 알 바 아니지요."

해먼드도 불쾌한 목소리로 대꾸했다.

"물론 용싱 왕자는 우리를 좋아하지 않습니다. 이곳 중국인들 중에 안 그런 사람이 어디 있습니까? 하지만 우린 어떻게 해서든 중국인들을 포섭해야 합니다. 용싱 왕자가 이런 식으로 자기를 설득할 기회를 주고 있으니 우리로서는 최선을 다해봐야죠. 용싱 왕자가 왔을 때 대령님은 차를 마시며 점잖게 앉아 있기만 하면 되는데, 그게 그렇게 고역스런 일일 줄은 몰랐네요."

로렌스가 받아쳤다.

"전에는 그렇게 경계를 하시던 분이 테메레르를 꾀려는 용싱의 이번 시도에 관해서는 전에 없이 태평하게 구시니 참 놀랍습니다."

해먼드가 그게 무슨 말도 안 되는 소리냐는 표정이어서 로렌스는 더욱 화가 치밀었다. 해먼드가 비꼬듯이 말했다.

"아, 그 열두 살짜리 소년 때문에 그러시는 겁니까, 대령님? 그 아이를 경계하신다니 저야말로 놀랍네요. 전에 제 충고를 무시하고 테메레르를 치엔에게 혼자 보내지만 않았어도 이처럼 두려워할 필요가 없는 일 아닙니까?"

"두려워서 하는 소리가 아닙니다. 테메레르에게 그 소년을 받아들이게 하려는 용싱 왕자의 뻔뻔스런 시도를 용납할 수가 없고 매일 이곳을 방문하겠다는 것도 나를 모욕하려는 뜻이 분명하기 때문에 순순히 응하고 싶지 않은 겁니다."

"상기시켜 드리자면, 얼마 전 대령님은 제 명령을 따를 필요가 없다고 하셨지요. 저도 마찬가지로 대령님의 명령을 따를 이유가 없습니다. 양국 외교에 관한 문제는 엄연히 제가 주관하는 일이니 지나친 참견은 하지 말아 주십시오. 대령님이 만약 여기서 전권을 휘두르고 저까지 좌지우지하는 입장이었으면 아마 우리는 일찌감치 짐을 싸서 영국으로 돌아가야 했을 겁니다. 중국과의 무역 규모는 지금보다 절반 이하 수준으로 떨어지게 될 테고요."

"알겠습니다. 그러니까 하고 싶은 대로 하세요. 하지만 용싱 왕자에게 그 소년을 테메레르와 단둘이 있게 하는 따위 시도는 결코 용납하지 않겠다고 분명히 전하십시오. 그리고 미리 말해 두겠지만, 테메레르는 아무리 해도 용싱 왕자의 설득에 넘어가지 않을 겁니다. 나 몰래 용싱 왕자와 짜고 그 소년을 테메레르 옆에 데려다 놓는 짓은 꿈도 꾸지 마세요."

해먼드는 상기된 얼굴로 쏘아붙였다.

"지금 저를 거짓말쟁이에 사악한 음모나 꾸미는 자라고 여기시는 겁니까? 부정할 가치도 없는 생각이군요."

해먼드는 즉시 돌아서서 나가버렸다. 로렌스도 화가 나기는 했지만 그에게 너무 심하게 말한 것 같아 마음이 좋지 않았다. 해먼드가 결투를 신청해도 좋을 만큼 심한 말이었다. 다음날 아침, 로렌스는 용싱이 또다시 그 소년을 데리고 누각 앞까지 왔다가 해먼드로부터 테메레르에 대한 접근을 거부당하는 모습을 목격하고 마음이 편치 않았다. 아무래도 해먼드에게 사과를 해야 할 것 같았다. 그런데 해먼드를 방으로 불러 말을 해보았지만 소용이 없었다. 그는 사과를 받아들일 태세가 아니었다.

"대령님이 우리랑 같이 차를 마시지 않겠다고 하셨으니 용싱 왕자가 기분이 상했을 수도 있고, 용싱 왕자에 대한 대령님의 추측이 옳았을 수도 있겠죠. 하지만 이제 상황은 달라질 게 없게 됐습니다. 그럼 저는 이만 편지를 써야 해서."

해먼드는 비딱하게 내뱉고는 방을 나가버렸다.

로렌스는 그와의 화해를 포기하고, 치엔을 방문하러 가는 테메레르에게 잘 다녀오라는 말을 하러 안뜰로 나갔다. 들떠 있는 테메레르의 모습을 보니 한층 더 미안했고 기분이 우울해졌다. 예전에 해먼드가 했던 말은 틀린 것이 아니었다.

치엔이나 임페리얼들과 함께하는 시간은 소년의 알랑거림 따위와는 비교할 수 없을 정도로 테메레르의 마음을 강하게 잡아끌었다. 용싱의 동기는 사악하고 치엔의 동기는 진실되니 괜찮다고 할 수도 없는 노릇이었다. 치엔과 함께하는 시간이 늘어날수록 테메레르가 중국에 남을 가능성 또한 점점 커지고 있는 것이 사실이니까.

치엔을 만나러 간 테메레르는 몇 시간째 돌아오지 않고 있었다. 숙소인 이 저택은 한지를 바른 문으로 각 방이 분리되어 있고 서로의 존재를 파악하지 못할 만큼 넓은 것도 아니어서, 로렌스는 화가 나 있는 해먼드를 피해 누각으로 나왔다. 누각에 앉아 편지를 쓰기는 했지만 별로 쓸 말이 없었다. 벌써 5개월째 영국으로부터 편지를 받지 못했고 처음 이 섬에 도착했던 날의 환영 연회를 제외하고는 딱히 재미있는 일도 없었다. 이곳에 온 지 2주일이 되었다. 해먼드와의 언쟁을 편지에 쓸 수도 없는 노릇이었다.

편지지를 앞에 놓고 꾸벅꾸벅 졸던 로렌스를 누군가 잡아 흔들며 말했다.

"로렌스 대령, 일어나세요."

그는 퍼뜩 잠이 깨면서 고개를 치켜들었고, 그 바람에 허리를 굽히고 그를 흔들던 쑨카이와 박치기를 할 뻔했다.

로렌스의 입에서 자동으로 말이 나왔다.

"죄송합니다, 무슨 일이시죠?"

하지만 다음 순간 그는 멍하니 쑨카이를 쳐다보았다. 쑨카이가 유창한 영어로 말을 했던 것이다. 중국식이 아니라 이탈리아식 억양이

섞인 영어였다.

로렌스가 깜짝 놀라며 물었다.

"맙소사, 영어를 할 줄 알았던 겁니까?"

로렌스가 사람들을 따로 불러 용갑판에서 얘기를 나눌 때 쑨카이는 용갑판에 서 있었던 적이 많았다. 로렌스는 그가 못 알아들을 거라 여기고 온갖 얘기를 다 했는데 실은 다 알아듣고 있었던 것이다. 그 점에 생각이 미치자 당황스럽기 짝이 없었다.

쑨카이가 말했다.

"지금은 설명할 시간이 없습니다. 당장 나를 따라오세요. 놈들이 대령과 대령의 동료들을 몰살시키려고 이리로 오고 있습니다."

오후 다섯 시쯤이라, 누각의 열린 문으로는 석양의 햇살에 금빛으로 물든 호수와 나무들이 보이고, 누각의 서까래에선 그곳에 둥지를 튼 새들이 지저귀고 있었다. 이런 평화로운 분위기 속에서 쑨카이의 말을 들으니 도무지 실감이 나지 않았고 믿어지지도 않았다.

로렌스는 일어서며 말했다.

"자세한 설명도 듣지 못한 상태에서 누군가 쳐들어온다는 말만 듣고 이곳을 떠날 수는 없습니다."

그리고 로렌스는 목소리를 높였다.

"그랜비!"

그랜비가 달려오자 안뜰에서 바쁘게 무언가를 하고 있던 블라이스가 고개를 들며 물었다.

"무슨 일 있습니까?"

"그랜비, 당장 공격에 대비해야겠다. 우리가 쓰는 저택은 안전하지 않으니 연못을 끼고 있는 남쪽의 작은 누각으로 이동한다. 보초를 세우고 부하들에게 총을 모두 장전하라고 지시하도록!"

"알겠습니다."

그랜비는 대답과 동시에 달려갔다. 블라이스는 날카롭게 갈고 있던 휘어진 단도들 중 하나를 로렌스에게 건네고 나머지는 천에 싸 넣었다. 그리고 숫돌을 챙겨든 뒤 남쪽 누각으로 뛰어갔다.

쑨카이는 고개를 절레절레 저었다.

"어리석은 짓입니다. 엄청난 규모의 패거리가 베이징 시내에서 이리로 달려오고 있단 말입니다. 저기 배를 준비시켜 두었으니 부하들과 함께 얼른 짐을 챙겨 나오세요. 지금이라면 여기서 빠져나갈 수 있습니다."

로렌스는 남쪽 누각으로 달려가 입구를 살폈다. 전에 봐두었던 대로 이 누각의 기둥은 나무가 아닌 돌로 만들어져 있고 직경이 60센티미터 정도라서 아주 튼튼했다. 벽은 붉은 칠을 한 회색 벽돌을 쌓아 만든 것으로 군데군데 칠이 벗겨진 곳에는 원래의 회색이 드러났다. 지붕이 나무로 되어 있어 걱정이었지만 유약을 칠한 기와라서 쉽게 불이 붙을 것 같지는 않았다.

"블라이스, 릭스 대위와 소총병들이 쏠 수 있게 정원에 있는 저 돌들을 가져다 줘. 윌러비는 블라이스를 도와주고."

로렌스는 이렇게 지시한 후 쑨카이에게 말했다.

"공사님은 우리를 어디로 데려가는지, 우리를 죽이러 오는 자들이 누구인지, 그들이 어디에서 오는지에 관해 알려주지도 않았습니다. 그러니 제가 어떻게 공사님을 믿을 수 있겠습니까? 게다가 지금까지 영어를 못하는 것처럼 우리를 속이셨는데, 오늘 갑자기 태도를 바꾸신 이유도 모르겠고요. 이런 상황이니 저와 부하들의 안전을 공사님께 맡길 수가 없군요."

해먼드는 혼란스러운 표정으로 승무원과 함께 남쪽 누각으로 달려왔다. 그는 쑨카이에게 중국어로 인사를 한 뒤 로렌스에게 딱딱한 어투로 물었다.

"무슨 일입니까?"

"쑨카이 공사께서 어떤 패거리가 우리를 죽이러 오고 있다고 하셨습니다. 자세한 것은 직접 공사께 물어보세요. 그동안 나는 부하들과 공격에 대비해서 준비를 해야겠습니다. 참, 공사님은 영어를 유창하게 잘하시니까 중국어로 말할 필요는 없습니다."

로렌스는 놀란 표정의 해먼드를 쑨카이 옆에 남겨두고 릭스, 그랜비와 함께 누각 입구 쪽으로 향했다.

릭스가 누각의 벽돌 벽을 두드려보며 말했다.

"이 앞 벽에다 구멍 몇 개를 뚫고 적들이 오면 그 구멍으로 총을 내밀어 쏴야겠습니다. 가장 좋은 방법은 누각 가운데에 바리케이드를 치고 적들이 누각으로 들어오는 즉시 사살하는 것이지만, 그런 식으로 하면 입구에서 칼을 들고 적들을 공격할 수가 없으니 그게 문젭니다."

로렌스가 말했다.

"두 가지를 동시에 할 수 있을 거다. 그랜비, 여럿이 한꺼번에 이 안으로 들어오지 못하도록 최대한 누각 입구를 막아. 릭스 대위와 던, 해클리로 구성된 소총팀이 소총을 장전하는 동안 나머지는 입구 양쪽에서 서서 권총과 단도로 적들과 대치한다. 그리고 소총팀이 일제 사격을 하는 동안 옆으로 물러나서 숨을 돌리다가 소총 사격이 멈추면 다시 입구에서 적과 맞붙어 싸울 것이다. 알겠나?"

그랜비와 릭스는 고개를 끄덕이며 대답했다.

"알겠습니다."

릭스가 덧붙여 말했다.

"우리 쪽에 소총 여유분이 있으니 대령님은 바리케이드 뒤에서 우리와 함께 소총 사격을 하십시오."

그것은 비행사인 로렌스를 최대한 보호하기 위한 제안이었다. 하지만 로렌스는 뒤에 숨어 있고 싶지 않았다.

"소총병들과 나눠 쓰도록 해. 숙련된 소총병이 아닌 자가 소총을 쥐고 있어봤자 총알만 낭비될 뿐이니까."

잠시 후 천이 가득 담긴 바구니를 등에 지고 숙소에서부터 남쪽 누각까지 케인스가 비틀거리며 걸어왔다. 천 위에는 로렌스가 사두었던 도자기 꽃병 세 개가 얹혀 있었다.

"용을 치료하는 것이 제 전문이지만, 붕대와 부목을 대 드릴 수는 있으니 연못 뒤쪽에서 대기하고 있겠습니다. 그리고 싸우면서 마실 물을 연못에서 퍼 나를 수 있도록 이 꽃병들도 가져왔습니다."

케인스는 이렇게 말하고 꽃병을 턱으로 가리키며 덧붙였다.

"영국에 돌아가 경매에 붙이면 개당 55파운드는 나갈 만한 꽃병들이니, 이걸 깨뜨리지 않도록 잘 싸우셔야 할 겁니다."

로렌스가 물었다.

"에밀리, 다이어. 너희 둘 중에 누가 재장전을 더 잘하지? 흠, 아무래도 너희 둘 다 처음 세 번 일제히 사격할 때 소총팀을 지원하는 게 좋겠다. 그리고 다이어, 너는 간간이 케인스 선생을 도와주면서 연못 쪽과 릭스 대위 쪽을 왔다갔다할 때 저 꽃병에 물을 담아 갖고 와."

다들 각자 위치로 돌아가 전투 준비를 하는 동안 그랜비가 나지막하게 말했다.

"대령님, 주변에 경비병들이 안 보입니다. 이 시간에 늘 순찰을 돌았는데 오늘은 누군가가 불러낸 것 같습니다. 한 명도 보이지 않아요."

로렌스는 말없이 고개를 끄덕이며 그랜비에게 전투 준비를 차질 없이 하도록 지시했다.

그리고 쑨카이와 함께 옆으로 다가온 해먼드에게 말했다.

"해먼드 씨, 바리케이드 뒤에 가 계세요."

그러자 해먼드는 다급하게 말했다.

"로렌스 대령님, 내 얘기부터 들으시죠. 우린 쑨카이 공사와 함께 당장 이곳을 떠나야 합니다. 이리로 들이닥칠 이들은 젊은 타타르 사람들인데 가난하고 직업이 없어서 산적이 된 이들이랍니다. 그 수가 어마어마하게 많다는군요."

로렌스는 해먼드의 설득에는 신경도 쓰지 않고 필요한 사항만 물었다.

"그들이 대포를 갖고 온답니까?"

쑨카이가 대신 대답했다.

"대포요? 아니, 대포는 없습니다. 그들은 소총도 갖고 있지 않습니다. 하지만 소총이 무슨 대숩니까? 백 명 이상이 몰려올 텐데요. 들리는 소문으로는 그들이 몰래 불법으로 소림권까지 연마했다더 군요."

해먼드가 거들었다.

"그리고 그들 중 일부는 중국 황제의 먼 친척일지도 모른답니다. 우리가 황제의 친척을 죽이면 그걸 핑계로 중국인들은 몹시 화를 내면서 우리를 이 나라에서 내쫓으려 하겠지요. 그러니 당장 여길 떠나는 게 상책입니다."

그러나 로렌스는 감정이 섞이지 않은 말투로 쑨카이에게 말했다.

"공사님, 해먼드 씨와 얘기를 좀 해야겠는데요."

쑨카이는 군말 없이 뒤로 물러났고, 로렌스는 해먼드 쪽으로 돌아서며 말했다.

"해먼드 씨, 전에 나한테 테메레르와 나를 떨어뜨려 놓으려는 시도가 계속될 거라며 조심하라고 하셨지요? 한번 생각해 보세요. 우리가 아무런 설명도 없이 짐까지 싹 챙겨 달아나버리면 테메레르가 이리로 돌아왔을 때 우리를 어떻게 찾겠습니까? 아마도 우리가 용싱이 원했던 대로 중국 황실과 조약을 맺고 자기를 중국에 버려둔 채 떠난 거라고 생각할 겁니다. 아닙니까?"

"그럼 테메레르가 돌아왔을 때 우리 모두 여기 죽어 있으면 그게 더 나은 겁니까? 그러지 말고 쑨카이 공사가 자기를 믿어보라고 하니 따라가 봅시다."

"해먼드 씨의 조언은 일관성이 없군요. 쑨카이 공사는 얼리전스 호를 타고 이리로 오는 동안 영어를 모르는 척하면서 처음부터 끝까지 우리를 염탐해 왔습니다. 그런데 어떻게 저 자를 믿고 따라간단 말입니까? 몇 시간만 있으면 테메레르가 돌아올 것이니, 그때까지는 버틸 수 있을 겁니다."

"그것만 믿고 있으면 위험합니다. 치엔을 비롯한 다른 용들이 테메레르의 주의를 끌면서 더 오래 붙잡아 둘 수도 있으니까요. 중국 정부에서 우리를 테메레르와 떼어놓으려고 작정한 거라면 테메레르가 없는 지금이 최고의 기회입니다. 일단 안전한 곳으로 대피한 후 쑨카이 공사를 통해 치엔의 처소에 있는 테메레르에게 전갈을 보내면 됩니다."

"그렇다면 쑨카이 공사에게 지금 바로 그 전갈을 전하러 가달라고 하세요. 해먼드 씨도 쑨카이 공사와 함께 가서도 됩니다."

"아뇨, 저는 안 갑니다."

해먼드는 상기된 표정으로 이렇게 말하고는 쑨카이 쪽으로 걸어가 얘기를 나눴다. 쑨카이는 고개를 절레절레 저으며 떠났고, 해먼드는 무더기로 쌓아둔 휘어진 단검 하나를 집어 들고 로렌스가 이끄는 입구 수비팀에 합류했다.

그 후 15분 동안 그들은 누각 바깥에서 기묘한 모양의 뭉우리돌 세 개를 끌고 와 소총팀을 위한 바리케이드를 만들었다. 그리고 용의 침상으로 쓰이는 거대한 나무판을 끌어다가 입구 대부분을 틀어막았다.

어느덧 해가 지기 시작했다. 이 시간쯤엔 경비병들이 섬 주변에 랜턴을 켜놓았는데 오늘은 그 랜턴 불도 보이지 않았다. 로렌스 일행 외에는 사람의 흔적이라곤 없었다.

갑자기 딕비가 손으로 방향을 가리키며 소곤거렸다.

"대령님! 우측 22도 방향. 우리가 머물던 저택 바깥에 적들이 보입니다."

석양이 남아 있었지만 워낙 거리가 멀어서 로렌스의 눈에는 보이지 않았다. 딕비는 어려서 시력이 좋아 그곳까지 잘 보이는 모양이었다.

로렌스가 말했다.

"딕비, 옆으로 잠깐 비켜봐. 흄, 윌러비, 등불을 꺼."

누각 안에서 승무원들이 권총과 소총의 공이치기를 당기는 소리가 나지막하게 퍼졌다. 정적 속에서 로렌스의 귀에는 자신의 호흡 소리, 누각 밖에 끊임없이 위잉 하고 날아다니는 파리와 모기 소리만 들렸다. 잠시 후 저택 쪽에서 무언가 우지끈 부서지면서 여럿이 가볍게 달려가는 소리가 났다. 발소리로 들어봐서는 그 수가 굉장히 많은 듯했다. 곧이어 나무 벽을 부수는 소리와 고함 소리가 들렸다.

해클리가 바리케이드 뒤에서 쉰 목소리로 말했다.

"저들이 문을 부수고 저택 안으로 들어갔나 본데요."

"쉿, 조용."

로렌스가 주의를 주자 그들은 다시 조용히 적들을 지켜보았다. 그 동안에도 저택 안에서는 계속 가구며 유리가 깨지는 소리가 났다. 적들은 저택 바깥으로 나와 횃불을 들고 이리저리 뛰어다니며 수색을 시작했다. 그 횃불에 비친 적들의 그림자가 로렌스 일행이 숨어 있는 남쪽 누각까지 흐릿하게 어른거렸다. 누각 바깥쪽에서 적들이 자기들끼리 고함쳐 부르는 소리가 들려왔다. 로렌스가 뒤를 흘끗 쳐다보자 릭스는 고개를 끄덕였고, 릭스와 소총병 둘은 총을 들어 올렸다.

첫 번째 적이 누각 입구에 모습을 나타냈다. 중국인이었다. 그 자는 용의 침상으로 쓰이는 나무판으로 입구를 막아놓은 것을 보고 소리를 지르려 했으나 릭스 대위가 "내가 쏜다"라고 말하며 소총을 발사했다. 그 중국인은 입을 벌린 채 뒤로 죽어 자빠졌다.

하지만 총성이 들리자 손에 칼과 횃불을 든 적들이 우르르 몰려왔다. 소총팀은 사격을 시작했고, 셋을 더 죽인 뒤 마지막 총알로 한 명을 더 죽였다.

릭스가 말했다.

"재장전해!"

동료들이 순식간에 다섯이나 죽자 적들은 잠시 주춤했다가 다시 누각 입구의 약간 벌어진 틈으로 몰려들었다. 입구를 맡은 로렌스의 수비팀이 "테메레르를 위하여! 영국을 위하여!"라고 외치며 어둠 속에서 달려 나가 적들과 맞붙어 싸웠다.

이미 사방이 컴컴해지고 입구 앞에서 횃불이 비치고 있었다. 로렌스는 그 횃불의 빛과 연기, 소총에서 피어오르는 매캐한 화약 연기 때문에 눈이 따가웠다. 입구 대부분을 용의 침상으로 막아놓았기 때문에 한옆으로 좁은 틈이 있을 뿐이어서 제대로 칼싸움을 하는 것이 아니라 칼자루끼리 부딪칠 정도로 적들과 붙어 싸워야 했다. 중국인들이 들고 있는 칼 중 하나가 툭 부러지면서 녹 냄새가 났다. 중국인들이 몇 명 더 죽어 쓰러지고 입구의 틈 앞에는 시체들이 겹겹이 쌓였다. 중국인들은 어떻게 해서든 그 틈을 지나 누각 안으로 들어오려고 난리를 치고 있었다.

몸집이 작고 마른 딕비는 열린 공간 사이사이로 칼을 휘둘러 적들의 다리와 팔을 마구 찔렀다.

로렌스가 딕비에게 소리쳤다.

"내 권총 꺼내서 쏴!"

지금 로렌스는 양손으로 단검을 쥔 채 중국인 세 명을 한꺼번에 상대하고 있어 허리춤에 찬 권총을 꺼낼 수가 없었다. 중국인 하나가 로렌스의 단검 칼자루를 내리쳤고 나머지 둘이 칼날을 후려쳤다. 하지만 그들은 좁은 입구를 비집고 들어오려고 서로에게 바짝 붙어 있다 보니 로렌스를 제대로 공격하지 못하고 입구의 틈으로 칼을 넣어 위아래로 휘젓고 있었다. 그 휘젓는 힘으로 로렌스의 칼날을 부러뜨리려는 것이었다.

딕비가 로렌스의 허리춤에 찬 권총집에서 권총 하나를 뽑아들고 로렌스 바로 앞에 있던 중국인의 눈 사이를 정확히 명중시켰다. 그자가 죽어 쓰러지자 양옆에 있던 중국인 두 명이 동시에 달려들었다. 로렌스는 그중 한 명의 배를 칼로 찌르고 나머지 한 명의 오른팔을 후려쳐 쓰러뜨렸다.

뒤쪽에서 릭스가 소리쳤다.

"사격 준비 완료!"

"입구 틈에서 다들 비켜!"

로렌스는 이렇게 소리를 지르며 그랜비와 싸우고 있던 중국인의 목을 칼로 내리쳤다. 그랜비를 비롯한 나머지 승무원들도 민첩하게 뒤로 물러났다. 누각의 돌바닥이 중국인들의 피로 뒤덮여 미끈거렸다. 누군가 로렌스의 손에 꽃병을 들이밀었다. 로렌스는 그 꽃병을 쥐고 물 몇 모금을 마신 뒤 부하들에게 돌렸다. 그리고 입가와 이마를 소매로 문질러 닦았다. 소총팀은 일제히 총을 발사했고 그 뒤로 두 발의 총성이 추가로 들린 뒤 사격을 멈췄다. 그러자 로렌스와 그랜비 등의 수비팀이 다시 입구의 틈 쪽으로 달려가 적들을 맞이했다.

소총의 위력을 알게 된 적들은 곧장 입구 틈으로 몰려들지 않고 뒤로 몇 걸음 물러섰다. 횃불 아래 서 있는 적들은 누각 앞의 안뜰을 거의 다 채울 정도였다. 백 명이 넘게 몰려올 거라는 쑨카이의 예측은 과장이 아니었다. 로렌스는 여섯 걸음쯤 떨어진 곳에 서 있는 적에게 권총을 쏜 다음 그 총을 휙 돌려 총신을 손에 잡았다. 그리고 몰려오는 적들의 옆머리를 총의 손잡이로 내리쳤다. 그 상태로 계속 버티다가 릭스의 사격 신호에 다시 뒤로 물러났다.

가쁜 숨을 몰아쉬며 로렌스가 부하들에게 말했다.

"잘 하고 있다, 제군들."

소총 소리에 얼른 뒤로 물러난 중국인들은 곧장 다가오지 않고 있었다. 노련한 릭스는 적들이 다시 접근할 때까지 사격을 멈추고 대기했다.

소총팀이 사격을 하는 동안 로렌스가 수비팀과 짧은 휴식을 취하며 말했다.

"아직까지는 우리 쪽이 유리하다. 그랜비, 수비팀을 둘로 나눠 교대로 적들을 상대해야겠다. 세로우스, 월러비, 딕비는 수비1팀으로 나를 따르고, 마틴, 블라이스, 해먼드 씨는 수비2팀으로 그랜비를 따르도록!"

딕비가 말했다.

"저는 양쪽에서 모두 싸울 수 있습니다. 전혀 지치지도 않았고 거뜬히 할 수 있습니다."

"좋아. 하지만 중간중간에 물을 마시면서 뒤로 물러나서 쉬도록 해. 제군들이 알다시피, 적들의 수가 굉장히 많다. 하지만 우리는 방어하기에 좋은 위치를 차지하고 있으니 체력 조절을 해가면서 최대한 버텨야 한다."

로렌스의 말에 이어 그랜비가 덧붙였다.

"그리고 칼에 베이거나 찔리면 곧장 케인스 선생한테 가서 상처를 묶어 달라고 해. 그냥 두고 싸웠다가는 출혈이 계속되서 죽게 될 테니까. 대신 큰 소리로 말하고 다녀 와. 그래야 다른 사람이 그 자리를 메울 수 있으니까."

갑자기 입구 밖에서 중국인들이 커다랗게 고함을 치며 달려오기 시작했다. 몸으로 밀어붙일 생각인 듯했다.

릭스가 소리쳤다.

"발사!"

수비팀을 둘로 나눴기 때문에 누각 입구에서의 싸움은 더욱 힘에 부쳤다. 그래도 입구의 벌어진 틈이 좁기 때문에 버틸 수 있었다. 중국인들의 시체가 입구 앞에 쌓이면서 소름끼치는 장벽을 형성했다. 적들은 두세 구씩 한데 포개진 시체들을 밟고 올라서며 계속해서 몰려들었다. 그들을 상대로 계속 칼을 휘두르고 권총을 쏘자니 수비팀은 점점 지쳐갔고 릭스의 소총팀의 재장전 시간이 왜 이리 긴가 싶기도 했다. 로렌스는 다음 소총 사격 준비가 다 되었다는 소리가 들리자 얼른 입구 옆으로 물러나 벽에 기댄 채 꽃병에 담긴 물을 마셨다. 입구를 지키고 버티느라 팔과 어깨, 무릎이 몹시 쑤셨다.

다이어가 걱정스런 목소리로 물었다.

"꽃병이 비었나요, 대령님?"

로렌스가 빈 꽃병을 내주자 다이어는 연기를 뚫고 뒤쪽 연못을 향해 달려갔다. 누각 한가운데를 덮은 자욱한 연기가 천천히 천장으로 올라갔다.

잠시 동안이지만 중국인들은 소총 사격 때문에 곧장 입구로 달려들지 않고 있었다. 로렌스는 그 틈을 타 누각 뒤로 물러나서, 입구를 막은 용의 침상 너머로 바깥쪽의 동태를 살폈다. 캄캄한 어둠 속에서 빛나는 횃불들 때문에 눈이 부셨다. 보이는 거라곤 맨 앞에 서서 누각 안쪽을 노려보는 적들의 열 오른 얼굴뿐이었다. 시간이 많이 흐른 것 같기는 했지만 얼마나 지났는지 정확히 알 수가 없었다. 얼리전스 호에 있던 모래시계와 30분마다 시간을 알려주던 종소리가 새삼 그리웠다. 짐작으로는 한두 시간 정도 지난 것 같으니, 테메레르가 곧 올 것이다.

갑자기 밖에서 함성이 들리고 박자를 맞추는 것처럼 박수 소리가 났다. 로렌스는 얼른 단검의 손잡이를 다시 잡아 쥐었다.

"영국과 국왕 폐하를 위하여!"

그랜비가 이렇게 외치며 수비2팀을 이끌고 나아가 적들과 싸웠다. 로렌스는 괴상한 함성과 박수 소리 때문에 혹시 적들이 대포라도 가져온 것은 아닐까 하는 생각이 들었다. 그런데 갑자기 중국인 하나가 단독으로 누각 입구를 향해 달려왔다. 누각 안쪽에서 버티고 있는 영국인들의 칼에 몸을 내던지기라도 하려는 것 같았다. 나머지 적들은 뒤로 물러나 대기했다. 세 걸음 정도를 남겨두고 그 중국인은 갑자기 도약을 하더니 누각 기둥을 발로 짚고는 입구를 막아놓은 용의 침상을 넘어 공중제비를 돌며 누각 안의 돌바닥으로 내려섰다.

중력의 영향도 받지 않는 듯한 대단한 도약력이 아닐 수 없었다. 다리에 특별한 추진 장치를 단 것도 아닌데 3미터 가까이 공중으로 도약하다니, 로렌스가 일찍이 본 적 없는 놀라운 기술이었다. 그 중국인은 또다시 위로 뛰어오르며 그랜비의 등뒤로 다가갔다. 그랜비는 입구로 다시 밀려들어오기 시작한 적들의 물결을 막고 있는 중이었다.

로렌스가 경고를 해주기 위해 소리쳤다.

"세로우스, 윌러비!"

하지만 그렇게 소리칠 필요도 없었다. 세로우스와 윌러비는 벌써 그 중국인을 향해 뛰어가고 있었으니까.

그 중국인은 아무런 무기도 갖고 있지 않았지만 동작이 아주 민첩해서 자기 방어를 잘하고 있었다. 그 자는 마치 무대에서 곡예 연기를 하듯 도약하고 공중제비를 돌며 영국인들이 휘젓는 칼을 교묘하게 피했다. 로렌스가 보기에 그 중국인은 입구에서 싸우고 있는 그랜비와 블라이스, 마틴, 해먼드 쪽으로 점점 가까이 가고 있었다. 세로우스와 월러비의 칼을 교란시켜 아군을 다치게 만들 속셈인 것 같기도 했다.

안에는 조명도 없어 어둡고 중국인 하나가 이리저리 뛰어다녀 정신이 없었지만 로렌스는 권총을 들고 익숙하게 탄약을 채웠다. 권총의 각 부분에서 나는 소리에 귀를 기울이며 탄약 꽂을대에 천을 두르고 총구 안쪽을 한 번, 두 번 쑤셨다. 그리고 공이치기를 반쯤 올린 뒤 뒷주머니에 넣어 둔 종이 탄포를 꺼냈다.

그때 갑자기 세로우스가 비명을 지르며 무릎을 움켜쥐고는 쓰러졌다. 칼을 들고 방어하던 월러비가 세로우스 쪽으로 고개를 돌렸다. 누각 안에 들어와 있던 중국인은 그 틈을 놓치지 않고 높게 도약한 후 월러비의 턱을 두 발로 가격했다. 목이 두둑하고 돌아가는 소름끼치는 소리가 들렸다. 월러비는 2.5센티미터 가량 몸이 떴다가 바닥에 대자로 쓰러졌고 머리가 옆으로 돌아간 채 축 늘어졌다. 그 중국인은 월러비의 어깨 위로 내려섰다가 뒤로 살짝 구르더니 로렌스를 노려보았다.

뒤에서 릭스가 소총병들에게 소리쳤다.

"재장전해! 더 빨리, 젠장! 서둘러!"

로렌스의 손은 계속 움직이고 있었다. 종이 탄포를 이빨로 물어뜯어 찢고 그 안에 든 흑색화약을 총구에 쏟아 부었다. 모래 같은 화약 알갱이가 혀에 닿아 쓴맛이 났다. 둥근 납 총알을 약실에 넣고 화약을 쌌던 종이를 충전물 재료로 집어넣은 뒤 장전기로 쑤셨다. 그리고 뇌관을 확인할 겨를도 없이 권총을 들고 바로 앞에서 또다시 도약하려는 그 중국인의 머리를 쏘았다.

로렌스와 그랜비는 부상당한 세로우스를 연못 뒤쪽에 있는 케인스에게 데려갔다. 그동안 소총 사격이 진행되자 중국인들은 잠시 뒤로 물러났다. 세로우스는 흐느껴 울었다. 한쪽 다리가 힘없이 덜렁거리고 있었다. 세로우스는 눈물로 목이 멘 채 말했다.

"죄송합니다, 대령님."

그때 케인스가 세로우스에게 날카롭게 말했다.

"제기랄, 우는 소리 좀 하지 마."

그러고는 세로우스의 뺨을 냅다 후려쳤다. 그제야 세로우스는 눈물을 삼키더니 울음을 멈췄고 얼른 팔로 얼굴에 번진 눈물을 닦았다.

잠시 후 케인스가 말했다.

"슬개골이 부러졌어. 깨끗하게 금이 간 거니까 한 달 간 일어서진 못하겠다."

"부목을 댄 다음 릭스 쪽으로 가서 소총 재장전을 돕도록 해."

로렌스는 세로우스에게 이렇게 지시를 내리고는 그랜비와 함께 다시 누각 입구 쪽으로 뛰어갔다. 그리고 입구 쪽에 있는 부하들에게 무릎을 구부리고 몸을 낮추며 말했다.

"지금부터 한 명씩 교대로 휴식을 취하기로 한다. 해먼드 씨, 먼저 휴식을 취하세요. 그리고 릭스 대위한테 가서 소총팀도 한 명씩 돌아가면서 쉴 수 있게 하라고 전하십시오."

숨이 차서 얼굴이 시뻘게졌던 해먼드는 고개를 끄덕이며 쉰 목소리로 대답했다.

"쉬는 동안 내가 권총을 재장전할 테니까 권총을 뒤로 내주세요."

그때 꽃병을 들고 물을 마시던 블라이스가 갑자기 캑캑거리며 입에서 물을 뿜어냈다. 그리고 소리를 질렀다.

"이런 젠장!"

옆에 있던 이들이 놀라서 그를 쳐다보았다. 로렌스도 얼른 뒤를 돌아보았다. 손가락 두 개 길이 만한 밝은 주황색 금붕어가 바닥에 쏟아진 물 위에서 펄떡펄떡 뛰고 있었다.

블라이스가 숨찬 목소리로 말했다.

"죄송합니다. 비역쟁이의 거시기가 내 입에 들어와 있는 것 같은 느낌이라 놀라서요."

로렌스가 어이가 없어 쳐다보는데 마틴이 웃음을 터뜨렸고 잠시 동안 그들은 서로를 쳐다보며 피식 웃었다. 곧이어 소총 사격이 중지되고 그들은 다시 입구의 틈으로 다가갔다.


로렌스는 저 중국인들이 누각에 불을 지르려는 시도를 하지 않는 게 아무리 생각해도 이상했다. 그들은 횃불도 잔뜩 들고 있었고 섬 주변은 온통 나무라서 이 누각에 불을 지르려면 얼마든지 지를 수도 있었다. 적들은 누각 양옆 처마 아래 작은 모닥불을 피워놓고 누각 안으로 연기를 들여보내려는 시도는 했다. 그런데 이 누각 자체의 설계가 특별해서인지 아니면 바람 때문인지는 몰라도 연기는 누각 안으로 들어오지 않고 위로 솟아올라 누각의 노란 지붕 위로 흩어졌다. 소름이 끼치는 시도이긴 하지만 실패하고 만 것이다. 누각 뒤쪽의 연못 부근은 계속되는 소총 사격에도 불구하고 공기가 깨끗해서 누각 안에 있는 이들은 얼마든지 숨을 쉴 수가 있었다. 적들과 싸우다가 쉴 차례가 된 자는 연못으로 가서 목을 축이고 숨을 골랐다. 그때쯤 전원이 온몸에 크고 작은 상처를 입었기 때문에 쉴 차례가 되면 케인스에게 가서 연고를 발랐고 출혈이 있으면 상처 부위를 천으로 싸맸다.

적들은 안뜰에 있는 나무를 잘라 누각의 입구를 막고 있는 용의 침상을 부수려고 했다. 그들이 들고 있는 통나무에는 나뭇가지와 잎사귀까지 그대로 붙은 채였다.

로렌스가 소리쳤다.

"저들이 가까이 오면 옆으로 물러섰다가 다리를 칼로 베라!"

이윽고 적들이 입구의 틈새로 다가와 통나무로 쳐서 그 틈을 벌리려 했다. 하지만 그들은 입구 안쪽으로 세 발자국도 발을 들이밀지 못했다. 수비팀이 그들의 다리를 뼈가 드러날 정도로 칼로 마구 베고 권총 손잡이로 강타하고 있었기 때문이다. 무엇보다 들고 있는 통나무가 계속 건들거리는 바람에 적들은 제대로 앞으로 전진할 수가 없었다. 적들이 통나무로 입구 틈새를 치며 다가올 때마다 입구의 수비팀 일부는 소총팀의 시야를 확보해 주기 위해 그 통나무에 붙은 나뭇가지들을 미친 듯이 쳐냈다. 그리고 나면 곧 소총팀이 총을 쏘기 시작했기 때문에 적들은 어쩔 수 없이 통나무로 밀고 들어오려는 시도를 포기했다.

그 이후로 싸움은 일정한 리듬을 타기 시작했다. 소총팀과 수비팀은 교대로 누각 입구를 견고하게 지키면서, 개별적으로 순서를 정해 차례로 휴식을 취했다. 중국인들은 좀처럼 누각 안으로 들어올 수 없는 데다가 자기네 동료들이 엄청나게 죽어 넘어지자 크게 사기가 꺾였다.

릭스가 이끄는 소총팀의 사격은 백발백중했다. 그도 그럴 것이 소총팀은 용의 등에 타고 날아가면서 목표물을 쏘아 맞히는 훈련을 받았고, 전투가 치열할 땐 30노트로 비행하는 와중에도 적을 쏘아 죽일 수 있는 명사수들이었다. 그러니 바리케이드에서 입구까지 27미터도 안 되는 거리에서 목표물을 빗맞힐 리가 없었다. 싸움은 천천히 지루하게 진행되었다. 1분이 다섯 배는 더 길게 늘어난 것 같은 느낌이었다. 로렌스는 소총 일제사격을 기준으로 시간을 가늠하고 있었다.

로렌스가 쉴 차례가 되어 릭스 곁을 다가갔을 때 릭스가 기침을 콜록거리며 말했다.

"이제부터는 소총 사격 차례가 될 때마다 총을 세 번씩만 쏴야겠습니다. 지금까지 뜨거운 맛을 봤기 때문에 매번 그 정도만 쏴도 입구로 다가오지 못할 겁니다. 우리가 가진 탄포를 전부 다 가져왔는데도 보병대에 비하면 턱없이 적은 수준이라 아무래도 조절이 필요합니다. 세로우스가 탄약을 만들고 있기는 합니다만 소총 사격을 할 수 있는 횟수는 기껏해야 삼십 번 정도일 겁니다."

"알겠네. 수비팀 쪽에서 분발해서 다음번 소총 사격까지의 시간을 좀 더 늘려야겠군. 소총팀도 한 사람씩 돌아가면서 꼭 휴식을 취하도록."

그리고 로렌스는 갖고 있던 흑색화약을 전부 릭스에게 내주었다. 그랜비의 것도 가져와 모아보니 소총 일곱 발, 즉 소총 사격을 두 번 더 할 수 있는 분량 정도가 되었다.

로렌스는 연못가로 가서 물로 얼굴을 씻어냈다. 놀란 금붕어가 서둘러 도망치는 것을 보며 로렌스의 입가에 살짝 미소가 흘렀다. 이제 어둠에 적응이 되었는지 연못 안쪽이 뚜렷이 잘 보였다. 로렌스는 땀에 전 목도리를 벗어서 연못가의 바위 위에 걸쳐놓았다. 목도리를 벗고 나니 시원해서 다시 목에 두르고 싶지 않았다. 그래서 목도리를 물에 헹궈 짠 다음 바위 위에 널어놓고 다시 서둘러 누각 입구 쪽으로 달려갔다.

시간이 얼마나 지났을까. 입구의 틈새 바깥으로 보이는 적들도 점차 지쳐가는 얼굴들이었다. 로렌스가 그랜비와 어깨를 맞댄 채 중국인 두 명을 상대로 싸우고 있을 때 등뒤에서 다이어가 높게 떨리는 목소리로 소리쳤다.

"대령님! 대령님!"

하지만 잠시도 짬을 낼 수 없는 상황이기에 로렌스는 뒤를 돌아볼 수가 없었다.

"이쪽은 제가 맡겠습니다."

그랜비가 숨을 헐떡이며 이렇게 말하고는 묵직한 군용장화를 신은 발로 바로 앞에서 달려드는 중국인의 사타구니를 걷어찼다. 그리고 그 옆에 있던 또 다른 중국인과 일대일로 맞붙었다. 로렌스는 그 틈에 얼른 물러나 뒤를 돌아보았다.

중국인 두 명이 연못가에서 물을 뚝뚝 흘리며 서 있었고, 또 한 명이 연못 위로 기어올라오는 중이었다. 연못에 물을 공급하는 급수소를 통해 기어들어온 모양이었다.

케인스는 연못가에 죽은 듯이 쓰러져 있었다. 릭스와 소총병들이 서둘러 소총을 재장전하며 연못 쪽으로 달려왔다. 다시 차례가 되어 쉬고 있던 해먼드는 먼저 들어와 있던 중국인 둘에게 마구 칼을 휘두르며 연못 쪽으로 몰아가고 있었다. 하지만 칼싸움에 능하지 않아 저 중국인들이 쥐고 있는 단검에 언제든지 몸을 찔릴 수 있는 상황이었다.

중국인 하나가 케인스의 몸에 칼을 꽂으려고 하자 다이어가 물이 잔뜩 들어 있는 꽃병을 그 자의 머리에 던졌다. 꽃병은 산산조각이 났고 그 중국인은 연못 쪽으로 주춤주춤 뒷걸음질을 쳤다. 에밀리는 케인스의 외과용 지지 고리를 집어 들더니 그 끝에 달린 날카로운 갈고리를 그 중국인의 목에 대고 그었다. 그 자는 두 손으로 얼른 목을 쥐었으나 손가락 사이로 피가 분수처럼 뿜어져 나왔다.

연못 위로 더 많은 중국인들이 올라오고 있었다.

릭스가 던과 해클리에게 소리쳤다.

"각개 사격!"

소총팀이 쏜 총에 중국인 세 명이 쓰러지고, 한 명은 연못의 수면 위로 머리를 내밀자마자 총을 맞고 물속으로 가라앉았다. 연못 안에 피가 구름처럼 퍼져 나갔다. 로렌스는 해먼드 옆으로 다가서며 해먼드가 상대하고 있던 중국인 중 한 명을 물로 처넣고, 나머지 한 명을 단검으로 찌르고 권총 손잡이로 내리쳤다. 그 자 역시 의식을 잃고 입을 벌린 채 연못물로 가라앉았다. 그 자의 입에서 나온 거품이 수면 위로 부걱부걱 올라왔다.

로렌스가 지시했다.

"적들의 시체를 연못 속으로 밀어 넣어! 연못 아래 통로를 차단시켜야겠다!"

로렌스는 직접 연못에 들어가 물이 들어오는 구멍 안으로 시체들을 밀어 넣었다. 반대쪽에서 연못 안으로 밀고 들어오려는 적들의 움직임이 점점 거세지고 있었다.

로렌스가 말했다.

"릭스, 그랜비의 팀이 쉴 수 있게 부하들을 데리고 도로 입구 쪽을 방어해! 여기는 해먼드 씨랑 내가 알아서 할 테니까."

세로우스가 다리를 절룩거리며 다가와 말했다.

"제가 연못 아래 통로를 막고 있겠습니다."

세로우스는 키가 커서 연못가에 앉은 채 다리를 뻗어 시체들로 막힌 통로를 한쪽 발로 밀 수가 있었다. 로렌스와 해먼드도 연못 안으로 들어가 적들이 그리로 들어오지 못하게 막았다.

로렌스가 어깨 너머로 소리쳤다.

"에밀리, 다이어! 케인스가 괜찮은지 확인해 봐!"

하지만 즉시 대답 소리가 들리지 않자 로렌스는 뒤를 돌아보았다. 두 아이는 연못 한쪽 구석에서 소리 없이 구역질을 하고 있었다.

에밀리가 입가를 문질러 닦고 일어서며 대답했다. 꼭 비실거리는 망아지 같았다.

"예, 대령님!"

에밀리와 다이어는 비틀거리며 케인스 쪽으로 걸어갔다. 두 아이가 몸을 뒤집자 케인스는 끄응 하고 신음 소리를 냈다. 케인스의 눈썹 위 이마에 핏덩어리가 뭉쳐 있었다. 두 아이가 상처 부위를 천으로 싸매는 동안 케인스는 멍하니 눈을 떴다.

연못 아래서 시체들을 밀며 들어오려는 움직임이 점점 약해지더니 이윽고 멈췄다. 뒤에서는 소총팀이 총을 간간이 발사하다가 갑자기 빠르게 쏘아대기 시작했다. 거의 미친 듯이 쏘아대는 수준이었다. 연못 안에 있던 로렌스는 뒤를 돌아보았다. 화약 연기가 자욱하여 누각 입구까지는 보이지도 않았다.

해먼드가 로렌스에게 소리쳤다.

"세로우스랑 내가 여길 맡을 테니 가보세요!"

로렌스는 고개를 끄덕이고 물 밖으로 나왔다. 장화 안에 물이 가득 들어 있어 걸음이 무거웠다. 결국 가다 말고 장화를 벗어 물을 버린 다음 다시 신고 소총팀 쪽으로 뛰어갔다.

로렌스가 가고 있는 동안 총성이 멈췄다. 어느새 동이 트는지 누각 안에 자욱하게 낀 연기가 기묘하게 밝은 색을 띠었다. 입구 쪽부터 바리케이드까지 온통 중국인들의 시체가 널려 있었고 소총팀과 수비팀은 모두 바리케이드 뒤에 서 있었다. 소총팀은 부들부들 떨리는 손으로 느릿느릿 소총을 재장전했다. 로렌스는 중심을 잡기 위해 손으로 기둥을 짚으며 입구의 틈새를 지나 바깥으로 나갔다. 발 디딜 틈도 없이 적들의 시체가 깔려 있었다.

소총팀과 수비팀도 눈을 껌벅이며 아침 햇살이 비추고 안개가 깔린 안뜰로 나왔다. 까마귀들이 시체 위에 앉아 있다가 그들의 모습을 보고 놀라 까악까악 울면서 호수 위를 날아갔다. 움직이는 것은 아무것도 없었다. 적들이 모두 달아난 것이다. 비로소 마음이 놓인 마틴이 앞으로 쓰러졌다. 그의 손에 쥐여 있던 단검이 쨀그랑 소리를 내며 포석 위로 떨어졌다. 마틴을 일으켜주려고 다가갔던 그랜비도 무릎에 힘이 빠지며 같이 쓰러졌다. 로렌스는 다리가 버텨주는 한 힘을 내서 기다란 나무 의자로 다가갔고, 그 의자 위에 쓰러져 죽은 적의 시체와 나란히 앉았다. 그 시체는 매끈한 얼굴의 젊은이였다. 입에서 새어나온 피가 입가에 말라붙어 있고 가슴엔 총상을 입어 검붉은 핏자국이 나 있었다.

그때까지도 테메레르의 날갯짓 소리는 들리지 않았다. 밤새 돌아오지 않은 것이다.

# 15

 그로부터 한 시간 후, 쑨카이가 극도로 지쳐 있는 로렌스 일행을 찾아냈다. 쑨카이는 무장을 한 소수의 군인들과 함께 보트에 타고 착륙장에 도착한 뒤 조심스럽게 안뜰로 들어왔다. 어젯밤 로렌스 일행을 공격했던 쑥대머리에 몰골이 지저분한 자들과는 달리 쑨카이가 데려온 열 명 남짓한 군인들은 깔끔한 호위병 복장을 하고 있었다. 적들이 피워놓았던 모닥불은 추가로 나무를 얹지 않아 저절로 꺼졌고 로렌스 일행은 적들의 시체가 끔찍한 상태로 부패하지 않도록 응달로 끌어다놓고 있었다.

 로렌스 일행은 모두 기진맥진하여 넋이 나간 상태였고 아무 말도 할 수가 없었다. 테메레르도 오지 않고 이곳에서 더 이상 무엇을 어떻게 해야 할지 판단이 서질 않아, 로렌스는 일행과 함께 쑨카이의 호위병들이 이끄는 대로 보트에 올라탔다. 호수 가장자리에 도착하자 호위병들은 로렌스 일행을 각각 1인승 가마에 태웠고 밖에서 들여다보지 못하도록 가마 곁에 설치한 두꺼운 커튼을 내렸다. 로렌스는 가마에 타자마자 자수가 놓인 베개 위에 쓰러지듯 누웠다. 주변에서 가마를 들고 일어나며 뭐라고 중얼거리고 외치는 소리가 들렸고 한참 후 가마를 바닥에 내려놓는 느낌이 났다. 그리고 누군가가 몸을 흔들어 깨웠다.

쑨카이는 어정쩡한 표정으로 눈을 뜬 로렌스의 팔을 잡고 일으켜 세우며 말했다.

"안으로 들어갑시다."

해먼드와 그랜비를 비롯한 다른 승무원들도 멍하니 지친 상태로 가마 밖으로 나왔다. 로렌스는 쑨카이가 안내하는 대로 넋 나간 듯이 계단을 올라가 향냄새가 배어 있는 시원한 집안 내부로 들어갔다. 그리고 좁은 복도를 지나 노대(露臺) 넘어 정원이 내다보이는 어느 방으로 들어갔다. 정원 쪽을 본 로렌스는 노대 쪽으로 달려가 나지막한 난간을 훌쩍 넘어갔다. 정원의 돌바닥 위에 테메레르가 누워 자고 있었던 것이다.

"테메레르!"

로렌스는 이렇게 소리치며 가까이 다가갔다. 그때 쑨카이가 중국어로 무슨 말인가를 외치며 뒤따라와 테메레르의 몸을 만지려고 하는 로렌스의 팔을 붙잡았다. 그때 그 용이 고개를 들고 그 두 사람을 흥미로운 눈으로 쳐다보았다. 그 용을 자세히 본 로렌스는 테메레르가 아니라는 것을 알았다.

쑨카이는 로렌스를 잡아 억지로 바닥에 꿇어앉히려고 했다. 로렌스는 몸을 흔들어 그의 손을 떨쳐내다가 하마터면 중심을 잃고 넘어질 뻔했다. 그때 이십대로 보이는 젊은 중국 남자가 로렌스의 눈에 들어왔다. 그 남자는 용무늬가 수놓아진 어두운 황색의 우아한 비단 겉옷을 입고 의자에 앉아 있었다.

로렌스의 뒤를 따라 나온 해먼드가 그 젊은 남자를 보고 얼른 로렌스의 소맷자락을 붙잡으며 소곤거렸다.

"맙소사, 얼른 무릎을 꿇어요. 이 분이 바로 황태자이신 미엔닝 왕자님이 분명해요."

그리고 해먼드는 쑨카이가 하는 대로 양 무릎을 꿇은 뒤 이마가 땅에 닿도록 절을 했다.

로렌스는 두 사람의 모습을 멍하니 쳐다보다가 젊은 남자에게 시선을 돌렸다. 잠시 머뭇거리던 로렌스는 엎드려 절을 하는 대신 허리를 깊숙이 숙이는 식으로 인사를 했다. 지금 다리에 힘이 없어서 무릎을 꿇으려고 한쪽 다리를 구부렸다가는 앞으로 고꾸라져서 얼굴을 땅바닥에 처박을 것 같았기 때문이다. 게다가 중국 황제도 아닌 왕자에게 '고두'를 하고 싶은 마음은 더더욱 없었다.

하지만 미엔닝 왕자는 화난 기색 없이 쑨카이에게 중국어로 말을 했다. 쑨카이가 일어서자 해먼드도 아주 천천히 몸을 일으키며 로렌스에게 말했다.

"이곳은 미엔닝 왕자님의 궁전이니 우리도 안전하게 지낼 수 있을 거랍니다. 미엔닝 왕자를 믿으세요, 대령님. 저 분은 우릴 속일 필요가 없으니까요."

로렌스가 말했다.

"저 왕자님께 테메레르는 어떻게 됐는지 좀 물어봐주시겠습니까?"

해먼드가 미엔닝 왕자 옆에 누워 있는 용을 쳐다보며 무슨 소리 하느냐는 듯 쳐다보자, 로렌스가 덧붙여 말했다.

"저 용은 테메레르가 아니에요. 아주 많이 닮았지만 다른 셀레스티얼 품종의 용이에요."

쑨카이가 말했다.

"룽티엔샹은 '마르지 않는 샘'의 누각에 머물고 있습니다. 룽티엔샹이 그 누각에서 나오는 대로 말을 전하기 위해 전령이 대기하고 있는 중입니다."

로렌스는 일단 급한 대로 물었다.

"무사한 건가요?"

사실, 테메레르가 왜 그곳을 떠나지 못하고 계속 머물러야 하는지가 가장 궁금했다. 그런데 쑨카이는 뭔가를 숨기는 듯한 말투로 대답했다.

"별 다른 일은 없습니다."

로렌스는 더 이상 캐물을 수가 없었다. 엄청난 피로가 몰려와 머리가 돌아가지 않았다. 로렌스의 혼란스런 표정을 보고 연민을 느꼈는지 쑨카이가 나지막하게 덧붙었다.

"무사합니다. 다만 지금 룽티엔샹을 방해할 수가 없기 때문에 기다리는 것입니다. 오늘 중에는 나올 테니 그 누각을 나오는 대로 이리로 데려오도록 하겠습니다."

로렌스는 왜 그래야 하는지 이해되지 않았지만 지금은 아무런 생각도 할 수가 없었다. 그래서 겨우 입을 열어 이렇게 말했다.

"감사합니다. 미엔닝 왕자님께도 우리에게 베풀어주신 친절에 감사드린다고 말씀드려 주십시오. 우리의 인사가 예법에 맞지 않았더라도 부디 용서해 주기 바란다고도 전해 주시고요."

미엔닝 왕자는 고개를 끄덕이고는 그들에게 손짓을 하여 그만 가

보라고 했다. 쑨카이는 그들을 데리고 도로 노대를 넘어 방 안으로 데려갔다. 그리고 그들이 나무로 만든 침대에 기절하듯 쓰러져 눕는 모습을 옆에서 지켜보았다. 아마도 그들이 잠을 자지 않고 일어나서 이곳을 벗어나 멋대로 나가 돌아다닐까봐 그러는 모양이었다. 도저히 일어날 수 있는 몸 상태가 아닌 걸 보면서도 그런 생각을 하다니, 로렌스는 그 와중에도 피식 웃음이 나왔다. 그러한 생각을 하면서 로렌스는 깊은 잠 속으로 빠져들었다.

"로렌스, 로렌스."

걱정스럽게 부르는 테메레르의 목소리에 로렌스는 눈을 번쩍 떴다. 테메레르가 노대 쪽 문 안으로 고개를 들이밀고 로렌스를 내려다보고 있었다. 테메레르의 머리 너머 하늘은 이미 어둑어둑해지고 있었다.

"로렌스, 다친 데는 없어?"

그 순간, 해먼드도 잠에서 깨어나 "으악!" 하고 소리를 지르며 침대에서 굴러 떨어졌다. 눈을 뜨자마자 테메레르의 주둥이가 바짝 다가와 있어서 기겁을 한 것이다. 그는 "맙소사!"라고 말하며 간신히 일어나 침대에 걸터앉으며 투덜거렸다.

"다리가 쑤시고 아파 죽겠네요. 꼭 통풍 걸린 여든 살 노인이 된 기분이에요."

로렌스도 몸을 일으키며 앉았다. 잠을 자는 동안 밤새 전투를 벌이느라 무리했던 근육이 더 뻣뻣해진 모양이었다. 로렌스가 테메레르의 물음에 대답했다.

"다친 데 없어. 괜찮아. 근데 넌 어디 아팠던 거니?"

로렌스는 테메레르의 코에 다정하게 손을 얹었다. 테메레르의 모습을 보니 비로소 안심이 되었다. 로렌스는 비난하고 싶진 않았지만, 테메레르가 자신과 승무원들을 위험 속에 버려두고 숙소로 오지 않았다는 것은 변명의 여지가 없었다. 그리고 그런 로렌스의 생각이 말투에 묻어난 듯 테메레르는 얼굴 주변의 막을 축 떨구며 침울하게 대답했다.

"아니, 아팠던 건 아니야."

테메레르는 더 이상 말을 하지 않았고 로렌스도 억지로 캐묻지 않았다. 해먼드가 있는 곳에서 솔직하게 말할 수 없는 어떤 이유가 있을 테니까. 로렌스는 나중에 해먼드가 없는 곳에서 따로 물어봐야겠다고 생각했다. 테메레르는 정원으로 물러났다. 로렌스는 침대에서 천천히 내려와 조심스럽게 노대의 난간을 넘어 정원으로 걸어갔다. 그 뒤를 따라오던 해먼드는 난간을 넘느라 몇 차례 다리를 들어 올리며 낑낑거렸다. 난간이 땅에서 60센티미터 안팎의 높이인데도 다리의 근육이 뭉쳐서 들기가 힘든 모양이었다.

미엔닝 왕자는 보이지 않았지만 아침에 보았던 그 셀레스티얼 용은 안뜰에 남아 있었다. 테메레르는 로렌스와 해먼드에게 그 용의 이름이 '룽티엔추안'이라고 했다. 추안은 로렌스와 해먼드에게 별 관심을 보이지 않고 점잖게 고개를 끄덕이며 인사만 하고는 곧장 젖은 모래가 담긴 커다란 판으로 돌아가 발톱으로 그 위에 글씨를 썼다. 테메레르는 추안이 시를 쓰고 있는 거라고 설명해 주었다.

해먼드는 추안에게 인사를 하고 난 뒤 끄응 소리를 내며 의자에 앉아 얼리전스 호에서 주워들은 뱃사람의 상스런 욕을 나직하게 내뱉었다. 그것은 외교관으로서 갖춰야 할 세련된 태도와는 거리가 멀었지만 어제의 그 난리를 겪었으니 그가 그보다 더한 말을 중얼거린다고 해도 로렌스는 이해가 될 것 같았다. 로렌스는 정식으로 군사 훈련을 받거나 전투에 임해본 적도 없는 해먼드가 승무원들과 뜻을 맞춰가며 그렇게 잘 싸워 주리라고는 예상하지 못했다.

로렌스가 말했다.

"해먼드 씨, 괜찮으시다면 그렇게 앉아 있지 말고 나랑 같이 이 정원을 한 바퀴 도는 게 어떻겠습니까? 걸으면 다리가 많이 풀릴 겁니다."

"그러는 게 좋겠군요."

해먼드는 이렇게 대답하며 몇 번 심호흡을 한 뒤 로렌스가 내민 손을 잡고 의자에서 일어났다. 두 사람은 처음엔 천천히 걷기 시작했다. 하지만 해먼드는 젊어서 회복이 빨랐고 반 바퀴를 돌았을 무렵엔 어느새 상당히 편하게 걷고 있었다. 극심한 근육통이 가시자 해먼드는 또다시 호기심이 동했는지 정원을 도는 동안 테메레르와 추안을 유심히 관찰했다. 그리고 천천히 왔다갔다하며 두 용을 가만히 비교해 보았다. 정원은 기다란 직선형이고 가운데가 탁 트인 대신 한쪽 끝에 키가 큰 대나무들과 키 작은 소나무들이 군락을 이루고 있었다. 두 용은 서로에게 머리를 향한 채로 안마당의 양쪽 끝에 앉아 있어 비교하기가 용이했다.

몸에 걸고 있는 보석만 다를 뿐 마치 거울을 앞에 놓고 앉은 것처럼 똑같은 모습이었다. 추안은 얼굴 주변의 막에서 목까지 금으로 된 망을 늘어뜨리고 있었다. 그 망에는 진주가 여러 개 박혀 있어 매우 아름다웠지만 격렬한 전투 때 그런 망을 차고 있으면 대단히 불편할 것 같았다. 추안은 상처 하나 없는 몸인 데 반해 테메레르의 몸에는 그동안 전쟁터에서 입은 크고 작은 상처들이 있었다. 특히 몇 달 전 포탄 파편이 박혔던 가슴쪽 비늘에는 아직 상처가 남아 있었다. 하지만 몸통이 검은색이라 그리 눈에 띄진 않았다. 그 밖에도 자세와 표정 같은 부분에서 명확하게 꼬집어낼 수는 없지만 어딘지 모르게 분위기가 달랐다.

해먼드가 로렌스에게 말했다.

"이건 좀 특이하네요. 셀레스티얼 품종의 용들이 모두 혈연으로 묶여 있기는 하지만 이 정도로 생김이 비슷할 수도 있나요? 거의 구별이 안 될 정도네요."

테메레르가 고개를 들며 끼어들었다.

"우린 쌍둥이거든요. 추안의 알이 먼저 나왔고 내 알이 나중에 나왔대요."

그 순간, 해먼드는 다리가 풀리며 의자에 털썩 주저앉아 탄식하듯이 내뱉었다.

"이런, 그걸 이제야 깨닫다니. 아이쿠! 이렇게 둔할 수가. 로렌스 대령님……, 로렌스 대령님!"

해먼드는 얼굴 전체가 확 밝아지며 로렌스에게 손을 뻗었다. 그리고 로렌스의 손을 잡고 흔들며 말을 이었다.

"맞아요. 바로 그런 거였어요. 중국 황실에서는 황제 자리를 놓고 황태자 외에 또 다른 왕자가 경쟁자로 등장하는 것을 원하지 않았던 겁니다. 그래서 테메레르의 알을 외국으로 보낸 것이고요. 아, 이제야 살았습니다!"

로렌스는 당황스러웠다.

"해먼드 씨, 그 말에 반박을 하려는 것은 아니지만, 그게 우리가 지금 처한 상황과 무슨 관계가 있는 건지 모르겠군요."

"모르시겠어요? 테메레르의 알을 나폴레옹한테 선물로 주었다는 것은 사실 핑계일 뿐이었습니다. 나폴레옹은 중국에서 아주 멀리 떨어진, 지구 반대편에 붙어 있는 나라의 황제니까요. 그동안 도대체 악마 같은 드 기네가 무슨 수로 중국의 고관들을 포섭해서 그런 엄청난 선물을 받아냈는지 궁금했지요. 내가 수차례 면담을 청해도 만나주지 않는 그 고관들을 어떻게 구워삶았기에 그런 일이 가능했는지 알고 싶었던 겁니다. 그런데 이제 그 답을 알았어요. 하! 그러니까 프랑스는 중국과 동맹 관계가 된 것도, 특별한 협정을 맺은 것도 아니었어요."

"그렇다면 물론 잘된 일이긴 합니다만, 프랑스가 중국과 동맹 관계가 아닌 것이 영국의 입지를 강화시키는 데 직접적인 영향을 미치는 것도 아니잖습니까? 게다가 지금은 중국인들이 마음을 바꿔 테메레르가 중국에 돌아와 살기를 바라고 있는데요."

"그게 아니죠, 모르시겠습니까? 황태자인 미엔닝 왕자의 입장에서는 어떻게 해서든 테메레르를 이 나라 밖으로 내보내는 것이 속 편한 일일 겁니다. 다른 왕자가 테메레르를 차지함으로써 황제 자리를 물려받을 자격을 갖게 되면 위협적인 상황에 놓이게 될 테니까요. 지금까지 캄캄하게 몰랐던 것을 확실하게 알았으니 정말 다행입니다. 얼리전스 호가 베이징 부근에 도착하려면 얼마나 더 있어야 할 것 같습니까?"

"이쪽 해류나 보하이 만의 바람 상태에 대해 아는 바가 없어서 정확히는 예측할 수 없지만, 일주일쯤 후에나 도착하지 않을까 싶습니다."

"스턴튼 경이 지금 이곳에 와 있으면 정말 큰 도움이 될 텐데, 물어볼 게 정말 많거든요. 쑨카이 공사한테라도 물어서 정보를 좀 더 알아내야겠어요. 당장 만나러 가야겠군요. 이만 먼저 실례하겠습니다."

해먼드는 돌아서서 정원을 가로질러 방으로 향했다.

"해먼드 씨, 옷이……!"

로렌스는 뒤늦게 소리쳤으나 해먼드는 이미 방으로 들어간 뒤였다. 지금 해먼드의 반바지는 무릎 부분의 버클이 풀어져 있었고, 셔츠는 끔찍하게도 피투성이인 데다가 양말은 올이 여러 군데 터져 있었다. 그런 모습으로 쑨카이를 만나러 가면 보기에 좋지 않을 텐데. 하지만 해먼드는 이미 가버리고 없었다.

하긴 짐도 챙기지 못한 상태에서 이리로 피신을 해온 것이니 누구라도 해먼드의 옷차림을 갖고 비난할 수는 없을 것이었다.

로렌스가 테메레르에게 말했다.

"흠, 해먼드 씨가 뭔가 급하게 알아내야 할 일이 있나 보네. 아무튼 중국이 프랑스와 동맹이 아니라니 그것도 다행이고."

"그래."

그런데 대답하는 테메레르의 목소리에 별로 열의가 없었다. 정원에 앉아 있는 동안 테메레르는 생각에 잠긴 채 줄곧 말을 하지 않았다. 그저 꼬리 끝만 계속 앞뒤로 불안하게 움직이면서 근처에 있는 연못에 담긴 물에 꼬리를 담갔다가 뜨겁게 달궈진 판석에 홱 뿌리곤 했다. 그 물은 판석에 닿자마자 증발해 버렸다.

해먼드가 건물 안으로 들어간 뒤에도 로렌스는 테메레르에게 어젯밤 일을 설명해 달라고 요구하지 않았다. 그저 테메레르 곁에 앉아 스스로 말해 줄 때까지 기다렸다.

한참 만에야 테메레르가 물었다.

"승무원들도 전부 무사한 거지?"

"유감스럽게도 윌러비는 죽었어. 그 외엔 다들 경상을 입기는 했지만 치명상은 입지 않았어."

테메레르는 부르르 떨더니 나지막하게 목구멍 안쪽에서 신음 소리를 내며 말했다.

"내가 제때 돌아왔어야 하는 건데. 내가 왔으면 그들이 감히 공격하지도 못했을 텐데."

로렌스는 가엾은 윌러비를 생각했다. 그를 잃은 것은 너무나도 안타까운 일이었다.

"밤새 아무런 전갈도 보내 주지 않은 것은 분명 네가 잘못한 거야. 하지만 윌러비의 죽음은 네 탓이 아니야. 네가 평소와 같은 시간에 숙소로 돌아왔다 해도 윌러비는 이미 죽었을 테니까. 네가 돌아오지 않을 줄 미리 알았더라도 나는 그곳에서 승무원들과 함께 적들을 맞아 싸울 수밖에 없었어. 하지만 네가 공군으로서 휴가에 대한 규칙을 어긴 것은 사실이야."

테메레르는 조그맣게 괴로운 한숨을 내쉬며 말했다.

"나는, 그럼 공군으로서의 임무 수행을 제대로 못한 게 되는 거네? 그래, 내 잘못이야. 변명의 여지가 없어."

"네가 사정이 생겨 밤에 돌아오지 못한다고 미리 전갈을 보냈으면 나는 네 휴가 연장에 당연히 동의를 해줬을 거야. 우리 공군들은 각자의 위치를 확실히 지켜야 하니까 휴가를 쓸 때도 연장할 일이 있으면 미리 말을 해야 해. 하지만 넌 공군의 휴가 규칙에 관해 정식으로 교육을 받은 적이 없으니 이번 일은 내 잘못이지. 영국에선 용들이 휴가를 쓸 일이 없으니까 나도 내게 그런 규칙을 가르쳐 줄 생각을 못 했어. 여기에 와서라도 가르쳤어야 했는데 내가 신경을 못 썼으니 엄밀히 따지자면 내 잘못이지."

그 말을 듣고도 테메레르가 여전히 고개를 가로 저으며 부정했다. 그래서 로렌스가 덧붙였다.

"이건 네 마음 편하라고 하는 소리가 아니야. 네가 잘못한 부분은 확실하게 짚고 넘어가야 하지만, 네가 몰라서 어쩔 수 없었던 부분까지 죄책감을 느끼며 괴로워할 필요는 없어."

"로렌스, 당신 잘못이 아니야. 난 공군 규칙에 관해 잘 알고 있었어. 내가 휴가 연장을 하겠다는 전갈을 보내지 않은 것은 그 규칙을 몰라서 그랬던 게 아니야. 원래 그렇게 오래 있을 생각이 아니었는데 거기 있으면서 시간 가는 줄도 몰랐던 거야."

로렌스는 할 말을 잃었다. 늘 어두워지기 전에 숙소로 돌아오던 테메레르가 밤을 꼬박 새고 다음날 낮이 될 때까지 시간 가는 줄 몰랐다는 것은 아무리 생각해도 이해하기 힘들었다. 만약에 승무원들 중 누군가가 지금 테메레르가 한 것 같은 변명을 한다면 로렌스는 거짓말하지 말라고 했을 것이다. 그러한 로렌스의 생각이 얼굴로 드러나자 테메레르는 어깨를 웅크리고 발톱으로 땅바닥을 그어 귀에 거슬리는 소음을 냈다. 그러자 추안이 고개를 들고 얼굴 주변의 막을 뒤로 젖히며 투덜거렸다. 테메레르는 곧장 발톱으로 땅바닥을 긋는 짓을 그만두었다. 그러더니 별안간 털어놓았다.

"실은 메이랑 같이 있었어."

"누구랑 같이 있었다고?"

"룽친메이. 임페리얼 품종의 암컷 용이야."

그 말을 듣는 순간 로렌스는 충격을 받았다. 뒤통수를 세차게 얻어맞은 기분이었다. 테메레르의 목소리에 담겨 있던 당황스러움, 죄책감, 혼란스러운 만족감이 로렌스에게도 그대로 전해졌고, 그것으로 모든 상황이 명확해졌다.

로렌스는 그의 인생에서 가장 큰 자제력을 발휘하며 말했다.

"그랬구나. 흠…… 넌 젊고, 게다가…… 아직까지 암컷 용이랑 어울려본 적도 없었으니까. 둘이 있으면서 시간 가는 줄 몰랐다는 것도 이해가 돼. 이유를 말해 줘서 고맙다. 그런 이유였다면 나도 충분히 이해할 수 있어."

말은 이렇게 하면서도 로렌스는 마음이 상했다. 암컷 용과 연애를 하느라 숙소로 돌아오지 않은 거라니, 용서를 하기가 쉽지 않았다. 용싱이 다른 소년을 테메레르의 파트너로 만들려고 시도할 때 로렌스는 그 문제를 놓고 해먼드와 언쟁까지 벌였다. 그러나 테메레르의 애정이 자신에게서 다른 대상으로 옮겨가리라고는 전혀 예상치 못했던 부분이어서 충격을 받으면서도 한편으로는 기분이 씁쓸했다. 그리고 뜻밖에도 질투가 났다.

그들은 아침 해가 뜨기 전 이른 새벽에 쑨카이를 따라 베이징 시 성벽 너머 커다란 묘지로 가서 윌러비를 매장했다. 이미 그 묘지에는 무덤이 가득 들어차 있었고 자기네와 연고가 있는 무덤에 참배를 하러 온 이들도 많이 있었다. 그 참배객들은 테메레르와 서양인들에게 관심을 보였고, 호위병들이 가까이 다가오지 못하게 했지만 계속 구경하러 몰려들었다.

곧 구경꾼들이 수백 명에 이르렀지만 그들은 테메레르에 대한 존경심을 보일 뿐 소란을 부리지는 않았다. 그들은 로렌스가 윌러비를 위해 엄숙하게 몇 마디 조사(弔詞)를 하고 일행과 더불어 주기도문을 외우자 쥐 죽은 듯 입을 다물었다. 중국식으로 만들어진 윌러비의 무덤은 영국의 무덤과는 달리 땅 위로 봉분이 올라와 있었는데, 중국식 주택의 지붕을 뒤집어놓은 것 같은 모양이었다. 옆에 있는 웅장한 무덤들에 비하면 크기는 작았지만 정교하고 섬세했다.

그랜비가 나지막하게 말했다.

"대령님, 실례가 되지 않는다면 이 무덤의 그림을 그려 윌러비의 어머니에게 보여 드리는 것이 어떨까 싶은데요."

"아, 그 생각을 못했군. 딕비, 윌러비의 무덤을 그림으로 그릴 수 있겠나?"

쑨카이가 끼어들었다.

"내가 미술가를 한 명 준비해 드리지요. 진즉에 준비해 드렸어야 했는데 챙기지 못해 죄송합니다. 그리고 이 공군의 어머니에게 자식의 장례가 제대로 치러지게 될 거라는 점을 알려드리십시오. 미엔닝 왕자님이 미리 뽑아놓으신 좋은 가문의 젊은이가 장례식을 진행할 겁니다."

로렌스는 더 자세히 묻지 않고 쑨카이의 말에 따르기로 했다. 그가 알기로 윌러비의 어머니는 엄격한 감리교도였는데 아들의 무덤이 이렇게 공들여 잘 꾸며져 있고 앞으로도 꾸준히 이곳 사람들에게 관리를 받을 거라는 것을 알면 슬픔이 한결 덜할 터였다.

그 후 로렌스는 급하게 빠져나오느라 두고 왔던 소지품을 챙기러 테메레르와 승무원 몇 명을 데리고 숙소였던 섬으로 돌아갔다. 시체들은 깨끗이 치워져 있었지만 그들이 피신처로 삼았던 남쪽 누각의 바깥벽에는 연기에 시커멓게 그을린 자국이 남아 있었고, 포석 위에는 핏자국이 사방에 말라붙어 있었다. 테메레르는 한참 동안 그 전투의 흔적들을 쳐다보다가 고개를 돌렸다. 저택 안으로 들어가서 보니 가구들이 엉망으로 흩어졌고 문에 바른 한지도 갈가리 찢어졌다. 승무원들의 사물함은 대부분 부서졌고 그 안에 있던 옷들은 바닥에 이리저리 헝클어지고 짓밟힌 자국 투성이었다.

로렌스가 지나가면서 보니 블라이스와 마틴은 그나마 덜 망가진 자신의 물건들을 챙기고 있었다. 로렌스가 썼던 방은 특히 더욱 심하게 망가져 있었다. 적들은 그가 침대 밑에 숨어 있을지도 모른다고 생각했는지 침대를 옆으로 세워놓았고, 베이징 시내를 구경하면서 샀던 물건들이 든 보따리들은 방 안에 아무렇게나 흩어져 있었다. 산산이 부서진 도자기 조각과 가루들이 바닥에 뿌려졌고, 마구 찢어지고 너덜너덜해진 비단 천은 제멋대로 걸려 있었다.

로렌스는 허리를 굽히고 방 한쪽 구석에 내던져진 커다란 짐 보따리를 들어 올렸다. 붉은 꽃병을 담고 천으로 겹겹이 싼 것이었는데 로렌스는 그 천을 천천히 벗겨내고 내용물을 확인하면서 눈물이 나서 시야가 흐려졌다. 빛나는 표면의 그 꽃병은 이 빠진 곳 하나 없이 멀쩡했다. 오후 햇살을 받아 그 꽃병이 로렌스의 손으로 진한 붉은 빛을 한가득 쏟아냈다.

베이징에 한여름이 찾아왔다. 낮 동안 바닥에 깔린 포석들은 대장간의 모루처럼 뜨겁게 달궈졌고 거대한 고비 사막에서 불어오는 뜨거운 바람은 짙은 황사를 끝도 없이 서쪽으로 날랐다. 해먼드는 천천히 중국인들과 협상을 벌여나갔다. 로렌스가 보기엔 제자리에서 맴도는 것 같기도 했다. 어쨌든 밀봉한 편지들이 수없이 오가고 자질구레한 선물들도 주고받았으며 애매모호한 약속들을 하기는 했으나, 실행에 옮겨지는 것은 별로 없었다. 그동안 다른 영국인들은 점점 초조해지고 마음이 급해졌다. 느긋한 것은 테메레르뿐이었다. 테메레르는 중국 글자를 배우는 일과 연애에 몰두해 있었다. 메이는 매일 로렌스 일행이 머무는 미엔닝 왕자의 궁전으로 와서 테메레르에게 글을 가르쳤다. 은과 진주로 만들어진 아름다운 목걸이를 하고 있어 우아하게 보이는 암컷 용이었는데, 남색 바탕에 보라색과 노란색 점이 날개에 박혀 있었고 발톱에는 금반지를 여러 개 끼고 있었다.

메이가 첫 방문을 하고 돌아간 날 로렌스는 테메레르에게 말했다.

"메이는 참 매력적인 용이더구나."

요즘 테메레르의 관심을 독차지한 것에 관해 질투가 좀 나기는 했지만 용이 아닌 사람의 관점에서 보더라도 메이가 대단히 사랑스러운 용이라는 것은 로렌스도 인정하지 않을 수 없었다.

테메레르는 표정이 확 밝아지며 얼굴 주변의 막까지 바르르 떨면서 말했다.

"당신도 그렇게 생각한다니 기뻐. 메이는 알에서 부화한 지 삼 년밖에 안 됐는데 첫 번째 과거 시험에 우수한 성적으로 합격했대. 나한테도 요즘 읽고 쓰는 법을 가르쳐주고 있어. 메이는 정말 친절해. 내가 중국 글자를 모른다고 놀리지도 않고."

메이가 테메레르를 학생으로 두고 가르치면서 따로 불평할 일은 없을 거라고 로렌스는 확신했다. 테메레르는 벌써 모래를 담아 만든 판에 발톱으로 글씨를 쓰는 법을 터득했고, 메이는 거기에 쓴 테메레르의 글씨체가 훌륭하다며 칭찬했다. 그리고 메이는 부드러운 나무에 발톱으로 글씨를 쓸 때 사용되는 좀 더 정돈된 필체를 가르쳐주기로 약속했다. 로렌스는 테메레르가 오후 늦게까지 모래판에 대고 열심히 글씨 연습을 하는 모습을 지켜보았다. 종종 메이가 오지 않는 날엔 로렌스를 청중으로 삼아 중국 시를 낭랑한 목소리로 읽기도 했다. 로렌스는 테메레르가 한 구절을 읽고 나서 영어로 통역해 줄 때까지 방금 들은 구절이 무슨 의미인지 알 수가 없었지만, 시를 읽는 테메레르의 풍성한 음성이 듣기 좋았다.

나머지 승무원들은 무료하기 짝이 없는 시간을 때울 만한 소일거리가 많지 않았다. 미엔닝 왕자가 저녁식사를 함께 하자고 부를 때도 가끔 있고, 어쩌다 한 번씩 특이한 악기들로 연주되는 음악회를 개최하거나 몸이 산양처럼 유연한 어린아이들로 구성된 곡예사들의 공중제비를 보여줄 때도 있기는 했지만, 대부분은 무료하게 하루를 보냈다. 종종 숙소로 쓰는 건물 뒤의 마당에서 소형 무기로 군사훈련을 하기도 했는데 날씨가 너무 더워지자 훈련을 하다 말고 시원한 산책로와 궁전 뒤쪽의 정원으로 들어가 앉아 있는 경우가 많았다.

미엔닝 왕자의 궁전으로 옮겨와 지낸 지 2주일째 접어들었다. 테메레르가 자는 동안 로렌스는 안뜰을 내다보며 노대에 앉아 책을 읽었고, 해먼드는 책상 앞에 앉아 서류를 작성 중이었다. 그때 하인 한 명이 그들에게 편지를 가져왔다. 해먼드는 봉인을 뜯고 내용을 대충 훑어본 다음 로렌스에게 말했다.

"리우빠오 공사한테서 온 것인데 저녁식사를 함께 하자며 우리를 집으로 초대했습니다."

잠시 후 로렌스가 주저하며 물었다.

"해먼드 씨, 혹시라도 리우빠오가 지난번 산적들의 공격 사건에 연루되어 있진 않을까요? 이런 말을 하고 싶진 않지만 리우빠오는 쑨카이와는 달리 미엔닝 왕자를 따르는 것 같지도 않으니 혹시 용성 왕자와 한 패가 아닐까 하는 생각이 들어서 말입니다."

"그럴 가능성도 완전히 배제할 수는 없겠죠. 리우빠오는 타타르 사람이니 그가 산적들을 시켜 우릴 공격하도록 조종했을 수도 있어요. 하지만 리우빠오는 현 중국 황제인 가경제의 외가 쪽 친척이고 만주 백기군의 고위급 인사라고 하더군요. 그런 리우빠오가 우리를 지원해 준다면 굉장히 도움이 될 겁니다. 산적들을 시켜 우릴 공격하도록 만든 사람이 리우빠오라면 이렇게 아무렇지도 않은 듯 우리를 저녁식사에 초대하진 못할 겁니다."

그들은 경계를 늦추지 않은 채 리우빠오의 집으로 갔다. 하지만 그 집에 들어서면서 영국식으로 구워 요리한 쇠고기의 향긋한 냄새가 풍기자, 경계심은 여지없이 무너지고 반가운 생각만 들었다. 리우빠오는 여행 경험이 풍부한 요리사들을 시켜 영국의 전통 요리를 만들도록 한 것이다. 튀긴 감자에 카레 가루가 조금 더 들어가고 건포도가 박힌 푸딩이 좀 더 촉촉했으면 훨씬 더 좋았겠지만, 양파를 통째로 갈비에 끼운 거대한 쇠고기 요리와 요크셔 푸딩은 대단히 훌륭하고 맛이 있었다.

그들은 열심히 먹었지만 너무 배가 불러서 마지막 접시는 숫제 건드리지도 못한 채 내가게 하고 말았다. 이 집에 오는 손님들마다 이런 식으로 요리를 많이 만들어서 대접하는 것인지 궁금했다. 요리사들은 테메레르에게도 영국식 먹이를 가져다주었는데 막 도살한 고기가 전부였다. 하지만 요리사들은 소나 양 한 마리만 달랑 가져오지 않고 소와 양 한 마리씩, 돼지, 염소, 닭, 바다가재까지 차례로 내왔다. 테메레르는 각 고기를 코스별로 실컷 먹은 뒤 정원으로 들어가 끄응 소리를 내며 쓰러지듯 누웠다.

로렌스가 테메레르의 행동에 대해 죄송하다고 사과하자 리우빠오가 손을 흔들며 말했다.

"괜찮소. 그냥 자게 두시오. 우리는 달 밝은 테라스로 나가서 술이나 마십시다."

술을 마시자는 말에 로렌스는 과음을 하게 될까봐 긴장했다. 그런데 다행히 리우빠오는 술을 억지로 권하지는 않았다. 쾌적하게 취기가 올라왔고 기분도 좋아졌다. 푸른 산 너머로 해가 넘어가기 시작하면서 깔린 아름다운 석양 속에서 테메레르는 꾸벅꾸벅 졸고 있었다. 그때쯤 로렌스는 리우빠오가 산적들의 공격 사건에 관여했을 거라는 의심을 버리게 되었다. 풍성한 저녁식사를 차려 그들에게 대접하고 정원에 앉아 그들과 얘기를 나누는 리우빠오를 의심하는 것은 말도 안 되는 일인 듯했다. 해먼드는 배가 불러 잠이 쏟아지는지 술을 앞에 놓고 대화를 나누는 동안 졸지 않으려고 안간힘을 썼다.

리우빠오는 그들이 어떤 경위로 미엔닝 왕자의 궁전에 머물게 되었는지 궁금해했다. 그들이 산적들에게 습격을 받았다고 얘기하자 리우빠오는 크게 놀라며 고개를 절레절레 저었다.

"그 놈의 산적들을 일찌감치 처리했어야 했는데, 요즘 날이 갈수록 감당하기가 힘들어진다오. 내 조카 중에 한 명도 몇 년 전에 산적 떼에 가담했죠. 그의 어머니는 몹시 걱정하던 끝에 관음보살께 큰

공양물을 바치고 집 안의 남쪽 정원에 특별히 관음보살을 모시는 단을 차려놓았소. 그래서인지 그 조카는 산적 노릇을 그만두고 결혼을 했고, 지금은 공부에 매진하는 중이오."

그러더니 리우빠오는 로렌스의 옆구리를 쿡 찌르며 말했다.

"대령도 공부 많이 해야 될 거요! 파트너인 용이 과거 시험을 통과하는데, 대령은 통과하지 못하면 얼마나 부끄럽겠소."

로렌스는 당황해서 해먼드에게 말했다.

"맙소사, 이게 말이 되는 소립니까, 해먼드 씨?"

중국어는 영어보다 열 배는 더 복잡하고 글자가 암호 같아서 전혀 이해할 수가 없었다. 그런 그에게 일곱 살 때부터 공부를 해온 중국인들과 나란히 앉아 과거 시험을 보라니…….

그때 리우빠오가 유쾌한 말투로 말했다.

"웃자고 한 소리요. 걱정할 것 없소. 룽티엔샹이 글자를 모르는 야만인이라도 파트너로서 상관없다고 말하면 아무도 뭐라고 못할 테니까."

해먼드는 그 말을 로렌스에게 통역해 주면서 약간 미심쩍은 투로 덧붙였다.

"방금 한 말은 농담입니다."

로렌스가 해먼드에게 말했다.

"중국인들의 관점에서 볼 때 나는 중국 글자를 모르는 야만인이 맞을 겁니다. 하지만 겉치레만 중시하는 바보도 아니죠."

그리고 로렌스는 리우빠오를 돌아보며 말했다.

"테메레르의 문제를 놓고 협상을 진행하는 중국 분들도 리우빠오 공사처럼 생각해 주면 참 좋겠네요. 그런데 이곳 사람들 말이 셀레스티얼은 중국 황제와 그 가족들만이 가질 수 있다고 하더군요."

리우빠오는 별일 아니라는 듯이 대꾸했다.

"용이 다른 사람을 싫다고 하면 그 용이 원하는 사람을 비행사로 데리고 있게 허락해 주기도 하지요. 그리고 협상 과정에서 정 그 문제가 걸린다면 황제 폐하께서 로렌스 대령을 양자로 삼으면 되지 않겠소? 그러면 다들 체면도 설 테고."

로렌스는 이것 역시 농담이라고 생각했지만, 해먼드는 진지한 표정으로 리우빠오를 쳐다보며 물었다.

"공사님, 그 제안은 충분히 실현 가능성이 있는 겁니까?"

리우빠오는 잔에 술을 채우며 대답했다.

"안 될 이유는 또 뭐요? 황제 폐하께서는 이미 훗날 제사를 지내 줄 아들이 셋이나 있어서 굳이 양자를 둘 필요는 없지만, 양자를 못 둘 것도 없죠."

리우빠오의 집에서 나온 로렌스와 해먼드는 비틀거리며 가마에 올라타 미엔닝 왕자의 궁전으로 향했다. 가마를 타고 가면서 로렌스가 믿어지지 않는다는 투로 물었다.

"정말 리우빠오 공사가 말한 방법대로 할 생각입니까?"

해먼드는 열을 올리며 설명했다.

"대령님이 허락만 해주시면 해보려고 합니다. 양자로 들어가는 것은 매우 좋은 방법이죠. 그렇게 되면 황제의 가족만이 셀레스티얼을 가질 수 있다는 형식상의 문제도 해결되니, 중국 사람들을 두루 만족시킬 수 있을 겁니다. 그 일을 계기로 중국과 영국은 한층 친밀한 관계로 맺어질 테니 서로에게 전쟁을 선포할 가능성도 낮아질 것이고, 무역 관계 개선에도 도움이 될 테고요."

로렌스는 그 일을 아버지가 알면 어떤 반응을 보일지 생각하며 마지못해 말했다.

"추구할 만한 가치가 있는 방법이라면, 반대하지 않겠습니다."

중국 황제에게 입양되었다는 사실을 아버지가 알면 노발대발할지도 모른다. 그럼 부자간의 화해를 위해 미리 사두었던 붉은 꽃병 정도로는 아버지의 화를 풀지 못할 것이다.

# 16

 아침식사가 차려진 식탁에 앉은 라일리는 입맛에 맞지 않는 쌀죽을 끼적거리다가 로렌스가 찻잔을 건네자 얼른 받아 들며 말했다.
 "이곳에 도착하기 전에 바다에서 사건이 좀 있었습니다. 중국 해군이 해적들을 소탕하는 곳을 지나갔습니다만, 그런 장면은 처음 봤어요. 용 두 마리가 지원하는 배 스무 척 규모의 해적단이었는데, 그 크기가 소형 범선의 반도 안 되는 평저선들이었죠. 중국 해군들의 군함도 그만한 크기였습니다. 중국해 부근에 그렇게 많은 해적들이 돌아다니는데 중국 정부에서는 무얼 하고 있는지 모르겠더군요."
 스턴튼이 끼어들었다.
 "그래도 중국 해군 제독은 합리적이고 괜찮은 사람 같아 보였습니다. 우리한테 도움을 얻어 목숨을 구한 것에 관해서도 마땅찮게 생각하지 않는 모습이었고요."
 라일리가 거들었다.
 "얼간이였으면 우리한테 도움을 받느니 차라리 배와 함께 침몰해 버리겠다고 했을 텐데 말이죠."

라일리와 스턴튼은 오늘 아침 일찍 텐진(天津) 항구에 도착하여 얼리전스 호를 그곳에 정박시켜 놓고 소규모 인원을 꾸려 베이징으로 온 것이었다. 그들은 로렌스 일행이 산적들의 공격을 받았다는 말을 듣고 크게 놀라면서, 중국해를 지나 베이징 부근으로 오는 동안 자기네들이 겪었던 일에 관해 말해 주는 중이었다.

마카오에서 출항한 지 일주일째 되던 날 얼리전스 호는 거대한 규모의 해적단을 진압하는 중국 해군 함대를 만나게 되었다. 그 해적들은 저우산 군도(舟山群島)를 본거지로 삼고 국내 무역을 하는 배들과 서양 무역을 하는 작은 배들을 주로 약탈하는 자들이었다.

라일리가 계속해서 말했다.

"그 해적들은 우리한테는 상대가 되지 않았습니다. 해적단 소속인 용 두 마리는 무장도 하지 않은 상태였고 해적들이 우리 쪽을 향해 불화살을 쏘기는 했지만, 사정거리에 대한 감각도 없는지 하나같이 바다로 빠져버리더군요. 우리 쪽에서는 머스켓 총을 쏘는 족족 명중시켰는데 말입니다. 후추탄을 쓸 필요도 없었어요. 그들은 뜨거운 맛을 보고는 서둘러 방향을 돌려 달아나더군요. 우리 배에서 한쪽 현측에 있는 대포를 쭉 쏴서 해적선 세 척을 침몰시켰습니다."

해먼드가 스턴튼에게 물었다.

"중국 해군 제독이 상부에 그 사건을 어떻게 보고할 것인지 언급하던가요?"

"그런 종류의 얘기는 하지 않았지만 그 제독은 고마움을 아는 예의 바른 사람이었습니다. 제독은 우리 배에 올라탔는데, 그것도 그

제독의 입장에선 일종의 감사 표시였다는 생각이 듭니다."

라일리가 말했다.

"우린 그 제독에게 우리 배의 대포를 구경시켜 줬습니다. 그는 점 잖게 굴기보다는 대포에 큰 관심을 보이더군요. 어쨌든 우린 그 제독을 항구까지 호위해 주고 계속 항해를 해서 이리로 올라왔습니다. 얼리전스 호는 톈진 항구에 정박해 두었고요. 이곳을 언제쯤 떠날 수 있는 겁니까?"

해먼드가 대답했다.

"아무래도 금방 떠나지는 못할 것 같습니다. 중국 황제가 지금 북쪽으로 여름 사냥 여행을 떠났는데 몇 주 후에나 청의원(清漪園. 오늘날의 이화원—옮긴이주)으로 돌아온다고 합니다. 그때쯤은 되어야 우리가 황제를 알현할 기회를 얻게 될 겁니다."

그리고 해먼드는 스턴튼을 돌아보며 덧붙였다.

"조금 전에 설명했던 것처럼, 저는 로렌스 대령을 중국 황제의 양자로 들이는 방안을 계속 추진하고 있습니다. 이미 미엔닝 왕자로부터 약간의 지원을 받고 있습니다. 그리고 이번에 여러분이 얼리전스 호를 타고 오시는 동안 중국 해군을 도와 해적을 물리친 일도 우리에게 결정적으로 유리하게 작용할 겁니다."

로렌스가 걱정스런 목소리로 물었다.

"얼리전스 호를 톈진 항구에 정박시키는 동안 어려운 일은 없겠습니까?"

라일리가 대답했다.

"별로요. 다만 항구의 물품 값이 생각했던 것보다 훨씬 비싸더군요. 소금에 절인 고기 같은 건 팔지도 않아서 그냥 소를 사려고 했더니 엄청나게 높은 값을 부르더라고요. 그래서 어쩔 수 없이 부하들에게 물고기와 닭고기를 먹이고 있습니다."

로렌스는 베이징 시내에서 물건을 이것저것 많이 구입했던 것이 뒤늦게 후회가 되었다.

"우리가 이리로 오는 동안 돈을 너무 많이 쓴 건가요? 내가 약간 낭비를 하긴 했지만, 개인적으로 갖고 있는 금화가 아직 좀 남아 있습니다. 이곳 상인들은 진짜 금이 맞는지만 확인되면 금화를 받고 물건을 내줄 겁니다."

라일리가 말했다.

"감사합니다만 대령님의 개인 돈을 빼앗고 싶진 않습니다. 우리가 무슨 빚을 받으러 온 사람들도 아니고. 지금은 고향으로 돌아갈 때 어떻게 해야 할까를 생각 중입니다……. 테메레르를 태우고 가게 될 테니까요, 그렇죠?"

로렌스는 어떻게 대답해야 할지 몰라 우물쭈물하다가 입을 다물고 해먼드가 대화를 이끌어가게 두었다.

그들이 아침식사를 마쳤을 때 쑨카이가 들어와 저녁 때 새로 도착한 영국인들을 환영하기 위한 연회가 있을 예정이니 시간 맞춰 오라고 알려주었다. 대단한 연극도 보게 될 거라고 했다.

로렌스가 저녁 연회에 어떤 옷을 입고 가야 할지 고민하는데 테메레르가 정원에서 방 안으로 불쑥 고개를 들이밀며 말했다.

"로렌스, 어머니를 만나고 올게. 그동안 어디 안 나갈 거지?"

지난번 섬에서의 사건 이후 테메레르는 로렌스를 보호하는 데 부쩍 신경을 썼다. 그 때문에 이곳 하인들도 지난 수주일 간 테메레르가 의심스런 눈길로 쳐다보는 것을 견뎌야 했다. 그 밖에도 테메레르는 다섯 사람의 호위병들이 늘 로렌스를 경호할 수 있게 일정표를 짜거나 중세 시대 십자군들도 입지 않으려고 할 무겁고 두꺼운 갑옷을 모래판에 그려 놓고 로렌스에게 이런 갑옷을 만들어 입으면 어떻겠냐고 하는 등의 제안을 하기도 했다.

"안 나가. 테메레르, 너무 불안해하지 마. 연회장에서 교양 있게 보이려면 나도 지금부터 이것저것 준비를 해놓아야 해서 어디 나갈 시간도 없어. 어머니께 내 안부도 전해 줘. 오래 있을 거니? 오늘 연회는 우리 영국인들을 위해 개최되는 거라는데, 우리가 늦으면 안 되지."

"오래 안 있을 거야. 금방 갔다올게."

그리고 테메레르는 약속했던 대로 한 시간도 채 안 되어 돌아왔다. 안뜰에 내려선 테메레르는 길고 가느다란 보따리를 앞발로 조심스럽게 쥔 채 흥분을 억누르느라 얼굴 주변의 막까지 살짝 떨었다.

테메레르가 잠깐 나와 보라고 해서 로렌스는 안뜰로 나갔다. 테메레르가 쑥스러운 표정으로 길쭉한 보따리를 코끝으로 슬쩍 찔렀다. 로렌스는 처음엔 당황해서 가만히 쳐다보기만 하다가 이윽고 비단천으로 된 보따리를 천천히 푼 뒤 나무에 옻을 칠해 만든 기다란 상자를 열었다. 정교하고 매끈한 칼자루가 달린 사브르 군도와 칼집이 노란색 비단 쿠션 위에 놓여 있었다. 로렌스는 칼을 집어 올렸다. 균형이 잘 잡혀 있었고 기저 부분이 넓은 데다가 양날이 모두 날카롭고 끝이 뾰족했다. 칼날 표면에는 다마스커스식 제련법으로 만든 것처럼 물결무늬가 들어가 있고 칼등 가장자리를 따라 피가 흘러내리기 쉽도록 파놓은 홈이 있어 날의 무게를 가볍게 해주고 있었다.

검은색 가오리가죽에 싸인 칼자루의 장식 부분에는 도금한 쇠 바탕에 금구슬과 작은 진주가 박혀 있었고, 칼날의 기저 부분에는 금으로 된 용머리 문양이 있었다. 그 용머리 문양의 두 눈에는 작은 사파이어가 하나씩 박혀 있었다. 나무에 검은 옻을 칠해 만든 칼집은 커다란 금띠로 장식되어 있고 튼튼한 비단 끈이 붙어 있었다. 로렌스는 허리춤에 차고 있던, 쓸모는 있지만 초라하고 휘어진 단도를 내려놓고 그새 칼을 차 보았다.

테메레르가 조심스럽게 물었다.

"마음에 들어?"

"굉장히 좋은데."

로렌스는 이렇게 말하며 칼날을 시험삼아 빼 보았다. 길이가 자신의 키하고도 잘 맞았다.

"테메레르, 이건 정말 멋진 칼이야. 어디서 났니?"

"흠, 내가 직접 산 건 아니고, 지난주에 어머니가 내가 걸고 있는 플래티넘 펜던트를 보고 예쁘다고 하시더라고. 그래서 당신한테 받은 선물이라고 했지. 그때 나도 당신한테 선물을 해주고 싶다는 생각이 들었어. 어머니가 원래 용이 파트너를 선택하면 그 용의 아버지와 어머니가 자식의 파트너가 된 자에게 선물을 주는 거라고 하시면서, 가지고 계신 물건들 중에 고르라고 하셨어. 그때 이 칼이 가장 멋진 것 같아서 골랐지."

테메레르는 고개를 이쪽저쪽으로 돌려가며 칼을 찬 로렌스의 모습을 살펴보았다.

로렌스는 너무 기뻤지만 호들갑을 떠는 꼴불견이 되지 않도록 억누르며 대답했다.

"그래. 이것보다 좋은 선물은 없었을 거야."

로렌스는 기분이 날아갈 듯했고 한편으로는 안심이 되기도 했다. 로렌스는 옷을 제대로 차려 입고 선물받은 칼을 찬 뒤 방 안쪽으로 걸어 들어가 거울에 자신의 모습을 비춰보았다. 거울에 비친 칼이 너무 아름다워 그는 다시 한 번 감탄했다.

해먼드와 스턴튼은 중국의 학자들이 입는 옷을 입었고, 승무원들은 암녹색 외투와 바지를 입고 군화를 광나게 닦아 신었다. 목도리를 빨아 다려서 두르는 것도 잊지 않았다. 하인들은 에밀리와 다이어를 욕실의 의자에 가만히 앉아 있게 하고 깨끗이 목욕을 시킨 후 말쑥하게 옷을 입혀 보냈다. 진청색 외투에 반바지, 덧신을 신은 라일리의 모습도 고상해 보였다. 얼리전스 호에서 데려온 해병대원 네 명이 빨간 외투를 입고 맨 뒤에 서자 일행 전체에 한층 멋이 더해졌다. 로렌스는 영국인들을 모두 데리고 숙소를 떠나 연회장으로 향했다.

연회가 개최되는 광장 한가운데에는 특이한 무대가 설치되어 있었다. 화려한 칠을 하고 군데군데 도금을 한 그 작은 무대는 세 개의 층으로 구성되어 있었다. 치엔은 광장의 북쪽 끄트머리 가운데에 자리를 잡았고 미엔닝 왕자와 추안은 그녀의 왼쪽에, 테메레르를 비롯한 영국인들은 그녀의 오른쪽에 앉았다. 셀레스티얼들 외에도 메이를 비롯한 임페리얼 몇 마리가 옆줄에 앉아 있었는데 빛나는 비취가 박힌 금목걸이를 하고 있어 대단히 품위 있어 보였다.

메이는 로렌스와 테메레르가 자리를 잡고 앉는 것을 보고 고개를 끄덕이며 인사를 했다. 리엔도 용싱 왕자와 함께 옆줄에 나란히 앉았다. 다른 손님들에게서 약간 떨어진 곳에 앉아 있는 리엔은 짙은 색 몸통의 임페리얼과 셀레스티얼에 둘러싸여 있어 하얀색 몸통이 더욱 두드러져 보였다. 리엔의 얼굴 주변 막에는 금으로 섬세하게 만든 망이 둘러져 있고 그 위에 매단 커다란 펜던트의 루비가 이마에 와 닿아 있었다. 리엔은 그 막을 꼿꼿이 세우며 도도하게 앉아 있었다.

"아, 저기 미엔카이가 있어."

에밀리가 다이어에게 조그맣게 말하며 광장 맞은편 미엔닝 왕자의 옆자리에 앉아 있는 한 소년에게 손을 흔들었다. 그 소년은 미엔닝 왕자의 것과 비슷한 어두운 황색 겉옷을 입었고 정교하게 만들어진 모자를 쓰고 있었다. 뻣뻣하고 예의 바른 자세로 앉아 있던 미엔카이는 에밀리가 손을 흔들자 반가워하며 손을 반쯤 들어 올렸다가 식탁 아래쪽에 앉아 있는 용싱 왕자의 눈치를 살피며 얼른 내렸다. 자기가 손을 들어 올렸던 것을 용싱 왕자가 보지 못한 것을 확인한 미엔카이는 안심한 표정으로 도로 의자 등받이에 기대어 앉았다.

해먼드가 물었다.

"너희가 미엔카이 왕자를 어떻게 아니? 미엔카이 왕자가 미엔닝 왕자의 궁전에 왔었니?"

로렌스도 궁금했다. 그동안 그는 훈련생들에게 숙소인 미엔닝 왕자의 궁전 내에만 머물도록 단속했다. 그러니 에밀리와 다이어가 그가 모르는 다른 중국인을, 그것도 어린 저 왕자를 따로 만났을 리가 없었다.

에밀리가 이상하다는 표정으로 해먼드를 쳐다보며 대답했다.

"저, 해먼드 씨가 저 애를 우리한테 소개시켜 주셨잖아요. 섬에서요."

로렌스는 표정이 굳어졌다. 용싱 왕자가 섬으로 데리고 왔었던 소년이 바로 저 미엔카이 왕자라는 것이었다. 예복으로 차려 입으니 완전히 다른 사람 같아서 미처 알아보지 못했다.

해먼드가 말했다.

"미엔카이 왕자? 융싱 왕자가 데려왔던 그 소년이 미엔카이 왕자 였다고?"

그리고 해먼드는 입술을 움직이며 무슨 말인가를 더 했는데, 별안간 들려온 커다란 북소리 때문에 들리지를 않았다. 광장 가운데 설치된 무대 내부 어딘가에서 북소리가 들려오고 있었다. 그 소리는 굉장히 쩌렁쩌렁하고 웅장하게 울려 퍼져서 마치 11킬로그램짜리 대포를 근거리에서 발사하고 있는 것처럼 들렸다.

이어서 무대에서 연극이 펼쳐졌다. 물론 중국어로 진행된 것이라 로렌스는 배우들이 무슨 소리를 하는지 알아들을 수가 없었다. 다만 무대 장치의 움직임과 배우들의 동작은 훌륭했다. 배우들이 3단으로 된 무대를 오르락내리락했고 그동안 무대 위에서는 교묘한 장치를 통해 꽃들이 피고 구름이 지나가고, 해와 달이 떴다가 졌다. 그리고 배우들은 정교한 춤을 추며 가짜 칼로 하는 검술도 보여주었다.

로렌스는 말은 못 알아들었지만 무대 위에서 펼쳐지는 멋진 장면에 매료되었다. 그런데 시간이 좀 지나자 머리가 지끈거리기 시작했다. 요란한 북소리와 계속해서 땡땡땡땡 하고 울려대는 악기, 간간히 터져 나오는 폭죽들 때문에 중국인들도 배우들의 대사를 알아듣기 힘들 것 같았다.

해먼드와 스턴튼에게 연극 내용을 설명해 달라고 할 수도 없었다. 그 두 사람은 연극이 진행되는 내내 소리를 죽여 가며 얘기를 나눴고 무대에는 관심도 없었다. 그리고 해먼드가 가져온 오페라용 망원경으로 광장을 가로질러 용싱의 모습을 연신 살폈다. 연극의 제1막이 끝나고 무대에서 연기와 불꽃이 터져 나와 용싱의 모습이 제대로 안 보이자 그 두 사람은 짜증내는 기색이 역력했다.

다음 막이 시작되기 전까지의 짧은 휴식 시간 동안 제2막에 맞춰 무대가 새로 꾸며지고 있었다. 해먼드와 스턴튼은 그 몇 분간에도 계속 얘기를 나눴다. 그러다가 해먼드가 로렌스에게 말했다.

"로렌스 대령님, 제가 대령님께 사과를 해야겠습니다. 대령님이 옳았습니다. 용싱 왕자는 저 소년을 테메레르의 파트너로 짝지어 주려고 시도했던 게 분명합니다. 그리고 저는 이제야 그 이유를 알았습니다. 용싱은 저 소년을 황위에 앉히고 자신은 섭정을 할 생각이었던 겁니다."

로렌스가 당황스러워하며 물었다.

"가경제께서 병이라도 걸리신 겁니까, 아니면 노령이시라서?"

스턴튼이 의미심장하게 대답했다.

"아뇨. 전혀 그렇지 않습니다."

로렌스는 해먼드와 스턴튼을 쳐다보며 다시 말했다.

"그럼 용싱 왕자가 자신의 형제인 가경제를 시해하려 한다는 겁니까? 그런 농담은 좀 심한 것 같군요."

스턴튼이 말했다.

"저도 농담이었으면 좋겠습니다. 용싱 왕자가 반역을 시도할 경우 결국 이 나라에는 내란이 일어나게 될 텐데 어느 쪽이 이기든 우리한테는 재앙과 다름없습니다."

해먼드가 은밀하게 목소리를 낮추며 말했다.

"반역을 시도하기는 어려울 겁니다. 미엔닝 왕자는 바보가 아니니까요. 가경제도 마찬가지고요. 용성이 미엔카이 왕자의 신분을 숨기고 평범한 옷을 입혀 섬으로 데려온 것도 아무 생각 없이 한 행동이 아닙니다. 제가 미엔닝 왕자께 이 사실을 얘기하면 그쪽에서도 용싱 왕자의 수상한 행동들을 눈치채게 될 것이고 추가로 더 확실한 증거를 잡을 수도 있을 겁니다. 무엇보다 얼리전스 호에서 용싱 왕자는 몇 가지 조건을 제시하면서 로렌스 대령님을 포섭하려 했었죠. 지금 생각하면 용싱 왕자가 그런 제안을 할 만한 권한이 있는지는 의심스럽지만 아무튼 대령님이 그 제안을 받아들이지 않자 시종을 시켜 대령님을 공격했습니다. 그리고 우리가 베이징의 호수 섬에서 머무를 때에도 대령님이 미엔카이 왕자와 테메레르를 둘이서만 있게 하려는 용싱 왕자의 뜻을 거부하고 방해하자 산적들을 보내 우리를 전부 공격하게 했습니다. 그 간의 행적들이 아주 아귀가 딱딱 맞아떨어진단 말입니다."

해먼드가 조심성 없이 의기양양하게 말을 했기 때문에 옆에서 테메레르가 그 얘기를 다 듣고 말았다.

테메레르는 성난 눈빛으로 말했다.

"그렇다면 우린 증거를 갖고 있다는 거네? 로렌스를 죽이려고 시도하고 월러비를 죽게 만들었던 장본인이 바로 용싱 왕자라는 거잖아. 안 그래?"

테메레르가 커다란 머리를 들고 광장을 가로질러 용싱 쪽을 노려보았다. 테메레르의 동공이 거의 검은 선으로 보일 정도로 가늘어졌다.

로렌스는 서둘러 테메레르의 몸에 손을 대고 진정시키며 말했다.

"여기서 소란을 일으키면 안 돼, 테메레르. 가만히 있어."

해먼드도 놀란 얼굴로 맞장구를 쳤다.

"안 돼. 안 되고말고. 아직 확실한 게 아니라 가설일 뿐이니까. 그리고 우리가 직접 용싱 왕자를 상대로 싸워서는 안 돼. 그 문제는 미엔닝 왕자와 가경제 쪽에 맡겨야……."

배우들이 제2막을 공연하기 위해 무대 위로 올라가기 시작하고 음악 소리가 터져 나와 그들의 대화는 중단되었다. 하지만 테메레르의 몸에 손을 얹고 있던 로렌스는 테메레르의 가슴속에서 깊은 분노가 끓어올라 천천히 나지막하게 으르렁거린다는 것을 느낄 수 있었다. 테메레르는 바닥에 있는 포석 가장자리를 발톱으로 움켜잡았고 얼굴 주변의 막을 반쯤 펼쳤다. 열이 올라 벌겋게 충혈된 콧구멍을 연신 벌름거렸다. 그리고 연극 구경은 젖혀두고 용싱 왕자만 주시해서 보기 시작했다.

로렌스는 테메레르의 옆구리를 쓰다듬으며 마음을 가라앉히려고 애를 썼다. 초대받아 온 손님들이 광장 주변에 가득하고 무대에선 배우들이 공연을 하고 있는 지금 테메레르가 날뛸 경우 이 안은 난장판이 되고 말 터였다. 그렇게 되면 로렌스는 그동안 용싱에게 품어온 분노와 증오는 해소할 수 있겠지만 테메레르가 그런 행동을 하게 둘 수는 없었다. 무엇보다 반역을 꾸미고 있다는 것이 들통났을 때 용싱이 어떤 벌을 받게 될지도 알 수 없는 상황이었다. 용싱 왕자가 동생인 가경제를 대상으로 그런 음모를 꾸미고 있다는 것은 너무나 경악스러워서 도저히 믿어지지가 않았다.

무대 뒤에서 심벌즈를 부딪치는 것 같은 소리와 함께 깊은 종소리가 울려 퍼졌다. 그리고 한지를 가지고 정교하게 만든 용 두 마리가 콧구멍에서 불꽃을 타탁타탁 튕기며 하늘에서 날아 내려왔다. 그 밑에 선 배우들은 무대 아래쪽을 둘러싸고 이리저리 뛰어다니며 장검과 납유리 장식을 한 단검을 휘저으며 큰 전투를 벌이는 장면을 연출했다. 또다시 천둥이 울리는 것 같은 북소리가 터져 나왔다. 그 소리가 어찌나 큰지 로렌스는 가슴이 철렁하면서 칼로 폐를 찔린 것 같은 기분이 들었다. 로렌스는 숨을 몰아쉬며 천천히 손을 들어 어깨 쪽을 만져보았다. 쇄골 뼈 아래 단도 한 자루가 박혀 있었다.

해먼드가 다가오며 소리쳤다.

"로렌스!"

그랜비도 부근에 있는 사람들에게 고함을 지르며 의자를 마구 밀치고 달려왔다. 그랜비와 블라이스가 로렌스 앞까지 달려갔을 때 테메레르는 고개를 돌려 로렌스를 내려다보았다.

당황한 로렌스가 테메레르에게 말했다.

"난 안 다쳤어."

이상하게도 아무런 통증이 느껴지지 않았다. 로렌스는 일어나 팔을 들어 올려 보았다. 그제야 칼에 찔렸다는 것이 실감이 났다. 단도의 기저 부분으로 뜨끈한 피가 새어나오고 있었다.

테메레르가 내지른 날카롭고 비통한 울음소리가 모든 소음과 음악을 잠재웠다. 용들이 전부 엉덩이를 들고 무슨 일인지 궁금해하며 테메레르 쪽을 쳐다보았다. 북소리도 멈췄다. 갑작스런 정적 속에서 에밀리가 무대에 있는 배우 중 하나를 가리키며 소리쳤다.

"저 남자예요! 저 남자가 칼을 던지는 걸 내가 봤어요!"

다른 배우들은 다들 가짜 칼을 들고 있었지만, 에밀리에게 지목당한 그 자는 손에 아무것도 쥐지 않고 있었다. 주변의 배우들과는 달리 옷차림도 평범했다. 테메레르는 그 남자가 다른 배우들 사이를

비집고 들어가 몸을 숨기려는 것을 보았다. 하지만 도망치기엔 이미 늦어버렸다. 테메레르가 휙 날아 무대 앞 광장에 내려서자 배우들은 비명을 지르며 사방으로 달아났다.

　테메레르한테 붙잡힌 그 남자가 비명을 질렀다. 테메레르는 그 자의 몸을 발톱으로 깊게 찢고 피투성이가 된 시체를 바닥으로 세차게 내던져 뼈를 산산이 부쉈다. 곧이어 앞발로 그 자의 시체를 들어 올리고 가까이 들여다보며 죽은 것을 확인한 다음, 용싱 쪽으로 고개를 돌렸다. 그리고 용싱을 향해 이를 드러내고 쉿쉿거리며 살기를 뿜어냈다. 테메레르가 용싱을 향해 걸어가는 순간, 리엔이 뛰쳐나와 용싱의 앞을 가로막았다. 리엔은 테메레르가 앞으로 뻗은 발톱을 앞발로 쳐내며 위협적으로 그르렁거렸다.

　테메레르는 가슴을 부풀리며 얼굴 주변의 막을 완전히 펼쳤다. 막 사이사이에 있는 뿔과 막의 가장자리까지 빳빳이 섰는데, 로렌스는 그렇게까지 막이 활짝 펴진 것은 일찍이 본 적이 없었다. 리엔은 움찔지도 않고 경멸하듯 날카롭게 으르렁거렸다. 고급 피지처럼 창백한 얼굴 주변의 막이 활짝 펼쳐졌고, 눈 안의 붉은 혈관은 무시무시할 정도로 확장되었다. 리엔은 테메레르를 마주보며 광장 한가운데로 걸어나왔다.

　남아 있던 배우들도 달아나기 시작했다. 그 배우들이 악기와 무대 의상을 질질 끌면서 무대에서 도망치는 바람에 북과 종, 뚱땅거리는 타악기가 끔찍한 소음을 만들어냈다. 초대받아 온 손님들도 기다란 옷자락을 모아 쥐고 배우들보다는 위엄있게, 그러나 비슷한 속도로 달아났다.

　로렌스가 소리쳤다.

"테메레르, 싸우면 안 돼!"

하지만 이미 싸움은 시작되었다. 야생에서 용들은 둘 중 하나 혹은 둘 다 죽어야 싸움을 끝낸다는 전설이 떠올랐다. 저 하얀 용은 테메레르보다 나이도 많고 덩치도 컸다.

로렌스는 성한 손으로 목도리를 풀려고 애를 쓰며 그랜비에게 말했다.

"그랜비, 이 빌어먹을 칼 좀 뽑아줘."

"블라이스, 마틴. 대령님의 어깨를 꽉 잡아!"

그랜비는 이렇게 지시하고는 단도를 쥐고 천천히 뽑아냈다. 단도의 칼날이 뼈를 스치는 느낌이 났다. 단도를 뽑는 순간 상처 부위에서 피가 터져 나오며 순간적으로 머리가 핑 돌았다. 그랜비와 블라이스, 마틴은 자신들의 목도리를 풀어 상처 부위를 싸매고 꽉 묶었다.

테메레르와 리엔은 여전히 서로를 노려보면서 광장에서 앞뒤로 조금씩 움직이고 있었다. 머리를 움찔하지도 않았다. 무대가 광장의 대부분을 차지했고 빈 의자들이 무대 가장자리에 놓여 있어 그 두 용이 마음껏 움직이기엔 광장은 매우 좁았다. 두 용은 상대의 눈에서 시선을 떼지 않고 있었다.

그랜비가 조용히 말하며 로렌스의 팔을 잡고 부축해 주었다.

"소용없습니다. 저렇게 일대일로 싸움이 붙었을 때 끼어들어 말리려고 했다간 밟혀 죽게 됩니다."

"그래, 나도 알아!"

로렌스는 날카롭게 말하며 자신을 부축한 부하들의 손을 뿌리쳤다. 속이 뒤틀리고 울렁거렸지만 혼자 서 있을 수는 있었다. 상처 부위의 통증이 견딜 수 없을 정도로 심했다.

로렌스는 승무원들 쪽을 돌아보며 지시했다.

"전투 준비해! 그랜비, 승무원 일부를 데리고 숙소로 가서 보관해 둔 무기를 가져와! 용싱이 자신의 호위병들을 시켜 테메레르를 공격하게 만들지도 모르니까!"

그랜비는 마틴, 릭스와 함께 숙소인 미엔닝 왕자의 궁전으로 뛰어갔다. 다른 초대 손님들은 의자를 타넘어 광장에서 가급적 멀리 도망치느라 정신이 없었다. 마침내 무모한 구경꾼들 몇 명과 두 용이 걱정되어 남은 이들 외엔 광장 주변이 텅 비게 되었다. 치엔은 화가 나고 못마땅한 표정이었고, 도망치는 사람들을 피해 뒤로 물러나 있던 메이는 다시 앞으로 돌아왔다.

미엔닝 왕자도 남았다. 미엔닝 왕자가 좀 더 안전한 뒤쪽으로 물러나 앉았는데도 추안은 그가 다치기라도 할까봐 안절부절못하고 있었다. 미엔닝은 추안의 옆구리에 가만히 손을 대며 호위병들에게 무슨 말인가를 했다. 그러자 호위병들은 발버둥을 치는 어린 미엔카이 왕자를 안고 뒤쪽의 안전한 곳으로 데려갔다. 용싱은 미엔닝의 호위병들이 미엔카이를 뒤로 데려가는 모습을 보고 고개를 끄덕이며 동의를 표시했다. 하지만 용싱은 그 자리에서 뒤로 물러나지 않았다.

리엔은 갑자기 쉿쉿 소리를 내더니 앞발을 확 뻗었다. 로렌스는 움찔 했지만 테메레르는 얼른 뒤로 물러났다. 리엔의 빨간 앞발톱이 테메레르의 목을 가까스로 비껴갔다. 테메레르는 몸을 잠시 웅크렸다가 강한 뒷다리에 힘을 주고 뛰어오르며 발톱을 쫙 펼쳤다. 리엔은 뒤로 물러나다가 균형을 잃고 비틀거렸다. 리엔이 넘어지지 않으려고 날개를 반쯤 펼친 순간 테메레르가 리엔을 위에서 찍어 눌렀다. 리엔은 옆으로 몸을 피해 공중으로 날아올랐고 테메레르도 그 뒤를 따랐다.

로렌스는 빌려 달란 말도 없이 해먼드에게서 오페라용 망원경을 빼앗아들고는 하늘로 날아오른 두 용의 움직임을 살폈다. 리엔은 테메레르보다 몸집이 큰 만큼 날개도 더 컸다. 리엔은 테메레르보다 빠르게 움직이며 공중에서 선회했다. 테메레르가 밑에 있을 때 위에서 강하하여 충격을 주려는 의도였다. 하지만 전장에서의 경험으로 그 의도를 파악한 테메레르는 리엔을 쫓는 대신 비스듬히 날았다. 그리고 광장의 횃불 조명이 비추는 범위를 벗어나 어둠 속으로 숨었다.

로렌스가 말했다.

"아, 잘했어!"

리엔은 공중을 맴돌며 고개를 이쪽저쪽으로 돌리면서 기묘한 붉은 눈으로 밤하늘을 살폈다. 별안간 테메레르가 모습을 드러내며 고함 소리와 함께 리엔을 향해 위에서 아래로 내리꽂았다. 리엔은 믿을 수 없을 정도로 빨리 옆으로 몸을 피했다. 보통 위에서 공격을 당했을 때 대부분의 용들은 그렇게 빨리 움직이지 못하는 편이었는데, 리엔은 몸을 피하는 데 머뭇거림이 없었다. 그리고 옆으로 날아가며 테메레르의 몸을 휙 할퀴었다. 테메레르의 몸에 세 줄로 베인 자국이 나고 핏방울이 광장으로 떨어졌다. 횃불에 비친 핏방울이 시커멓게 빛났다. 메이는 조그맣게 우는 소리를 내며 광장 쪽으로 다가가려 하다가 치엔이 돌아보며 쉿쉿 소리를 내자 다시 뒤로 물러났다. 그리고 좀 더 자세히 보기 위해 나무 여러 그루를 꼬리로 감고 하늘로 고개를 뻗쳤다.

리엔은 테메레르보다 빠른 속도를 잘 활용했다. 이리저리 피해 날

아다니면서 테메레르가 쓸데없이 힘을 낭비하도록 유도하고 있었다. 하지만 테메레르는 머리회전이 빨랐다. 일부러 평소 할 수 있는 것보다 리엔의 몸을 베는 속도를 늦추었다. 로렌스가 보니 리엔에게서 받은 상처도 그리 깊지 않아 보였다. 테메레르가 빨리 따라오지 않자 리엔은 접근전을 시도했다. 그리고 리엔이 가까이 다가오는 순간 테메레르는 번개처럼 빠르게 앞발을 뻗어 리엔의 배와 가슴을 움켜잡았다. 리엔은 고통스런 비명을 내지르며 날개를 사납게 퍼덕거렸다.

그 순간 용싱 왕자는 침착했던 모습을 버리고 벌떡 일어났고 의자가 뒤로 우당탕하며 넘어갔다. 용싱은 두 주먹을 꽉 쥔 채 두 용의 싸움을 지켜보았다. 그리 깊은 상처를 입은 것은 아니었지만 리엔은 크게 놀라 악을 썼고 테메레르에게서 벗어난 뒤에는 공중을 날며 상처 부위를 혀로 핥았다. 이 궁전에 있는 용들 중에 몸에 상처가 있는 용은 하나도 없었다. 그들이 실제 전투에 참전한 적이 없었기 때문이다.

테메레르는 잠시 공중에서 정지 비행을 하며 발톱을 구부렸다. 하지만 리엔이 다시 가까이 접근해 올 생각을 하지 않자 테메레르는 그 자리에서 진짜 목표인 용싱을 향해 곧장 강하했다. 고개를 돌리고 그 모습을 본 리엔은 다시 날카로운 고함을 지르며 테메레르의 뒤를 따라왔다. 부상 따위는 잊고 최고 속도를 낸 리엔은 지상에 내려오기 직전인 테메레르에게 온몸으로 부딪쳐 옆으로 밀어냈다. 두 용의 날개와 몸이 뒤엉키며 광장으로 떨어졌다.

바닥으로 떨어진 두 용은 쉿쉿거리며 서로를 할퀴었다. 두 용 모두 몸이 베이거나 파여도 개의치 않았다. 둘 다 신의 바람을 쓸 수도 없는 위치였다. 그들은 꼬리로 사방을 내리치고 휘두르며 주변의 키 작은 나무들과 대나무 식탁 등을 쓸어버렸다. 텅 빈 상자들이 북이 울리듯 요란스러운 소리를 내며 앞쪽 의자 위로 떨어지자 로렌스는 해먼드의 팔을 붙잡고 뒤로 잡아당겼다.

바닥으로 넘어졌던 로렌스는 머리카락과 외투 깃에 묻은 나뭇잎을 털어내고 성한 팔로 바닥을 짚으며 일어서려고 애를 썼다. 테메레르와 리엔이 격분해서 싸우는 와중에 무대의 기둥을 바닥으로 넘어뜨렸다. 거대한 무대 구조물이 옆으로 기울어지며 땅에 부딪쳤다. 하지만 미엔닝 왕자는 피할 생각도 안 하고 로렌스 쪽으로 다가와 부축해서 일으켜 주었다. 추안은 싸우고 있는 두 용과 미엔닝 사이에 서서 미엔닝을 보호하느라 여념이 없었다.

그런데 그 순간 화려하게 칠해져 있고 도금이 된 무대 구조물이 광장의 포석으로 무너져 내렸고 엄청난 나무 파편이 사방으로 튀었다. 로렌스는 얼른 성한 팔로 미엔닝의 목 뒤를 받쳐 보호하며 바닥에 쓰러뜨리고 그 위를 자신의 몸으로 덮었다. 곧이어 날카로운 나무 파편들이 로렌스의 두꺼운 외투를 뚫고 들어왔다. 그중 하나는 허벅지에 꽂혔고 칼날처럼 날카로운 파편 하나는 날아가면서 로렌스의 관자놀이 바로 위의 머리 가죽을 찢었다.

무대의 붕괴로 인한 파장이 가라앉자 로렌스는 얼굴에 흐르는 땀을 닦아내며 몸을 일으키고 용성 왕자 쪽으로 고개를 돌렸다. 그 순간 충격을 받은 로렌스는 도로 바닥에 주저앉았다. 뾰족한 나무 파편 하나가 용성의 눈을 관통한 것이다.

뒤엉켜 싸우던 테메레르와 리엔은 서로에게서 떨어져 상대를 노려보며 꼬리를 휘젓고 으르렁거렸다. 테메레르는 용싱 왕자를 다시 공격하려고 고개를 휙 돌렸다가 놀라서 앞발을 든 채로 움직임을 멈췄다. 리엔이 이빨을 드러내고 달려들자 테메레르는 맞서 싸우지 않고 옆으로 몸을 피했다. 그리고 리엔도 용싱을 보았다.

그 순간, 리엔의 몸이 굳어지며 덩굴손 같은 수염만 산들바람에 흔들거렸다. 상처 부위에서 나온 검붉은 피가 다리를 타고 가느다란 선을 그리며 밑으로 흘렀다. 리엔은 천천히 걸어가 고개를 숙이고 용싱 왕자의 시체를 코로 툭 건드려보았다. 도저히 믿을 수 없다는 표정이었다.

즉사한 용싱은 흔히 죽을 때 나타나는 반사신경의 움직임조차 없었다. 로렌스도 전쟁터에서 그런 식으로 죽는 자들을 여러 번 보았다. 용싱은 두 팔을 벌리고 대자로 누워 있었고 표정은 살아 있을 때처럼 차분하고 웃음기라곤 없었다. 갑자기 죽음을 맞게 되어 그대로 얼굴 근육마저 굳어버린 듯했다. 또 다른 시체 하나가 용싱의 가슴팍에 쓰러져 있었다. 용싱의 보석 박힌 겉옷이 탁탁 소리를 내며 타는 횃불에 비쳐 반짝였다. 아무도 가까이 다가가려 하지 않았다. 광장 근처에 머물던 소수의 하인들과 호위병들은 가장자리에서 지켜볼 뿐이었다. 다른 용들도 모두 침묵했다.

리엔은 울음소리는커녕 어떤 소리도 내지 않았다. 테메레르 쪽을 돌아보지도 않았다. 그저 용싱 왕자의 몸 위로 떨어진 대나무 잎과 나무 파편들, 가슴팍에 쓰러져 있는 다른 시체를 앞발톱으로 조심스럽게 밀어 치우고는 용싱 왕자의 시체를 앞발로 감싸안고 캄캄한 밤하늘로 조용히 날아올랐다.

17

로렌스는 자신의 몸을 이쪽저쪽 붙잡고 있는 재단사 세 명의 바늘에 찔리지 않으려고 바늘이 가까이 올 때면 몸을 움찔거렸다. 그는 재단사들의 손길에서도 몸에 입혀진 노란색 예복의 엄청난 무게에서도 준보석으로 눈을 박아 넣은 화려한 용무늬 자수에서도 벗어날 수 없었다. 재단사들은 금실과 초록색 실과 바늘을 들고 소매 길이를 조정하기 위해 로렌스에게 팔을 들었다 내렸다 하도록 했다. 가슴에 칼을 찔린 지 일주일이 지났지만 옷의 무게가 짓누르자 상처 부위가 욱신거렸다.

해먼드가 방문 안으로 머리를 들이밀며 걱정스런 음성으로 물었다.

"아직 멀었어요?"

그리고 해먼드는 재단사들에게 중국어로 한바탕 무슨 말인가를 했다. 서두르라는 뜻인 것 같았다. 재단사 한 명이 급하게 서두르다가 몸을 바늘로 찌르자 로렌스는 소리를 안 지르려고 입을 꽉 다물었다.

"늦지 않을 겁니다. 오후 두 시에 알현하기로 했잖습니까?"

로렌스가 이렇게 물으며 시계를 보려고 고개를 뒤로 돌리자 세 방향에서 급하게 바느질을 하던 재단사들이 동시에 소리를 질렀다. 푸른색 중국식 겉옷을 입은 해먼드는 방 안으로 들어와 의자를 끌어다 놓으며 대답했다.

"황제를 알현할 때에는 미리 몇 시간 전에 가서 기다리고 있어야 합니다. 그러니 서두를 수밖에요. 제가 알려드린 구절과 순서는 잘 외우고 계시죠?"

로렌스는 해먼드가 알려준 구절을 한 번 더 읊으며 연습했다. 그 구절을 읊는 동안에는 불편한 자세로 서 있는 것을 좀 잊을 수가 있었다. 마침내 재단사 두 명은 뒤로 물러나고 로렌스는 해먼드의 성화에 못 이겨 일단 문 밖으로 걸어 나갔다. 마지막 재단사 한 명이 복도까지 반쯤 따라오며 어깨 쪽을 마저 바느질해서 마무리했다.

어린 미엔카이 왕자는 용싱 왕자와의 일을 모두 순진하게 증언했다. 용싱은 미엔카이에게 셀레스티얼 용을 갖게 해주겠다고 약속했고, 자세한 방법이나 과정까지 일러주진 않았지만 황제가 되고 싶으냐고 물었다는 것이었다. 용싱을 도운 자들, 즉 서양과의 모든 접촉을 차단해야 한다는 용싱의 생각에 동조하며 지원했던 자들은 모두 직책에서 파면되었다. 덕분에 황실에서 미엔닝 왕자의 영향력은 한층 더 강해졌다. 아울러 가경제가 로렌스를 양자로 들이겠다는 뜻을 담은 칙령을 보내왔다. 그것으로서 로렌스를 가경제의 양자로 들이자는 해먼드의 제안을 반대했던 자들도 일시에 입을 다물게 되었다. 황제의 칙령은 명령과도 같았기 때문이다. 그때까지 꼼짝도 않던 고관들도 해먼드를 만나주게 되어 그 뒤로 상황은 일사천리로 진행되었다.

아직 정식으로 양자가 되는 의식을 치른 것도 아닌데, 하인들은 미엔닝 왕자의 궁전에 있던 로렌스 일행의 짐을 모두 상자와 보따리에 담아 자금성(紫禁城)의 새 숙소로 옮겨 놓았다.

현재 가경제는 원명원(圓明園)의 청의원에 머물고 있었다. 로렌스 일행은 서둘러 용을 타고 청의원으로 날아갔다. 불타는 태양 아래 자금성의 화강암으로 된 안마당은 모루처럼 뜨겁게 달궈져 있었지만, 원명원은 푸른 녹음과 커다란 호수가 있어 더위가 한결 덜했다. 로렌스는 여름이면 이곳에서 지내는 것을 더 좋아하는 가경제의 심정이 이해되었다.

로렌스의 양자 입적 예식에 참여할 수 있도록 허락을 받은 것은 해먼드와 스턴튼뿐이었지만 라일리와 그랜비는 나머지 부하들을 이끌고 호위를 맡았다. 그리고 미엔닝 왕자가 행렬이 그럴듯해 보이라고 보내 준 호위병들과 중국 관리들이 로렌스 일행 뒤에 따라붙었다.

그들은 가경제가 마련해 준 정교한 건물 안에 잠시 머물고 있다가 가경제를 알현하기 위해 접견실이 있는 건물로 출발했다. 여섯 개의 개울과 연못을 건너는 데 한 시간이나 걸렸다. 안내를 맡은 자들이 몇 번이나 걸음을 멈추고 주변의 우아한 풍경을 이곳저곳 가리키며 구경을 시켜주었기 때문이다.

로렌스는 이러다가 제시간에 맞추지 못할까봐 걱정이 되었다. 마침내 그들은 접견실이 있는 건물로 들어갔고 벽으로 둘러쳐진 안뜰로 안내를 받아 그곳에서 가경제가 부를 때까지 기다렸다.

그런데 기다리는 시간이 한도 끝도 없었다. 뜨거운 햇볕이 내리쬐는 안뜰에 앉아 있자니 몸에 걸친 예복에서 땀이 절로 배어 나왔다. 하인들이 그들에게 얼음물이 담긴 잔을 갖다 주고 뜨거운 요리도 갖다 주었다. 로렌스는 예의상 그 요리를 조금 먹었다. 우유와 차도 나왔다. 로렌스에게는 커다란 진주가 달린 금목걸이와 중국 문학이 기록된 두루마리 책자들이 선물로 내려왔고, 테메레르에겐 치엔이 종종 끼고 있는 것과 같은 금과 은으로 장식된 발톱씌우개가 주어졌다. 더위에 축 처진 사람들 속에서 신나는 것은 테메레르뿐이었다. 테메레르는 발톱씌우개를 끼워보고 햇빛에 비춰보며 좋아했다. 그동안 옆에 있던 로렌스 일행은 덥고 힘들어서 거의 혼수상태에 빠질 지경이었다.

마침내 중국 관리들이 다시 안뜰로 나와 허리를 깊숙이 굽혀 절을 하고는 로렌스를 접견실이 있는 건물 안으로 안내했다. 해먼드와 스턴튼, 테메레르가 그 뒤를 따랐다. 황제를 알현하는 접견실은 바깥 바람이 술술 들어올 수 있게 벽이 트여 있었고, 우아하고 고운 커튼이 드리워져 있었다. 금색 과일이 수북이 담긴 그릇에서 복숭아 향기가 났다. 접견실 안 뒤쪽에 용의 침상이 놓여 있었고, 그 위에 커다란 셀레스티얼 수컷이 몸을 쭉 뻗고 누워 있었다. 가경제는 그 앞의 단순하지만 광택이 흐르는 옥좌에 앉아 있었다. 자단(紫檀)으로 만든 옥좌였다.

턱이 좁고 낯빛이 누르께한 미엔닝 왕자와 달리 가경제는 턱이 넓었다. 몸집은 땅딸막했고 코밑수염이 났는데, 그 수염은 양옆으로 가면서 폭이 넓어졌다. 나이가 쉰 살 가까이 되었지만 수염은 아직 희끗희끗하지 않았다. 가경제는 궁 밖에 서 있는 황실 근위병들이 입은 것과 같은 색깔의 옷을 입고 있었다. 밝은 노란색이 들어간 화려한 옷이었는데, 그런 옷을 입었는데도 그저 평범한 중국인 같아 보였다. 로렌스는 영국의 왕궁에서 진행되었던 몇몇 행사에 참여한 적이 있었다. 만일 그런 행사에서 영국 왕이 저 옷을 입고 나타난다면 저렇게 평범해 보이지는 않으리라.

가경제는 미간을 찌푸리고 있었다. 하지만 기분이 나빠서가 아니라 생각에 잠긴 표정이었다. 로렌스 일행이 들어서자 가경제는 기다렸다는 듯 고개를 끄덕였다. 미엔닝 왕자는 가경제의 옥좌 양옆에 서 있는 수많은 고관들 옆으로 가서 선 뒤 로렌스에게 살짝 고개를 끄덕이며 신호를 보냈다.

로렌스는 심호흡을 하고는 양 무릎을 바닥에 대고 절을 했다. 그가 절을 할 때마다 주변에서 중국 관리들이 조그맣게 소곤거리는 소리가 들렸다. 윤기 나는 나무로 된 바닥에는 호화로운 깔개가 깔려 있어서 그 위에서 절을 하는 것은 크게 불편하진 않았다. 로렌스는 절을 하느라 바닥 쪽으로 허리를 굽히면서 해먼드와 스턴튼을 흘끗 쳐다보았다.

이런 식으로 엎드려 하는 '고두' 인사는 로렌스의 성미에 맞지 않았다. 그래서 절하는 예를 끝마치고 나자 로렌스는 마음이 좀 가벼워졌다. 가경제는 특별히 기뻐하는 얼굴도 아니었지만 찌푸렸던 인상은 풀렸다. 접견실 안의 긴장도 조금씩 풀리기 시작했다. 가경제는 옥좌에서 일어나 이 건물 동쪽에 있는 작은 제단 앞으로 로렌스를 데리고 갔다.

로렌스는 제단 위에 향을 꽂고 불을 붙인 다음 해먼드가 공들여 가르쳐준 구절을 앵무새처럼 읊었다. 해먼드가 고개를 살짝 끄덕이는 것을 보자 로렌스는 안심이 되었다. 제대로 읊은 모양이었다. 적어도 황제에게 용서받지 못할 실수를 저지른 것은 아니니 다행이었다.

로렌스는 제단 앞에서 한 번 더 무릎을 꿇고 절을 해야 했다. 사람이 아닌 제단 앞이어서 그나마 참기가 수월했다. 하지만 한편으로는 이국의 제단에서 절을 하는 것이 하느님에 대한 신성 모독이 아닐까 싶어 로렌스는 절을 하면서 서둘러 주기도문을 소리 죽여 외웠다. 주기도문을 외웠으니 종교상의 계율을 어긴 것은 아니라고 스스로를 위로했다. 이것으로서 가장 힘든 과정이 끝났다. 다음엔 테메레르가 가경제 앞으로 불려나왔고 다 같이 중국어로 된 맹세의 말을 읊었다. 이번에는 혼자 하는 게 아니라 로렌스는 가벼운 마음으로 읊었다.

가경제는 자리에 앉아서 그 과정을 지켜보며 흡족한 표정으로 고개를 끄덕였다. 그리고 시종에게 간단히 손짓으로 지시를 했다. 시종은 접견실 안으로 탁자 하나를 들고 들어왔는데 의자는 가져오지 않았다. 그 탁자 위에는 시원한 얼음이 담긴 음료수가 놓여 있었다. 가경제는 통역인 해먼드를 통해 로렌스에게 그의 가족에 관해 물었다. 로렌스가 아직 결혼을 하지 않았고 자식도 없다고 하자 가경제는 놀란 표정을 지으며 가정을 갖는 일의 중요성에 관해 오랫동안 진지하게 설교를 했다. 로렌스는 잠자코 그 설교를 들었고 가족에 대한 의무를 소홀히 한 점을 순순히 인정했다. 그는 그저 지금껏 말실수를 안 한 것을 다행이라 여기며, 이 고생스런 의식도 조금 있으면 끝날 테니 웬만한 것은 다 수긍하자고 마음먹었다.

접견실을 나와 자금성의 숙소로 돌아가는 길에 해먼드는 낯빛이 창백해지더니 걸음을 멈추고 근처의 의자에 주저앉았다. 바짝 긴장했다가 마음이 놓여서 그런 모양이었다. 하인 몇 명이 해먼드에게 물을 갖다 주고 혈색이 돌아올 때까지 부채질을 해주었다.

해먼드를 자금성 숙소의 방에 데려다준 후 악수를 나누며 스턴튼이 말했다.

"축하드립니다, 해먼드 씨. 이렇게 일이 잘 풀리게 될 줄은 상상도 못했습니다."

해먼드는 넘어질 듯 비틀거리며 감동한 목소리로 말했다.

"고맙습니다. 다 배려해 주신 덕분입니다."

이곳에 와서 해먼드는 대단한 성과를 거두었다. 로렌스를 정식으로 중국 황실의 일원이 되게 만들었을 뿐만 아니라 가경제로부터 베이징에 사유지와 집을 받을 수 있게 해주었다. 사유지와 집을 내준 것이 공식 대사의 상주를 허락한다는 의미는 아니었지만 실질적으로는 허락한 것이나 다름없었다. 로렌스의 초대라는 형식만 갖추면 영국 외교관인 해먼드는 그 집에 계속 머무를 수 있었으니까.

고두 문제도 여러 사람이 두루 만족스럽게 해결되었다. 영국 입장에서는 로렌스가 영국 국왕을 대표하는 자가 아니라 중국 황제에게 입양된 아들로서 고두를 한 것이므로 문제 될 게 없었고, 중국인들 입장에서는 영국인인 로렌스가 그네들의 인사 예법을 수행했으므로 흡족해했다.

스턴튼은 로렌스와 각자의 방문 앞에 섰을 때 조용히 입을 열었다.

"우린 황실 전용 우편 체계를 통해 광둥에 있는 중국 관리들로부터 아주 우호적인 편지를 여러 통 받았습니다. 해먼드 씨한테 들으셨습니까? 가경제께서 동인도 회사의 선박에 올해 세금을 모두 면제해 주시겠다고 하셨답니다. 그 정도만으로도 동인도 회사의 입장에서는 큰 이득을 보게 되었습니다만, 영국에 대한 중국 황실의 태도 변화는 장기적으로 더욱 가치있는 결과를 낳게 될 겁니다."

스턴튼은 자기 방의 방충망 틀에 손을 대고 머뭇거리다가 말했다.
"그런데 여기 계속 머무르시면 안 되겠습니까? 용이 부족한 영국으로 테메레르를 데려가는 것도 가치있는 일이지만, 황제의 양자가 된 대령님이 이곳에 머물고 계시면 우리한테도 그렇고 영국 정부에게도 큰 도움이 될 겁니다."

마침내 방으로 들어온 로렌스는 무거운 예복을 벗고 평범한 중국식 면옷으로 갈아입었다. 그리고 향기로운 귤나무들이 늘어선 그늘에 앉아 있는 테메레르에게 걸어갔다. 테메레르는 용 전용 독서대에 두루마리 책을 펴놓고는 근처의 연못을 멍하니 쳐다보고 있었다. 석양의 햇살을 받아 노란색과 주황색으로 물든 연못의 수면 위에 연못을 가로지르는 우아한 다리가 검은 그림자를 드리웠다. 연꽃들은 밤이 가까워오자 봉오리를 모두 닫고 있었다.
테메레르는 발소리를 듣고 고개를 돌리고는 로렌스에게 코를 대며 반가워했다. 그리고 코로 연못 너머를 가리키며 말했다.
"저쪽에 리엔이 있어. 그래서 쳐다보는 중이야."
하얀 용이 키 크고 머리가 검은색인 남자와 함께 연못 위의 다리를 건너고 있었다. 처음 보는 남자인 것 같아 로렌스는 눈을 가늘게 뜨고 자세히 보았다. 그 남자는 중국학자들이 입는 푸른색 옷차림이었지만 자세히 보니 앞머리를 정수리까지 밀지도 않았고 뒤로 땋아내린 머리도 없었다. 리엔이 다리 한가운데 서서 고개를 돌리며 테메레르 쪽을 쳐다보았다. 깜박거리지도 않고 쏘아보는 리엔의 빨간 눈을 보자 로렌스는 자기도 모르게 얼른 테메레르의 목에 손을 갖다 댔다.

테메레르는 코로 숨을 혹 내뿜으며 얼굴 주변의 막을 살짝 세웠다. 하지만 리엔은 목을 꼿꼿하게 세우고 도도하게 고개를 돌리고는 가던 길을 계속 갔고 곧 숲 안으로 사라졌다.

테메레르가 말했다.

"리엔이 앞으로 어떻게 될지 궁금해."

로렌스도 궁금하긴 마찬가지였다. 용성 왕자를 잃은 지 얼마 되지도 않은 지금 다른 파트너를 기꺼이 받아들이지도 못할 텐데. 몇몇 관료들은 용성 왕자의 운명이 그렇게 된 것은 다 리엔이 불길한 용이기 때문이라는 말들을 했다. 리엔의 귀에 들어간다면 큰 상처를 받을 만큼 잔인한 말들이었다. 리엔을 이 나라에서 추방해야 한다고 주장하는 축들도 있었다.

로렌스가 말했다.

"외딴 용 사육장 같은 곳으로 가게 될지도 모르지."

"중국에는 따로 사육장 같은 것이 없는 것 같던데. 메이랑 나도 그럴 필요……"

테메레르는 말하다 말고 입을 다물었다. 가죽이 검은색이라서 티는 나지 않았지만, 분명 얼굴을 붉혔을 터였다. 그리고 서둘러 얼버무렸다.

"어쩌면 내 생각이 틀렸을지도 모르지."

로렌스가 말했다.

"메이를 많이 좋아하는구나."

테메레르가 그녀를 그리워하는 눈빛으로 말했다.

"아, 응."

로렌스는 덜 익은 채 바닥으로 떨어진 딱딱하고 조그맣고 노란 과

일을 하나 집어 손에 넣고 이리저리 굴리며 생각에 잠겼다가 한참 후 나지막하게 입을 열었다.

"바람이 나쁘지 않고 해류가 좋게 바뀌면 얼리전스 호는 영국으로 출발할 거야. 우리 그냥 여기에서 살까?"

테메레르가 놀란 얼굴을 하자 로렌스가 덧붙여 말했다.

"해먼드 씨랑 스턴튼 경이 그러는데, 우리가 여기 남아 있으면 영국에 크게 도움이 될 거래. 네가 여기 남고 싶어하면 난 렌튼 대장한테 우리가 여기 주둔하는 것이 더 낫다는 판단이 들었다고 편지를 쓸게."

"아."

테메레르는 독서대 쪽으로 고개를 숙였다. 하지만 책을 보는 게 아니라 생각을 하기 위해서였다. 잠시 후에 테메레르가 말했다.

"당신은 고향으로 돌아가고 싶잖아, 안 그래?"

"아니라고 하면 거짓말이겠지. 하지만 네가 여기서 행복하게 지내는 걸 보는 게 더 좋아. 여기서는 용들이 대접을 받고 살지만 영국에서는 그렇지 않으니까. 영국에 돌아가면 넌 여기서처럼 살 수 없을 거야."

이런 불충스런 말을 내뱉다니, 로렌스는 자기 자신에게 놀라 입을 다물었다.

테메레르가 말했다.

"여기 있는 용들이 영국에 있는 용들보다 똑똑한 건 아니야. 막시무스나 릴리도 읽고 쓰는 법을 배우면 다른 직업에 종사할 수도 있어. 우리 용들이 동물처럼 울타리 안에 갇혀 살면서 싸우는 법만 배우는 것은 바람직하지 않아."

"그야 그렇지."

중국에서 용들이 어떻게 사는지 알게 된 지금, 로렌스는 영국의 용 관리 방식에도 나름대로 우수한 면이 있다고 주장할 수가 없었다. 중국에 일부 가난한 용들이 있기는 하지만, 그런 예를 들어 중국의 우수한 용 관리 방식이 잘못되었다고 반박할 수도 없었다. 로렌스도 자유를 포기하고 사느니 차라리 굶어죽는 게 낫다고 여겼다. 하지만 지금 이 자리에서 그런 말을 하는 것은 테메레르에 대한 모욕이 될 수도 있었다.

그들은 한참 동안 말없이 앉아 있었다. 그동안 하인들은 뜰의 등잔에 불을 켜느라 이리저리 돌아다녔다. 연못 한가운데에 걸린 초승달이 은색으로 빛났다. 로렌스는 멍하니 조약돌을 집어 연못으로 던졌고 곧 수면 위에 잔물결이 반짝이며 퍼져 나갔다. 가경제의 명목상 아들이라는 것 외에 이곳에서 자기가 무슨 일을 할 수 있겠나, 하는 생각이 들었다. 중국어도 배워야 할 터였다. 여기서 살려면 글을 쓰지는 못하더라도 말은 해야 하니까.

테메레르는 결심한 듯 단호하게 말했다.

"아니야, 로렌스. 난 여기에 있을 순 없어. 영국의 친구들은 전쟁에 나가고 있는데 나 혼자 여기서 즐겁게 살 순 없어. 무엇보다 영국의 용들은 다른 삶의 방식이 존재한다는 것조차 몰라. 물론 메이랑 어머니가 보고 싶기는 하겠지만, 막시무스랑 릴리가 험한 대접을 받으며 사는데 나 혼자 여기서 행복하게 사는 것은 말이 안 되지. 영국으로 돌아가서 그런 잘못된 점들을 바로잡아야겠어."

로렌스는 뭐라고 말해야 할지 알 수 없었다. 전에는 테메레르가 그런 급진적인 말을 하면 선동죄가 된다며 농담 삼아 꾸짖곤 했다.

하지만 영국으로 돌아간 테메레르가 대놓고 용들에게 그런 개혁을 일으키려 한다면 영국 정부에서 어떻게 반응할지 걱정이었다. 결코 조용히 넘어가지는 않을 것이다.

"테메레르, 그런 것은 좀……."

로렌스는 말을 하려다 말았다. 테메레르의 커다란 푸른 눈이 긍정적인 대답을 기대하며 그를 쳐다보고 있었기 때문이다. 로렌스는 잠시 후에 나지막하게 말했다.

"테메레르, 네가 나를 부끄럽게 하는구나. 더 좋은 삶의 방식이 있다는 것을 알면서도 다른 용들에게 알리지 않는 것은 분명 잘못이지."

"당신이 동의할 줄 알았어. 그리고 어머니가 그러시는데 셀레스티얼들은 원래 전투하는 용이 아니래. 하지만 여기서 계속 공부만 하면서 사는 것도 재미없을 것 같아. 역시 우린 고향으로 돌아가는 게 좋겠어."

테메레르는 고개를 끄덕이면서 독서대 위에 놓인 책을 바라보며 말을 이었다.

"로렌스, 얼리전스 호의 목수가 이런 독서대를 몇 개 더 만들어줄 수 있을까?"

"열두 개도 넘게 기꺼이 만들어줄 거야."

로렌스는 고맙고 대견해서 테메레르에게 기대며 안아주었다. 그리고 달을 보면서 영국 쪽으로 가기 편하게 조수의 흐름이 바뀔 때가 언제일지 가늠해 보았다.

\* 《테메레르 3 : 흑색화약전쟁》에서 계속됩니다.

## 영국왕립협회 회원 에드워드 하우 경의
### 〈용 관리 기술에 관한 소견을 포함한, 동양 용에 관한 고찰〉

— 1801년 6월 영국왕립협회에 제출된 자료

　서양에서 동양의 용에 대해 흔히 하는 말로 '자유롭게 돌아다니는 거대한 용의 무리들'이라는 표현이 있다. 두려움과 경탄을 동시에 내포하는 이 말이 서양에 퍼져나간 것은 오래전, 남을 속여넘기기가 좀 더 수월했던 시절에 동양을 순례했던 자들이 남긴 기록 때문이다. 그 당시에는 동양의 용에 관해 알려진 것이 전혀 없었으니 순례자들의 기록이 매우 가치있는 정보로 받아들여졌지만, 오늘날의 학자들은 그 기록이 지나치게 과장되어 있어 학문적 가치가 매우 낮은 것으로 평가하고 있다. 순례자들이 그토록 과장해서 기록을 한 것은 그들 스스로 그렇게 믿었기 때문일 수도 있고, 괴물 이야기를 비롯하여 동양의 온갖 신비로운 현상들에 관해 듣고 싶어하는 수많은 독자들의 왕성한 호기심에 부응하기 위한 허풍일 수도 있다.

당시의 자료들은 오늘날까지도 전해지고 있는데, 그 내용을 살펴 보면 순전한 공상의 산물이거나 사실 왜곡이 대부분이어서 글자 그 대로 믿기보다는 대폭 에누리해가며 보는 것이 타당하다. 용에 관한 학문을 탐구하는 자라면 누구나 알고 있는 1613년 존 새리스 선장 의 편지를 일례로 들어보겠다. 그 편지에는 일본의 '스이류'라는 용 이 청명한 하늘에 뇌우를 불러일으키는 능력을 갖고 있다고 기록되 어 있다. 존 새리스 선장은 스이류가 주피터의 능력을 지닌 무시무 시한 생물이라고 묘사하고 있지만, 내가 알고 있는 지식을 바탕으로 결론을 내리자면 그것은 잘못된 기록이다. 나도 일전에 스이류 품종 의 용 한 마리가 엄청난 양의 물을 들이마신 후 세차게 뿜어내는 모 습을 본 적이 있다. 그것은 전투에서뿐만 아니라 목조 가옥이 많은 일본에서 화재를 진압하는 데 아주 유용하게 쓰일 만한 능력이다. 그리고 공중에 날고 있는 스이류의 입에서 그 물이 뿜어져 나올 때 밑에 있던 여행자는 그것을 마른하늘에 벼락이 치고 비가 내리는 것 으로 착각할 수 있다. 하지만 스이류가 뿜어내는 이런 폭풍우에는 번개나 비구름이 동반되지 않으며 수 분 이상 지속되지 않는다. 한 마디로 절대 초자연적인 현상이 아닌 것이다.

내 논문은 좀 더 식견이 있는 독자들의 지적 욕구를 만족시켜 주 기 위한 것이므로, 과거의 기록과 같은 과장된 서술을 피하고 오로 지 사실 자료에만 입각하여 기술한 것이다.

어떤 이들은 중국에는 사람 열 명당 용 한 마리꼴이라고 할 정도 로 용의 수가 많다고 말들을 한다. 그러나 그러한 추측이 우스꽝스런 거짓에 불과하다는 것을 이 논문을 통해 단언하는 바다. 그 추측에 일말의 사실성이라도 있다면, 아니 우리가 알고 있는 중국의 인구수가 실은 크게 잘못된 것이라서 실은 사람 열 명당 용 한 마리꼴이라는 것이 정말로 맞는 주장이라면, 중국 땅은 온통 용들로 뒤덮여 있어야 마땅할 것이고 위와 같은 추측을 서양에 퍼뜨렸던 여행자는 중국을 여행할 때 발을 대고 서 있을 만한 장소조차 없었어야 할 것이다. 누각 안뜰에서 용들이 서로 몸을 포개고 누워 있는 모습을 그린 마테오 리치 신부의 생생한 그림은 동양 용에 대한 서양인들의 상상을 오랫동안 지배해 왔다. 물론 그 그림이 완전히 거짓이라는 말은 아니다. 중국에 그렇게 많은 용이 있는 것처럼 보이는 이유는 중국 용들이 서양 용들에 비해 훨씬 폭넓은 자유를 누리면서 도시 안에서 살고 있기 때문이다. 즉 아침에 누각에서 목욕을 하고 나온 용이 오후에는 시장을 이리저리 돌아다니고 저녁에는 도시 근교의 목축장에서 저녁을 먹는다. 그래서 도시 안에서 여행을 하는 자는 그 용이 같은 용인 줄 모르고 다 셈에 넣다 보니 실제보다 용의 수가 훨씬 많은 것으로 착각하게 되는 것이다.

유감스럽게도 중국 용의 수가 총 몇 마리인지는 정확하게 파악되어 있지 않다. 다만 치엔룽 황제(건륭제)의 궁전에서 일했던 예수회 소속의 천문학자 고(故) 미셸 브노아 신부의 편지에 따르면, 치엔룽 황제의 생신을 축하하기 위해 두 개의 공군비행중대가 청의원 위에서 곡예비행을 했고 자신은 다른 두 신부와 구경을 했다고 쓰고 있다.

중국 공군의 비행 중대는 열두 마리의 용으로 구성되어 있는데, 이는 최대 규모의 서양 공군 편대와 맞먹는 수준이다. 그리고 각 비행 중대에는 300명의 타타르인 군인들이 소속되어 있다. 25개의 비행 중대가 하나의 비행 사단을 이루는데, 비행 사단의 수는 총 8개이다. 따라서 공군에 소속된 용의 수는 2,400마리이고, 군인의 수는 6만 명이다. 이 정도로도 엄청난 규모인데 청 왕조가 수립된 이래 비행 중대의 수를 꾸준히 늘려 지금은 거의 두 배가 되었다고 한다. 그러므로 현재 중국 공군에 소속된 용의 수는 약 5,000마리 정도인 것이다. 이 자료를 통해 중국 용과 중국인의 비율이 어느 정도인지 대략 추정해 볼 수 있다.

서양에서는 용 100마리를 한 곳에서 장기간 훈련시키는 것도 버거워하고 있는 마당에, 중국 공군은 서양과는 비교가 되지 않는 어마어마한 규모의 용들을 큰 문제없이 관리하고 있으니 그저 놀라울 뿐이다. 사실, 용들의 이동 속도에 맞춰 먹이인 가축들을 같이 옮기는 것도 쉽지 않고 용들이 가축들을 산채로 매달고 다닐 수도 없으므로 먹이 공급을 위해서도 철저한 관리가 필수적이다. 중국인들은 수많은 용들의 생활을 체계적으로 관리하고자 용에 관한 제반 사항을 관장하는 용사성(龍事省)을 설립했다.

고대 중국에서는 주화의 가운데에 구멍을 뚫고 끈에 꿰어 보관하는 것이 일반적이었다. 그것은 용들이 돈을 갖고 다니기 편하게 하기 위해 고안된 방법이었다. 하지만 그런 방식은 구시대의 유물이 된 지 오래다. 당나라 때 이후로는 현재와 같은 재무 체계를 유지해 오고 있다. 성장이 완료된 용은 용사성으로부터 아비, 어미의 신분과 자신의 신분을 함께 드러내는 고유한 표지를 받게 된다. 그 용은 단골로 다니는 상인이나 목축업자에게 그 표지를 나무판에 새겨 주고 필요한 가축을 사먹는다. 그리고 상인이 그 표지에 근거하여 비용 청구를 하면 그 용의 재산을 관리하는 용사성에서 표지를 확인하고 비용을 계산하여 상인에게 지급한다.

어떤 이들은 이를 실행 불가능한 제도라고 여길 수도 있다. 이 제도를 실행하다 보면 용이 상인의 재산을 갈취하는 일이 비일비재할 것이라 생각할 수도 있다. 하지만 가짜 표지를 써주고 가축을 구매해서 상인에게 손해를 끼치는 파렴치한 용은 없다. 아무리 배가 고프고 재산이 부족하더라도 용들은 그런 사기 행위를 수치스럽고 경멸스런 짓이라 여기기 때문이다. 무엇보다 용들은 원래 고고하고 가문의 자존심을 중요시하는 경향이 있어 결코 그런 짓을 하려 들지 않는다.

하지만 용들은 주인이 지켜보지 않는 축사나 마구간에서 가축을 꺼내 먹는 행위에 관해서는 부끄러운 짓이라고 여기지 않으며 임의로 꺼내 먹었더라도 그 자리에 나무판에 새긴 표지를 남겨두지 않는다. 그렇게 꺼내 먹는 행위는 도둑질이 아니라고 보기 때문이다. 주인이 돌보지 않는 축사에서 가축을 꺼낸 용은 대개 축사 옆에 느긋하게 앉아서 그 가축을 뜯어 먹는데, 뒤늦게 주인이 돌아와 가축을 멋대로 꺼내 먹었다며 투덜거려도 개의치 않는다. 그것은 자신의 재산을 성실히 지키지 못한 그 주인의 잘못으로 여기기 때문이다.

용들은 자신의 표지를 사용해서 구매 행위를 할 때에도 매우 꼼꼼하기 때문에, 상인이나 목축업자를 가장한 자가 가짜 서명을 새겨 넣은 나무판을 용사성에 제출하여 용들의 재산을 훔쳐내는 일은 좀처럼 일어나지 않는다. 대부분의 용들은 자신의 재산을 열심히 관리하며 재산 상태와 지출 내역을 꼼꼼히 따져 비용 청구가 부당하게 되어 있거나 빠져 있는 경우를 금방 찾아낸다. 보고에 따르면 용들은 가짜 표지를 새긴 나무판으로 자신의 재산을 훔쳐낸 자를 찾아낸 즉시, 무자비한 벌을 가하는 것으로 알려져 있다.

중국법에서는 자신의 재산을 훔친 도둑을 잡아 죽인 용에게 아무런 처벌도 가하지 않게 되어 있다. 보통 관리들이 도둑을 잡으면 그 재산의 주인인 용에게 데려가 직접 죽이도록 하고 있다. 그것이 바로 도둑에게 가해지는 형벌이다. 어떻게 보면 야만적인 형벌이라고 생각될 수도 있지만 재산을 도둑질당한 용의 분노를 가라앉히려면 그 방법밖에 없다. 그리고 도둑질이 발생할 경우 늘 이런 식으로 도둑을 처단해 왔기 때문에 천 년 넘게 용사성을 통한 재무 체계가 유지될 수 있었던 것이다.

지금까지 중국 역사에 등장한 정복 왕조들은 왕조 수립 초기에 용들의 재산 관리를 안정화시키는 것을 제일 우선시했다. 이는 성난 용들이 폭동을 일으킬 경우 어떤 상황이 벌어질지 잘 알고 있기 때문이다……

중국의 흙이 처음부터 유럽의 흙보다 비옥한 것은 아니었으나, 목축업과 농업이 긴밀한 관계를 맺고 있는 중국의 관습으로 인해 땅이 나날이 기름져지고 있다. 중국의 목축업자들은 가축들을 몰고 마을이나 도시로 들어가 용에게 그 가축들을 판 뒤, 그 마을에 있는 용 전용 변소에서 푹 썩은 용의 분뇨를 퍼내어 수레에 잔뜩 싣고 집으로 돌아온다. 그리고 동네 농부들로부터 돈을 받고 그 분뇨를 판다. 이처럼 가축의 분뇨 외에 용의 분뇨를 비료로 활용하는 관습은 땅을 비옥하게 만드는 데 아주 효과적이다. 서양에는 비교적 용의 수가 많지 않고 용의 거주 지역과 인간의 거주 지역이 멀리 떨어져 있기 때문에 용의 분뇨를 활용하는 것에 관해서는 아직까지 생각하지 못하고 있다. 용의 분뇨에 들어 있는 어떤 성분이 땅을 비옥하게 만드는지는 현대 과학으로도 아직 알아내지 못하고 있다. 다만 중국 농부들의 높은 생산성이 그 효과를 간접적으로 입증하고 있을 뿐이다. 사실 우리 서양에 비해 중국의 단위당 농산물 수확량은 비교할 수 없을 정도로 높다…….

## 지은이의 말

시리즈 소설의 제2권을 쓰는 것은 새로운 도전 의식을 자극하기도 하지만 한편으로는 두렵기도 한 일입니다. 이번 작품과 관련하여 내 담당 편집자로 일하면서 통찰력 있고 훌륭한 조언을 해주신 델레이 출판사의 베시 미첼 씨, 영국 하퍼콜린스 출판사의 제인 존슨 씨, 엠마 쿠드 씨께 감사드립니다. 그리고 이 책의 베타 판을 읽고 평하면서 갖가지 도움을 주시고 격려해 주신 홀리 벤튼, 프란체스카 코퍼, 다나 듀폰, 도리스 이건, 다이애나 폭스, 바네사 렌, 셸리 미첼, 조지아나 패터슨, 사라 로젠바움, L. 살롬, 미콜 서드버그, 레베카 터쉬넷, 초웨이쩐 씨께도 깊은 감사의 말씀을 드립니다.

늘 곁에서 도와주고 이끌어준 믿음직한 에이전트 신시아 맨슨, 충고를 아끼지 않고 여러 가지로 지원하고 도움을 준 가족들에게도 고맙다는 말을 전하고 싶습니다. 특히, 곁에서 내 원고를 읽으며 지지해 준 내 남편 찰스가 있었기에 이 작품을 완성시킬 수 있었습니다.

제1권에 이어 미국판과 영국판 표지를 맡아 용들에게 생명을 불어넣은 듯 멋지게 그려주신 도미닉 하먼 씨께도 감사드립니다.

# 옮긴이의 말

판타지 소설이 주는 매력은 현실에 존재하지 않는 세상을 오히려 더 현실적으로 펼쳐 보인다는 데 있다. 판타지를 읽는 동안에는 나도 작가가 만들어낸 판타지 세계에 같이 존재하는 기분이 들고 어쩌면 그런 세계가 실재할지 모른다는 희망도 품어보게 된다.

그런데 이미 우리가 익숙하게 알고 있는 과거의 역사에 판타지의 옷을 입힌다면 어떨까? 이미 존재하는 역사적 사실에 화려한 상상의 색을 입혀 만들어낸 새로운 세계. 그것은 순전히 공상에만 바탕을 둔 판타지 소설과는 또 다른 매력과 재미를 선사할 것이다. 나오미 노빅의 《테메레르》시리즈 같은 대체 역사 소설이 주는 재미가 바로 그러한 것이다.

《테메레르》시리즈를 번역하면서 나오미 노빅이 만들어낸, 용과 사람이 함께 살아가는 멋진 세상에 완전히 빠져들게 되었다. 새로운 세상을 경험하고 싶다면 제1권부터 제6권까지 이어지는《테메레르》시리즈를 주목하기 바란다. 책에서 눈을 떼면 현실로 돌아오지만, 적어도 이 시리즈를 읽는 동안에는 테메레르와 막시무스, 릴리,

리엔, 메이, 로렌스, 라일리, 제인, 용싱, 쑨카이와 함께 호흡할 수 있다. 그리고 책을 덮고 다음 시리즈가 나올 때까지 나름대로 상상의 나래를 펼칠 수도 있다.

제1권《왕의 용》에서 주로 영국을 배경으로 등장인물을 소개하고 시리즈의 분위기를 잡아가는 데 중점을 뒀다면,《군주의 자리》자리에서는 영국과 아프리카, 중국을 거치며 한층 흥미진진한 모험과 인물, 용들이 등장한다. 책을 읽는 동안 제목인 군주의 자리가 의미하는 바가 무엇인지 곱씹어 생각하는 것도 재미있을 것이다. 무엇보다도, 전체 이야기의 서두에 해당했던 제1권을 읽고 난 후 가졌던 궁금증과 아쉬움들을 제2권을 읽으며 충분히 해소할 수 있을 것이다.

《테메레르》시리즈를 읽으면서 찾을 수 있는 또 다른 재미는 역사적으로 실존했던 인물들을 새로운 관점에서 만나게 된다는 것이다. 프랑스의 황제 나폴레옹 보나파르트와 영국의 넬슨 제독, 중국 광둥 및 마카오 동인도회사의 대표 조지 스턴튼 경, 나폴레옹이 중국으로 파견한 프랑스 대사 루이 조셉 드 기네, 영국 케이프타운 식민지의 임시 총독을 맡았던 데이비드 베어드 장군, 영국에서 노예제도 반대 운동을 벌였던 윌리엄 윌버포스, 당시 영국 수상이었던 윌리엄 피트, 청나라 건륭제의 열다섯째 아들이며 중국 청조 5대 황제인 가경제, 건륭제의 열한째 아들이자 가경제의 형인 용싱 왕자, 가경제의 둘째 아들이며 훗날 중국 청조 6대 황제인 도광제로 즉위하게 되는 미엔닝 왕자 등의 역사상 실존인물들은 이 소설에 현실감과 생동감을 불어넣고 있다.

로렌스와 테메레르의 여정은 3권에서 이스탄불로 이어진다. 그리고 한층 다양해진 재미를 선사할 것이다. 대단히 흥미롭고 멋진 이 시리즈를 좀 더 많은 분들이 읽고 즐거운 시간을 보냈으면 하는 바람이다. 굳게 믿으면 이루어진다고 하던가. 오늘 밤 용이 당신을 찾아와 비행사가 되어달라고 할지도 모른다. 받아들일 용기만 있다면 용과 함께 세계 일주를 해보자. 영국에서 출발하여 중국으로, 이스탄불로, 아프리카로…….

## ✢ 연도표

**1805년 11월 중순** ····· 중국 청나라 가경제의 형 용싱 왕자가 영국을 방문한다.

**1805년 11월 23일** ····· 용싱 왕자 일행과 테메레르, 로렌스, 승무원들은 토머스 라일리 함장이 지휘하는 얼리전스 호를 타고 중국으로 출발한다.

**1805년 12월 2일** ····· 나폴레옹이 지휘하는 프랑스군이 빈 북방 아우스터리츠에서 제정 러시아 황제 알렉산드르 1세와 오스트리아 황제 프란츠 2세의 연합군을 격파한다. 그것으로 제3차 대프랑스동맹이 붕괴된다.

**1805년 12월 25일** ····· 로렌스가 마련한 저녁식사 자리에서 중국 공사 쑨카이가 중국용 '룽리포'의 시를 암송한다. 그때부터 테메레르는 중국어에 관심을 갖게 되어, 용싱 왕자로부터 중국어와 중국 문학을 배우기 시작한다.

**1806년 1월 31일** ····· 얼리전스 호는 적도를 가로질러 중국으로 향한다.

**1806년 2월 18일** ····· 중국의 설날. 용싱의 시종 펑리가 로렌스를 암살하려 한다.

**1806년 6월 17일** ····· 얼리전스 호는 마카오에 도착한다.

**1806년 6월 21일** ····· 용싱 왕자 일행은 테메레르와 로렌스, 승무원 12명, 외교관 해먼드를 데리고 먼저 베이징으로 날아가기로 한다. 얼리전스 호는 나중에 베이징에서 로렌스 일행과 합류하기로 한다.

**1806년 6월 24일** ····· 베이징으로 날아가던 도중 양쯔강 유역 우한 시에 착륙하여 하룻밤을 쉰다. 그날 밤 테메레르는 용싱 왕자의 용 룽티엔리엔을 만난다.

**1806년 6월말** ········ 마침내 테메레르 일행은 베이징 시 남쪽 끝에 위치한 커다란 호수의 섬에 착륙한다.

## 테메레르 2 군주의 자리

**초판 1쇄 발행** 2007년 9월 20일
**초판 33쇄 발행** 2024년 1월 2일

**지은이** 나오미 노빅
**옮긴이** 공보경

**발행인** 이재진 **단행본사업본부장** 신동해 **편집장** 김경림
**표지디자인** 석운디자인 **본문디자인** 최미영 **교정교열** 윤혜숙
**마케팅** 최혜진 이은미 **홍보** 반여진 허지호 정지연 송임선 **국제업무** 김은정 김지민 **제작** 정석훈

**브랜드** 노블마인 **주소** 경기도 파주시 회동길 20 ㈜웅진씽크빅 단행본사업본부
**문의전화** 031-956-7213(편집) 02-3670-1123(마케팅)
**홈페이지** www.wjbooks.co.kr
**인스타그램** www.instagram.com/woongjin_readers
**페이스북** www.facebook.com/woongjinreaders
**블로그** blog.naver.com/wj_booking

**발행처** ㈜웅진씽크빅
**출판신고** 1980년 3월 29일 제406-2007-000046호

**한국어판 출판권** ⓒ웅진씽크빅, 2007
ISBN 978-89-01-07060-5 (04800)
        978-89-01-10688-5 (세트)

노블마인은 ㈜웅진씽크빅 단행본사업본부의 브랜드입니다.
이 책의 한국어판 저작권은 Eric Yang Agency를 통해 Ballantine Books사와의 독점계약으로 ㈜웅진씽크빅
에 있습니다.
저작권법에 의해 한국 내에서 보호를 받는 저작물이므로 무단 전재와 무단 복제를 금합니다.
이 책 내용의 전부 또는 일부를 이용하려면 반드시 저작권자와 ㈜웅진씽크빅의 서면 동의를 받아야 합니다.

※ 잘못 만들어진 책은 구입하신 곳에서 바꾸어드립니다.
※ 책값은 뒤표지에 있습니다.